Vigie du monde

Jens Stoltenberg
avec la collaboration de Per Anders Madsen

Vigie du monde

À la tête de l'OTAN en temps de guerre

Traduit du norvégien
par Hélène Hervieu

Flammarion

Titre original : *På min vakt – Å lede Nato i krigstid*
Éditeur original : Gyldendal

ISBN : 978-2-0804-5026-5

À Ingrid

Vigie du monde relate mes dix années comme secrétaire général de l'OTAN, l'Organisation du traité de l'Atlantique Nord, de 2014 à 2024.

Le récit des événements et la retranscription des dialogues sont fondés sur des informations publiques et sur mes notes personnelles.

La postface du livre explique comment cet ouvrage a vu le jour.

Prologue

Mercredi 23 février 2022, peu avant 18 heures.

Le ciel était d'un gris de plomb, une pluie fine tombait sur Bruxelles. Je rentrais en voiture du quartier général de l'OTAN avant un dîner de travail un peu plus tard dans la soirée.

Le téléphone a sonné. Le chef du service de renseignement de l'OTAN, David Cattler, voulait me parler en toute confidentialité. La voiture n'était pas le lieu idéal, il fallait attendre que je sois chez moi pour qu'il puisse m'appeler sur ma ligne sécurisée.

Ces derniers jours, Cattler avait été un des collaborateurs avec lesquels j'avais le plus échangé. Tout expert qu'il était, il savait exposer ses analyses et transmettre des informations complexes dans un langage clair, ce qui m'avait été d'une grande utilité au cours des derniers mois.

En temps ordinaire, je recevais un briefing hebdomadaire du service de renseignement. Désormais, on me transmettait plusieurs rapports quotidiens, car le drame qui se déroulait en Russie changeait d'heure en heure de visage.

Un des derniers rapports m'avait appris qu'en l'espace d'une nuit un nouveau pont avait été construit à une poignée de kilomètres seulement de la frontière au nord-est de l'Ukraine. Plus de cent groupes tactiques de bataillon, soit un contingent d'environ cent cinquante mille soldats russes, se tenaient postés à la frontière, au nord, à l'est et au sud du pays. Avions de chasse, hélicoptères, forces spéciales, barges de débarquement, parachutistes, artillerie, défense aérienne, hôpitaux mobiles : bref, tout ce qui était nécessaire pour mener à bien une offensive militaire d'envergure. Un vaste déploiement militaire en Biélorussie prolongeait le front, ce qui nécessitait de réagir d'autant plus rapidement en cas d'attaque. Une carte et des photos venaient corroborer les propos de Cattler.

Quand je sortais faire un tour en ski chez moi en Norvège ou du vélo sur les routes de campagne en Belgique, je mettais souvent mon téléphone sur silencieux avant de le ranger dans mon sac à dos. Je savais que, si quelqu'un devait me joindre, mes gardes du corps en seraient informés et viendraient me prévenir à toute heure du jour ou de la nuit, où que je me trouve. À présent, je gardais mon téléphone allumé en permanence, même quand j'allais me coucher le soir, et les portes du couloir et de mon bureau restaient ouvertes, de façon que je puisse entendre les appels sur ma ligne directe avec le quartier général de l'OTAN et la Maison-Blanche. Si je me réveillais la nuit, ce qui m'arrivait souvent durant ces semaines, j'ouvrais ma messagerie cryptée de l'OTAN pour lire les récentes mises à jour. Ou alors, je parcourais les journaux sur Internet pour lire les dernières nouvelles avant d'essayer de me rendormir, non sans une inquiétude grandissante.

Dans la voiture, je songeais à ce que Cattler m'avait raconté la veille. De nombreux soldats russes avaient quitté leurs baraquements : ils vivaient, dormaient et mangeaient dans les chars d'assaut et autres véhicules militaires désormais stationnés sur le terrain, toujours plus près de la frontière. Les soldats peuvent seulement tenir quelques jours dans leurs tanks avant de devoir retourner à leurs campements pour se reposer. Ou de lancer une attaque.

Plus tôt ce mercredi-là, j'avais aussi appris le chargement de bombes et de missiles dans des avions russes, et que des navires de guerre avaient pris position au large d'Odessa.

Puis la nouvelle nous est parvenue que les hôpitaux militaires avaient reçu d'importantes quantités de sang. On ne fait pas provision de sang pour les soldats lors d'exercices. Le sang est une denrée périssable.

Il ne faisait aucun doute que Vladimir Poutine avait depuis longtemps préparé une invasion. Pendant plusieurs mois, grâce à notre service de renseignement, nous avions été avertis d'une attaque imminente de la Russie dirigée vers son pays voisin. Si la machine de guerre russe se mettait en marche, l'Europe connaîtrait un conflit militaire sans équivalent depuis la Seconde Guerre mondiale, torpillant ainsi l'équilibre des forces qui avait prévalu durant plusieurs décennies. Mais il est toujours possible de changer ses plans, ou du moins d'en retarder l'exécution. Je ne comprenais pas bien pourquoi les Américains avançaient une date de déclenchement des hostilités. Aucune guerre ne commence avant qu'une attaque n'ait réellement lieu, avant que l'ordre d'engager le combat n'ait été donné. C'est pourquoi, tant que les soldats et les tanks n'avaient pas franchi la frontière, il restait théoriquement une possibilité pour que le président Poutine se ravise et renonce à attaquer.

Il était 18 h 10 quand la voiture s'est arrêtée devant la résidence de l'avenue Louise. Un agent de sécurité m'a ouvert la portière. Après avoir salué les gardes en faction sur le trottoir, je suis vite entré, j'ai monté l'escalier et tourné à droite dans le couloir aux murs ornés de photos de famille. Des photos des enfants, d'Ingrid et moi, de mes parents, Karin et Thorvald, quand ils étaient jeunes, de ma sœur aînée Camilla enfant et de ma cadette, Nini, tout sourire, qu'on avait fait monter sur scène lors d'un concert et qui danse avec Bruce Springsteen. J'ai continué jusqu'à mon bureau avec sa grande table de travail et son mur couvert de livres du sol au plafond, et j'ai jeté mon porte-documents, comme d'habitude plein à craquer, dans un fauteuil.

J'ai pris le téléphone et, après quelques secondes d'attente, j'ai eu David Cattler au bout du fil : « Monsieur le Secrétaire général, a-t-il dit, je veux que vous sachiez que la décision a été prise. Il a été donné l'ordre d'attaquer. »

Première partie

Les préparatifs

Septembre 2013 - octobre 2014

Chapitre i

Une demande inattendue

La pièce baignait dans une semi-pénombre. De l'autre côté du bureau, les cheveux de l'homme que j'avais en face de moi avaient pris des reflets gris. Barack Obama venait d'avoir cinquante-deux ans. Il avait gardé son humour et son sourire, et, comme toujours, entraînait les personnes autour de lui dans la discussion. Mais ce soir-là, la gravité était palpable. À peine six mois après avoir entamé son second mandat présidentiel, Barack Obama se retrouvait plongé dans une crise internationale.

Nous étions le 4 septembre 2013 à Stockholm. Le Premier ministre Fredrik Reinfeldt avait convié ses collègues nordiques à déjeuner avec le président Obama, qui devait ensuite partir à Saint-Pétersbourg pour y rencontrer Vladimir Poutine. Nous étions réunis à Sagerska Huset, la résidence du Premier ministre située au centre de la capitale suédoise, avec le ministère des Affaires étrangères et le Parlement comme plus proches voisins. Dans cette belle et vénérable demeure, Reinfeldt nous a fait servir des spécialités suédoises telles que l'omble chevalier et le chevreuil. Nous étions assis assez près les uns des autres.

En règle générale, beaucoup de personnes accompagnaient Obama, mais ce soir-là nous étions peu nombreux et, nous autres des pays nordiques, nous nous connaissions bien. Outre le maître des lieux, Reinfeldt et moi-même, étaient présents Helle Thorning-Schmidt, la Première ministre du Danemark, Sauli

Niinistö, le président de la Finlande, et Sigmundur Gunnlaugsson, le Premier ministre islandais.

Avant le repas, Obama a raconté qu'il avait vu ma petite expérience au cours de la campagne électorale norvégienne lorsque, déguisé en chauffeur de taxi, j'avais sillonné les rues d'Oslo pour écouter ce que pensaient réellement les gens assis sur la banquette arrière. La vidéo n'était pas passée inaperçue. Il avait bien ri, a-t-il dit, surtout quand j'avais appuyé sur le frein en croyant que c'était la pédale d'embrayage. Cela faisait des années que je n'avais pas pris le volant, et je n'étais pas habitué à conduire une automatique. Au cours de la demi-heure qui a précédé le dîner, le ton était amical et décontracté.

Ensuite, l'heure ne serait plus au bavardage.

Pour la troisième année consécutive, la guerre civile faisait rage en Syrie. Deux semaines plus tôt, le président Bachar al-Assad avait lancé une attaque chimique sur deux faubourgs de Damas. Les écrans du monde entier avaient diffusé les images de personnes prises de convulsions mortelles et d'enfants luttant désespérément pour respirer. Mille quatre cents personnes avaient été tuées, dont quatre cents enfants. Obama avait averti Bachar al-Assad qu'une attaque à l'arme chimique aurait « de graves conséquences ». Le régime syrien était clairement passé outre.

Au cours du repas, Obama nous a fait part de ses arguments ; il hésitait à recourir à une réponse militaire. Ce n'était pas une décision facile. Il s'était opposé à l'invasion de l'Irak, qui s'était révélée basée sur des renseignements infondés. Mais la situation était, selon lui, différente. Les preuves incriminant le régime de Bachar al-Assad étaient accablantes.

« Ce n'est pas moi, ce sont les nations du monde entier qui ont tracé cette ligne rouge », a-t-il dit. Une claire majorité de pays dans le monde avait en effet signé le traité interdisant le recours aux armes chimiques. Si nous restions sans rien faire, le monde enverrait un signal à tous les dictateurs : enfreindre les traités internationaux n'entraîne aucune conséquence.

« Si nous autorisons cela, nous autorisons aussi le monde à devenir un endroit plus dangereux. C'est la porte ouverte à toutes les horreurs que le monde a découvertes lors de la Première Guerre mondiale », a-t-il averti.

Toutefois, ce soir-là à Stockholm, Obama nous a invités à lui faire part de nos objections, car il n'est de décision plus grave que celle de donner l'ordre d'attaquer militairement un autre pays.

La Première ministre danoise Helle Thorning-Schmidt a soutenu Obama en donnant son accord pour bombarder les installations militaires de Bachar al-Assad. Quant à moi, je l'ai mis en garde contre une telle action.

La Norvège condamne autant que les États-Unis l'utilisation d'armes chimiques, ai-je souligné. Mais un bombardement ne résoudrait rien. Assad continuerait de disposer d'armes chimiques, il n'en deviendrait qu'un ennemi plus dangereux et plus imprévisible. Sans oublier qu'il nous manquait une résolution de l'ONU à ce sujet. C'était bien la différence entre la Libye et la Syrie. Avant le bombardement de la Libye en 2011, le Conseil de sécurité de l'ONU avait pris une résolution permettant une action militaire pour empêcher Mouammar Kadhafi de massacrer sa population. On peut discuter de l'intervention contre la Libye de Kadhafi, toujours est-il qu'elle était légale au regard du droit international. On peut même affirmer que cela aurait été une erreur de *ne pas* voter pour l'opération militaire en Libye, puisque cela aurait entamé le respect vis-à-vis des résolutions du Conseil de sécurité.

Concernant la question syrienne, nous ne pouvions pas attendre l'ONU, d'après Obama, étant donné que la Russie opposerait certainement son veto au Conseil de sécurité, mais j'ai soutenu mordicus mon point de vue, comme avant la guerre en Irak de 2003 : « Nous devons respecter le droit international. Il est défendu de déclencher une guerre, sauf en cas d'autodéfense ou si un mandat du Conseil de sécurité de l'ONU a été voté. Une intervention militaire sans appui de l'ONU créerait un dangereux précédent qui saperait les règles régissant l'ordre du monde. »

Tous m'ont poliment écouté, et personne n'a semblé surpris par mes propos. La Norvège était un pays réticent à soutenir des actions militaires, surtout sans l'aval de l'ONU. Cette tradition était encore plus forte en Suède, et, comme il fallait s'y attendre, Reinfeldt s'est aussi prononcé contre les bombardements.

Au bout d'un moment, Obama a repris la parole. Il a pesé les nombreux arguments pour et contre une intervention militaire, et ses réflexions m'ont fait forte impression. Que la bonne attitude fût seulement de s'appuyer sur le droit international n'allait pas forcément de soi. J'ai repensé à son discours de réception du prix Nobel de la paix à l'hôtel de ville d'Oslo. C'était un hommage à la paix. Cependant, il avait insisté sur le fait qu'il peut se révéler nécessaire de recourir à la force militaire pour assurer la paix. Les arguments pour justifier une réponse militaire à l'attaque au gaz sarin d'Assad ne manquaient pas. Tout comme je commençais à douter du bien-fondé de ma position, j'avais le sentiment qu'Obama n'était pas non plus insensible aux arguments contre le bombardement.

Mais il y a un temps pour discuter et un temps pour décider. Et la décision d'Obama a été claire : les arguments pour une réponse militaire l'emportaient. Il fallait bombarder la Syrie d'Assad.

Même quand les réflexions et les positions fondamentales sont similaires, il arrive que l'on débouche sur des points de vue opposés.

Par la suite, j'ai pensé qu'Obama et ses conseillers m'avaient sans doute considéré comme un pigeon en matière de sécurité, se disant que j'étais un digne représentant d'une Norvège bienveillante et naïve. C'est pourquoi pas une seconde il ne m'est venu à l'esprit que mes propos, ce soir de septembre à Stockholm, accréditeraient une candidature au poste de secrétaire général de l'OTAN. Je n'aurais jamais non plus imaginé le devenir un jour. Des collaborateurs d'Obama m'ont en effet appris plus tard que tout s'était probablement joué lors de ce repas dans la résidence du Premier ministre suédois. Obama y aurait constaté que j'étais un homme politique, quelqu'un qui pèserait toujours le pour et le contre, qui savait qu'il faut une responsabilité supérieure pour prendre des mesures dans un processus démocratique et qui, sur le fond, était un pragmatique. L'OTAN a eu à sa tête des experts, des diplomates et des politiques. L'avantage d'un homme politique, c'est qu'il est habitué à prendre des initiatives et à appliquer des décisions, même quand elles sont décriées. Comme j'allais le constater au cours des années suivantes, tous les pays membres ne sont pas favorables à la nomination d'un artisan politique à ce poste, quelqu'un qui a un ordre du jour clair pour l'OTAN et sait comment l'organisation doit se développer. Mais je suis assez sûr qu'Obama penchait pour cette option.

Je suis issu d'une famille engagée dans la politique. Mon père et ma mère étaient de fervents sociaux-démocrates, membres du Arbeiderpartiet, le Parti travailliste. Les repas étaient l'occasion de parler des grands ou petits problèmes de la société, et ils nous ont fait partager très tôt, à nous autres enfants, leurs opinions et points de vue.

Lorsque Camilla, ma petite sœur Nini et moi-même étions adolescents, nous discutions beaucoup avec nos parents : la guerre du Vietnam, le droit à l'avortement, l'égalité femmes-hommes, la politique familiale, l'armement, les problèmes environnementaux. Notre maison avait souvent des allures de séminaire, ce qui enchantait nos amis. Camilla et moi-même appelions nos parents par leurs prénoms, Karin et Thorvald, tandis que Nini disait maman et papa. Je ne sais pas très bien pourquoi. Peut-être parce que Camilla et moi parlions plusieurs langues durant notre enfance à Belgrade, et qu'il était plus simple d'utiliser leurs prénoms, puisque ceux-ci étaient les mêmes dans toutes les langues.

Chez Karin et Thorvald, la porte restait toujours ouverte, que ce soit pour la famille ou pour nos amis. Il arrivait à certains de rester, de sorte que le nombre d'occupants variait souvent. Thorvald racontait gaiement que le week-end il faisait le tour de la maison pour compter les gros orteils qui dépassaient des couvertures et des édredons, divisait le chiffre par deux et faisait cuire la même quantité d'œufs. Puis Karin et lui servaient le petit-déjeuner et recueillaient force louanges, que Thorvald estimait amplement méritées. Certes, ma maison d'enfance n'était peut-être pas toujours impeccable, le réfrigérateur pas toujours rempli et les repas souvent improvisés, mais c'était une maison pleine de vie, ouverte à l'imprévu.

Mes parents avaient tous deux fait carrière dans la politique. Thorvald a été ministre de la Défense, ministre des Affaires étrangères et négociateur à l'ONU pendant la guerre de Yougoslavie et lors de sa dissolution dans les années 1990. Karin a été secrétaire d'État au ministère du Commerce et de l'Économie, et, comme chef de service au sein du ministère de la Consommation au début des années 1970, elle a joué un rôle clé dans l'élaboration d'une nouvelle politique en matière de famille et d'égalité hommes-femmes. En tant que personnes, ils étaient très dissemblables : Thorvald était quelqu'un d'extraverti qui recherchait le contact, il adorait discuter avec des gens, qu'il les connaisse ou pas, alors que Karin était une personne plus réservée, n'aimant pas se retrouver au centre de l'attention. Mais ils étaient liés par l'intérêt qu'ils partageaient pour les questions sociétales et la politique.

Thorvald nous avait raconté, à nous autres enfants, comment il avait rompu avec la tradition conservatrice de sa famille qui votait à droite, et nous avait parlé des raisons qui l'avaient amené à défendre une démocratie sociale et à rallier le Parti travailliste. Les années de guerre avaient fait naître une prise de conscience qu'il fallait développer : les Norvégiens appartenaient à une communauté. À ce titre, la reconstruction du pays à partir de 1950 avait été déterminante. Lors d'une réunion du Parti travailliste où des amis l'avaient entraîné, mon père avait ressenti une cohésion qu'il n'avait jamais vue dans d'autres milieux.

Mon père avait été très marqué par un séjour de quelques années aux États-Unis au début des années 1960 : il existait une grande disparité entre les classes sociales, et la faiblesse de l'État était inversement proportionnelle au pouvoir du capital. Thorvald avait constaté que les forces actives en Norvège et dans de très nombreux pays allaient dans le sens de l'inégalité et de l'injustice ; le principe du droit du plus fort gagnait du terrain, et, selon lui, le mouvement des travailleurs en particulier pouvait faire contrepoids. De bons amis à lui depuis ses années d'étudiant étaient liés au Parti travailliste, mais c'est Karin, beaucoup plus ancrée à gauche que lui, qui a eu une influence déterminante. Lorsque Thorvald s'est encarté, son glissement vers la gauche avait duré si longtemps que tout son entourage le croyait membre du parti depuis des années.

Quand j'étais enfant, Karin et Thorvald partaient souvent assister à des meetings et des conférences. Ils rentraient à la maison pleins d'idées, et nous les enfants trouvions normal d'exprimer notre avis sur des sujets aussi variés que l'arme nucléaire ou la coopération européenne. À l'âge de treize ans, j'ai accompagné Thorvald quand il a fait campagne pour l'adhésion de la Norvège à l'Union européenne (ou la Communauté européenne, comme elle s'appelait alors). Quand le « non » l'a emporté au référendum de 1972, je crois avoir accusé autant le coup que Thorvald et Karin. L'année suivante, je me suis inscrit à la ligue des jeunes travaillistes. Ma section locale comptait soixante membres, mais aucun ne voulait être à sa tête, alors, en même temps que je recevais ma carte du parti, j'ai été désigné pour occuper cette fonction. Il m'a fallu quelques mois pour me rendre compte que la jeunesse travailliste traversait la pire crise de son histoire. Dans le sillage du référendum sur l'adhésion à la Communauté européenne, le Parti travailliste et la ligue des jeunes travaillistes avaient perdu la cote auprès des jeunes. Leurs réalisations étaient au point mort, et presque plus personne ne venait aux réunions.

Ces débuts difficiles n'ont pourtant pas ébranlé mon profond attachement aux valeurs sociales-démocrates défendues par le Parti travailliste. Ces convictions m'ont accompagné toute ma vie.

Les élections du 9 septembre 2013 ont marqué la fin de mon mandat en tant que Premier ministre de Norvège, et Erna Solberg, la cheffe de file de la droite conservatrice, m'a succédé.

Par trois fois dans le passé, j'avais quitté les bureaux du gouvernement pour rejoindre ceux du Parlement, avant finalement d'y revenir. Mais j'avais le sentiment que cela ne se reproduirait pas cette fois-ci[1]. J'avais été dix ans Premier ministre, avais fait de la politique au plus haut niveau pendant vingt ans, été membre du bureau du Parti travailliste pendant plus de trente

1. Après avoir passé une décennie à la tête de l'OTAN, Jens Stoltenberg est revenu dans le gouvernement norvégien au poste de ministre des Finances en février 2025, cette fois avec Jonas Gahr Støre comme Premier ministre. (*Toutes les notes sont de la traductrice.*)

ans, et j'étais persuadé que ce chapitre de ma vie serait bientôt terminé.

J'ai discuté avec Ingrid et quelques proches amis de ce que j'allais faire. Très vite, la décision a été prise que je ne me représenterais pas dans quatre ans. Je voulais aussi céder ma place comme chef de parti à la régulière, sans qu'il y ait de drame. Cela aurait lieu lors du meeting national de 2015. Je ne savais pas encore ce que je ferais par la suite.

Cependant, je faisais partie des anciens chefs de gouvernement dont le nom circulait parmi les dirigeants occidentaux pour prendre la tête d'un organisme international. Des appels du pied m'ont fait comprendre qu'on pensait à moi comme nouveau secrétaire général de l'ONU. Le successeur de Ban Ki-moon devait être élu en 2016, et je bénéficiais, semble-t-il, de l'appui de nombreux pays. Même la Russie m'accepterait. Mais on ne connaissait pas la position de la Chine, mon gouvernement ayant refusé de présenter ses excuses quand le comité du prix Nobel en Norvège avait décerné en 2010 le prix Nobel de la paix au défenseur des droits humains Liu Xiaobo.

Lors d'une conversation informelle au téléphone avec la chancelière Angela Merkel, celle-ci avait mentionné, presque en passant, qu'après le départ du Danois Anders Fogh Rasmussen à l'automne 2014, le poste de secrétaire général de l'OTAN serait vacant. Je n'ai dit ni « oui » ni « non », et Angela Merkel a fait remarquer qu'il serait par ailleurs difficile de faire élire deux Scandinaves l'un après l'autre. Que la Norvège ne fasse pas partie de l'Union européenne ne jouait pas non plus en ma faveur. Cela ne se fera pas, ai-je pensé.

Dans une lettre de Barack Obama pour me souhaiter bonne chance pour la suite, il avait ajouté de sa main quelques lignes tout en bas : « Cela a été un grand plaisir de travailler avec vous [...]. J'espère que l'occasion nous sera donnée dans l'avenir de pouvoir retravailler ensemble. » Un geste cordial qui, sur le moment, ne m'a pas mis la puce à l'oreille. J'ignorais alors que de proches collaborateurs du président américain s'étaient entretenus avec la chancelière allemande au sujet de l'OTAN et avaient parlé de moi. Ensemble, ils avaient commencé à forger un plan.

Au Nouvel An 2014, la ministre de la Défense, Ine Eriksen Søreide, a reçu une demande de Washington : les Américains souhaitaient me présenter comme le candidat des États-Unis pour prendre la tête de l'OTAN. Les Allemands et les Polonais défendraient eux aussi ma candidature. Étais-je intéressé ? Voilà qui était autre chose que des apartés polis, et j'ai dû prendre le temps de la réflexion.

Je me suis d'abord entretenu avec ceux qui m'étaient le plus proches, à commencer par Ingrid. Elle était surprise et, au départ, s'est montrée sceptique. Elle trouvait que nous avions vécu suffisamment longtemps sous les projecteurs et aspirait à une existence plus retirée. J'ai ensuite discuté avec Thorvald, ma sœur aînée Camilla et son mari Atle, ainsi que mes enfants. La plupart des conversations ont eu lieu chez Thorvald dans la cuisine de la Mogens Thorsens gate où, dans notre jeunesse, Camilla, Nini et moi refaisions le monde avec nos amis jusque tard dans la nuit.

C'était là que Karin et Thorvald m'avaient raconté, enfant, comment c'était de grandir pendant la guerre. J'adorais surtout qu'ils me parlent de mon grand-père, Emil Stoltenberg. C'était un conteur hors pair, et nous avions une complicité bien à nous, mon grand-père et moi, fondée sur ce qu'il avait vécu quand la guerre était arrivée jusqu'en Norvège. Il évoquait ces jours d'avril 1940 quand, capitaine de quarante ans, il commandait une compagnie de jeunes appelés de dix-neuf et vingt ans avec pour mission de freiner l'avancée des troupes allemandes au niveau du pont de Høljarast, dans la région de Valdres. Ils ont livré une dure bataille, mais ont dû finir par battre en retraite. Mon grand-père parvenait à me faire sentir l'atmosphère de chaos et de froid, de peur et de désarroi, où rien ne se passe comme prévu. À l'image de la guerre.

Thorvald n'a guère manifesté d'enthousiasme à l'idée de ce poste à l'OTAN. Après dix ans comme secrétaire et conseiller d'État au ministère de la Défense et des Affaires étrangères, il connaissait bien l'OTAN pour avoir été probablement le Norvégien ayant le plus assisté à des rencontres de ministres à l'OTAN. Il pensait que ce serait trop calme pour moi, à Bruxelles. « Que se passe-t-il à l'OTAN ces temps-ci ? » m'a-t-il demandé.

Eh bien, une grande opération avait lieu en Afghanistan, mais l'alliance était en train de se retirer du pays. À part cela, pas grand-chose. Connaissant bien son fils, il me voyait mal passer mon temps à Bruxelles, entre généraux et diplomates.

« Tu n'es pas fait pour ce genre de boulot », a déclaré Thorvald, qui avait vu à l'OTAN l'envers du décor : des réunions interminables, des négociations qui traînaient en longueur, des altercations à propos d'un terme ou d'une expression. Ingrid soutenait son point de vue, car mieux que quiconque elle savait qui j'étais, un homme impatient d'aller au but.

Thorvald estimait que je devrais plutôt laisser la porte ouverte à un nouveau mandat de Premier ministre en 2017. Rester en Norvège présentait aussi un grand avantage : je me laissais la possibilité d'être un jour nommé secrétaire général de l'ONU. Cette pensée le réjouissait particulièrement. Thorvald appartenait à une génération qui avait une confiance absolue dans les Nations unies. Il avait treize ans à la fin de la Seconde Guerre mondiale en 1945, un âge suffisant pour que l'Occupation et l'horreur de ce conflit l'aient marqué de façon indélébile. L'ONU représentait une organisation où tous les pays du monde devaient se donner la main et coopérer dans un climat de confiance pour qu'une nouvelle grande guerre soit désormais impensable. À ses yeux, le secrétaire général de l'ONU occupait le poste de responsabilité le plus important au monde.

Pour ma part, j'étais dans le doute. Naturellement, je me sentais flatté et honoré, mais à dire vrai je n'avais jamais spécialement aspiré à une carrière internationale. Ingrid était diplomate et Thorvald avait toute sa vie travaillé aux Affaires étrangères, c'était leur domaine, pas le mien. Je n'étais pas sûr non plus que les dirigeants de ces différents organismes internationaux disposent réellement d'un quelconque pouvoir ou d'une grande marge de manœuvre.

Par ailleurs, j'ai une formation d'économiste. J'aime ce qui est mesurable, tout ce dont on peut rendre compte avec des chiffres, des tableaux et des graphiques. Les choses concrètes, les réponses claires. J'aime participer à la construction aussi bien d'une plate-forme pétrolière que d'une station d'épuration. Signaux reçus ou envoyés, délibérations et processus… rien que de penser à la manière dont le ministère des Affaires étrangères doit souvent procéder, je ne tiens pas en place. Il n'y a rien de mal là-dedans, c'est juste que ce n'est pas *moi.*

Et, détail qui n'en est pas un : j'aime vivre en Norvège. En outre, que penser d'une vie loin de ma famille ? Certes, les enfants étaient adultes et avaient leur propre vie, mais j'avais envie d'être le plus possible près d'eux. Si nous déménagions à l'étranger, je regretterais nos repas et ces moments de partage quand ils arrivaient à l'improviste pour prendre quelque chose à la maison ou discuter un peu, souvent en compagnie d'amis qu'Ingrid et moi connaissions bien. Thorvald était désormais un homme très âgé, allant sur ses quatre-vingt-trois ans. Il restait en forme, se débrouillait seul et faisait lui-même ses courses dans la Frognerveien. Et il avait Anja. La réalisatrice Anja Breien était entrée dans la vie de Thorvald après la mort de ma mère Karin et illuminait ses jours. J'espérais bien que Thorvald avait encore de belles années devant lui. Son propre père n'avait-il pas vécu jusqu'à l'âge de quatre-vingt-dix-huit ans ?

Puis j'ai pensé à Nini, ma petite sœur, qui avait souffert d'addiction à la drogue pendant tant d'années. Son compagnon, Karljohn, était décédé l'année précédente, et Nini ne s'en remettait pas. Elle n'allait pas bien, et Thorvald, Camilla et moi sentions tous que nous devions être là pour elle. Je voyais assez souvent Nini, mais nous nous parlions surtout au téléphone. Alors peu importait finalement que je sois à Oslo ou à Bruxelles. Je rentrerais les week-ends et pendant les vacances, et je n'habiterais à Bruxelles que quatre ou cinq ans. Seulement, je ne pourrais pas accourir si elle avait besoin de moi.

Puis j'ai élargi le champ des personnes à consulter. Parmi mes amis et mes connaissances dans et en dehors du Parti travailliste, les réactions allaient d'une attitude réservée à une franche opposition.

Je croyais avoir largement le temps et pouvoir attendre le printemps avant de prendre une décision définitive. Mais, au début de février, j'ai appris qu'il fallait donner ma réponse sans délai. Les États-Unis voulaient éviter que la nomination pour le poste de secrétaire général de l'OTAN puisse, après les élections européennes qui auraient lieu au printemps, faire partie du marchandage dans l'attribution de postes clés dans l'Union européenne. Barack Obama devait rencontrer le président François Hollande, et il souhaitait lui annoncer que j'étais le candidat soutenu par les États-Unis. Pour ce faire, il devait d'abord savoir si j'étais partant.

Je l'étais.

Lentement mais sûrement, j'étais arrivé à la conclusion que je souhaitais devenir le nouveau secrétaire général de l'OTAN.

J'avais l'habitude de faire ce que le parti me demandait – et je me suis tenu à cette règle pendant des années : prendre au sein du parti les responsabilités qui m'étaient confiées. À présent, c'étaient les plus puissants dirigeants du monde occidental qui me demandaient quelque chose. Difficile de refuser quand des personnes comme Barack Obama et Angela Merkel vous proposent un travail. Refuser parce que je préférais vivre à Oslo et faire des balades à ski dans le Nordmarka étaient des objections peu recevables.

Mais on ne peut pas non plus accepter un tel poste uniquement par sens du devoir. Au cours de ces semaines de réflexion, j'avais vu naître en moi une réelle et profonde motivation à devenir le chef de l'OTAN.

J'avais seulement cinquante-cinq ans. L'idée de prendre à bras-le-corps des responsabilités nouvelles et de taille m'attirait. La tâche essentielle des instances internationales est d'assurer la paix. Si la guerre fait rage, nul doute que la lutte pour le climat, le combat contre la pauvreté et le développement économique passeront au second plan. La paix est la condition fondamentale pour qu'adviennent des avancées sociales, et l'OTAN est l'organisation la plus importante œuvrant pour assurer la paix et la sécurité de près d'un milliard de personnes.

La création de l'OTAN remontait à plus de soixante ans. L'organisation avait pour rôle d'assurer une défense commune contre l'Union soviétique communiste et de garantir la liberté et la démocratie à ses pays membres. La coopération au sein de l'OTAN était de nature aussi bien politique que militaire. Les États-Unis, le Canada et dix pays occidentaux formaient le noyau de départ, auquel d'autres pays étaient venus se joindre par la suite.

Pour moi, il existe une parenté politique entre la cohésion de l'OTAN et les idées sociales-démocrates : ensemble, nous obtenons davantage que chacun de notre côté. Il est paradoxal qu'on s'imagine souvent – y compris parmi les sociaux-démocrates – que la défense et la sécurité sont des sujets qui relèvent principalement de la droite. La vérité est que l'OTAN bénéficie d'un large soutien dans le paysage politique, et que les différentes formations politiques avaient historiquement été à l'origine de l'OTAN. La plupart des pays européens ayant participé à la formation de l'alliance avaient soit des dirigeants sociaux-démocrates, soit une forte proportion de sociaux-démocrates dans leurs gouvernements. Le Parti travailliste britannique, sous la houlette de Clement Attlee, a joué un rôle déterminant, sans oublier les contributions d'autres Premiers ministres sociaux-démocrates comme Willem Drees aux Pays-Bas, Hans Hedtoft au Danemark et Einar Gerhardsen en Norvège. À cette époque, le démocrate Harry Truman était le président des États-Unis et Louis St-Laurent, du Parti libéral canadien, le Premier ministre du Canada. Tous deux faisaient partie du centre gauche dans leurs paysages politiques respectifs.

J'avais surtout travaillé à des questions de politique intérieure telles que les retraites, la gestion des revenus du pétrole et la réforme du secteur public. Quant à mon engagement international, il avait principalement porté sur les questions liées au changement climatique et sur la santé des enfants. Pour autant, tout au long de ma vie politique, j'avais débattu des problèmes concernant la défense et la sécurité. Cela allait des discussions sur l'OTAN et les armes nucléaires à la ligue des jeunes travaillistes dans les années 1980 aux grands investissements dans la défense lors de mon mandat comme Premier ministre. J'avais également passé beaucoup de temps à discuter et à organiser la participation de la Norvège à des opérations militaires internationales, entre autres en Afghanistan, en Libye et au Kosovo.

Je crois à des institutions fortes. Une communauté où grands et petits se retrouvent autour d'une table, où tous ont voix au chapitre et établissent des règles communes pour limiter le droit du plus fort. N'est-ce pas fondamentalement ce que nous appelons la civilisation ? Il en va ainsi dans les collectivités comme sur le plan national et, bien sûr, international. Pour faire obstacle à la guerre et à l'injustice, il faut des organisations fondées sur le droit international et sur des principes démocratiques. C'est dans ce genre d'institutions que sont pris en compte les intérêts de chaque pays, surtout ceux des plus petits. Une alliance qui impose des obligations entre les États-Unis et l'Europe est le pilier même de la coopération dont nous avons besoin en matière de politique de défense et de sécurité.

Le soir où j'ai appris que les Américains avaient besoin d'une réponse avant le lendemain matin, j'ai eu une longue discussion avec Ingrid. Malgré son scepticisme intact, elle croyait autant que moi à la coopération internationale. Nous avons pris la décision ensemble : j'accepterais d'être le candidat de Barack Obama et d'Angela Merkel au poste de secrétaire général de l'OTAN.

Washington m'a fait savoir que je bénéficiais d'un large soutien de nombreux pays de l'alliance et que je ne devais rien entreprendre de mon côté. Le meilleur directeur de campagne du monde, Barack Obama, travaille pour toi, m'a-t-on expliqué. Il ne restait plus qu'à attendre.

Chapitre 2

Changement de rythme

« Mais c'est formidable, Jens ! »

Thorvald m'a gratifié d'une accolade chaleureuse. Les États-Unis et l'Allemagne avaient activé leurs réseaux pour soutenir ma candidature, et, le 28 mars, j'ai été nommé au poste de secrétaire général de l'OTAN, le treizième depuis sa création. Quelques jours plus tard, nous étions attablés à dîner dans la cuisine de la Mogens Thorsens gate.

Une fois ma décision prise, Thorvald l'a soutenue de tout son poids. Seul importait à ses yeux que je suive la voie qui me convenait le mieux. Désormais, seul comptait mon mandat à la tête de l'OTAN, rien d'autre, et toute allusion laissant entendre que l'alliance avait fait long feu s'était tue.

En ce début de printemps 2014 se jouait en outre un drame ravivant les vieux antagonismes Est-Ouest, attirant une fois de plus l'attention sur notre défense collective.

Contrairement à ce qu'avait annoncé Barack Obama lors du dîner chez le Premier ministre suédois en septembre 2013, les États-Unis n'ont jamais bombardé la Syrie. Le Congrès était contre, et Obama n'a pas pris le risque politique de s'opposer aux élus. Au lieu de cela, les États-Unis et la Russie ont négocié un accord selon lequel les armes chimiques de la Syrie devaient être remises aux autorités compétentes et détruites. L'OTAN et la Russie sont également tombés d'accord pour fournir une protection militaire aux navires chargés d'acheminer les armes chimiques hors de Syrie.

Mais c'était sans compter les crises qui se profilaient.

À l'hiver 2014, de graves émeutes ont éclaté à Kiev après le refus du président ukrainien pro-russe Viktor Ianoukovitch de signer un accord de coopération avec l'Union européenne. Plusieurs dizaines de manifestants ont été tués par la police anti-émeute, et la brutalité du régime n'a fait que renforcer la crise. Fin février, Ianoukovitch a été démis de ses fonctions par le Parlement et a fui l'Ukraine, trouvant refuge en Russie. Peu de temps après, on a appris que quelque chose se tramait en Crimée. Des unités militaires ukrainiennes y étaient encerclées et menacées par ce qu'on a appelé de petits hommes verts, autrement dit des soldats sans insignes distinctifs. Leur provenance ne fait pas l'ombre d'un doute : il s'agissait de forces d'occupation russes. Le 18 mars, la Russie a proclamé que la Crimée faisait désormais partie de la Fédération de Russie.

Quelques semaines plus tard, des séparatistes sont passés à l'action dans plusieurs villes de la région du Donbass, dans l'extrême est de l'Ukraine, et ont fait main basse sur de grandes parties de ce territoire. Ces séparatistes étaient téléguidés et financés par la Russie, et n'auraient pu agir sans ce soutien. Contrairement à ce qui s'était passé en Crimée, le Donbass a été le théâtre de combats acharnés entre soldats de l'armée ukrainienne et séparatistes.

La question de la sécurité en Europe est devenue une priorité internationale. La tension s'est accrue, et le dialogue avec la Russie a été rompu.

Par ailleurs, l'Ukraine n'était pas la seule à connaître une crise. En Syrie et en Irak, le mouvement terroriste Daech était en marche et avait conquis nombre de territoires. Un État terroriste dont le monde n'avait jamais connu d'équivalent a vu le jour aux frontières de l'OTAN. Le monde était devenu différent. Avec des dangers plus grands. Une insécurité accrue. Une stabilité moindre.

Nous nous sommes retrouvés dans une situation où la solidarité occidentale prenait tout son sens, ce qui n'avait pas été le cas depuis des décennies. Tout s'était passé pendant les courtes semaines où je m'étais demandé si je devais faire acte de candidature pour ce poste à l'OTAN. J'étais tendu, bien sûr, mais plus la situation internationale se complexifiait, plus je me sentais attiré par les défis qui m'attendaient. Les événements survenus ce printemps dramatique ajoutaient à ma motivation.

Pour me préparer, on m'a attribué un bureau dans la résidence du commandant en chef de la Défense, en contrebas de la forteresse d'Akershus, à Oslo. Là, j'ai pu débattre avec mes collaborateurs et le personnel de l'OTAN venu de Bruxelles, et, au cours de l'été, je me suis fait une idée de plus en plus claire de la tâche qui m'attendait. L'OTAN en tant qu'organisation avait beaucoup changé depuis la guerre froide. On avait procédé à des coupes sombres en plusieurs étapes. Ainsi, les effectifs de la structure de commandement avaient été réduits de moitié, et chaque année avait vu la suppression de postes dans le personnel civil pour répondre aux exigences d'économies.

Mais, plus important, l'OTAN était globalement organisée et structurée pour mener à bien des opérations *en dehors* de son propre territoire. Durant toutes les années où l'OTAN était présente en Bosnie, au Kosovo et en Afghanistan, la défense de l'Europe avait été réduite. Préparation militaire, temps de réaction, équipement, maîtrise de technologies de pointe dans l'armement pour défendre son propre pays – tout cela avait été affaibli. De plus, l'OTAN n'avait accordé que peu d'attention aux nouveaux défis que représentaient la Chine, la cybersécurité et la militarisation de l'espace.

Dans la résidence du commandant à Akershus, un grand projet politique a pris forme petit à petit. Le navire devait virer de bord. Un remède de cheval était nécessaire. Il s'agissait de repenser, de réarmer et de moderniser l'OTAN. Les coupes budgétaires ne pouvaient pas continuer, l'alliance nord-atlantique avait besoin de plus d'investissements et de personnel pour être à nouveau en mesure de mener à bien sa principale mission : garantir la paix et assurer notre sécurité commune.

Pour me préparer au mieux, je devais me rendre dans certaines capitales importantes. Un jour de la fin juin, j'ai ainsi été invité à la Chancellerie fédérale, dans le quartier de Tiergarten, au cœur de Berlin, où Angela Merkel m'a reçu dans son bureau. Nous avons pris du thé, et elle s'est chargée elle-même du service. C'était toujours un plaisir de la rencontrer. De nombreuses années de collaboration nous avaient permis de nouer des liens étroits et d'établir une relation de confiance. Elle m'a félicité, et je l'ai remerciée pour son soutien.

Angela Merkel était profondément préoccupée par ce qui se passait en Ukraine et par les conséquences pour la paix en Europe. Elle était la dirigeante occidentale qui avait le plus de contacts avec Moscou. Elle s'était souvent et longuement entretenue avec Vladimir Poutine après l'annexion de la Crimée, ce qui n'avait pas atténué son inquiétude.

« Poutine vit dans son monde à lui », m'a-t-elle dit.

Elle a évoqué le rôle crucial joué par l'OTAN pour maintenir la cohésion entre les États-Unis et l'Europe. Angela Merkel, qui vivait en Allemagne de l'Est avant 1989, était bien placée pour savoir ce que représentait l'OTAN. Nous sommes sortis sur la terrasse, où elle m'a montré du doigt le quartier où elle avait habité et a répété ce qu'elle avait déjà mentionné à d'autres occasions : « Il faut faire preuve de patience quand on attend de grands changements. »

Le temps pouvait sembler long quand on vivait derrière le mur de Berlin sous un régime autoritaire à parti unique, sans être libre de voyager à l'étranger. Il aura fallu attendre vingt-huit ans entre la construction du Mur et sa chute. On croit parfois que les choses sont immuables, mais rien ne dure éternellement.

Merkel s'inquiétait de l'évolution des relations entre les États-Unis et l'Europe : « Les Américains sont puissants, mais j'espère que vous ne ferez pas tout ce qu'ils demandent, a-t-elle dit. Il est important, Jens, que les États-Unis n'obtiennent pas toujours ce qu'ils veulent. »

Merkel a une subtilité particulière qui lui permet de faire passer un message sérieux de manière légère, voire espiègle. Il y avait à la fois de l'humour et de la gravité dans son avertissement. J'ai souri et lui ai promis que je n'avais nullement l'intention de céder en tout aux Américains.

Les États-Unis semblaient détourner leur attention de l'Europe au profit de l'Asie en général et de la Chine en particulier.

Il s'agissait d'une tendance manifeste depuis un certain temps, et qui s'accentuait. La chancelière allemande, qui entretenait de bonnes relations de travail avec le président Obama, n'était pas particulièrement préoccupée par la coopération transatlantique et la position de l'Europe dans les cercles du pouvoir à Washington.

Un peu plus tard cet été-là, installé dans une chaise longue sur la plage de Villefranche-sur-Mer, à l'est de Nice, je contemplais paresseusement la Méditerranée, une bière fraîche à la main.

Peu auparavant, j'avais rencontré le président François Hollande. Comme la plupart de ses compatriotes, il s'intéressait à la place de la langue française. Lors de la création de l'OTAN en 1949, quatre des douze pays membres étaient totalement ou partiellement francophones. Il y a toujours quatre pays francophones au sein de l'OTAN, mais le nombre des États membres est passé à trente-deux. Cela a une répercussion sur la prédominance du français, même s'il est toujours considéré comme une des langues officielles de l'OTAN, avec l'anglais.

Quant à moi, j'avais étudié l'allemand à l'école. Pour autant que je sache, je serais le premier secrétaire général de l'OTAN à être nul en français. Voulant me montrer obligeant envers Hollande, je lui ai déclaré que j'allais suivre des cours de français.

J'avais reçu mon congé lors d'une réunion nationale extraordinaire un peu plus tôt dans l'été, et Jonas Gahr Støre avait été élu pour prendre la tête du Parti travailliste.

« Tu vas essayer d'apprendre le français ? » s'est-il exclamé quand il a eu vent de mes projets. Jonas, lui, le parlait couramment. « C'est sans espoir, tu n'as aucune chance », a-t-il décrété.

Mais j'ai tenu la promesse que j'avais faite à Hollande, et je me suis inscrit à un cours intensif de trois semaines, sous l'égide du renommé Institut français. Cela se traduisait par huit heures de cours par jour, des devoirs quotidiens et l'interdiction formelle de parler une autre langue que le français tant qu'on se trouvait dans l'enceinte de l'école.

Ingrid m'a accompagné, et nous avons séjourné dans un petit appartement de Villefranche-sur-Mer, idéalement située au fond d'une baie de la Côte d'Azur. Le premier jour, nous sommes montés jusqu'à l'école, qui était hébergée dans une somptueuse villa à flanc de colline, avec vue sur la ville et sur la mer. Nous devions tous être répartis en plusieurs groupes, selon notre niveau. On est venu nous chercher un par un pour passer un test. Lorsque cela a été mon tour, on m'a prié d'entrer dans une salle où m'attendaient trois enseignants. Dans l'avion à destination du Sud, j'avais bûché « Je m'appelle Jens » et « Je suis Norvégien », ainsi qu'une poignée de phrases simples que j'ai débitées sur le moment. Les trois professeurs m'ont jeté un regard dénué de toute expression.

Peu de temps après, Ingrid a rejoint un des groupes d'étudiants avancés. J'ai été informé de mon niveau : « Débutant. »

J'ai pris les cours de français au sérieux, on ne peut pas dire le contraire. Je me suis présenté tous les jours, j'ai subi sans broncher les huit heures d'enseignement dans la chaleur de l'été et ai fait scrupuleusement mes devoirs. Mais, quand on est débutant, le chemin est long avant de maîtriser un tant soit peu le français.

C'étaient des journées merveilleuses. Impossible de ne pas se sentir bien dans un endroit comme Villefranche-sur-Mer en été… Pendant notre temps libre, Ingrid et moi faisions de longues balades sur la plage, nous louions des vélos et savourions des repas délicieux. Mais, lorsque les cours ont touché à leur fin, j'ai dû faire le bilan : certes j'avais appris des choses, je parvenais à formuler des phrases simples et cohérentes, mais j'étais loin de pouvoir *utiliser* le français pour quoi que ce soit de sensé. Cela aurait exigé davantage d'investissement de ma part et un temps dont je ne disposais pas.

Étendu là sur ma chaise longue, j'en ai tiré la conclusion qui s'imposait : Jonas avait raison.

Vers la fin de l'été, nous étions comme d'habitude sur l'île de Hvaler, dans le fjord d'Oslo. J'ai besoin de m'occuper pendant les vacances, alors je m'adonne volontiers à de menus travaux d'extérieur. Ce mardi 29 juillet, je ratissais le jardin quand Ingrid est sortie de la maison et s'est précipitée vers moi.

J'ai tout de suite compris à son expression que quelque chose n'allait pas. Elle m'a tendu son portable sans mot dire.

Ma sœur Camilla était à l'autre bout du fil. Elle a dit : « Jens, Nini est morte. »

Camilla appelait de l'appartement de Nini. C'est là qu'elle l'avait trouvée. Ingrid et moi avons échangé un regard. Elle m'a ôté le râteau des mains, l'a appuyé contre le mur de la maison et m'a serré longuement dans ses bras. Puis elle a passé un bras autour de ma taille, et nous sommes rentrés ensemble dans la maison.

Je me suis changé et je suis parti. Deux heures plus tard, j'étais dans l'appartement de Nini, en compagnie de Camilla et de Thorvald. Nini était assise sur une chaise dans la cuisine, vêtue d'une mince chemise de nuit en soie. Elle avait l'air paisible. Je lui ai tapoté la joue avec précaution. Elle était froide. Ce que j'avais si longtemps redouté avait fini par se produire. Ma petite sœur était morte.

Cet été-là, pendant mon séjour en France, j'avais appelé Nini à plusieurs reprises. Elle n'avait pas décroché. Cela m'avait un peu perturbé, mais j'en avais surtout conçu de la tristesse. Il lui arrivait souvent de ne pas répondre. Cela voulait dire qu'elle allait trop mal et ne désirait parler à personne. Une fois de retour en Norvège, j'ai décidé de me rendre chez elle.

Lorsque j'ai sonné chez elle quelques jours plus tard, sa porte est restée close. « Nini ! » ai-je crié à travers la fente pour le courrier, mais seul le silence m'a répondu. Peut-être était-elle allée faire un tour, peut-être était-elle à l'intérieur et n'avait pas la force d'ouvrir. J'avais apporté des smoothies, car je savais qu'elle avait des difficultés à se nourrir. Je les ai donnés à une voisine qui avait déjà accepté de lui apporter de la nourriture qu'on lui laissait pour Nini.

Thorvald, Camilla et moi étions maintenant dans sa cuisine. Nous n'avons pas dit grand-chose. Thorvald pleurait. Pendant tant d'années, il avait fait de son mieux pour soutenir et aider la cadette de ses enfants. Je savais à quel point il était fatigué. Il avait consacré tellement de temps à Nini, elle avait été son unique préoccupation. Désormais, elle était partie pour toujours, il ne pouvait plus l'aider. Il n'y avait plus d'espoir, seul demeurait le chagrin.

Dans les jours qui ont suivi, les mots affectueux sur Nini ont afflué. Plusieurs personnes ont publié des hommages dans les journaux. Les gens nous arrêtaient dans la rue ou postaient des messages sur les réseaux sociaux pour nous dire à quel point Nini avait compté pour eux. Être une famille connue peut être usant, mais cela fait chaud au cœur de recevoir tant de sollicitude et de réconfort de connaissances comme d'inconnus.

L'église d'Uranienborg était bondée quand les cloches ont sonné le matin du 18 août. Dehors, il pleuvait à verse.

« Un grand frère doit protéger sa petite sœur », ai-je dit dans mon hommage. « J'ai tenté de veiller sur toi. Tout comme Thorvald, Camilla, et beaucoup d'autres. Mais la mort l'a emporté. »

Nous avons soulevé le cercueil. Des lis blancs et des roses fleurissaient le couvercle. Mon fils marchait juste devant moi. Les yeux obstinément fixés sur son dos, j'ai porté le cercueil en passant devant les rangées de bancs silencieuses jusqu'au corbillard qui attendait dehors.

Dans les jours qui ont suivi les obsèques, Camilla et moi avons entrepris de faire un peu de rangement dans l'appartement de Nini, qui était à l'image de sa vie difficile : plein de désordre et de traces d'une existence minée par la drogue. Mais nous avons aussi trouvé de jolies choses. Des objets, des photos et des lettres qu'elle avait conservées et qui formaient à présent de bons souvenirs.

Je ne comprendrai jamais complètement pourquoi les choses se sont passées ainsi. Nini et moi dormions dans la même chambre, et nous partagions des lits superposés. Je dormais en haut, elle en bas. Même famille, même école, beaucoup d'amis communs. Pourtant, le cours de nos vies a pris une tournure radicalement différente.

La vie de Nini est restée inachevée, elle n'a pas eu le loisir d'exploiter toutes ses capacités ni d'exprimer tout son potentiel. Nous avions pourtant espéré qu'elle parviendrait à avoir une vie plus heureuse et plus riche. J'ai senti soudain que la peur de la perdre avait lâché prise, maintenant que Nini était partie. Une étrange dualité : chagrin et regret – mais aussi soulagement.

La belle, poétique Nini, qui n'avait pas sa pareille pour faire surgir comme par magie des petits mots et des phrases émouvantes, et rédigeait les cartes les plus magnifiques de sa main experte. Dans sa jeunesse, elle dessinait et créait de jolies figurines en céramique. J'en ai déniché une quand nous avons rangé son appartement. Elle y avait inscrit : *Volez, folles ailes, volez.*

Après les obsèques, Ingrid et moi avons passé beaucoup de temps avec Thorvald. Il nous en était reconnaissant, mais avait conscience que la vie devait reprendre son cours. Il fallait que je me prépare aux tâches qui m'attendaient et que, petit à petit, j'instaure une sorte de quotidien, une normalité dans tout ce qui était anormal. Les 4 et 5 septembre, j'étais attendu au pays de Galles pour assister, à titre d'invité, à un sommet de l'OTAN.

C'était la première fois que les chefs d'État et de gouvernement de l'OTAN se réunissaient depuis que le monde avait radicalement changé en l'espace de quelques mois. Les guerres en Syrie et en Ukraine constituaient une toile de fond sinistre. En juillet, un avion de ligne malaisien effectuant la liaison Amsterdam-Kuala Lumpur avait été abattu au-dessus de l'Ukraine orientale par un missile tiré depuis une zone contrôlée par des séparatistes soutenus par les Russes. Plusieurs de ceux qui par la suite ont été jugés par la Cour internationale de La Haye étaient des agents russes. Deux cent quatre-vingt-dix-huit personnes avaient péri. Cette tragédie a renforcé le sentiment d'insécurité et de danger.

Lors de ce sommet, j'ai rencontré à nouveau le président Barack Obama. Ensemble, nous avons abordé les dossiers principaux. Nous étions tous deux profondément préoccupés par les conséquences de l'annexion illégale de la Crimée par la Russie et de son intervention militaire dans le Donbass oriental. Il était évident que l'OTAN devait se renforcer, et que l'Ukraine avait besoin de davantage de soutien. Les États-Unis et Obama étaient alors contre le principe d'une aide militaire, craignant d'aggraver le conflit à un niveau qui pourrait se révéler ingérable. Il ne fallait pas créer de faux espoirs, car il estimait pour sa part que l'Ukraine était plus importante pour la Russie que pour l'Occident : Moscou était donc disposé à faire de plus gros sacrifices que nous.

Son message était le suivant : nous devions fournir un soutien politique et financier d'envergure à l'Ukraine, et non pas une assistance militaire massive. En revanche, l'OTAN devait s'armer pour s'assurer que Moscou n'aille pas plus loin et ne menace pas les pays membres de l'alliance. Obama tenait particulièrement à ce que les pays européens membres de l'OTAN et le Canada augmentent leurs budgets de défense. Cette situation ne pouvait pas durer. Les dépenses que les États-Unis consacraient à leur défense représentaient plus de 70 % des dépenses totales des pays de l'OTAN en la matière. « Ce n'est pas juste et, à long terme, ce n'est pas non plus défendable vis-à-vis des contribuables américains », a-t-il déclaré.

Le sujet n'était pas nouveau. Le mécontentement américain à l'égard de la répartition du financement remontait presque aussi loin que la création de l'alliance elle-même. Dès 1963, le président John F. Kennedy se plaignait à son Conseil national de sécurité en ces termes : « Les pays membres de l'OTAN ne paient pas une juste contribution. »

Obama attendait désormais du sommet du pays de Galles une mesure sur un partage plus équitable du financement. « Nous devons prendre une résolution claire, mais, plus encore, nous devons agir. Je te fais confiance pour t'en occuper, Jens », m'a dit Obama avec une petite lueur dans l'œil. J'ai souri et acquiescé, mais au fond de moi je n'étais pas du tout sûr de pouvoir répondre à ses attentes.

Au cours de la réunion, Anders Fogh Rasmussen m'a présenté comme le prochain secrétaire général. Le Premier ministre David Cameron a également prononcé quelques mots sur un ton léger : « Je crois fermement à la continuité. Un ancien Premier ministre scandinave svelte et en pleine forme va succéder à un autre ancien Premier ministre scandinave svelte et en pleine forme. » Fogh Rasmussen était connu pour enfiler ses baskets à la moindre occasion. On avait dû remplacer ses premiers gardes du corps à l'OTAN parce qu'il les semait à la course. Avec moi, ils n'auraient pas ce genre de problème.

Lors de ce sommet, Obama s'est attardé sur la question de la répartition du financement, qualifiant de *free riders*, de passagers clandestins, les pays ayant de faibles dépenses de défense et comptant sur l'aide militaire américaine pour faire face à une situation de crise. Européens et Canadiens voulaient avoir le moins d'obligations possible et aucun engagement chiffré. Ils ont fini par céder à la pression américaine et ont accepté de consacrer 2 % de leur produit intérieur brut à la défense.

La déclaration finale a néanmoins été un compromis : « Les alliés envisagent de tendre vers les 2 % d'ici une décennie. » Dans un document d'ordre juridique, une formulation aussi vague offre bien des échappatoires pour se soustraire à l'obligation de « tendre vers le but ». Mais la réalité politique était tout autre, et c'était l'élément décisif : promesse avait été faite d'augmenter sensiblement les crédits alloués à la défense, et les États-Unis entendaient que l'Europe et le Canada s'y tiennent.

J'ai pris conscience que le réarmement et l'augmentation des budgets consacrés à la défense étaient des dossiers sur lesquels j'aurais à plancher à l'avenir. L'alliance avait changé de braquet.

Deuxième partie

Les débuts

Octobre 2014 - juillet 2016

Chapitre 3

En poste à Bruxelles

Prendre ses fonctions de secrétaire général de l'OTAN revient à monter dans un train en marche. Le 1er octobre 2014, je suis arrivé au siège quelque peu décrépit de l'OTAN pour mon premier jour de travail en tant que secrétaire général. On m'a conduit dans mon bureau, où un tapis bleu couvrant entièrement le sol, avec le logo de l'alliance brillant de mille feux, m'a accueilli. Comme beaucoup d'autres, j'étais persuadé que ce logo représentait une étoile, et j'ai remarqué qu'elle était très belle. « Monsieur le Secrétaire général, ce n'est pas une étoile, mais une boussole », m'a expliqué un chef du protocole de l'OTAN sur un ton aussi aimable que ferme.

On m'a ensuite accompagné jusqu'à la salle de réunion du Conseil de l'Atlantique Nord, qui rassemble tous les États membres et qui est l'organe décisionnel suprême de l'alliance. Sur l'un des murs était écrit *Animus in consulendo liber* (L'esprit libre dans la délibération), une citation que l'on doit à l'historien romain Salluste.

Je me suis assis à la place où se trouvait le maillet, et j'ai observé les ambassadeurs de l'OTAN entrer un par un dans la salle et prendre place. L'espace d'un instant, j'ai soupesé le bois noir dans ma main, avant de raffermir ma prise. J'ai alors frappé sur la table avec le maillet et présidé pour la première fois une réunion du Conseil de l'Atlantique Nord.

Il n'y a eu aucun discours ni célébration officielle marquant l'arrivée d'un nouveau chef à la tête de l'organisation, même si la situation était très claire pour toutes les personnes présentes. Moi y compris. Je n'étais pas habitué à présider un organe dont je n'avais jamais été simple membre auparavant. Chaque fois que je devais donner la parole à quelqu'un, je cherchais la bonne personne du regard parmi tous les visages inconnus.

Au total, l'OTAN comptait à mon arrivée environ treize mille cinq cents employés. C'est une organisation tentaculaire chargée de tout, depuis les opérations et exercices militaires en cours jusqu'aux missions pour instaurer les normes de l'OTAN concernant les armes et le matériel militaire des pays membres.

Le secrétaire général a deux tâches principales. La première consiste à être le chef de l'OTAN, du personnel du siège de l'alliance à Bruxelles et des services subordonnés dans les pays membres, ainsi que des agents des bureaux dans les pays partenaires. La seconde, c'est d'assurer la présidence du Conseil de l'Atlantique Nord, qui réunit plusieurs fois par semaine les ambassadeurs de tous les États membres, lesquels ont tous leurs délégations permanentes au siège de l'OTAN. Quelques fois l'an, ce sont les ministres de la Défense et les ministres des Affaires étrangères, voire les chefs d'État et de gouvernement, qui représentent leur pays à ce Conseil. Ces réunions sont alors appelées réunions ministérielles ou réunions au sommet. C'est pourquoi le niveau de participation varie, mais toutes les réunions sont présidées par le secrétaire général de l'OTAN.

Que le secrétaire général soit à la fois un directeur administratif – une sorte de P-DG – et le chef de l'organe décisionnel suprême confère à la personne concernée une position particulière par rapport aux autres organisations internationales. Les tâches y sont volontiers séparées. À l'ONU, le secrétaire général dirige l'organisation, tandis que d'autres président le Conseil de sécurité et l'assemblée générale où les décisions sont prises.

À l'OTAN, le secrétaire général a bien entendu un pouvoir limité, car en fin de compte ce sont les États membres qui décident. Le secrétaire général a néanmoins une large influence. Diriger une grande organisation implique de prendre des initiatives, d'établir l'ordre du jour et de jeter les bases des décisions.

On m'avait confié la responsabilité ultime des activités complexes de cette vaste organisation, mais dans la pratique une grande partie des tâches était déléguée au groupe des secrétaires généraux adjoints et à d'autres proches collaborateurs. Dès le début, j'ai eu pour objectif de gérer l'organisation avec ceux qui m'étaient le plus proches au sein de ce que l'on appelle le *private office*, afin de consacrer le plus d'énergie et de temps possible au travail politique.

J'étais venu avec quelques collaborateurs norvégiens. Comme directeur de cabinet, mon choix s'est porté sur Vegard Ellefsen, qui au cours des quatre dernières années avait été ambassadeur de la Norvège auprès de l'OTAN. Trude Måseide, ma chargée de communication pendant de nombreuses années au cabinet du Premier ministre, m'a accompagné en qualité de conseillère en communication. Gjermund Eide, ex-assistant militaire auprès de la ministre de la Défense Anne-Grete Strøm-Erichsen, m'a suivi à Bruxelles en tant que conseillère militaire. Randi Ness, qui avait été ma conseillère au Parlement norvégien après l'élection de 2013, a également accepté de travailler pour moi à titre de conseillère à Bruxelles. Enfin, j'ai fait appel au politologue et diplomate Stian Jenssen du bureau de planification et de la politique générale des ressources à l'OTAN, qui connaissait cette organisation de l'intérieur et m'avait aidé à me préparer à prendre ce poste.

Il était crucial que j'aie autour de moi une équipe en qui j'avais pleine confiance et pour qui je n'étais pas un étranger. Je savais que ce travail serait parfois mouvementé, et en tant que Premier ministre j'avais découvert l'importance de rassembler autour de moi des personnes fiables. Une équipe aussi soudée et resserrée m'a donné davantage d'emprise sur la gestion de l'organisation. Tous devaient pouvoir assurer leur mission de conseillers politiques comme gérer les affaires courantes. Nous avons collaboré à grande et à petite échelle.

Ingrid et moi avons rejoint Bruxelles quelques jours à peine avant mon entrée en fonction, et nous avons emménagé dans la maison dont lord Carrington avait fait l'acquisition pour l'OTAN à l'époque où il était secrétaire général, dans les années 1980. Dans un premier temps, Ingrid a continué à vivre à Oslo, mais, comme directrice spécialisée au ministère des Affaires étrangères, elle collaborait beaucoup avec l'Union européenne et pouvait travailler en partie depuis Bruxelles.

Cela faisait des années que nous vivions ensemble. J'avais fait la connaissance d'Ingrid en 1975. Nous étions dans la même classe au lycée, à Oslo Katedralskole. Elle sortait en ce temps-là avec un garçon plus âgé qui la conduisait à l'école en voiture. Chaque matin, je voyais le véhicule s'arrêter devant le portail du lycée. Ingrid se penchait vers son petit ami, le remerciait d'un baiser de l'avoir accompagnée, ouvrait la portière et descendait. Elle traversait la cour du lycée d'un pas assuré, avec la grâce de la danseuse qu'elle était alors.

Vive et d'un goût sûr, Ingrid avait quelque chose d'altier. Elle ne prêtait guère attention aux garçons de la classe : nous étions jeunes, inexpérimentés, et nous n'avions pas de voiture.

Mais il était un domaine que j'avais le sentiment de bien maîtriser : la politique. Katta (le surnom de notre lycée) était un établissement où régnait une activité politique intense et où se tenaient des débats animés ainsi que de nombreuses élections pour les diverses organisations d'élèves. Des élections auxquelles je m'étais présenté et que j'avais remportées. Jusqu'à ce qu'à l'hiver 1977 nous élisions le représentant de notre école au congrès de l'Association des lycéens de Norvège. De façon un peu surprenante, Ingrid s'était présentée à titre de candidate indépendante et l'avait emporté haut la main. Comme j'étais le numéro deux, j'étais devenu son suppléant, et nous avions fait le voyage jusqu'à Trondheim ensemble. À ce moment-là, Ingrid et moi faisions partie du même groupe d'amis. J'étais amoureux, et elle s'était mise à manifester un peu plus d'intérêt à mon égard. Nous étions censés passer la nuit dans un gymnase avec les autres délégués, mais, comme cette idée ne nous enchantait guère, ni elle ni moi, nous étions descendus à l'hôtel Phoenix. Nous n'avions pas eu le sentiment de nous engager, mais nos liens devenaient de plus en plus étroits. Dès 1979, nous avons emménagé ensemble dans un petit appartement que nous avons loué tout au sud du quartier de Grünerløkka, sans salle de bains et avec les toilettes dans le couloir que nous partagions avec les voisins. Cela a été une époque heureuse et le début d'une longue vie commune.

Plus de trente-cinq ans plus tard, la maison où nous avons emménagé à Bruxelles était d'un tout autre standing. Située dans une partie abritée de l'avenue Louise, qui court sur plusieurs kilomètres, la résidence affichait une surface de pas moins de mille deux cents mètres carrés. Sa construction datait du début des années 1900, avec un rez-de-chaussée constitué de grands salons pour les dîners et les réceptions. J'ai installé mon bureau au premier étage, où nous avions aussi notre espace de vie privé et notre chambre à coucher. Six grandes pièces au deuxième étage pouvaient accueillir des invités. Dans les combles, mon prédécesseur avait laissé un large choix d'appareils de gymnastique.

À l'arrière de la maison, quelques marches conduisaient de la terrasse à un jardin qui donnait sur le parc du bois de la Cambre, où dans les années qui ont suivi j'ai parcouru des kilomètres seul ou avec des amis, au soleil ou au milieu de la neige fondue, parfois en écoutant un podcast, à d'autres moments en discutant au téléphone. Parfois aussi en silence, à me demander ce que nous allions bien pouvoir faire pour traiter les problèmes qui s'accumulaient.

Un personnel composé de trois personnes veillait à tout moment sur le bon fonctionnement de la résidence. Dès le premier jour, Berjan Beeuwkes s'est révélé un excellent cuisinier, et il a géré d'une main ferme toutes les activités dans notre nouvelle habitation. Celine Van Esch et Gizela Oliveira se sont occupées de tout le reste : elles rangeaient et faisaient le ménage, accueillaient les invités et assuraient le service. Elles veillaient à ce que j'aie toujours des vêtements propres et des chemises repassées de frais. Tout cela était un luxe auquel je n'avais pas été habitué en tant que Premier ministre en Norvège. Dans notre pays, le chef du gouvernement fait ses courses, cuisine et lave ses vêtements lui-même. J'ai toujours trouvé cela normal, car c'est une bonne chose pour les dirigeants politiques de garder un pied dans la vie quotidienne ordinaire. Mais, à Bruxelles, j'ai découvert qu'on gagnait un temps fou quand d'autres effectuaient toutes les tâches ménagères à votre place. Cela laisse le champ libre pour travailler, et j'ai vite appris à apprécier ce luxe à sa juste valeur.

J'étais venu à Bruxelles à plusieurs reprises, mais, maintenant que j'allais y vivre, c'était comme si je voyais la ville sous un nouvel angle. Bruxelles, c'est un peu la petite sœur de Paris, une capitale un tantinet surannée, mais pleine de charme. La guerre y est une toile de fond omniprésente. De nombreuses grandes avenues portent le nom de héros de guerre, et il n'y a guère de parc ni d'école sans un buste ou un monument commémorant la Première ou la Seconde Guerre mondiale. Le plus impressionnant, ce sont toutes ces petites plaques témoignant du destin de gens ordinaires. *Nous nous souvenons des étudiants morts pour la patrie pendant la guerre de 1914-1918*, suivi des noms de ceux qui ont perdu la vie. Waterloo, Ypres, les Ardennes et tous les champs de bataille sont à courte distance en voiture du centre de Bruxelles et témoignent des affrontements sanglants qui ont fait rage dans cette partie de l'Europe à travers les siècles.

Être à proximité des lieux où les combats ont été terribles permet d'avoir une compréhension nouvelle et plus profonde de la nature de la guerre. Celle-ci vous est autrement plus proche qu'au travers des livres ou des conférences. Bruxelles a été étroitement liée à l'histoire de l'Europe, en période de conflit comme en temps de paix.

Chapitre 4

Le défi de la Russie

Un homme aux cheveux gris, d'allure distinguée, est entré dans mon bureau. Alexandre Grouchko, ambassadeur de la Russie auprès de l'OTAN, avait sollicité une audience. Avant son arrivée, l'ambiance dans les couloirs était un peu tendue, car le simple fait de parler aux Russes était controversé, beaucoup craignant que cela puisse être perçu comme un blanc-seing donné à l'agression russe en Ukraine.

Ce jour de fin novembre 2014, c'était la première fois que je le rencontrais. Après les salutations d'usage, je lui ai désigné le fauteuil des invités dans le petit coin salon de mon bureau. Nous savions tous deux que, dès que nous aborderions le sujet de l'Ukraine, la conversation deviendrait difficile. Grouchko se tenait sur la réserve et me dévisageait. Il n'avait pas l'air pressé d'engager la discussion. Moi non plus.

« Où habitiez-vous à Oslo ? lui ai-je demandé.

— Dans la Sorgenfrigata », m'a-t-il répondu.

Alexandre Grouchko et moi avions des liens qui remontaient loin. Fils de Viktor Grouchko, qui, de 1955 à 1972, avait travaillé à l'ambassade soviétique à Oslo, il était bien connu là où j'habitais auparavant. Gamin, il faisait des tours à vélo dans le parc proche de l'école d'Uranienborg et savait exactement où se trouvait la passerelle menant à la baie de

Frognerkilen[1], près de Skarpsno. Il était même né comme moi à la clinique de la Croix-Rouge, dans la Fredrik Stangs gate, mais quatre ans plus tôt.

Son père connaissait bien Thorvald, à l'époque jeune diplomate au ministère des Affaires étrangères, et il était plusieurs fois venu dans notre maison de la Mogens Thorsens gate. Il avait emmené son fils Alexandre et le reste de la famille en vacances à Ula, près de Larvik, où nous lui avions prêté notre résidence secondaire. Il avait de bonnes relations avec les hauts responsables du Parti travailliste, comme en témoigne une célèbre photographie de Viktor avec l'ancien Premier ministre travailliste Einar Gerhardsen et son épouse Werna. Elle avait été prise sur la passerelle à l'aéroport de Fornebu le jour où Gerhardsen devait se rendre en visite officielle à Moscou, en 1955. Viktor y offre un gros bouquet de roses rouges à Werna, et celle-ci tapote la joue de Viktor. Ce cliché a fait l'objet de bien des commentaires quand on a su plus tard que Viktor Grouchko était un agent du KGB.

Ce matin-là, dans la voiture me conduisant au siège de l'OTAN, j'avais téléphoné à Thorvald. Oui, il se souvenait bien de Viktor et savait qu'il appartenait au KGB, mais il préférait rester en contact avec les gens du KGB pour la bonne et simple raison qu'ils étaient les mieux informés par ceux qui travaillaient à l'ambassade et qui par conséquent envoyaient à Moscou les rapports les plus détaillés. Thorvald trouvait que cela ne posait aucun problème dès lors qu'on était conscient qu'on parlait avec des agents des services de renseignement soviétiques.

J'ai rencontré Grouchko seul. Mon équipe patientait à l'extérieur du bureau, se demandant comment se déroulait l'entretien derrière la porte close. Comment auraient-ils pu deviner que le nouveau secrétaire général de l'alliance et l'ambassadeur russe se remémoraient les jours heureux de leur enfance à Oslo, dans le quartier de Skillebekk ?

---

1. Frognerkilen est une petite baie située dans le fjord d'Oslo, dans un quartier aisé de l'ouest de la capitale, et Skarpsno une pointe qui s'avance dans la baie de Frognerkilen. La famille Stoltenberg habitait à Frogner, un quartier résidentiel huppé non loin de cette baie.

Puis l'heure est venue d'aborder les questions qui fâchent. J'ai exposé le point de vue de l'alliance. La Russie avait violé le droit international en Ukraine. L'annexion de la Crimée était inacceptable. Pour pouvoir avancer, il nous fallait envisager des changements fondamentaux. Les forces russes devaient se retirer de la Crimée et du Donbass.

« C'est une véritable torture que de t'écouter. Tout ce que tu dis est si faux, a répondu Grouchko d'un ton découragé. Nous avions fondé de grands espoirs sur toi, car tu as prôné les échanges et la coopération. Alors, nous avons écouté avec attention tous tes discours et lu tes déclarations après ton entrée en fonction. Nous avons aussi pris connaissance des attendus du sommet du pays de Galles, et ce que tu en as dit. Nous sommes en désaccord sur tout. Aussi ne puis-je rien dire d'autre sinon que nous sommes déçus », a conclu Grouchko.

J'avais, il est vrai, fait comprendre que je souhaitais entretenir un dialogue. Lors de la conférence de presse le jour même de ma prise de fonction, j'avais veillé à mentionner que je ne considérais pas la Russie comme un ennemi. Je ne voyais aucune contradiction entre une OTAN forte et le développement d'une relation constructive avec la Russie. Au contraire.

Cela se fondait sur des expériences antérieures : la coopération que nous avions réussi à développer au fil des années entre la Norvège et la Russie avait été possible uniquement parce que la Norvège pouvait s'appuyer sur la sûreté et la sécurité que lui conférait son statut d'État membre de l'OTAN. Fermeté et prévisibilité établissaient le meilleur cadre qui soit pour instaurer progressivement la confiance et la coopération. Tel était aussi mon message à l'adresse de Grouchko.

Il reconnaissait que nous avions accompli beaucoup de choses grâce aux bonnes relations entre la Norvège et la Russie, mais estimait que l'élargissement de l'OTAN vers l'Est et le soutien apporté à l'Ukraine menaçaient les intérêts de la Russie et sapaient les fondements de la coopération entre les deux partenaires. L'entretien confirmait que la Russie et l'OTAN avaient des positions très éloignées sur la question de l'Ukraine. Néanmoins, à la fin de la réunion, Grouchko m'a dit qu'il maintenait volontiers le contact. Il m'a même offert le livre que son père avait écrit sur les années où il avait travaillé pour les services de renseignement soviétiques : *Ma vie au KGB*. Il avait écrit une dédicace sur la page de garde : « De la part du fils de mon père pour le fils de votre père. »

La discussion éprouvante avec Grouchko n'a modifié en rien ma position de départ : il ne fallait pas fermer la porte à Moscou. La personne avec qui j'en ai le plus débattu a été la porte-parole de l'OTAN, Oana Lungescu.

Ce premier automne, lorsqu'il fallait préciser la position de l'OTAN à l'égard de la Russie dans des projets de discours ou de déclarations, nous avons beaucoup discuté tous les deux, et j'ai remarqué qu'Oana restait sur la réserve lorsque j'essayais de trouver les bonnes formulations pour évoquer le dialogue avec la Russie.

Oana était née et avait grandi en Roumanie sous l'un des régimes les plus durs du bloc de l'Est. Elle avait vingt ans quand son père a été atteint d'un cancer. Oana a alors été approchée par la tristement célèbre police secrète, la Securitate, qui lui a proposé de prendre en charge le traitement qui pourrait sauver son père. À condition qu'elle accepte de travailler pour eux.

Elle a tout raconté à son père. « Tu ne dois jamais, jamais avoir quoi que ce soit à voir avec eux », a-t-il insisté. Peu de temps après, il est décédé.

Oana a quitté la Roumanie quelques années avant la chute du mur de Berlin. Elle a longtemps travaillé à la BBC avant d'obtenir le poste de porte-parole auprès de l'OTAN. Pour moi, son histoire était une bonne piqûre de rappel de ce qu'ont vécu les Européens de l'Est. J'ai souvent fait référence à 1945 comme la grande année de libération de l'Europe. À l'OTAN, j'ai pris conscience que cela reflétait uniquement ce qui s'était passé en Europe de l'Ouest, occultant et excluant ce qui se déroulait de l'autre côté du rideau de fer. En Europe de l'Est, 1945, ou la période qui a suivi immédiatement, a marqué la transition d'un régime totalitaire et oppressif à un autre.

Oana craignait que les Russes fassent un mauvais usage de cette volonté de maintenir le dialogue et l'exploitent à des fins de propagande. Ce désir d'ouverture serait perçu comme une preuve de faiblesse.

Selon elle, le Kremlin ne comprenait qu'un seul langage. Celui de la force.

Après 1989, il était arrivé des choses incroyables : il y avait eu la chute du mur de Berlin, et le pacte de Varsovie avait volé en éclats. Ce pacte était une force d'alliance militaire chapeautée par Moscou, soit l'équivalent de l'OTAN en Union soviétique et en Europe de l'Est. Il était composé de huit pays, dont sept étaient devenus membres de l'OTAN. L'Union soviétique – le huitième pays – avait été dissoute, et trois de ses ex-Républiques avaient également rejoint l'OTAN.

J'ai pensé qu'il avait été tout à fait juste d'essayer de tirer profit en 1991 de l'opportunité historique qui se présentait après l'effondrement de l'Union soviétique pour établir une relation nouvelle avec la Russie. Développer une coopération politique. Encourager le dialogue pour favoriser la compréhension mutuelle. Accroître les échanges commerciaux et trouver de nouveaux domaines de coopération.

D'autres ont considéré la période de dégel des années 1990 avec méfiance, estimant que l'ouverture à l'Est était un vain espoir et une entreprise vouée à l'échec. Que ce dégel n'était qu'une pause dans la rivalité entre l'Est et l'Ouest. Les profondes contradictions entre la Russie et l'Occident n'avaient pas disparu et éclateraient à nouveau au grand jour. Ce n'était qu'une question de temps.

Dès mon premier jour à l'OTAN, il était clair que les relations entre l'alliance et la Russie constitueraient un défi majeur sur le plan géopolitique. La question fondamentale était : quelle stratégie adopter vis-à-vis de ce pays ?

Le Conseil OTAN-Russie a été créé en 2002, avec pour but d'établir un cadre de coopération. Le Conseil pouvait prendre des décisions et mettre en œuvre des projets communs concrets. Certains espéraient même que ce Conseil soit le premier pas vers une adhésion de la Russie à l'OTAN.

Le travail pour resserrer les liens entre la Russie et l'OTAN s'est interrompu au cours des années 2000, en raison de la guerre en Géorgie à l'été 2008, qui a de nouveau alimenté le scepticisme du côté occidental, Poutine manifestant sa volonté et sa capacité d'établir une sphère d'influence russe. Lorsque la Russie a annexé la Crimée et que les troupes russes ont pénétré dans le Donbass en 2014, la période de dégel a bel et bien pris fin. Dans la pratique, les ministres des Affaires étrangères de l'OTAN ont suspendu toute coopération civile et militaire avec la Russie. L'intention était que les réunions du Conseil OTAN-Russie se poursuivent. Mais il s'est révélé que la volonté politique pour continuer dans cette voie faisait défaut, alors le dialogue politique a également été rompu.

J'étais impatient de reprendre le contact, mais je me suis heurté à une certaine résistance, à la fois de la part des pays membres et au siège à Bruxelles. Les Américains étaient contre, car ils voulaient mettre en place un dialogue bilatéral avec les Russes. Les Britanniques partageaient cet avis. Les alliés de l'Est dans l'alliance ont dit « non », estimant que ce « dialogue » était un signe de faiblesse et une reconnaissance de la légitimité des actes commis par la Russie. En revanche, des pays comme l'Allemagne, la France et l'Italie pensaient différemment et soutenaient mon point de vue, jugeant que maintenir des échanges politiques avec Moscou ne signifiait nullement une légitimation de l'agression du Kremlin contre ses pays voisins. C'était seulement un canal obligatoire pour essayer d'éviter une nouvelle détérioration la relation et à terme, si possible, l'améliorer.

Il était difficile de concilier les divergences d'opinions au sein de l'alliance sur l'attitude à adopter vis-à-vis de la Russie. Il fallait éviter tout accident ou incident qui risquerait de devenir incontrôlable et de créer des situations réellement dangereuses. Au cours des discussions, j'ai évoqué l'ancienne relation de voisinage stable entre la Russie et la Norvège, puisque, même au plus fort de la guerre froide, la Norvège avait pu parler avec l'Union soviétique de coopération militaire, d'énergie et de réglementation de la pêche.

Au fil des années, j'avais moi-même participé activement à ce travail. En tant que jeune membre de la ligue des jeunes travaillistes, j'avais eu de nombreux contacts avec des Russes et d'autres Européens de l'Est, je me rendais régulièrement à l'ambassade d'Allemagne de l'Est à Oslo, et j'allais à des fêtes à l'ambassade de Pologne. Tout en craignant que cela puisse être utilisé à des fins politiques, nous souhaitions maintenir le dialogue afin de promouvoir le respect des droits humains en Union soviétique et dans d'autres pays membres du pacte de Varsovie. La ligue des jeunes travaillistes soutenait les prisonniers politiques en Pologne et travaillait main dans la main avec des groupes religieux d'opposition en Allemagne de l'Est. Jamais nous n'avions fait mystère de nos contacts avec les régimes d'Europe de l'Est. Lorsque je devais rencontrer des personnes que je soupçonnais d'appartenir au KGB, je téléphonais aux services de renseignement norvégiens pour les prévenir.

Pour moi, cela relevait de la routine. Il était pourtant plutôt inhabituel – je l'ai compris plus tard – qu'un jeune homme d'une vingtaine d'années ait des contacts fréquents avec des agents du renseignement soviétique et du bloc de l'Est.

J'ai effectué ma première visite en Union soviétique en 1986, en tant que dirigeant de la ligue des jeunes travaillistes. Nous avons mis sur pied, entre autres choses, une coopération avec les jeunes communistes du Komsomol en vue d'une campagne environnementale contre les émissions de soufre à Nikel, en 1988. Comme secrétaire d'État au ministère de l'Environnement, j'ai ensuite poursuivi ce travail. Puis, de 1993 à 1996, en tant que ministre de l'Industrie et de l'Énergie, j'ai siégé à une commission économique conjointe entre la Russie et la Norvège : nous avons notamment facilité les investissements norvégiens dans des projets pétroliers et gaziers russes, et intensifié les échanges commerciaux transfrontaliers dans le nord du pays.

La première fois que je me suis entretenu avec Vladimir Poutine, c'était en août 2000. Il venait tout juste d'être élu président de la Russie et moi, je venais d'être nommé Premier ministre en Norvège. Poutine a téléphoné et remercié la Norvège d'avoir offert son aide pour tenter de sauver l'équipage du sous-marin atomique *Koursk*, qui avait sombré dans la mer de Barents. Quelques semaines plus tard, nous nous sommes rencontrés à l'ONU, avant une visite officielle en grande pompe, à Moscou, en juin 2001.

Le président russe m'a reçu dans son bureau au Kremlin, l'ancienne forteresse au cœur de Moscou. Palais, cathédrales, casernes et remparts : tout est majestueux. Il s'en dégage une impression de puissance, et on imagine sans peine comment les tsars russes, à l'abri derrière ces fortifications, ont régné sur un empire.

Le climat était détendu, nous nous félicitions de voir nos deux pays coopérer toujours davantage. Les entreprises norvégiennes investissaient massivement en Russie, depuis des stations-service jusqu'à des chaînes de télévision, en passant par des journaux et des brasseries. La Norvège a ainsi financé l'envoi à la casse de vieux navires russes à propulsion nucléaire et mis en place des services communs de recherche et de sauvetage en mer. Cependant, après plus de vingt ans de négociations, il n'y avait toujours pas d'accord sur une frontière maritime dans la mer de Barents, c'est-à-dire une ligne de démarcation entre la Russie et la Norvège. Poutine nous reprochait par ailleurs de ne pas avoir assez défendu les intérêts russes au Svalbard et nous a aussi critiqués pour ce qu'il considérait être un mauvais traitement de la communauté minière russe de Barentsburg. Nous sommes tombés d'accord pour continuer à œuvrer en vue d'un renforcement des relations entre nos deux pays.

Au fil des ans, nos rencontres et nos conversations ont été nombreuses. Poutine m'est apparu comme un bourreau de travail, rationnel et intéressé seulement par les résultats. Le plus souvent, cela se passait bien entre nous. Il connaissait parfaitement les dossiers dont nous débattions. Malgré des désaccords, nous avons pu franchir de nouvelles étapes importantes dans notre coopération, comme en 2010, où nous sommes enfin parvenus à nous entendre sur la ligne de démarcation dans la mer de Barents.

La clarification de cette frontière maritime a permis d'intensifier la coopération énergétique, notamment par le biais de conventions sur le développement de l'un des plus grands gisements gaziers offshore du monde, celui de Chtokman. Toutefois, les coûts élevés n'ont pas permis de faire aboutir ce projet. Par ailleurs, nous avons encouragé la coopération industrielle entre la Russie et la Norvège tout au nord, en autorisant par exemple des déplacements sans visa pour la population vivant de part et d'autre de la ligne de démarcation et dans les zones frontalières. À Kirkenes, en Norvège, la population russophone a sensiblement augmenté, et de nombreuses rues ont vu leurs noms apparaître aussi en caractères cyrilliques.

Je savais donc d'expérience qu'il était possible de travailler avec les Russes. Ils respectaient les accords que nous avions conclus.

« Il s'agit de développer un cadre où les accords sont possibles. De même qu'il importe de limiter le cadre où cela n'est pas possible. » Voilà ce que, dans les premiers temps de mon mandat à l'OTAN, je déclarais lors de mes réunions avec des diplomates et des dirigeants politiques.

Je racontais ma promenade en compagnie du Premier ministre Dmitri Medvedev à Storskog, lors du vingtième anniversaire de la coopération de Barents, en 2013. Au cours d'une brève conversation sur le chemin menant au poste frontière russe, j'ai souligné que cette frontière ouverte et l'amitié entre Russes et Norvégiens constituaient un pas en avant significatif.

« Vous n'avez aucune raison de craindre l'OTAN et la Norvège, ai-je affirmé.

— Non, je ne vous crains pas, a répondu Medvedev avec un petit rire. Je n'ai pas peur non plus du président Barack Obama ni de la chancelière Angela Merkel, a-t-il poursuivi. Mais qui vous succédera ? L'histoire nous a appris qu'au moins une fois par siècle surgit un fou venu de l'Occident qui veut conquérir la Russie. Au XVIIIe siècle, c'est Charles XII de Suède qui nous a attaqués, avec pour objectif suprême de prendre Moscou. En 1812, Napoléon s'est emparé de la ville. Au XXe siècle, vous nous avez attaqués deux fois au cours de deux guerres mondiales. En 1941, Hitler était aux portes de Moscou avant d'être repoussé. Et n'oubliez pas que nous en sommes à peine au début du XXIe siècle. »

Honnêtement, je ne sais pas ce qu'ont pensé les différents dirigeants de l'OTAN quand je leur ai répété cette conversation. Mais elle m'a paru très éclairante : depuis Moscou, le monde est vu sous un autre angle.

Au début de mon mandat de secrétaire général, ce ne sont pas seulement l'annexion de la Crimée et la prise de contrôle du Donbass oriental par la Russie qui ont détérioré les relations avec l'OTAN. La Russie a également entamé un vaste programme de renforcement de ses capacités militaires, déployé de nouvelles armes – en partie en violation des accords de désarmement qu'elle avait signés – et effectué des manœuvres militaires de grande envergure. Il est bien sûr permis pour chaque pays de procéder à des exercices militaires sur son propre territoire. Mais ce qui a profondément inquiété l'OTAN, c'est le risque de voir ces exercices utilisés comme couverture pour lancer des opérations militaires contre d'autres pays.

Les exercices incluaient également de plus en plus l'utilisation d'armes nucléaires et ne se déroulaient pas comme le stipulaient les accords sur la transparence en matière de nucléaire, impliquant notamment d'avertir les signataires de tout recours à l'arme atomique. Cela a facilité l'utilisation d'exercices pour couvrir des attaques réelles : ainsi, l'invasion de la Géorgie en 2008 et l'annexion de la Crimée en 2014 ont eu lieu dans le prolongement de grandes manœuvres militaires. En d'autres termes, il existait de bonnes raisons de critiquer ce que manigançaient les Russes.

Mais, pour ma part, je tenais à ce que les critiques de l'OTAN soient justes et précises. Il s'était avéré que nous n'avions pas toujours été assez rigoureux.

Peu après mon entrée en fonction, l'activité aérienne russe au-dessus de la mer Baltique s'est intensifiée, au plus près de l'espace aérien appartenant à des pays membres de l'alliance. Une collision a été évitée de justesse entre un avion de passagers de la compagnie scandinave SAS peu après son décollage de l'aéroport de Copenhague et un avion militaire russe dont les autorités militaires responsables ont confirmé que les transpondeurs étaient éteints. Ce dispositif électronique émet des informations sur la nationalité, le type d'appareil, la vitesse et la trajectoire de l'avion pour prévenir les accidents.

Les dirigeants politiques de nombreux pays membres de l'OTAN ont condamné la pratique russe consistant à voler sans activer les transpondeurs. J'ai moi-même critiqué l'activité aérienne russe au-dessus de la mer Baltique : il y a dans cette zone beaucoup de trafic aérien civil et une grande activité militaire. Il n'y a pas tant de place que ça dans les airs.

Peu après, j'ai appris que des avions militaires des pays de l'OTAN volaient également sans transpondeurs. Tous ceux qui nous avaient entendus, moi et d'autres dirigeants des pays de l'OTAN, critiquer les Russes ne doutaient pas une seconde que les reproches que nous leur adressions signifiaient que *nous*, contrairement aux Russes, nous volions avec les transpondeurs activés.

J'avais reçu plusieurs rapports sur cette pratique dangereuse, et je m'étais appuyé dessus pour faire la leçon aux Russes. Mais personne ne m'avait informé que nous aussi volions sans transpondeurs. J'ai convoqué à une réunion des chefs de plusieurs services de l'OTAN. Nous pouvions en effet critiquer une partie des vols russes, ai-je dit, car voler sans transpondeurs tout près de l'aéroport de Copenhague, c'était autre chose que de le faire au milieu de l'océan Atlantique. Mais nous n'étions pas en mesure de condamner le fait de voler sans transpondeurs quand nous-mêmes le faisions. Il fallait que le fondement de la protestation soit juste.

Des affaires comme celles-ci m'ont fait réfléchir. Parfois, on veut tellement critiquer ses adversaires qu'on en perd toute nuance. Je me suis rendu compte que, concernant les Russes, on avait comme le droit de ne pas prendre de gants. Mais véhiculer une image sans nuances de la réalité donnait aux Russes un atout dans leurs reproches à l'OTAN. Nous risquions ce faisant de faciliter le travail de propagande acharné du Kremlin.

L'affaire des transpondeurs a conduit à ce que la Russie et l'OTAN s'accordent sur des règles et des procédures pour les activités militaires aériennes dans la région de la Baltique, afin de diminuer le risque d'accidents et de malentendus. C'était l'exemple d'une mesure instaurant un climat de confiance et mise en place en dépit des mauvaises relations avec ce pays.

Mais les réticences pour reprendre le travail au sein du Conseil OTAN-Russie restaient fortes au cours du premier semestre qui a suivi mon arrivée à Bruxelles. Les dirigeants de l'OTAN craignaient d'envoyer un signal qui entérinerait l'annexion de la Crimée et du Donbass, ou du moins qui semblait dire que nous n'y accordions pas grande importance.

Lors d'une visite à Vilnius, j'ai rencontré le ministre de la Défense lituanien Juozas Olekas, un homme avenant et ouvert, social-démocrate et médecin. Dans la voiture qui me ramenait à l'aéroport, l'atmosphère à l'arrière était assez détendue. Alors, dans une tentative pour le convaincre de se montrer plus positif à l'égard d'un dialogue avec la Russie, je lui ai parlé des bonnes relations de voisinage avec l'Union soviétique et de mes propres expériences de coopération avec les Russes.

Olekas m'a écouté en silence. Puis il s'est tourné vers moi en souriant : « Jens, vous avez voyagé ici et là en Russie pour des projets concernant l'environnement. Moi, je suis né au goulag. »

Lors de la Seconde Guerre mondiale, les grands-parents d'Olekas et leurs familles ont été déportés de Lituanie à la toundra de Sibérie pour y couper du bois. C'est là-bas que ses parents se sont rencontrés. Et que Juozas est né en 1955, non loin de la ville de Krasnoïarsk, à plus de trois mille trois cents kilomètres à l'est de Moscou. Krasnoïarsk était le centre de l'immense réseau de camps de prisonniers qu'on a appelé le goulag.

« Lorsque nous avons eu le droit de rentrer en Lituanie, mon grand-père m'a mis en garde contre la politique, a raconté Olekas. Un conseil qui peut se comprendre, même si je ne l'ai pas suivi. »

À ses yeux, j'étais bien sûr un homme politique privilégié et crédule, qui venait d'un pays nordique et ignorait ce que l'Union soviétique, l'armée rouge ou la Russie représentaient.

Je lui ai tout de même raconté que j'avais été arrêté par la police russe lors d'une balade sur la péninsule de Kola où nous cherchions à prendre d'un peu trop près des photos d'usines rejetant de grandes quantités de dioxyde de soufre. Ce qui était, selon Olekas, un comportement bien naïf.

« Vous devez comprendre une chose, a-t-il ajouté avec un regard amical mais ferme, nous ne pouvons pas leur faire confiance. Il est facile de parler de dialogue quand vous venez de Norvège. L'armée rouge y est entrée en 1944, mais s'est retirée. Où a-t-on vu ça ailleurs ?

— À Bornholm[1] », ai-je répondu, mais j'ai tout de suite compris que cela ne lui faisait aucun effet.

1. Après des bombardements ciblés, les forces soviétiques ont débarqué sur l'île danoise de Bornholm le 9 mai 1945 et accepté la reddition des occupants allemands. L'armée rouge y est restée un an avant de partir à la suite de pressions diplomatiques.

Mes récits à propos des panneaux solaires installés sur les phares et des pluies acides venant de Kola glissaient sur Juozas Olekas.

Il y avait une différence fondamentale entre les deux dossiers brûlants auxquels j'ai été confronté pendant cette période : l'État islamique, dit Daech, au sud et la Russie à l'est. Menacer Daech était peine perdue : les terroristes étaient prêts à mourir, et leur mépris pour la mort rendait nos sommations inopérantes. Lors d'un sommet de l'OTAN en 2014, une coalition dirigée par les États-Unis contre Daech a vu le jour. La coalition et le combat de l'OTAN contre l'État terroriste étaient intimement coordonnés. L'OTAN faisait partie d'une alliance offensive ayant recours à la force militaire pour lutter contre l'État islamique. Vis-à-vis de la Russie, en revanche, l'OTAN avait toujours été et resterait une alliance défensive. Là, il n'était pas question d'attaquer, mais d'intimider. L'OTAN ne représentait aucune menace pour son voisin à l'est ; en revanche, il fallait qu'il soit clair pour Moscou qu'une attaque militaire contre un pays membre de l'OTAN coûterait si cher à la Russie que mieux valait ne pas y songer. Les relations avec Moscou n'étaient pas sans poser quelque difficulté.

Je souhaitais dialoguer davantage avec les Russes, et l'occasion s'est rapidement présentée. La conférence de Munich sur la sécurité est un événement qui a une longue tradition, rassemblant chaque année tous ceux qui travaillent à la sécurité d'un pays. Début février 2015, le ministre des Affaires étrangères russe Sergueï Lavrov devait y assister. Nous étions convenus de nous rencontrer à cette occasion.

Mes conseillers étaient partagés : était-ce vraiment une bonne idée ? « Lavrov est un homme difficile. Il se met vite en colère et devient agressif », m'ont-ils dit.

Je n'étais pas d'accord avec eux et leur ai expliqué que j'avais eu de nombreuses discussions respectueuses avec Lavrov. En tant que Premier ministre, je l'avais rencontré plusieurs fois, et il avait fait partie de la délégation russe lors de mes rencontres avec Poutine et Medvedev. Il s'était alors toujours montré avenant et agréable.

J'ai donc rencontré Lavrov au majestueux hôtel Bayerischer Hof, qui grouillait d'experts et d'hommes et femmes politiques. Mais, dans la salle de réunion relativement petite, nous n'étions que lui et moi, et une poignée de conseillers.

« Je suis heureux de vous revoir, ai-je dit. Nous avons fait du bon travail ensemble lorsque j'étais Premier ministre. »

J'ai mentionné la ligne de partage en mer de Barents. « J'espère que vous trouverez du pétrole et du gaz là-haut », a-t-il aussitôt répondu.

Petit à petit, nous en sommes venus à aborder le cœur du sujet. « Je suis d'avis que nous devons poursuivre nos discussions, ai-je déclaré. Nous devons nous rencontrer, instaurer un dialogue et tenter de trouver une issue à la situation difficile dans laquelle nous sommes. Comme vous le savez, la situation en Ukraine est actuellement la préoccupation principale. Toutes les parties doivent respecter le droit international. Les alliés de l'OTAN n'accepteront jamais l'annexion illégale de la Crimée et les opérations militaires russes dans l'est de l'Ukraine.

— Mais ça n'est pas vrai, Secrétaire général Stoltenberg ! s'est écrié Lavrov. Il n'y a aucun soldat russe en Ukraine. Tout ça, ce n'est que de la propagande. Les habitants de l'est de l'Ukraine sont des séparatistes, tout comme les Slovènes et les Croates qui se sont détachés de la Yougoslavie. Est-ce que vous êtes contre la Croatie et la Slovénie ? Ce sont pourtant des pays membres de l'OTAN. »

Nous avions des renseignements précis qui montraient la présence des Russes en Ukraine, mais Lavrov n'en démordait pas : « C'est vous qui vous infiltrez, le coup d'État contre le président Viktor Ianoukovitch était illégal. Un président élu démocratiquement ! Vous avez soutenu au cours de l'hiver 2014 les putschistes de la place Maidan. Et la Crimée, pourquoi faites-vous des histoires au sujet de la Crimée ? La population là-bas a décidé d'être rattachée à la Russie à la suite d'un référendum, une décision libre et démocratique. C'est la volonté du peuple. Depuis quand êtes-vous contre les référendums ? Est-ce une erreur d'écouter la volonté d'un peuple ? Je pose simplement la question ! »

Lavrov est un homme de grande taille et, avec les traits grossiers de son visage et sa voix tonitruante, il paraît encore plus grand qu'il ne l'est. Il donne l'impression d'avoir une résistance physique à toute épreuve. Il se dégage de l'homme tout entier un côté massif et robuste, alors qu'il est toujours tiré à quatre épingles, avec des lunettes design sans monture, et s'exprime parfaitement en plusieurs langues. Lavrov est un mélange singulier de diplomate élégant et de rustre.

Il s'est penché au-dessus de la table, en respirant bruyamment : « Affirmer que la Crimée est le premier changement de frontière en Europe depuis la Seconde Guerre mondiale suite à un usage militaire de la force, c'est faux. Et le Kosovo, alors ? N'est-ce pas la conséquence directe du bombardement de l'OTAN, Secrétaire général Stoltenberg ? Et n'a-t-il pas été reconnu par de nombreux pays membres de l'alliance atlantique ? Mais pas par tous, ni par la Grèce ni par l'Espagne. Est-ce que je me trompe sur le Kosovo ? Dans ce cas, vos alliés à l'OTAN se trompent aussi. Les Espagnols ont de quoi réfléchir avec la Catalogne, non ? Alors, essayez de vous mettre d'accord entre vous avant de nous critiquer. »

Lavrov était un vieux routard de la politique. Dès 2004, il avait été nommé ministre des Affaires étrangères et, avant cela, il avait occupé le poste d'ambassadeur à l'ONU pendant dix ans. Autant dire qu'il connaissait les dossiers sur le bout des doigts.

En rencontrant le nouveau secrétaire général de l'OTAN, il avait clairement résolu de camper sur ses positions. Il m'a regardé droit dans les yeux : « Et le bombardement de la Serbie par l'OTAN en 1999, Secrétaire général Stoltenberg ? Une opération militaire qui va à l'encontre du droit international, un crime, et c'est vous qui *nous* accusez d'enfreindre le droit international ? De quel droit ? Et puisque nous parlons du droit international, qu'en est-il de la Libye en 2011 ? Nous vous avons fait confiance, nous avons soutenu la résolution du Conseil de sécurité. Mais vous avez détourné cette résolution et en avez profité pour tuer le chef d'État de ce pays. Plus jamais nous ne vous ferons confiance. Comment pouvez-vous défendre un acte pareil ? Les hypocrites, c'est vous, avec votre duplicité morale, qui utilisez le droit international quand ça vous arrange et l'ignorez quand il vous pose problème. Rappelez-vous l'intervention militaire en Irak en 2003 et ce que ça a donné. Vous n'apprenez jamais, Secrétaire général Stoltenberg ! »

La rencontre a duré quarante minutes, soit le double de ce qui était convenu. Lavrov a beaucoup parlé, et il fallait répondre aux fausses accusations à l'encontre de l'OTAN. On ne pouvait absolument pas comparer l'est de l'Ukraine avec la Croatie et la Slovénie, pas plus que la Crimée avec le Kosovo, où les Albanais étaient persécutés. L'Occident avait hésité à intervenir dans la guerre en Bosnie, et cela s'était soldé par le massacre de Srebrenica. Nous ne voulions pas prendre le risque de voir l'histoire se répéter au Kosovo, ai-je dit à Lavrov. Le président de la Serbie, Slobodan Milošević, a été responsable d'un nettoyage ethnique au Kosovo. Malgré de nombreuses tentatives de solutions diplomatiques, les agressions envers les Albanais ont continué. Si l'on recourt à la violence contre son propre peuple, cela sape la légitimité politique de ceux qui sont au pouvoir. En signant le mémorandum de Budapest en 1994, la Russie avait elle-même garanti l'indépendance et l'intégrité territoriale de l'Ukraine, qui renonçait à ses armes nucléaires en échange de la reconnaissance de ses frontières par les grandes puissances, y compris la Russie. C'étaient précisément ces frontières que la Russie compromettait en Crimée et par son incursion dans le Donbass.

Mais je dois reconnaître ma surprise. Lors de nos précédents échanges, Lavrov s'était toujours montré honnête et détendu. Son approche « rentre-dedans » était quelque chose de nouveau pour moi. Durant une autre rencontre un peu plus tard, il a pris la parole pour demander : « Qui a dit que “si on souhaite la paix, on doit se préparer à la guerre” ? » Il a promené son regard dans la pièce avant de l'arrêter sur moi. J'ai suggéré César. « Non, c'est vous-même qui me l'avez dit récemment », a-t-il répondu.

J'avais bien employé cette phrase. J'avais cité cette maxime lors d'un entretien dans un journal régional norvégien, et je crois savoir pourquoi Lavrov s'y référait. D'après moi, c'était une façon de me dire : d'accord, tu diriges une organisation qui ne devrait pas exister ; tu viens d'un tout petit pays et donnes des interviews dans des feuilles de chou de province.

Mais sache qu'on te surveille. Nous ne dormons jamais, et nous savons tout ce que tu entreprends, connaissons chacun de tes mouvements, chacune de tes paroles...

Lavrov trouvait visiblement qu'il avait tout intérêt à avoir une autre attitude envers le secrétaire général de l'OTAN qu'envers le Premier ministre norvégien.

Mes conseillers ne s'étaient pas trompés en me mettant en garde. Mais si Lavrov voulait se comporter ainsi, eh bien, nous nous adapterions. L'OTAN comme figure de l'ennemi remontant à la guerre froide restait vivace.

Après cette première rencontre à Munich, j'ai appelé Thorvald. Il connaissait bien Lavrov. « Il aime bien faire l'important, c'est vrai, a dit Thorvald, pour qui il n'y avait pas de quoi s'alarmer. N'y accorde pas trop d'importance. Plus les gens font du bruit, moins ils sont convaincus d'être dans leur bon droit. Si Lavrov s'excite comme ça, c'est le signe qu'en son for intérieur il n'est pas sûr de lui, mais cela montre aussi que la Russie est une nation peu sûre d'elle. Ce qui est bien plus grave. »

Chapitre 5

L'Ukraine regarde vers l'ouest

Je me tenais sur une modeste tribune dans un lieu de rassemblement situé devant l'Académie militaire à Yavoriv, près de Lviv. Le drapeau bleu et blanc de l'OTAN flottait à côté de ceux, bleu et jaune, de l'Ukraine. Un orchestre jouait l'hymne de l'alliance atlantique suivi de l'hymne national ukrainien. Le soleil brillait haut dans le ciel.

Nous étions le 21 septembre 2015, et pour la première fois je me rendais en Ukraine en tant que secrétaire général de l'OTAN. Se tenait à mes côtés le président Petro Porochenko. Nous lancions un exercice de défense à grande échelle sous la supervision de l'OTAN mobilisant des équipes de secours, des policiers, des ambulanciers et des équipes de pompiers de pas moins de vingt-huit pays. Ensuite, on nous a conduits, Porochenko et moi-même, au mess, où nous avons eu droit chacun à notre plateau-repas et avons pris place à une table avec des soldats ukrainiens et quelques-uns des instructeurs américains, britanniques et canadiens qui les formaient.

Cela faisait de nombreuses années que l'OTAN organisait ce genre d'exercices de défense à grande échelle, comme nous avions pu le voir ce jour de septembre non loin de Lviv, afin que les pays avec lesquels l'alliance coopère soient mieux préparés militairement. J'étais sur place pour témoigner à l'Ukraine notre soutien et notre sympathie après l'annexion de la Crimée, tandis que la guerre se poursuivait dans le Donbass pour la deuxième année consécutive. De l'avis du président Porochenko, ma présence était un symbole fort pour l'Ukraine. Après la visite à cette base militaire, le président et moi avons pris l'avion pour Kiev. Installés dans un coin salon de son avion, nous avons eu largement le temps de faire plus ample connaissance. Après l'effondrement de l'Union soviétique, Petro Porochenko avait fait carrière dans les affaires. Au milieu des années 1990, il avait fondé une société qui produisait du chocolat et des confiseries, et qui en peu de temps a eu une position dominante sur le marché de tout l'ancien bloc de l'Est. À en croire la liste publiée par le magazine *Forbes*, Porochenko a fait partie pendant plusieurs années des personnes les plus riches d'Ukraine. En 1998, il a entamé sa longue carrière politique. Il a été, entre autres, ministre de la Sécurité nationale et ministre des Affaires étrangères sous le régime de Viktor Iouchtchenko après la « révolution orange » de 2004-2005. Après l'annexion par les Russes de la Crimée et le déclenchement de la guerre à Donetsk et Luhansk en avril 2014, des élections présidentielles se sont tenues en mai de la même année. Porochenko s'est présenté et a remporté les élections à une écrasante majorité.

Porochenko était un homme ouvert et sympathique. Il m'a regardé sans ciller, en dirigeant qui sait ce qu'il veut. À bord de l'avion présidentiel, nous avons librement discuté autour d'une bière, de pain noir et de jambon, et il m'a fait un exposé sur l'histoire et la culture de l'Ukraine.

L'indépendance du pays après l'effondrement de l'Union soviétique s'inscrit dans une longue histoire mouvementée et dramatique. Le royaume de Kiev a été le premier État slave et était au XIe siècle le plus étendu d'Europe. Il a été dissous à l'époque des invasions mongoles au XIIIe siècle, et, dans les siècles qui ont suivi, des parties du territoire que nous connaissons aujourd'hui comme appartenant à l'Ukraine sont tombées dans le giron de la Lituanie, de la Pologne et de la Russie.

Porochenko a souligné que le président Vladimir Poutine choisissait des bribes de l'histoire pour conforter son point de vue selon lequel l'Ukraine ne forme pas une nation. Le pays a été plus longtemps sous la domination des Mongols que sous celle des Russes, m'a-t-il rappelé. Mais qui affirmerait pour autant que l'Ukraine aurait des liens indéfectibles avec la Mongolie ?

Vers la fin du XVIIIe siècle, Catherine II de Russie a étendu les territoires contrôlés par la Russie vers le sud et la mer Noire, et a aboli ce qui restait de gouvernement autonome ukrainien. Les régions de l'ouest faisaient désormais partie de la monarchie austro-hongroise multi-ethnique, avec Vienne comme capitale. Dans l'ouest, le mouvement nationaliste ukrainien a pu prospérer dans de meilleures conditions, parce que l'Empire austro-hongrois tenait à contrer la montée du nationalisme polonais. Dans le sillage de la révolution russe, les bolcheviques russes et ukrainiens ont instauré une République soviétique ukrainienne socialiste qui faisait partie de l'Union soviétique de 1922 à l'indépendance du pays en 1991.

Il importait à Porochenko de mettre en avant que le combat pour l'indépendance n'était pas nouveau. « C'est un fil rouge tout au long de notre histoire », a-t-il dit.

Entre une rondelle de saucisson et une gorgée de bière, il m'a demandé : « Quand serons-nous membres de l'OTAN ? »

Il tenait à s'assurer que la résolution prise lors du sommet de l'OTAN à Bucarest en 2008, selon laquelle l'Ukraine s'était vu promettre une adhésion à l'alliance, tenait toujours. J'étais moi-même à Bucarest en tant que Premier ministre norvégien et me souvenais bien de ce sommet. Beaucoup de pays membres escomptaient que l'Ukraine et la Géorgie obtiendraient ce qu'on appelle un *Membership Action Plan*, à savoir un programme de réformes qui vise à garantir le contrôle démocratique des institutions de sécurité, à lutter contre la corruption et à préparer le pays à entrer dans l'OTAN. Le président des États-Unis George W. Bush était favorable à ce projet et, à sa suite, les Britanniques et les Européens de l'Est. L'Allemagne, en revanche, soutenue entre autres par la France, était contre. Elle ne souhaitait pas faire miroiter de faux espoirs concernant l'adhésion de la Géorgie et de l'Ukraine. La Norvège s'était rangée du côté de l'Allemagne, mais, lors de cette conversation détendue dans l'avion qui survolait le pays qu'il dirigeait, j'ai jugé préférable de ne pas le rappeler à Petro Porochenko.

Les négociations qui s'étaient déroulées à Bucarest avaient été mouvementées. C'était inhabituel, car en règle générale les points principaux ont été traités en amont, et la rencontre lors du sommet doit seulement entériner les résolutions. Des heures de débats avaient débouché sur un compromis : l'Ukraine et la Géorgie adhéreraient à l'OTAN, sans que soit précisé quand cela aurait lieu. Vladimir Poutine était présent lors de la réunion, mais n'avait pas participé à la session où le compromis sur l'Ukraine et la Géorgie avait été adopté ; du moins pouvions-nous discuter avec le président russe. Dans la pratique, l'adhésion de l'Ukraine à l'OTAN était restée au point mort. Porochenko a continué à creuser la question de l'adhésion. « Que faut-il concrètement pour que l'Ukraine puisse faire partie de l'alliance ? » a-t-il demandé.

Selon le traité de l'OTAN, les pays qui veulent adhérer doivent remplir trois conditions : le pays doit être européen, il doit être démocratique et pouvoir participer à la sécurité dans la zone nord-atlantique.

« L'obstacle majeur, c'est ce troisième critère », ai-je dit. Tout le monde n'est pas d'accord sur ce qui concourt à la sécurité en Europe, et en Amérique du Nord cela finit par être une considération purement politique. Certains alliés jugeaient préférable que l'Ukraine entre le plus tôt possible dans l'OTAN, afin de renforcer notre sécurité commune avant que la Russie ne veuille essayer de grappiller d'autres parties du pays. D'autres pensaient que l'adhésion de ces nouveaux pays serait une provocation pour Moscou et ne ferait qu'aggraver le risque de crises et de conflits en Europe.

Pour ma part, je comprenais de mieux en mieux le vif souhait des Ukrainiens d'obtenir, à travers l'adhésion à l'Union européenne et à l'OTAN, un ancrage à l'ouest. Mais il importait d'être honnête et de ne pas donner de faux espoirs. J'ai assuré le président ukrainien que nous continuerions à travailler pour rapprocher l'Ukraine le plus possible d'une adhésion. Car, sans être membre à part entière de l'OTAN, on peut tout de même bénéficier de certains appuis logistiques. De grands pays de l'alliance comme les États-Unis, le Canada et la Grande-Bretagne soutenaient l'Ukraine sur le plan économique et militaire. Nous pouvions aider le pays à développer sa défense en lui fournissant matériel et formation, comme nous venions de le voir à Lviv plus tôt dans la journée.

« L'OTAN vous aide déjà à engager des réformes, à lutter contre la corruption et à introduire des normes et des doctrines de l'alliance », lui ai-je dit.

Tout cela renforçait la défense ukrainienne, ce qui avait une valeur en soi. « Par ailleurs, cela prépare l'Ukraine à intégrer l'OTAN, le jour où les conditions politiques seront réunies, et il y a un consensus pour vous laisser entrer », ai-je expliqué, persuadé que j'avais donné une réponse assez convaincante.

Ce n'était pas l'avis de Petro Porochenko, qui est revenu à la charge :

« Quand pourrons-nous être membre de l'OTAN ?

— Je ne sais pas », ai-je répondu. Une réponse qui avait le mérite d'être honnête.

Certains Ukrainiens étaient prêts à accepter de perdre la Crimée et la région du Donbass, comprenant les régions de Luhansk et Donetsk, si c'était le prix à payer pour que le reste de l'Ukraine puisse faire partie de l'OTAN et de l'Union européenne. Porochenko s'opposait à une telle perspective, qui selon lui trahissait les principes fondamentaux liés à l'intégrité territoriale de son pays. Fallait-il rappeler que lors du référendum de 1991 une nette majorité des habitants du Donbass et de Crimée avait voté pour se détacher de l'Union soviétique et faire partie de l'Ukraine ?

« En réalité, le Donbass n'est pas le cœur du problème. Le cœur du problème, c'est que le président Poutine veut contrôler l'Ukraine. Il veut garder le Donbass comme une plaie ouverte, un espace d'instabilité où il peut à sa guise faire baisser ou monter la température pour nous empêcher d'adhérer à l'OTAN et à l'Union européenne », a déclaré Porochenko.

Quelques mois auparavant, j'avais rencontré Henry Kissinger, ancien secrétaire d'État des États-Unis, un homme politique et un diplomate très respecté, mais aussi controversé. Les manœuvres diplomatiques secrètes de Kissinger avaient permis en 1972 la rencontre au sommet historique entre le président Nixon et Mao, et il avait joué un rôle crucial dans les négociations sur le cessez-le-feu et l'accord de paix au Vietnam.

Nous étions tous deux à une conférence en Autriche en juin 2015, et Kissinger avait un message qu'il tenait à transmettre au tout nouveau secrétaire général de l'OTAN. En entrant dans la pièce, je l'ai trouvé enfoncé dans un fauteuil. À l'âge de quatre-vingt-douze ans, il avait du mal à marcher et était indiscutablement devenu un vieil homme, mais son assurance et sa sagacité restaient absolument intactes.

« L'Occident doit comprendre que, pour la Russie, l'Ukraine ne sera jamais un pays étranger comme les autres. L'histoire même de la Russie commence à Kiev. Certaines des plus importantes batailles pour la liberté de la Russie se sont déroulées sur le sol ukrainien », a déclaré Kissinger d'une voix basse mais ferme. Malgré soixante-dix-sept ans passés aux États-Unis, il continuait de parler avec un fort accent allemand.

Poutine, selon Kissinger, se montrait fin stratège en s'appuyant sur les fondations de l'histoire russe. Il pensait cependant que la Russie ne pourrait pas imposer une solution en recourant à la force militaire sans s'isoler par la même occasion. S'ils obligeaient l'Ukraine à devenir un État contrôlé par Moscou, les Russes étaient condamnés à voir se répéter leur histoire marquée par la défiance et la méfiance réciproques entre l'Europe et les États-Unis d'un côté, et la Russie de l'autre. Une intervention militaire risquait de conduire à une nouvelle guerre froide.

Kissinger était contre l'adhésion de l'Ukraine à l'OTAN et se montrait plus généralement réticent vis-à-vis de l'élargissement de l'alliance vers l'est après la fin de la guerre froide. Pour lui, la crise ukrainienne était trop présentée comme un choix entre des alternatives qui s'excluaient : que l'Ukraine se tourne vers l'est ou vers l'ouest. « Si l'Ukraine veut survivre et grandir comme nation, le pays ne peut être ni l'avant-poste de l'Ouest vers l'est ni l'avant-poste de l'Est vers l'ouest. Le pays doit devenir un pont entre l'Est et l'Ouest », a-t-il affirmé.

Kissinger s'est tu un instant avant de conclure : « La diabolisation de Vladimir Poutine n'est pas une politique, c'est un alibi pour ne pas avoir de politique. Prenez garde de ne pas isoler la Russie. C'est un pays faible comparé à l'OTAN. »

La politique étrangère est « l'art de savoir où sont les priorités », a repris Kissinger. L'Ukraine était plus importante pour la Russie que pour l'Ouest. C'est pourquoi il nous intimait la prudence.

Cette conversation m'a fait réfléchir. Kissinger n'était pas le seul des experts occidentaux à souligner le lien particulier entre l'Ukraine et la Russie et à affirmer que l'Ukraine était un pays divisé n'appartenant entièrement ni à l'Est ni à l'Ouest. Mais, pour Kissinger, l'annexion de la Crimée n'était pas compatible avec ce qu'il qualifiait d'ordre mondial actuel.

En février, soit sept mois avant mon voyage en Ukraine, un protocole pour mettre fin à la guerre dans le Donbass avait été trouvé à Minsk, un accord signé par la Russie, l'Ukraine, l'Organisation pour la sécurité et la coopération en Europe (OSCE) et des représentants des séparatistes pro-russes. Ce traité comprenait des dispositions sur un cessez-le-feu, le retrait de toutes les armes lourdes et l'échange de prisonniers. Il y aurait un dialogue politique, des élections, et la Constitution de l'Ukraine serait modifiée pour donner à Luhansk et Donetsk plus d'autonomie politique, sans davantage de précision sur ce que cela recouvrait.

Mais le protocole de Minsk était fragile : personne ne l'a respecté, il y a eu des échanges de tirs, et des grenades lancées de chaque côté de la ligne de cessez-le-feu dans le Donbass. Les semaines précédant mon voyage en Ukraine avaient été les plus calmes depuis l'automne 2014, sans doute parce que la Russie était trop occupée à avancer ses pions en Syrie et voulait faire baisser la tension juste avant l'assemblée générale de l'ONU. Mais c'était un calme trompeur, sans aucune solution politique en vue. Les Russes n'avaient pas retiré leurs armes lourdes. Un récent rapport de l'ONU révélait que le nombre de personnes tuées était très supérieur au chiffre avancé précédemment. La guerre dans l'est de l'Ukraine était devenue la guerre oubliée d'Europe.

Nous avons parlé de tout cela, Porochenko et moi, dans l'avion qui nous ramenait à Kiev.

« Quelle est l'alternative au protocole de Minsk ? » ai-je demandé quand l'avion présidentiel s'est posé sur le tarmac de l'aéroport de Hostomel.

« La guerre, encore », a-t-il répondu.

Porochenko luttait contre les séparatistes soutenus par la Russie à l'est, contre la corruption dans son propre pays et contre une crise massive de la dette. Il était par ailleurs sous la pression d'un Parlement à l'orientation nationaliste qui souhaitait un gouvernement centralisé et une présidence forte. Porochenko venait de faire voter un amendement de la Constitution qui ouvrait la voie à la décentralisation et à une plus grande autonomie de Luhansk et Donetsk, mais les changements n'avaient pas encore été mis en place. Il se heurtait à une grande résistance, car ces changements étaient perçus comme un signe de faiblesse et de renoncement vis-à-vis des Russes et des séparatistes.

Le protocole de Minsk était davantage une feuille de route pour une paix future qu'un accord de paix détaillé. La suite dépendait de la confiance entre les deux parties, qui s'est révélée inexistante. Leur désaccord portait entre autres sur le déroulement de ce qui allait se passer : les Ukrainiens insistaient sur la nécessité d'avoir le contrôle des frontières avant la tenue d'élections, tandis que les séparatistes pro-russes voulaient d'abord organiser les élections.

Que ce soit à Porochenko ou dans le discours que j'ai tenu au Conseil national de sécurité et de défense de l'Ukraine, je n'ai pas caché que l'adhésion à l'OTAN prendrait du temps.

« Avoir la majorité ne suffit pas, tous les membres de l'OTAN doivent être d'accord. Construisons donc pierre à pierre notre coopération. Nous pouvons réussir à mettre en place un certain nombre de choses sans que vous soyez membre », ai-je dit. J'ai pris les exemples de la Suède et de la Finlande, en soulignant la coopération très rapprochée avec ces pays, sur le plan tant politique que militaire, même s'ils n'étaient pas des États membres.

Porochenko a écouté, mais il est resté inébranlable sur les questions cruciales. Il fallait à l'Ukraine plus d'armes et de matériel. Ils avaient cruellement besoin de drones, de lutte antichar et de défense aérienne moderne. Il était reconnaissant à la Turquie pour sa livraison de drones tactiques Bayraktar, mais en voulait aux États-Unis et aux autres pays de l'OTAN de refuser de vendre des armes à l'Ukraine. Porochenko a mentionné la Norvège, et je lui ai expliqué que le pays avait pour politique de ne pas vendre d'armes à des pays en conflit. « Pourtant, c'est justement quand nous sommes en guerre que nous en avons besoin », a-t-il objecté.

Mais l'adhésion à l'OTAN était le plus important. « Nous n'avons aucune confiance dans la Russie, a dit Porochenko. L'Ukraine ne sera pas en sécurité tant que nous ne ferons pas partie de l'OTAN. »

Chapitre 6

Passe d'armes

Le mardi le 24 novembre 2015, nous avions comme d'habitude notre briefing matinal au bureau. La réunion était bien engagée quand on a frappé à la porte, et un collaborateur de notre service de renseignement a demandé au conseiller militaire Gjermund Eide de sortir dans le couloir.

Au bout de quelques minutes, ils sont tous deux revenus. Gjermund avait l'air soucieux.

« Secrétaire général, il s'est produit un événement qui, je crois, nécessite qu'on s'en occupe séance tenante », a-t-il dit.

La tension était palpable dans le silence qui a suivi, avant que l'agent de renseignement prenne la parole : un avion de combat turc avait descendu un avion russe au-dessus de la Syrie. Il a déplié une carte sur la zone en question qui montrait la trajectoire de l'avion avant qu'il ne disparaisse.

Une crise s'annonçait : un avion russe avait été abattu par un avion d'un pays membre de l'OTAN.

Quelques mois plus tôt, la Russie avait lancé de grandes actions militaires en Syrie, à la fois avec des forces au sol et avec des avions. La justification officielle de Moscou était le combat contre les organisations terroristes dans le pays, mais la raison principale était la protection d'un allié – le président Assad – et le renforcement par la même occasion de sa propre position au Moyen-Orient. En prenant parti dans le conflit, la Russie obligeait tous les autres protagonistes à faire entrer Moscou en ligne de compte au moment d'élaborer leur propre stratégie. Voilà ce que, par ses interventions militaires, Poutine gagnait sur le plan politique.

Au bout de seulement dix minutes, nous avons mis un terme à la réunion. Il subsistait beaucoup de zones d'ombre. Il nous fallait plus d'informations, plus de détails. Et nous devions entendre ce que les Turcs eux-mêmes avaient à dire.

Un peu plus tard, nouvelle réunion, cette fois avec le chef du comité militaire de l'OTAN, Petr Pavel, ainsi que plusieurs de ses plus proches collaborateurs. Le scénario se précisait. Il y avait eu confirmation qu'un F-16 turc avait abattu un bombardier russe à deux places de type SU-24. Cinq jours durant, les Russes avaient bombardé sans relâche la région où s'était produite la riposte, une partie de la Syrie contrôlée par des groupes armés turkmènes. Les Turkmènes sont très proches des Turcs ; le président Recep Tayyip Erdoğan les appelle ses « frères ».

De nouveau, nous avons eu une carte sous les yeux. La ligne frontalière décrit à cet endroit précis une sorte de boucle vers le sud, c'est une petite langue de terre turque à l'intérieur de la Syrie. L'avion russe touchait à peine cette langue de terre, mais pour les Turcs c'était la goutte d'eau qui fait déborder le vase. À plusieurs reprises, ces derniers jours, ils avaient mis en garde les Russes et dit qu'ils désapprouvaient fortement les bombardements dans une région aussi proche de la frontière turque. Ce n'était pas non plus la première fois que les Russes violaient l'espace aérien turc.

L'inquiétude a gagné le quartier général de l'OTAN. Y aurait-il des représailles ?

À 17 heures, j'ai tenu une réunion de crise. J'en ai rapidement exposé la raison, avant que l'ambassadeur de la Turquie auprès de l'OTAN relate le déroulement des faits. L'avion russe se trouvait d'abord au-dessus de la Syrie avec un cap vers l'espace aérien turc. L'ambassadeur nous a fait entendre une bande où le pilote de l'avion de chasse turc criait aux Russes, dans un enregistrement qui grésillait terriblement, de changer leur trajectoire. À 9 heures, 24 minutes et 5 secondes, l'avion russe est entré dans l'espace aérien turc. Cinq secondes plus tard exactement, le pilote russe a reçu un dernier avertissement. Puis le F-16 turc a tiré un missile air-air à guidage thermique qui a touché l'avion russe. Avant de tomber, l'avion était déjà sorti de l'espace aérien turc, et il s'est écrasé sur le sol en Syrie.

La violation de la frontière n'avait duré que dix-sept secondes, mais avec des conséquences dramatiques.

Les Russes avaient une autre version. Ils réfutèrent de manière catégorique être entrés dans l'espace aérien turc et en avoir été mis en garde. L'avion avait été abattu dans l'espace aérien syrien, selon eux, à environ un kilomètre de la frontière. Les deux hommes à bord avaient réussi à s'éjecter avant que l'avion ne s'écrase. Le pilote avait été abattu au sol par un groupe armé turkmène, et l'autre, le bombardier, avait survécu et avait été évacué de la zone par un hélicoptère russe lors d'une opération de sauvetage périlleuse qui avait coûté la vie à un autre soldat russe.

Les autorités militaires de l'OTAN ayant confirmé que l'avion avait pénétré dans l'espace aérien turc, il fallait rapidement réagir. Face aux centaines de demandes des médias, nous avons décidé de tenir une brève conférence de presse. Est-ce que l'OTAN prenait parti pour son alliée, la Turquie, et y avait-il désormais un risque de guerre entre la Russie et l'alliance ? Voilà le genre de questions qui intéressaient les journalistes. J'ai condamné la violation de la frontière : « L'OTAN est solidaire de la Turquie et soutient l'intégrité territoriale du pays », ai-je dit.

Mes déclarations étaient censées exprimer une position commune, mais en vérité il régnait un profond désaccord au sein de l'alliance. La Turquie bénéficiait du soutien des pays de l'Europe de l'Est, qui exigeaient que l'OTAN déclare légitime, sans réserve aucune, la manière d'agir des Turcs et estimaient que la violation de la frontière imposait de renforcer la défense aérienne le long de la frontière avec la Syrie avec plus d'avions et en déployant des batteries de missiles Patriot.

La France et l'Italie s'opposaient à un soutien explicite à la Turquie. Les Allemands n'y étaient pas opposés, mais il fallait apporter de la nuance : une chose était de condamner la violation de la frontière, une autre de justifier qu'on abatte un avion à cause d'une offense qui avait duré dix-sept secondes.

L'ambiance à l'OTAN était tendue. Pouvions-nous, simplement parce qu'un avion russe avait survolé quelques secondes l'espace aérien turc, risquer une guerre avec la Russie ?

Les Russes étaient furieux. Tel qu'ils voyaient les choses, leur avion avait été abattu de manière totalement arbitraire. Ils demandaient des excuses de notre part, leur manière de montrer leur mécontentement. Sur ce, ils ont déployé en Syrie leur système de défense anti-aérienne et anti-missiles mobile S-400 Triomphe, et envoyé le fleuron de leur flotte en mer Noire, le croiseur *Moskva*, sur la côte syrienne. On croisait distinctement le sabre.

Ce même après-midi, le ministre des Affaires étrangères allemand Frank-Walter Steinmeier m'a appelé.

« Que se passe-t-il ? Le monde a complètement perdu la boule ?! » s'est-il écrié.

Son exclamation traduisait bien la crainte réelle de beaucoup face à une situation tendue. Il était clair qu'avoir abattu l'avion russe pouvait avoir des conséquences incontrôlables pour les Turcs.

Cela faisait un peu plus d'un an que j'étais le chef de l'OTAN. J'allais découvrir à quel point ce poste exigeait le sens de l'équilibre. Les grands pays ne pouvant pas se mettre d'accord sur la manière de gérer cette crise, j'ai choisi de me concentrer sur la violation proprement dite de la frontière, que personne ne défendait. C'était une manière d'aplanir les différences.

Il était facile d'être d'accord avec ceux qui trouvaient qu'abattre un avion après une si brève violation de l'espace aérien avait été une réaction disproportionnée. Mais on peut comprendre aussi que la Turquie était très inquiète des combats qui se déroulaient juste de l'autre côté de sa frontière au sud. Il importait au plus haut point que la guerre ne gagne pas le territoire turc.

Mon devoir consistait de toute façon à jeter un pont entre les positions divergentes et à formuler une réaction la plus consensuelle possible. Il fallait surtout éviter l'escalade et, si escalade il y avait, éviter que l'OTAN ne soit entraînée. Aussi ai-je enjoint Ankara et Moscou de rester en contact étroit afin de calmer la situation.

Quelques jours plus tard, je me rendais de mon bureau au studio de la télévision de l'OTAN pour y être interviewé par la journaliste de CNN Hala Gorani.

Le début de l'interview s'est bien passé. Puis Gorani a fait remarquer que l'avion russe n'avait violé l'espace aérien turc qu'une poignée de secondes. L'OTAN ne craignait-elle pas que la réaction de la Turquie ait été disproportionnée ?

J'ai répété que tous les pays de l'OTAN reconnaissaient le droit de la Turquie de défendre son espace aérien, en évitant soigneusement de me prononcer sur la réaction de ce pays.

L'interview a pris alors un tournant inattendu. « Mais alors, que faites-vous de la violation par la Turquie de l'espace aérien grec ? a demandé Gorani. Le Premier ministre grec affirme que cela s'est produit à plusieurs reprises. Comment réagit l'OTAN à cela ? »

Des violations de l'espace aérien grec par la Turquie ? Je m'attendais à être interrogé sur les relations entre la Turquie et la Russie ainsi que sur la guerre en Syrie. Les relations entre la Grèce et la Turquie étaient compliquées, d'autant plus qu'il y avait des désaccords sur la délimitation des espaces aériens respectifs. Les deux pays faisant partie de l'OTAN, je me trouvais coincé. En tant que secrétaire général, je devais parler au nom de toute l'alliance, alors j'ai fait mine de ne pas avoir entendu la question.

« Il est bon, je crois, de ne pas oublier que la Turquie se trouve dans une situation difficile, et cela depuis un moment. Le pays est voisin de la Syrie et de l'Irak, où la situation est extrêmement instable », ai-je répondu, avant de rappeler que la Russie avait renforcé massivement sa présence militaire dans cette même zone.

Hala Gorani ne m'a pas laissé m'en sortir à si bon compte. « Je vous ai demandé la position de l'OTAN à propos des violations turques de l'espace aérien grec. Alors ? »

Comme Premier ministre, les interviews en direct à la télévision étaient celles que je préférais. Les réponses sont spontanées, il n'y a pas de censure ni de montage, et les spectateurs peuvent juger eux-mêmes du contexte de ce qui est dit. Mais, pour que de telles interviews se déroulent bien, il est nécessaire de savoir ce que l'on va dire.

« Mais j'essaie d'expliquer qu'il s'agit de situations complètement différentes, et que la Turquie est dans une très… »

Gorani m'a coupé la parole.

« Je comprends cela, mais je parle des violations turques de l'espace aérien grec. Est-ce que la Turquie a un libre droit de violer l'espace aérien grec parce que le pays a des voisins aussi difficiles ? Est-ce cela que vous voulez dire, Secrétaire général ?

— Je dis que tous les pays doivent respecter les frontières des autres pays. Nous n'acceptons aucune violation de ce genre. »

Après ce qui m'a paru une éternité, Gorani a renoncé à me soutirer une réponse. J'ai fait remarquer qu'il n'y avait pas de guerre ouverte entre la Grèce et la Turquie, et que pour cette raison la situation ne pouvait être comparée à ce qui se passait en Syrie, près de la frontière turque. Mais l'interview avait été une passe d'armes de considérations contradictoires. Si j'avais commenté le conflit entre la Grèce et la Turquie, je me serais mis à dos une des parties, j'en suis presque sûr. D'où mes réponses évasives.

La tension extrême après que l'avion russe a été abattu est retombée peu à peu et a fini par s'estomper sans conséquences dramatiques. Après l'interview, je n'ai pas eu non plus de réactions de la Grèce ou de la Turquie.

« Elle était coriace », a lâché Oana pendant que nous retournions à mon bureau. Façon polie de dire que ma prestation avait été plutôt piètre.

Mes premiers temps comme chef de l'OTAN n'ont donc pas été sans revers. Je repense en particulier à une réunion à Antalya, en Turquie, avec des ministres des Affaires étrangères, six mois après ma prise de fonction, qui m'a laissé un souvenir peu agréable. Au cours de cette rencontre, le ministre néerlandais des Affaires étrangères est venu vers moi et m'a demandé : « Qu'est-ce qu'on vient faire ici ? » Cela a été un moment pénible. Plusieurs autres ministres ont eu la même réaction en prenant connaissance de l'ordre du jour assez mince, des travaux préparatoires bâclés et du peu de dossiers à aborder. L'OTAN en tant qu'organisation n'était pas suffisamment efficace et coordonnée, ce qui résultait d'un manque de directives claires émanant du sommet.

De surcroît, je n'avais pas encore l'autorité et la confiance en soi nécessaires pour diriger l'alliance efficacement. Cela se révéla entre autres lors d'une des premières fois où j'ai dirigé une réunion du Conseil de l'Atlantique Nord. Les réunions commençaient à 10 heures, et je suis arrivé peu avant, j'ai rejoint ma place et j'ai frappé la table avec le maillet pour ouvrir la séance. Alors, un des ambassadeurs a pris la parole : « Secrétaire général, vous ne pouvez pas encore déclarer la séance ouverte. Tous ne sont pas arrivés. »

J'ai hésité, pris en compte la protestation et attendu que tous soient là.

Le principe de consensus était un autre aspect des modes de fonctionnement de l'OTAN qui m'a demandé un peu de temps pour m'y habituer. Les ambassadeurs de l'alliance veillaient scrupuleusement à ce qu'il n'y ait pas une voix opposée aux résolutions prises au moment des votes, ce qui n'aidait pas à faire avancer les décisions. Lors d'un débat au Conseil, sachant qu'une large majorité soutiendrait ma proposition, j'ai insisté pour que l'alliance aide davantage l'Irak à combattre Daech et à renforcer sa défense. « Je constate que toujours plus de pays membres soutiennent cette idée », ai-je dit en faisant comprendre que je souhaitais qu'on progresse sur ce dossier. Alors, un des ambassadeurs auprès de l'OTAN les plus chevronnés a demandé la parole et déclaré : « Moi, j'observe surtout qu'il n'y a pas de consensus sur cette question. »

J'étais encore marqué par toutes mes années de politique en Norvège où, comme chef du gouvernement, je pouvais faire avancer rapidement les choses, puisqu'une décision à la majorité suffisait pour faire adopter une résolution. Cela n'était pas possible à l'OTAN. Un secrétaire général assez fraîchement nommé était remis à sa place par un ambassadeur qui ne se souciait pas de l'avis de la majorité et savait que, si un pays disait « non », la résolution ne serait pas adoptée.

Cela ne serait pas la seule difficulté que je rencontrerais par la suite.

La guerre faisait rage dans l'est de l'Ukraine et, au sein de l'alliance, nous n'étions parvenus à aucun accord sur l'attitude à adopter vis-à-vis de la Russie. L'OTAN était par ailleurs divisée sur l'ampleur du rôle que nous devions jouer dans la lutte contre le terrorisme et la stabilisation de la situation chez nos voisins du Sud. L'attaque terroriste à Bruxelles en mars 2016 revendiquée par Daech nous rappelait que cela concernait aussi la sécurité dans les métropoles européennes, et j'ai dû batailler infatigablement pour que les pays membres acceptent de consacrer plus d'argent à la défense, comme ils en avaient fait la promesse lors du sommet au pays de Galles.

Au printemps 2016, durant la crise des réfugiés, les ambassadeurs étaient d'avis que l'OTAN devait se tenir à l'écart. J'ai exprimé mon désaccord : l'alliance disposait de ressources qui pouvaient être utiles.

Heureusement, la chancelière Angela Merkel et sa ministre de la Défense Ursula von der Leyen étaient de mon côté et ont pris l'initiative de suggérer de déployer des navires de l'OTAN pour assurer que l'accord conclu entre l'Union européenne et la Turquie, visant à limiter l'afflux de réfugiés empruntant la mer Égée, soit respecté. Une réunion des ministres de la Défense à l'OTAN a adopté les grandes lignes d'une intervention conforme à la proposition du gouvernement allemand, mais il a été laissé aux ambassadeurs des pays membres le soin de décider de la mise en œuvre concrète de l'opération. Ce sont des personnes expérimentées et compétentes, mais avant tout des diplomates jusqu'au bout des doigts, soucieux des détails et des nuances dans chaque décision à prendre. Souvent, une poignée voire un seul d'entre eux freine le processus. Lors de la réunion du Conseil où la mise en œuvre pratique et le plan opérationnel devaient être approuvés, plusieurs ont tenté d'ouvrir à nouveau le débat et d'empêcher l'opération de voir le jour. La réunion s'est éternisée.

Ma patience a alors atteint ses limites. Une fois la décision politique prise, les diplomates ne doivent pas y faire obstacle. J'ai interrompu la discussion : « Appelez vos capitales pour confirmer la décision qui a été prise. Nous resterons ici jusqu'à ce que nous soyons d'accord », ai-je dit. Un silence un peu pesant s'est abattu dans la salle.

Pendant la pause, j'ai envoyé des messages aux ministres de la Défense des pays les plus réticents, leur demandant de s'assurer que leurs ambassadeurs respectent l'accord conclu. Personne ne serait autorisé à quitter la salle tant que nous n'étions pas parvenus à un accord.

Ce n'est qu'à 1 heure du matin que nous avons enfin trouvé une issue, obtenant ainsi le vote nécessaire pour lancer l'opération en mer Égée.

Par la suite, j'ai compris que c'est précisément cette réunion qui avait changé la perception que beaucoup avaient de la manière dont j'occuperais le poste de chef de l'OTAN. Y compris la mienne. Lors des discussions sur l'opportunité pour moi de briguer ce poste, Ingrid et Thorvald estimaient qu'en raison de mon impatience, je ne me sentirais pas à ma place. Ironie du sort, c'est justement cette impatience qui m'a permis de m'imposer. J'avais acquis la confiance nécessaire pour trancher quand il le fallait, et j'en ai conclu qu'il valait mieux que je reste fidèle à moi-même. Mon impatience pouvait, qui sait, être un contrepoids utile face aux pesanteurs du fonctionnement de l'OTAN.

Par la suite, j'ai aussi pris l'habitude d'ouvrir les réunions à l'heure prévue, même si certaines places restaient encore vides.

Chapitre 7

Main dans la main avec l'Union européenne

Le bois de la Cambre est un vaste parc verdoyant qui se déploie jusqu'au centre de Bruxelles depuis le sud. Presque aussi grand que Hyde Park à Londres, il tire son nom de l'abbaye de la Cambre, qui possédait autrefois le terrain sur lequel il se trouve. D'immenses chênes se dressent vers le ciel, tandis que des sentiers et des allées serpentent autour d'un petit lac. C'est un lieu chargé d'histoire puisque à cet endroit, en juin 1815, des officiers britanniques ont joué au cricket juste avant la bataille de Waterloo où Napoléon a subi sa défaite finale.

Le week-end, le parc grouille de vie. On y voit des cyclistes et des promeneurs, des familles qui jouent au ballon sur les pelouses au bord du lac et qui pique-niquent sur de grandes couvertures. J'aimais moi aussi y faire du vélo ou m'y promener quand j'en avais le temps et l'occasion. Mes gardes du corps savaient rester à distance, en toute discrétion. Chaque fois que je passais près d'un groupe, j'entendais parler dans toutes sortes de langues : anglais, allemand, espagnol, plusieurs langues slaves, et évidemment le français et le flamand – au bois de la Cambre aussi, on remarque le caractère international de Bruxelles. Ces balades me permettaient de laisser vagabonder mes pensées, ce qui me faisait du bien.

L'un des sujets qui m'ont particulièrement occupé à mon arrivée à Bruxelles était la relation entre l'OTAN et l'Union européenne. Les deux organisations ont beaucoup en commun. Elles reposent sur les mêmes valeurs : la liberté et la démocratie. Elles œuvrent pour la paix, font face aux mêmes défis et ont les mêmes voisins : la Russie à l'est, le Moyen-Orient et l'Afrique au sud. La grande majorité des pays de l'Union européenne sont également membres de l'OTAN.

Les deux institutions sont basées à Bruxelles et pourtant avaient très peu de contacts entre elles. Cette situation ne pouvait pas durer.

Par une splendide journée de juin 2016, je me tenais sur le perron de la résidence de l'OTAN lorsque la voiture de Jean-Claude Juncker s'est arrêtée devant l'entrée. « Quand je vois cette maison, je sais que j'ai commis une grande erreur dans ma vie, a déclaré Juncker en descendant du véhicule, après les habituelles accolades de circonstance. C'est d'être devenu président de l'Union européenne au lieu de secrétaire général de l'OTAN. »

Peu auparavant, j'avais rencontré le Conseil européen, qui rassemble les chefs d'État et de gouvernement des pays de l'Union européenne. « Personne dans cette assemblée n'a défendu l'Union européenne avec plus d'ardeur que moi », avais-je affirmé. Certains m'avaient regardé avec perplexité.

« La Norvège est le seul pays au monde à avoir négocié un accord d'adhésion avec l'Union européenne pour ensuite le rejeter par référendum, non pas une mais deux fois, avais-je poursuivi. Les deux fois, j'ai milité activement et avec enthousiasme du côté des perdants. Alors, surtout ne m'écoutez pas si je commence à donner des conseils sur la manière de remporter un référendum. »

Avoir été invité en tant que secrétaire général de l'OTAN pour s'exprimer sur la politique de défense et de sécurité lors d'une réunion des dirigeants de l'Union européenne n'allait pas de soi, tant les contacts entre nos institutions étaient limités. Il n'existait aucun effort sérieux pour circonscrire des domaines de coopération, aucune réunion au sommet régulière. Dans les capitales aussi, il y avait un manque de coordination entre les fonctionnaires traitant des affaires européennes et ceux travaillant avec l'OTAN. Résultat : un même pays pouvait adopter des positions divergentes sur une même question, au sein de l'Union européenne d'une part et de l'OTAN d'autre part.

Les deux principaux dirigeants de l'Union européenne – Jean-Claude Juncker, président de la Commission européenne, et Donald Tusk, président du Conseil européen – et moi-même étions d'accord sur la nécessité de renforcer la coopération. Nous devions participer régulièrement aux sommets de nos organisations respectives et instaurer des dîners de travail informels. C'était à l'un de ces dîners que par cette belle soirée de juin je leur ai souhaité la bienvenue.

Juncker avait été Premier ministre du Luxembourg pendant dix-huit ans, et Tusk avait pendant sept ans dirigé le gouvernement polonais. Nous nous connaissions bien, ayant participé à des sommets à l'OTAN et à l'Espace économique européen, et nous étions également allés en visite officielle les uns chez les autres. Leur longue carrière en politique leur avait conféré assurance et autorité, mais ils savaient aussi se ménager des pauses. C'était toujours un plaisir d'être en leur compagnie.

Dans sa jeunesse, dans les années 1970, Donald Tusk avait manifesté contre le déploiement des missiles nucléaires russes en Europe de l'Est et avait été arrêté par la police polonaise. À peu près à la même époque, je défilais dans des cortèges pour protester contre les missiles américains en Europe de l'Ouest – sans être arrêté. « Ah, vous les radicaux, vous aviez des idées bien étranges quand vous étiez jeunes, m'a lancé Juncker, mais vous avez fini par devenir raisonnables. »

Sur la terrasse, la conversation se poursuivait. Tusk et Juncker étaient tellement sur la même longueur d'ondes que l'un commençait une phrase que l'autre terminait. Juncker voulait s'assurer que la répartition habituelle des tâches serait respectée, puisqu'il s'agissait d'un dîner de travail : Tusk devait s'occuper du travail, lui du repas et du vin. Juncker aimait aussi plaisanter sur son propre pays. « J'ai dit au président Poutine qu'il n'y a qu'une seule raison pour laquelle le Luxembourg n'a jamais attaqué l'Union soviétique. C'est que nous n'aurions jamais assez de place pour tous les prisonniers soviétiques que nos soldats auraient capturés. »

Quand il faut prendre des décisions graves, l'humour n'est pas un signe de manque de sérieux. Bien au contraire. Une atmosphère détendue et informelle peut faciliter la confiance et la fluidité des échanges, et faire avancer des dossiers importants.

Ce soir-là, nous avons discuté d'un accord-cadre ambitieux pour renforcer la coopération entre l'Union européenne et l'OTAN, que nous devions signer lors du sommet de Varsovie en juillet. Il définissait des domaines de collaboration concrets, entre autres en matière de cybersécurité. Nous sommes convenus d'échanger en temps réel des informations sur le piratage et autres cyberattaques, alors qu'auparavant il n'existait aucun partage formel sur ce plan. L'accord prévoyait aussi une coopération en Méditerranée, où l'Union européenne menait une opération navale, « Sophia », pour lutter contre la traite d'êtres humains vers l'Europe, opération à laquelle l'OTAN apportait un soutien logistique (navires, approvisionnement, carburant). Nous avons commencé à travailler ensemble en Irak, où l'Union européenne était chargée de la formation civile et l'OTAN de la formation militaire. Notre patrouille en mer Égée a contribué à soutenir l'accord migratoire entre l'Union européenne et la Turquie. Ensemble, nous avons mis sur pied plusieurs exercices, en testant divers scénarios. De nos jours, une crise peut être d'une complexité extrême, avec des menaces militaires et des cyberattaques contre des infrastructures civiles et militaires, des flux importants de réfugiés et une désinformation massive de la population. Tout cela exige une coopération étroite entre les structures de l'Union européenne et celles de l'OTAN.

La situation au Kosovo illustre bien ce qu'est une coopération réussie entre l'Union européenne et l'OTAN. La Serbie ne reconnaît toujours pas le Kosovo en tant qu'État, alors même qu'une importante minorité serbe réside dans le nord du pays. Les blessures laissées par le conflit des années 1990 ne sont pas cicatrisées, alimentant méfiance et tensions entre communautés. Des incidents apparemment anodins peuvent à tout moment dégénérer et embraser le pays. Pour prévenir de telles crises, l'Union européenne pilote un processus de stabilisation politique, soutenu par l'OTAN. L'Union européenne a des forces de police, mais l'OTAN, avec ses quatre mille soldats pour le Kosovo, représente la garantie ultime de sécurité. Au Kosovo, l'Union européenne et l'OTAN ont travaillé main dans la main pour stabiliser une région instable, située aux portes de l'Europe. C'est précisément ce type de coopération qu'il faut mettre en œuvre.

L'accord-cadre finalisé cet été-là a marqué une avancée majeure dans la relation entre l'Union européenne et l'OTAN. Cela ne s'est pas fait sans heurt. Non pas parce que Donald Tusk et Jean-Claude Juncker avaient des difficultés à tomber d'accord avec moi, mais parce que certaines tensions profondes entre États membres rendaient le consensus particulièrement délicat. Ainsi, la Turquie bloquait les exercices communs, ne souhaitant pas partager des informations classifiées avec Chypre, membre de l'Union européenne. Nous avons fini par trouver une solution pragmatique avec l'organisation d'« exercices parallèles et coordonnés » : l'Union européenne et l'OTAN menaient des exercices distincts mais, comme par hasard, simultanés, avec le même scénario et des invitations réciproques. Une approche qui a permis d'avancer sans que personne ne renonce à ses principes. Pour parvenir à ce genre de solution, j'ai dû arracher un accord de la Turquie, tandis que Tusk et Juncker ont concentré leurs efforts sur Chypre.

Aucun des deux ne se laissait submerger par les difficultés, c'étaient des dirigeants sérieux, trouvant toujours des solutions, et qui – fait assez rare pour être souligné – ne regardaient pas les autres de haut. En fait, ils n'avaient pas peur. Forts de leur expérience, ils résistaient à la pesanteur du système bureaucratique quand ils voulaient aller droit au but et initier des projets concrets. Il est bon d'avoir des personnes fortes au sommet, capables de tout mettre en œuvre pour aller au bout de ce qu'elles cherchent à accomplir. L'accord-cadre signifiait que nous avions réussi à éliminer les anciens obstacles pour atteindre ces objectifs communs.

Tusk connaissait bien la Norvège pour avoir travaillé dans le domaine de la construction à Tromsø au début des années 1990. Il en avait clairement gardé des souvenirs mitigés. Juste avant de passer à table, Juncker a déclaré qu'il n'avait pas vraiment apprécié les spécialités danoises que mon prédécesseur Anders Fogh Rasmussen lui avait servies un jour. Il espérait que la cuisine norvégienne serait plus à son goût.

« N'en attends pas trop », a dit Tusk.

Chapitre 8

Un soutien important

« Le prochain secrétaire général adjoint de l'OTAN doit être un Allemand ! »

Angela Merkel a dit cela avec insistance, en me regardant droit dans les yeux. Nous nous trouvions dans l'élégant bâtiment flambant neuf de la Chancellerie à Berlin, par une belle journée de juin 2016. Comme d'habitude, nous avons eu quelques minutes seul à seule, sur sa grande terrasse, avant le début du déjeuner de travail. C'était l'occasion d'aborder des sujets qu'il valait mieux évoquer en tête à tête plutôt qu'autour de la table avec tous les autres participants. Cette fois, elle en a profité pour me rappeler un dossier de nomination dont elle m'avait déjà parlé à plusieurs reprises au cours de l'année écoulée.

Le mandat du secrétaire général adjoint de l'OTAN, Alexander Vershbow, arrivait à son terme, et nous étions en pleine procédure d'embauche pour désigner son successeur. Le candidat de Merkel était Martin Erdmann, un diplomate expérimenté qui connaissait parfaitement l'alliance après y avoir travaillé et avoir été l'ambassadeur d'Allemagne auprès de l'OTAN.

Il était le favori, entre autres parce que les États-Unis n'avaient jusque-là pas présenté de candidat. Mais cela venait de changer.

Le président Barack Obama faisait pression en faveur de la diplomate américaine Rose Gottemoeller et évoquait régulièrement sa candidature lors des réunions que j'ai eues avec lui à cette époque. Elle ne connaissait pas l'OTAN de l'intérieur, mais était spécialisée dans le désarmement, parlait russe et avait beaucoup travaillé au traité sur les forces nucléaires à portée intermédiaire (FNI), au traité de réduction des armes stratégiques (START), ainsi qu'à d'autres accords sur le contrôle des armements.

« Je vais bien sûr considérer la candidature d'Erdmann », ai-je répondu à Merkel. Il n'a plus été question du poste de secrétaire général adjoint lors de cette réunion, mais j'étais conscient que satisfaire à sa requête ne serait pas aussi facile que je l'avais d'abord imaginé.

Angela Merkel était parmi les chefs de gouvernement de l'OTAN celle avec laquelle j'avais le plus d'affinités. Nous avions des entretiens constructifs, partageant une même vision des grands défis internationaux. Elle était pragmatique et avait une approche rationnelle dans la plupart des dossiers. Un soutien très important pour moi.

Notre première rencontre remontait au milieu des années 1990, alors qu'elle était ministre de l'Environnement, de la Protection de la nature et de la Sécurité nucléaire, et moi ministre de l'Énergie. Mais c'est à partir de 2005, lorsque nous étions tous deux chefs de gouvernement, que nous avons réellement appris à nous connaître. Depuis, nous nous étions rencontrés à plusieurs reprises. Nous avons particulièrement noué des liens lors du dramatique sommet sur le climat à Copenhague, en 2009, où un groupe restreint de dirigeants mondiaux, avec à leur tête Obama, Medvedev et Merkel, avaient rédigé eux-mêmes un projet d'accord dans une salle exiguë, où l'on servait du café froid et des sandwichs sous plastique. J'ai également bénéficié de son soutien sans faille dans mon travail en faveur de la santé infantile et de la vaccination à l'échelle mondiale.

Dès mon arrivée à l'OTAN, j'étais déterminé à entretenir des relations étroites avec Berlin. Bien sûr, il ne s'agissait pas seulement de mes rapports personnels avec Angela Merkel. Elle était la dirigeante politique la plus puissante d'Europe et à la tête de la première économie de l'Union européenne. Cela suffisait pour faire de l'Allemagne un acteur incontournable, mais Merkel était aussi la dirigeante du pays dans lequel je me sentais le plus chez moi, la Norvège mise à part. Je m'étais attaché à l'Allemagne.

J'ai du respect pour ce que l'Allemagne a fait après la Seconde Guerre mondiale. Je ne connais aucun autre pays ayant causé autant de souffrances aux autres et ayant réussi à faire un tel travail de mémoire. Un pays qui n'a pas cherché à esquiver son histoire douloureuse, mais à l'affronter.

J'avais toujours cela à l'esprit lors de mes visites au ministère des Affaires étrangères à Berlin, situé dans l'ancienne banque centrale au Werderscher Markt, au cœur du centre historique. À l'époque nazie, cette institution avait financé la machine de guerre allemande et saisi les réserves d'or des pays occupés. Après la guerre, son directeur avait été condamné à la réclusion à perpétuité. Sous la République démocratique allemande (RDA), le bâtiment se trouvait du côté est du Mur et abritait pendant des années le comité central du Parti communiste. Chaque fois que j'y entrais, je ne manquais pas de remarquer la petite exposition dans le hall du rez-de-chaussée qui retraçait, en textes et en photos, l'histoire sombre de ces lieux. Très peu de gens auraient réagi si cette exposition n'avait pas existé. Et ils auraient été encore moins nombreux à en réclamer l'installation. Mais les Allemands ont choisi de mettre aussi en avant ce fragment de l'histoire du Troisième Reich et de l'exposer, à la fois pour eux-mêmes et pour les autres. Selon moi, c'est un exemple certes modeste mais significatif de la façon dont l'Allemagne s'efforce de tirer les leçons du passé.

Le Parti travailliste norvégien avait noué des liens étroits avec son parti frère, le Parti social-démocrate d'Allemagne (SPD), et, en tant que jeune responsable politique et président de la ligue des jeunes travaillistes, j'ai eu beaucoup de contacts avec l'organisation de jeunesse du SPD. Des dirigeants comme Willy Brandt et Helmut Schmidt faisaient figure de modèles importants. Mon père Thorvald avait eu une relation particulière avec l'Allemagne après avoir servi dans la brigade norvégienne dans l'Allemagne de l'après-guerre. Plus tard, en tant que ministre de la Défense et plus encore en qualité de ministre des Affaires étrangères, il avait pu constater que Berlin était à l'écoute et prenait en compte les intérêts d'un petit pays comme la Norvège.

Ma famille a même longtemps cru que nous étions les descendants d'une lignée de la haute bourgeoisie allemande, originaire du Schleswig-Holstein. Thorvald tenait cette information de son grand-père. Lors de mes interventions publiques en Allemagne, je me taillais toujours un franc succès en commençant par dire qu'en réalité j'étais allemand.

En 2013, cependant, Thorvald a participé à une émission de la NRK, la télévision norvégienne, intitulée *Qui pensez-vous être ?*, qui explorait les archives nationales et d'autres sources pour retrouver les antécédents familiaux de personnalités publiques. Il n'a pas fallu longtemps avant de découvrir que le premier à faire usage du nom de Stoltenberg avait été l'arrière-arrière-arrière-arrière-arrière-grand-père de Thorvald, un ancêtre dénommé Vincent Henriksen, qui vivait à Larvik au XVIIIe siècle. Il avait étudié un temps en Allemagne, près de la petite ville de Stoltenberg, et avait adopté ce nom après son retour en Norvège, trouvant probablement qu'un nom à consonance étrangère lui conférait plus de prestige.

C'est donc au snobisme d'un de mes ancêtres que je dois de m'appeler Jens Stoltenberg et non pas Jens Henriksen. Notre famille a ainsi perdu une illusion.

Les huit premiers mois après mon arrivée à l'OTAN, je me suis rendu cinq fois en Allemagne, pour des visites plus ou moins longues. Mon déplacement en juin 2016 a eu lieu quelques semaines seulement avant mon premier sommet de l'OTAN en tant que secrétaire général. Il était essentiel d'obtenir le soutien de l'Allemagne dans les dossiers majeurs, mais en même temps j'estimais que ce pays pouvait et devait jouer un rôle plus important au sein de l'alliance.

Angela Merkel ne nourrissait pas la moindre illusion concernant Vladimir Poutine. Elle estimait qu'il n'avait jamais réellement accepté l'issue de la guerre froide et qu'il désirait à nouveau faire de la Russie une grande puissance stratégique. Il tentait ainsi de faire main basse sur les pays d'Europe de l'Est qui n'avaient pas encore intégré l'OTAN. Selon elle, cultiver de bonnes relations avec l'Occident n'intéressait pas Poutine. Au contraire, il pouvait renforcer son pouvoir en entretenant des rapports conflictuels avec l'Occident. Merkel insistait sur l'importance pour l'OTAN de présenter un front uni dans son soutien à l'Ukraine, afin de dissuader Poutine de poursuivre une politique agressive et expansionniste à l'avenir.

Cela étant, elle jugeait nécessaire de maintenir le dialogue avec Moscou. Comme moi, elle estimait que dissuasion et dialogue n'étaient pas incompatibles, mais au contraire devaient aller de pair. Elle soulignait que nous partagions le continent eurasiatique avec la Russie et que nous devions donc composer avec elle, quelle que soit la personne au pouvoir au Kremlin.

Avant le sommet, l'OTAN avait préparé des plans précis pour renforcer sa présence militaire dans les pays baltes et en Pologne. Au début, l'Allemagne s'était montrée réticente, estimant que cela attiserait les craintes de la Russie de voir l'OTAN se rapprocher trop de ses frontières et ne ferait qu'aggraver les tensions en Europe. Mais les Allemands avaient bien conscience que l'agression russe en Ukraine suscitait de grandes inquiétudes, notamment parmi les pays membres d'Europe de l'Est. C'est pourquoi Merkel a accepté que l'Allemagne prenne le commandement de l'un des quatre bataillons dont j'avais proposé le déploiement lors du sommet. Ce serait la première fois que l'OTAN stationnerait des troupes dans l'est de l'alliance et la première fois depuis la Seconde Guerre mondiale que des soldats allemands feraient partie du contingent.

Les relations de l'Allemagne avec l'OTAN n'allaient pas sans quelques frictions. Les Allemands avaient une réticence profonde à s'engager militairement, mais le pays apportait une contribution précieuse aux opérations de l'OTAN en Afghanistan et au Kosovo. En revanche, la question de la stabilisation de l'Irak était plus difficile pour Berlin, qui estimait que l'OTAN ne devait pas s'y impliquer, car elle était déjà très mal vue là-bas.

J'avais du mal à comprendre cette position : si l'Allemagne acceptait une intervention militaire, pourquoi hésitait-elle à le faire sous l'égide de l'OTAN ? Sur l'engagement dans le Sud, la position allemande était assez proche de celle de la France : les deux pays traînaient les pieds.

Les dépenses consacrées à la défense étaient, comme toujours, un sujet central dans mes discussions avec Angela Merkel. À l'époque, très peu de pays membres atteignaient l'objectif d'allouer au moins 2 % de leur produit intérieur brut à la défense. L'Allemagne était loin du compte, avec un budget légèrement supérieur à 1 %. Cela avait une incidence majeure sur les dépenses globales de défense des États membres de l'OTAN, compte tenu du poids économique de l'Allemagne, sur ce plan première puissance d'Europe.

L'Allemagne était très réticente à l'idée d'endosser un rôle militaire prépondérant en Europe, une réserve compréhensible au vu de son histoire. Mais j'ai exhorté les Allemands à accroître leurs dépenses de défense, ne serait-ce que pour se rapprocher de l'engagement pris par tous lors du sommet de l'OTAN au pays de Galles, deux ans plus tôt, soit en 2014. Sur le plan personnel, Merkel n'était pas en désaccord avec moi, ni sur la nécessité d'augmenter le budget de la défense ni sur la question de l'engagement de l'OTAN en Irak. Mais elle était à la tête d'un gouvernement de coalition aux sensibilités fort diverses et devait en tenir compte.

Le gaz et la construction du gazoduc Nord Stream II, partant d'Oust-Louga, un peu à l'ouest de Saint-Pétersbourg, à travers la mer Baltique, jusqu'à Greifswald en Allemagne, faisait l'objet d'une discussion animée. Nord Stream I avait déjà été mis en service quelques années auparavant. La question faisait l'objet de débats au sein de l'OTAN, notamment en raison de vives critiques de la part des Américains. Les États-Unis estimaient que l'Europe se rendait stratégiquement vulnérable en devenant aussi dépendante du gaz russe. Nord Stream II relevait de la sécurité politique. En revanche, Merkel et plusieurs autres dirigeants européens ont fait valoir qu'il s'agissait d'un projet purement commercial qui devait se décider sur des bases économiques. Cette division au sein de l'OTAN sur un sujet aussi crucial compliquait ma tâche.

Depuis mon passage au département de recherche de l'office norvégien des statistiques et plus tard en tant qu'homme politique, j'avais beaucoup étudié le marché européen du gaz. En tant que Premier ministre, j'avais fait adopter, entre autres, le développement du gisement de Snøhvit, un important site de production de gaz naturel liquéfié et la première exploitation gazière en mer de Barents.

Le gaz norvégien couvre environ 30 % de la consommation européenne de gaz. D'un point de vue commercial, le gaz russe est en concurrence avec le gaz norvégien. Mais faire venir davantage de gaz russe vers l'Europe entraînait la construction de nouveaux gazoducs et infrastructures, ce qui contribuait à l'expansion globale du marché du gaz. Dans une perspective plus large, les importations européennes de gaz russe bénéficiaient donc également à la Norvège. La position norvégienne a toujours été de ne pas dissuader les pays européens d'acheter du gaz naturel russe.

Comme l'Allemagne, la Norvège a estimé elle aussi qu'une augmentation des échanges commerciaux entre l'est et l'ouest de l'Europe contribuerait à rapprocher les pays et à réduire le risque de conflit et de guerre. Même pendant la guerre froide, l'Union soviétique s'était révélée un fournisseur d'énergie fiable pour les pays membres de l'OTAN. Bon nombre d'hommes politiques norvégiens, moi y compris, avaient souvent souligné qu'il y avait peu de raisons de penser que Moscou commencerait brusquement à utiliser le gaz comme moyen de pression politique.

Mais, après mon arrivée à l'OTAN, mon point de vue a évolué. J'ai perdu peu à peu confiance en la fiabilité énergétique de la Russie, et je me suis davantage inquiété pour la sécurité de l'approvisionnement de l'Europe en énergie.

Malgré les tensions persistantes sur ces sujets, Merkel a été un soutien pour moi. Elle était constructive, cherchant à trouver des solutions acceptables pour l'ensemble des membres de l'OTAN. Elle désirait donc que Martin Erdmann obtienne le poste de secrétaire général adjoint de l'OTAN. Après la réunion à Berlin, les Allemands ont à nouveau fait savoir via divers canaux qu'ils voulaient qu'Erdmann soit nommé, tandis que les Américains, eux, soutenaient la candidature de Gottemoeller. J'ai pris le temps d'évaluer avec attention les deux profils. Il ne faisait aucun doute que chacun possédait les qualifications requises, mais Gottemoeller occupait un poste clé au département d'État des États-Unis, était une spécialiste de la Russie et avait une grande expérience en matière de désarmement. J'ai estimé que l'OTAN aurait besoin de ses compétences pour renforcer le dialogue avec Moscou.

Vers la fin juin, j'ai pris ma décision et choisi Gottemoeller. Le 27 juin 2016, celle-ci a officiellement été nommée secrétaire générale adjointe. Immédiatement après l'annonce, nous avons reçu un e-mail du conseiller pour la sécurité d'Angela Merkel. Les Allemands étaient profondément déçus. Ils m'avaient soutenu jusqu'à ce jour, et voilà comment je les remerciais.

Juste après, les 28 et 29 juin, un sommet européen se tenait à Bruxelles. J'étais invité à prendre la parole pour parler des relations entre l'Union européenne et l'OTAN lors de la première journée.

Quand je suis entré dans l'espace à l'extérieur de la salle de réunion, j'ai aperçu Angela Merkel et lui ai adressé un signe de tête. Elle ne m'a pas répondu. Peut-être ne m'avait-elle pas vu. J'ai discuté brièvement avec le Premier ministre italien Matteo Renzi et j'ai tenté un nouveau signe de tête à l'adresse de Merkel quand nos regards se sont croisés. Elle m'a regardé sans esquisser le moindre geste.

Juste avant mon intervention, elle est passée devant moi sans s'arrêter et, pendant que je parlais, elle a feuilleté distraitement des documents. J'avais déjà participé à des sommets européens, et Merkel avait toujours suivi attentivement mes discours, pris la parole dans les débats qui avaient suivi et commenté mes propos de manière constructive. Cette fois, elle est restée plongée dans ses papiers, sans lever les yeux.

Au moment où je quittais la salle, elle s'est enfin tournée vers moi. Je m'apprêtais à lui dire quelques mots aimables, mais elle ne m'en a pas laissé l'occasion : « Vous m'avez tellement déçue, Jens, a-t-elle dit. Vous avez seulement pris en compte les intérêts des États-Unis. Les États-Unis ne peuvent pas tout décider à l'OTAN. »

Ne m'avait-elle pas dit, quand je lui avais rendu visite à Berlin quelques mois avant ma prise de fonction : « Il est important, Jens, que les États-Unis n'obtiennent pas toujours ce qu'ils veulent » ? À ses yeux, je venais de faire exactement l'inverse. Pour Merkel, il ne s'agissait pas seulement de placer un Allemand à un poste stratégique, mais d'une question de principe. Cela avait été un test pour voir si j'allais obéir aux Américains en tout et pour tout. Et il était clair que j'avais échoué à ce test.

« Je ne pouvais pas écarter Gottemoeller au seul prétexte qu'elle est américaine », ai-je répondu en tentant de me justifier. Je n'ai pas eu le loisir d'en dire davantage ; Merkel avait déjà tourné les talons. Je l'ai regardée s'éloigner d'un pas décidé.

Souvent, quand un dirigeant de haut niveau promeut l'une ou l'autre candidature à un poste clé, il le fait parce que c'est son rôle, mais sans plus. J'avais espéré que ce soit le cas ici, que Merkel soutenait Erdmann parce que c'était son travail de le faire, sans avoir de réelle préférence entre lui et Gottemoeller. Manifestement, ce n'était pas le cas.

Pour moi, il ne faisait aucun doute que Gottemoeller était la candidate la plus compétente pour ce poste. Elle représentait exactement ce dont l'OTAN avait besoin. Mais je n'aimais pas l'idée d'avoir déçu une alliée de longue date. Dans le pire des cas, j'avais sérieusement compromis mes bonnes relations avec Merkel, et je craignais que cela ait des répercussions politiques.

Mais j'avais tranché, la nomination avait été prononcée, et j'en assumais la responsabilité. Dans une semaine et demie, j'allais rencontrer à nouveau Angela Merkel lors du sommet de l'OTAN à Varsovie. Pour la première fois, j'appréhendais ce moment.

Chapitre 9

« *Ready to fight tonight* »

Construit pour le Championnat d'Europe de 2012, le stade national de football de Narodowy est le plus grand et le plus moderne de Pologne, situé juste à la périphérie du centre-ville de Varsovie, à l'emplacement d'un ancien stade où, dans les années 1950 et 1960, le régime communiste battait le rappel de ses troupes pour certains de ses plus grands rassemblements à visée de propagande.

L'équipe nationale polonaise y joue tous ses matchs à domicile. Près de soixante mille Polonais enthousiastes peuvent alors remplir les tribunes. Le lieu est aussi utilisé pour des concerts : les Rolling Stones, Ed Sheeran et Madonna se sont produits ici. Narodowy incarne une Pologne moderne, ouverte sur le monde et réceptive aux influences extérieures. La nuit, le stade est illuminé en rouge et blanc, les couleurs du drapeau polonais.

Les 8 et 9 juillet 2016, il a été transformé en centre de congrès, pour accueillir les chefs d'État et de gouvernement de l'OTAN. Dans les mois avant ce sommet, le bureau avait été en pleine effervescence. À l'automne précédent, Torgeir Larsen avait succédé à Vegard Ellefsen au poste de chef de cabinet. Fort d'une longue carrière de journaliste, de diplomate et d'homme politique, il s'était intégré sans problème à l'environnement de l'OTAN.

Des dossiers avaient été mis en avant, débattus avant d'être finalement écartés, tandis que d'autres étaient arrivés sur la table. Mais un point avait émergé, plus important que tous les autres : l'alliance devait s'armer. Pour s'adapter à une réalité nouvelle, le déploiement de forces de l'OTAN à l'est paraissait nécessaire.

Une partie essentielle des préparatifs consistait à suivre la résolution prise lors du sommet précédent, deux ans plus tôt, enjoignant de consacrer 2 % du produit intérieur brut au budget de la défense. L'augmentation des dépenses militaires des États membres était un dossier sur lequel je travaillais constamment. Il en allait de notre propre sécurité, et je savais que les Américains tenaient à ce que cet engagement ne reste pas une simple déclaration d'intention. Mon travail consistait à pousser à la roue pour que les États membres respectent l'objectif qu'ils s'étaient eux-mêmes fixé.

Le message était clair. Après la guerre froide, nous avions tous réduit nos budgets militaires. C'était justifié, mais il nous fallait être prêts à les augmenter si les tensions l'exigeaient.

« Vous devez tenir vos promesses. Si vous estimez que 2 % ne sont pas nécessaires, alors il faut avoir l'honnêteté de le dire. Le pire serait de maintenir cet objectif et de ne pas agir en conséquence ensuite », ai-je répété lors des nombreuses réunions avec des Premiers ministres et des ministres avant le sommet.

Les réticences de certains membres de la coalition, les dépenses de retraite élevées et les exigences budgétaires de l'Union européenne étaient autant d'arguments pour expliquer pourquoi il n'avait pas été possible d'atteindre l'objectif de 2 %. Certains pays, en proie à des difficultés d'ordre financier, estimaient qu'ils n'avaient pas les moyens d'investir davantage pour leur défense. Pour d'autres, c'était tout le contraire : ils étaient trop riches. Deux pour cent d'un produit intérieur brut fort, c'était une somme astronomique et beaucoup trop d'argent à consacrer à la défense. De nombreux anciens collègues politiques en Norvège tenaient ce discours. Et d'une certaine manière, ils avaient raison. Deux pour cent d'un gros gâteau, c'est davantage que 2 % d'un petit gâteau.

« Mais 98 % du gros gâteau, c'est encore plus énorme. Vous disposez de 98 % d'un produit intérieur brut élevé pour financer d'autres priorités. Ce n'est pas un désavantage d'être riche », leur répondais-je.

Un autre argument fréquemment utilisé concernait la volatilité du produit intérieur brut, ce qui rendait ce critère inadapté pour évaluer l'effort de défense. Là encore, l'argument était recevable, mais le problème restait que les dépenses de défense de la plupart des pays de l'OTAN se situaient à des niveaux bien inférieurs à 2 %. En réalité, cela traduisait un manque de volonté politique d'allouer davantage d'argent à la défense.

En Norvège, on m'a fait vertement savoir que moi-même, je n'avais pas atteint l'objectif des 2 %, bien que cette résolution de l'OTAN ait été adoptée après la fin de mon mandat en tant que Premier ministre. En même temps, je devais reconnaître qu'il était plus facile d'être secrétaire général de l'OTAN, de voyager et de réclamer des investissements accrus pour la défense que d'être Premier ministre et d'accorder les sommes dont on avait besoin. Chaque milliard supplémentaire consacré à la défense était un milliard en moins pour d'autres domaines essentiels comme la santé, l'éducation ou les infrastructures. J'avais moi-même ressenti cette difficulté lorsque nous avions augmenté le budget militaire sous mon gouvernement. Désormais, les besoins étaient devenus encore plus pressants.

Dans certaines capitales, on me surnommait « *Mister Two Percent* ». Heureusement, des rapports présentant des chiffres positifs ont commencé à arriver. Un pays de plus, en l'occurrence la Pologne, était en passe d'atteindre les 2 % cette année-là. D'autres États augmentaient également leur contribution.

Ma volonté de maintenir un dialogue avec la Russie s'était heurtée à une forte résistance, mais, avant le sommet de Varsovie, la situation s'était débloquée. Un entretien avec le Premier ministre David Cameron à Londres avait notamment constitué un tournant. Avec les Britanniques, il n'était pas nécessaire de quémander de l'argent ou de leur rappeler leurs promesses du pays de Galles, car ils respectaient déjà l'objectif des 2 %. Mais ils demeuraient sceptiques quant à la relance du Conseil OTAN-Russie, initiative que je défendais. Lors de notre réunion, David Cameron était accompagné de trois de ses conseillers, tout comme moi. Lorsque la question du dialogue avec la Russie a été évoquée, Cameron s'est tourné vers ses collaborateurs.

« Quelle est notre position sur le Conseil OTAN-Russie ? »

Michael Fallon, le secrétaire d'État à la Défense, s'est penché un peu en avant : « Nous sommes sur la réserve. Nous préférons attendre. »

J'ai alors pris la parole et plaidé de mon mieux pour ma vision des choses. « Le dialogue n'est pas un signe de faiblesse, mais de force. Si vous n'osez pas parler avec les Russes, c'est là une marque de faiblesse. Tant que nous restons fermes, prévisibles et que nous avons une défense solide, nous pouvons toujours leur faire face », ai-je affirmé.

Cameron et moi avions souvent été d'accord, et j'avais le sentiment que c'était encore le cas cette fois-ci. Peut-être encore plus que je ne l'imaginais, car, une fois que j'ai eu fini de parler, Cameron a jeté un coup d'œil à ses collaborateurs et a déclaré : « D'accord. Nous devons soutenir la reprise du dialogue avec la Russie. »

Ses conseillers ont échangé des regards inquiets. L'ambassadeur britannique auprès de l'OTAN était présent, et il avait, à juste titre, défendu le point de vue britannique. Il s'était tenu sur la réserve, avait rejeté l'idée et posé de nouvelles conditions. Il incombe à la fonction publique de mettre en œuvre les décisions politiques prises et de suivre les orientations données. De façon assez compréhensible, cela conduit les diplomates à se montrer prudents au moment d'afficher un changement de position. Alors qu'un Premier ministre sûr de lui a en revanche tout loisir d'adopter une nouvelle ligne de conduite. Ce qu'avait fait précisément David Cameron.

C'est ainsi que la Grande-Bretagne s'est alignée sur notre position. À peu près à la même époque, les États-Unis ont fait de même. Lentement mais sûrement, les pays d'Europe de l'Est ont eux aussi compris que nous devions renouer le dialogue avec la Russie.

Je sentais que nous étions sur la bonne voie, mais j'étais tendu à l'approche du sommet de Varsovie. Aussi minutieux qu'aient été les préparatifs, des imprévus pouvaient survenir. Des problèmes nouveaux pouvaient surgir et remettre en question les décisions déjà arrêtées. Cela faisait un an et neuf mois que j'étais secrétaire général. Ce sommet serait une sorte de test politique, mais je n'avais aucune garantie que nous ne trébucherions pas au dernier moment. Avoir contrarié un acteur aussi essentiel que la chancelière allemande sur une affaire relativement mineure – la nomination d'un nouveau secrétaire général adjoint – ne jouait pas non plus en ma faveur.

Le premier jour, nous nous sommes rassemblés à l'extérieur du stade Narodowy pour la traditionnelle photo de famille. Je n'ai jamais été particulièrement friand des rencontres informelles organisées avant les réunions et les dîners officiels, préférant les discussions structurées autour d'une table avec un ordre du jour précis. Mais cela allait mieux au fil des ans et, en tant que chef de l'OTAN, j'avais des échanges plus naturels qu'à l'époque où j'assistais aux sommets en tant que Premier ministre. Mon rôle était plus clair. J'avais des choses importantes à dire à pratiquement chacun des dirigeants présents : avoir l'occasion de rencontrer autant de personnes à la fois se révélait finalement agréable et utile. Je pouvais aborder de grandes questions comme l'augmentation des budgets de défense, mais aussi formuler des demandes précises : plus de soldats pour renforcer les unités de combat de l'OTAN dans les pays baltes, ou plus de soutien en Afghanistan ou au Kosovo. Pour ces échanges rapides, mais ciblés, nous avions prévu des *pull asides*, c'est-à-dire des apartés de quelques minutes en tête à tête avec un chef de gouvernement, souvent dans un coin de la salle.

À l'intérieur du stade Narodowy, Angela Merkel tranchait nettement, avec sa veste vert clair, sur la foule des chefs d'État et de gouvernement vêtus de couleurs sombres. Au bout d'un moment, j'ai croisé son regard et compris qu'elle était disposée à me parler. Nous nous sommes un peu éloignés des autres. Elle est allée droit au but : « Quand je suis en désaccord, je le suis pleinement. La nomination du secrétaire général adjoint n'a pas mon aval. Mais sachez, Jens, que je ne suis pas rancunière. Pour moi, cette affaire est close. *Finito* ! »

Angela Merkel ne se rendait pas compte de l'effet qu'avait produit sur moi son mécontentement à propos d'une décision que j'avais prise. Quelques jours plus tôt, lors du sommet européen à Bruxelles, elle avait clairement manifesté sa contrariété. J'étais soulagé de voir que nous étions de nouveau en bons termes.

La suite des discussions s'est également engagée dans la bonne direction. Les Polonais avaient longtemps réclamé une plus forte présence militaire de l'OTAN dans l'est de l'alliance. Ils se sentaient extrêmement vulnérables et exposés après l'agression russe en Géorgie et en Ukraine. « Rappelez-vous la guerre froide, disaient-ils. À l'époque, l'Allemagne de l'Ouest était la frontière orientale de l'OTAN, et des centaines de milliers de soldats américains y étaient stationnés. » Aujourd'hui, c'était la Pologne qui occupait le flanc est de l'OTAN. Le pays était membre de l'alliance depuis 1999, mais sur place pratiquement aucun soldat de l'OTAN n'y avait été déployé. « L'OTAN nous a donné quelques centaines d'officiers d'état-major d'âge mûr installés dans des bureaux. Cela n'effraie personne. »

Ils exagéraient un peu, mais avaient raison sur un point : nous n'avions aucune force de combat sur le sol polonais ni dans les autres pays qui avaient rejoint l'alliance après la fin de la guerre froide.

Lors de ce sommet, il a été alors décidé d'établir quatre groupes de combat multinationaux en Estonie, en Lettonie, en Lituanie et en Pologne. Obama a soutenu ce renforcement, pour montrer clairement à Moscou où se trouvait la frontière orientale de l'OTAN. Le président Poutine ne devait croire à aucun moment qu'il pouvait, par exemple, traiter les anciennes républiques soviétiques d'Estonie, de Lettonie et de Lituanie comme il traitait maintenant l'Ukraine, elle aussi une ancienne république soviétique. Le Royaume-Uni soutenait les pays d'Europe de l'Est. Comme d'habitude, l'Allemagne, d'abord sur la réserve, avait fini par accepter de commander un des groupes de combat, dès lors que l'on poursuivait l'effort diplomatique. Les États-Unis, la Grande-Bretagne et le Canada prendraient aussi chacun la direction de leurs bataillons respectifs.

Pour les Européens de l'Est, une présence militaire accrue sur leur propre territoire était cruciale si l'on voulait qu'ils acceptent l'idée d'un dialogue avec Moscou. Tant que les bataillons seraient présents, nous pourrions discuter avec les Russes sans donner l'impression que l'agression en Ukraine était oubliée.

Le sommet a aussi adopté des mesures pour renforcer la présence militaire en Roumanie. Il a été convenu de tripler les effectifs de la force de réaction de l'OTAN et de créer une force d'intervention rapide. Une meilleure préparation. Davantage de manœuvres. Des processus de décision accélérés.

Ready to fight tonight. Nous étions désormais en position de force pour discuter avec les Russes. Comme l'avait dit le président Theodore Roosevelt : parlez doucement, un gros bâton à la main.

L'OTAN avait été fondée pour assurer la défense des démocraties européennes. Les décisions prises à Varsovie ont réaffirmé que cette mission restait, encore aujourd'hui, la plus essentielle de l'alliance.

Dans la soirée, nous nous sommes réunis pour un dîner de travail dans la salle des Colonnes du palais présidentiel, à l'endroit même où le pacte de Varsovie avait été signé par l'Union soviétique et les autres pays de l'Europe de l'Est, le 14 mai 1955. Soixante et un ans plus tard, l'OTAN y tenait un dîner officiel. On aurait pu chercher longtemps un symbole plus fort de la faillite du système soviétique. Je n'ai pas pu m'empêcher d'y penser, et je n'étais certainement pas le seul. Mais personne n'a fait de commentaire à ce sujet, signe d'une certaine retenue et de la volonté de ne pas fanfaronner face à notre voisin de l'Est.

Nous avions pris des décisions importantes conduisant au plus grand renforcement des forces de l'OTAN depuis la fin de la guerre froide, et abolissant les différences entre les pays membres de l'Europe de l'Est et le reste de l'alliance. Cela suscitait chez moi des sentiments mitigés. Pour ma part, j'éprouve une satisfaction bien plus immédiate à contribuer à la réduction des émissions de gaz à effet de serre, à investir dans l'éducation ou à fournir des vaccins aux enfants à travers le monde. Mais les sentiments ne sauraient dicter les priorités politiques. La défense et la sécurité sont des enjeux fondamentaux. Avant la guerre en Ukraine orientale et l'annexion de la Crimée, un tel réarmement aurait été inimaginable. Désormais, c'était malheureusement une nécessité.

Les groupes de combat à l'est étaient la priorité, mais les décisions prises concernant la formation et le renforcement des capacités en Irak ainsi que le soutien de la lutte contre Daech avec des avions de surveillance étaient tout aussi cruciales. Lorsque nos voisins sont plus stables, nous sommes nous-mêmes plus en sécurité.

Ce genre de dîner de travail n'est pas précisément une sinécure, en particulier pour moi qui suis censé le présider. C'était avant tout une réunion de travail, avec micros et documents éparpillés entre les assiettes, les compositions florales et les verres à vin, sans oublier une liste d'intervenants qu'il m'incombait de gérer. Nous avons fait un tour de table. Certaines interventions étaient réfléchies et analytiques, d'autres plus directement politiques et un peu polémiques.

Petit à petit, je me suis aperçu que les gens autour de moi commençaient à regarder l'heure. La journée avait été longue. Je m'apprêtais à clore les débats lorsqu'on m'a fait passer un billet. Barack Obama souhaitait prendre la parole. Cette demande n'était pas habituelle, car il était déjà intervenu. J'ai pensé qu'il voulait simplement nous adresser quelques mots d'adieu, puisque c'était son dernier sommet de l'OTAN. Mais Obama avait autre chose en tête.

Il souhaitait dire deux choses, a-t-il annoncé en préambule. Il voulait d'abord remercier le Premier ministre David Cameron pour sa coopération (Cameron, qui avait perdu le référendum sur le Brexit deux semaines plus tôt, allait quitter ses fonctions). Puis Obama a abordé son second point. Un peu plus tôt dans la soirée, Alexis Tsipras, le Premier ministre grec, avait fait remarquer que Vladimir Poutine serait certainement ravi d'apprendre que les dirigeants de l'OTAN avaient passé tout le dîner à discuter de la Russie et de la menace qu'elle représentait. Cela ne ferait que flatter son ego.

« Alexis a sans doute raison. Mais en écoutant nos échanges ce soir, je me suis rendu compte que nous ne parlions ni de Poutine ni de la Russie, a déclaré Obama. Le vrai sujet, c'est nous. Qui nous sommes. Ce qui compte pour nous. Quelles valeurs nous sommes prêts à défendre. »

Plusieurs autres dirigeants avaient conscience qu'un nombre non négligeable de leurs électeurs ne désapprouvait pas certains aspects de la politique de Poutine. Les courants de pensée qu'il représentait n'étaient pas étrangers à l'Occident. « C'est vrai, a admis Obama. Il existe un mouvement antilibéral dans tous nos pays, et c'est compréhensible. »

Tous les regards étaient tournés vers lui. Plus personne ne regardait sa montre. « Beaucoup ont l'impression d'avoir perdu leurs repères dans la vie. La globalisation a engendré insécurité et résignation. On assiste au retour d'une forme primitive de nationalisme et de xénophobie. Oui, il existe bel et bien un terreau fertile pour attiser la haine envers les immigrés, les musulmans et les homosexuels », a-t-il déclaré.

Il nous a demandé dans quelle mesure nous étions prêts à affronter de telles idéologies. « Il est si facile d'exploiter ces courants de pensée », a-t-il constaté. Ceux qui flirtent avec eux obtiennent la réponse qu'ils souhaitent.

« La vérité, c'est que l'Europe s'est déjà engagée sur cette voie dans le passé. Et si vous empruntez de nouveau ce chemin, si vous commencez à vous méfier des musulmans, des immigrés ou des homosexuels, alors vous ne tarderez pas... – à ce moment-là, Obama s'est penché légèrement vers nous et a désigné toute la table du doigt – vous ne tarderez pas à vous méfier des Polonais, des Allemands et des Turcs également. Vous retourneriez au XXe, au XIXe, voire au XVIIIe siècle : des époques qui n'ont pas été particulièrement apaisées pour l'Europe. Je crois donc qu'il est important de comprendre ce pour quoi nous nous battons réellement. »

Un profond silence s'était abattu sur la table. Là se trouvaient Angela Merkel et François Hollande, représentant l'Allemagne et la France, ennemis jurés dans l'histoire de l'Europe. Il y avait Andrzej Duda, issu du Parti nationaliste polonais Droit et Justice, Recep Tayyip Erdoğan, accusé de porter atteinte à la démocratie et de concentrer tous les pouvoirs en Turquie, le Hongrois Viktor Orbán, créateur de ce qu'il appelait la « démocratie illibérale ». Tous étaient contraints d'écouter le vibrant appel du président des États-Unis en faveur de la liberté et de la tolérance.

« Si nous ne restons pas fidèles aux valeurs sur lesquelles nos sociétés sont bâties, nous n'arriverons à rien, a continué Obama. Nous avons gagné la guerre froide, non pas parce que nous possédions le plus de missiles, mais grâce à nos valeurs. » Puis il a demandé à l'assemblée de porter un regard attentif sur la Russie et la société russe : l'espérance de vie chutait au niveau de celle d'un pays en voie de développement. L'économie russe reposait sur la vente de gaz, d'armes et de vodka – et pas grand-chose d'autre. Ils ne savaient pas vraiment ce qu'ils voulaient en Ukraine.

Et Obama de conclure : « Tout ce que Poutine incarne, c'est une tentative de masquer le déclin de la Russie. Nous devons rester constructifs, prendre en compte les intérêts russes quand ils sont légitimes, mais au final nous nous en sortirons très bien. Nous l'emporterons tant que nous savons qui nous sommes. Mais si nous l'oublions, Poutine – ou des gens comme lui – se fera une joie de balayer l'édifice que l'Europe a construit après la Seconde Guerre mondiale. Ce serait une tragédie pour le monde, et pour tous les Européens. Même si vous ne voulez pas l'admettre. »

Le sommet de Varsovie a marqué la fin du commencement de mon long mandat en tant que secrétaire général de l'OTAN. L'alliance était plus unie qu'auparavant, et l'atmosphère entre alliés était bonne. J'avais le sentiment d'avoir réussi à prendre les commandes du train dans lequel j'avais sauté près de deux ans plus tôt. Mais, en tant que secrétaire général, mon rôle dépendait largement des positions fondamentales des États membres et de ce qu'ils attendaient de l'alliance.

Aucun de ces pays ne comptait plus que les États-Unis. Et Barack Obama était sur le point de quitter le pouvoir. Une élection présidentielle était imminente.

Troisième partie

Fardeaux

Juillet 2016 - juillet 2018

Chapitre 10

Un président comme aucun autre

Les réunions du Conseil de l'Atlantique Nord rassemblent tous les pays membres de l'OTAN. Chaque pays dispose d'une seule voix. Mais les États-Unis occupent une position particulière en raison de leur poids politique, économique et militaire. Aucun autre pays n'a une influence plus déterminante sur ce qu'est l'OTAN, ce qu'elle peut faire et ce qu'elle peut devenir. C'est pourquoi il est crucial de connaître les forces qui dominent la politique américaine et qui siège à la Maison-Blanche.

L'élection présidentielle de novembre 2016 n'était pas seulement importante pour les États-Unis, mais aussi pour l'ensemble de l'OTAN. L'attention portée à cette élection au fil de l'année m'a amené à réfléchir sur ma relation avec l'Amérique, un pays que j'avais fortement critiqué lors de la formation de ma conscience politique dans les années 1970. La politique étrangère et de sécurité des États-Unis était la principale raison pour laquelle la ligue des jeunes travaillistes s'opposait à l'adhésion à l'OTAN. Lors des camps d'été sur l'île d'Utøya, nous reprenions en chœur : « Chantez "Norvège, Norvège, hors de l'OTAN" quand la révolution rouge viendra ! » sur l'air de *Glory, Glory Hallelujah.* Cette île située près d'Oslo appartenait à la ligue des jeunes travaillistes, et chaque été nous y organisions des camps avec des débats, des conférences et des concerts. C'était un véritable laboratoire politique.

Un jour, dans les années 1970, des membres d'un des groupes locaux de la ligue des jeunes travaillistes se sont rendus devant le commandement nordique de l'OTAN, situé alors à Kolsås, et ils ont dévissé un grand panneau noir et blanc de l'OTAN placé à l'extérieur de l'enceinte. Une fois arrivés à Utøya, ils l'ont installé en guise de panneau indiquant la direction des plus grandes toilettes de l'île. Dès lors, celles-ci ont été surnommées les « chiottes de l'OTAN ».

L'opposition de la ligue à l'OTAN ne faisait donc pas l'ombre d'un doute et était intrinsèquement liée à notre identité politique. Lorsqu'en 1985 je suis devenu leader de cette ligue, je me suis contenté lors de mes premières interviews de reprendre le discours habituel : « La ligue des jeunes travaillistes estime que la Norvège doit, à terme, se retirer de l'OTAN. » Ce rejet était principalement motivé par le rôle des États-Unis : la guerre du Vietnam, le coup d'État sanglant au Chili, le soutien secret aux rebelles contre-révolutionnaires du Nicaragua. Nous ne voulions pas être membres d'une alliance où le pays le plus influent menait une politique contraire à un ordre mondial fondé sur des règles.

Mais en réalité, dès 1985, mes opinions avaient commencé à évoluer. Il n'était pas crédible de défendre une sortie de l'OTAN. Nous ne le pensions pas réellement, du moins pas à court terme. L'importance de la garantie de sécurité de l'OTAN éclipsait les aspects négatifs de la cohabitation avec les États-Unis. Notre position négative était plus symbolique qu'autre chose.

J'ai donc préparé un revirement. Pendant plus d'un an, j'ai travaillé au sein du comité de programme de façon à y obtenir du soutien. Pour faire changer d'avis les gens, il faut veiller à ce que cela se fasse sans douleur, dans la mesure du possible. Il importait d'élaborer un nouveau discours qui préservait certains éléments de notre position initiale. Ainsi, on pouvait être favorable à l'adhésion de la Norvège à l'OTAN tout en s'opposant à Ronald Reagan et à sa politique. Nous avons parlé de « combat rapproché au sein de l'OTAN ». Cette formule permettait de faire la transition en douceur : nous restions dans l'alliance tout en y défendant nos idées sur des sujets comme la politique américaine en Amérique latine, les zones exemptes d'armes nucléaires et le désarmement.

Lors du congrès de la ligue des jeunes travaillistes en 1987, j'ai plaidé avec insistance pour que notre organisation prenne position *en faveur* de la coopération transatlantique en matière de défense et de sécurité. Une large majorité a voté pour le maintien de la Norvège dans l'OTAN.

Je reste fier de ce revirement, et j'y ai beaucoup repensé en 2014, lorsque j'ai envisagé de me porter candidat au poste de secrétaire général de l'OTAN. La première grande bataille que j'avais menée en tant que jeune politicien concernait la politique de sécurité et l'OTAN. Et malgré mon scepticisme initial vis-à-vis des États-Unis, il existait une autre Amérique qui m'avait toujours attiré, et dont je me sentais proche. Mes grands-parents maternels avaient émigré aux États-Unis dans les années 1920 avant de revenir en Norvège à la fin de leur vie. Karin est née aux États-Unis. Ma tante Marianne et elle parlaient anglais entre elles. Les liens transatlantiques font partie de mon histoire familiale.

Les États-Unis sont un pays réunissant des personnes venues du monde entier, un creuset d'innovation dans les domaines technologique, économique et culturel. Son histoire est marquée par l'esclavage et la discrimination, mais aussi par le mouvement des droits civiques et Martin Luther King. Les États-Unis ont mené une guerre ratée et sanglante au Vietnam, mais c'est aussi là que la contestation vis-à-vis de cette guerre s'est développée et a fini par l'emporter. Ils ont envahi l'Irak, mais ont ensuite élu un président qui était contre la guerre. Nous devons nous estimer heureux que la première puissance mondiale soit une démocratie où la critique, la liberté de la presse et le débat public sont possibles, un pays capable de se remettre en question et de corriger ses erreurs. J'ai toujours admiré cette capacité de s'auto-réformer.

Au premier semestre 2016, Hillary Clinton était en tête dans tous les sondages. Elle a conservé son avance tout au long de l'automne. Les projections des analystes électoraux lui étaient favorables. J'avais pour ma part la certitude qu'elle l'emporterait. Comme beaucoup, j'étais intimement convaincu que la continuité politique était la norme. Il m'est difficile d'envisager des ruptures qui remettent en cause des tendances historiques bien établies. L'élection de Donald Trump à la Maison-Blanche aurait signifié une rupture de cet ordre.

Les personnes qui travaillaient au sein de l'OTAN mettaient un point d'honneur à rester politiquement neutres. Néanmoins, de nombreux Américains laissaient transparaître leurs préférences. « Nous avons hâte d'accueillir le prochain président des États-Unis au sommet de mai 2017, et ce sera un grand honneur de *la* rencontrer », disaient-ils.

Au printemps 2016, le général Mike Scaparrotti avait pris ses fonctions en tant que commandant suprême des forces alliées en Europe (SACEUR). Ce poste s'inscrit dans une tradition prestigieuse : Dwight D. Eisenhower, le général qui dirigea les forces alliées lors du débarquement en Normandie le 6 juin 1944 et de la libération de l'Europe de l'Ouest, fut le premier à occuper cette fonction en 1951, avant de devenir président des États-Unis quelques années plus tard.

En septembre 2016, j'ai invité le général Scaparrotti chez moi, avenue Louise, pour un premier dîner de travail. Je ne le connaissais pas encore. Il venait de commander les forces américaines en Corée du Sud et avait auparavant servi en Irak et en Bosnie. C'était un homme aux cheveux bruns coupés court, au regard calme et scrutateur, et qui, comme beaucoup de militaires, s'exprimait par des phrases brèves et précises. Sa prestance et son autorité n'avaient rien de surprenant : il figurait parmi les rares généraux quatre étoiles qui relèvent directement du président des États-Unis. Nous avons passé en revue les sujets abordés lors du sommet de Varsovie quelques mois plus tôt : la situation en Ukraine, les relations avec la Russie, la lutte contre Daech, ainsi que les mesures à prendre pour répondre à ces défis. Avant la fin du dîner, nous avons eu l'occasion d'échanger plus librement. Scaparrotti revenait de vacances aux États-Unis, où, naturellement, l'élection présidentielle était au cœur des discussions.

« Je pense que Donald Trump va gagner. Je connais plusieurs personnes qui votent habituellement démocrate, mais qui ne soutiendront pas Hillary Clinton cette fois-ci », m'a-t-il confié. Elle représentait, selon eux, l'establishment et l'élite, tandis que Donald Trump, même s'il était milliardaire, était perçu comme un homme du peuple. Je me suis dit par-devers moi que le SACEUR était un excellent général, rompu au commandement militaire, mais que son analyse politique laissait à désirer.

Le soir du 8 novembre 2016, Ingrid et moi avons organisé une soirée électorale avec des amis et collègues à la résidence de Bruxelles. Un écran de télévision avait été installé dans le salon, et des hamburgers étaient servis. Le lendemain s'annonçait chargé, aussi suis-je allé me coucher avant minuit. Avant d'éteindre la lumière, j'ai consulté mon téléphone : les pronostics s'étaient quelque peu resserrés, mais je restais convaincu de l'issue du scrutin. Je me suis endormi serein.

Je me suis réveillé vers 5 heures du matin, comme à mon habitude. Encore à moitié endormi, j'ai regardé mon téléphone : Trump avait remporté la Pennsylvanie et l'Ohio. Rien n'était encore définitivement tranché, mais CNN annonçait sa victoire imminente. Lorsque je suis descendu pour le petit-déjeuner électoral à 6 heures, les visages autour de la table trahissaient la même surprise que la mienne.

J'avais sous-estimé les chances de Trump et manqué de lucidité dans l'analyse des données électorales. Pourtant, j'ai étudié et travaillé avec les statistiques : je sais ce qu'est une probabilité. Avant l'élection, j'avais régulièrement consulté les sites spécialisés. Le statisticien Nate Silver, dont les prévisions s'étaient révélées justes lors des victoires de Barack Obama, estimait à 71,4 % les chances de succès de Hillary Clinton.

Après l'élection, beaucoup ont accusé Silver et d'autres analystes de s'être trompés. Mais, en réalité, ils ne s'étaient pas nécessairement trompés : ils indiquaient simplement ce qui était le plus probable. Or une probabilité de 28,6 % pour une victoire de Trump restait significative. Mon incapacité à envisager sérieusement un tel scénario relevait davantage d'un biais personnel que d'une erreur de méthodologie. Les chiffres l'avaient montré depuis plusieurs mois : Trump pouvait gagner. J'ai adressé un message de félicitations au président élu.

J'étais impatient de savoir ce qui allait se passer par la suite, car j'avais suivi attentivement les critiques de Trump à l'égard de l'OTAN durant sa campagne. En mars, lors d'une interview télévisée, il avait déclaré : « L'OTAN est obsolète. » Cette affirmation remettait en cause l'ensemble de la politique étrangère américaine des soixante-dix dernières années. Plusieurs figures du Parti républicain avaient tenté de le contredire, mais leurs objections semblaient glisser sur lui. À la même époque, un journaliste lui avait demandé quels étaient ses principaux conseillers en politique étrangère. Il avait répondu : « Avant tout, moi-même. Car j'ai un très bon cerveau. »

Le peuple américain avait élu Donald Trump. Ce choix devait être respecté. Mon objectif était désormais d'établir, le plus vite possible, une bonne relation de travail avec lui, afin d'orienter son administration vers une approche plus favorable à l'OTAN. Il était également nécessaire de faire preuve de discipline en interne. J'ai donc donné des consignes strictes : les soupirs désabusés lors des réunions étaient inacceptables. Il était hors de question de partager sur écran des tweets de Trump suivis de roulements d'yeux. Pas de rires moqueurs à ses vidéos, pas de plaisanteries sur son goût pour le golf ou son style de communication. Cette tolérance zéro était absolument primordiale. Même si une poignée de personnes, en petit comité, s'amusaient d'une déclaration ou d'une attitude du président, l'information pouvait se diffuser au sein de l'organisation et finir par fuiter. En un rien de temps, on aurait appris à Washington que le siège de l'OTAN prenait Trump à la légère, et cela aurait eu un effet dévastateur.

Notre mission était claire : travailler avec Donald Trump. Notre responsabilité était d'influencer sa perception de l'OTAN et de préserver la relation transatlantique.

J'ai téléphoné au général Michael Flynn, pressenti pour être conseiller à la sécurité nationale par Trump. Il m'a assuré que le président élu soutenait l'OTAN, et que notre coopération serait fructueuse. À demi-mot, il laissait entendre que Trump avait une attitude plus positive vis-à-vis de l'OTAN que l'impression qu'il avait donnée durant la campagne électorale.

Je souhaitais parler avec Trump en personne dès que possible. Mais aucun des responsables américains à l'OTAN n'avait de contacts directs avec son équipe. Traditionnellement, les « équipes de transition » s'installent progressivement dans les administrations, mais le camp Trump semblait en retard et ne disposait pas encore d'un dispositif opérationnel. Par ses contacts aux États-Unis, mon chef de cabinet Torgeir Larsen a appris que je figurais sur une liste de vingt-cinq personnes à appeler. Mais celui qui avait établi la liste avait été viré, et personne ne savait qui gérait à présent cette liste. Finalement, après plusieurs tentatives, nous avons réussi à organiser un appel grâce à un collaborateur de Flynn, Marshall Billingslea. Cela a été de justesse. Peu après, Torgeir Larsen a tenté de joindre Billingslea à nouveau. Il a été surpris que celui-ci ne soit plus pressé du tout : il regardait sa fille jouer au football. Il venait d'être limogé, lui aussi. Mais le rendez-vous téléphonique n'a pas été annulé. Le vendredi 18 novembre, j'ai donc pu m'entretenir avec Donald Trump pour la première fois.

« Je suis un *big big big fan* de l'OTAN ! C'est formidable de vous parler, monsieur le Secrétaire général, j'ai hâte de travailler avec vous ! » a-t-il lancé. Au fil de la conversation, j'ai constaté que nous partagions certaines priorités. Trump insistait sur la nécessité pour les alliés européens d'augmenter leurs budgets de défense. « Je suis entièrement d'accord avec vous », ai-je répondu. Il voulait également que l'OTAN renforce ses efforts dans la lutte contre le terrorisme. « Là encore, nous sommes sur la même longueur d'onde », ai-je ajouté.

Il voulait connaître mon avis sur les noms qu'il envisageait pour des postes clés. J'ai été un peu surpris qu'il me consulte, moi, sur de telles nominations, mais je ne l'ai pas contredit. Rex Tillerson comme secrétaire d'État ? Je le connaissais un peu du secteur pétrolier. Je l'avais en effet rencontré lors de conférences sur l'énergie à Sanderstølen dans les années 1990, et il était souvent mentionné dans les spéculations médiatiques sur les candidats à ce poste. « Un bon choix », ai-je dit.

Jim Mattis comme secrétaire à la Défense ? Je ne m'y attendais pas : son nom n'ayant pas été évoqué, je n'ai pas su quoi dire. En vérité, le peu que je savais de lui venait de la série HBO *Generation Kill*, sur la guerre en Irak, que j'avais regardée avec mon fils. Dans la série, Mattis est présenté comme une figure mythique, un général craint et admiré, identifié par le nom de code « Chaos » lorsqu'il communique par radio. J'avais vraiment apprécié la série, mais recommander Mattis pour le poste de secrétaire à la Défense sur la seule base d'une série télévisée n'aurait pas été très sérieux de ma part. Il y a eu un moment de silence un peu gênant avant que Torgeir, assis à côté de moi et écoutant la conversation, ne me glisse un petit mot. « Jim Mattis est formidable. Il connaît bien l'OTAN », avait-il écrit. J'ai donc répondu à Trump : « Jim Mattis est formidable. Il connaît bien l'OTAN. »

Je suis sûr que ma recommandation n'a pas eu d'incidence, mais, quelques semaines plus tard, Jim Mattis a été nommé secrétaire à la Défense.

Trump m'a invité à la Trump Tower pour que nous puissions nous rencontrer et faire plus ample connaissance avant son investiture, et j'étais prêt à accepter. Je désirais nouer des contacts avec lui et son entourage le plus rapidement possible. De plus, j'étais curieux de visiter ce gratte-ciel légendaire. Mais nous avons vite compris que ce n'était pas une bonne idée. Le Premier ministre japonais, Shinzo Abe, avait rendu visite à Trump, et nous avons appris que l'administration en place n'avait pas apprécié. Il n'y a qu'un seul président en fonction, et Barack Obama était encore à la Maison-Blanche. Nous n'avons donc pas donné suite à l'invitation.

Après ce premier échange avec Trump, j'ai vu la situation sous un jour plus positif. Je me suis dit qu'il fallait faire la distinction entre la forme et le fond. Son style était rude et grossier, mais cela ne me semblait pas être un obstacle insurmontable. Comme beaucoup d'autres, j'étais en désaccord avec lui sur le climat, l'avortement et la politique commerciale, mais, sur le fond, ce qu'il avait dit sur l'OTAN lors de notre conversation se tenait tout à fait.

Peu après l'élection, Obama a invité le président élu à la Maison-Blanche. Cela a été un moment d'apaisement. Trump a fait l'éloge d'Obama et lui a adressé des paroles bienveillantes. Il l'a remercié pour son engagement, tandis qu'Obama a tenu les propos que tout président sortant devait tenir. J'ai trouvé cette mise en scène rassurante. « Les choses vont se calmer », ai-je pensé.

Ne dit-on pas que l'on fait campagne en vers et que l'on gouverne en prose ? J'ai cru qu'une fois la campagne terminée, Trump serait transformé par son nouveau rôle et ses responsabilités. Qu'il deviendrait plus prévisible, plus formaté. Qu'avec une structure imposante d'un grand dispositif autour de lui, Trump finirait par ressembler davantage à ses prédécesseurs à la Maison-Blanche. Cela a été ma deuxième erreur de jugement à propos de Donald Trump.

Le vendredi 20 janvier 2017, je me suis installé dans le salon au premier l'étage de notre maison à Bruxelles pour suivre le discours d'investiture du président. Je ne savais pas à quoi m'attendre. C'était une grande occasion pour Trump de se présenter comme le leader de tout le peuple américain. Il avait mené une campagne agressive, mais il pouvait aujourd'hui adoucir sa rhétorique brutale.

Trump a commencé sur une note conciliante : il a remercié Michelle et Barack Obama pour leur soutien et leur aide durant la phase de transition et a dit qu'ils avaient été formidables. Mais les amabilités se sont arrêtées là.

Il a immédiatement attaqué en disant que les présidents précédents avaient abusé de leur pouvoir au détriment du peuple. Selon lui, ils avaient orchestré un *massacre* de l'Amérique. L'élite s'était amusée à Washington, tandis que les familles ordinaires trimaient. « Des usines rouillées jonchent le pays comme des pierres tombales », a-t-il tonné. Personne n'apprenait plus rien à l'école. Les gangs, la criminalité et la drogue mettaient la vie des citoyens en danger. Les États-Unis étaient exploités et dupés par d'autres pays. Mais c'était terminé, désormais, ce serait *America First* !

Je m'attendais à un discours rassembleur, mais le ton du discours était exactement celui de la campagne électorale.

J'ai alors commencé à comprendre : Trump ne changerait pas une fois devenu président.

Une seule de mes analyses restait juste : il était impératif d'établir une bonne relation de travail. Je devais convaincre Trump que l'OTAN n'était pas seulement importante pour l'Europe, mais qu'elle était tout à fait indispensable pour les États-Unis. Son discours d'investiture n'y changeait rien.

Nous avons travaillé à établir des liens avec la nouvelle administration. Les signaux reçus de plusieurs interlocuteurs clés étaient encourageants : la nouvelle équipe comptait bien respecter ses engagements envers l'OTAN, nous disait-on. Plus nos sources étaient proches de Trump, plus les assurances étaient fermes. Nous avions commencé à organiser un sommet à Bruxelles en mai, avec la répartition des charges et la lutte contre le terrorisme comme priorités de l'ordre du jour, ainsi qu'une cérémonie pour l'inauguration du nouveau siège de l'OTAN. Nos contacts à Washington soutenaient ces plans, et tous soulignaient qu'il serait important que je rencontre Trump rapidement : il aimait parler aux gens et était accessible.

Le samedi 4 février, j'ai eu mon deuxième entretien au téléphone avec Trump, le premier depuis sa prise de fonction, et, comme souvent, j'avais du mal avec les politesses d'usage entamant la conversation. Mes conseillers, qui écoutaient depuis un bureau voisin, m'ont taquiné par la suite sur ma tendance, dans pareilles situations, à parler de la météo. Ne disais-je pas presque toujours lors de coups de fil importants qu'il faisait beau à Bruxelles, quel que soit le temps ?

Trump m'a demandé si j'avais beaucoup de travail, j'ai répondu qu'il en avait sûrement plus que moi. Il a ri, visiblement de bonne humeur. Puis nous avons fait le tour des dossiers les plus brûlants : le terrorisme, la Russie et les dépenses de défense. Ce dernier point retenait surtout son intérêt.

« J'ai été vraiment surpris d'apprendre que l'Allemagne nous doit des milliards de dollars qu'elle n'a pas payés, mais qu'elle va payer », a-t-il martelé. Il s'est longuement étendu sur le sujet, comme s'il s'agissait d'une cotisation impayée. J'ai essayé d'expliquer que ce n'était pas le cas, mais il a répété son affirmation.

Il était clair qu'il était critique envers Angela Merkel. J'ai essayé de la défendre, tout en prenant soin de faire l'éloge de Mattis, Tillerson et Flynn, des personnes dans lesquelles il importait que Trump ait confiance.

À la fin mars, je me suis rendu à Washington, non pas pour rencontrer Trump, mais pour établir des relations de travail avec d'autres figures clés. Jim Mattis, le secrétaire à la Défense, un fervent partisan de l'OTAN, serait un précieux allié pour nous, et je tenais à nouer des liens étroits avec lui. Mattis était hautement respecté. Pour de nombreux républicains travaillant sur les questions de politique étrangère et de sécurité, il était quelqu'un d'essentiel pour pouvoir soutenir la nouvelle administration, et ils espéraient qu'il s'assurerait que le président maintienne une ligne responsable en matière de politique de défense. À maintes reprises, j'avais entendu dire que se débarrasser de Mattis coûterait cher à Trump. Cela dresserait une partie influente du Parti républicain contre le président et enverrait des ondes de choc au sein des forces armées, qui occupent une place très particulière dans la société américaine. Mais certains voyaient poindre un potentiel conflit : un Mattis populaire et respecté, encensé par le même establishment qui manquait de considération pour Trump et son équipe.

J'ai eu un entretien de plus de deux heures avec Mattis au Pentagone. Ce dernier avait notamment été à la tête du *U.S. Central Command*, avec sous sa responsabilité le Moyen-Orient, l'Afrique de l'Est et l'Asie centrale, ainsi que commandant suprême de l'*Allied Command Transformation*, l'un des deux grands commandements stratégiques militaires de l'OTAN.

Il a ouvert la réunion en me faisant un résumé rapide de la campagne militaire en Norvège en 1940, du débarquement des soldats britanniques à Åndalsnes et des difficultés qu'ils avaient rencontrées lors de leur progression. Il a raconté la fuite de la princesse héritière Märtha en Suède et son séjour chez le président Roosevelt en compagnie du prince héritier Olav. Il fallait reconnaître qu'il avait, sur plusieurs points, une meilleure connaissance de l'histoire militaire norvégienne que moi-même.

Au-delà de l'histoire militaire – bien que ce sujet nous passionnât tous les deux –, Mattis craignait que les critiques de Trump à l'égard de l'Europe n'affaiblissent l'OTAN.

« Les Américains ne peuvent pas être plus préoccupés par la sécurité future des enfants européens que les Européens eux-mêmes. Si l'Europe veut éviter un désengagement des États-Unis, elle doit montrer qu'elle soutient réellement notre défense commune », a-t-il déclaré.

Mattis se demandait s'il existait un moyen de récompenser les pays de l'OTAN qui atteignaient l'objectif des 2 % du produit intérieur brut consacrés à la défense, par exemple en organisant davantage d'exercices militaires avec eux. Une telle mesure serait politiquement très délicate, mais j'ai dû répondre que nous étudierions la question.

Le secrétaire d'État Rex Tillerson était aussi inabordable que Mattis était accessible. Après de nombreux allers-retours, il a finalement annulé une réunion pourtant laborieusement planifiée. Mon équipe a tenté en vain de joindre ses collaborateurs, mais ils ne nous ont jamais rappelés. Quand la presse a eu vent de l'annulation, une rencontre d'un quart d'heure avec Tillerson a été organisée à la hâte. Juste avant cette réunion, un collaborateur m'a fait parvenir une brève note sur l'expérience de Tillerson chez ExxonMobil. C'était presque une mise en garde : Tillerson n'acceptait jamais de tenir une réunion à moins qu'elle ne débouche sur la signature d'un accord ou sur des résultats concrets. Lorsqu'il estimait avoir accompli ce qu'il devait faire, il se levait et quittait la salle, même si la réunion n'était pas terminée. Il refusait de participer à des rencontres qu'il jugeait purement protocolaires. Selon la note, Tillerson était « extrêmement introverti » et détestait la presse. Nos quinze minutes ensemble n'ont d'ailleurs pas donné grand-chose. Il a probablement trouvé la rencontre vide de sens. Pire encore, Tillerson n'avait pas l'intention d'assister à la réunion des ministres des Affaires étrangères de l'OTAN au début du mois d'avril. Il a évoqué un problème de calendrier, mais j'ai eu l'impression qu'il ne comptait de toute façon pas donner la priorité à cette réunion. « C'est important que vous soyez présent, alors nous allons déplacer la date », lui ai-je dit.

Tillerson a fini par venir, et notre collaboration s'est finalement mise en place de manière plutôt fluide. Mais son refus initial a laissé des traces. S'il rangeait une réunion des ministres des Affaires étrangères de l'OTAN dans la catégorie « réunion protocolaire », il y avait de quoi s'inquiéter.

Chapitre 11

Donald Trump à la Maison-Blanche

Au milieu du mois d'avril, j'étais de retour à Washington. Je devais pour la première fois rencontrer Donald Trump.

Il y a quelque chose de particulier dans les rencontres qui se tiennent dans le Bureau ovale. S'entretenir avec le dirigeant le plus puissant du monde exige des messages clairs : vous devez aller à l'essentiel et utiliser à bon escient le temps qui vous est imparti. Peu avant, je m'installais dans ma chambre d'hôtel pour me préparer, comme je l'avais fait chaque fois que Barack Obama m'avait reçu à la Maison-Blanche. La délégation qui m'accompagnait lors de mes visites à Washington partait en général de l'hôtel une heure avant moi pour passer tous les contrôles de sécurité et être sur place avant mon arrivée. Ainsi, je me retrouvais seul dans ma chambre d'hôtel, avec seulement mes gardes du corps et les agents du Secret Service postés devant la porte.

Ce moment était toujours un peu à part. Lors de ces déplacements, j'étais entouré de beaucoup de monde, enchaînant réunions et conférences de presse. Et là, soudain, plus personne, et le silence régnait. Ce temps m'était précieux : il me permettait de me détendre, de réfléchir aux points principaux de l'entretien et de jeter un coup d'œil à mes notes. Les rencontres avec le président des États-Unis ne suivaient pas d'ordre du jour écrit, mais elles avaient été préparées depuis des semaines par nos équipes respectives : appels, échanges de mails, rédaction de notes concises. En ce sens, on peut parler malgré tout d'un ordre du jour, puisque nous étions convenus des sujets à aborder. Jusqu'à un certain point, nous nous étions aussi entendus sur l'issue du rendez-vous.

Avec Obama, les réunions suivaient une routine bien établie. Une fois que le président avait donné son feu vert, on venait frapper à la porte de ma chambre d'hôtel, située à quelques rues de là. On m'informait que le moment était venu, et nous descendions pour monter dans la voiture. En ces occasions, dans les véhicules utilisés, les énormes SUV y compris, la sécurité est la priorité absolue : le plancher est blindé, ce qui vous soulève, et le toit aussi, ce qui vous pousse vers le bas. L'espace restant est à peine suffisant pour ma taille, j'étais obligé d'être assis avec le bas du dos bien à l'avant du siège pour éviter de me cogner la tête. Ces voitures doivent coûter une fortune, mais pour le confort, on repassera. Heureusement, le trajet était court.

Arrivé à la Maison-Blanche, on me guidait dans une salle où m'attendait ma délégation. Quelques instants après, nous étions conduits dans le Bureau ovale. La porte s'ouvrait, et là se tenait le président Obama.

« Jens, quel plaisir de vous voir ! Comment ça va ? Et comment va Ingrid ? » Chaque fois, son accueil était naturel et chaleureux. Obama m'impressionnait par la précision des détails personnels qu'il connaissait sur ses hôtes. Il était parfaitement au courant des derniers événements me concernant et pouvait me demander si j'avais eu le temps de faire un peu de ski quand même ou poser une question sur un point particulier concernant le travail d'Ingrid, alors que de mon côté je n'avais pas pensé à préparer une phrase attentionnée sur Michelle ou leurs filles. Moi, j'étais à jour concernant l'Afghanistan et les dépenses pour la défense… J'arrivais toujours à glisser un « J'espère que Michelle va bien », mais jamais avec autant de spontanéité que lui dans les égards qu'il manifestait vis-à-vis de moi et de ma famille.

Après cet accueil, nous prenions place dans nos fauteuils près de la cheminée. C'était le moment des « mots chaleureux », comme l'indiquait le protocole, un bref échange en présence des journalistes. Obama excellait aussi dans cet exercice. « Je me réjouis de discuter avec ce type formidable », pouvait-il déclarer. Il y a quelque chose de cordial, mais aussi d'un peu surprenant dans cette manière qu'ont les Américains de toujours donner l'impression qu'on est presque des amis d'enfance.

Une fois que la presse avait quitté la pièce sans avoir eu de réponses à ses questions sur la politique intérieure américaine, les choses sérieuses commençaient. Obama passait en revue les sujets dont nous étions convenus de parler. L'un après l'autre : l'Afghanistan, la Russie, le contrôle des armements, le terrorisme, les dépenses militaires. Et au bout d'une heure – très précisément –, il concluait la rencontre.

Pour cette première rencontre avec Donald Trump, le cadre était à peu près identique, de même que la plupart des sujets à l'ordre du jour. Dès mon arrivée à la Maison-Blanche, je devais avoir un entretien avec le secrétaire à la Défense, Jim Mattis, et le conseiller à la sécurité nationale, le général H.R. McMaster. Ce dernier avait remplacé Michael Flynn, qui était resté en poste seulement quelques semaines avant d'être contraint à la démission pour ses mensonges à propos de discussions avec l'ambassadeur russe à Washington.

Le cortège s'est arrêté devant une entrée latérale, et on m'a conduit par un escalier jusqu'au bureau de McMaster, où la réunion devait avoir lieu. Jim Mattis et quelques jeunes collaborateurs étaient déjà là, mais pas trace de notre hôte. Les Américains étaient visiblement perplexes : où donc pouvait être McMaster s'il n'était pas avec moi ? En réalité, il attendait à l'entrée principale l'arrivée du secrétaire général de l'OTAN. Quelqu'un a vite couru le chercher. Quelques instants plus tard, il est entré précipitamment dans son bureau, où nous l'attendions tous. Cette confusion nous a fait sourire, avant d'aborder, en une heure, la préparation du sommet prévu en mai.

Ensuite, nous nous sommes rendus dans la salle Roosevelt, nommée en l'honneur des anciens présidents Theodore Roosevelt et Franklin D. Roosevelt. C'est une belle pièce, relativement petite, avec une longue table de réunion au centre et des drapeaux des différentes branches des forces armées américaines alignés le long des murs. Nous avons pris quelques minutes de pause en savourant des fruits et les légendaires cookies servis à la Maison-Blanche, et signé le livre d'or mis à notre disposition. Puis on nous a informés que la réunion pouvait commencer.

J'avais préparé quelques mots aimables sur sa victoire électorale et sur Melania. La porte s'est ouverte, mais le président ne se tenait pas debout pour nous accueillir. Trump était affalé dans un des fauteuils.

« *Come on in, guys* », a-t-il lancé avec un sourire en levant les yeux. C'était un accueil sympathique, mais différent.

Lorsque Trump, quelques semaines plus tôt, avait reçu le Premier ministre Shinzo Abe, sa poignée de main – qui avait duré dix-neuf secondes – avait été si ferme qu'Abe avait grimacé de douleur. Justin Trudeau, le Premier ministre canadien, avait eu droit à un traitement similaire. Plus tard, le président français Emmanuel Macron avait délibérément serré à son tour la main de Trump avec tant de fermeté que les jointures de ce dernier étaient devenues blanches. Ces scènes avaient fait les choux gras des journaux. Certains commentateurs y voyaient une manière pour le président américain d'affirmer sa domination, d'autres expliquaient qu'il tenait à renvoyer une image masculine décomplexée. Juste avant ma visite, il avait reçu la chancelière Angela Merkel et avait refusé de lui serrer la main devant les photographes. Cela aussi avait fait couler de l'encre.

C'est pourquoi, en nous préparant à cette rencontre, nous avions évoqué la poignée de main de Trump, essayant d'envisager différentes options, mais comment prévoir une chose pareille ? Lorsque Trump s'est levé et m'a tendu la main, je ne savais vraiment pas à quoi m'attendre.

Finalement, sa poignée de main était si normale que j'ai presque ressenti une petite déception. Ni trop ferme ni trop molle.

En revanche, la conversation qui a suivi partait dans tous les sens. Nous sautions d'un sujet à l'autre. À un moment, nous parlions de la Russie quand, soudain, Trump s'est exclamé : « Mais pourquoi l'OTAN ne peut pas nous soutenir en Corée ? Ils développent des armes nucléaires, et ça, nous ne pouvons pas l'accepter. »

Quelques mois plus tôt, le dirigeant nord-coréen Kim Jong-un avait déclaré que les préparatifs pour le lancement d'un missile nucléaire intercontinental entraient dans leur dernière phase. Cette annonce avait été suivie par des tirs de missiles de moyenne portée qui avaient fini leur course en mer du Japon. Trump avait répondu sur Twitter : « Ça n'arrivera pas. » Il m'a fait comprendre que ce serait une bonne chose si la Chine contribuait à stopper le programme nucléaire de la Corée du Nord, mais que, si ce n'était pas le cas, les États-Unis « résoudr[aie]nt le problème sans eux ».

Il n'était donc pas surprenant qu'il aborde la question de la Corée du Nord lors de notre entretien, mais je ne voyais pas bien où il voulait en venir. Souhaitait-il que l'OTAN intervienne militairement en Corée du Nord ?

« Monsieur le Président, tous les alliés sont inquiets concernant les armes nucléaires en Corée du Nord, mais je ne crois pas qu'il y aura le moindre soutien pour bombarder ce pays, ai-je répondu.

— Vous êtes bien en Afghanistan, alors pourquoi ne pourriez-vous pas être en Corée du Nord ? » a-t-il aussitôt répliqué avant que la conversation ne rebondisse sur un autre sujet.

Il était maintenant question du terrorisme et de Daech, évidemment, et Trump a dit : « Nous devons les tuer, nous devons les bombarder, ce sont vraiment des gens méchants. »

Puis la discussion est revenue sur la Russie, et j'ai essayé de sauter sur l'occasion pour glisser quelques mots en faveur du maintien d'un dialogue avec Moscou, une approche qui avait été la mienne depuis ma prise de fonction à l'OTAN : « Nous devons être forts et prévisibles, tout en restant ouverts au dialogue avec Moscou. La Russie sera toujours là. C'est un pays voisin, ce n'est pas une organisation terroriste qu'il faut éradiquer comme Daech », ai-je expliqué.

J'ai alors pris des exemples de notre expérience en Norvège, comme je l'avais déjà fait dans de nombreuses autres discussions : « Vous savez, monsieur le Président, en tant qu'ancien Premier ministre norvégien, je sais qu'il est possible de parler avec les Russes. »

Trump m'a regardé, intrigué : « Vous êtes norvégien ? » J'ai compris pourquoi il posait cette question. J'avais moi-même, au fil des ans, reçu des secrétaires généraux et des dirigeants de différentes organisations, et leur pays d'origine n'avait pas toujours été de la plus grande importance. Ils sont là en tant que représentants d'une institution. Ainsi, lors de cette réunion à la Maison-Blanche, j'étais l'OTAN. Je comprenais fort bien qu'il hésitât sur mon pays d'origine. J'ai souri :

« Oui, je suis norvégien.

— Vous connaissez Celina Midelfart ?

— Oui, je l'ai rencontrée plusieurs fois. C'est une personnalité connue en Norvège.

— *Nice girl.* Qu'ont-ils dit sur nous, d'ailleurs, dans les journaux norvégiens ? Du bien ou du mal ? »

Je me souvenais d'avoir vu quelques photos dans la presse de Trump et de Midelfart, héritière d'un empire de la cosmétique et investisseuse, prises lors d'un événement sportif, mais je ne savais pas grand-chose de plus – et encore moins ce que les journalistes en avaient pensé.

« Mais oui, les commentaires étaient positifs. Elle est maintenant mariée à un riche Norvégien, ai-je répondu.

— Il n'est pas riche. »

Le président des États-Unis savait visiblement qui était l'investisseur Tor Olav Trøim. Mais était-on riche quand on possédait quelques milliards de couronnes ? Peut-être pas, aux yeux de Donald Trump.

Après une vingtaine de minutes, l'entretien en tête à tête a pris fin. Mattis et McMaster sont entrés dans la pièce, et plusieurs membres de ma délégation se sont joints à nous. J'ai remarqué que mes collaborateurs observaient la scène avec attention au moment de la traditionnelle poignée de main devant les photographes. Mais tout le monde en a été pour ses frais, car il n'y avait rien à voir de particulier.

Le plus important pour Trump, c'étaient les dépenses que les pays membres de l'OTAN consacraient à la défense. Pour qu'il pose un regard plus positif sur l'alliance, j'avais apporté un graphique montrant que la tendance en Europe s'était inversée, et que les budgets étaient en hausse. Trump relevait surtout que seuls cinq pays avaient atteint l'objectif de consacrer 2 % de leur produit intérieur brut à la défense. Plusieurs autres s'en approchaient, lui ai-je fait remarquer, ils seraient bientôt six ou sept. Sans oublier l'Islande, qui n'a pas d'armée et ne pourra donc jamais atteindre ces 2 %. En réalité, cela ne faisait pas cinq pays sur vingt-huit, mais sur vingt-sept, qui avaient déjà atteint l'objectif. Mais je me suis rendu compte que je pinaillais un peu trop sur ces chiffres.

Cependant, cette nuance a immédiatement attiré l'attention de Trump ; seulement, ce n'était pas dans le sens que j'espérais.

« Alors, à quoi nous sert l'Islande ? » a-t-il demandé. Avant que je ne puisse répondre, Jim Mattis est venu à mon secours. Il a expliqué brièvement et de manière concise l'importance des bases de l'OTAN en Islande pour les sous-marins, navires et avions de l'alliance. « Elles sont très utiles pour traquer les sous-marins russes », a-t-il dit.

Trump a réfléchi un instant. « Eh bien, dans ce cas, on va garder l'Islande dans l'alliance. »

L'Islande n'a pas été le seul sujet où j'ai vu Mattis contredire son supérieur. Il l'a fait à plusieurs reprises. Trump insistait beaucoup sur le fait que les autres pays « ne payaient pas ce qu'ils devaient ». D'après ses calculs, l'Allemagne devait trois cent soixante-quatorze milliards à l'OTAN. Pour arriver à ce chiffre, il avait fait la différence entre ce que les Allemands allouaient à la défense et ce qu'ils auraient dû y consacrer s'ils avaient respecté l'objectif des 2 %, puis il avait fait le calcul sur dix ans. Lors d'une rencontre avec Angela Merkel, peu de temps avant ma visite à la Maison-Blanche, il aurait même écrit cette somme sur une sorte de facture qu'il voulait la voir régler, intérêts inclus.

Trump parlait de ces sommes comme s'il s'agissait de cotisations dont chaque pays devait s'acquitter pour faire partie de l'OTAN. Mattis a alors demandé la parole.

« Monsieur le Président, il ne s'agit ni d'une dette ni d'une taxe à payer à l'OTAN. Il s'agit des dépenses militaires que chaque pays décide de consacrer à sa propre défense », a-t-il expliqué.

Je ne sais pas si Trump a ignoré son intervention parce qu'il trouvait ses propres arguments suffisamment convaincants ou s'il était tout simplement en désaccord. Mais Mattis a tenu bon.

Pour ma part, j'avais dû me laisser entraîner par le ton assez direct et franc de la discussion, car, en présentant les graphiques montrant la hausse des dépenses militaires en Europe, j'avais employé l'expression « effet Trump ». L'expression a tant plu à Trump qu'il m'a demandé de la réutiliser lors de la conférence de presse qui allait suivre. Mais je ne pouvais pas aller aussi loin, car cette augmentation avait commencé avant son arrivée au pouvoir. J'ai préféré dire qu'il « avait contribué à faire pression en faveur d'une hausse des budgets de défense », tandis que Trump lui-même, par la suite, s'est référé à l'« effet Trump » et s'est attribué le mérite d'avoir réussi à faire affluer l'argent vers l'OTAN.

La conférence de presse s'est bien passée. J'ai félicité Trump pour son rôle – toutes proportions gardées – dans l'augmentation des dépenses militaires, mais sans exagérer. De son côté, il a certes continué à parler d'argent, mais l'essentiel a été sa conclusion : « Avant, je disais que l'OTAN était obsolète, mais l'OTAN n'est plus obsolète. »

Depuis l'arrivée au pouvoir de Trump, on m'a souvent demandé comment, en tant que secrétaire général de l'OTAN, je pouvais faire confiance à un président américain qui estimait que l'alliance était dépassée. Trump revenait enfin sur cette déclaration. L'OTAN redevenait importante à ses yeux, parce qu'il estimait avoir forcé l'Europe à augmenter ses dépenses militaires et parce que nous avions répondu à ses attentes en intensifiant la lutte contre le terrorisme. L'histoire est un peu plus nuancée que ça, mais disons que cela avait été une belle journée. Trump avait exprimé son soutien fort à l'OTAN et à moi-même. C'était une bonne chose pour l'alliance.

Les médias américains, avec leurs grandes chaînes nationales en tête, ont largement couvert la rencontre, apportant des commentaires et des analyses en plus de reportages détaillés. Toute cette attention médiatique était bénéfique pour notre coopération avec les États-Unis.

À la suite de cette première rencontre avec le président américain, je n'ai cessé de répéter dans des interviews et des discours que l'OTAN était importante pour l'Europe. Mais elle l'est aussi pour les États-Unis, car elle les rend plus forts.

Tel avait été mon message lors de ma rencontre avec le président. Mais il importait aussi de le marteler pour l'opinion publique américaine après une campagne électorale où Trump avait en permanence remis en question les liens entre les États-Unis et l'OTAN. L'article 5 du traité de l'OTAN stipule qu'une attaque contre un pays membre est considérée comme une attaque contre tous. La seule fois où cet article a été invoqué, cela a été après les attentats du 11 septembre 2001. En Afghanistan, des dizaines de milliers de soldats européens et canadiens ont combattu au côté des Américains, et plus de mille d'entre eux y ont laissé la vie.

Il est dans l'intérêt des États-Unis d'avoir une OTAN forte et efficace. Après ma première rencontre avec le président Trump, j'ai commencé à croire que lui aussi partageait ce point de vue.

Chapitre 12

Le ballon sur le point de penalty

À l'OTAN, nous ne déroulons jamais le tapis rouge. Nous déroulons le tapis bleu. Cela se produit lors des sommets et pour d'autres grandes occasions.

Le jeudi 25 mai 2017, nous avions déroulé un tapis particulièrement long et large, d'un bleu éclatant, partant de l'entrée principale d'une petite allée jusqu'à la rue devant le bâtiment de l'OTAN. Le bleu reflète la couleur du drapeau de l'OTAN, qui symbolise à son tour l'océan Atlantique autour duquel l'alliance est réunie. L'emblème de l'OTAN ornait les murs, et tout était prêt pour une cérémonie somptueuse en présence de tous les chefs d'État et de gouvernement de l'alliance.

Ce jour-là, le président Donald Trump devait assister à son premier sommet de l'OTAN. Emmanuel Macron venait aussi d'être élu, et très peu d'entre nous avaient déjà rencontré ce nouveau président français, énergique et dynamique. C'était également un sommet pas comme les autres, parce que nous allions inaugurer par la même occasion notre nouveau siège. Après cinquante ans passés dans des locaux censés être temporaires, nous allions enfin avoir un nouveau bâtiment.

Je me faisais une joie de présider l'événement, non sans ressentir une certaine inquiétude. Malgré la célébration du nouveau siège et la constante cohésion au sein de l'OTAN, j'appréhendais le déroulement du sommet. Après notre rencontre à la Maison-Blanche quelques semaines auparavant, l'incertitude persistait quant à la réelle opinion de Trump sur l'OTAN. Il semait le doute sur l'engagement des États-Unis à venir en aide à un pays membre de l'OTAN en cas d'agression militaire.

L'article 5 du traité de l'Atlantique Nord, qui garantit la défense collective de l'alliance, en est la pierre angulaire. « Un pour tous, tous pour un. » Cependant, malgré les questions insistantes de la presse, Trump n'avait pas répondu clairement sur le maintien de l'engagement américain vis-à-vis de l'OTAN. Une certaine inquiétude s'était installée, en particulier concernant la protection des pays membres qui consacraient trop peu d'argent à leur défense. « Pourquoi devrions-nous défendre des pays qui ne sont pas prêts à payer pour leur propre sécurité ? » disait Trump. Ce genre de propos avait de quoi inquiéter beaucoup d'alliés, qui trouvaient que Trump réduisait l'OTAN à un accord financier en échange d'une protection militaire.

Une garantie de sécurité doit être incontestable et absolue, sans conditions ni ambiguïtés. Tout agresseur potentiel doit savoir que si ne serait-ce qu'une petite partie de Finnmarksvidda, dans le nord de la Norvège, ou un kilomètre carré des marécages de l'est de l'Estonie est menacé, l'OTAN et les Américains interviendront sur-le-champ.

Si la position des États-Unis, en cas de crise, laisse entendre que « Euh, peut-être que nous vous aiderons, mais payez d'abord ce que vous devez », alors le risque augmente de voir quelqu'un tenter une attaque. L'article 5 perd de sa valeur.

C'est dans ce contexte particulier que j'ai accueilli les invités dans un salon aménagé pour des échanges de politesse et des conversations informelles. Emmanuel Macron arrivait, la Première ministre britannique Theresa May était entourée d'un petit groupe, et quelques personnes discutaient dans un canapé avec le Premier ministre italien Paolo Gentiloni. Pour ma part, j'étais en haut de l'escalier pour souhaiter la bienvenue à ceux qui arrivaient avant qu'ils ne pénètrent à l'intérieur du salon. Ces moments permettent des conversations à bâtons rompus, ce qui est impossible autour d'une table de réunion.

Le dernier à se présenter devait être le président Trump. Le Secret Service ne voulait pas qu'il emprunte la même entrée que les autres, de peur qu'il puisse être la cible d'un sniper. Je suis donc allé accueillir « *The Beast* » (la Bête), sa limousine blindée, à un accès plus discret. Plusieurs centaines d'Américains font le voyage lors d'une visite présidentielle, et ils avaient réquisitionné toutes les chambres d'un des plus grands hôtels de Bruxelles, « The Hotel ». Ils arrivaient avec leur propre dispositif de sécurité, des motos et des voitures, et j'ai vu Trump, sur la banquette arrière du véhicule le plus massif, au moment où celui-ci a tourné pour s'arrêter devant le bâtiment. C'était vraiment une voiture monstrueuse. J'ai remarqué qu'avant de descendre il avait griffonné quelque chose sur un papier qu'il tenait. Après avoir serré quelques mains et échangé des formules de politesse, nous devions traverser le bâtiment et la vaste cour couverte entre les deux ailes de l'édifice. Il était prévu de l'amener devant l'inscription de l'article 5 gravée sur un mur – un lieu symbolique où je pensais que nous pourrions être photographiés tous les deux.

J'avais l'intention de donner à Trump quelques informations sur le nouveau siège et sur l'OTAN, mais il me coupait sans cesse la parole : « Avez-vous vraiment besoin d'un quartier général aussi grand ? À quoi ça sert d'avoir autant de monde ici ? »

Je lui ai expliqué que l'organisation de l'OTAN n'était pas si grande que ça, mais que les délégations de chaque pays membre étaient aussi installées sur place. Moins de la moitié de ceux qui travaillaient ici étaient directement payés par l'OTAN. Être rassemblés dans un même lieu permettait une meilleure coordination entre les pays, avec les mêmes mesures de sécurité et un seul lieu de restauration pour tout le monde. Les États-Unis ont la plus grande délégation, qui compte plusieurs centaines de personnes.

J'ai poursuivi en dévoilant à Trump qui avait conçu le quartier général : le prestigieux cabinet d'architectes Skidmore, Owings & Merrill, qui avait également conçu la Trump Tower à Chicago.

« Je connais ces types. Ils coûtent la peau des fesses, s'est écrié Trump. Je ne comprends pas que vous ayez choisi des architectes aussi chers ! »

J'avais promis aux collaborateurs de Trump de traverser le bâtiment d'un pas lent, tout en veillant à ce qu'il n'y ait pas de temps mort dans la conversation, afin de laisser aux photographes de presse qui suivaient le président le temps de se rendre de l'autre côté du bâtiment et d'immortaliser la rencontre de Trump avec les autres dirigeants. J'ai fait de mon mieux pour faire durer ce moment, mais le président avançait à grandes enjambées. Je parlais en lui montrant ceci ou cela, mais cela ne l'intéressait guère. Mon projet de l'emmener devant l'inscription de l'article 5 est tombé à l'eau. Je me faisais l'impression d'un guide que les touristes jugent inutile d'écouter.

Tous les chefs d'État et de gouvernement s'étaient regroupés quand nous les avons rejoints. J'ai présenté Trump à chacun au fur et à mesure, un peu au hasard, en fonction de celui qui était chaque fois le plus proche. Le peu de secondes pendant lesquelles la Première ministre norvégienne, Erna Solberg, lui a parlé, elle a eu le temps de lui dire qu'elle m'avait battu aux élections législatives quelques années plus tôt. « Certes, mais monsieur le Président, mon parti a obtenu la majorité des voix. Beaucoup plus que le sien ! » ai-je répondu.

Trump nous a regardés, interloqué. Ces chamailleries entre deux dirigeants d'un pays comptant moins d'habitants que New York, sa ville natale, ne lui faisaient ni chaud ni froid.

Des dossiers plus importants nous attendaient. Devant l'entrée principale, on avait aménagé une petite allée bordée d'arbres récemment plantés et de pelouses. D'un côté se trouvait une poutre en acier provenant des tours jumelles de New York, et de l'autre un fragment de quelques mètres du mur de Berlin : deux monuments et deux vestiges témoignant de ces événements majeurs dans l'histoire de l'OTAN. J'ai alors introduit Angela Merkel, qui s'apprêtait à prendre la parole en rappelant qu'elle avait été à Berlin aussi bien lors de la construction du Mur en 1961 que lors de sa chute en 1989, un événement qui avait changé l'Europe à jamais.

« Chaque jour, tous ceux qui entreront dans ce bâtiment passeront devant ce mémorial. Ils sauront que la liberté ne peut pas être vaincue. Et que l'OTAN défendra toujours les valeurs sur lesquelles repose notre alliance », ai-je déclaré.

Angela Merkel a remercié l'OTAN pour sa présence durant la guerre froide, soulignant que la chute du mur de Berlin symbolisait la victoire de la démocratie après de longues années difficiles. C'était un beau discours, empreint de gravité, mais aussi porteur d'espoir et tourné vers l'avenir.

C'était ensuite au tour de Trump de prendre la parole, devant les vestiges tordus des tours jumelles. Le nom officiel du mémorial, le mémorial du 11-Septembre et de l'article 5, vise à rappeler la solidarité au sein de l'OTAN. En présentant Trump, j'ai insisté sur cette unité : « La plus grande force de l'OTAN réside dans les liens durables entre l'Amérique du Nord et l'Europe. Nous avons pu constater la solidité de ces liens après les attaques du 11-Septembre, ai-je dit avant de poursuivre. Monsieur le Président Trump, ces attaques ont frappé en plein cœur votre ville natale, New York. Vous étiez là quand cela a eu lieu. Et pour la première fois, l'OTAN a invoqué la clause de défense collective, l'article 5. Un pour tous, tous pour un. »

J'avais déposé le ballon sur le point de penalty. Trump n'avait plus qu'à le pousser dans la cage de but vide. Tout ce qu'il lui restait à faire, c'était de souligner l'engagement de l'OTAN quand les États-Unis avaient été attaqués et assurer à tous ceux présents qu'ils bénéficieraient du même soutien en cas de besoin. Ici, devant un monument portant le nom de l'article 5, j'escomptais que Trump reconnaîtrait les devoirs liés à cette clause.

Trump a commencé à parler assez longuement de la menace terroriste. Rien d'étonnant à cela : trois jours plus tôt, un attentat-suicide avait frappé Manchester, au Royaume-Uni. Il a condamné l'attaque qui avait fait vingt-deux morts et cent dix-neuf blessés. Puis il a évoqué la menace représentée par la Russie.

Mais il est ensuite passé aux opérations comptables.

« Vous ne payez pas ce que vous devez ! a lancé Trump aux dirigeants qui l'écoutaient sur la pelouse. Ce n'est pas juste pour le peuple et les contribuables américains. Beaucoup d'entre vous nous doivent des sommes énormes. »

Face à lui se tenaient Angela Merkel, Emmanuel Macron et tous les autres chefs d'État, et Trump parlait d'eux comme s'ils étaient des locataires qui ne payaient pas leur loyer.

Ce n'était pas le discours auquel je m'attendais. La veille, nous avions pu prendre connaissance du discours que le président allait tenir. Il était excellent et mentionnait tous les points essentiels, notamment l'article 5. Sauf que, entre-temps, Trump avait dû choisir de prononcer un autre discours que celui qui avait été préparé.

Debout à ses côtés pendant son discours, j'ai pu jeter un œil sur son papier et j'ai vu quelques mots écrits en gros au feutre noir : *IL FAUT PAYER* et *PAS JUSTE*. Un peu plus bas était marqué : *2 % est le grand minimum !* De toute évidence, il avait barré certains passages, en avait rajouté d'autres et musclé son message. Ce devaient être ces changements de dernière minute qu'il avait faits dans la voiture avant de descendre. Il inaugurait en ces lieux le mémorial du 11-Septembre et de l'article 5, mais n'a pas dit un mot sur l'article 5.

Nous nous sommes dirigés en groupe vers l'autre côté du bâtiment, où devait avoir lieu l'inauguration officielle du nouveau siège de l'OTAN.

Les drapeaux ont été hissés, et l'hymne de l'OTAN a retenti.

Après la cérémonie, une courte pause avait été prévue dans le programme avant le dîner de travail. Alors que la pause touchait à sa fin, je suis allé chercher Trump pour l'accompagner jusqu'au repas. Je suis entré dans sa salle et l'ai vu assis au bout d'une table, un Coca-Cola light posé devant lui. Il était en compagnie de son secrétaire à la Défense, Jim Mattis, de son conseiller à la sécurité nationale, H.R. McMaster, et de Stephen Miller, un de ses conseillers faisant aussi office de plume. C'était la première fois que je rencontrais Miller. On m'avait dit qu'il était l'auteur du discours d'investiture de Trump, prononcé le 20 janvier.

Absorbés dans leur discussion, les quatre hommes avaient à peine remarqué ma présence. Il s'agissait de l'intervention que Trump allait faire pendant le dîner. D'après ce que je comprenais de leur échange, deux options s'offraient à lui : soit un discours écrit par Miller, au ton très dur envers les Européens, soit un autre signé par Mattis et McMaster, plus conciliant.

Trump pesait le pour et le contre. Devait-il adopter un ton conciliant ou tenir un discours ferme ? Miller, lui, n'avait aucun doute : « Vous devez choisir le discours ferme, monsieur le Président. Les Européens ont besoin d'un message clair. »

McMaster, en revanche, a tenté de faire pencher la balance de l'autre côté. « Les deux discours sont bons », a-t-il dit, mais en laissant transparaître sa préférence pour l'option moins conflictuelle. La discussion entre le président et ses conseillers s'est poursuivie : il se jouait là visiblement une lutte d'influence pour avoir l'oreille de Trump. Qui l'emporterait ? Les plus modérés qui soutenaient l'OTAN, comme Mattis et McMaster, ou bien Miller, qui était plus sceptique vis-à-vis de l'alliance ?

Trump avait été informé de la couverture médiatique du sommet. Les commentateurs n'avaient pas manqué de remarquer qu'il n'avait pas explicitement réaffirmé son engagement à respecter l'article 5, ce qui l'agaçait.

Il s'est tourné vers moi. « N'êtes-vous pas d'accord avec moi, monsieur le Secrétaire général, qu'il est injuste de me critiquer pour ça ? Il n'y a aucune raison de douter du soutien des États-Unis. »

Je n'ai pas répondu directement, essayant de retrouver les propos et le ton de notre entretien à la Maison-Blanche. Je lui ai rappelé qu'il s'était lui-même déclaré un fervent partisan de l'OTAN. « La meilleure manière de l'exprimer est de réaffirmer votre engagement envers l'article 5, en vous appuyant sur tout ce que les États-Unis font concrètement. Les États-Unis augmentent leur présence militaire en Europe, ce qui prouve bien qu'ils soutiennent la garantie de sécurité, pas seulement avec des mots, mais par des actes », lui ai-je répondu.

Nous avons quitté la pièce ensemble. Sur le chemin, j'ai rappelé à Trump le déroulement du dîner de travail à venir.

« Pensez-vous que je devrais lire mon discours ou est-il préférable que je parle sans mes notes ? » m'a-t-il demandé.

J'avais cru comprendre qu'il s'était décidé pour l'intervention la plus ferme.

« Je ne pense pas que vous ayez besoin de lire un texte préparé, ai-je répondu. C'est plus, comment dire… c'est plus inspirant d'écouter une intervention spontanée. Cela reste malgré tout un dîner informel. »

Peut-être qu'une fois dans la salle, en voyant les autres dirigeants, il adopterait un ton moins virulent ?

Nous sommes entrés, et je lui ai indiqué sa place à côté de moi. Après une brève introduction de ma part, Trump a pris la parole.

« C'est formidable d'être ici », a-t-il lancé avec quelques mots aimables à l'adresse de certaines des personnes présentes. Mais, très vite, il a changé de ton. Le moment était venu, selon lui, d'être encore plus explicite que plus tôt dans la journée.

« Je ne voulais pas dire cela aussi directement tout à l'heure, mais ici je peux me le permettre. Je dois vous dire que les États-Unis ne sont pas traités équitablement. Ou plutôt, nous avons été assez naïfs pendant des années, que ce soit sur l'accord avec l'Iran ou sur d'autres sujets. En ce qui concerne l'OTAN, il n'y a aucun doute : nous sommes traités injustement. »

Mattis m'a jeté un regard furtif. Son visage est resté impassible.

Trump a continué sur sa lancée : « Je suis obligé de vous dire que les États-Unis ne retirent pas autant de bénéfices de l'OTAN que vous autres autour de cette table ; contrairement à ce que certains veulent me faire croire, même mes propres généraux, nous payons beaucoup plus. »

Ce reproche était devenu son cheval de bataille, mais c'était la première fois qu'il le formulait de manière aussi frontale à tous les dirigeants de l'OTAN, réunis autour de la table.

Puis il a enchaîné avec ce qui ressemblait à une menace : « Il est essentiel de se rappeler que les États-Unis sont là. Nous sommes prêts à nous engager, mais nous ne pouvons pas payer, deux, trois, quatre fois plus que les autres ! Nous arriverons à un point où nous dirons : "Stop, on ne peut plus continuer comme ça." Ce moment viendra. Peut-être est-il déjà assez proche. Alors, les gars, il faut mettre la main à la poche. Vous devez payer. »

Et Trump de conclure : « J'ai un grand respect pour vous tous dans cette salle, j'ai un grand respect pour le secrétaire général. Nous sommes à vos côtés, mais j'espère que vous vous souviendrez de ce que je viens de dire, car vous ne trouverez jamais un meilleur partenaire que nous. Vous ne pouvez pas profiter des États-Unis. C'est juste pas possible. Merci. »

Tandis qu'il parlait, j'ai jeté un œil au texte qu'il avait sous les yeux, mais qu'il n'avait pas suivi. Même dans le discours le plus ferme, il était fait mention de l'article 5. Il aurait mieux valu qu'il lise son texte plutôt que d'improviser.

D'autres présidents américains avant lui s'étaient plaints de la faiblesse des dépenses militaires des autres membres de l'OTAN. Mais Trump utilisait des mots et des expressions qui étaient beaucoup plus forts, et ce qui était inédit, c'est qu'il laissait entendre que, si l'Europe et le Canada n'augmentaient pas leur budget de défense, les États-Unis pourraient ne plus s'engager à garantir leur sécurité.

Le sommet touchait à sa fin. Une certaine gravité avait gagné les chefs d'État et de gouvernement.

Chapitre 13

Une promesse en Afghanistan

J'ai jeté un coup d'œil vers mon compagnon de vol, le secrétaire à la Défense Jim Mattis, toujours impeccable en costume-cravate. L'avion vibrait et faisait un bruit assourdissant, mais, après tout, le C-17 Globemaster n'a pas été conçu pour le confort. C'est un énorme avion de transport américain destiné à acheminer des chars et autres équipements militaires lourds. Les soldats sont assis dans la soute, des bouchons dans les oreilles, entourés de tout le matériel solidement arrimé avec des sangles. Au milieu de tout cela se trouve une sorte de caravane – *The Silver Bullet* –, l'équivalent de la première classe dans cet avion de transport, avec des fauteuils profonds, des canapés et des tables de travail. C'est là, dans cette boîte sans fenêtres, que Mattis et moi étions installés. Nous étions dans la nuit du 26 au 27 septembre 2017, en route pour l'Afghanistan.

Nous avons atterri à Kaboul tôt le matin en ce qui s'annonçait comme une splendide journée d'automne. À l'aéroport, nous avons embarqué dans des hélicoptères Chinook pour nous rendre au centre-ville, où nous avions rendez-vous avec le président Ashraf Ghani.

La grande opération militaire de l'OTAN en Afghanistan, la mission ISAF (*International Security Assistance Force* ou Force internationale d'assistance et de sécurité), avait été remplacée deux

À l'automne 1961, la famille a vécu trois ans à Belgrade, où Thorvald était secrétaire d'ambassade. Ici, Karin, Thorvald, Camilla, Nini et moi devant notre maison, en mai 1963.

Dans les bras de mon père, avec Camilla, avant un retour difficile de San Francisco en 1961, où Thorvald avait décroché son premier poste en tant que jeune diplomate.

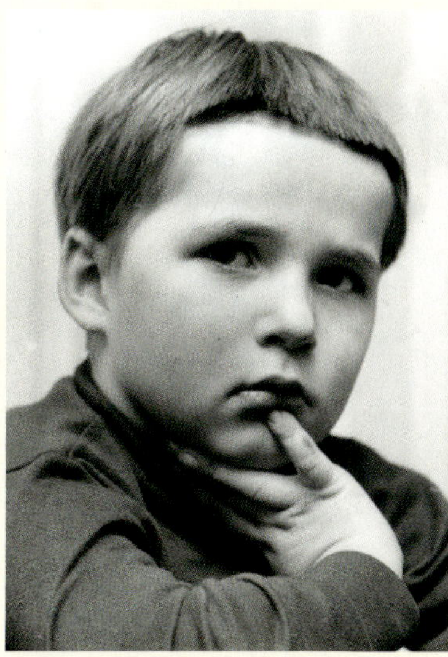

Enfant, j'étais un peu sérieux. J'ai six ans sur cette photo, et Karin venait de me couper les cheveux.

Mon adolescence a été fortement marquée par mon engagement politique. Je suis entré à la ligue des jeunes travaillistes en 1973, la même année où cette photo a été prise.

Nous avons fait de l'auto-stop pour rentrer d'Utøya en 1974. Nini avait onze ans. Elle est au bord de la route pour tenter d'arrêter une voiture. Moi, je suis assis tout au fond du fossé avec mes longs cheveux et une raie au milieu.

Le camp des jeunes travaillistes à Utøya était une communauté formidable et un laboratoire politique important. Ici, la dirigeante du parti, Gro Harlem Brundtland, est en visite à Utøya en 1988.

Pendant de nombreuses années, Utøya a été ma base politique. Mais lors du camp de 1994, avant le vote sur l'adhésion à l'UE, la majorité n'était pas d'accord avec moi.

Avec Ingrid et mes sœurs Nini et Camilla sur le balcon de la Mogens Thorsens gate 1 à Frogner, Oslo.

L'une des nombreuses caricatures de 1987, lorsque, en tant que chef de la ligue des jeunes travaillistes, j'ai contribué à faire passer le mouvement de la position « non » à « oui » à l'OTAN. Ce n'était pas un calcul à long terme pour en devenir le secrétaire général.

Première visite dans le Bureau ovale en tant que secrétaire général, en 2015. Barack Obama a soutenu ma candidature et a été président des États-Unis pendant mes deux premières années à l'OTAN. Lui aussi tenait à un partage plus équitable du financement entre les pays membres.

Angela Merkel et moi sur la terrasse de son bureau à Berlin. Nous entretenions déjà une étroite coopération lorsqu'elle était chancelière et moi Premier ministre. C'est Angela Merkel qui a évoqué pour la première fois le poste de secrétaire général avec moi.

Le secrétaire général de l'OTAN préside le Conseil de l'Atlantique Nord, auquel participent tous les pays membres. La réunion s'ouvre et se termine par un coup de marteau du secrétaire général.

J'ai compris très tôt qu'il était bon de rester en forme pour faire au mieux son travail. Ici, lors d'une promenade matinale jusqu'au Lincoln Memorial à Washington, en plein jet lag.

En 2018, lors de l'inauguration du nouveau siège de l'OTAN. On a proposé des hot-dogs, et j'ai aidé au service.

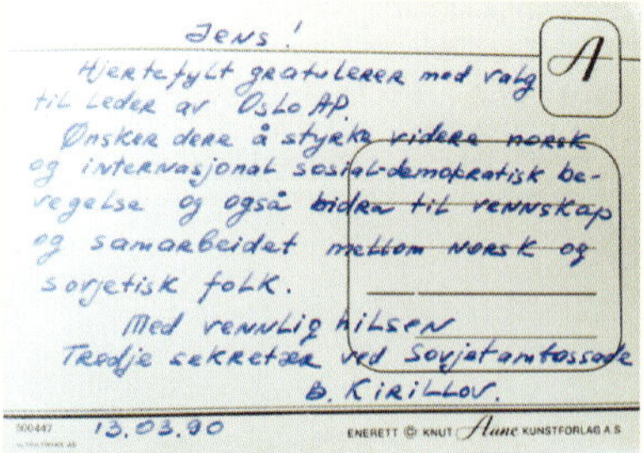

Jens!
Hjertefylt gratulerer med valg til leder av Oslo AP.
Ønsker dere å styrka videre norsk og internasjonal sosial-demokratisk bevegelse og også bidra til vennskap og samarbeidet mellom norsk og sovjetisk folk.
Med vennlig hilsen
Tredje sekretær ved Sovjetambassade
B. Kirillov.
13.03.90
ENERETT © KNUT Aune KUNSTFORLAG A.S

Cette carte m'a été donnée par Boris Kirillov, mon contact à l'ambassade soviétique à Oslo, quand je suis devenu dirigeant du Parti travailliste d'Oslo, en 1990. Kirillov travaillait pour les services secrets du KGB. C'est probablement lui qui a rempli le plus de dossiers à mon sujet dans les archives du KGB, où j'étais répertorié sous le nom de code « Steklov ».

Le président Vladimir Poutine et moi nous sommes rencontrés pour la première fois en 2000, lui comme nouveau président, moi comme nouveau Premier ministre. Ce fut le début d'une bonne collaboration qui a duré des années, mais, après mon arrivée à l'OTAN, nous nous sommes rarement revus. Un jour, il m'a dit qu'il vaudrait mieux pour tout le monde que je retourne à la politique norvégienne.

En avril 2010, les ministres des Affaires étrangères Jonas Gahr Støre et Sergueï Lavrov ont signé un accord historique sur la frontière maritime dans la mer de Barents, à la forteresse d'Akershus, à Oslo. Derrière eux, le président Dmitri Medvedev et moi. À cette époque, Lavrov était toujours aimable. L'ambiance était tout autre lorsque je l'ai rencontré en tant que chef de l'OTAN.

Entretenir de bonnes relations avec les autres dirigeants est essentiel pour obtenir des résultats. Ici, avec le président turc Recep Erdoğan, le président américain Joe Biden, le Premier ministre britannique Boris Johnson et moi-même lors du sommet de Madrid, en juin 2022.

Magdalena Andersson a fait preuve de courage politique et de leadership lorsqu'elle a soutenu la demande d'adhésion de la Suède à l'OTAN. Ici, à Harpsund, la résidence d'été de la Première ministre suédoise, en 2022. Nous avons fait un tour en barque pour les photographes.

Peu de dirigeants ont été plus fermes dans leur soutien à l'OTAN et à l'Ukraine que la Première ministre danoise Mette Frederiksen. Ici, lors d'une visite à Copenhague, en 2022.

J'ai beaucoup de respect pour le travail du président Emmanuel Macron visant à réformer la France. Cette photo a été prise lors d'une réunion au palais de l'Élysée à Paris, en juin 2024.

Avec les dirigeants de l'UE Jean-Claude Juncker (à gauche) et Donald Tusk sur la terrasse de la résidence à Bruxelles. Nous avons tous jeté nos cravates sur la table.

Lors de l'exercice *Trident Juncture 15* près de Saragosse, en Espagne, en 2015. Les parachutistes américains venaient tout juste d'arriver de Fort Bragg, en Caroline du Nord. Cela m'a profondément marqué de voir la garantie de sécurité de l'OTAN se déployer sous mes yeux.

En janvier 2017, Donald Trump a été investi président des États-Unis. Nous nous sommes rencontrés pour la première fois à la Maison-Blanche en avril de la même année.

Avec Donald Trump, Angela Merkel et d'autres dirigeants lors du sommet de Bruxelles en 2017, à l'occasion de l'inauguration du nouveau siège de l'OTAN.

À l'occasion du sommet de l'été 2018, le président Trump et moi nous sommes rencontrés pour le petit déjeuner. Il ne m'a pas caché ce qu'il pensait du manque de financements de la défense en Europe.

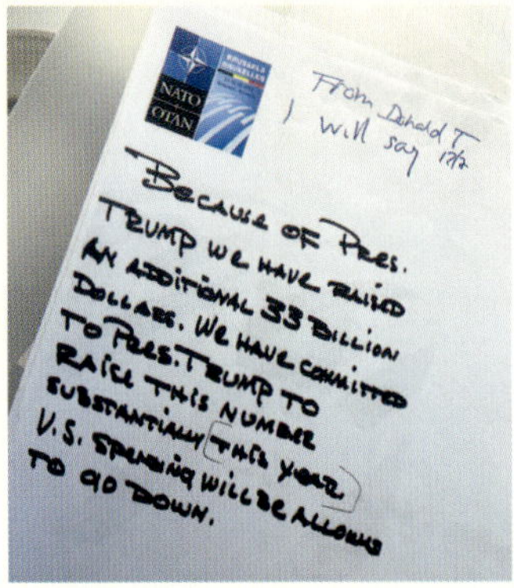

Pendant le sommet de l'été 2018, nous avons craint que les États-Unis ne quittent la réunion. J'ai demandé conseil à mes plus proches collaborateurs – ce que montre le billet à gauche. Pour parvenir à un consensus, j'ai choisi de lire à voix haute le mot à droite, que Donald Trump m'avait transmis au cours de la rencontre.

Nous nous sommes de nouveau rencontrés dans le Bureau ovale en novembre 2019. Le président Trump avait placé le secrétaire d'État Mike Pompeo, d'autres collaborateurs et moi-même devant son bureau. À cette époque, le climat de nos discussions s'était nettement amélioré, conjointement à l'augmentation des investissements européens dans la défense.

J'ai pris la parole devant le Congrès américain en avril 2019. La réaction dans l'hémicycle a témoigné du large soutien dont jouissait l'OTAN au sein des deux chambres.

Thorvald était un homme chaleureux. Les étreintes de mon père ne cesseront jamais de me manquer.

La guerre en Afghanistan fut la plus importante opération militaire de l'OTAN hors du territoire de l'alliance. Ici, avec le secrétaire à la Défense des États-Unis, Jim Mattis, lors d'une visite à la base de Gamberi, en septembre 2017.

Jim Mattis avait derrière lui une longue carrière militaire, et son message a profondément résonné auprès des soldats. La façon dont il alliait analyses stratégiques et expériences de terrain m'a impressionné.

J'ai visité l'Afghanistan à plusieurs reprises. Ici, avec le président Ashraf Ghani, à Kaboul, en 2018. Trois ans plus tard, l'OTAN allait se retirer du pays.

Tard dans la soirée du 30 août 2021, le dernier soldat américain, le général de division Chris Donahue, a quitté l'Afghanistan.

Le quotidien de secrétaire général était rythmé par de nombreuses réunions. Ici, lors d'un conseil dans la salle du nouveau siège. On m'aperçoit au fond, au centre.

La banquette arrière de la voiture faisait également office de bureau. Il y avait toujours des documents à lire ou des appels à passer.

Les rencontres avec la presse faisaient partie intégrante du travail.

CI-CONTRE : Il faut savoir se détendre lors des nombreux vols. Enlever ses chaussures, enfiler des chaussettes épaisses.

CI-DESSOUS : Le temps de vol était aussi utilisé pour les préparatifs avec l'équipe. Ici, avec le chef de cabinet Stian Jenssen, la conseillère en communication Sissel Kruse Larsen et la porte-parole Oana Lungescu. À mes côtés, le conseiller Ben Norman.

EN BAS, À GAUCHE : Aussi souvent que possible, je faisais le trajet à vélo entre mon domicile et le siège de l'OTAN. Cette fois-là, j'étais accompagné de ma conseillère Sissel Kruse Larsen.

EN BAS, À DROITE : Avec la présidente de la Commission européenne, Ursula von der Leyen, nous avons travaillé étroitement pour améliorer la coordination entre l'OTAN et l'Union européenne. Ici, en discussion avec le Premier ministre norvégien Jonas Gahr Støre (de dos).

Ingrid et moi sommes en couple depuis le lycée.

Notre vie à Bruxelles a ouvert un nouveau chapitre dans notre relation. Ingrid était ambassadrice de Norvège en Belgique et m'a emmené voir un match entre la Norvège et la Belgique.

ans plus tôt par une mission de formation plus réduite, appelée *Resolute Support*, avec environ treize mille soldats. Parallèlement, les États-Unis menaient une opération de contre-terrorisme avec des forces spéciales, des drones et des avions de combat. À l'origine, *Resolute Support* devait durer deux ans, après quoi l'OTAN retirerait ses forces militaires en Afghanistan. Mais les choses ne se sont pas passées ainsi. Le président Obama n'avait pas réussi à tenir sa promesse de campagne de 2012, qui était de mettre fin à la guerre en Afghanistan. Le coût d'un retrait complet en respectant le calendrier prévu aurait été trop élevé.

L'objectif était de rendre les forces gouvernementales afghanes capables de mener elles-mêmes la guerre, aussi bien contre les talibans que contre de plus petits groupes terroristes. Mais les rapports de la CIA étaient décourageants et dressaient un tableau bien plus sombre que celui que les militaires me présentaient. La désertion gagnait du terrain au sein de l'armée gouvernementale. De nombreuses unités souffraient d'un mauvais leadership. La corruption posait un sérieux problème. Et les forces afghanes étaient vulnérables. En douze mois, l'armée nationale avait perdu plus de soldats que les forces de l'ISAF en quinze ans. Les Afghans étaient plus dépendants des forces américaines et de l'OTAN que nous ne le pensions. Je doutais que la nouvelle stratégie de l'OTAN et notre plan de retrait puissent tenir.

Si quelqu'un, en revanche, n'avait aucun doute sur ce qu'il voulait en Afghanistan, c'était bien Donald Trump. Il était convaincu qu'il fallait rapatrier les troupes américaines. « Qu'est-ce que nous avons à faire là-bas ? Il faut mettre fin à cette guerre », m'avait-il dit lors de notre première rencontre à la Maison-Blanche. Il préférait « reconstruire les États-Unis » plutôt que l'Afghanistan.

J'avais argumenté en faveur du maintien des troupes. « Si nous nous retirons, ce ne sera pas seulement une tragédie pour le peuple afghan, mais le pays redeviendra un foyer du terrorisme international », lui avais-je dit. Le gouvernement afghan avait de nombreuses faiblesses, mais il offrait au moins un appareil de gouvernance avec lequel nous pouvions collaborer. Si nous le laissions tomber, cet appareil ne serait plus là si nous devions revenir dans quelques années. Et alors, il nous faudrait recommencer tout le travail depuis le début.

Car c'était ce qui s'était passé en Irak. Les États-Unis s'étaient retirés en 2011. Quelques années plus tard, les terroristes de Daech avaient pris le contrôle d'une grande partie du pays, contraignant les États-Unis et leurs alliés de l'OTAN à y retourner pour combattre l'État islamique.

Les chefs militaires avaient été clairs avec Obama comme avec Trump : un retrait d'Afghanistan ne pouvait pas suivre à la lettre un calendrier prédéfini avec une date butoir. L'ennemi n'aurait alors qu'à attendre patiemment et proclamer sa victoire le lendemain du retrait total. « Vous avez les montres, mais nous avons le temps », comme le disaient les talibans. Les commandants sur le terrain insistaient pour qu'un retrait se fasse sous certaines conditions, c'est-à-dire dépende du respect de certaines exigences et de la réalisation d'objectifs concrets.

Rien de surprenant à ce que les militaires voient les choses ainsi, mais ce qui l'était davantage, c'est la prise de position de la chancelière Angela Merkel, qui s'est montrée très claire sur son souhait de maintenir des troupes en Afghanistan : « Nous, les Allemands, sommes peut-être un peu lents, mais, à partir du moment où nous avons pris une décision, nous nous y tenons, avait-elle déclaré, sans cacher qu'il s'agissait pour elle d'une affaire de conscience morale. » Les forces allemandes étaient stationnées dans la province de Kunduz, dans le nord de l'Afghanistan, où plus d'une cinquantaine de soldats avaient trouvé la mort au cours de ces années de présence militaire. Merkel ne supportait pas l'idée d'abandonner Kunduz et d'assister ensuite au retour des talibans. Nous devions nous assurer que les soldats n'étaient pas morts pour rien. Nous le devions à leurs familles, disait-elle.

À cette époque, j'étais moi-même de cet avis.

Rester en Afghanistan était le moindre mal. En 2017, notre présence militaire était malgré tout bien plus limitée qu'auparavant. L'objectif politique était de favoriser des pourparlers de paix en faisant comprendre aux talibans qu'ils ne pourraient pas l'emporter sur le champ de bataille. Une solution durable ne pouvait être trouvée qu'autour d'une table de négociation.

Au printemps et à l'été 2017, plus de quinze pays de l'OTAN ont déclaré être prêts à rester en Afghanistan. Mais du côté des États-Unis, c'était silence radio. On nous avait promis une décision sur la suite des événements lors du sommet à Bruxelles en mai, mais cela n'a pas été le cas. La même promesse avait été faite pour la réunion des ministres de la Défense de l'OTAN en juin, mais toujours rien. Ce serait pour juillet, nous a-t-on fait savoir. Mais juillet est passé sans que rien n'ait été annoncé.

Les Afghans étaient inquiets, et la presse s'impatientait. J'assurais que nous avions de bons échanges avec les Américains, mais ce n'était pas tout à fait vrai. Nous étions en relation étroite avec Jim Mattis, le secrétaire à la Défense, mais il ne pouvait pas imposer ses décisions en raison des luttes internes, au sein de l'administration américaine, entre ceux qui voulaient rester et ceux qui étaient pour un départ d'Afghanistan.

Fin août, Trump a enfin dévoilé la nouvelle stratégie des États-Unis. Le principe d'une approche sous conditions a été validé. Au lieu de se retirer, les États-Unis ont envoyé trois mille soldats supplémentaires. Des avions de combat en Irak et en Syrie ont été redéployés en Afghanistan. Les sanctuaires talibans au Pakistan devaient être des cibles prioritaires. Le seuil d'engagement pour le recours aux forces aériennes et aux armes offensives a été abaissé, pour faciliter les frappes contre les talibans.

Les discussions internes au sein de l'administration américaine avaient été virulentes. McMaster et Mattis n'avaient pas ménagé leurs efforts pour convaincre Trump de changer d'avis, et je les avais soutenus. En face, Steve Bannon, conseiller stratégique de Trump, militait pour un retrait le plus rapide possible des États-Unis.

Quand Jim Mattis et moi-même sommes arrivés en Afghanistan en ce jour de septembre, la situation sur le terrain était difficile, mais pas désespérée. Lors de notre entretien avec le président Ashraf Ghani, nous avons appris que, pour la première fois depuis longtemps, les talibans ne contrôlaient pas un territoire plus étendu que l'année précédente. La stratégie de formation, de conseil et d'assistance à l'armée gouvernementale afghane semblait porter ses fruits. Mais, pour l'instant, notre présence militaire restait indispensable pour contenir les talibans.

Ghani lui-même était un homme avenant, qui s'exprimait de manière un peu académique. Il avait étudié et enseigné dans des universités américaines, et avait également travaillé à la Banque mondiale. Bien que renforcé par la décision de Trump de redéployer des troupes, son gouvernement demeurait très fragile. Des tensions ethniques couvaient, et Ghani était accusé de favoriser les Pachtounes, groupe dont il était lui-même issu. Des ministres influents s'opposaient en réalité à son gouvernement d'union nationale, dont l'équilibre entre les ethnies était précaire.

L'État islamique ne réussissait pas, semble-t-il, à vraiment s'ancrer en Afghanistan. C'était une question clé de notre discussion avec Ghani.

« Il nous faut de très bonnes raisons pour envoyer nos jeunes femmes et nos jeunes hommes ici, prêts à risquer leur vie. La lutte contre le terrorisme en est une », a déclaré Mattis. Son message comme le mien était que l'Afghanistan ne devait pas être un refuge sûr pour le terrorisme international. C'était le risque encouru par un retrait prématuré. Plus l'Afghanistan était stable, plus notre propre sécurité était garantie.

Alors que nous étions en réunion avec le président Ashraf Ghani, une attaque a été perpétrée contre l'aéroport où nous avions atterri quelques heures plus tôt. Des obus de mortier ont frappé tout près du terminal. La cible visée était le secrétaire à la Défense, Jim Mattis, ainsi que son gros avion militaire, mais l'appareil avait déjà été déplacé à la base de Bagram, au nord de Kaboul, lorsque le bombardement a commencé. Les forces de sécurité afghanes, avec le soutien des forces spéciales norvégiennes, ont rapidement localisé les assaillants dans un immeuble résidentiel situé à un peu plus d'un kilomètre de là. Quatre insurgés ont été tués lors de l'assaut des forces spéciales. En guise de renfort, des hélicoptères américains ont lancé deux missiles Hellfire. L'un d'eux a raté sa cible, provoquant la mort d'un civil.

Après notre entretien avec le président Ghani, nous avons été de nouveau escortés à l'aéroport pour rejoindre la base de Gamberi, à cent cinquante kilomètres environ à l'est de Kaboul.

Le départ a été retardé d'une heure en raison de l'attaque, et nous avons longuement décrit des cercles au-dessus de la capitale avant d'obtenir l'autorisation de vol pour nous rendre à la base. La chaleur était accablante. Équipé d'un casque, en costume-cravate, je souffrais du décalage horaire et étais si fatigué que je somnolais par moments et me réveillais en sursaut chaque fois que ma tête, sous le poids du casque, tombait vers l'avant. À chaque porte de l'avion, des mitrailleurs étaient en position, prêts à réagir. De temps en temps, ils tiraient ce qu'on appelle des *flares*, c'est-à-dire des leurres thermiques destinés à induire en erreur d'éventuels missiles à guidage infrarouge. C'était un rappel de la réalité : l'Afghanistan était encore loin d'être le pays pacifié que nous appelions de nos vœux.

Nous avons atterri sur un terrain fortifié avec des sacs de sable et avons été conduits à l'intérieur de la base de Gamberi. Dans la journée, les troupes patrouillaient dans ce paysage aride et accidenté qui borde l'Himalaya et la chaîne de l'Hindou Koush. À l'horizon se dressent des sommets enneigés, dominant les crêtes vallonnées en contrebas. Un paysage absolument magnifique, mais dangereux : des insurgés talibans pouvaient se dissimuler dans les vallées, des mines être enfouies sur les sentiers, et des kamikazes se fondre parmi les civils. Même une fois de retour à la base, les soldats n'étaient jamais totalement en sécurité.

Les relations entre les soldats afghans et les forces de l'OTAN étaient globalement bonnes. Ils se soutenaient mutuellement lors de longues marches de plusieurs jours, et, à plusieurs reprises, ils s'étaient sauvé la vie les uns les autres. Ils étaient frères d'armes.

Mais pas toujours. Le phénomène qu'on a appelé *green on blue*, c'est-à-dire les attaques internes, représentait une menace croissante : des soldats afghans qui avaient été recrutés par les talibans ouvraient soudain le feu à l'intérieur même des bases militaires contre les forces de l'OTAN venues les former et les aider. Il devenait de plus en plus difficile de savoir qui était l'ami ou l'ennemi.

Pour réduire le risque d'attaques de ce genre, le camp de Gamberi avait été divisé en deux secteurs strictement séparés. On entrait d'abord dans la zone principale, qui accueillait les forces afghanes, soit environ deux mille soldats. Pour accéder au secteur réservé aux troupes de l'OTAN, il fallait franchir plusieurs barrages et dispositifs de sécurité. « Alors, nous en sommes là », ai-je pensé en passant le poste de contrôle entre les deux zones. Ces mesures de précaution trahissaient un problème profond dans la relation entre l'OTAN et ceux à qui nous étions censés venir en aide. Une fois dans le secteur de l'alliance, la première chose que nous avons vue était un mur commémoratif avec les photos et les noms de nos soldats morts au combat. *Tombés mais pas oubliés.* Une piqûre de rappel de ce que risquaient réellement ceux qui avaient choisi de venir ici.

Avant notre visite, les soldats avaient nettoyé, rangé et décoré les lieux de leur mieux, mais il était impossible de masquer le côté rudimentaire et l'état d'usure avancé de la base. Des murs en béton renforcé, des barbelés, des caméras de surveillance et des conteneurs transformés en logements provisoires, sur un plateau désertique balayé par le vent : c'était cela, Gamberi.

Tous les dispositifs de sécurité faisaient que je me sentais protégé ; néanmoins, le temps de ma présence là-bas, j'ai eu l'impression d'être enfermé.

Dans une salle de commandement, on nous a fait un rapport des décisions tactiques prises en amont dans le cadre des différentes missions. C'est ici que le secrétaire à la Défense américain, Jim Mattis, a montré toutes ses capacités, alliant une érudition universitaire à une approche pleine de bon sens. Au mess, entouré de jeunes soldats, il était encore plus dans son élément. Il s'adressait à eux en pointant du doigt des endroits précis sur la carte. Pour avoir lui-même servi ici, Mattis connaissait la région comme sa poche.

« Vous devez connaître le ruisseau de l'autre côté de la crête », pouvait-il dire. Ou encore : « Ne laissez pas les officiers être tout le temps sur votre dos en vous demandant de cirer parfaitement vos bottes et de faire vos lits au carré », ce qui déclenchait acclamations et sifflements parmi l'auditoire.

« Vous êtes noirs et blancs, chrétiens et musulmans. Vous avez des origines ethniques différentes. Ici, dans ce camp, vous montrez chaque jour comment la société la plus diverse du monde peut rester soudée », a dit Mattis à quelques centaines de soldats de l'OTAN rassemblés au mess, américains pour la plupart.

C'était peu après un débat houleux aux États-Unis à propos de la possibilité pour les transsexuels d'intégrer l'armée, et à peine un mois après l'attaque terroriste de Charlottesville, où un extrémiste de droite avait foncé en voiture sur un groupe de manifestants et tué l'un d'eux. Le discours de Mattis répondait aux divisions au sein de la société américaine. Ici, loin des États-Unis, en Afghanistan, il n'y avait aucune ambiguïté quant aux idéaux qui importaient réellement. « Nous y arriverons. Indépendamment de la couleur de peau ou de l'orientation sexuelle de chacun », a-t-il déclaré.

Puis il a poursuivi : « Nous avons un objectif commun. C'est pour cela que vous vous levez chaque matin. Pour lutter en faveur de la liberté. Ensemble. Nos ennemis nous croient gros et paresseux, et s'imaginent que nos démocraties ne sont pas assez fortes pour envoyer des soldats défendre ce en quoi nous croyons. Vous leur prouvez qu'ils ont tort. »

L'atmosphère était électrique, le message reçu cinq sur cinq.

Il a conclu par une anecdote de la guerre en Irak. Un soir, alors qu'il était dans sa tente, ses soldats lui ont amené un prisonnier qu'ils avaient surpris en train de poser une bombe artisanale à proximité, visant à le tuer.

« Pourquoi as-tu tenté de me tuer ? » avait demandé Mattis au prisonnier, les poignets liés par des attaches en plastique. Ce dernier avait balbutié que les Américains étaient des impérialistes venus voler le pétrole en Irak. Alors, Mattis lui a coupé ses liens et offert une cigarette. Aux soldats à Gamberi, il a expliqué que « ce n'était pas le moment approprié pour dire à cet homme que fumer était mauvais pour la santé ». Il avait plutôt informé le prisonnier qu'il risquait d'être envoyé à la prison d'Abu Ghraib. Après quelques autres cigarettes, le prisonnier avait voulu savoir si Mattis croyait qu'il lui serait possible pour lui d'émigrer et de demander l'asile politique aux États-Unis.

L'homme qui avait voulu tuer les impérialistes américains voulait aussi devenir américain. Telle était la leçon de cette histoire. Le pouvoir d'intimider et le pouvoir d'inspirer. La menace d'Abu Ghraib, mais aussi l'attrait irrésistible de la liberté aux États-Unis.

« Nous ne gagnerons pas à chaque coup, nous ne réussirons pas à chaque fois. Nous ne sommes pas parfaits, mais nous resterons toujours les *good guys* », a déclaré Mattis.

Il parlait de manière franche, directe. En traversant un couloir, il a croisé un soldat prêt à partir en mission, casque sur la tête, lunettes de soleil, gilet pare-balles, oreillette, mitraillette en main et couteau au ceinturon. Mattis l'a regardé et a dit : « Vous êtes prêt à tuer. » Ce n'est pas ainsi que parlent les officiers norvégiens, pourtant c'était une description assez précise de la mission de ce soldat. « Tuer » était un mot que Mattis utilisait souvent. Tout en disant aux soldats : « Vous devez faire tout votre possible pour éviter les pertes civiles. Cherchez à établir un lien avec les Afghans. Montrez-vous ouverts. Enlevez ces lunettes de soleil quand vous parlez aux gens. »

Mattis voulait une stratégie offensive en Afghanistan, convaincu que c'était le moyen le plus rapide de mettre fin à la guerre. La mission, telle qu'il la présentait aux troupes, était simple, au fond : « Nous sommes ici, nous n'allons pas laisser tomber. Nous souhaitons une solution politique, mais ceux qui refusent et choisissent de prendre les armes, nous les attendons de pied ferme. Certains préféreront prendre la fuite, d'autres chercheront à négocier, et d'autres encore nous rejoindront. » Il a marqué une pause avant d'ajouter :

« Ceux qui restent, nous les tuerons. »

Après quelques heures passées sur la base de Gamberi, nous sommes rentrés à Kaboul en hélicoptère. Le soir, le chef de la sécurité rapprochée, un officier danois, est venu pour me conseiller de dormir tout habillé. Si l'alarme retentissait, j'aurais dix secondes pour sortir de la chambre et me réfugier sous l'escalier. Nous étions logés dans un bâtiment à l'intérieur de la base de l'OTAN, protégé par de hauts murs et de nombreux dispositifs de sécurité au sol. Mais le toit était vulnérable. Il ne résisterait pas à un tir de roquette.

Je me suis donc couché en gardant mes vêtements.

Ayant du mal à trouver le sommeil, j'ai pris un livre que j'avais emporté, *Return of a King*, de l'historien écossais William Dalrymple. Les Britanniques avaient envahi l'Afghanistan en 1839, mais trois ans plus tard une insurrection populaire s'était soulevée contre le roi qu'ils avaient installé. L'armée britannique avait été contrainte de battre en retraite, et près de vingt mille hommes avaient péri dans une campagne militaire glaciale. Lire sur les passes de Khyber, Jalalabad, Kandahar, Mazâr-e Sharîf, ces mêmes cols montagneux et vallées souvent mentionnés dans les rapports de guerre que nous recevions quotidiennement, me donnait un sentiment étrange de familiarité.

Au IVe siècle avant notre ère, Alexandre le Grand avait traversé cette région avec sa puissante armée et décrit la résistance acharnée qu'il y avait rencontrée. Il avait échoué à conquérir cette partie de l'Asie et était mort sur le chemin du retour. Plus récemment, l'Union soviétique avait tenté de prendre le contrôle de l'Afghanistan, d'abord en soutenant un coup d'État communiste, puis par une intervention militaire. Cette guerre s'était soldée par un échec, et la défaite humiliante de la Russie dans ce pays voisin, bien qu'il n'y ait pas de frontière directe, avait contribué à précipiter la chute de l'URSS.

L'Afghanistan est surnommé à juste titre le « cimetière des empires ».

Et nous y étions à notre tour, avec une vaste opération militaire, offrant un soutien politique et économique massif au gouvernement de Kaboul combattu par une insurrection qui ne montrait aucun signe de reddition. Seize ans après, la paix semblait un but inaccessible.

Dans la journée, j'avais rencontré Ariana Sayeed, une des artistes les plus célèbres d'Afghanistan, menacée de mort par les talibans si elle ne renonçait pas à chanter. Refusant de céder, elle avait poursuivi sa carrière et s'était récemment produite devant des milliers de personnes à Kaboul.

J'avais aussi rencontré deux étudiants d'une vingtaine d'années de l'université de Kaboul, une femme et un homme. Vers la fin de la conversation, la jeune femme m'avait doucement saisi le bras : « Vous êtes obligés de rester. Vous ne pouvez pas partir maintenant. » Et son camarade de renchérir : « Tout serait perdu si vous nous abandonniez. »

Il existait un Afghanistan jeune et tourné vers l'avenir, que ces deux étudiants défendaient. Ils incarnaient un possible futur : des jeunes progressistes qui voulaient que les femmes aient accès à l'éducation et participent à la reconstruction nationale. Des jeunes qui croyaient en la modernisation, au savoir, à la liberté de la presse, à l'égalité entre les sexes et à la possibilité de lutter contre la corruption. Pour eux, notre départ serait perçu comme une véritable trahison.

Le coût du retrait face à celui du maintien en Afghanistan : là était tout l'enjeu. Les pays de l'OTAN payaient un prix élevé autant en vies humaines qu'en ressources financières pour rester. Mais quitter le pays aurait également un coût considérable : un risque accru d'attentats terroristes et une tragédie pour tous les Afghans qui rêvaient de liberté et de démocratie. Les femmes, en particulier, seraient confrontées à un avenir tout sauf radieux.

L'OTAN et les États-Unis venaient de décider que nous resterions en Afghanistan jusqu'à ce que les forces de sécurité du gouvernement de Kaboul soient en mesure de combattre elles-mêmes les talibans. J'ai promis aux étudiants que nous ne partirions pas. Et à ce moment-là, en 2017, j'étais convaincu que nous tiendrions cette promesse.

Chapitre 14

Illusions européennes

Soudain, le ciel au-dessus de moi a été envahi de parachutes. De minuscules silhouettes y étaient suspendues, qui grossissaient à mesure qu'elles se rapprochaient du sol. Rapidement, elles ont atterri tout autour de moi. Le premier à toucher terre était un homme d'une cinquantaine d'années. Il a défait ses sangles, s'est débarrassé de sa combinaison de saut, a saisi fermement son arme et s'est avancé vers moi. Un instant plus tard, en uniforme complet, il m'a adressé le salut militaire avant de déclarer : « L'élément de tête de la 82e division aéroportée, *at your service, sir !* »

Je me trouvais dans les plaines arides autour de Saragosse, en Espagne, aux côtés du général John Nicholson Jr., alors commandant des forces terrestres de l'OTAN et, quelques mois plus tard, chef des troupes américaines et alliées en Afghanistan. Nous étions en plein *Trident Juncture 15*, le plus vaste exercice militaire mené par l'OTAN depuis des décennies, se déroulant simultanément dans plusieurs pays et impliquant toutes les branches des forces armées. La partie terrestre avait lieu en Espagne, où nous venions d'assister à une opération d'infanterie moderne en milieu urbain.

Les parachutistes ont terminé l'opération aéroportée. Ils étaient partis directement de Fort Bragg, en Caroline du Nord, l'une des plus grandes bases militaires au monde, à bord de gigantesques avions de transport. Le scénario de l'exercice simulait une crise soudaine en Espagne nécessitant une intervention militaire américaine. Aussitôt que l'ordre avait été donné, les soldats embarquaient leur équipement et montaient dans les avions. Quelques heures plus tard, de l'autre côté de l'Atlantique, ils sautaient en parachute au-dessus de Saragosse.

La 82e division aéroportée est l'une des unités les plus emblématiques de la défense américaine. Elle s'était distinguée lors du débarquement en Normandie en juin 1944, puis dans la bataille sanglante des Ardennes à l'automne de la même année. Elle a également joué un rôle clé dans la libération du Koweït en 1991, ainsi que dans plusieurs opérations de l'OTAN, notamment au Kosovo.

Forte d'environ quinze mille soldats d'élite, cette division est organisée en quatre brigades. L'une d'elles est toujours en état d'alerte maximale à Fort Bragg, vingt-quatre heures sur vingt-quatre, toute l'année. Ses troupes peuvent être déployées en moins de dix-huit heures, n'importe où sur la planète.

J'avais assisté à de nombreuses réunions où l'article 5 de l'OTAN et la garantie de sécurité américaine avaient été abordés. Je savais que cette dernière était inestimable et constituait le cœur même de l'alliance. Mais, en cette journée d'automne ensoleillée, non loin de Saragosse, j'ai pris la pleine mesure de l'importance des États-Unis pour la sécurité de l'Europe. Les avions venus de Caroline du Nord, franchissant l'Atlantique en quelques heures. Les parachutes qui pleuvaient du ciel. Le commandant de brigade s'avançant pour annoncer que ses soldats étaient prêts à partir au combat. J'avais droit à une démonstration de la garantie de sécurité, juste sous mes yeux.

Durant mes deux premières années à l'OTAN, le général Philip Breedlove occupait le poste de SACEUR au sein de l'OTAN. Ancien pilote de chasse, c'était un homme aguerri qui aimait rester en tenue de combat, ce qui convenait parfaitement à sa manière franche, voire un peu rugueuse. L'Ukraine revenait souvent dans nos discussions. Breedlove plaidait pour un soutien accru et se montrait frustré face aux réticences de certains alliés.

Lors d'une visite à son quartier général à Mons, en Belgique, il m'a raconté pourquoi l'OTAN s'était installée précisément là. « En 1966, le président Charles de Gaulle a décidé d'expulser l'OTAN et les États-Unis de France. À l'époque, notre quartier général se trouvait à Paris, alors nous avons pris la route vers le nord, franchi la frontière belge et, à Mons, nous sommes tombés sur ce château. Il était si magnifique que nous avons décidé de rester. Les Belges le financent, et nous sommes très satisfaits d'être là. »

Le ton léger de Breedlove pour décrire ce déménagement masquait en réalité la relation ambivalente entre la France et l'OTAN, qui remonte à la création de l'alliance. Elle repose sur des considérations identitaires, des choix politiques et de fortes personnalités. Dans le même temps où il expulsait l'OTAN de Paris, de Gaulle a pris la décision de retirer la France du commandement militaire intégré de l'OTAN. Cela signifiait que le pays continuait à participer sur le plan politique, mais refusait de s'impliquer dans la coopération de défense. Plus aucun officier français ne devait servir dans la structure de commandement de l'OTAN, et toutes les troupes étrangères stationnées en France étaient sommées de quitter le territoire.

Le président américain Lyndon B. Johnson était furieux. Son secrétaire d'État, Dean Rusk, devait rencontrer de Gaulle peu après. Johnson lui a demandé de poser une question au Général : est-ce que l'ordre d'évacuation concernait aussi les quelque soixante mille soldats américains tombés en France pendant les deux guerres mondiales et enterrés dans les cimetières militaires français ? Rusk a hésité, craignant d'offenser le général de Gaulle. Mais Johnson a insisté : « Demande-lui pour les cimetières, Dean ! » La requête est devenue un ordre présidentiel, alors, en rencontrant de Gaulle, Rusk n'a pas eu d'autre choix que de poser la question. De Gaulle se serait levé et aurait quitté la pièce sans répondre.

Cette méfiance profonde envers la domination américaine au sein de l'OTAN ne l'avait jamais quitté, et de Gaulle doutait que les États-Unis défendent réellement l'Europe après que l'Union soviétique avait mis au point des missiles intercontinentaux capables d'atteindre le sol américain. Les Américains risqueraient-ils vraiment New York pour protéger Paris ?

Aux yeux du général de Gaulle, la France était une grande puissance, avec sa propre force de dissuasion nucléaire. Il souhaitait que ce pays puisse exercer une politique étrangère autonome, indépendamment des États-Unis et du conflit Est-Ouest de la guerre froide.

En 2009, la France a choisi de réintégrer la coopération militaire de l'OTAN, mais les positions et les opinions datant de l'époque du général de Gaulle ont continué à prévaloir. Peu de temps après son élection à la présidence en 2017, Emmanuel Macron a prononcé un discours à la Sorbonne, affirmant sa vision d'une Europe forte et indépendante, y compris en manière de sécurité. Il a reformulé cette ambition à plusieurs reprises par la suite, notamment avec son plaidoyer en faveur d'une plus grande indépendance de l'Europe vis-à-vis des États-Unis et de la Chine, grâce à ce qu'il a appelé une « autonomie stratégique ». Pour ce faire, il est nécessaire de disposer d'une défense européenne digne de ce nom.

Toutefois, la notion d'« autonomie stratégique » n'est pas perçue de la même façon par les différents dirigeants européens. Si l'objectif est d'accroître les dépenses en matière de défense, de rendre l'industrie de défense européenne plus concurrentielle et de développer des capacités militaires de pointe, cela ne peut être que bénéfique pour tous les pays membres de l'OTAN. Cependant, si l'autonomie européenne devait se traduire par la création de structures militaires en propre et par une prise en charge progressive de la défense du continent en dehors de l'OTAN, cela pourrait rapidement affaiblir l'alliance et, par conséquent, la sécurité collective.

L'Union européenne doit résoudre par elle-même de nombreux défis majeurs en matière d'économie, d'environnement et de technologie ; néanmoins, en ce qui concerne la défense et la sécurité, je suis convaincu que l'Europe et l'Amérique du Nord doivent rester unies au sein de l'OTAN. L'Union européenne ne peut pas assurer seule la défense de l'Europe. Cela tient en partie aux ressources : environ 80 % des dépenses de défense de l'OTAN proviennent de pays qui ne sont pas membres de l'Union européenne. Mais cela tient aussi à des réalités géographiques qui sont frappantes dès qu'on regarde une carte : au sud-est, la Turquie ; au nord, la Norvège ; à l'ouest, le Royaume-Uni, les États-Unis et le Canada. Aucun de ces pays n'est membre de l'Union européenne.

Cette notion d'« autonomie stratégique » est par ailleurs un concept qui divise l'Europe. Les États d'Europe centrale et orientale s'opposent fermement à tout affaiblissement des liens avec les États-Unis. Ils savent que seuls ces derniers possèdent la puissance militaire suffisante pour garantir leur sécurité.

L'OTAN n'a pas d'armée en propre ; en revanche, elle dispose d'un état-major qui assure la coordination entre les forces nationales. En cas de crise, chaque État membre place ses forces armées sous ce commandement. Si l'Union européenne devait acquérir une autonomie militaire complète, elle devrait se doter d'une structure de commandement similaire. Mais, puisque la quasi-totalité des pays de l'Union européenne sont aussi membres de l'OTAN, cela conduirait à un détournement des ressources de l'alliance. On assisterait à une duplication inutile de fonctions essentielles : deux structures de commandement sous-dimensionnées seraient beaucoup moins efficaces qu'une seule, pleinement opérationnelle.

L'Union européenne a une clause de solidarité qui prévoit que les États membres se portent assistance en cas d'attentat terroriste, d'agression militaire ou de catastrophe naturelle majeure. Toutefois, cette disposition ne fonctionne pas comme l'article 5 du traité de l'Atlantique Nord. En cas d'attaque contre un pays membre des deux organisations, il pourrait même y avoir des incertitudes sur la clause à activer en priorité. Le simple fait qu'un doute puisse exister illustre combien il est problématique qu'il y ait deux engagements de solidarité. Or, si un pays est attaqué, nous n'avons vraiment pas le temps d'attendre que Washington, Londres, Paris et Berlin se mettent à débattre pour savoir qui doit venir à la rescousse.

J'ai évoqué à maintes reprises la question de la dépendance militaire de l'Europe vis-à-vis des États-Unis, notamment lors d'une conférence en Allemagne que j'ai donnée devant le gouvernement allemand au château de Meseberg, au nord de Berlin, au printemps 2018. Ce château, jadis résidence d'un prince prussien, était tombé dans l'entre-deux-guerres entre les mains du dignitaire nazi Hermann Göring. Aujourd'hui, ce bâtiment blanc, situé au bout d'une allée pavée et entouré de feuillus imposants, sert de lieu de conférences au gouvernement allemand.

J'y ai affirmé mon attachement à une coopération très étroite entre l'Union européenne et l'OTAN, et me suis réjoui d'avoir réussi à renforcer ce partenariat aux côtés de Donald Tusk et de Jean-Claude Juncker, respectivement président du Conseil européen et président de la Commission européenne. J'ai également souligné que les Européens devaient investir davantage dans leur défense et prendre une part plus active à la protection de leur territoire. Mais cette montée en puissance de l'Union européenne devait se faire dans le cadre de l'OTAN, et non en concurrence avec l'alliance transatlantique.

Telle était la teneur de mon message lors de mon intervention à Meseberg. En Allemagne et dans les cercles européens, beaucoup soutiennent l'idée d'une « autonomie stratégique » de l'Europe, mais j'estime que l'ambition de l'Union européenne de se doter d'une défense et d'une politique de sécurité indépendantes des États-Unis relève d'une dangereuse naïveté. Pour illustrer les limites d'une autonomie militaire européenne, j'ai rappelé l'intervention en Libye en 2011.

Cette opération, initiée par l'Europe, était menée par le président français de l'époque, Nicolas Sarkozy. En tant que Premier ministre de la Norvège, j'étais présent au palais de l'Élysée à Paris lorsque la décision d'intervenir a été prise. La secrétaire d'État américaine, Hillary Clinton, était également là et avait précisé que les États-Unis participeraient à l'opération, mais sans jouer un rôle central. Le secrétaire général de l'OTAN de l'époque, Anders Fogh Rasmussen, n'a pas pris part à cette réunion. L'OTAN n'a été impliquée ni dans la planification, ni dans les préparatifs, ni dans la mise en œuvre de l'opération. Il s'agissait avant tout d'une intervention franco-britannique, avec l'appui de plusieurs États européens plus modestes, dont la Norvège. Mais il est vite apparu que les Européens avaient besoin d'aide.

« Avant que les Français et les Britanniques ne puissent lâcher leurs premières bombes, il fallait neutraliser la défense antiaérienne libyenne. Or cela nécessitait des missiles sophistiqués et des avions de guerre équipés d'armes électroniques. L'Europe en possède peu, à la différence des États-Unis », ai-je expliqué aux ministres allemands.

Les Européens ont alors demandé aux Américains s'ils pouvaient apporter leur appui pour éliminer la défense aérienne de Kadhafi. C'est ainsi que les États-Unis se sont retrouvés impliqués.

Un autre obstacle était d'identifier les cibles à frapper. Il fallait s'assurer à 100 % que chaque bâtiment visé était bien un objectif militaire. Hors de question de toucher une mosquée ou une école située à proximité. Pour ce type de frappes chirurgicales, on a besoin d'une intelligence de haute précision : drones avancés, satellites, et souvent des informateurs au sol pour confirmer l'identification et guider les avions vers la cible.

« Les Européens en étaient trop faiblement pourvus. Les États-Unis, en revanche, disposaient des capacités nécessaires pour mener des opérations de renseignement, de surveillance et de reconnaissance. Finalement, ce sont donc eux qui ont pris en charge la détection des cibles », ai-je rappelé.

Très vite, les Européens avaient manqué de munitions et eu un accès limité au carburant. Des bombes de précision avaient dû être acheminées depuis les États-Unis. Des avions ravitailleurs avaient aussi été fournis par les États-Unis. Le plus problématique était le manque de personnel qualifié pour coordonner l'opération en continu, de jour comme de nuit. L'OTAN a donc fini par prendre les commandes de l'opération, en activant sa structure de commandement.

« Nous ne devons pas nous bercer d'illusions sur ce que l'Europe est capable d'accomplir seule », ai-je conclu.

L'intervention en Libye demeure controversée : n'avions-nous pas outrepassé le mandat du Conseil de sécurité des Nations unies qui visait à imposer un cessez-le-feu et à prévenir les exactions contre les civils ? Cependant, mon propos au château Meseberg ne portait pas sur cette question. Mon objectif était d'illustrer la dépendance militaire des Européens vis-à-vis des États-Unis.

Lorsque l'intervention en Libye a eu lieu, Barack Obama était président des États-Unis. À présent, Donald Trump occupait la Maison-Blanche. Après le premier sommet quelque peu difficile avec lui en 2017, de nombreux pays européens membres de l'OTAN estimaient que le partenariat transatlantique devait passer au second plan jusqu'à l'élection d'un nouveau président américain. À leurs yeux, Trump était trop imprévisible, trop compliqué à gérer. Certains allaient même jusqu'à envisager carrément une mise à l'arrêt de l'OTAN.

Mes collaborateurs et moi-même avons tout fait pour contrer cette idée. Pour que l'OTAN survive, il n'y avait pas d'alternative à l'engagement du président américain. Nous devions le convaincre de soutenir la coopération.

La question de la fiabilité des États-Unis sous Donald Trump revenait sans cesse dans les discussions en Europe. Ses attaques contre les politiciens européens et son imprévisibilité étaient régulièrement invoquées pour justifier l'idée d'une « autonomie stratégique ». Involontairement, Trump a ainsi donné un coup de pouce aux partisans d'une défense européenne indépendante. En retour, certains responsables américains ont utilisé ces mêmes arguments pour promouvoir leur propre message aux États-Unis. Plus Emmanuel Macron et d'autres responsables européens parlaient d'un projet de défense européenne, plus Trump pouvait être tenté de les prendre au mot : « Ces Européens veulent assurer leur propre défense ? Mais tant mieux ! Nous économiserons des milliards de dollars ! »

Trump s'inscrivait dans une longue tradition isolationniste. Depuis toujours, des forces puissantes aux États-Unis ont voulu tenir le pays à l'écart des conflits européens, et ce pour des raisons compréhensibles. Il faut de très bons motifs pour sacrifier des vies américaines sur le sol européen. Les États-Unis sont restés neutres quand la Première Guerre mondiale a éclaté en 1914, et ils n'y sont entrés qu'en avril 1917, après la reprise par l'Allemagne de sa guerre sous-marine illimitée dans l'Atlantique, qui avait frappé durement les Américains. Ce n'est qu'au printemps 1918 que les troupes américaines sont arrivées en nombre suffisant sur le front français pour peser de manière décisive sur l'issue du conflit.

Même à l'automne 1940, alors que la guerre faisait rage en Europe depuis plus d'un an, le président Franklin D. Roosevelt s'est adressé aux pères et mères américains en ces termes : « Je l'ai dit par le passé et le répéterai encore et encore : vos fils n'iront pas faire la guerre dans je ne sais quel pays étranger. » Pourtant, c'est lui qui, quelques mois plus tard, a pris la décision d'envoyer des forces américaines en Europe pour vaincre Hitler.

Pendant plus de soixante-dix ans, l'OTAN avait su résister aux pressions extérieures et aux tensions internes. L'Union soviétique s'était effondrée, la guerre froide avait été gagnée. Mais qu'allait-il se passer maintenant, avec Donald Trump à la Maison-Blanche ?

J'avais pris la tête de l'OTAN pour contribuer à renforcer le lien transatlantique. Dans toutes les discussions avec les dirigeants politiques, lors des réunions du Conseil de l'Atlantique Nord et dans les interviews que j'accordais, mon message principal restait le même : il était essentiel de rester unis. Mais, au cours du printemps 2018, à l'approche du sommet de l'OTAN en juillet, le fossé n'a cessé de grandir. Les courants politiques poussaient l'Europe et les États-Unis dans des directions opposées, s'alimentant mutuellement dans une spirale négative. Rien ne garantissait que la communauté transatlantique tiendrait bon.

Dans les semaines précédant le sommet, je repensais souvent aux parachutistes américains qui s'étaient entraînés à sauter au-dessus des plaines des environs de Saragosse près de trois ans plus tôt. Nous savions ce qu'ils symbolisaient. Un monde où les États-Unis ne viendraient plus au secours de l'Europe dans une situation de crise serait un monde plus dangereux. Nous devions à tout prix éviter d'en arriver là.

Chapitre 15

Climat de crise à Bruxelles

« Voilà mon grand collecteur de fonds qui arrive ! »

C'est avec ces mots que Donald Trump m'a accueilli lorsque je suis entré dans le Bureau ovale, à la mi-mai 2018. Rencontrer le président américain constituait toujours un moment clé dans la préparation des sommets de l'OTAN. Le prochain devait se tenir deux mois plus tard à Bruxelles, comme l'année précédente.

Selon son habitude, Trump est passé d'un sujet à l'autre, interrompant souvent la conversation. Mais il était de bonne humeur et a fait plusieurs commentaires positifs sur l'OTAN, même s'il s'est plaint encore une fois que de nombreux pays continuaient à investir bien en deçà des 2 % de leur produit intérieur brut dans la défense. L'Allemagne a eu droit à son lot de critiques, mais le Danemark, les Pays-Bas et la Norvège n'ont pas été épargnés non plus. À ses yeux, ces nations riches avaient une obligation morale de contribuer davantage.

« Est-ce qu'on peut les foutre dehors ? Est-ce que la Norvège ne peut pas plutôt suivre le modèle suédois, puisqu'elle ne paie pas ? » a-t-il lancé. C'était sa mentalité d'homme d'affaires qui ressortait ici : si la Norvège n'était pas prête à payer pour bénéficier d'une « OTAN complète », alors peut-être devrait-elle opter pour une « demi-OTAN », une affiliation plus souple comme celle de la Suède. Si vous voulez une couverture à 100 %, vous devez payer l'intégralité de la prime d'assurance. Telle était sa logique. J'ai répondu que la Norvège ne souhaitait pas relâcher ses liens avec l'OTAN.

De retour à Bruxelles, j'ai compris que le sommet risquait d'être compliqué. La réunion du G7 au Canada, en juin, s'était achevée dans une atmosphère extrêmement tendue. Après d'âpres négociations, les dirigeants des puissances économiques mondiales étaient finalement parvenus à un accord sur une déclaration commune. Mais ce fragile consensus avait été de courte durée. À bord d'Air Force One, juste après la réunion, Donald Trump avait pris connaissance des propos tenus par le Premier ministre canadien, Justin Trudeau, lors de sa conférence de presse de clôture, où il critiquait les droits de douane imposés par le président américain sur les importations d'acier et d'aluminium.

Trump avait jugé ces propos inacceptables et annoncé sur Twitter qu'il retirait son soutien à la déclaration finale du G7, accusant Trudeau de s'être montré humble et timide lors des discussions, pour ensuite l'attaquer publiquement une fois le sommet terminé. « Très malhonnête & minable », avait-il écrit.

Nous devions éviter pareil scénario au sommet de l'OTAN. Je savais combien le président était obsédé par le partage des charges au sein de l'alliance, et qu'il ferait de ce sujet une priorité. Pourtant, j'étais relativement confiant quant au bon déroulement du sommet. Il y avait une avancée positive à mettre en avant : les pays européens augmentaient leurs budgets de défense plus que jamais depuis des années, et Trump y avait contribué. Il pouvait s'approprier cette évolution et la présenter comme un succès. C'est pourquoi j'espérais que ce serait une réunion plus apaisée et constructive.

Deux semaines avant le sommet, un vendredi, j'étais censé m'entretenir avec Trump au téléphone. C'était lui qui avait demandé à me parler, et, comme nous nous étions rencontrés récemment à Washington, je ne voyais pas très bien pourquoi il souhaitait s'entretenir à nouveau avec moi si peu de temps après.

Installé dans mon bureau au siège de l'OTAN à Bruxelles, j'attendais donc son coup de fil. Les standardistes de la Maison-Blanche prennent toujours un peu de temps pour établir la connexion avec le Bureau ovale. Cette fois-ci, cela a duré plus longtemps que d'habitude. Mais j'ai finalement entendu la voix bien identifiable de Donald Trump à l'autre bout du fil :

« Bonjour, comment allez-vous ?

— Très bien, je vous remercie, monsieur le Président. Il fait très beau à Bruxelles. »

J'allais ajouter quelques mots sur le temps radieux de Bruxelles ces jours-ci, sans avoir besoin de mentir, mais il m'a interrompu avant que je n'aille plus loin.

« Eh bien, pour moi, Bruxelles est toujours ensoleillée. Mais elle l'était encore plus avant, si vous voyez ce que je veux dire. »

Je ne voyais pas ce qu'il voulait dire, mais il ne m'a pas laissé le loisir d'y réfléchir davantage, car il a enchaîné en faisant l'éloge de la prospérité aux États-Unis : l'économie tournait à plein régime, bien qu'il ait récupéré un pays en ruine. Mais ce n'était pas pour se tresser des lauriers qu'il m'appelait. Il voulait parler des dépenses militaires et de la répartition des charges financières entre les pays membres de l'OTAN.

« L'Allemagne ne paie que 1 % ! C'est choquant. »

Trump estimait qu'Angela Merkel était en difficulté.

Je lui ai répondu qu'elle travaillait à l'augmentation du budget de la défense, mais qu'elle dirigeait un gouvernement de coalition où les compromis étaient parfois difficiles à trouver. Trump m'a interrompu :

« C'est l'immigration le gros problème. C'était une très mauvaise décision. » Il faisait référence à l'arrivée massive de réfugiés en Allemagne lors de la crise migratoire en Europe.

Puis il est revenu à la question de la répartition des charges. L'Espagne consacrait moins de 1 % de son produit national brut à la défense. Le roi Felipe VI venait de faire une visite d'État à Washington, où Trump l'avait reçu à la Maison-Blanche.

« Ils sont venus ici et ont dit : “Merci beaucoup pour la protection militaire.” Mais l'économie de l'Espagne se porte bien. C'est tellement injuste. »

Trump avait récemment rencontré la chancelière allemande et lui avait dit que cette situation ne pouvait plus durer. L'Allemagne investissait, selon lui, environ 1 % de son produit intérieur brut.

« Je lui ai dit : “Angela, il va falloir casquer. Jusqu’à 2 %.” Elle a répondu : “Peut-être en 2030”, et elle a ri en disant ça. *Elle a ri* ! »

Les États-Unis allouaient 4 % de leur produit intérieur brut à la défense, a-t-il poursuivi, et couvraient 80 à 90 % des dépenses de l’OTAN. Cela ne pouvait pas continuer.

« Et c’est terminé. Nous allons payer ce que paye l’Allemagne.

— Je suis d’accord pour dire que la répartition des charges est inégale, mais la bonne nouvelle est que la tendance s’est inversée. Les Européens augmentent leurs budgets de défense. J’ai souvent dit que votre pression porte ses fruits, monsieur le Président, et… » Trump m’a interrompu à nouveau :

« Dites-le aux médias ! Tu te sens comme un idiot quand tu paies 80 à 90 % ! Écoutez, je suis un homme d’affaires. Et j’ai l’intention de payer la même chose que l’Allemagne. »

Nous avions déjà eu cette discussion à plusieurs reprises. Trump aimait qu’on lui rappelle que la tendance budgétaire en Europe s’était inversée. C’est ainsi qu’étaient nées ses déclarations selon lesquelles « l’argent afflue grâce à moi ». Quelques mois plus tôt, lors d’un grand rassemblement en Floride, il avait même soutenu que « le secrétaire général de l’OTAN est mon plus grand fan ». Ce que j’avais dit à plusieurs reprises, c’était que son message avait un impact – une reconnaissance qu’il appréciait manifestement.

Il était cependant difficile de mesurer l’impact réel de la politique de Trump par rapport à ce qui s’était passé sous Barack Obama. Les Européens avaient-ils augmenté leurs budgets de défense parce que Obama les avait poussés à s’y engager lors du sommet du pays de Galles en 2014, à la suite de l’agression russe ? Ou bien étaient-ils motivés par la crainte des menaces de Trump ? Nous n’aurons jamais de réponse définitive à cette question. Mais on pouvait indéniablement affirmer que les déclarations du président avaient eu une influence sur l’augmentation des dépenses de défense.

Ce jour-là, néanmoins, mes éloges n’ont eu aucun effet. La colère de Trump, particulièrement envers l’Allemagne, dominait la conversation. J’ai tenté de lui présenter une image plus positive de la situation, mais il a continué avec une énergie fébrile, refusant d'être détourné de son sujet.

« Des engagements clairs en faveur d'un partage des charges plus équitable et un sommet réussi seraient une grande victoire pour vous, ai-je dit.

— Faites-le avant le sommet. C'est un très mauvais accord. Ce pays a été dirigé par des imbéciles. »

J'ai voulu lui rappeler que l'OTAN était aussi un soutien pour les États-Unis. Les Américains ne partent pas seuls en guerre. En Afghanistan, nous avons combattu côte à côte. Mais Trump n'a rien voulu entendre, prétendant qu'il préférait que les Européens gardent leurs soldats chez eux.

« C'est juste une façon d'essayer de m'amadouer. Ils envoient quelques personnes. L'Allemagne n'a que deux cents soldats en Afghanistan. Et Angela rit. Mon grand-père venait d'Allemagne, mais d'une région bien plus dure que celle d'où elle vient. »

Pour orienter la conversation sur un autre sujet, je suis revenu à la Russie, que nous avions évoquée au début de notre échange. Trump devait rencontrer le président Poutine juste après le sommet de l'OTAN.

« C'est bien que vous dialoguiez avec la Russie. J'ai toujours dit que c'était important. J'ai moi-même négocié plusieurs fois avec Poutine, et nous sommes parvenus à des accords sur des questions essentielles », ai-je dit. Mais Trump est revenu à la charge : il préférait, a-t-il scandé, consacrer son argent aux États-Unis. Selon lui, l'Allemagne était complètement sous le contrôle de la Russie à cause de ses importations de gaz russe.

« Ils nourrissent la bête. Vous auriez dû empêcher cela. Réglez le problème avant le sommet. Je ne veux pas avoir à leur expliquer. Bon, je dois y aller. Expliquez-leur, vous. »

La conversation s'est terminée. Assis en face de moi dans mon bureau, Stian Jenssen avait tout écouté. Un an plus tôt, j'avais remercié Torgeir Larsen pour son travail en tant que chef de cabinet, et je n'avais eu aucun doute sur la personne que je voulais recruter pour ce rôle clé. Depuis qu'il avait rejoint mon équipe avant mon entrée en fonction, Stian s'était révélé être un collaborateur brillant, avec une compréhension approfondie du fonctionnement de l'OTAN.

Je l'ai regardé. Il m'a regardé. Il a fallu un moment avant que l'un de nous prenne la parole. L'avertissement de Trump ne prêtait pas à confusion : « Écoutez, si nous partons, nous partons. Vous avez désespérément besoin de l'OTAN. Nous, nous n'en avons pas besoin. »

Le président des États-Unis était en colère. Il ne tolérait pas que l'Europe et le Canada paient trop peu. Pas question de céder sur ce point. Si les États-Unis se retiraient, l'alliance était morte. Trump me rendait responsable du risque d'implosion de l'OTAN et voulait que je règle le problème avant le sommet. Il restait douze jours.

Heureusement, je ne partais pas de zéro. Les dépenses militaires étaient en hausse, mais augmentaient trop lentement. Pour accélérer le rythme, j'avais discuté au printemps avec de nombreux chefs d'État et de gouvernement afin de souligner l'urgence de la situation. Le 9 avril, c'était au tour d'Angela Merkel. Elle m'a écouté, mais en rappelant que, dans une démocratie parlementaire, on ne peut pas simplement claquer des doigts pour augmenter le budget de la défense. « Je fais de mon mieux, Jens, mais ce sont tes amis sociaux-démocrates au Bundestag qui freinent les choses. »

J'ai raccroché et pensé à l'ironie historique. Le 9 avril, jour où l'Allemagne avait envahi la Norvège en 1940, j'ai appelé la chancelière allemande pour la supplier d'augmenter les dépenses militaires. Si j'obtenais ce que je voulais, l'Allemagne redeviendrait la plus grande puissance militaire d'Europe. Aujourd'hui, quand on demande aux Polonais s'ils craignent une Allemagne militarisée, ils répondent qu'ils craignent plutôt une Allemagne faible. Comme le monde a changé.

Plus tôt, ce printemps-là, Trump avait remplacé son conseiller à la sécurité nationale, H.R. McMaster, par l'ancien ambassadeur des États-Unis à l'ONU, John Bolton. Ce dernier avait écouté notre conversation et m'avait appelé juste après. De son côté, personne d'autre n'était présent, et il m'a demandé de faire sortir tous ceux qui étaient près de moi. Cette discussion devait rester entre lui et moi.

« Ce n'est pas une plaisanterie. Le président est sérieux quand il dit que les États-Unis ne paieront pas plus que l'Allemagne, m'a averti Bolton. Vous devez trouver une solution. »

Bolton a fait référence aux articles de presse affirmant que certains « adultes », des personnes dans le cercle autour de Trump, arrangeaient les choses quand le président était allé trop loin.

« Le président lit ces articles, et il ne les aime pas. Ne le sous-estimez pas. Ce problème ne sera pas résolu par ces "adultes" », a-t-il ajouté.

J'avais bien compris qu'il ne fallait pas sous-estimer la capacité de Trump à faire ce qu'il disait. Mais que voulait-il vraiment dire en affirmant qu'il ne voulait pas payer plus que l'Allemagne ? De toute évidence, Bolton ne le savait pas non plus.

Tandis que le soleil inondait Bruxelles, le week-end s'est transformé en une longue session de travail. Cet appel téléphonique était un signal d'alarme : Trump envisageait de procéder à un règlement de comptes total avec l'OTAN. Le sommet avait été préparé depuis longtemps, et nous voulions prouver que l'alliance fonctionnait malgré la période difficile. Trump venait d'ébranler les Européens en retirant les États-Unis de l'accord sur le nucléaire iranien, qui prévoyait une levée progressive des sanctions contre l'Iran si les Iraniens renonçaient à développer l'arme atomique et acceptaient que leurs installations nucléaires soient inspectées. Sur Twitter, il avait critiqué l'Europe, sa politique migratoire, le commerce et l'énergie. Mais j'espérais néanmoins que Trump verrait que l'OTAN tenait ses engagements. Nous faisions davantage dans la lutte contre le terrorisme, nous augmentions nos budgets, mais cela ne suffisait manifestement pas. Nous devions lui proposer quelque chose de plus.

L'enjeu était de répondre aux exigences réitérées de Trump : « Les États-Unis et l'Allemagne devraient payer la même chose. » À l'époque, le budget de la défense allemand se montait à environ quarante milliards d'euros, alors que celui des États-Unis était près de quinze fois plus élevé. Même en pourcentage du produit intérieur brut, la différence entre les deux pays était énorme. Toute idée d'une « égalité des dépenses » était totalement irréaliste.

Par chance, nous avons trouvé une autre approche qui a permis de montrer que les États-Unis ne payaient pas plus que l'Allemagne : nous avons pris comme référence le budget propre de l'OTAN.

Celui-ci couvre notamment les frais de fonctionnement du siège civil, certains coûts de la structure de commandement militaire et une partie des investissements dans des installations militaires et des capacités, tels les avions de surveillance et les drones. Les dépenses majeures liées au maintien des forces permanentes et à leur déploiement pour diverses missions étaient, quant à elles, supportées par les pays membres eux-mêmes.

Les États-Unis finançaient une part importante du budget de l'OTAN qui s'élevait à deux milliards et demi d'euros. En ajustant ces contributions, il était possible d'équilibrer la part payée par les États-Unis et l'Allemagne sans générer de dépenses trop importantes. Restait à savoir si cela suffirait à Trump. Tout dépendait de ce qui comptait le plus pour lui : le symbole ou les chiffres réels. Nous ne le savions pas.

Dimanche soir, nous avions établi une première ébauche. Nous avons calculé que, l'année précédente, les alliés avaient dépensé trente-trois milliards de dollars de plus pour la défense, un chiffre que nous pouvions mettre en avant pour prouver que l'évolution allait dans la bonne direction. C'était le point clé de l'ébauche. Un autre point était d'obtenir un engagement plus concret des alliés pour augmenter leurs budgets militaires. Un troisième point était que les Européens devaient assumer une part importante des coûts des États-Unis liés au maintien des forces américaines en Europe. L'ébauche de cette proposition n'avait été partagée qu'avec quelques collaborateurs proches, car plusieurs des suggestions seraient potentiellement controversées.

Les États-Unis déboursaient des sommes considérables pour leurs forces stationnées en Europe. Dans une certaine mesure, les pays européens contribuaient en mettant à leur disposition des bases et des infrastructures, mais l'essentiel des coûts était couvert par les Américains eux-mêmes. Il était aussi arrivé que des alliés financent les interventions militaires américaines. Ainsi, en 1991, lorsque la coalition dirigée par les États-Unis avait libéré le Koweït de l'occupation de Saddam Hussein, l'Allemagne avait versé près de six milliards de dollars en compensation, puisqu'elle n'avait pas envoyé de troupes. Dès lors, il nous semblait légitime que les Allemands puissent également financer la présence des soldats américains en Europe, d'autant plus que leur nombre avait augmenté après 2014.

Il s'agissait clairement d'une proposition contestée. Nous n'avions pas non plus ancré l'idée d'ajuster les contributions au budget commun de l'OTAN de façon que les États-Unis et l'Allemagne versent des montants équivalents. Ces propositions étaient conçues comme mesures de crise, destinées à être activées en cas d'impasse au sommet.

Nous avons également évalué l'impact des plans de hausse des dépenses militaires des États membres, qui montraient que ces coûts augmenteraient de façon significative dans les années à venir. Ces hausses représentaient une victoire pour Trump.

Dans les jours qui ont suivi, j'ai échangé avec John Bolton ainsi qu'avec Mike Pompeo, qui avait succédé à Rex Tillerson au poste de secrétaire d'État quelques mois plus tôt. À Washington, un seul sujet concentrait pour l'heure toute l'attention : faire nommer le conservateur Brett Kavanaugh à la Cour suprême des États-Unis. Cette nomination devait intervenir juste avant le sommet de l'OTAN.

Les nominations à la Cour suprême revêtent une importance politique majeure aux États-Unis. Les Républicains disposaient d'une courte majorité au Sénat, et obtenir la nomination de Kavanaugh aurait signifié une grande victoire pour le président. Bolton et Pompeo ont essayé d'exploiter cette dynamique pour persuader Trump de ne pas menacer de quitter l'OTAN. Une crise au sommet de l'alliance aurait accaparé l'attention médiatique et éclipsé la victoire que représentait la nomination de Kavanaugh.

Trump comprenait cette logique, mais Bolton m'a confié que le président continuait à se demander si les États-Unis ne pouvaient pas tout simplement se retirer de l'alliance.

Les propositions que nous avions formulées étaient des ballons d'essai que j'ai testés auprès de Bolton. Il a semblé intéressé, mais hésitait sur la méthode à adopter. Pour éviter tout clash, il était impératif de s'accorder à l'avance sur toutes les conclusions. « Vous avez vu la photo du sommet du G7 où le président est le seul assis, dans un coin, tandis que les autres dirigeants se tiennent debout autour de lui ? Il n'a pas apprécié cette situation. Nous ne pouvons pas nous permettre un scénario similaire, où tout le monde fait pression sur lui, a insisté Bolton. Nous devons à tout prix éviter des négociations le jour du sommet. »

J'ai compris ce qu'il voulait dire, mais un tel plan rompait avec les pratiques habituelles. La plupart des choses sont effectivement préparées en amont, mais il est souvent nécessaire d'exercer une certaine pression sur les chefs d'État durant le sommet pour finaliser les dernières décisions. Sur ce point, cependant, Bolton a été catégorique.

« Si c'est le cas, monsieur le Secrétaire général, je crains que nous ne parvenions à aucun accord. Et alors, je redoute que le président ne mette ses menaces à exécution. »

Bolton a insisté pour que tout soit réglé dans les jours suivants. Les États-Unis allaient entrer dans un long week-end avec la fête du 4-Juillet, et, juste après, la nomination de Kavanaugh devait être officialisée. Puis viendrait le sommet de l'OTAN.

En l'espace de deux jours, j'ai parlé avec onze chefs de gouvernement et ministres des Affaires étrangères et de la Défense.

Dans la préparation de ces discussions, j'ai toujours exigé d'être informé de la situation politique intérieure de mes interlocuteurs et des derniers sondages d'opinion. Cette approche me permet de mieux comprendre la réalité politique dans laquelle se trouve la personne à qui je m'adresse. Il est aussi agréable d'échanger des messages avec d'autres dirigeants, pour les féliciter ou partager des photos de famille. Ces contacts informels ont contribué à renforcer la cohésion et à faciliter les discussions sur des sujets sensibles.

Comme en cette occasion, lorsque j'ai passé ma série d'appels, j'étais heureux de bien connaître de nombreux dirigeants. Il ne pouvait y avoir aucune négociation à la table du sommet. Après le revirement de Trump lors du sommet du G7, tous savaient ce qui était en jeu.

À Bruxelles, les diplomates de l'OTAN ont travaillé sous haute pression pour finaliser une déclaration finale. En amont de tels sommets, de nombreux dossiers, souvent absents des gros titres, font l'objet d'intenses négociations. Il peut s'agir par exemple de la réorganisation de la chaîne de commandement ou de formulations dans les accords entre l'OTAN et ses nombreux pays partenaires.

Par crainte d'un échec du sommet, tous les pays se sont mis d'accord avant la réunion, un fait quasi inédit dans l'histoire de l'alliance. Si l'on devait parler d'un « effet Trump », celui-ci en était un.

Nous avons obtenu la mise en place d'une mission d'entraînement en Irak, l'approbation de mesures offensives en cybersécurité ainsi qu'une intensification des opérations dans les Balkans. Concernant les dépenses militaires, la déclaration finale a confirmé l'objectif d'y consacrer au moins 2 % du produit intérieur brut d'ici 2024. Les États membres ont donc réitéré leur engagement à respecter la décision prise lors du sommet de 2014, ni plus ni moins.

La déclaration a été finalisée, mais nous ne savions pas encore comment les choses allaient se dérouler. Certaines embûches avaient néanmoins été évitées grâce à des négociations préalables.

Juste avant le sommet, j'ai publié une tribune dans le *Wall Street Journal*, intitulée « Les alliés de l'Amérique au sein de l'OTAN augmentent leur contribution ». Le message était clair : les Européens investissaient davantage dans leur défense qu'il y a quelques années, et il était dans notre intérêt commun que les États-Unis, le Canada et l'Europe restent unis.

Le sénateur John McCain a immédiatement tweeté son entier soutien à cet article, ce dont je l'ai mentalement remercié. Je me suis aussi souvenu de mes années d'éveil politique au début des années 1970. La première manifestation à laquelle j'avais participé était contre les bombardements américains au Nord-Vietnam. Avec ma sœur Camilla et de nombreux autres opposants à la guerre, nous avions marché jusqu'à l'ambassade des États-Unis en scandant : « Arrêtez les bombardements ! » À cette époque, McCain était pilote dans la marine américaine et avait été fait prisonnier par les Nord-Vietnamiens. Près de cinquante ans plus tard, j'étais secrétaire général de l'OTAN, et je considérais McCain comme un allié précieux.

Les jours précédant le sommet, la tension est montée d'un cran. Dans le Montana, Trump a prononcé devant une foule enthousiaste un discours où il s'en est de nouveau pris à l'Allemagne : « Nous te protégeons, Angela ! Et toi, tu ne débourses que 1 % pour la défense », a-t-il lancé. Il a promis de « s'occuper » des pays qui ne payaient pas : « Ils nous tuent sur le commerce, ils nous tuent sur d'autres choses. Et par-dessus le marché, ils nous tuent sur l'OTAN. *NATO gotta pay !* »

Chapitre 16

Au bord de l'abîme

John Bolton et moi étions convenus que le président Trump et moi prendrions le petit-déjeuner ensemble le premier jour du sommet, soit le mercredi 11 juillet 2018. L'idée était d'échanger quelques mots aimables et de commencer la journée sur une note optimiste.

Les préparatifs avaient été minutieux, et nous avions fait tout notre possible pour que le sommet se déroule au mieux.

Dans l'une des dernières conversations avec Bolton avant l'arrivée de Trump et du reste de la délégation, celui-ci avait souligné le caractère imprévisible du président : « Le président peut balayer d'un revers de la main tout ce que nous avons préparé », avait-il dit.

Autant dire que je ne savais pas à quoi m'attendre. Mais la certitude que nous n'aurions pas pu en faire davantage m'apaisait.

Le petit-déjeuner s'est tenu à l'ambassade des États-Unis à Bruxelles. Une grande table avait été dressée dans une salle relativement petite. Trump et moi étions assis face à face, entourés pour sa part de ses conseillers les plus importants et moi de mes plus proches collaborateurs.

Le programme était clair : en tant qu'hôte de l'ambassade, Trump devait ouvrir la réunion par quelques mots de bienvenue, puis parler brièvement, avant que je ne fasse de même, après quoi la presse serait invitée à quitter la salle. Quelques paroles chaleureuses. La procédure habituelle, rien de plus.

Mais cette fois-ci, cela ne s'est pas passé comme prévu. J'ai commencé par dire que le financement de la défense serait l'un des sujets du sommet, et que tout le monde était d'accord sur la nécessité d'augmenter les dépenses. « La bonne nouvelle, c'est qu'après des années de coupes budgétaires, les alliés de l'OTAN ont enfin investi davantage dans la défense », ai-je ajouté. « L'an dernier, ils ont dépensé plus que les années précédentes.

— Pourquoi seulement à partir de l'année dernière ? » m'a interrompu Trump, alors que les caméras tournaient.

« C'est aussi grâce à votre leadership, monsieur le Président. Vos exigences ont été suivies d'effet, ai-je dit.

— Ça, ces gens-là ne l'écriront pas », a répliqué Trump en désignant les journalistes.

J'ai brièvement rappelé l'importance de l'OTAN pour l'Europe et les États-Unis, et conclu en disant que j'attendais avec intérêt de connaître ses attentes concernant sa rencontre avec Vladimir Poutine, prévue à Helsinki quelques jours plus tard.

Cela aurait pu s'arrêter là, mais Trump a continué :

« Je dois dire que c'est vraiment triste que l'Allemagne mette la pagaille avec son accord sur le gaz. Nous sommes là pour protéger l'Europe contre la Russie, et voilà que les Allemands lui versent des milliards de dollars chaque année. Nous protégeons l'Europe, nous protégeons l'Allemagne, et eux signent un contrat de gaz avec la Russie. Je trouve ça inacceptable. »

Trump parlait de l'accord portant sur le gazoduc en mer Baltique, Nord Stream II, qui, selon lui, n'aurait jamais dû être signé.

« Ça n'aurait jamais dû arriver. L'Allemagne sera totalement contrôlée par la Russie, a-t-il dit. Ils obtiendront entre 60 et 70 % de leur énergie au moyen de ce nouveau gazoduc. Ne me dites pas que c'est raisonnable, car ça ne l'est pas. C'est un réel problème pour l'OTAN. C'est intenable, a-t-il poursuivi. Vous et moi sommes d'accord que ça ne devrait pas arriver. Je ne sais pas ce que vous pouvez faire maintenant. »

Ensuite, il a aussitôt enchaîné avec le budget militaire allemand. Je pouvais définitivement dire adieu à mon idée d'un message positif pour entamer la journée...

« Et comme si ça ne suffisait pas, l'Allemagne ne dépense qu'un peu plus de 1 % de son produit intérieur brut pour la défense, alors que les États-Unis dépensent 4,2 % d'un produit intérieur brut bien plus élevé. C'est intenable. Nous protégeons l'Allemagne, nous protégeons la France, nous protégeons tout le monde, et cela dure depuis des décennies. D'autres présidents américains l'ont signalé avant moi, mais ils n'ont rien fait du tout. Moi, je dois faire quelque chose, car c'est injuste pour les États-Unis et les contribuables américains. »

Trump me regardait droit dans les yeux tout en parlant.

« L'Allemagne est un pays riche. Ils doivent payer plus, et tout de suite. Ils disent qu'ils peuvent augmenter un peu leur contribution... d'ici 2030 ! Mais qu'ils le fassent maintenant. Demain ! Ça ne peut pas continuer. »

Il avait parlé d'une voix posée, sans hausser le ton, mais avec une énergie intense et constante. Trump était un homme qui ne lâchait jamais.

J'ai dû me rendre à l'évidence : ce petit-déjeuner ne se déroulerait pas comme je l'avais imaginé. On m'avait confié un rôle important dans une pièce dont j'ignorais le scénario. Les journalistes ont été autorisés à rester bien plus longtemps que d'ordinaire pour ce type d'événements.

J'ai tenté de répondre : « L'OTAN est une alliance de vingt-neuf pays membres, et nous ne sommes pas toujours d'accord sur tout. Le gazoduc avec la Russie constitue l'un des sujets de désaccord. Mais la force de l'OTAN réside dans le fait que, malgré nos différends, nous avons toujours su rester unis pour assurer notre défense mutuelle. Nous sommes plus forts ensemble que séparément. »

Trump m'a défié du regard :

« Comment pouvons-nous rester unis avec un pays qui dépend de l'énergie de l'État même contre lequel nous devons le protéger ? L'Allemagne est l'otage de Moscou !

— Même pendant la guerre froide, nous avons commercé avec l'Union soviétique, et...

— J'adore le commerce, m'a coupé Trump. Mais l'énergie, ce n'est pas une marchandise comme les autres. C'est une tout autre histoire. Un pays comme la Pologne l'a compris. Ils ne veulent pas du gaz russe, car ils refusent d'être otages de la Russie. Et voilà que l'Allemagne est maintenant l'otage d'un pays contre lequel nous devons la protéger. Expliquez-moi ça ! C'est inexplicable. »

Ce qui aurait dû se dire à huis clos s'est déroulé sous les yeux de la presse mondiale. Trump a continué allègrement à critiquer l'OTAN et en particulier l'Allemagne. Si je l'avais interrompu, cela aurait tourné à l'altercation publique entre le président des États-Unis et le secrétaire général de l'OTAN, retransmise en direct dans le monde entier. Alors, Trump a eu le champ libre pour exposer la situation lamentable dans laquelle nous nous trouvions.

Après ce qui m'a semblé une éternité, la presse a été invitée à quitter la salle. C'est alors que Trump a abordé les sujets qui l'intéressaient vraiment, à commencer par le nouveau bâtiment de l'OTAN.

« Pourquoi en avez-vous besoin ? Il est en verre ! Un tir de char et il est détruit. Et pourquoi est-il si grand ? Vous n'avez pas besoin de tous ces gens qui travaillent ici. Vous auriez dû construire un simple bunker, cela aurait coûté bien moins cher. Et bien sûr, les États-Unis ont payé 90 % de la facture. Trois milliards d'euros ! »

Le coût du nouveau siège de l'OTAN n'était certes pas le sujet principal de notre rencontre, mais je tenais tout de même à corriger :

« Le bâtiment a été achevé dans les délais et en respectant le budget prévu. Il a coûté un milliard d'euros, pas trois, et les États-Unis n'en ont pas payé 90 %, mais 22 %. »

Mais Trump n'en démordait pas.

« Je suis si déçu. Nous payons 90 % », a-t-il répété.

Après le petit-déjeuner, j'ai rencontré John Bolton. C'était la première fois que je le voyais en personne après nos nombreux échanges téléphoniques. « Il faut qu'on calme le jeu, m'a-t-il dit. Et un conseil : ne débattez pas de chiffres avec le président. Ça ne sert à rien. »

Juste après, j'ai aussi rencontré Jim Mattis, et lui s'est montré encore plus direct : « Nous avons honte », a-t-il confié, peiné autant par le ton que par le fond des propos de Trump. Nous avions pensé que ce serait mieux pour toutes les parties si nous parvenions à nous accorder sur un message : reconnaître les progrès accomplis tout en soulignant qu'il fallait poursuivre ces efforts.

Mattis est resté silencieux un instant avant de dire : « Je ne sais pas combien de temps je vais rester à ce poste. » Rien ne laissait présager qu'il était tombé en disgrâce, mais nous avions déjà conclu par le passé qu'avec Trump, il était impossible de savoir. Toutefois, au cours de cette conversation, Mattis était surtout préoccupé par mon sort. « L'important maintenant, monsieur le Secrétaire général, c'est de veiller à ce que vous restiez en place. Vous êtes le seul point stable ici, alors vous devez absolument rester. »

Cela a été une conversation assez dramatique.

« Si je sens que je suis sur le point d'être écarté, je ne vous en informerai pas. Vous ne devez pas être entraîné dans la tourmente », a-t-il ajouté.

Selon les médias américains, Mattis était le dernier des « adultes dans la pièce » encore présents dans l'entourage de Trump après le départ de Rex Tillerson et de H.R. McMaster. Je doutais en réalité des affirmations selon lesquelles le président n'aurait pas de bons conseillers autour de lui, mais Jim Mattis n'en demeurait pas moins mon principal interlocuteur au sein de l'administration Trump, et il semblait pour l'heure se préparer à perdre son poste. Il semblait avoir adopté une attitude un peu téméraire au cours de ces journées à Bruxelles : ça passe ou ça casse. Il parlait en tout cas avec une franchise inhabituelle, y compris lorsqu'il a pris tout son temps pour échanger avec certains de mes plus proches collaborateurs juste après le petit-déjeuner.

« Vous devez avoir l'impression d'être à une fête d'anniversaire… et voilà qu'un chien débarque comme un fou, saute sur le canapé et renverse tous les verres sur la table », a-t-il dit.

Il s'est tourné vers Oana, également présente à ce petit-déjeuner. « Je suis impressionné par la façon dont vous êtes restée impassible. Cela n'a pas dû être facile. » Et de poursuivre : « Nous devons être reconnaissants que les pères fondateurs aient eu George III en tête lorsqu'ils ont rédigé la Constitution, il y a deux cents ans. »

Le roi George III avait été le dernier souverain britannique à régner sur ce qui était, avant la guerre d'Indépendance, les colonies américaines sous domination britannique. Les pères fondateurs avaient veillé à ce que la Constitution des États-Unis repose sur le principe de la séparation des pouvoirs, afin de limiter les dérives éventuelles du chef de l'État.

Mattis savait qu'il jouait un rôle important et qu'il bénéficiait de nombreux soutiens. Mais il avait aussi parfaitement conscience d'évoluer dans un environnement complexe. « Vous savez, Jens, j'ai un travail étrange, m'a-t-il confié. Je me lève le matin, je lis le journal, et si je n'apprends pas que j'ai été viré, alors je vais au bureau. »

La première partie du sommet s'était plutôt bien déroulée. J'avais suivi le plan que nous avions établi. Normalement, il aurait été d'usage qu'à la fin de la réunion j'invite tout le monde à consulter les documents établis et à approuver la déclaration finale. Mais, au lieu de prendre ce risque, j'ai choisi d'obtenir l'approbation dès le début du sommet.

« Je tiens à souhaiter la bienvenue à tous et à vous remercier pour votre approbation des documents que nous avons négociés », ai-je déclaré.

Il n'y avait rien de formellement irrégulier dans cette approche, même si j'ai remarqué une certaine perplexité chez plusieurs participants. Mais personne n'a protesté. Les documents ont été approuvés. Cela s'était passé si rapidement que certains ont eu du mal à suivre, comme je l'ai compris après coup.

Bolton et Pompeo redoutaient en effet que Trump n'utilise la déclaration comme un moyen de sanctionner les autres États membres. Il aurait pu refuser de l'approuver s'il s'était senti provoqué par quelque chose dit lors des débats. En obtenant l'accord dès le début du sommet, l'essentiel était déjà assuré en termes de contenu. Néanmoins, je ne savais toujours pas à quoi m'attendre pour la suite.

Trump a fait un discours critique, mais pas plus virulent que prévu. Les autres dirigeants ont promis, chacun à leur manière, d'augmenter leurs investissements dans la défense. J'ai conclu la séance en ayant le sentiment que le sommet était presque terminé. Tout semblait sous contrôle.

Dans la voiture, en quittant le siège de l'OTAN pour aller au dîner après cette première journée de sommet, j'ai appelé mon père, Thorvald. Dans chaque pause, dans chaque court répit au cours de ces journées frénétiques, il avait surgi dans mes pensées.

Mon père avait eu divers problèmes de santé pendant des années, mais il restait un optimiste inébranlable et ne se plaignait jamais. Ces dernières semaines, cependant, son état s'était détérioré, et il avait dû admettre qu'il ne se sentait pas si bien que ça. Lorsque je l'avais revu lors d'un séjour en Norvège en juin, sa peau avait pris une teinte jaunâtre.

« Il faut que tu rentres, Jens », m'a-t-il dit. Son débit était lent et sa voix faible.

Camilla, ma sœur, m'avait dit la même chose lors de nos conversations des jours précédents. Thorvald avait presque cessé de s'alimenter. Quelques jours plus tôt, il avait été hospitalisé au Diakonhjemmet pour recevoir une perfusion, puis renvoyé chez lui. J'ai pris conscience que la situation était plus grave que je ne l'avais cru. Thorvald savait que son cancer du côlon s'était propagé au foie et qu'il n'y avait plus grand-chose à faire. Pendant longtemps, cela ne l'avait pas empêché de vivre normalement. Le 1er mai de cette année-là, il avait encore prononcé un discours à Eidsvoll, le berceau de la démocratie norvégienne, et il était rentré chez lui, comme toujours enchanté et enthousiaste. Mais quelques jours plus tard, il s'était affaibli, et son teint avait viré au jaune. Les semaines suivantes, il avait dû annuler des engagements pour des conférences et des interventions. Cela lui déplaisait, mais il gardait espoir de se rétablir.

J'avais déjà prévu d'être à Oslo le week-end juste après le sommet. Inquiet, j'avais avancé mon vol du samedi au vendredi 13 juillet. Mais, après cet appel avec Thorvald, je ne savais plus quoi penser : aucune information nouvelle concernant sa santé ne justifiait de modifier mes projets, mais mon intuition me disait le contraire. J'aurais aimé tout laisser en plan et sauter dans le premier avion pour Oslo. Ce n'était pas possible, néanmoins je voulais rentrer au plus vite. J'ai donc obtenu un billet pour le vol de 19 heures le jeudi, quelques heures seulement après la fin du sommet.

« J'arrive », lui ai-je répondu.

Chapitre 17

« Je ne suis pas content »

Le dîner du sommet s'est tenu au musée d'Histoire de l'art, situé dans le somptueux parc du Cinquantenaire, avec ses jardins à la française et ses innombrables monuments et sculptures. Le musée ressemble à un temple imposant, avec ses rangées de colonnes sur plusieurs niveaux. Depuis une petite hauteur accueillant un immense arc de triomphe flanqué d'arcades et de colonnes, on a une vue magnifique sur Bruxelles. Le complexe, construit en 1880 à l'occasion du cinquantième anniversaire de l'indépendance de la Belgique, ne manque ni de faste ni de grandeur.

J'ai rencontré Melania Trump, née en Slovénie, sous le chapiteau dressé pour la réception sur la pelouse, devant le musée. Nous avons eu une agréable conversation, notamment sur mes années d'enfance en Yougoslavie. J'étais content qu'Ingrid soit présente. Elle a joué un rôle d'hôtesse, veillant comme toujours à ne laisser personne de côté. Il y avait de la musique, le spectacle de danse était splendide, c'était une magnifique soirée de juillet. « Tout va bien se passer », ai-je pensé. Après la cérémonie d'ouverture, les chefs d'État et de gouvernement se sont installés autour d'une table pour un dîner de travail dans l'une des salles du musée. Ils ne pouvaient être accompagnés que d'un seul conseiller chacun. Tous étaient assis assez près les uns des autres, et l'atmosphère était un peu tendue. Trump a été le premier orateur. Un serveur personnel lui a apporté son plat et un Coca light. Nous lui avions demandé de dire quelques mots sur la Corée du Nord, car il avait rencontré Kim Jong-un à Singapour quelques semaines plus tôt. Nous espérions que cela jetterait de bonnes bases, car nous savions que la rencontre avec le dirigeant nord-coréen avait beaucoup compté pour lui. Trump a raconté une histoire à propos d'un golfeur qui l'avait appelé depuis un avion en route pour Singapour. Je n'ai pas tout compris, car je ne connais pas grand-chose au golf. Ensuite, il a parlé du basketteur Dennis Rodman, ami de Kim Jong-un. Puis il est passé à sa propre visite. « Il n'y a pas eu mille photographes qui ont pris des photos de nous, il y en a eu bien plus. Trois mille ! » a-t-il dit avec enthousiasme. « Plus qu'aux Oscars ! Clic-clic-clic ! Le plus large tapis rouge que j'aie jamais vu ! »

Je me souviens d'avoir pensé qu'il y avait quelque chose de touchant dans la joie qu'il exprimait. Il devait rencontrer Poutine à Helsinki quelques jours plus tard, et nous lui avions demandé de partager ses réflexions sur cette réunion à venir. Plutôt que de parler de Poutine, il préféra ce soir-là nous raconter avec enthousiasme ses histoires avec Kim Jong-un.

En me couchant ce soir-là, j'étais assez serein concernant le sommet. J'ai dit à Ingrid, juste avant de m'endormir, que, malgré un début difficile avec Trump lors du petit-déjeuner, j'étais convaincu que le sommet se déroulerait bien. Ingrid, plus pragmatique et réaliste que moi, a dit qu'elle espérait que j'aie raison. « Mais n'en sois pas trop sûr », a-t-elle ajouté.

La journée du lendemain a commencé tôt. Lors des sommets, il était habituel d'organiser une session spéciale avec les pays partenaires, et cette fois-ci, j'ai accueilli le président ukrainien Petro Porochenko et son homologue géorgien, Giorgi Margvelachvili, à l'OTAN. Je les ai assurés de la solidarité de l'alliance, mais tous deux ont été un peu déçus que nous n'organisions pas de réunions séparées avec chaque pays. Ils ont été encore plus déçus en ne voyant pas le président Trump au début de la réunion. Mais ce dernier a fini par arriver. Plusieurs dirigeants avaient alors déjà prononcé leur discours, affirmant que l'OTAN ne tolérerait jamais l'agression russe contre des États indépendants et exprimant leur plein soutien. Trump a pris la parole, a regardé en direction de Porochenko et Margvelachvili, et leur a adressé quelques paroles de soutien, avant de passer rapidement à tout autre chose.

« Je dois faire une réclamation officielle, a-t-il dit, car je ne suis pas content. Hier, nous avons eu un dîner agréable, et j'ai vu que vous étiez tous contents. Mais je dois vous dire une chose : je ne suis pas content. »

Pendant le dîner, je n'avais pas senti de tension dans l'air, mais Stian, assis juste derrière moi, avait remarqué le langage corporel de Trump lorsque certains dirigeants avaient évoqué le fait que le partage des charges ne concernait pas seulement l'argent, mais aussi tout ce que leurs pays apportaient à l'OTAN.

Si les affirmations de Trump n'étaient pas nouvelles pour moi, la plupart des autres dirigeants n'avaient jamais entendu ces critiques exprimées avec autant de force.

« Les États-Unis paient 90 % des dépenses de l'OTAN. Je sais que certains disent 70 %, d'autres 73 %. Il y a toutes sortes de façons de calculer cela, mais, de mon point de vue, nous payons 90 %. L'OTAN est importante, mais elle l'est bien plus pour l'Europe que pour les États-Unis. Pendant des années, les présidents américains sont venus ici et ont dit la même chose. Puis ils sont repartis, et rien n'a changé. Cela a seulement empiré. Nous payons plus et les autres ne paient pas grand-chose. J'ai beaucoup de respect pour Angela. Mon père est né en Allemagne. Ma mère est née en Écosse. D'une certaine manière, je fais partie de l'Union européenne. Mais cela ne peut pas continuer. »

Certaines de ses remarques sonnaient clairement comme des avertissements : « Les États-Unis n'ont pas besoin de l'OTAN. Pourquoi devrais-je continuer à payer pour cette organisation si je n'en ai pas besoin ? »

Un silence total a accueilli ces propos. Trump a enchaîné en parlant du déséquilibre commercial avec l'Union européenne, un autre de ses chevaux de bataille :

« Je n'aime pas lier ces deux sujets, mais nous devons le faire. L'Union européenne impose d'énormes barrières douanières qui rendent les choses très difficiles pour nos constructeurs automobiles, et presque impossibles pour nos agriculteurs. L'Union européenne envoie ses BMW et ses Mercedes aux États-Unis presque sans droits de douane. Ça ne peut pas continuer comme ça, et ça ne va pas continuer comme ça. »

Puis Trump a poursuivi ses critiques envers l'Europe : « Je trouve que les frontières que vous avez ici en Europe sont absolument terribles. Angela a dit que beaucoup de ceux qui passent les frontières sont des jeunes hommes. Ça ne va pas du tout. Ils peuvent être des ennemis. J'ai beaucoup de respect pour l'Europe et j'ai beaucoup de respect pour le secrétaire général qui a réussi à faire entrer plus d'argent. Mais cela reste très peu par rapport à ce dont nous avons besoin. Comme je l'ai dit : nous pouvons être un partenaire encore meilleur que nous l'avons été – même si je ne pense pas qu'on puisse être bien meilleur. Mais nous avons besoin d'un nouvel accord : vous devez payer votre part. Angela pourrait payer 2 % aujourd'hui, si elle le voulait ! Au lieu de cela, elle annonce 1,5 % d'ici 2025 ! »

Ensuite, Trump a étendu sa frustration à d'autres alliés : « Je ne veux pas que les gens puissent quitter cette réunion en disant que tout le monde était satisfait. Je ne suis pas satisfait. Je ne suis pas content. Vous auriez pu me rendre très content. Quand un pays riche ne paie pas, c'est parce qu'ils essaient de nous tromper, comme ils ont trompé chaque président depuis Reagan. Vous devez payer. Deux pour cent, c'est très peu. C'est une blague ! Vous devez viser les 4 % si vous voulez une protection convenable. Soit vous payez 2 % immédiatement, d'ici quelques mois, ou avant le 1er janvier. Soit nous allons… faire les choses de notre côté. Nous n'avons pas le choix. Et comme vous le savez, je suis en désaccord total sur ce bâtiment. Trois milliards de dollars pour un bâtiment comme celui-ci ! C'est ridicule ! Les États-Unis paient pour ça ! C'est une belle construction, mais un tir de char et ce bâtiment s'effondre. »

Les délégations ukrainienne et géorgienne semblaient perplexes et désabusées. Cette réunion était censée leur être dédiée, et non aux problèmes internes de l'OTAN. Dès que Trump a eu terminé de parler, Angela Merkel s'est immédiatement levée, a fait le tour de la grande table et s'est penchée vers moi.

« Nous devons répondre à cela. Nous ne pouvons pas laisser passer ça », a-t-elle chuchoté. Il était évident qu'elle craignait que la réunion ne dérape complètement. J'ai hoché la tête, j'étais d'accord avec elle.

Il y avait encore plusieurs personnes vouées à prendre la parole, mais, après un moment, j'ai décidé que la session avec l'Ukraine et la Géorgie devait se terminer. J'ai évacué la salle de tous les participants dont la présence n'était pas indispensable et convoqué une nouvelle réunion. Seuls les Américains ont été autorisés à rester avec une délégation importante. Les rumeurs d'une crise ont commencé à fuiter sur les chaînes de télévision.

Il y a eu quelques minutes de pause. Dans un coin de la salle, j'ai discuté avec Angela Merkel, Emmanuel Macron et le Premier ministre néerlandais Mark Rutte, tandis que Trump était assis tout près, les bras croisés, parlant avec Bolton et Pompeo. Nous étions d'accord, il était hors de question de modifier la décision de 2014 qui fixait les 2 % comme objectif, mais nous avons discuté de la meilleure façon de gérer la situation. Dans le même temps, mon équipe était en contact avec des collègues de nombreuses délégations, et nous essayions de trouver une plateforme commune pour déterminer la voie à suivre.

Lorsque la réunion a repris, j'ai tenté de définir une telle plateforme en trois points brefs : que nous ne pouvions pas lever la séance sans renouveler notre adhésion aux garanties de sécurité de l'OTAN, que tous devaient reconnaître l'importance d'augmenter les dépenses de défense, et que, lors du prochain sommet, nous devions pouvoir montrer des augmentations réelles dans les budgets des pays membres.

De cette manière, j'ai cherché à amener Trump à s'engager formellement en faveur des garanties de sécurité de l'OTAN, tandis que les autres alliés s'engageaient à augmenter leurs budgets de défense.

À ce moment-là, Trump s'est penché vers moi, me coupant presque la parole. « L'année prochaine ? ! Ça signifie quoi, l'année prochaine ? C'est beaucoup trop tard. C'est toujours la même histoire. Ce n'est pas acceptable ! Il faut une augmentation tout de suite. 2 % d'ici la fin de l'année. Et Angela, toi, tu peux payer les 2 % dès maintenant ! J'ai vu ton budget, tu as un excédent. Moi, j'emprunte pour assurer la défense, y compris celle de l'Allemagne, pendant que toi, tu fais des économies en comptant sur moi pour te protéger. »

Encore une fois, il a parlé avec cette énergie insistante, en me fixant droit dans les yeux. « On ne peut pas dire : "On en reparlera l'année prochaine." C'est ce que vous avez dit ! On ne peut pas défendre ceux qui ne règlent pas leur facture. C'est aussi simple que ça. »

Jusqu'alors, il s'était montré satisfait des efforts que j'avais menés pour obtenir des augmentations budgétaires. À présent, il y avait de la réprobation dans sa voix : il me tenait personnellement responsable de ne pas avoir pu lui apporter sur un plateau ce qu'il avait demandé.

Trump a remis sur la table la question du gazoduc et a réitéré son exigence de promesses immédiates d'augmentation des budgets de défense.

« Il faut qu'on en parle maintenant. Sinon… eh bien, sinon nous ne serons plus amis », m'a-t-il lancé. Le moment redouté est donc arrivé, celui que je craignais depuis notre appel téléphonique douze jours plus tôt, lorsque Trump avait déclaré que les États-Unis ne resteraient dans l'OTAN que si l'Allemagne et les États-Unis contribuaient de manière équivalente.

« Je quitte cette réunion, je n'ai aucune raison de rester. » C'est la fin, ai-je pensé. J'ai parcouru la salle du regard. Tous étaient en état d'alerte maximale, certains appuyaient plus fort sur leur oreillette pour mieux entendre, d'autres, plus proches de Trump, l'avaient retirée pour entendre directement ses propos. Tout le monde avait compris que la situation était en train de déraper et que la réunion ainsi que toutes les déclarations de consensus risquaient de voler en éclats. Et avec elles, l'OTAN était en péril.

Ce que j'ai entrevu ce jour-là, c'est que l'OTAN pourrait cesser de fonctionner. Ce ne serait pas nécessairement une dissolution formelle, mais la perte de toute crédibilité. L'OTAN repose sur sa clause de sécurité collective. Si un président américain déclare qu'il ne défendra plus les autres alliés et quitte un sommet en signe de protestation, alors la valeur du traité de l'OTAN devient purement symbolique. Le monde est rempli de traités sans valeur. L'OTAN risquait désormais de rejoindre cette catégorie.

Ce sommet pourrait bien marquer la fin de l'OTAN, ai-je encore pensé. Et cela se sera produit pendant mon mandat. L'alliance avait tenu bon pendant soixante-dix ans. Mais pas après le 12 juillet 2018.

Trump exigeait les 2 % dès le 1er janvier 2019, et encore davantage ensuite. Sa délégation avait déjà préparé ses valises. Ils étaient prêts à partir. Trump avait aussi examiné la faisabilité juridique d'un retrait des États-Unis de l'OTAN. Il avait souvent plaidé pour des accords bilatéraux comme alternative à l'alliance multilatérale. C'était son modèle préféré. Avec des accords bilatéraux, il pouvait offrir une protection militaire à ceux qui payaient : un meilleur arrangement, selon lui.

Quand j'ai repris la parole, je mesurais pleinement les enjeux.

« Oui, le président Trump a raison : nous devons aborder cette question dès maintenant. C'est d'ailleurs la raison pour laquelle nous tenons cette réunion extraordinaire. Les alliés doivent honorer leurs engagements. L'objectif des 2 % est ce que nous avons collectivement décidé. »

J'ai rappelé que cela représentait une hausse significative pour plusieurs pays.

« Peu importe si certains estiment que ce n'est pas suffisant : c'est notre objectif actuel. Si j'ai évoqué l'année prochaine, c'est parce que notre prochain sommet aura lieu à ce moment-là. Nous devons pouvoir constater des progrès tangibles à cette échéance », ai-je expliqué, avant de laisser la parole à d'autres.

Angela Merkel a alors dit tout haut ce que beaucoup pensaient : « Nous devons en discuter devant nos parlements. C'est ainsi que fonctionnent nos systèmes ; nous ne pouvons pas décider seuls, ici. Je me battrai pour atteindre l'objectif des 2 % d'ici 2024. Mais je n'ai pas de majorité pour aller au-delà, pour l'instant. »

Trump a alors fait quelque chose de très rare dans ce type de réunions : il a interrompu un chef de gouvernement.

« C'est trop tard, a-t-il dit. Beaucoup trop tard. »

Mais Merkel a poursuivi : « 37 à 38 % de notre gaz vient de Russie. C'est ainsi depuis des décennies. Nous n'en importerons pas davantage. »

Puis elle a utilisé une expression que Trump employait souvent : « Je dois dire que moi non plus je ne me sens pas traitée équitablement, ici. Vous êtes direct, Donald, alors moi aussi je vais l'être. Nous sommes le deuxième plus gros contributeur en troupes à l'OTAN. Le 11-Septembre et l'Afghanistan sont les seuls cas où l'article 5 a été invoqué. Cela a contribué à protéger les États-Unis, malgré une forte opposition dans mon pays, où beaucoup demandaient ce que l'Afghanistan avait à voir avec nous. L'Allemagne peut faire davantage, et sans doute mieux. Mais, pour l'heure, nous allons nous en tenir à ce que nous avons promis. »

Macron a soutenu Merkel : « Nous ne pouvons pas, ici et maintenant, prétendre que nous atteindrons les 2 % dès janvier. Ce n'est pas réaliste, ce n'est pas une manière sérieuse de faire avancer les choses. »

Tous s'accordaient sur le principe d'atteindre les 2 % du produit intérieur brut en dépenses de défense, mais le désaccord portait sur le calendrier : Trump voulait que cet objectif soit atteint dès cette année, tandis que les autres visaient 2024 – échéance déjà entérinée dans la déclaration finale adoptée la veille.

Trump a repris la parole et a énuméré les contributions des États membres en pourcentage du PBI, comme s'il annonçait les résultats de l'Eurovision : « Belgique : 0,9. Moins de 1 %. Croatie : Oh, je suis tellement déçu, je n'y crois pas : 1,26 %. Vous devez vous sentir minables, a-t-il dit en cherchant des yeux le représentant concerné. Estonie : 2 %. Merci ! France : 1,79 %. Pas mal, Emmanuel. Pas mal, pour toi. Tu n'es pas président depuis assez longtemps, ça va sûrement dégringoler. Allemagne : 1,2 %. Allez, Angela ! Enfin ! »

Puis, en s'adressant à Xavier Bettel, Premier ministre du Luxembourg : « Luxembourg, toi qui es si sympathique, où en es-tu ? 0,46 %. Je ne te parle plus. Mais ce n'est pas grave. Ma femme trouve que t'es un type chouette. »

Il a continué : « Pologne : 1,99 %. Donc disons 2. Vous avez assuré. Merci, Pologne, où diable que tu sois. Slovénie : moins de 1 %. Je ne suis pas surpris. Je connais ma femme, je sais où va l'argent. »

Puis est venu le tour de la Turquie : « Ce qui est bien avec la Turquie, c'est qu'Erdoğan peut dire ce qu'il veut, personne ne le contrôle. Quand il a obtenu 61 % aux élections, je lui ai dit : pourquoi tu ne dis pas 80 % ? Ça sonne mieux. »

Pour finir : « Royaume-Uni : 2,1 %. Merci. Très bien. États-Unis : 4,2 % du plus grand produit intérieur brut de tous. Alors, appelez-nous des idiots si vous voulez. Mais je n'ai pas été dans ce club très longtemps. C'est insensé. Voilà ce que j'avais à dire. »

Il s'est penché vers Theresa May pour lui glisser quelques mots, puis a tapé dans la main d'Erdoğan assis à côté de lui. *High five !*

D'autres participants sont intervenus. Certains ont exprimé leur compréhension face à l'exigence d'une hausse immédiate des budgets de défense, d'autres ont rejoint Merkel et Macron dans leur refus.

Ensuite, j'ai donné la parole à Mark Rutte. Ce n'était pas un hasard. Lors d'une consultation pendant la pause, nous avions décidé que c'était lui qui devait porter le message convenu : reconnaître à Trump le mérite d'avoir incité plusieurs pays à augmenter leur contribution, tout en promettant d'aller plus loin dans cette voie. Mieux valait que cette déclaration ne vienne pas de Merkel, étant donné la tension avec Trump sur le gaz russe. Macron ne souhaitait pas non plus endosser ce rôle, mais savait qu'il fallait bien que quelqu'un s'en charge. Cela a donc été Rutte. Lui et moi nous étions rencontrés à La Haye une semaine avant le sommet pour discuter de la stratégie à adopter afin de rallier Trump à la cause de l'OTAN, notamment en soulignant l'augmentation de trente-trois milliards de dollars des budgets de défense.

« Monsieur le Président, vous nous avez poussés à investir davantage, et je suis d'accord avec vous, a dit Rutte. C'est exactement ce que nous avons fait. Rien que l'an dernier, nous avons dépensé trente-trois milliards de dollars de plus, grâce à votre leadership. C'est un message fort, et tout à votre honneur. »

Trump a apprécié. *Trente-trois milliards*. Il a hoché la tête.

À plusieurs reprises par le passé, j'avais souligné le rôle de leadership du président Trump, et le Premier ministre Rutte venait de le répéter à un moment décisif. Il s'était référé à un chiffre clé et avait reconnu le rôle joué par le président américain. Cela avait fonctionné.

Après un moment, Trump a sorti le marqueur noir qui ne le quittait pas, a rédigé quelques mots sur un bout de papier, puis s'est penché vers moi pour me le remettre. Son écriture, ai-je noté au passage, était assez élégante et nette. Il y était écrit : « Monsieur le Secrétaire général, si vous pouvez dire que les alliés de l'OTAN ont augmenté leurs dépenses de défense de manière significative grâce à moi, alors je pense que nous pouvons parvenir à un accord. »

Voyant enfin une opportunité de calmer le jeu, j'ai pris la parole.

« Lors de la conférence de presse après la réunion, je déclarerai que les pays membres de l'OTAN ont considérablement augmenté leurs dépenses de défense grâce au leadership du président Trump et à ses appels clairs », ai-je dit. Je lisais simplement la note de Trump. Puis j'ai ajouté : « En parallèle, tous les pays membres réaffirment leur engagement envers l'alliance et l'article 5 du traité. »

J'espérais de tout cœur que cela serait suffisant pour conclure et terminer la réunion d'une manière acceptable pour tous. Trump obtiendrait une reconnaissance politique et une promesse renforcée des sommes allouées à la défense, tandis que les autres dirigeants réitéreraient leur engagement envers l'OTAN et la clause de défense collective.

Cependant, douze interventions restaient inscrites sur la liste. Si je relançais le débat, je risquais qu'une seule prise de parole inopportune suffise à agacer Trump et à fragiliser l'accord précaire qui venait d'être esquissé. C'est pourquoi j'ai lancé un regard implorant aux dirigeants autour de la table – Merkel, Macron, May, Trudeau, Erdoğan et les autres – en leur proposant une mesure inhabituelle : clore la discussion sur-le-champ, en adoptant collectivement ma proposition de conclusion.

« Pouvons-nous nous accorder là-dessus ? » ai-je demandé.

Les hochements de tête autour de la table m'ont laissé croire un instant que la journée et l'alliance étaient sauvées. Mais non. C'était compter sans Lars Løkke Rasmussen, qui a agité le bras, activé son micro et exprimé clairement son refus de renoncer à sa prise de parole. Le consensus implicite des autres ne suffisait pas, le Premier ministre danois tenait à intervenir.

Ancien collègue que j'appréciais pour son pragmatisme et sa cordialité, Løkke Rasmussen m'a profondément contrarié à ce moment-là. En lui cédant la parole, je prenais le risque que d'autres demandent à s'exprimer, ranimant ainsi le débat que nous venions presque de refermer. Je doutais sincèrement qu'un quelconque enjeu national danois justifiât une telle prise de risque diplomatique.

À contrecœur, je lui ai donné la parole. Il a commencé prudemment, rappelant l'importance de la solidarité en temps de crise, et a souligné son soutien à une répartition équitable des charges. Puis, posant son regard sur Trump, il a marqué une pause avant de déclarer : « Le partage des charges ne concerne pas uniquement les moyens financiers, monsieur le Président. Il inclut le sang et le sacrifice de soi. Nous sommes cinq millions au Danemark, et nous avons perdu quarante-cinq soldats en Afghanistan, dans une opération déclenchée en réponse à une attaque contre les États-Unis. »

Le Premier ministre danois a poursuivi sur sa lancée. Après une matinée marquée par les reproches du président américain envers les Européens – jugés absents, sous-finançant la défense et profitant des États-Unis –, Lars Løkke Rasmussen en avait manifestement assez. La voix tremblante, presque au bord des larmes, il a ajouté : « Rapporté à notre population, le Danemark a perdu plus de soldats en Afghanistan que les États-Unis. » Il refusait de dire aux familles des soldats morts que leur sacrifice valait moins parce que le Danemark n'avait pas atteint l'objectif des 2 %.

Je n'ai pu m'empêcher de penser à une scène du film *Love Actually*, lorsque le Premier ministre britannique interprété par Hugh Grant répond avec fermeté au président américain. Mais cette fois, il ne s'agissait pas de fiction, c'était la réalité. Je me suis rendu compte que l'intervention de Løkke Rasmussen se justifiait pleinement.

Néanmoins, j'ai retenu mon souffle quand il a eu terminé et jeté un bref regard autour de la table : ses propos avaient suscité de l'émotion. Même Trump est resté calme. Tous comprenaient qu'ils participaient à une réunion historique, et d'autres voulurent prendre également la parole, en appuyant sur des boutons et en agitant leurs mains. Mais je ne les ai pas laissés intervenir. C'était fini, il était temps de conclure.

« Pouvons-nous maintenant approuver les points que j'ai évoqués ? » ai-je demandé.

Cette fois, personne n'a formulé d'objection.

« Merci. La séance est levée. » J'ai donné un coup de maillet pour clore la réunion.

Un soulagement indicible m'a envahi. Je savais que les divergences fondamentales entre les États-Unis et une partie de l'Europe étaient loin d'être résolues, mais nous avions été au bord de l'abîme. Nous n'avions pas eu besoin d'activer le plan de crise consistant à proposer que les Européens financent davantage les forces américaines en Europe. Nous avions réussi à gagner du temps.

Trump a tenu sa conférence de presse juste après :

« Les engagements des États-Unis envers l'OTAN sont forts, très forts. Les États membres vont investir bien davantage dans leur défense. Nous avons accompli des avancées extraordinaires. L'ambiance dans la salle était incroyable. »

Il a mis en avant le chiffre de trente-trois milliards de dollars. « Les alliés dépenseront trente-trois milliards de plus, qui s'ajouteront aux engagements pris antérieurement. Nous sommes plus unis que jamais. »

Nous avions initialement prévu une conférence de presse tout de suite après pour contrebalancer ses déclarations, mais elle s'est révélée inutile. J'ai eu une brève conversation avec Mike Pompeo, qui était transporté de joie : « C'était vraiment bien. Félicitations ! » a-t-il dit.

J'ai ensuite été interviewé en direct par Christiane Amanpour, de CNN. L'exercice était pour le moins délicat ; les médias confrontaient déjà deux versions diamétralement opposées : Trump affirmait qu'un nouvel accord sur les dépenses avait été conclu, tandis que Merkel et Macron soutenaient le contraire. Il me revenait de réconcilier ces positions en affirmant que nous disions au fond la même chose.

« Vous êtes-vous mis d'accord sur de nouveaux engagements concernant les dépenses de défense ? m'a demandé Amanpour.

— Nous sommes convenus de respecter les engagements que nous avons déjà pris, ai-je répondu.

— Mais le président Trump parle de nouveaux engagements, tandis que Merkel et Macron affirment qu'aucun nouvel accord n'a été conclu. Pouvez-vous nous éclairer sur ce point ? »

Je ne pouvais pas le faire. Il n'y avait pas eu de nouvel accord. Les dirigeants interprétaient de manière complètement différente ce à quoi nous avions abouti, mais, si je disais cela, je risquais de compromettre la fragile entente obtenue.

« Nous sommes convenus de tenir ce que nous avons déjà promis. Nous devons mettre en œuvre nos engagements et produire des résultats », ai-je dit.

Ce jeu de réponses évasives s'est poursuivi un moment. Amanpour posait des questions précises, mes réponses restaient prudentes, voire ambiguës.

Fondamentalement, Trump avait raison.

Malgré l'absence de nouvelles décisions, une nouvelle réalité politique avait émergé : la conscience aiguë de ce qui était en jeu. Et cela était tout aussi important. Il serait impensable de revenir un an plus tard sans pouvoir apporter des résultats tangibles. Nous devions prendre au sérieux ce que Trump avait dit. Au fond, il reprenait les propos que des présidents américains avaient tenus avant lui pendant plusieurs années.

La réunion s'était mieux déroulée que ce que je redoutais. Si Trump avait mis à exécution sa menace de partir en signe de protestation, l'OTAN aurait risqué de se fracturer. Mais un changement s'était produit. Je pense qu'il a pris conscience que des augmentations conséquentes n'étaient pas immédiatement de l'ordre du possible, mais ce à quoi nous avions assisté était peut-être un bon exemple de la tactique de négociation de Trump : commencer très fort en exigeant le maximum, afin de parvenir à une solution intermédiaire acceptable pour toutes les parties. En tout cas, le président des États-Unis pouvait rentrer chez lui avec la conviction – légitime – qu'il obtiendrait davantage d'argent avant la fin de l'année. À ce moment-là, Trump ferait les comptes pour savoir si les alliés tenaient les promesses que, selon lui, ils avaient faites.

D'ici-là, les trente-trois milliards sont devenus pour lui un symbole de victoire. Lorsque je l'ai revu quelques semaines plus tard au siège des Nations unies, il m'a demandé avec un sourire satisfait :

« Est-ce que les fonds continuent d'arriver, monsieur le Secrétaire général ?

— Oui, monsieur le Président, les fonds affluent », ai-je répondu.

Quatrième partie

L'amitié

Juillet 2018 - avril 2019

Chapitre 18

Soleil couchant de toutes parts

Un grand lit était placé au milieu du salon. Thorvald m'a adressé un faible sourire quand il m'a aperçu.

« Te voilà, a-t-il dit. C'est bien que tu sois venu. Je t'attendais. »

Le sommet s'était terminé dans l'après-midi du jeudi 12 juillet. Tous mes rendez-vous prévus ce jour-là et le lendemain avaient été annulés, et j'avais réussi à prendre l'avion de 19 heures pour Oslo. Je m'étais laissé tomber sur mon siège avec un sentiment de vide et d'inquiétude. Pendant le sommet, j'avais refoulé mes pensées au sujet de Thorvald. Mais à présent, mes craintes revenaient au galop tandis qu'appuyé contre le dossier je regardais les nuages défiler sous moi.

À mon arrivée à l'aéroport de Gardermoen d'Oslo, le service de sécurité m'a conduit directement à la Mogens Thorsens gate. Il était 21 h 30 lorsque j'ai poussé la porte de la maison de mon enfance.

Ma sœur Camilla et son mari Atle étaient là, ainsi que la compagne de Thorvald, Anja, et les petits-enfants. Tous se sont légèrement écartés pour me laisser passer, et je me suis assis auprès de lui. La porte du balcon était ouverte, et une brise faisait bouger légèrement les rideaux. La chaleur intense de cet été-là s'était installée à Oslo, paraissant irradier des murs de l'appartement. Thorvald semblait en souffrir.

« Alors te voilà dans ton château fort, à contempler ton royaume, ai-je lancé.

— Oui, dans mon château fort », a-t-il répondu.

Il adorait cet appartement haut perché, baigné de lumière, avec vue sur le fjord d'Oslo. Le soir, le soleil se reflétait sur les vitres de l'ancien immeuble Hydro tout proche. « Le seul endroit au monde où l'on peut contempler le soleil couchant de toutes parts », disait-il souvent.

Nous avons parlé de sa vie. De tout ce qu'il avait accompli. Une vie riche et passionnante, a-t-il dit. Il a évoqué le temps passé en Yougoslavie, alors que j'étais petit et qu'il travaillait à l'ambassade à Belgrade. Des années qui avaient profondément soudé notre famille et qui m'avaient appris la valeur de l'amitié – entre pays comme entre individus. Jusqu'à la fin, Thorvald est resté proche de nombreux amis de cette époque.

C'était bien d'être là avec lui, dans cette atmosphère paisible. Thorvald était parfaitement lucide, mais il se sentait faible et fatigué.

Personne ne savait raconter des histoires comme lui. Dans notre chalet à Ula, il faisait surgir des images du « troll Urde » qui aurait fait pipi pour former les longs glaçons accrochés aux rochers. Puis, sans prévenir, il y mêlait des récits sur la guerre des Six Jours et Moshe Dayan, le ministre israélien de la Défense avec son cache-œil noir. Il parlait souvent aussi du résistant Max Manus et de l'explosion de Filipstad en 1943, quand huit cents tonnes de munitions avaient sauté. Ce jour-là, racontait-il, sa grand-mère avait préparé une compote de fruits rouges. Eh bien, la déflagration avait aspiré la compote par la fenêtre, puis l'avait fait entrer dans l'appartement en dessous et s'écraser au plafond. Nous, enfants, étions ébahis. L'histoire défiait – et pas qu'un peu – les lois de la physique, mais, aujourd'hui encore, je revois cette compote rouge collée au plafond.

Thorvald s'inscrivait dans une tradition mythique du récit, où faits et fiction se mêlaient pour donner sens au monde. Il racontait si bien qu'il me semblait avoir moi-même vécu dans la Norvège des années 1940 et 1950. Il avait avoué plus tard enjoliver parfois un peu la vérité : « Ce n'est peut-être pas toujours exactement comme ça que ça s'est passé, disait-il.

Mais il faut bien forcer le trait pour que ceux qui m'écoutent comprennent comment cela a été réellement vécu. »

Assis à son chevet, je voyais à quel point il était épuisé, lui qui avait toujours été si fort. Ses mots venaient lentement, entre de longs silences, laissant place à mes souvenirs, à tout ce qu'il m'avait donné, en chaleur, en bienveillance, en amour. Il prenait les épreuves et les déceptions comme une incitation à redoubler d'effort. Je crois que cela venait de son optimisme inébranlable. Il refusait de perdre espoir, en toute chose. Cette attitude face à la vie a été un cadeau pour tous ceux qui lui étaient proches, et son mantra en tant qu'homme politique.

Quand je suis moi-même entré en politique, c'était avec les mêmes valeurs sociales-démocrates inculquées par mon père. Mais j'ai pris une autre voie en choisissant l'économie et la politique intérieure. Ce n'est qu'en arrivant à l'OTAN que je me suis vraiment plongé dans les sujets qui avaient marqué sa vie : la guerre et la paix, la défense et la sécurité, la coopération transatlantique. À mes débuts en politique, on m'a souvent reproché de toujours chercher à éviter le conflit. De ne pas me montrer assez combatif. Je n'étais pas un grand homme politique, puisque je fuyais les confrontations déplaisantes, disaient certains. C'est alors que Thorvald m'a exposé sa théorie selon laquelle bien trop peu de dirigeants fuyaient le conflit. Et ils étaient trop nombreux à rechercher l'affrontement. Ce dont le monde avait réellement besoin, c'était de leaders désireux d'éviter les querelles. Cela hausserait le seuil des hostilités et des affrontements, soutenait-il dans ses discours et interviews. Cette approche sur l'évitement des conflits apparaissait comme une philosophie à part entière. En vérité, il me défendait, à sa manière.

Thorvald était un père poule. Il me rappelait sans cesse de vérifier les détecteurs de fumée dans mon logement. Je lui disais que des gens s'en occupaient pour moi, mais, selon lui, ça ne suffisait pas. Il fallait que je le fasse moi-même. Et je ne devais jamais faire de vélo sans casque. Quand j'étais Premier ministre, je disais souvent que je parlais à Thorvald tous les jours, ce qui n'était pas tout à fait vrai. Mais, depuis mon arrivée à Bruxelles, c'était devenu le cas. Souvent dans la voiture, en allant ou en revenant du travail. Parfois deux minutes, parfois vingt. Thorvald allait droit au but.

« Comment vas-tu ? demandait-il.

— Bien », répondais-je, quel que soit mon état réel.

Il ne se laissait jamais duper : il savait à ma voix comment je me portais, et cela débouchait toujours sur des échanges sincères.

Le soir tombait lentement. Je regardais sa tête immobile reposant sur l'oreiller, et j'attendais patiemment la fin de sa phrase. Sa main reposait dans la mienne. On a parlé un peu du sommet auquel je venais de participer, et je lui en ai rapporté les principales discussions et le travail effectué au sein de l'OTAN.

« C'est bien que vous parliez aussi aux Russes », a dit Thorvald. Il m'avait souvent dit que l'Occident ne comprenait pas combien la Russie s'était sentie humiliée par les États-Unis et leurs alliés. Seul le dialogue, selon lui, pouvait aider à une compréhension réciproque.

« Tu dois parler aux Russes », a-t-il répété.

C'est l'une des dernières choses qu'il m'ait dites. Mon père n'était pas naïf : il était favorable à une défense forte. Mais, jusqu'à la fin, il a cru au dialogue.

Un peu plus tard, les soignants sont venus le changer de position dans le lit et lui ont administré une petite dose de morphine. Il a accepté un verre d'eau et en a bu quelques gorgées. Peu après, il s'est endormi.

Dans la soirée, je suis rentré chez moi, à Nordberg. En comparaison de tous les événements marquants d'une longue vie en politique, le sommet de l'OTAN qui s'était conclu un peu plus tôt ce jour-là figurait parmi les plus intenses. L'adrénaline circulait encore dans mon corps.

Le lendemain, vendredi 13 juillet, je me suis réveillé nettement plus reposé. J'avais vu combien Thorvald était affaibli, mais j'espérais passer la journée à ses côtés, assis près du lit, à évoquer des souvenirs, discuter de tout et de rien, écouter ses paroles lentes, comme je l'avais fait la veille.

Je suis arrivé le matin. De la porte du salon, je l'ai vu allongé dans son lit, très calme, les mains posées sur le drap, la tête légèrement tournée vers la fenêtre. Immobile. Silencieux. En paix.

Quand je me suis approché de lui, j'ai compris qu'il était mort. Il s'était éteint quelques instants avant que j'arrive.

Alors seulement, j'ai saisi le sens de ses mots, la veille, lorsqu'il m'avait dit qu'il m'avait attendu.

Thorvald s'était accroché à la vie jusqu'à ce que nous puissions nous revoir une dernière fois.

C'est le dernier cadeau que j'ai reçu de mon père.

Les obsèques ont eu lieu le jeudi 2 août en la cathédrale d'Oslo. Thorvald en avait minutieusement réglé les moindres détails, demandant à ma sœur Camilla de noter chaque point. Il avait été question, à un moment, de l'église d'Uranienborg, mais Thorvald avait personnellement opposé son veto : « Uranienborg ? Non, mon enterrement ne doit pas se faire dans la discrétion. Ce sera la cathédrale d'Oslo », avait-il tranché.

Et il avait aussi insisté pour que le Parti travailliste ait une place de choix lors de la cérémonie.

J'ai dû me rendre quelques jours à Bruxelles. Il y avait toujours beaucoup à faire juste après un sommet de l'OTAN : il fallait résoudre des problèmes, démêler les fils, rester en contact avec les ambassadeurs. Mais j'éprouvais une certaine distance avec tout ça, j'étais comme déconnecté. Le seul moment où je me suis senti véritablement présent a été lorsque j'ai été interviewé par des journalistes norvégiens qui s'intéressaient davantage à Thorvald et à ma relation avec lui qu'à l'avenir de l'alliance. J'ai alors pu parler de ce qui occupait le plus mes pensées. Cela m'a fait du bien de revenir à Oslo et de participer aux ultimes préparatifs des funérailles.

Et en effet, ce furent des funérailles tout sauf discrètes. La cathédrale était comble, une foule se pressait à l'extérieur, et les médias ont couvert toute la cérémonie. Le couple royal avait pris place au premier rang. Le pasteur Sturla Stålsett officiait, et trois des amis les plus anciens et les plus proches de Thorvald ont pris la parole pour lui rendre hommage. Gro Harlem Brundtland, cheffe des deux gouvernements travaillistes dans lesquels Thorvald avait siégé, ainsi que Jonas Gahr Støre, l'actuel président du Parti travailliste, ont également prononcé un discours. Une personne nous manquait : Kofi Annan, un ami très cher de Thorvald. Bouleversé lorsque je l'ai informé du décès, il était fermement décidé à venir à Oslo, mais il est soudain tombé gravement malade et, un peu plus tard en août, il nous a quittés, lui aussi.

Lorsque notre tour est venu, à Camilla et moi, de prendre la parole, nous nous sommes avancés ensemble vers le cercueil. Nous n'étions plus que deux. Karin, Nini et maintenant Thorvald avaient disparu. Durant mon enfance, ils étaient les personnes qui m'étaient le plus proches, et plus tard ils m'avaient toujours entouré de leur affection et apporté un soutien indéfectible. Désormais, il ne me restait plus que ma sœur aînée de ce qui avait été pendant de nombreuses années une cellule familiale très unie. C'était douloureux et étrange.

Dans mon hommage, j'ai voulu mettre en lumière la capacité inouïe de Thorvald à concilier ce qui, à première vue, semblait inconciliable. J'ai évoqué un souvenir de vacances sur la côte croate : alors que nous, les enfants, voulions nager au large, loin des rochers, Thorvald s'y était opposé, craignant pour notre sécurité. Il avait alors proposé, non sans malice : « Et si nous nagions au large, mais vers la terre ? » Une solution qui avait mis toute la famille d'accord.

Un recueillement a suivi, organisé sur la Arbeidersamfunnets Plass. Åse Kleveland, artiste et ancienne ministre de la Culture pendant de nombreuses années, en a été la maîtresse de cérémonie, et plusieurs interventions et prestations musicales ont ponctué l'hommage. Le discours passionné d'Arild Knutsen, dirigeant de longue date de l'Association pour une politique humaine des drogues, a profondément marqué l'auditoire. Il a en effet salué l'engagement pionnier de Thorvald dans la lutte pour une nouvelle approche norvégienne en matière de drogues. Son intervention, véritable plaidoyer enflammé, a été fidèle à l'esprit de Thorvald, ce compagnon de lutte.

Car mon père n'était pas qu'un homme de dialogue, de consensus et de réconciliation. Il savait aussi se battre avec une ténacité remarquable pour les causes qui lui tenaient à cœur. Il ne cédait jamais. C'est cette détermination que Knutsen nous a rappelée, suscitant une ovation debout de toute l'assemblée.

La cérémonie religieuse s'était achevée sur une magnifique interprétation en suédois de *Gracias a la vida* de Violeta Parra : « Jag vill tacka livet ». À la réception, nous avons terminé en chantant *Til ungdommen* (« À la jeunesse ») de Nordahl Grieg. Je n'aurais pu imaginer plus belle conclusion pour ce dernier hommage rendu à notre cher Thorvald.

Ce qui le caractérisait avant tout, c'était son infatigable vitalité et une foi contagieuse en l'avenir. Dans l'agitation de mon quotidien, je m'étais imaginé que je lui passais ces innombrables appels téléphoniques pour lui. Mais, maintenant qu'il n'était plus là, je savais que ce n'était pas vrai.

C'était pour moi.

Chapitre 19

Le retour des armes nucléaires

« Alerte nucléaire ! »

Par une journée maussade du printemps 1979, le cri a résonné entre les baraquements du camp d'Evjemoen. Nous avons enfilé à la hâte nos cagoules et nos moufles, en serrant les attaches autant que possible. Toute l'unité s'est alors jetée au sol et s'est recouverte des bâches de tente que chaque soldat portait dans son sac. Dans nos mains, nous tenions chacun une « brosse atomique », destinée à être utilisée une fois l'attaque terminée, afin d'éliminer les retombées radioactives de nos vêtements.

J'ai légèrement soulevé ma bâche et interpellé le sergent qui menait l'exercice :

« Sergent, on fait quoi maintenant ?

— On attend les ordres », a-t-il répondu.

Il n'y avait sans doute rien d'autre à ajouter. Une bombe atomique venait d'exploser – fictivement –, et des fantassins norvégiens s'étaient réfugiés sous une toile de tente, en se demandant quelle serait la prochaine étape.

Le fait que des conscrits norvégiens participaient à ce type d'exercices à la fin des années 1970 en dit long sur la perception de la menace nucléaire à cette époque.

Pourtant, l'idée d'une guerre nucléaire évoquait davantage la destruction totale que la survie par des astuces de fortune et d'étranges brosses à vêtements. À cette époque, les armes nucléaires et la course aux armements constituaient la question prédominante concernant la sécurité mondiale.

L'Union soviétique venait de déployer de nouveaux missiles balistiques à moyenne portée, les SS-20, capables de transporter des ogives aussi bien conventionnelles que nucléaires – des missiles ciblant l'Europe de l'Ouest. En décembre 1979, l'invasion soviétique de l'Afghanistan a encore fait monter d'un cran l'inquiétude et la tension internationales.

Ce même mois, l'OTAN a décidé de déployer à son tour près de cinq cent quatre-vingts missiles à moyenne portée en Europe, en réponse à cette montée en puissance soviétique, missiles qui eux aussi pouvaient être équipés d'ogives nucléaires. Toutefois, l'alliance atlantique ne les déploierait que si les négociations avec Moscou échouaient. Cette résolution était donc à la fois une carotte et un bâton : une offre de négociations et une preuve de fermeté militaire. Cette « décision à double volet » est devenue l'une des mesures les plus controversées de l'histoire de l'alliance.

La logique sous-jacente au déploiement des SS-20 était claire : ces missiles ne pouvaient atteindre que des cibles européennes. Ils inauguraient donc une nouvelle étape dans la grande course aux armements. Jusque-là, la doctrine MAD (*Mutual Assured Destruction* – destruction mutuelle assurée) avait prévalu : une guerre nucléaire totale était inconcevable, les États-Unis et l'Union soviétique pouvaient être certains, dès le premier tir de missiles à longue portée, de provoquer leur propre destruction. Or l'apparition des SS-20 faisait voler en éclats cet équilibre. Théoriquement, Moscou pouvait désormais lancer une attaque nucléaire limitée sur l'Europe, sans nécessairement provoquer une riposte nucléaire stratégique des États-Unis. Les SS-20 créaient une brèche dans la logique de dissuasion de l'OTAN : une guerre nucléaire limitée devenait un scénario possible et son seuil s'en trouvait ainsi abaissé.

La décision à double volet de l'OTAN visait à répondre à cette nouvelle menace. Le message adressé à Moscou était sans équivoque : une attaque avec des missiles à moyenne portée pourrait être contrée par des armes américaines similaires, déployées en Europe de l'Ouest. L'objectif : maintenir la crédibilité de la dissuasion et garantir l'implication directe des États-Unis dans toute crise sur le continent.

Cette décision a eu un impact majeur sur la gauche européenne et norvégienne. Pour la ligue des jeunes travaillistes et moi-même, elle a constitué un véritable tournant. Nous considérions cette décision comme une nouvelle escalade dans la course aux armements et une menace directe contre la paix mondiale. Je participais aux manifestations contre la prolifération des armes nucléaires, prononçais des discours, lançais des appels. En tant que vice-président de l'Internationale des jeunes socialistes, je collaborais avec Olaf Scholz et Sigmar Gabriel en Allemagne, Anna Lindh en Suède, Manuel Valls en France et Alfred Gusenbauer en Autriche, lesquels par la suite sont tous devenus ministres ou chefs de gouvernement dans leurs pays respectifs. Le combat contre les armes nucléaires a profondément marqué en Europe toute une génération politique. La controverse autour de ces missiles à moyenne portée a défini ma propre conception de la politique de sécurité.

À la maison de la Mogens Thorsens gate, les discussions étaient aussi très animées à cette période. Camilla, Nini et moi ramenions des amis chez nos parents – même si nous n'habitions plus chez eux –, des jeunes communistes ou socialistes affiliés aux différents mouvements de gauche : la Jeunesse rouge, la Jeunesse socialiste et la Jeunesse travailliste. Mes sœurs et moi étions probablement les plus modérés de cette bande. Le soir du Nouvel An, tandis que nous étions attablés dans la cuisine avec de la bière et du vin, Thorvald, alors ministre de la Défense, est entré, s'est assis avec nous et s'est lancé dans la discussion. Il n'en démordait pas : la décision à double volet était juste et nécessaire. Non pas parce que c'était bien d'avoir l'arme nucléaire, mais parce que l'OTAN était obligée de combiner dialogue et fermeté.

« C'est précisément pour empêcher que ces armes soient utilisées que nous devons opposer la force à la force. Nous devons les regarder droit dans les yeux et leur dire : ne croyez pas que vous pouvez mener une guerre nucléaire limitée. Vous aurez toute l'OTAN contre vous quoi qu'il arrive », disait Thorvald.

Nous autres défendions également notre point de vue. Dans les années 1980 et 1981, nous avons lutté contre cette double décision et les projets de missiles de l'OTAN. Mais j'étais sans doute déjà plus partagé à l'époque que mes camarades et influencé par les discussions à la maison. Je me suis rendu compte qu'il y avait une différence fondamentale entre le désarmement *unilatéral* et le désarmement *mutuel*. Il y avait aussi un déséquilibre, ou un parti pris, dans la réaction du mouvement pour la paix : il y avait eu un silence relatif lorsque Moscou avait déployé ses missiles SS-20, et il avait fallu que l'OTAN réponde pour que nous commencions à défiler dans les rues.

Le Parti travailliste a mis en avant la partie négociations de la double décision, mais celles-ci étaient dans l'impasse. Personne ou presque ne croyait qu'il était envisageable d'interdire *toutes* les armes à moyenne portée. La première étape devait être d'arrêter le réarmement, ce qui constituait aussi la principale revendication du mouvement pour la paix. Cela s'est exprimé le plus clairement dans le mouvement « gel », qui exigeait l'arrêt de tout nouveau déploiement d'armes nucléaires. Mais, parfois, la réalité dépasse même le plus grand optimisme.

En 1985, le réformateur Mikhaïl Gorbatchev est arrivé au pouvoir en Union soviétique. Il s'est fortement engagé en faveur du désarmement, notamment pour pouvoir investir davantage dans la production de biens de consommation qui faisaient cruellement défaut. En 1987 est arrivé ce que personne ne croyait possible : le secrétaire général soviétique Gorbatchev et le président des États-Unis Ronald Reagan ont signé le traité FNI sur les forces nucléaires à portée intermédiaire. Celui-ci concernait les armes d'une portée comprise entre cinq cents et cinq mille cinq cents kilomètres, et ne signifiait pas seulement l'arrêt des nouveaux déploiements, mais l'interdiction de tous les missiles terrestres à moyenne portée, qui par conséquent devaient être retirés. Le traité contenait des dispositions détaillées sur la façon dont le désarmement devait être contrôlé et vérifié, Reagan et Gorbatchev ayant déclaré que l'objectif final était un monde sans armes nucléaires. Le traité FNI a constitué une étape importante et une source d'inspiration majeure pour les négociations sur d'autres accords de désarmement. Dans les années qui ont suivi la chute du mur de Berlin en 1989, la peur d'une guerre nucléaire entre les anciennes superpuissances s'est largement dissipée.

En rejoignant l'OTAN en 2014, ma principale crainte concernant les armes nucléaires se portait sur des pays comme la Corée du Nord et l'Iran, ou encore sur la possibilité que des groupes terroristes aient accès à de telles armes. Une course aux armements nucléaires entre les États-Unis, l'OTAN et la Russie semblait alors moins préoccupante, puisque plusieurs accords encadraient strictement le nombre et le type d'armes nucléaires. Mais cette situation allait bientôt changer.

Le premier signal d'alerte m'a été donné lors d'un des briefings que la CIA me faisait au moins une fois par semaine. J'étais alors à l'OTAN depuis environ un an. Nous nous sommes installés autour de la table de réunion et avons attendu que tous les téléphones portables et autres équipements électroniques soient hors de la pièce. Une fois la sécurité assurée, l'agent de la CIA a déclaré : « Monsieur le Secrétaire général, nous souhaitons aujourd'hui vous informer d'un sujet grave. Nous estimons très probable que la Russie viole le traité FNI sur les missiles terrestres à portée intermédiaire. »

Des cartes m'ont été présentées. Il a pointé le doigt sur Kapoustine Iar, à l'est de Volgograd, une base de lancement où la Russie testait ses systèmes d'armement depuis l'après-guerre. Désormais, elle développait, produisait et déployait un nouveau missile de portée intermédiaire, le SSC-8, capable de porter des ogives nucléaires.

D'autres cartes montraient, en cercles concentriques partant de bases russes, les zones d'impact potentielles des missiles : Berlin d'abord, puis Rome, Paris… deux mille, trois mille, quatre mille kilomètres. Aux alentours de cinq mille kilomètres, Lisbonne serait également touchée. Oslo serait frappée très tôt, à peu près en même temps que Berlin. La Russie disposait déjà de trois bataillons, et le quatrième était en cours de déploiement. Chaque bataillon comportait quatre rampes de lancement montées sur camions, avec quatre missiles SSC-8 par rampe. Quatre fois quatre fois quatre, soit un total de soixante-quatre missiles du type même que la Russie s'était engagée à ne pas posséder.

Depuis la présidence de Barack Obama, les États-Unis soupçonnaient la Russie de violer le traité FNI, et leur certitude était confortée : un vaste programme d'armement – interdit – avait été initié.

Par la suite, d'autres briefings ont confirmé cette situation. La Russie déployait des missiles nucléaires de portée intermédiaire, qu'elle pouvait transporter dans les immenses forêts russes, en contradiction totale avec le traité FNI, qui interdisait leur développement, leur test et leur déploiement. La menace d'une guerre nucléaire devenait plus tangible. L'inimaginable devenait imaginable.

Le traité FNI constituait une pierre angulaire d'un régime d'accords internationaux ayant permis une réduction significative de nombreux types d'armes. Dans les années 1990, l'OTAN avait réduit de 90 % le nombre d'ogives nucléaires en Europe. La violation du traité par la Russie créait une profonde fissure dans cet impressionnant édifice politique. Un monde sans le traité FNI devenait un monde plus dangereux.

Pourquoi la Russie agissait-elle ainsi ? Les experts de l'OTAN évoquaient de multiples explications, et c'était probablement une combinaison de toutes ces raisons.

La Russie possédait des armes nucléaires sur ses navires, ses sous-marins et ses avions. Mais celles-ci étaient plus faciles à neutraliser que les systèmes terrestres couverts par le traité FNI. Plus les Russes se sentaient menacés, plus ils estimaient crucial de disposer de missiles terrestres à portée intermédiaire : moins coûteux, moins fragiles, plus simples à entretenir et à utiliser que les armes sur les navires et les avions.

La Chine ne faisait pas partie du traité FNI, signé uniquement par les États-Unis et l'Union soviétique. Alors que ces deux puissances étaient liées par cette interdiction, la Chine développait ses propres missiles à portée intermédiaire. La Russie partage une longue frontière avec la Chine, et ces armes pouvaient l'atteindre aisément. D'autres pays comme le Pakistan, l'Iran, la Corée du Nord et l'Inde développaient également ce type de missiles prohibés par le traité FNI. Même si la Russie entretenait des relations étroites avec certains d'entre eux, la montée en puissance de leur armement suscitait des inquiétudes à Moscou, privé de telles armes.

Le traité FNI remontait à une époque où les États-Unis et l'Union soviétique étaient les puissances nucléaires dominantes. Le réarmement d'autres pays a contribué, de manière paradoxale, à envenimer encore davantage les relations entre Washington et Moscou.

Des motifs rationnels existaient donc derrière la décision russe de violer l'accord. Cela ne rendait pas la situation plus acceptable, bien au contraire.

Du côté américain, la situation était différente. Les États-Unis ne partageaient pas leur territoire avec des pays dotés de missiles terrestres capables de les atteindre. Leur stratégie de défense reposait donc davantage sur les missiles nucléaires à longue portée. Mais eux aussi suivaient avec inquiétude le réarmement de la Chine et considéraient le traité FNI comme obsolète.

Les Américains ont abordé à plusieurs reprises la question avec les Russes en 2016 et 2017, sans que ces discussions aboutissent. Moscou reconnaissait détenir le missile que nous désignions comme SSC-8 dans son arsenal, mais prétendait qu'il avait une portée inférieure à cinq cents kilomètres et ne contrevenait donc pas au traité. Cependant, les rapports du renseignement américain laissaient de moins en moins de place au doute : la portée réelle était bien supérieure.

Progressivement, les États-Unis ont commencé à rendre publiques certaines informations sur la violation du traité par les Russes. Ce qui m'a frappé, c'est le peu d'attention que cela a suscité. Le parallèle avec les années 1970 était frappant : la Russie déployait des missiles nucléaires, et les gens semblaient à peine s'en offusquer. Ces armes compromettaient également le traité de désarmement le plus important que nous avions, mais cela non plus ne semblait pas provoquer de réaction notable.

Cela m'a amené à réfléchir à notre rapport collectif aux crises. Peut-être ne pouvons-nous gérer qu'une seule crise à la fois. La crise climatique est existentielle. Nous savons qu'elle arrive, qu'elle entraînera des catastrophes naturelles, des conflits et des flux migratoires. Mais elle reste une crise qui mérite que l'on réfléchisse à des solutions pour en limiter les conséquences et nous y adapter. Elle frappera plus durement les plus pauvres, tandis que les pays riches seront capables de mettre en œuvre des mesures pour en atténuer les effets. Une guerre nucléaire, en revanche, toucherait tout le monde. En ce sens, la menace nucléaire est démocratique, et il est peu pertinent de parler d'adaptation. Le risque est la probabilité multipliée par les dommages. Même si la probabilité d'une guerre nucléaire est faible, les conséquences seraient telles que le risque doit néanmoins être pris en considération avec le plus grand sérieux.

J'ai eu du mal à attirer l'attention sur l'armement nucléaire russe, mais, en mars 2018, le président Poutine m'y a aidé malgré lui lors de son discours annuel à la nation. Plus que le contenu, c'est la mise en scène des armes qui a fait grand bruit : sur de grands écrans, des animations spectaculaires présentaient les nouveaux missiles de croisière, les missiles balistiques et les drones sous-marins. Poutine a notamment parlé d'un nouveau missile de croisière aéroporté, dont les simulations vidéo montraient les trajectoires en zigzag permettant d'éviter les défenses anti-missiles au-dessus de l'Atlantique et de contourner l'Amérique du Sud avant de se diriger droit sur la Californie. Puis l'écran est devenu noir.

« Comme vous le comprenez certainement, aucun autre pays n'a développé une telle technologie. Des imitations apparaîtront probablement un jour, mais ce jour-là, nous autres aurons déjà inventé quelque chose d'encore plus avancé », a-t-il déclaré.

Il n'a pas mentionné les missiles de portée intermédiaire, ceux précisément qui suscitaient le plus de débats au sein de l'OTAN. Comme ils étaient illégaux, il n'a montré aucune simulation vidéo à leur sujet.

Les nouveaux systèmes russes rendaient la défense anti-missile de l'OTAN caduque, affirmait Poutine, disant que la Russie avait longtemps exhorté les États-Unis à ne pas développer des systèmes de défense anti-missiles, qui perturbaient l'équilibre entre les États-Unis et la Russie. « Ils ne nous ont pas écoutés. Cette fois, ils nous écouteront. »

Oui, nous avons écouté. Mais, surtout, nous avons pris acte de la manière dont Poutine se vantait de ses nouvelles armes, ponctuant son discours d'animations d'attaques meurtrières qui suscitaient des applaudissements enthousiastes de l'auditoire. Nos experts ont analysé minutieusement ses propos. Certaines affirmations relevaient de la fiction. D'autres, de la réalité.

La *Nuclear Posture Review* est un document où les États-Unis formulent leurs doctrines politiques dans le domaine nucléaire. Dans le rapport présenté à l'hiver 2018, les États-Unis ont réitéré l'affirmation selon laquelle la Russie violait le traité FNI et ont prévenu qu'en réponse ils comptaient renforcer leur arsenal de missiles nucléaires embarqués sur sous-marins, et qui ne se trouvaient pas concernés par le fameux traité. Les Américains voulaient développer des armes nucléaires à faible puissance très précises. Le message était clair : des contre-mesures seraient prises.

À l'OTAN, les armes nucléaires sont considérées comme des armes politiques : elles doivent dissuader un adversaire. Les doctrines, la planification et les exercices maintiennent une distinction nette entre armes nucléaires et armes conventionnelles, pour éviter qu'une guerre conventionnelle ne dégénère en une guerre où l'on aurait recours à des armes nucléaires.

Moscou ne fait pas de distinction aussi claire. Les Russes prônent une escalade progressive : cyberattaques, opérations militaires limitées, guerre conventionnelle, puis recours à des armes nucléaires tactiques plus petites, et enfin guerre nucléaire à grande échelle. Les armes nucléaires occupent désormais une place de plus en plus centrale dans leur doctrine, avec un seuil plus bas pour y recourir.

La stratégie russe consiste à frapper localement avec des forces conventionnelles supérieures ou avec des armes nucléaires précises de faible puissance pour s'emparer d'un territoire restreint, contraignant l'adversaire à choisir entre riposter ou céder.

Lors de mes échanges, à l'époque, avec entre autres Jim Mattis, celui-ci insistait sur la nécessité d'éviter de nous retrouver dans une situation où nous serions vulnérables à un tel chantage : « Ils doivent savoir que, quelles que soient les armes employées pour nous attaquer, nous saurons leur répondre sur le même plan, avec exactement la force qu'il faut. Ils ne doivent même pas envisager d'utiliser leurs armes nucléaires. Nous devons pouvoir les mettre échec et mat immédiatement. Mais, pour cela, il nous faut une capacité nucléaire au seuil assez bas. » Mattis souhaitait une dissuasion crédible, tout en veillant à ce que les États-Unis restent dans le cadre du traité FNI.

On pourrait croire que les plus petites armes nucléaires sont moins dangereuses. Mais c'est presque l'inverse : leur puissance limitée abaisse le seuil de leur utilisation. Mattis soulignait que la recherche sur les missiles de portée intermédiaire et les armes nucléaires à faible puissance visait à faire pression sur la Russie et à constituer une carte à jouer lors d'éventuelles négociations. Cela a nourri mon espoir qu'il serait possible de ramener les Russes au traité FNI.

« Essayez de convaincre les Russes que tout le monde a intérêt à préserver le traité. Proposez-leur un nouvel accord », ai-je dit à Mattis. Il m'a assuré que c'était exactement ce que les États-Unis faisaient.

Mais l'espoir s'amenuisait. Dès l'été 2018, j'ai senti que la patience américaine s'épuisait, et j'ai craint une décision unilatérale. En me rendant compte finalement que la Russie ne reviendrait probablement pas aux termes du traité FNI, l'objectif que je me suis alors fixé a été de maintenir l'unité de l'OTAN.

Cela n'a pas été simple. Plusieurs pays européens refusaient de reconnaître la violation du traité par la Russie, redoutant que cela n'entraîne un nouveau déploiement de missiles en Europe sous la houlette de l'OTAN et, par là même, un retour à la course aux armements. Les tensions entre les États-Unis et l'Europe compliquaient encore les choses. En Allemagne surtout, nombreux étaient ceux qui ne considéraient plus Washington comme un partenaire fiable, jugeant que le président Trump semblait plus enclin à les humilier qu'à les défendre. Une division interne autour du traité FNI risquait d'accentuer la fracture transatlantique.

En septembre, j'ai rencontré John Bolton et Mike Pompeo à Washington. Bolton, en particulier, a été très clair : « Nous sommes deux signataires du traité FNI. Si l'un des deux le viole, l'accord perd de sa valeur pour l'autre. »

Tous deux étaient professionnels, compétents et loyaux envers leur président. Même si, du fait qu'ils étaient membres de l'administration Trump, nous étions éloignés sur le plan politique, ils soutenaient activement l'OTAN.

En octobre 2018, lors d'un dîner à la résidence, un membre de mon service de sécurité m'a discrètement informé que le conseiller à la sécurité nationale, John Bolton, souhaitait me parler sur-le-champ. Habituellement, nos échanges étaient planifiés un ou deux jours à l'avance. Il y avait manifestement urgence.

J'ai pris l'appel depuis mon bureau. « Nous n'avons plus aucun doute. La Russie ne respecte pas le traité FNI. La gravité de cette violation exige une réponse », a-t-il dit.

Bolton a précisé que, de leur côté, les Russes accusaient les États-Unis de violer l'accord, une affirmation qu'il jugeait complètement ridicule.

« Aucune décision définitive n'a été prise, mais tout indique que nous allons déclarer que la Russie viole le traité FNI, et qu'ensuite nous nous en retirerons », a-t-il dit.

Je me rappelle très bien ce que j'ai pensé quand j'ai lentement raccroché, ce jour d'octobre, et me suis penché en arrière dans mon fauteuil de bureau. Le traité FNI était mort. Un pilier de la sécurité européenne était sur le point de s'effondrer.

Bolton a également fait part de ses préoccupations concernant la Chine. Les Américains aussi ont ressenti la pression exercée par les missiles chinois à moyenne portée, susceptibles de menacer à la fois les porte-avions américains et le territoire de Guam, dans le Pacifique occidental. Depuis un certain temps, la Chine prenait ses aises en mer de Chine méridionale, en construisant des bases militaires sur de petites îles qu'elle revendiquait comme territoire chinois.

J'ai compris que Bolton souhaitait avant tout que les États-Unis se retirent de l'accord aussi vite que possible. En même temps, il a reconnu la sensibilité de ce dossier pour les Européens, et compris qu'un affrontement autour de la perception de la réalité était inévitable. Il a donc accepté la nécessité d'un processus de retrait exhaustif.

Il aurait sans aucun doute été préférable que le traité FNI soit maintenu, à condition d'être respecté. Aucun effort sérieux n'avait été entrepris pour associer la Chine à cet accord, car les Chinois auraient catégoriquement refusé, mais les Russes et les Américains auraient pu faire davantage pour les impliquer. Jusqu'à l'été 2018, une telle approche aurait peut-être été possible. Mais, après ma conversation avec Bolton en octobre, j'ai compris que la messe était dite. Il n'était clairement plus dans l'intérêt de l'OTAN que les Américains respectent l'accord, à partir du moment où les Russes le violaient. Nous avions peut-être besoin d'une réponse strictement militaire aux missiles russes. Il en allait aussi de la crédibilité du traité : les Russes devaient comprendre que toute violation avait des conséquences. S'ils en concluaient que l'Occident respectait naïvement ses engagements, alors qu'eux-mêmes pouvaient agir à leur guise, cela saperait l'objectif même du contrôle des armements.

Un week-end de fin octobre, alors que j'étais chez moi à Oslo, j'ai appris que John Bolton souhaitait à nouveau me parler. Tôt le dimanche matin, je me suis rendu au ministère de la Défense, où se trouve une ligne sécurisée. Il est allé droit au but : « Le président vient d'annoncer que nous allions nous retirer du traité FNI. »

Trump avait été interviewé après un meeting électoral au Nevada. Interrogé sur l'état des négociations concernant le traité nucléaire, le président américain avait évoqué les violations russes et le réarmement chinois. « Les États-Unis ne doivent pas être le seul pays lié par cet accord », avait-il déclaré.

« Nous ne nous attendions pas à une telle déclaration », a dit Bolton qui avait immédiatement appelé Mike Pompeo, lequel n'était pas non plus au courant. Tous deux ont réagi sans délai pour informer certains acteurs clés.

« Je voulais que vous soyez au courant que Trump a déclaré que nous nous retirions de l'accord. Je ne peux plus faire semblant maintenant et dire aux Russes que les États-Unis n'ont encore rien décidé, a poursuivi Bolton.

— En pratique, c'est une décision définitive ? ai-je demandé.

— Si vous me le demandez, ça y ressemble fort », a-t-il répondu.

Le plan de Bolton consistant à discuter avec les alliés avant toute annonce était donc tombé à l'eau. Il en a été de même de l'idée d'une sortie coordonnée et relativement harmonieuse de l'accord, en coopération avec les Russes. Ces projets ont été balayés parce que Trump a tranché brutalement. Cela s'est produit en passant, alors qu'il montait la passerelle de l'Air Force One.

De plus en plus de pays membres reconnaissaient que la situation actuelle, dans laquelle la Russie violait l'accord tandis que les États-Unis le respectaient, ne pouvait perdurer. Mais la manière dont le traité FNI serait démantelé était tout à fait décisive. Si les Européens avaient l'impression que la décision avait déjà été prise, il serait plus difficile de maintenir l'unité. Ceux qui aspiraient à une autonomie stratégique accrue de l'Europe seraient trop heureux d'y voir un bon argument, élargissant ainsi le fossé entre les États-Unis et l'Europe. Dans les semaines qui ont suivi, nous avons tenté de remettre le processus sur les rails, et pour ce faire, j'ai rencontré tous les acteurs clés à Paris, à la mi-novembre, lors du centenaire de l'armistice de la Première Guerre mondiale. Les dirigeants européens étaient consternés par ce qui se profilait. Juste avant un dîner au musée d'Orsay, j'ai croisé Angela Merkel et lui ai parlé en toute franchise : « J'ai besoin de votre soutien pour maintenir la cohésion de l'alliance », lui ai-je dit.

Elle a été claire sur ce dont l'Allemagne avait besoin.

« Vous devez convaincre les Américains de donner à la Russie une ultime chance de revenir dans l'accord. Nous devons procéder dans le bon ordre. Donnons-leur soixante jours avant d'aller plus loin. La dernière chance pour une solution diplomatique », a-t-elle insisté.

Les conseillers à la sécurité nationale de la France, de l'Allemagne, des États-Unis et du Royaume-Uni venaient d'en discuter à Paris. Pour Bolton, c'en était assez : il voulait que les États-Unis montrent leur fermeté en se retirant immédiatement de l'accord.

« Il n'est pas crucial que les États-Unis annoncent leur retrait maintenant, ai-je dit à Bolton lors de notre rencontre. Ce qui est crucial, c'est que vous donniez d'abord un dernier délai aux Russes. »

Soit la Russie faisait marche arrière à la dernière minute, et le traité FNI était sauvé. Soit les États-Unis obtenaient au moins un soutien politique beaucoup plus large au sein de l'OTAN en faveur de la résiliation de l'accord.

J'ai exposé les arguments américains aux Allemands et utilisé les arguments allemands lors de mes rencontres avec les Américains. Les deux parties étaient assez têtues.

« C'est important pour nous, m'a dit Merkel. Mais nous allons trouver une solution, Jens. »

Cela a permis de garder une lueur d'espoir. Une division interne, semblable à celle que nous avions connue pendant la guerre d'Irak en 2003, aurait été très grave. Dans un discours que j'ai prononcé en novembre, j'ai affirmé que l'OTAN n'avait pas l'intention de répondre à la violation russe en déployant de nouveaux missiles nucléaires en Europe. Cela a créé des frictions au sein de l'alliance, certains pays d'Europe de l'Est estimant que nous devions répondre de manière symétrique. Toute la question des missiles en Europe aurait pu échapper au cadre de l'OTAN : des pays comme la Pologne et les États baltes auraient pu négocier directement avec les États-Unis le déploiement de missiles sur leur sol. Quant à l'Allemagne et à la France, elles auraient très bien pu ensuite rapatrier leurs troupes d'Europe de l'Est, estimant que ces missiles américains représentaient une telle provocation qu'ils mettaient leurs propres forces en danger. Cela aurait signifié une division et un affaiblissement considérables de l'alliance.

Autant dire que les conséquences potentielles d'une division sur le traité FNI étaient majeures.

Vladimir Poutine était également présent lors des cérémonies commémoratives à Paris. À cette époque, je le considérais encore comme un dirigeant avec lequel un dialogue rationnel restait possible. J'estimais même qu'il pouvait faire preuve d'un certain sens de l'humour, même si j'étais conscient d'être très probablement le seul au sein de l'OTAN à le penser. En tant que secrétaire général de l'OTAN, j'aurais dû avoir des contacts plus fréquents avec le président russe, mais la détérioration des relations a réduit nos échanges au strict minimum. La dernière fois que je l'avais vu remontait à un déjeuner à l'assemblée générale de l'ONU, trois ans plus tôt. Je lui avais alors rappelé les progrès que nous avions accomplis ensemble lorsque j'étais Premier ministre. Poutine avait réagi avec un sourire en coin : « Oui, vous devriez retourner à la politique norvégienne. Ce serait mieux pour la Norvège et pour l'OTAN.

— Pas de problème. Je retournerai à Oslo le jour où vous retournerez à Saint-Pétersbourg pour vous consacrer à la politique locale », lui avais-je répondu.

À présent, à Paris, j'ai tenté une approche douce pour aborder un sujet grave. Je lui ai dit que j'étais heureux de le voir et lui ai rappelé à nouveau notre bonne coopération quand j'étais Premier ministre. Pour Poutine et les autres dirigeants russes, l'OTAN représente une menace bien plus grande que chacun de ses États membres pris individuellement, alors lui rappeler que nous avions réussi à travailler ensemble auparavant pourrait avoir un certain effet positif, ai-je pensé.

« Monsieur le Président, beaucoup d'alliés sont préoccupés par le fait que vous violiez le traité FNI. Nous voulons essayer de le sauver, mais vous devez nous aider », lui ai-je dit après l'avoir salué.

« Monsieur le Secrétaire général, la Russie respecte le traité, m'a répondu Poutine. Ce sont les États-Unis, le problème. Le président Trump a dit clairement qu'ils allaient se retirer du traité.

— Mais vous devez rassurer les Américains et fournir des preuves que vous ne violez pas le traité.

— J'évoquerai le traité FNI avec Trump lors du sommet du G20 à Buenos Aires, qui approche, a dit Poutine, avant de répéter que le problème venait des États-Unis.

— Je vous demande de faire un effort sincère pour parvenir à un accord avec lui », ai-je insisté.

C'est à ce moment-là qu'Angela Merkel est venue vers nous. Poutine lui a fait un signe de la main et l'a saluée en allemand, l'invitant à nous rejoindre. De loin, elle a souri, a levé la main et a crié : « Non, non, Vladimir. Vous devez parler à Jens des missiles. C'est ça qui est important maintenant. »

Les États-Unis ont reporté la dénonciation du traité et ont accordé à la Russie un délai de soixante jours pour commencer à retirer les missiles en infraction avec le traité FNI. Mais cela n'a rien donné, et aucun accord n'a été trouvé avec les Russes. Le 4 décembre 2018, les ministres des Affaires étrangères de l'OTAN ont confirmé que la Russie avait développé et déployé un nouveau système de missiles terrestres violant le traité FNI.

C'était donc fait. La réunion des ministres des Affaires étrangères a offert une fin digne au joyau du régime international de contrôle des armements. Nous avons tout tenté pour sauver le traité, mais Poutine préférait avoir de nouveaux missiles.

L'enterrement du traité FNI a été long, avec une issue prévisible. Le 2 février 2019, les États-Unis ont annoncé que le délai de soixante jours était expiré, lançant ainsi un préavis de six mois. Un mois plus tard, les Russes ont suspendu le traité. Le 2 août de la même année, le processus a touché à sa fin. Tôt le matin, heure américaine, les États-Unis ont annoncé leur retrait. Simultanément, j'ai publié une déclaration officielle indiquant que tous les membres de l'OTAN soutenaient la décision américaine. C'est presque douloureux de se rendre compte à quel point on peut être soulagé lorsque enfin quelque chose pour quoi on s'est battu prend fin dans les règles.

Le monde a franchi un seuil dans une direction préoccupante. Pourtant, l'OTAN a réussi à maintenir son unité. Tous les alliés ont reconnu que la Russie avait violé l'accord. Parallèlement, nous avons obtenu des Américains qu'ils soutiennent l'idée de laisser une ouverture à la Russie pour revenir sur sa position. Ce délai que Merkel, avec mon soutien, avait fermement défendu, a été accepté. J'y ai vu un signal politique important : les États-Unis ont écouté leurs alliés.

Cela dit, nous avions subi un premier revers majeur en matière de désarmement. Un pilier entier de l'édifice venait de s'effondrer. Et d'autres pierres risquaient de suivre.

Chapitre 20

La guerre à nos portes

Dans le paysage plat et vert des Flandres, les pierres tombales blanches du cimetière militaire de Tyne Cot se dressent en colonnes strictes, juste à l'extérieur de la petite ville d'Ypres. On peut marcher des heures entre les rangées de tombes, lire les noms, s'arrêter et méditer sur ces destins, ces vies fauchées dans leur jeunesse. C'est dans ces cimetières que l'on mesure pleinement ce que signifie une guerre mondiale : une somme incalculable de vies humaines brutalement interrompues. Des espoirs éteints, des rêves jamais réalisés. Il y a peu d'endroits où cette douleur est aussi présente qu'à Ypres, théâtre de certains des combats les plus sanglants de la Première Guerre mondiale.

Je m'y suis rendu à plusieurs reprises. La première fois, seulement six mois après notre déménagement à Bruxelles. Ingrid et moi avions convié quelques amis proches à un moment qui se voulait à la fois la célébration de mon anniversaire et un séminaire d'histoire. Après mon départ de Norvège, mes bons amis me manquaient, et ce voyage répondait aussi au désir d'être avec certains de ceux qui comptent le plus pour moi. Nous avons ensuite visité Verdun, Sedan, les Ardennes et Arnhem, des lieux emblématiques de la Première et de la Seconde Guerre mondiale.

À Ypres, nous avions comme guide le général danois Knud Bartels, alors président du Comité militaire de l'OTAN et ancien commandant des forces danoises en Afghanistan. Connaissant l'histoire des lieux sur le bout des doigts, il nous a montré les lignes ennemies, les anciennes tranchées, et nous a guidés sur les collines où Britanniques et Allemands s'étaient positionnés et s'observaient mutuellement.

« L'enjeu, c'est toujours de prendre de la hauteur. Celui qui contrôle les hauteurs a l'avantage », a-t-il dit alors que nous marchions le long des collines verdoyantes autour d'Ypres. C'était pour lui l'un des endroits les plus marqués par la souffrance humaine : une concentration extrême de mort et de douleur sur un espace extrêmement restreint et sur une très longue période.

La porte reconstruite de Menin est devenue un mémorial. Pendant les premiers mois de la guerre, les soldats passaient par cette porte pour rejoindre les tranchées. Les noms des morts y ont été inscrits. Avec le temps, il y a eu tellement de noms qu'il n'y avait plus de place, et les inscriptions ont été transférées vers l'un des cimetières à l'extérieur de la ville. Chaque soir, à 20 heures, une fanfare de trompettes y joue une sonnerie aux morts, *The Last Post*, en hommage aux soldats tombés. La sonnerie résonne chaque jour depuis le début des années 1920, une tradition qui n'a été interrompue que quelques années pendant la Seconde Guerre mondiale, quand la région était occupée par les Allemands. Pendant cette période, le clairon a joué dans un cimetière de Londres.

Dans l'un de ces cimetières de guerre, Bartels s'est arrêté et nous a demandé de nous tenir en cercle. Puis il a déclamé l'un des poèmes de guerre les plus célèbres, *In Flanders Fields*, du médecin et lieutenant-colonel canadien John McCrae, écrit après qu'il eut assisté à l'enterrement d'un ami tué près d'Ypres en 1915. La première strophe commence ainsi :

In Flanders fields the poppies blow
Between the crosses, row on row,
That mark our place, and in the sky

The larks, still bravely singing, fly
Scarce heard amid the guns below[1].

Sa voix tremblait légèrement.

« Je ne peux pas lire ce poème sans penser aux enfants des soldats dont j'avais la responsabilité en Afghanistan et qui ne sont jamais rentrés au Danemark », a dit Bartels. McCrae non plus n'a pas survécu à la guerre, mais son poème a fait des coquelicots rouges un symbole immortel des soldats tombés.

Dans la petite poche où se trouve Ypres, les souffrances ont débuté à l'automne 1914 et n'ont pris fin qu'à l'automne 1918. Les Allemands voulaient éviter la frontière puissamment fortifiée avec la France. Leur plan d'attaque était donc de passer par la Belgique, contourner les fortifications françaises et aller directement à Paris. Ils ont réussi à conquérir Ypres à l'automne 1914, mais se sont retirés de la ville quelques jours plus tard en raison de problèmes d'approvisionnement et de logistique. Les Allemands se sont retranchés sur les crêtes tout autour de la ville. Ils y sont restés et, entre-temps, les Britanniques ont occupé le centre. La guerre de position avait commencé.

Ponctuée d'offensives sanglantes des deux côtés, cette guerre de tranchées a été un cauchemar absurde de boue, de feu et de sang. Les soldats jaillissaient des tranchées, se précipitaient vers les positions ennemies et se faisaient faucher. Ypres a été détruit, le paysage alentour pulvérisé par les impacts d'obus, et toute végétation a disparu. Les soldats mouraient noyés dans la boue. Encore aujourd'hui, la terre recrache des squelettes, des casques, des ceintures et des grenades qui n'ont pas explosé. En 2019, lors de ma visite au cimetière militaire allemand, quatre-vingt-sept soldats venaient d'y être enterrés après la découverte de leurs restes lors de travaux d'excavation.

Au total, six cent dix mille soldats ont perdu la vie à Ypres, principalement des Allemands, des Britanniques et des soldats des États du Commonwealth. Des millions ont été gravement

1. Dans les champs de Flandre, les coquelicots fleurissent / Entre les croix qui, une rangée après l'autre, / Marquent notre place ; et dans le ciel / Les alouettes, chantant valeureusement encore, sillonnent / À peine audibles parmi les canons qui tonnent.

blessés. Ils n'avaient réussi à déplacer la ligne de front que de quelques kilomètres en quatre ans.

Sur les stèles des soldats britanniques tombés à Ypres, on lit « victime de la Grande Guerre », comme l'ont qualifiée de nombreux pays européens jusqu'en 1940. La Première Guerre mondiale fut le premier conflit industriel à grande échelle. Les tanks, les mitrailleuses, les sous-marins, les gaz – tout cela a transformé à jamais la façon de faire la guerre. Les progrès technologiques ont toujours eu de l'importance, mais auparavant le développement était infiniment plus lent : avec leurs lances et leurs pieux, les légions de l'époque romaine auraient pu, deux mille ans plus tard, tenir leur rang dans les guerres napoléoniennes. En revanche, au siècle suivant, les soldats de César n'auraient vraiment pas fait le poids.

Et, tragiquement, les fantassins de l'époque n'ont pas pesé lourd dans les combats. Les planificateurs militaires n'ont pas pris la mesure de la puissance destructrice des nouvelles armes. Juste avant que la guerre n'éclate, il y a eu en France un grand débat à l'Assemblée nationale au sujet de la tenue vestimentaire de l'armée, et ceux qui soutenaient que l'uniforme devait offrir un camouflage ne l'ont pas emporté. En 1914, les soldats français ont donc chargé en pantalons rouges, avec de simples casquettes – les casques sont venus plus tard. Au printemps 1915, lors de la deuxième bataille d'Ypres, les Allemands ont utilisé pour la première fois des gaz de combat. Les masques à gaz existaient, mais presque personne n'en disposait. La technologie militaire progressait, mais les mentalités ne suivaient pas.

À cette époque, des erreurs d'appréciation fondamentales ont été commises, mais, aujourd'hui encore, on peut se demander si nous savons mieux faire face aux menaces actuelles et gérer nos avancées en technologie militaire. Missiles autonomes, drones à reconnaissance faciale pour tuer des individus en particulier, systèmes d'armement dirigés par l'IA : le progrès va si vite que notre capacité d'anticipation est mise en défaut.

Notre histoire récente nous rappelle aussi l'importance de la dissuasion. En 1914, les grandes puissances avaient garanti la neutralité de la Belgique. La garantie de sécurité impliquait qu'en cas d'attaque, les Britanniques viendraient au secours de ce pays. Les historiens ont souligné que l'Allemagne ne croyait pas que les Britanniques respecteraient cet accord, pensant que la Grande-Bretagne ne risquerait pas une grande guerre pour protéger la petite Belgique. Cela se révéla une fatale erreur de jugement : les Britanniques ont déclaré la guerre à l'Allemagne et ont dépêché d'importantes forces pour défendre la Belgique. La dissuasion avait échoué.

De nos jours, la dissuasion est au cœur de l'OTAN. Chaque adversaire potentiel doit être convaincu qu'une attaque contre un pays membre serait une attaque contre tous. Ce principe est la clé de la prévention. Il ne doit faire l'objet d'aucune ambiguïté.

Plusieurs capitales de l'OTAN ont néanmoins exprimé leurs inquiétudes lorsque le président Trump a semé le doute sur l'engagement des États-Unis quant à l'article 5 du traité. Lors d'une interview avec Fox News à l'été 2018, le présentateur Tucker Carlson a demandé au président américain :

« Pourquoi mon fils irait-il défendre le Monténégro ?

— Je comprends, a-t-il répondu. Je me suis posé la même question. Le Monténégro est un très petit pays avec un peuple rude. Ils peuvent se montrer très agressifs, et, félicitations – la Troisième Guerre mondiale est déclenchée. »

Le sénateur John McCain était l'un de ceux qui ont tweeté que cette déclaration était un véritable cadeau pour Vladimir Poutine, très contrarié par l'adhésion à l'OTAN du Monténégro, deux ans plus tôt, malgré un coup d'État raté orchestré par des agents de la direction générale du renseignement russe, la GRU.

J'ai personnellement appelé le Premier ministre Duško Marković pour lui réaffirmer que l'OTAN tenait ses engagements. Mais, lorsque le président des États-Unis déclare qu'il n'a pas l'intention de défendre votre pays, la parole du secrétaire général a ses limites.

La force, la fermeté et la prévisibilité peuvent empêcher la guerre. L'incertitude et les ambiguïtés laissent place aux malentendus et à des erreurs d'appréciation qui peuvent mener à la guerre.

En 1914, la rivalité entre les grandes puissances et leur aveuglement stratégique les ont entraînées dans une guerre qu'elles n'avaient pas anticipée. Après les guerres napoléoniennes qui s'étaient terminées en 1815, l'Europe venait de connaître un siècle de paix relative, d'intégration économique et d'échanges accrus. De nouveaux moyens de communication comme les bateaux à vapeur, les chemins de fer et le télégraphe unissaient pays et peuples. La productivité avait fortement augmenté tant dans l'agriculture que dans l'industrie. Les investissements étrangers avaient presque doublé entre 1900 et 1914, et la mondialisation avait atteint un niveau que le monde n'avait jamais connu jusque-là.

L'idée que la guerre était devenue impensable – là où les commerçants traversent les frontières, les soldats ne suivraient pas – s'était imposée, à tort. Ce n'était bel et bien qu'une illusion.

Le 11 novembre 2018, de nombreux chefs d'État se sont réunis à Paris pour commémorer le centenaire de l'armistice.

J'attendais cette journée avec impatience, car, au-delà du devoir de mémoire, cette journée soulignait une réalité essentielle : d'anciens ennemis qui avaient envoyé leurs soldats sur le champ de bataille peuvent mettre leurs différends de côté et devenir des partenaires de confiance. L'Union européenne en est peut-être le plus bel exemple.

Les conditions météorologiques n'étaient guère favorables, en ce jour de novembre. Une pluie dense s'abattait sur la capitale française, alors que les chefs d'État et de gouvernement, accompagnés des dirigeants de l'Union européenne et de l'OTAN, descendaient ensemble les Champs-Élysées. Une tribune avait été installée près de l'Arc de triomphe. Ce n'est qu'une fois en place, bien après les autres délégations, que le président Donald Trump a fait son apparition. Vladimir Poutine est arrivé encore plus tard, visiblement fermé, probablement en raison des tensions suscitées par le traité FNI qui avaient dominé les discussions et le dîner de la veille.

En sa qualité d'hôte, le président Emmanuel Macron a pris la parole, vêtu d'un manteau d'hiver et d'une écharpe de laine épaisse. Il a évoqué les forces ayant conduit à la catastrophe de 1914 et mis en garde contre les « vieux démons » qui refaisaient surface.

« Le patriotisme est l'exact opposé du nationalisme, a-t-il déclaré. Le nationalisme en trahit l'essence en affirmant : "Nos intérêts d'abord, peu importent les autres." Une telle posture piétine ce qu'une nation possède de plus précieux : ses valeurs morales. »

Je me trouvais moi-même sur cette tribune, aux côtés des chefs de gouvernement et des chefs d'État. Les drapeaux tricolores flottaient tout autour, les couleurs de la République française étaient omniprésentes. La France avait été le théâtre des affrontements les plus sanglants durant la Première Guerre mondiale, et elle avait subi des pertes incommensurables.

Trump, impassible, se tenait au premier rang. Quelques jours plus tôt, à Houston, il s'en était pris violemment à tous les « mondialistes corrompus et assoiffés de pouvoir », et s'était proclamé nationaliste. Il écoutait à présent Macron condamner le nationalisme, qu'il identifiait comme le principal moteur idéologique du carnage qui avait pris fin en 1918.

À peine la cérémonie terminée, Trump a publié une rafale de messages sur Twitter : « *MAKE FRANCE GREAT AGAIN !* » et s'est moqué de la défaite française de 1940 : « À Paris, vous aviez commencé à apprendre l'allemand avant que nous arrivions, nous les Américains ! »

Ce centenaire de l'armistice constituait une occasion de mettre en exergue l'importance de la coopération, de la réconciliation et de l'amitié entre nations, mais elle n'a pas été exploitée comme elle aurait dû l'être. L'ordre mondial que nous connaissons aujourd'hui est né de l'engagement des pays réunis ce jour-là. Un ordre qui a assuré la paix sur notre continent pendant plus de soixante-dix ans. Pourtant, nous nous éloignions les uns des autres, ai-je pensé. La situation était déjà préoccupante, et elle risquait de s'aggraver.

Plus tard cet automne-là, je suis retourné à Ypres avec des élèves des deux établissements scolaires norvégiens de Belgique. À l'instar du général Bartels, président du comité militaire de l'OTAN, lors de ma première visite, j'ai lu aux élèves norvégiens le poème *In Flanders Fields.* En voici la deuxième strophe :

We are the Dead. Short days ago
We lived, felt dawn, saw sunset glow,
Loved and were loved, and now we lie
In Flanders fields[1].

Le plus jeune soldat britannique inhumé à Ypres n'avait que dix-sept ans. Comme l'a fait remarquer pensivement un des adolescents : « Ils étaient à peine plus âgés que nous. »

Pour prendre pleinement conscience que la paix est à la fois fragile et précieuse, il nous faut entretenir la mémoire des conflits passés. Ce n'est qu'en nous imprégnant des souffrances de la guerre que nous pouvons en saisir l'enjeu et nous engager à défendre la paix.

C'est pour cela que je suis allé à Ypres. Et c'est pour cela que j'y retournerai.

1. Nous, les morts, il y a quelques jours encore / Nous vivions, goûtions l'aurore, contemplions les couchers de soleil / Nous aimions et étions aimés ; aujourd'hui, nous voici gisant / Dans les champs de Flandre.

Chapitre 21

Opération de sauvetage sur Fox News

Le président Trump était persuadé que, lors du sommet de l'été 2018, les Européens s'étaient engagés à consacrer sans délai 2 % de leur produit intérieur brut à la défense. Mais, au tournant de l'année 2019, il a examiné les comptes et constaté que la plupart des pays restaient bien en deçà de cet objectif.

Nous avions reçu des signaux clairs indiquant que le président envisageait sérieusement de remettre en cause l'engagement des États-Unis au sein de l'alliance, ce qui aurait sapé la crédibilité même de la garantie de sécurité de l'OTAN. Si la catastrophe avait été évitée au précédent sommet, la menace d'une rupture ressurgissait à présent.

Le 15 janvier, dans son émission sur Fox News *Tucker Carlson Tonight*, l'animateur a tourné en dérision l'OTAN : « On a entendu dire que Trump veut que les États-Unis se retirent de l'OTAN. Cela aurait été une grande nouvelle en 1991, à l'époque de l'Union soviétique. Mais aujourd'hui ? L'URSS n'existe plus, et Poutine ne va pas envahir l'Europe. Alors, à quoi bon maintenir l'OTAN ? »

Carlson divertissait son auditoire avec un ton mordant et un argumentaire efficace, et nous étions conscients des liens étroits qu'entretenaient l'administration Trump et Fox News.

En février, Trump devait prononcer le discours annuel sur l'état de l'Union. Selon certaines sources à la Maison-Blanche, il en existait deux versions : l'une annonçant le retrait américain de l'OTAN, l'autre limitant les engagements des États-Unis aux pays respectant les 2 %, informations confirmées par un article du *New York Times*. D'après le journal, Trump avait, à plusieurs reprises, exprimé le souhait de quitter l'organisation.

Le secrétaire à la Défense, Jim Mattis, avait déjà démissionné de ses fonctions, après que Trump eut annoncé, sans concertation, le retrait des troupes américaines de Syrie. Cette décision avait été le point de rupture. J'avais compris lors du sommet de Bruxelles que Mattis n'était pas certain de rester en poste. L'annonce relative à la Syrie avait été la goutte d'eau qui avait fait déborder le vase, mais les raisons étaient plus complexes.

Mattis m'avait appelé pendant les fêtes de fin d'année pour me remercier de notre collaboration. Il ne se sentait plus écouté par le président, ce qui rendait son rôle intenable.

Trump a prétendu l'avoir limogé, le qualifiant de général le plus surestimé au monde et dénigrant ses accomplissements. Mattis, de son côté, paraissait surtout soulagé : « Je n'avais pas d'autre choix que de partir », m'a-t-il confié.

Nous sommes convenus de nous retrouver : « Je t'offrirai une bière norvégienne, et on parlera de tout ce qu'on a traversé », a-t-il ajouté.

En politique, les départs sont monnaie courante ; il ne servait à rien de déplorer celui de Mattis.

Nous ne pouvions pas rester les bras croisés à Bruxelles, alors que le risque de retrait américain de l'OTAN réapparaissait. Je me suis donc rendu à Washington pour consulter nos interlocuteurs clés. Il fallait prendre le pouls, comprendre ce qui se jouait et agir si possible. L'objectif demeurait de montrer que l'évolution de l'OTAN représentait pour Trump un succès dont il pouvait se prévaloir publiquement. Une apparition publique serait alors utile pour diffuser ce message. Le président américain devait être impliqué et non pas isolé.

C'est dans cet esprit que j'ai accepté une interview sur Fox News et, le dimanche 27 janvier, je me suis présenté dans les studios de Washington pour participer à l'émission matinale de la chaîne. On m'a demandé comment se portait l'alliance et ce que je pensais du président Trump. Je ne souhaitais pas m'immiscer dans le débat de politique intérieure des États-Unis, mais je ne pouvais pas non plus cautionner toutes les déclarations ou décisions de Trump. En revanche, je pouvais m'en tenir à un message clair : Trump avait été entendu.

« Les Européens augmentent leurs contributions. Cent milliards de dollars supplémentaires d'ici la fin de l'année prochaine », ai-je déclaré. Ce chiffre, récemment calculé, reflétait l'accroissement des dépenses de défense depuis l'arrivée de Trump. Nous nous efforcions de le faire valoir dans l'opinion publique américaine, afin que le président puisse le reprendre dans ses discours. J'ai aussi insisté sur le fait que l'Europe et les États-Unis demeuraient unis.

Je ne sais combien de téléspectateurs ont suivi l'émission ce dimanche-là. En réalité, je ne m'adressais qu'à un seul téléspectateur fidèle de Fox. Et seulement quelques minutes après la diffusion, il a tweeté :

> Jens Stoltenberg, secrétaire général de l'OTAN, vient de déclarer que, grâce à moi, l'OTAN a pu récolter bien plus d'argent que jamais auprès de ses membres après de nombreuses années de déclin. C'est ce qu'on appelle le partage du fardeau. Et aussi, plus d'unité. Les démocrates et les Fake News aiment dire le contraire !
>
> @realDonaldTrump

En donnant cet entretien, j'aidais peut-être Trump dans son bras de fer intérieur contre les démocrates qui le critiquaient d'affaiblir l'OTAN, mais mieux valait cela du moment que nous obtenions le plus important : préserver l'unité de l'alliance.

Durant mon séjour à Washington, lors d'un dîner important, l'ancien chef de cabinet de la Maison-Blanche, John Kelly, a confirmé que Trump avait failli quitter le sommet précédent six mois plus tôt. Les valises étaient prêtes.

J'ai rencontré également Mike Pompeo et lui ai demandé si le nouveau chiffre que j'avançais – cent milliards de dollars – serait suffisant pour convaincre Trump de rester dans l'OTAN. Pompeo m'a répondu qu'il le pensait. Je me suis aussi senti soutenu par le nouveau secrétaire à la Défense, Patrick Shanahan, qui a manifesté un intérêt sincère pour collaborer avec nous.

Dans l'ensemble, j'ai été rassuré. Rien ne laissait penser qu'une annonce dramatique était imminente. Si quelque chose devait survenir, cela viendrait de Trump lui-même. Avec lui, rien n'était jamais sûr. Mais John Bolton nous a affirmé que nous n'avions rien à craindre quant au discours à venir. Il avait raison. Trump a pris la parole dans la soirée du 6 février, heure européenne, et n'a évoqué aucune menace à l'égard de l'OTAN. Au contraire, il l'a présentée comme l'un de ses succès diplomatiques.

Tout indiquait qu'il avait songé à rompre avec l'alliance, mais qu'il avait finalement décidé de ne pas le faire. Le danger, pour cette fois, était écarté.

Lors de mon échange avec Mike Pompeo, ce dernier m'a adressé une requête confidentielle : « Je n'en ai parlé à personne, mais seriez-vous disposé à poursuivre votre mission à l'OTAN ? »

Au fond de moi, j'en avais envie. Le poste était exigeant, parfois solitaire, et je regrettais l'éloignement d'Oslo. Mais le poste de secrétaire général de l'OTAN revêtait une importance et une signification considérables. C'était un honneur, chaque jour, de travailler sur les grands enjeux de notre époque.

L'OTAN était un navire difficile à manœuvrer, mais nous avions entrepris de développer une organisation dotée d'une meilleure gouvernance à tous les échelons. Je souhaitais poursuivre ce travail. Cette transformation nécessitait un engagement politique quotidien. Ce n'était pas toujours simple de collaborer avec le président Trump, mais le défi que représentaient mes relations avec lui et le maintien de la cohésion de l'alliance me stimulaient.

Et voilà que le secrétaire d'État américain me demandait si je voulais prolonger ma mission. J'étais pris au dépourvu et devais y réfléchir. Et en discuter avec Ingrid. Elle et moi avions élaboré de nombreux projets pour l'avenir. Des idées et des rêves que nous pourrions concrétiser lorsque je ne serais plus aussi accaparé.

Je redoutais un peu cette conversation. D'autant plus que ce n'était pas la première fois que mon mandat était prolongé. La période initiale en tant que chef de l'OTAN s'étendait de 2014 à 2018. Mais, à la fin de l'automne 2017, mon mandat avait été prolongé de deux ans, jusqu'en 2020. La norme était d'un an, mais, durant le processus de prolongation, nous avons assez rapidement compris que de nombreux pays préconisaient davantage. Ils aspiraient manifestement à la stabilité et à la sérénité concernant la question du leadership à une époque où le Brexit et Trump engendraient incertitude et imprévisibilité. Beaucoup souhaitaient m'accorder plus de temps pour éviter que le poste à l'OTAN ne devienne une monnaie d'échange dans un complexe jeu de chaises musicales concernant les postes internationaux de haut niveau.

Ingrid était loin d'être enthousiaste. Le matin où je devais faire savoir si j'étais prêt à rester en poste deux années supplémentaires, elle m'a envoyé un message : « Si tu dois donner ta réponse aujourd'hui, assure-toi d'avoir une stratégie de sortie. » C'était sa manière à elle de dire « oui ».

Depuis plus de trente ans, mes fonctions avaient suscité des tensions au sein de notre couple. Cela avait réellement commencé en 1989, quand j'avais obtenu un poste de chercheur à l'Institut central de statistique de Norvège, tandis qu'Ingrid était partie en Hongrie avec notre fils, qui n'avait alors que quelques mois. Elle devait travailler à l'ambassade de Norvège à Budapest, et nous avions prévu que je la rejoindrais à l'automne. Mais, entre-temps, le ministre de l'Environnement, Thorbjørn Berntsen, m'avait appelé pour me demander de devenir son secrétaire d'État. Ainsi, ma carrière de chercheur avait pris fin avant même d'avoir commencé, et je ne m'étais jamais installé à Budapest, me contentant de faire des allers-retours.

Par la suite, il y avait eu la nomination au Parlement, le poste de direction au sein du Parti travailliste à Oslo, la vice-présidence du parti, les fonctions ministérielles, puis celle de chef parlementaire. Chaque fois, je présentais tout cela à Ingrid comme des engagements temporaires : seulement un mandat au Parlement, quelques années à la tête du parti, ministre juste une fois.

Mais cela ne s'était pas passé ainsi, bien au contraire. Les responsabilités s'étaient enchaînées, jusqu'à ce que je devienne finalement Premier ministre en 2000. Il y a une grande différence entre être ministre et être Premier ministre, en termes de responsabilités, de pression et surtout de visibilité. L'élection parlementaire de 2001 a été une catastrophe, et j'avais quitté le poste de Premier ministre moins de deux ans après avoir été nommé.

La fois suivante, j'étais resté huit ans Premier ministre, et j'avais dirigé le Parti travailliste jusqu'en 2014. J'avais aussi présenté le poste à l'OTAN comme une parenthèse : quatre années passent vite.

Ingrid n'avait jamais eu d'appétence pour la vie publique. Elle l'avait subie, comme conséquence de mes désirs et de mes choix. Nous avions toujours été d'accord sur le fait qu'Ingrid devait pouvoir poursuivre sa carrière sur un pied d'égalité avec moi. Mais mes décisions avaient évidemment eu un impact sur sa vie également, tant privée que professionnelle. Ingrid est diplomate, mais elle avait renoncé à toute affectation à l'étranger pendant des années, entre sa mission à Budapest et sa nomination comme ambassadrice à Bruxelles en 2015. Mes fonctions passaient toujours en premier.

Ingrid n'avait pas dit « non » à cette vie. Mais elle n'avait pas prononcé un « oui » retentissant non plus. Elle s'y était plus ou moins résignée. Son souhait était en réalité de prendre des postes à l'étranger comme diplomate norvégienne, et j'ai toujours su qu'elle aspirait à une vie familiale plus calme, plus discrète. Elle attachait une grande importance à la protection de notre vie privée, ce qui est difficile quand quelqu'un dans la famille occupe une fonction politique de premier plan.

Malgré tout, elle avait un mari dont le travail empiétait régulièrement sur notre temps libre et pouvait faire voler en éclats nos projets de vacances à la dernière minute. Avec le temps, j'avais mis au point quelques techniques pour que mon travail se fasse sentir le moins possible durant les week-ends ou les congés : par exemple, je répondais souvent aux appels professionnels en me promenant, en faisant les courses ou en rangeant la cave. Mais la responsabilité de la vie familiale incombait surtout à Ingrid.

J'aurais sans doute pu rendre notre vie de couple plus facile si je n'avais pas toujours fui les conflits. Mais j'ai souvent fait l'autruche et reporté les décisions importantes, ou encore annoncé à la dernière minute de mauvaises nouvelles à propos d'engagements que je ne pouvais pas honorer.

Les attentes concernant ma carrière étaient rarement mises sur la table. C'est pourquoi j'appréhendais les moments où nous devions avoir des conversations sur de nouveaux postes ou mandats. J'ai ainsi repoussé autant que possible celle concernant la prolongation de mon mandat à la tête de l'OTAN. Exactement comme j'en avais l'habitude.

Personne au sein de l'administration américaine n'avait abordé la question avec les dirigeants européens. Mais, lorsque Pompeo m'en a parlé, tout s'est accéléré. Il fallait que j'en parle à Ingrid. La conversation s'est mieux passée que je ne le pensais. Une fois encore, Ingrid a compris les raisons pour lesquelles je devais continuer. C'était l'expression d'un soutien fondamental à mon travail. J'étais soulagé, car je ne voulais pas continuer sans son appui.

Les Américains pouvaient aller de l'avant. La première fois que mon mandat avait été prolongé, l'attente avait été longue. Cette fois, ce fut plus rapide, car l'initiative venait des États-Unis. Leur ambassadrice auprès de l'OTAN, Kay Bailey Hutchison, avait pris en charge une grande partie du travail de sensibilisation auprès de ses homologues et des personnes clés dans les gouvernements des pays membres. Pourquoi les Américains voulaient-ils que je reste en poste ? Je ne peux qu'émettre des hypothèses. Peut-être que Pompeo et ses collaborateurs avaient constaté que le président américain et moi coopérions plutôt bien ? Ils avaient tout à y gagner.

Fin mars, tout était réglé. La France, dernier pays à donner son feu vert, avait validé la prolongation.

La date de fin de mon mandat était désormais fixée au 1er octobre 2022. Deux années supplémentaires constituaient une marque de confiance, m'accordant plus d'autorité. Et, l'expérience aidant, le travail devenait moins exigeant. Lorsque je regardais autour de la table lors des réunions avec les chefs de gouvernement, il y avait très peu d'autres personnes qui étaient là depuis aussi longtemps que moi.

Les nombreuses critiques de Trump à l'encontre de l'OTAN avaient provoqué une mobilisation forte en faveur de l'alliance, y compris aux États-Unis. L'inquiétude au sein des deux partis au Congrès quant à un possible retrait américain de l'OTAN avait conduit à l'adoption d'une résolution spéciale stipulant que le président n'avait pas le pouvoir de prendre une telle décision sans l'accord du Sénat ou du Congrès. J'étais évidemment heureux de ce fort soutien à l'OTAN, mais cela présentait aussi des défis.

Lors d'une réunion de la commission des affaires étrangères du Sénat, le vice-président de la commission, le démocrate Bob Menendez, du New Jersey, s'était penché vers moi et m'avait demandé : « Je voudrais savoir si cela vous aide dans votre travail lorsque le président Trump affirme qu'il n'est pas certain que nous défendrons le Monténégro en cas de conflit. J'espère que vous pourrez me donner une réponse claire, monsieur le Secrétaire général. »

Menendez savait très bien ce qu'il faisait, attendant de moi que je critique Trump. Mais je savais que, si je le critiquais devant la commission des affaires étrangères du Sénat pour avoir sapé la garantie de sécurité de l'OTAN, cela compliquerait notre coopération. En même temps, je ne pouvais pas défendre ses propos sur le Monténégro dans l'interview très médiatisée de Fox News. J'ai esquivé : « Ce n'est pas mon rôle de participer à un débat de politique intérieure aux États-Unis », ai-je répondu. Je m'en suis tenu à la ligne que j'adoptais souvent dans les médias américains : seul importait vraiment le renforcement de la présence américaine en Europe. Les actes en disent plus que les mots. C'était vrai, mais ce n'était pas toute la vérité. Les propos de Trump constituaient bel et bien un défi pour l'OTAN.

En février 2019, j'ai rencontré la présidente de la Chambre des représentants, Nancy Pelosi, venue en Europe avec une délégation de membres du Congrès. Nous nous connaissions depuis longtemps, et elle était une alliée forte pour la défense de l'OTAN aux États-Unis. Elle ne l'avait pas dit ouvertement, mais je sentais qu'elle pensait que je défendais trop Trump, soulignant que l'augmentation des budgets de défense européens avait commencé sous Obama, qui lui aussi avait renforcé la présence militaire américaine en Europe. Ce en quoi elle avait tout à fait raison. Mais j'essayais également d'expliquer pourquoi il était important de reconnaître que les messages clairs de Trump avaient, eux aussi, encouragé des hausses supplémentaires des budgets européens de défense.

Ce sont sans doute ces conversations avec Pelosi et d'autres représentants du Congrès qui leur avaient donné l'idée que je pouvais faire encore davantage pour assurer le soutien à l'OTAN aux États-Unis. En effet, peu de temps après, j'ai été invité à m'exprimer devant le Congrès.

La mission était claire, comme l'indiquait la lettre de Nancy Pelosi et du chef de file de l'opposition républicaine au Sénat, Mitch McConnell : « En ces temps critiques pour les États-Unis, l'OTAN et l'Union européenne, le Congrès américain et le peuple américain attendent avec intérêt votre message d'amitié et de partenariat. »

Le ton était donné. Il ne restait plus qu'à se mettre à écrire.

Chapitre 22

De l'intérêt d'avoir des amis

L'été 1980, j'ai fait un voyage aux États-Unis. J'avais tout juste vingt et un ans, je venais de terminer mon service militaire, et de longues vacances m'attendaient. J'ai été accueilli à l'aéroport de New York par le conseiller d'ambassade Arne Treholt, de la délégation norvégienne auprès des Nations unies, et étais logé chez lui. À New York, il était très apprécié d'un large cercle social dont il était une figure centrale. Nous étions loin de nous douter que, à la demande des services de renseignement norvégiens, le FBI était en train de lancer une vaste opération de surveillance le concernant. L'appartement de Manhattan était épié jour et nuit.

Thorvald est arrivé avec le reste de la famille. Treholt m'a accompagné à l'aéroport pour les accueillir, toujours élégant et bien habillé. Après les salutations, alors qu'on était encore dans le hall des arrivées, il a jeté un regard sceptique sur le costume un peu usé et mal ajusté de Thorvald, et il a eu cette réflexion : « Tu ne peux pas te promener comme ça, Thorvald. Tu ressembles à un agent médiocre du KGB. »

Quelques années plus tard, Arne Treholt a été condamné à vingt ans de prison pour espionnage au profit de l'Union soviétique et de l'Irak.

Thorvald, qui voyageait aux États-Unis dans le cadre de ses fonctions de ministre de la Défense, avait réussi à dégager quelques jours de congé, ce qui a permis de combiner travail et détente. L'armée américaine avait mis à la disposition de la famille Stoltenberg un avion confortable, et nous avons traversé les États-Unis d'est en ouest et du nord au sud pour nous rendre dans les villes qui accueillaient les différentes réunions de Thorvald, une expérience à la fois dépaysante et formatrice.

À plusieurs reprises au cours de ce voyage, on nous a parlé de la manière dont les États-Unis se tournaient de plus en plus vers l'ouest, vers la région du Pacifique. La génération marquée par la lutte contre l'Allemagne nazie était en train de disparaître. La Silicon Valley devenait la locomotive d'un essor économique spectaculaire qui concernait beaucoup plus la Californie et les États de l'Ouest que ceux de l'Est. L'évolution démographique allait dans le même sens. Les centres de gravité politique, économique et démographique glissaient vers l'ouest. L'intérêt des États-Unis pour la région du Pacifique grandissait, tandis que les zones les plus tournées vers l'Europe perdaient en influence. Les liens transatlantiques et la coopération en matière de sécurité avec l'Europe risquaient de se détériorer.

Cela se passait en 1980. L'inquiétude concernant la réorientation américaine vers la région du Pacifique n'est donc pas nouvelle.

Depuis, cette dynamique n'a fait que s'accentuer. L'immigration en provenance d'autres régions que l'Europe modifie la composition de la population. Dans la société américaine, les groupes ayant les liens les plus forts avec l'Europe perdent en importance. À cela s'ajoute la montée en puissance de la Chine. En 1980, le produit intérieur brut chinois représentait 10 % de celui des États-Unis. Aujourd'hui, en tenant compte des différences de coût de la vie entre les deux pays, les deux économies sont quasiment à égalité. L'Union soviétique n'a jamais représenté un vrai défi technologique, mais la Chine, elle, rivalise vraiment avec les États-Unis.

Le réarmement de la Chine pousse les autorités militaires américaines à revoir leur perception du monde. Même le Pentagone, avec son budget colossal, ne dispose pas de ressources illimitées. L'essor chinois propulse la région du Pacifique en tête des priorités. Que l'OTAN ait tenu bon durant les quarante années qui ont suivi ma première prise de conscience de ce basculement stratégique, en 1980, ne garantit en rien que cela durera encore quarante ans.

J'avais toutes ces grandes tendances à l'esprit lorsque nous avons commencé à travailler sur le discours au Congrès. L'un des objectifs était de parler de la Chine, mais nous avons eu beaucoup de mal à trouver les mots justes. En avril 2019, les relations entre l'OTAN et la Chine restaient floues et source de tensions. Plusieurs pays membres tenaient à leurs relations commerciales avec la Chine et voulaient éviter que l'alliance donne l'impression de désigner la Chine comme nouvel ennemi. À l'OTAN, nous disposions d'analyses et de rapports de renseignement sur la Chine, mais aucune position commune. Il n'existait pas un seul communiqué officiel, pas un seul document auquel je pouvais me référer. Finalement, je n'ai donc rien dit sur la Chine.

La veille de mon intervention au Capitole, j'avais rendez-vous à la Maison-Blanche pour rencontrer Donald Trump. Pendant la conversation, il sautait d'un sujet à l'autre comme à son habitude, mais parlait positivement de l'OTAN.

« L'OTAN aurait-elle existé sans moi ? m'a-t-il demandé, avant de répondre lui-même : Je ne pense pas. En tout cas, ce serait une OTAN très différente. » Il considérait que l'organisation était au bord de la faillite avant son arrivée.

« Pourquoi sommes-nous en Afghanistan ? » a-t-il soudain lancé. Une question qu'il posait souvent et à laquelle je répondais invariablement : « Pour combattre le terrorisme international.

— Dans ce cas, il va falloir qu'on envoie des soldats dans tous les pays où il y a des terroristes ? »

Il n'avait pas tort. Trump posait des questions simples, directes, mais il y avait une logique derrière qui forçait à réfléchir. Aucun pays de l'OTAN ne pensait qu'il fallait déployer des troupes dans chaque pays abritant une organisation terroriste. Par moments, Trump me faisait penser à l'enfant du conte de H.C. Andersen *Les Habits neufs de l'empereur*, qui est le seul à dire tout haut ce que personne d'autre n'ose dire. Il rompait avec le « politiquement correct », et cela pouvait être libérateur.

Trump continuait de critiquer les pays membres qui ne payaient pas assez, et restait très virulent sur le projet de gazoduc Nord Stream 2 : « Les Allemands obtiennent 80 à 90 % de leur énergie de la Russie. On me dit 40 %, mais c'est bien 80 % », a-t-il dit.

Son ton, néanmoins, était plus léger, moins agressif. Il avait compris le message que le Congrès voulait faire passer en m'invitant à parler : que l'OTAN restait solidement ancrée aux États-Unis. Je pense qu'il avait saisi qu'il avait plus à gagner en revendiquant une victoire au sujet de l'OTAN qu'en continuant à la critiquer. On m'a dit qu'il n'entretenait d'excellentes relations qu'avec deux leaders politiques étrangers : le Premier ministre israélien Benyamin Netanyahou et… moi. C'est dans des moments comme celui-ci que je me demande comment j'en suis arrivé là.

À la fin de la rencontre, le vice-président Mike Pence m'a raccompagné à la sortie : « Le président apprécierait que vous disiez dans votre discours qu'il a renforcé l'OTAN, a-t-il dit.

— Il y est écrit que le message clair de Trump sur les dépenses militaires et le partage des charges a eu un véritable impact », ai-je répondu. Peut-être que Trump et Pence espéraient davantage. Mais, comme auparavant, c'était tout ce que j'étais en mesure d'affirmer.

Le lendemain matin, c'est Nancy Pelosi qui m'a accueilli au Congrès. Elle avait alors soixante-dix-neuf ans et mêlait un humour chaleureux à des répliques incisives. Elle m'a montré son bureau, qui offrait une vue spectaculaire sur le National Mall, ce parc tout en longueur où se trouvaient des monuments emblématiques, comme le Lincoln Memorial et le Washington Monument. Un peu plus loin, j'apercevais la Maison-Blanche.

Un groupe restreint de membres du Congrès – républicains et démocrates – est venu me chercher. Cela me rappelait un peu le moment solennel où des députés escortent le roi dans la salle du Storting lors de l'ouverture annuelle du Parlement norvégien ; seulement, cette fois, c'était au Congrès, et je me sentais tout sauf un roi.

J'étais nerveux. J'allais m'adresser à la plus importante assemblée parlementaire du monde, sous l'œil de millions de téléspectateurs.

L'enjeu était immense : l'alliance atlantique repose en grande partie sur la relation entre l'Europe et les États-Unis. Parviendrais-je à emporter l'adhésion des membres du Congrès avec mes propos ? Y aurait-il cette mobilisation que j'espérais pour l'OTAN ?

La procession est entrée, et j'ai été annoncé devant une salle comble. Je suis monté à la tribune. Avant même d'avoir prononcé un mot, j'ai été accueilli par les applaudissements de l'auditoire, qui s'était levé. Des acclamations, même. C'était un bon début. L'assemblée semblait bienveillante et réceptive.

Nous étions presque soixante-dix ans jour pour jour après la signature du traité de l'Atlantique Nord à Washington. Le discours avait pour objectif principal de rappeler à quel point, pendant toutes ces années, l'OTAN avait été au service de notre combat pour la paix et la liberté. Des pays membres avaient été impliqués dans des conflits à travers le monde, et certains avaient subi des attaques terroristes sanglantes. « Mais aucun pays membre de l'OTAN n'a été attaqué par un autre », ai-je affirmé.

J'ai soutenu que les États-Unis avaient été la colonne vertébrale de l'alliance. L'Europe ne serait pas ce qu'elle était aujourd'hui sans le soutien américain.

« L'OTAN a été bénéfique pour l'Europe. Et l'OTAN a été bénéfique pour les États-Unis. La puissance d'une nation ne se mesure pas seulement à la taille de son économie ou au nombre de ses soldats. Mais aussi au nombre de ses alliés. À travers l'OTAN, les États-Unis ont plus d'amis et d'alliés que toute autre puissance au monde », ai-je déclaré.

La salle était attentive. Ils applaudissaient aux formulations bien trouvées, mais également à celles qui étaient plus attendues. Quant au vice-président Pence et à la présidente Pelosi, tous deux assis juste derrière moi, ils se montraient aussi enthousiastes que le reste de l'assemblée.

J'ai raconté qu'en survolant l'Atlantique à destination de Washington, j'avais regardé par le hublot vers l'immensité de l'océan : « Pour des aventuriers comme Leif Erikson, l'Atlantique n'était pas un obstacle. C'était un grand pont bleu vers de nouvelles terres et de nouveaux possibles. Pour des millions d'Européens, cela a été un pont vers la liberté et l'espérance.

Mes propres grands-parents font partie de ceux qui ont fait ce voyage, et ma mère est née à Paterson, dans le New Jersey. »

À ces mots, un représentant a bondi de son siège au milieu de la salle, les bras tendus, et s'est retourné vers l'assemblée avec un large sourire : c'était le député de Paterson, dans le New Jersey. Les rires ont fusé, suivis d'applaudissements nourris.

L'Atlantique ne sépare pas l'Amérique de l'Europe, il nous relie. Cette cohésion transatlantique renforce notre détermination à défendre nos valeurs. J'ai évoqué sans détour le fait qu'une alliance de cette envergure ne peut reposer sur une uniformité absolue. Avec autant de pays membres, sur des dossiers tels que le commerce, le climat, l'énergie ou l'accord nucléaire iranien, des divergences persistent obligatoirement, mais j'ai rappelé que l'alliance avait déjà surmonté par le passé des désaccords profonds.

« La force de l'OTAN réside dans sa capacité, malgré ces divergences, à se rassembler autour de sa mission fondamentale : nous défendre mutuellement. Nous devons aujourd'hui à nouveau être capables de mettre nos désaccords de côté, car notre alliance nous sera encore plus indispensable à l'avenir. »

J'ai évoqué les défis actuels – la Russie, la lutte contre le terrorisme, la cybersécurité, ainsi que l'évolution des équilibres géopolitiques mondiaux. Aucun pays, seul, ne peut faire face à de tels enjeux.

J'ai réaffirmé l'importance d'un partage équitable du fardeau. « Les membres de l'OTAN doivent consacrer davantage de ressources à la défense. C'est un message que le président Trump a clairement martelé. Et ce message a un impact réel. »

À ces mots, le vice-président Pence s'est levé pour applaudir avec enthousiasme. La salle lui a emboîté le pas. À ses côtés, Nancy Pelosi s'est levée, elle aussi, mais plus lentement et avec hésitation. Une fois debout, elle a pris son verre d'eau et en a bu une gorgée, évitant ainsi d'applaudir.

« Ne serait-ce que ces deux dernières années, les alliés européens et le Canada ont accru leurs dépenses de défense de quarante et un milliards de dollars. Ce chiffre atteindra cent milliards d'ici la fin de l'année prochaine. »

À nouveau, Pence s'est levé. Pelosi, cette fois, est restée assise. Les autres démocrates dans la salle ont suivi son exemple.

En conclusion, j'ai évoqué la formidable puissance de l'OTAN lorsque ses membres font front commun : « L'OTAN n'existe pas depuis soixante-dix ans par simple nostalgie. Elle perdure car elle sert les intérêts fondamentaux de chacun de ses membres. Ensemble, nous représentons près d'un milliard d'êtres humains, la moitié de la puissance économique mondiale, la moitié de la force militaire planétaire. Si nous restons unis, aucune puissance, qu'elle soit économique, politique ou militaire, ne pourra nous ébranler. »

Je m'adressais, ce jour-là, à une session conjointe du Congrès américain où le Sénat et la Chambre des représentants siégeaient ensemble. L'atmosphère était à la fois détendue et solennelle. Dans l'hémicycle, nombreux étaient ceux que l'imprévisibilité du président Trump préoccupait. Ils espéraient être rassurés quant à la solidité du partenariat transatlantique et obtenir de nouveaux arguments quant à l'importance vitale de l'OTAN. Nancy Pelosi et Mitch McConnell, qui avaient pris l'initiative de m'inviter à prendre la parole, étaient ravis. Ils avaient obtenu ce qu'ils souhaitaient : un témoignage public du fort soutien bipartisan du Congrès à l'OTAN.

Ce soutien m'a porté alors que je me tenais à la tribune. J'étais soulagé et heureux. Nous avions réussi l'un des discours les plus importants de ma carrière.

J'ai conclu de la seule manière possible :

« Madame la Présidente, monsieur le Vice-Président, c'est bon d'avoir des amis ! »

Cinquième partie

Démocratie

Mars 2019 - août 2021

Chapitre 23

Utøya

J'avais quinze ans quand je me suis rendu pour la première fois au camp d'Utøya, en 1974. L'île, située dans le Tyrifjord, à moins d'une heure de route à l'ouest d'Oslo, a une histoire longue et mouvementée. Au milieu du XIXe siècle, l'île a été achetée par des commerçants locaux, qui y ont construit une grande maison de vacances. Plus tard, cette maison a servi de résidence d'été à Jens Bratlie, Premier ministre conservateur durant une brève période, au début du XXe siècle. Le mouvement ouvrier a acquis Utøya en 1932, et l'île a alors commencé à être utilisée comme colonie de vacances pour les enfants issus de milieux ouvriers. Au milieu des années 1930, le leader révolutionnaire Léon Trotski a séjourné sur l'île. Réfugié en Norvège, il a vécu non loin de là. Il y a travaillé sur son grand règlement de comptes avec Staline, et rien n'interdit de penser qu'il a écrit en partie son ouvrage *La Révolution trahie* à Utøya.

En 1950, la ligue des jeunes travaillistes a reçu l'île, pour son trentième anniversaire, de la part du mouvement syndical, et dans les années qui ont suivi, Utøya est devenue l'un des centres névralgiques de la vie politique norvégienne. Des générations de jeunes travaillistes y ont été formées, des dirigeants politiques y sont passés, des visions d'avenir y ont été développées, et de nombreuses initiatives y ont été lancées depuis la tribune de l'île.

Comme le veut la tradition, le camp d'été de 1974 a rassemblé des jeunes de tout le pays. Cela a ouvert un monde nouveau pour moi.

Là, je me suis lié d'amitié avec des personnes qui travaillaient à l'usine sidérurgique de Mo i Rana, soit à une encablure du cercle polaire, ou qui venaient de petites fermes de l'ouest de la Norvège, ou encore de l'un des nouveaux lotissements de Romerike, au nord-est d'Oslo. Alors que j'étais habitué au tramway et au vélo, eux conduisaient des voitures avec une queue de renard accrochée à l'antenne et un sapin désodorisant suspendu au rétroviseur. Alors que j'écoutais Bob Dylan et Ole Paus, voilà que je rencontrais des gens qui préféraient Dolly Parton et les New Jordal Swingers. J'ai goûté à l'alcool fait maison et découvert des dialectes des quatre coins du pays. J'ai tout adoré. En peu de temps, je me suis senti profondément attaché à la diversité et à la communauté de la ligue des jeunes travaillistes.

Utøya nous a soudés. Nous dormions sous la tente, nous nous baignions dans le fjord, nous flirtions sur les sentiers forestiers, nous jouions au football sur la pelouse et nous débattions de politique : le lycée pour tous, le combat pour le droit à l'avortement, le coup d'État contre Salvador Allende au Chili en 1973. Le soir, nous faisions la fête en chantant tous ensemble. Utøya s'est gravée dans mon cœur, et j'y suis revenu chaque année depuis.

Après 2011, y retourner est devenu encore plus essentiel pour moi.

Le vendredi 22 juillet 2011 à 15 h 25, une bombe de neuf cent cinquante kilos a explosé devant les bureaux du Premier ministre, dans le complexe gouvernemental à Oslo. Huit personnes ont été tuées, et beaucoup d'autres blessées. Un terroriste d'extrême droite avait placé cette bombe.

Je n'étais pas au bureau lors de l'explosion, mais dans la résidence officielle du Premier ministre, non loin de là, en train de travailler sur le discours que je devais prononcer à Utøya le lendemain. Après avoir garé la camionnette piégée près des bureaux, le terroriste a pris une autre voiture pour se rendre à Utøya. Pendant plus d'une heure, il a arpenté l'île en tirant sur des jeunes sans défense qui étaient venus pour le camp de la ligue des jeunes travaillistes. Soixante-neuf personnes ont été tuées, les deux plus jeunes n'avaient que quatorze ans.

Ce vendredi-là a été le jour le plus sombre de ma vie. L'une de mes collaboratrices au cabinet du Premier ministre a été tuée. À Utøya, je connaissais beaucoup des victimes, et j'étais ami avec plusieurs parents ayant perdu leurs enfants. Le parti que je dirigeais, le Parti travailliste, et la ligue des jeunes travaillistes étaient les cibles de l'attaque. Le pays dont j'étais alors Premier ministre a subi l'attentat le plus sanglant qu'il ait connu en temps de paix. Le complexe gouvernemental a été ravagé, et Utøya, le paradis de ma jeunesse, a été transformée en enfer sur terre.

Le lendemain matin, j'ai rencontré des survivants et des proches à Sundvollen, juste à côté d'Utøya. Je me suis rendu à l'hôpital Ullevål, où les blessés avaient été transportés, et j'ai pu m'entretenir avec le personnel soignant. Le président Barack Obama m'a appelé. Tout comme la chancelière Angela Merkel, le Premier ministre Benyamin Netanyahou et le président palestinien Mahmoud Abbas. Deux appels sont venus de Russie : l'un de Vladimir Poutine, alors Premier ministre, l'autre de Dmitri Medvedev, alors président. Tous ont exprimé leur sympathie et proposé leur aide. La compassion du monde entier affluait vers nous. Nous étions sous le choc, en deuil, désespérés, mais nous avons aussi ressenti, plus fortement que jamais, que nous faisions partie d'une grande communauté.

Le dimanche 24 juillet, un office religieux à la mémoire des victimes a eu lieu à la cathédrale d'Oslo. Il faisait chaud dans cette église bondée. J'avais à peine fermé l'œil depuis deux jours, mais il était important pour moi de m'adresser à tous ceux qui avaient été touchés et au peuple norvégien. J'ai conclu ainsi : « Nous sommes un petit pays, mais un peuple fier. Nous sommes ébranlés par ce qui nous est arrivé, mais nous ne renoncerons jamais à nos valeurs. »

L'attaque terroriste a choqué la population norvégienne, mais elle a aussi suscité une grande mobilisation. Dans tout le pays, du nord au sud, dans les grandes villes comme dans les petites localités, des centaines de milliers de personnes ont défilé le 25 juillet avec des flambeaux et des roses à la main, pour condamner le terrorisme et montrer que nous ne céderions ni à la peur ni à la haine. Des fleurs ont été déposées un peu partout : devant les églises, près des fontaines, dans les parcs. À Oslo, le centre-ville était envahi par la foule au point que le cortège ne pouvait pas avancer. Cent cinquante mille personnes se sont rassemblées dignement devant l'hôtel de ville d'Oslo. Ces marches des roses sont devenues une puissante manifestation de solidarité et du sentiment d'unité qui a saisi notre peuple dans les jours qui ont suivi l'attentat.

Au-delà de toutes les divisions politiques, religieuses et ethniques, le peuple norvégien s'est uni dans le deuil, car ce qui nous rassemblait était plus fort que ce qui nous divisait : il nous fallait prouver que notre société ouverte pouvait résister à cette épreuve. Notre réponse à la violence devait être plus de démocratie, plus d'humanité – mais sans naïveté.

Un jour de mars 2019, à l'aéroport de Tbilissi, un couple d'âge moyen a levé les yeux sur moi lorsque je suis entré dans un salon VIP un peu défraîchi du terminal. J'étais sur le point de conclure une visite officielle en Géorgie. Les discussions avec les dirigeants du pays s'étaient bien déroulées, mais la rencontre la plus importante m'attendait encore. J'allais voir Leila Asatiani et Avtandil Liparteliani.

Ils avaient une fille, Tamta. Membre de l'organisation sœur de la ligue des jeunes travaillistes en Géorgie, elle avait été invitée à ce titre à participer au camp d'été sur Utøya en juillet 2011, une opportunité qu'elle avait saisie avec enthousiasme, avec son amie Natia. Après l'explosion à Oslo, ses parents ont eu un bref contact avec elle. Puis plus rien.

Tamta avait tenté de se cacher près du lac. Le terroriste l'a retrouvée soixante-dix minutes après le début de l'attaque et lui a froidement tiré deux balles dans le dos. Elle est morte là, à vingt-trois ans, l'une des toutes dernières victimes.

Tamta était partie de la Géorgie troublée vers une Norvège paisible – et elle n'est jamais revenue.

Avant la rencontre, on m'avait dit que les parents ne comprenaient pas comment le tueur avait pu agir aussi longtemps avant d'être stoppé par la police. Ils en voulaient aux autorités norvégiennes – et à moi, en tant que Premier ministre de l'époque. Je les comprenais, et je m'attendais à des questions difficiles, à des reproches douloureux. Mais il n'en a rien été.

Leila et Avtandil m'ont accueilli avec une bienveillance et une ouverture totales. Notre échange, à la fois profond et empreint de mélancolie, a porté sur Tamta, leur fille unique, arrachée à la vie. Ils m'ont parlé de la personne qu'elle était, de ses espoirs, de ses rêves. Je leur ai confié qu'en Norvège une cérémonie annuelle honore la mémoire des victimes ; le nom de Tamta y est lu à voix haute. « Elle vit dans la mémoire de beaucoup de personnes », leur ai-je dit.

S'ils ressentaient de l'amertume envers la Norvège, ils n'en ont rien laissé paraître. J'étais venu pour leur exprimer ma compassion, mais ce sont eux qui m'ont remercié d'avoir pris le temps de les rencontrer. J'en ai presque éprouvé de la gêne.

Les terroristes se réfugient derrière diverses religions ou idéologies pour justifier leurs actes. À Utøya, c'était un homme blanc d'un quartier aisé d'Oslo qui a détourné le message chrétien pour tuer ceux qu'il jugeait trop accueillants envers les musulmans ou trop favorables à l'immigration. Ailleurs, ce sont des extrémistes islamistes qui instrumentalisent leur religion pour perpétrer leurs actions meurtrières. Mais peu importe leurs prétextes, les terroristes ont plus en commun entre eux qu'avec nous tous. Ils croient pouvoir tuer et s'imposer par la violence en piétinant la démocratie pour atteindre leurs objectifs politiques.

L'OTAN s'est engagée de longue date dans la lutte contre le terrorisme. Après les attentats du 11 septembre 2001, ses membres sont intervenus en Afghanistan pour combattre Al-Qaïda. Jusqu'à cent cinquante mille soldats ont été mobilisés sur le terrain. L'alliance a aussi joué un rôle déterminant dans la défaite de Daech en Syrie et en Irak. Des bombardements massifs et le soutien aux forces armées locales ont permis de démanteler cette entité terroriste. En mars 2016, trente-deux personnes ont été tuées et plus de trois cents blessées dans des attaques à Bruxelles. L'aéroport, proche du quartier général de l'OTAN, était l'une des cibles.

Cependant, pour moi, Utøya reste l'expression la plus marquante de l'horreur terroriste. En tant que secrétaire général de l'OTAN, j'ai continué à porter l'histoire d'Utøya en moi. Elle m'a rappelé que la lutte contre le terrorisme efface nos divisions. Quand l'essentiel est en jeu, l'unité devient possible.

Aujourd'hui, les jeunes ont réinvesti Utøya. La ligue des jeunes travaillistes y organise de nouveau ses camps d'été, et d'autres organisations utilisent l'île pour des événements. Des visiteurs du monde entier viennent s'y réunir pour échanger, apprendre, créer des réseaux pour la démocratie, les droits humains, la paix et la réconciliation. L'île est devenue un lieu vivant, un atelier politique porteur d'espoir.

J'ai partagé cela avec les parents de Tamta à Tbilissi. Je leur ai décrit le site tel qu'il est aujourd'hui : l'intérieur de la cafétéria, où treize jeunes ont été assassinés, a été conservé intact – les impacts de balles y témoignent du drame. Elle est ceinte par une nouvelle structure, soutenue par soixante-neuf colonnes, une pour chaque victime. À l'extérieur du bâtiment, quatre cent quatre-vingt-quinze autres colonnes symbolisent celles et ceux qui ont survécu. Ce mémorial rend hommage à Tamta et à tous ceux que nous avons perdus.

Chapitre 24

Le serviteur du peuple

Les rues menant au port étaient fermées à la circulation. Nos véhicules arboraient les drapeaux de l'OTAN. Les passants s'arrêtaient, nous saluaient, applaudissaient.

Je savais avant d'arriver à Odessa, en octobre 2019, que l'OTAN était ardemment attendue en Ukraine, et je le constatais à présent de mes propres yeux.

Cette ville portuaire à l'emplacement stratégique sur la mer Noire, forte d'un million d'habitants et proche de la Moldavie, de la Crimée et du Donbass, occupait une place centrale dans la stabilité régionale. Dans le Donbass, malgré un accord de cessez-le-feu, les combats continuaient entre les forces pro-russes et les soldats ukrainiens.

À l'entrée de la zone portuaire, nous avons longé le grand escalier appelé escalier Potemkine. Le nom est resté après que le film muet d'Eisenstein *Le Cuirassé Potemkine* l'a rendu mondialement célèbre à cause d'une scène de bataille qui s'y déroule. À la fois le film et le cuirassé portent le nom du général Grigori Potemkine, figure majeure de l'expansion impériale sous Catherine II au XVIIIe siècle. C'est lui qui a mené la conquête de la péninsule de Crimée et des territoires attenants. Potemkine était également l'amant de l'impératrice, et il l'emmena à Odessa pour lui montrer les territoires annexés.

Odessa, autrefois port prospère et centre vibrant de culture juive, a connu les affres de la guerre en 1917, à la suite de la révolution russe, puis en 1941. Sur le quai nous attendait un navire de déminage, l'un des quatre bâtiments de l'OTAN venus d'Italie, d'Espagne, de Bulgarie et de Roumanie. Cette présence navale illustrait concrètement la coopération croissante entre l'OTAN et l'Ukraine.

Après la visite à bord du démineur, j'ai été conduit au sein de l'Académie navale pour rencontrer des cadets en uniforme et quelques officiers plus âgés qui attendaient la délégation de l'OTAN. « L'OTAN et l'Ukraine sont des partenaires de longue date, et notre partenariat ne fait que se renforcer. Ensemble, en tant qu'amis et alliés, nous saurons relever tous les défis », leur ai-je dit, m'attendant à ce que ces propos déclenchent des applaudissements. Mais ils n'ont rencontré qu'un silence de mort. J'ai lu la déception sur leurs visages. Les jeunes marins avaient espéré davantage.

Lors de la session de questions qui a suivi, il n'a pratiquement été question que de l'OTAN. L'un des cadets m'a interpellé : « Nous nous battons pour les mêmes valeurs que vous. Pourquoi ne pouvons-nous pas rejoindre l'OTAN ? »

Je comprenais parfaitement sa frustration. Je représentais une alliance perçue comme un garant de sécurité – une sécurité que nous ne pouvions lui offrir. J'ai répondu en rappelant que l'Ukraine, dans plusieurs domaines, ne remplissait pas les critères d'adhésion : respect de l'État de droit, lutte contre la corruption, contrôle démocratique des institutions sécuritaires.

« Je viens de Louhansk, aujourd'hui occupée par les Russes, a déclaré un autre. Je suis sûr que la Russie continuera d'avancer. Vous qui êtes à la tête de la plus puissante alliance militaire du monde, comment allez-vous l'arrêter ? » Je n'avais pas de réponse satisfaisante et me suis montré évasif. Ce sentiment d'impuissance, je l'avais déjà éprouvé deux ans plus tôt, face aux deux étudiants à Kaboul. Nous tentions d'agir pour le mieux, nous désirions soutenir ceux qui se battaient pour la liberté et la démocratie, mais nous hésitions à assumer pleinement la sécurité de l'Ukraine, redoutant l'escalade avec la Russie. Mais faisions-nous assez pour l'Ukraine ? Cette pensée ne cessait de me tarauder.

« Si nous ne pouvons intégrer l'OTAN, alors fournissez-nous au moins des armes et du matériel », a lancé une autre voix dans cette salle bondée. J'ai répondu que certains alliés, notamment les États-Unis, le Royaume-Uni et le Canada, apportaient leur soutien et formaient des soldats ukrainiens, mais que d'autres alliés demeuraient plus prudents. « Je comprends votre impatience, leur ai-je dit. Je sais que cela vous semble long. Mais parfois, lorsque tout paraît figé, les choses peuvent soudainement prendre une tournure inattendue. »

Des changements brusques et dramatiques que personne n'avait prévus, à l'image de la chute du mur de Berlin, s'étaient déjà produits et pouvaient se reproduire. Faute de signes clairs d'une solution et d'une fin au conflit en Ukraine orientale, l'éventualité d'un retournement historique surprenant et prometteur était un encouragement personnel autant qu'un message d'espoir que j'adressais aux cadets de la marine à Odessa.

Mais je ne suis pas certain que ce message ait été d'un quelconque réconfort pour le cadet originaire de Louhansk et ses camarades.

Plus de cinq années s'étaient écoulées depuis l'annexion de la Crimée par la Russie. Le conflit dans la région du Donbass était devenu la guerre oubliée de l'Europe. Plus de treize mille Ukrainiens avaient perdu la vie depuis le printemps 2014, et plus d'un million de personnes avaient dû fuir leur foyer. La situation en Ukraine figurait en bonne place à l'ordre du jour de l'OTAN et parmi mes priorités. La guerre dans la région du Donbass était une plaie ouverte, qui sapait la paix et la stabilité dans toute l'Europe, faisant planer une ombre menaçante sur les relations de l'alliance avec la Russie.

L'objectif principal de mon déplacement en Ukraine était de rencontrer le nouveau président du pays, Volodymyr Zelensky. Lors de l'élection, six mois plus tôt, le président sortant Petro Porochenko avait été battu par un outsider : Zelensky, un acteur et artiste devenu célèbre grâce à la série humoristique *Serviteur du peuple*, où il incarnait un professeur d'histoire propulsé à la présidence de l'Ukraine.

Un Zelensky souriant m'a accueilli au palais présidentiel de Kiev, un homme de quarante et un ans débordant d'énergie et d'enthousiasme. Il m'a impressionné tant lors de notre entretien en tête à tête d'une trentaine de minutes que lors de la réunion suivante de la Commission OTAN-Ukraine, l'instance de dialogue politique et de coopération matérielle entre l'alliance et l'Ukraine.

Zelensky faisait preuve d'une détermination manifeste, malgré les graves difficultés auxquelles il était confronté. « Si j'avais su pendant la campagne combien il serait difficile de lutter contre la corruption, je me serais peut-être découragé. Aujourd'hui, je suis convaincu que la priorité est d'intensifier ce combat. La corruption est omniprésente », m'a-t-il confié.

En quelques mois de mandat, il avait présenté pas moins de cinq cents projets de loi. Sans crainte, Zelensky s'attaquait aux problèmes de la société ukrainienne pour mettre en œuvre des réformes et tracer la voie vers un avenir meilleur pour son pays.

Il s'était engagé à organiser des élections dans l'est de l'Ukraine, puis à octroyer un statut spécial à cette région. Toutefois, il n'avait pas posé avec la même fermeté que ses prédécesseurs la restitution totale du contrôle ukrainien sur le Donbass comme préalable aux élections. L'opposition à Kiev n'avait pas manqué de dénoncer ce positionnement, y voyant un signe de faiblesse, et Zelensky avait donc dû renforcer publiquement ses exigences concernant le retrait des forces russes du Donbass.

Pour ma part, j'évaluais comme peu probable que la Russie cède, malgré la promesse de la tenue d'élections. Car c'était précisément l'instabilité et la persistance du conflit qui garantissaient à Moscou son pouvoir en Ukraine.

L'intensité des combats dans le Donbass variait, alternant entre de violentes flambées et de brèves accalmies, avant de repartir de plus belle. De lourds équipements militaires russes – chars, véhicules blindés, pièces d'artillerie et systèmes de défense aérienne – continuaient d'affluer vers les forces séparatistes contrôlées par Moscou dans l'est de l'Ukraine.

L'économie ukrainienne s'enlisait dans une grave récession : le produit national brut chutait, l'inflation explosait, le chômage augmentait. L'État n'arrivait plus à honorer ses dettes. Le pays devait emprunter toujours davantage, notamment pour financer sa défense. La corruption, profondément enracinée, freinait la mise en œuvre des réformes fiscales, de santé et des retraites. Quelques grandes familles détenaient le contrôle de secteurs clés de l'économie et du système bancaire, avec des relais fidèles au sein de la classe politique.

Les autorités à Kiev suivaient avec une extrême attention la manière dont le conflit était perçu en Occident. Lorsque les combats avaient repris de manière intensive début 2017, il avait fallu deux jours à Washington pour réagir officiellement. Et lorsqu'un communiqué officiel avait enfin été publié, celui-ci avait soigneusement évité d'attribuer la responsabilité de la violation du cessez-le-feu aux séparatistes soutenus par la Russie, omettant même de mentionner Moscou. Le président Porochenko m'avait alors téléphoné, profondément inquiet par ce qu'il interprétait comme un manque de soutien des États-Unis.

Un changement notable est toutefois intervenu en 2018 : les Américains ont décidé de vendre à l'Ukraine des fusils de précision et le système antichar avancé Javelin, que Kiev réclamait avec insistance. Le missile Javelin, conçu pour s'élever rapidement vers le ciel avant de frapper le blindé ennemi en son point le plus vulnérable – le dessus –, était jugé essentiel par les Ukrainiens. Sous la présidence Obama, Washington avait toujours refusé de fournir ce missile, redoutant de provoquer la Russie. Les autorités ukrainiennes faisaient pression depuis des années pour que Washington revienne sur cette décision. Finalement, Donald Trump a donné son feu vert, à la grande satisfaction des Ukrainiens.

Les discussions avec le président Zelensky m'avaient laissé l'impression que l'Ukraine disposait enfin d'un dirigeant en qui l'OTAN pouvait avoir confiance et avec lequel elle pouvait construire un partenariat solide. Mais ce séjour a également rendu plus clair que jamais le fait que les attentes de l'Ukraine dépassaient ce que l'alliance était en mesure de lui offrir.

Mon séjour à Odessa et à Kiev m'a profondément ébranlé. La guerre à l'est continuait de faire rage. Partout, le message que je recevais – de la part des parlementaires, des journalistes, du président Zelensky lui-même et de tous les responsables politiques rencontrés – était clair : l'Ukraine aspirait à intégrer l'OTAN et comptait sur notre soutien. C'est en rencontrant les jeunes cadets d'Odessa, qui allaient bientôt devoir se battre pour l'indépendance de leur pays, que j'avais ressenti cette demande le plus fortement. C'était la nouvelle Ukraine qui parlait à travers eux.

Les Ukrainiens regardaient vers l'Ouest. Ils luttaient pour leur liberté, pour s'émanciper de la tutelle de Moscou. Une large majorité du Parlement et de la population ukrainienne soutenait l'adhésion à l'OTAN, mais je savais que nombre d'États membres n'étaient pas prêts à les laisser intégrer l'alliance.

La perspective d'une adhésion restait lointaine et incertaine. Sur le vol retour vers Bruxelles, il m'était devenu plus difficile que jamais d'accepter que telle était la réalité du monde.

Chapitre 25

Sur le terrain d'Erdoğan

À l'automne 2019, j'ai travaillé à la préparation du sommet de Londres prévu en décembre. J'ai eu de nombreux contacts avec les chefs d'État et de gouvernement, car il m'importait de vérifier les attitudes et les positions de chacun, ainsi que de clarifier les questions à inscrire à l'ordre du jour.

Pendant que je menais ces préparatifs, un événement dramatique s'est produit sur le flanc sud de l'OTAN. Le 9 octobre, des chars turcs ont franchi la frontière syrienne. J'avais été averti que les forces turques se préparaient à entrer dans le nord de la Syrie pour combattre la milice kurde des Unités de protection du peuple, ou YPG. Le président Recep Tayyip Erdoğan avait également lancé des avertissements. Mais il régnait une grande incertitude, et les plans turcs avaient été accueillis par de vives protestations. Jusqu'au franchissement effectif de la frontière par les chars, je doutais que les Turcs passent réellement à l'action.

Nous avons publié une déclaration dès le début de l'opération militaire, où j'ai exprimé « ma profonde préoccupation » et affirmé que cette opération « pourrait compromettre les progrès accomplis dans la lutte contre Daech ». Si la milice kurde était vaincue, les terroristes de Daech seraient susceptibles de reconquérir les territoires qu'ils avaient perdus.

Je ne voulais pas critiquer la Turquie plus sévèrement que j'avais prévu de le faire à l'occasion d'une visite à Istanbul déjà inscrite à mon agenda. Je déteste les critiques qui fusent à distance et s'évanouissent une fois face à l'intéressé.

Quelques jours après l'offensive en Syrie, je me suis entretenu avec le président Erdoğan dans un ancien palais et résidence du sultan à Istanbul. La ville, carrefour historique entre Orient et Occident, entre pouvoir spirituel et temporel, entre christianisme et islam, a toujours été un lieu d'échanges culturels et commerciaux, mais aussi de conflits et de batailles. Ensemble, nous avons contemplé la rive asiatique du Bosphore, où une grande mosquée avait été construite quelques années auparavant. Celle-ci était devenue un repère et symbolisait l'importance de l'islam pour Erdoğan.

Le président turc et moi étions de vieilles connaissances ; nous nous étions rencontrés plus ou moins régulièrement durant mes années en tant que Premier ministre de la Norvège. En janvier 2012, lors d'une visite officielle à Ankara, Ingrid et moi avions été invités chez lui et son épouse Emine. Ce fut un agréable après-midi, autour de thé et de pâtisseries turques.

Erdoğan est un homme engagé, érudit, avec une connaissance fine des dossiers. Il est facile d'établir le contact avec lui. Il lui arrive souvent d'utiliser un iPad lors des réunions pour présenter chiffres, tableaux ou extraits vidéo afin d'étayer ses arguments. Comme secrétaire général de l'OTAN, j'ai consolidé cette relation préexistante.

La Turquie a toujours représenté un pays important pour l'OTAN. Le pays a joué un rôle clé dans la lutte contre Daech. Sa frontière de huit cent vingt-deux kilomètres avec la Syrie – quatre fois plus longue que celle entre la Norvège et la Russie – a été critiquée pour sa porosité, permettant aux combattants de Daech de circuler et d'acheminer armes et ravitaillements. Beaucoup ont estimé qu'Ankara n'en faisait pas assez pour combattre l'organisation terroriste.

Cependant, au-delà des critiques, il a été crucial pour moi d'afficher aussi un soutien. C'est pourquoi la Turquie a été le deuxième pays que j'ai visité, quelques jours après mon entrée en fonction. Il fallait garder la Turquie pleinement intégrée dans l'alliance, notamment pour lutter contre Daech.

J'ai visité une base militaire près de Gaziantep, non loin de la frontière syrienne, où l'OTAN avait déployé des batteries de missiles Patriot. On m'a conduit sur une crête surplombant la frontière : en contemplant la Syrie, j'ai pris conscience que la Syrie et l'Irak sont voisins de l'OTAN. Alep est plus proche de nos frontières que ne l'est le Donbass. Au sud-est, la ville frontalière de Kobané subissait déjà l'assaut de Daech. À cette époque, les terroristes contrôlaient un territoire équivalant à la taille du Royaume-Uni. En quelques mois, Daech était passé d'un groupuscule obscur à une armée de plusieurs milliers d'hommes capables de gagner rapidement du terrain. Ils ont pris Raqqa. Ils ont pris Mossoul. L'armée irakienne s'est effondrée ; on a craint qu'ils ne prennent Bagdad.

Ce jour-là, la chaleur faisait vibrer le paysage désertique près de Gaziantep. J'ai prononcé un bref discours devant les soldats turcs, américains et d'autres pays alliés opérant les batteries Patriot, affirmant clairement : « La frontière de la Turquie est la frontière de l'OTAN. » Le message visait autant les autorités que le peuple turcs : il ne devait pas y avoir le moindre doute que nous étions solidaires.

À l'été 2016, des forces militaires ont tenté de renverser Erdoğan et son gouvernement. Lors d'une visite à Ankara peu après, j'ai constaté l'ampleur des dégâts causés par la tentative de coup d'État : des éclats de béton jonchaient la salle plénière du Parlement, et un immense trou béait au plafond, là où une bombe avait explosé. Un député m'a raconté que de nombreux élus s'étaient réfugiés ce soir-là dans la pièce à côté pour protéger le bâtiment ; si les bombes étaient tombées à quelques mètres de là, beaucoup auraient été tués. C'était à peu près comme si le hall d'entrée du Storting, siège du Parlement norvégien, avait été bombardé.

Le 15 juillet, le chef d'état-major Hulusi Akar travaillait encore à son bureau vers 20 h 30 lorsque deux officiers sont entrés et lui ont demandé de les suivre. Il n'a pas compris immédiatement.

« Un coup d'État est en cours. Vous devez nous suivre », lui ont-ils ordonné.

Il a refusé.

« Ils ont alors sorti leurs armes, les ont braquées sur ma tête et m'ont forcé à m'allonger sur le sol », m'a-t-il raconté.

Les officiers ont tenté de l'endormir avec de l'éther, sans succès, puis l'ont emmené en hélicoptère vers une base aérienne contrôlée par les putschistes.

« Ils m'ont encore menacé de mort pour me forcer à lire une déclaration de soutien au coup d'État à la télévision », a poursuivi Akar. Il a de nouveau refusé d'obtempérer.

Au petit matin du 16 juillet, des unités loyales au gouvernement ont écrasé le putsch, et Akar a été libéré. L'affrontement a coûté la vie à trois cents personnes et blessé plus de deux mille cent autres. Mais Erdoğan et son gouvernement étaient en sécurité. Si les putschistes avaient obtenu le soutien du chef des armées, il aurait été beaucoup plus difficile d'organiser la résistance dans les rangs militaires. Peu après, Akar a été nommé ministre de la Défense.

La nuit du coup d'État, j'ai exprimé mon soutien au gouvernement démocratiquement élu de Turquie. Les autorités turques ont été profondément déçues par les réactions hésitantes venues d'Occident.

« Seuls Theresa May, Carl Bildt et vous, vous êtes rangés à nos côtés », m'a dit Erdoğan. Il exagérait, mais j'ai apprécié qu'il ait noté le soutien de l'OTAN.

Les Turcs se sentaient discriminés. Erdoğan a affirmé y voir un traitement récurrent : les réactions auraient été différentes si un autre pays membre avait été attaqué de la sorte. Pour lui, la tentative de coup d'État relevait clairement du terrorisme et appelait à une solidarité sans réserve du monde extérieur.

« Quelles manifestations de solidarité y a-t-il chaque fois qu'un attentat nous frappe, nous les Turcs ? » m'a-t-il demandé.

Vu de Paris, de Londres ou d'Oslo, la Turquie paraît lointaine, ses troubles associés à des conflits ethniques ou politiques complexes. Comme Premier ministre norvégien, je n'avais guère plus de liens personnels avec la Turquie que n'importe quel autre chef de gouvernement européen. Mais, pour le secrétaire général de l'OTAN que j'étais, la Turquie devenait une priorité : pour sa valeur stratégique, pour la lutte contre Daech et, plus tard, pour le processus d'élargissement de l'alliance.

Après le putsch, j'ai insisté sur la nécessité pour toutes les parties de respecter les règles démocratiques. Cela incluait un appel à éviter les excès. La réaction d'Erdoğan devait rester proportionnée.

Cependant, dès les premiers jours, il est apparu que la répression serait massive : des officiers, policiers, magistrats, gouverneurs, universitaires, journalistes et enseignants ont été arrêtés. Erdoğan a accusé le prédicateur sunnite Fethullah Gülen, exilé aux États-Unis, d'avoir orchestré la tentative de coup d'État. Toute personne soupçonnée de liens avec le mouvement de Gülen s'est retrouvée derrière les barreaux.

Erdoğan représentait un défi, tant pour l'OTAN que pour moi. La Turquie figurait très bas dans l'indice de démocratie publié chaque année par *The Economist Intelligence Unit*, et elle est tombée encore plus bas après la tentative de coup d'État. Lors de visites à Ankara, j'ai été frappé par la puissance qui se dégage du nouveau palais présidentiel. On y entre par de hautes grilles avant d'arriver dans un vaste parc, avec une mosquée et plusieurs autres bâtiments en plus du palais lui-même. Ma délégation et moi avons été escortés à travers d'immenses halls, puis nous avons monté des escaliers, traversé d'autres pièces, pour ensuite patienter dans un nouveau hall. Finalement, on nous a annoncé que le président était prêt à nous recevoir, et nous avons été introduits dans une autre salle immense. Nous nous sommes salués, et Erdoğan m'a adressé un « *Welcome* » et un « *How are you ?* » avant de prendre place sur son siège, légèrement plus haut que les autres sièges de la salle.

Je m'étais toujours bien entendu avec Erdoğan. Mais je me devais aussi de préserver mon intégrité politique et de réfléchir soigneusement à la manière de traiter avec un dirigeant comme lui. Lors de nos réunions, je lui ai reconnu ses mérites là où je le jugeais approprié. Cela signifie que j'exprimais peut-être plus clairement que beaucoup d'autres ma compréhension des profondes difficultés de la Turquie face au terrorisme et à la crise migratoire.

Cependant, je ne pouvais passer sous silence l'évolution négative du climat politique. Les principes de l'État de droit et la Convention européenne des droits de l'homme s'appliquent à tous. « Les alliés suivent l'évolution dans le pays avec inquiétude », ai-je déclaré.

La Turquie n'est pas comme la Russie. Erdoğan doit composer avec une véritable opposition politique. Son parti a perdu d'importantes élections municipales, et il en a accepté les résultats. Néanmoins, l'évolution intérieure du pays posait des dilemmes que je devais gérer au mieux.

L'OTAN n'est pas seulement une alliance militaire dédiée à la défense des territoires des États membres. Elle repose également sur des valeurs. Les principes fondamentaux tels que la liberté individuelle, la démocratie et l'État de droit sont inscrits dans l'acte fondateur de l'alliance, le traité de Washington de 1949. Mais l'OTAN regarde vers l'extérieur, pas vers l'intérieur. L'alliance n'est pas conçue pour intervenir dans les affaires politiques internes de ses membres. Elle ne dispose ni des mécanismes ni des institutions nécessaires pour agir contre un pays membre, même en cas de violation manifeste de ses principes fondateurs. D'autant plus que toutes les décisions prises au sein de l'OTAN nécessitent l'unanimité. Ce qui signifie que, pour prendre des sanctions contre un pays membre, il faudrait obtenir le vote de ce dernier.

La question de savoir comment l'OTAN doit rester fidèle à ses principes démocratiques n'est pas nouvelle. Lors de sa fondation en 1949, plusieurs pays membres, dont la Belgique, la Grande-Bretagne et la France, possédaient encore des colonies. Dans les années qui ont suivi, ces puissances ont combattu violemment les mouvements de libération nationale. Aux États-Unis, les droits civiques des personnes de couleur n'ont été pleinement reconnus qu'à partir des années 1960. Le Portugal, pourtant alors une dictature, a été invité à entrer dans l'alliance dès sa création, car le pays était stratégiquement important. Après deux guerres mondiales, contrôler l'Atlantique pour combattre les sous-marins ennemis et sécuriser les routes d'approvisionnement entre l'Amérique du Nord et l'Europe était prioritaire. Les archipels portugais des Açores et de Madère importaient alors davantage que le manque d'institutions démocratiques à Lisbonne.

Chaque fois que j'ai été confronté à des appels à sanctionner la Turquie – ou la Hongrie, d'ailleurs –, je rappelais que cela n'entrait pas dans l'arsenal de l'OTAN. Mais j'ajoutais souvent qu'il était d'autant plus crucial d'utiliser l'OTAN comme une tribune politique pour exprimer nos préoccupations et affirmer nos positions. Par le passé, le Portugal avait déjà été publiquement critiqué au sein de l'alliance pour ses guerres dans ses colonies africaines. Aujourd'hui encore, l'OTAN permet d'exercer une pression politique sur les alliés qui s'écartent de nos valeurs.

Une simple lecture de la carte montre pourquoi, depuis 1952, la Turquie est si importante pour l'OTAN : elle borde la Géorgie et l'Arménie, deux anciennes républiques soviétiques, et elle est voisine de la Russie via la mer Noire, ainsi que de l'Iran, de l'Irak et de la Syrie. Les détroits du Bosphore et des Dardanelles, reliant la mer Noire et la mer Égée, conservent une importance stratégique majeure. Une OTAN sans la Turquie aurait gravement affaibli la sécurité européenne.

Ma mission, en tant que secrétaire général, était de maintenir l'unité de l'alliance. L'OTAN constitue un lieu où nous rencontrons quotidiennement les Turcs, où, assis autour de la même table, nous dialoguons, et où chacun peut exprimer ses préoccupations. Écarter la Turquie de l'OTAN n'aurait en rien renforcé les droits humains sur son territoire. Bien au contraire.

Lors de cette visite d'octobre 2019, Erdoğan m'a accueilli comme à son habitude en disant quelques mots en anglais avant de poursuivre en turc. On nous a fourni des oreillettes pour la traduction simultanée. Erdoğan a commencé par échanger quelques banalités, évoquant sa joie de retrouver sa famille à Istanbul et de recevoir la visite de ses petits-enfants. Il était manifestement fier et heureux d'être grand-père.

Lorsque nous avons abordé les sujets plus sérieux, j'ai réitéré ce que j'avais exprimé dès le début de l'opération militaire turque en Syrie. Dans le langage diplomatique, dire qu'on est « profondément préoccupé par les opérations en cours » est une critique claire. Il était essentiel pour moi de le formuler directement à Erdoğan. J'ai également répété mes craintes que ces opérations ne compromettent la lutte contre Daech.

Je sentais qu'Erdoğan s'impatientait à mesure que je parlais. Il ne s'est pas fâché, mais il éprouvait un besoin évident de faire valoir son point de vue. « Nous ne sommes pas contre les Kurdes, a-t-il affirmé. Des millions de Kurdes vivent en Turquie. Parmi les réfugiés syriens, nous comptons aussi des centaines de milliers de Kurdes. Nous ne sommes pas non plus contre eux. C'est cette milice, les YPG, que nous combattons. Ce sont des terroristes. Ils mènent des attaques meurtrières contre notre population à l'intérieur même de notre territoire, en Turquie. »

Pour Erdoğan, il n'y avait pas de distinction entre la milice kurde syrienne YPG et l'organisation séparatiste du Parti des travailleurs du Kurdistan, ou PKK, à l'origine d'attaques en Turquie.

À cette époque, les États-Unis avaient décidé d'entraîner une « force de protection des frontières » en Syrie, appartenant à la coalition des *Syrian Democratic Forces*. Cette force de trente mille soldats devait être sous le commandement des Kurdes des YPG. Ce dernier point précisément avait déclenché la colère d'Erdoğan.

« Lorsque les Américains arment et entraînent les Kurdes syriens, c'est une attaque contre la Turquie, et c'est totalement inacceptable. Vous devez dire aux Américains que cela n'est pas possible », m'a-t-il lancé.

Selon Erdoğan, les États-Unis s'étaient engagés à soutenir la Turquie contre le PKK. Former les YPG équivalait donc, à ses yeux, à une trahison qui ne disait pas son nom : ils entraînaient une aile d'un mouvement terroriste tout en combattant l'autre.

À chaque discussion, en face à face ou par téléphone, Erdoğan revenait sur une idée fixe : créer une zone de sécurité en Syrie. Une zone tampon qui protégerait la Turquie des différents groupes militaires, établie avec le soutien de l'OTAN et des États-Unis. Mais je devais inlassablement lui rappeler que jamais l'alliance n'approuverait une atteinte à l'intégrité territoriale syrienne.

Déçu par ce refus, Erdoğan craignait que les Kurdes syriens ne contrôlent des régions du nord de la Syrie. Il était convaincu que, si un autre pays de l'OTAN s'était retrouvé dans une situation similaire, une zone de sécurité aurait été mise en place depuis longtemps.

Erdoğan a donc décidé d'agir seul.

Ces derniers jours, Erdoğan et Trump s'étaient entretenus par téléphone. Erdoğan avait signifié sa décision de lancer une opération militaire majeure dans le nord de la Syrie. Peu après, la Maison-Blanche avait annoncé le retrait des troupes américaines de cette zone.

Trump avait déjà évoqué une telle décision auparavant, ce qui avait conduit à la démission du secrétaire à la Défense Jim Mattis dix mois plus tôt. Mais, cette fois-ci, ni Bolton ni le Pentagone n'avaient réussi à faire changer d'avis le président. Un petit nombre de soldats américains sont restés sur place, menant des patrouilles conjointes avec les forces turques. Mais la situation restait compliquée : pour les Américains, les YPG étaient des alliés efficaces pour combattre Daech ; pour les Turcs, ils étaient l'ennemi principal. Deux alliés de l'OTAN, sur une trajectoire de collision directe, ayant chacun des raisons strictement opposées d'être dans le nord de la Syrie.

Trump pensait que l'engagement américain en Syrie avait assez duré. Il estimait que la responsabilité de la stabilisation du pays devait revenir aux Européens et aux pays voisins. Les Kurdes avaient certes été de valeureux combattants contre Daech, mais ils avaient aussi reçu des armes et de grosses sommes de Washington. Cela ne pouvait durer indéfiniment. La décision d'Erdoğan offrait à Trump l'argument parfait pour désengager les Américains.

En ce jour d'octobre, dans son palais, Erdoğan était catégorique : l'opération turque était, selon lui, impérative. « Les YPG sont une organisation terroriste. Vous le reconnaissiez aussi, avant. Pourquoi avez-vous changé d'avis ? a-t-il demandé. Vous autres avez besoin d'eux pour combattre l'État islamique, d'accord, mais ils n'en sont pas moins des terroristes. » En disant « vous autres », il entendait par là l'Occident en général, qui refaisait les mêmes terribles erreurs, selon lui. « N'allez pas vous imaginer que vous pouvez utiliser une organisation terroriste pour en combattre une autre. Vous avez bien vu ce qui s'est passé en Afghanistan quand vous avez soutenu les moudjahidines contre l'occupation soviétique dans les années 1980 : vous vous êtes retrouvés avec les talibans et Al-Qaïda. Ne refaites pas la même erreur. »

Erdoğan a ensuite énuméré longuement les attentats en Turquie, les dates, les villes, le nombre de victimes. Quinze victimes par-ci, cinq élèves par-là, un camp de jeunes par-ci, un village par-là. Je ne pouvais pas vérifier tous ces chiffres, mais il était indéniable que la Turquie avait été l'un des pays de l'OTAN les plus frappés par le terrorisme, comme je l'avais moi-même souligné plusieurs fois, et pas plus tard que lors de la conférence de presse quelques heures plus tôt.

Puis, se penchant en avant, Erdoğan m'a lancé : « N'allez pas croire que les YPG soient autre chose que le PKK. Or vous avez vous-mêmes inscrit le PKK sur vos listes d'organisations terroristes. » L'OTAN n'établit pas officiellement de telles listes, mais l'Union européenne le fait, et le PKK y est inscrit, ce qu'Erdoğan savait pertinemment.

Ce n'était pas sans raison que, face à lui, je me contentais souvent d'écouter. Les États-Unis et plusieurs alliés avaient longtemps considéré le PKK et les YPG comme des branches d'une même organisation. Seulement, désormais, l'efficacité des YPG dans leur combat contre Daech primait sur leurs liens avec l'organisation terroriste PKK. Aucun des autres groupes en Syrie avec lesquels les Américains avaient tenté de coopérer n'avait réussi à vaincre Daech. Pour les États-Unis et d'autres pays de l'OTAN, il n'était plus possible de maintenir que les YPG étaient des terroristes après avoir commencé à les armer pour éliminer l'État terroriste…

Soudain, Erdoğan m'a demandé à brûle-pourpoint : « Monsieur le Secrétaire général, aimez-vous le maïs ? »

Nous étions assis dans de profonds fauteuils, autour d'une petite table, où l'on nous avait offert café et thé. Comme à mon habitude, j'avais pris du thé, servi dans de petits verres traditionnels. J'ai dû afficher un air surpris, car Erdoğan a répété sa question :

« Aimez-vous le maïs ? Nous sommes en pleine saison du maïs.

— J'aime le maïs, ai-je répondu.

— Alors, nous allons manger du maïs », a déclaré Erdoğan, en faisant signe à un membre de son personnel posté près de la porte.

Quelques instants plus tard nous a été apporté un grand plateau chargé d'épis de maïs dorés que nous avons saisis à pleines mains. Nous étions peut-être huit ou dix personnes dans la pièce, et nous avons tous croqué joyeusement dans nos épis de maïs. De délicieuses châtaignes grillées ont également été servies.

« Le protocole déteste cela, a fait observer Erdoğan en saisissant un nouvel épi. Savez-vous quelle est la différence entre les talibans et le service du protocole ? » m'a-t-il demandé, me lançant un regard complice, tandis que des grains de maïs et de sel tombaient sur le sol.

J'ai secoué la tête. Erdoğan a esquissé un sourire.

« Avec les talibans, on peut négocier. »

L'ambiance s'est soudain détendue. Les Turcs ont commencé à se chamailler gentiment pour déterminer quelle région de Turquie produisait le meilleur maïs. Nous avons également évoqué le goût des Américains pour le maïs, et sommes tombés d'accord pour dire que Trump devait sans doute en consommer en grande quantité.

Cela étant, je me suis efforcé de conserver une certaine réserve. Nous recevions des rapports faisant état de pertes humaines et d'importants mouvements de réfugiés dus aux opérations militaires turques. J'avais formulé, au nom de plusieurs alliés, des protestations officielles. Autant dire que le contexte ne se prêtait pas réellement à des échanges cordiaux.

Quoi qu'il en soit, Erdoğan n'avait pas l'intention de me laisser m'en sortir à si bon compte. « Vous le savez, monsieur le Secrétaire général, je réclame depuis longtemps cette zone de sécurité. Et vous ne me l'avez pas accordée. À présent, j'entends des alliés de l'OTAN affirmer que nous violons le droit international en pénétrant en Syrie. Mais que faites-vous, vous, lorsque vous bombardez ou déployez vos forces spéciales là-bas ? »

C'était une question rhétorique, et Erdoğan a enchaîné : « Pourquoi les Américains disposeraient-ils d'une base légale leur permettant d'être présents là-bas, et pas nous ? Nous avons perdu des milliers de nos concitoyens dans des attaques terroristes ; vous en avez peut-être perdu quelques centaines seulement. Si intervenir en Syrie pour éliminer des terroristes constitue une violation du droit international, de quel droit les États-Unis, le Royaume-Uni et d'autres pays de l'OTAN envoient-ils soldats et avions de chasse pour combattre les terroristes de Daech ? »

La journée s'avérait particulièrement difficile pour moi. Je savais bien que celui qui est désigné comme un terroriste par certains est perçu comme un combattant de la liberté par d'autres. J'avais déjà vu Erdoğan adopter cette posture auparavant, et je m'y étais préparé. J'ai donc écouté sa défense des opérations militaires turques, tout en l'invitant à la retenue.

« Faites attention. L'action militaire turque doit rester proportionnée, et vous devez éviter de frapper des civils, ai-je insisté.

— Nous éliminons des terroristes. Ce sont vos frappes contre Raqqa et Mossoul qui causent des pertes civiles. Personne ne proteste contre cela », a répondu Erdoğan.

Une fois encore, Erdoğan avait raison. À travers la coalition dirigée par les États-Unis, à laquelle l'OTAN apportait également son soutien, nous menions une opération militaire d'envergure au sol et dans les airs pour anéantir Daech. Et cela sans mandat explicite du Conseil de sécurité des Nations unies. Nous agissions sous le principe de la légitime défense, tout comme la Turquie le revendiquait. J'ai souligné l'importance de maintenir l'effort contre Daech : « La Turquie et les États-Unis sont tous deux membres de l'OTAN. Vos forces respectives sont engagées dans le nord de la Syrie contre des terroristes – certes pas exactement les mêmes groupes –, mais vous devez parvenir à coopérer, à respecter le droit international et à épargner autant que possible les civils. »

Certains qualifiaient l'invasion turque en Syrie du Nord comme la plus grande crise interne à l'OTAN depuis le début de mon mandat en tant que secrétaire général. Erdoğan avait lancé son offensive sans la moindre coordination avec ses partenaires de l'alliance. La France jugeait l'initiative turque totalement inacceptable. Paris reprochait également aux États-Unis d'avoir retiré la plupart de leurs troupes sans consultation préalable. Ainsi, tandis que la Turquie était critiquée pour être intervenue en

Syrie, les États-Unis l'étaient pour s'en être retirés. Il devenait de nouveau difficile de maintenir une unité au sein de l'alliance.

Les Américains exhortaient depuis longtemps les Européens à s'engager davantage dans le nord de la Syrie. Le secrétaire à la Défense, Jim Mattis, avait presque supplié les Européens de renforcer leur soutien aux Kurdes. Quelques forces spéciales et agents de renseignement européens étaient sur place, mais leur présence demeurait marginale, et leur efficacité dans leurs missions dépendait essentiellement du soutien américain. Comme souvent, c'étaient les Américains qui faisaient le travail.

Désormais, face au désengagement américain, les Européens, et en particulier les Français, se montraient furieux. Cette réaction agaçait fortement à Washington. Comme l'a exprimé un collaborateur américain : « L'Europe est prête à défendre les Kurdes jusqu'au dernier Américain. »

L'offensive turque a offert une opportunité politique à Trump pour retirer ses troupes. Toutefois, il avait averti Erdoğan par un message au ton inhabituel : « Concluons un bon accord. Vous ne voulez pas être responsable du massacre de milliers de personnes, et je ne veux pas être responsable de la destruction de l'économie turque. [...] Ne jouez pas au dur, ne soyez pas idiot », a écrit Trump le 9 octobre dans une lettre adressée à Erdoğan. Le ton du courrier a suscité l'indignation en Turquie. Lors de sa visite à Trump à la Maison-Blanche un mois plus tard, Erdoğan lui a tout simplement rendu la lettre.

Les opérations militaires turques ont rencontré une résistance bien plus forte que prévu. Les forces kurdes ont conclu rapidement un accord tactique avec les forces gouvernementales du président Assad. Cette opposition sur le terrain a sans doute obligé Erdoğan à accepter un accord de cessez-le-feu, négocié assez rapidement par le vice-président américain Mike Pence, avec la participation active de la Russie. La Turquie a finalement obtenu une zone de sécurité, mais d'une taille inférieure à celle initialement revendiquée.

Pour ma part, ma priorité consistait à empêcher l'aggravation des divisions internes au sein de l'alliance. Erdoğan parlait avec mépris de « vous autres à l'OTAN » et martelait que « l'OTAN [l'avait] trahi ». Il menaçait de « submerger l'Europe de migrants » si les préoccupations turques ne rencontraient pas une meilleure écoute. Ces fractures entre alliés favorisaient l'influence accrue de la Russie dans la région, et il devenait impératif de veiller à ce que la Turquie ne soit pas poussée dans les bras de Moscou en réaction aux critiques occidentales. Sans coopération avec Ankara, la gestion de la crise migratoire deviendrait aussi totalement ingérable.

Cet automne-là, certains des liens qui font la cohésion au sein de l'alliance se sont rompus simultanément : entre les États-Unis et la Turquie au sujet des Kurdes, entre la Turquie et les alliés européens en raison de l'intervention militaire turque, et entre l'Europe et les États-Unis à la suite de la décision unilatérale de Trump de retirer les troupes américaines.

Une telle situation ne pouvait perdurer. Les disputes publiques entre alliés offrent un terrain fertile aux forces cherchant à semer la division. Les alliés ne peuvent pas se permettre de se critiquer mutuellement aux yeux de tous.

Chapitre 26

Des présidents intransigeants

La Grande-Bretagne a occupé une position de premier plan lors de la création de l'OTAN en 1949. Les autorités britanniques ambitionnaient de mettre en place une coopération étroite en matière de sécurité entre les démocraties occidentales afin de contrer les menaces émanant de l'Union soviétique. À cette époque, plusieurs États d'Europe de l'Est avaient successivement vu se mettre en place des régimes placés sous la tutelle Moscou. Le coup d'État en Tchécoslovaquie, survenu en février 1948, avait particulièrement marqué les esprits.

À la suite des élections générales organisées peu après la fin de la guerre, Clement Attlee, chef du Parti travailliste, avait accédé au pouvoir, écartant contre toute attente Winston Churchill. Ce dernier, bien que héros incontesté du conflit, incarnait des valeurs et une vision du monde associées à un système de classes jugé obsolète par une population britannique éreintée par les épreuves du conflit et tournée vers un avenir de progrès. La société britannique aspirait alors à une politique de reconstruction fondée sur une économie mixte, un État-providence et une réduction des inégalités sociales.

Dans ce contexte, Ernest Bevin, secrétaire d'État aux Affaires étrangères d'Attlee et ancien dirigeant syndicaliste de renom, a joué un rôle moteur dans les travaux préparatoires à la fondation de l'alliance atlantique.

Issu d'un milieu modeste – son père demeure inconnu et sa mère est décédée alors qu'il n'avait que huit ans –, Bevin avait quitté l'école dès l'âge de onze ans pour travailler comme journalier dans le port de Bristol, avant de devenir un acteur majeur de la formation du syndicat britannique des travailleurs du transport, qu'il a dirigé ensuite pendant plusieurs années.

L'engagement viscéral de Bevin en faveur du principe de solidarité collective, fondement de l'OTAN, s'inscrivait dans la continuité des combats qu'il avait menés au sein du mouvement syndical : toute attaque contre l'un devait être perçue comme une attaque contre tous.

La relation entre les États-Unis et le Royaume-Uni, qualifiée de *special relationship*, repose sur des bases historiques et linguistiques communes, ainsi que sur des intérêts économiques et politiques convergents. Cette proximité s'est traduite à plusieurs reprises par des relations étroites entre les dirigeants, comme ce fut le cas entre Ronald Reagan et Margaret Thatcher dans les années 1980, puis entre Bill Clinton et Tony Blair quelques années plus tard.

Tant en qualité de secrétaire général de l'OTAN que de Premier ministre norvégien, j'ai pu observer de près l'intensité de la coopération militaire entre Londres et Washington : une collaboration étroite dans le domaine du renseignement, un échange de vues sur des informations classifiées, ainsi qu'une solidarité marquée dans les interventions militaires en Afghanistan après les attentats du 11 septembre 2001 à New York et Washington. Le Royaume-Uni avait participé à l'invasion controversée de l'Irak en 2003. Et après 2014, les Britanniques, aux côtés des Américains et des Canadiens, avaient été parmi les premiers à former les forces armées ukrainiennes.

Depuis l'époque d'Attlee et de Bevin, le Royaume-Uni demeurait un fervent partisan de l'alliance. Chaque année, il consacrait plus de 2 % de son produit national brut à la défense, et ses autorités soutenaient activement la plupart de mes initiatives, qu'il s'agisse de la création de nouveaux groupements tactiques à l'Est ou de la lutte contre le terrorisme. En toutes circonstances, je savais pouvoir compter sur l'appui de Londres, indépendamment de l'alternance politique.

En 2016, lors d'un référendum, les Britanniques ont décidé de quitter l'Union européenne. J'avais espéré qu'ils resteraient, conscient qu'un Brexit affaiblirait une institution de maintien de la paix dont j'étais un fervent partisan. Ce retrait a marqué une rupture avec une longue dynamique historique d'intégration et de coopération en Europe.

Les conséquences du Brexit sur la politique de défense et de sécurité européennes étaient ambiguës. Historiquement, Londres s'était engagé à défendre le rôle de l'OTAN en Europe et à empêcher toute concurrence institutionnelle entre l'Union européenne et l'alliance atlantique. Le départ du Royaume-Uni du projet européen a privé l'Union de cette garantie, tout en rendant plus manifeste l'incapacité de l'Union européenne à se prémunir seule contre les menaces extérieures. Certes, le discours politique européen en faveur d'une autonomie stratégique s'en est trouvé renforcé, mais la concrétisation d'une défense européenne s'est compliquée, notamment par la perte d'une des plus grandes puissances militaires de l'Union européenne. De ce fait, l'importance de l'OTAN a été accrue, y compris pour Londres.

C'est donc un allié solide et fidèle qui a accueilli le sommet de l'OTAN à Londres en décembre 2019. À sa création en 1949, l'alliance avait établi son premier siège à Londres, réduit à un secrétariat restreint pour les pays membres, sans poste de secrétaire général – fonction instituée ultérieurement avec celui de commandant suprême de l'OTAN. Sur le plan symbolique, Londres offrait à bien des égards un cadre idéal pour célébrer le soixante-dixième anniversaire de l'alliance.

Cependant, les préparatifs du sommet ont été compliqués par un contexte tendu. Quelques semaines auparavant, le président Macron avait accordé un entretien au magazine britannique *The Economist*, dans lequel il exprimait ses vives préoccupations concernant l'état de l'alliance après ce qui s'était passé dans le nord de la Syrie, allant jusqu'à dénoncer une mort cérébrale de l'OTAN. Selon lui, les États-Unis, le pays membre le plus important de l'organisation, avaient pris des décisions majeures sans consultation préalable de leurs alliés. Ce jugement sévère s'accompagnait du constat qu'il était urgent pour l'Europe de renforcer son autonomie stratégique en matière de sécurité et de défense. L'OTAN était, selon lui, en passe de perdre sa valeur politique.

Lorsque les déclarations de Macron sur la mort cérébrale de l'OTAN ont provoqué une onde de choc, je me trouvais à Berlin, ce qui a été un avantage. Angela Merkel et moi avons pu, littéralement épaule contre épaule, réfuter ses affirmations. « Au sein de l'OTAN, nous pouvons être en désaccord, mais nous restons unis », a déclaré Merkel.

J'étais depuis longtemps arrivé à la conclusion que la défense la plus efficace de l'OTAN était d'admettre que la coopération ne se déroulait pas toujours sans accrocs. Nier quelque chose d'aussi évident pour tous ne ferait que saper ma crédibilité et, partant, celle de l'alliance. Mais, lorsque j'ai reconnu qu'il y avait des problèmes, j'ai également souligné que ce qui nous unissait était plus fort que ce qui nous divisait.

Macron exprimait publiquement quelque chose qu'il pensait depuis longtemps. Les États-Unis de Donald Trump n'étaient plus un partenaire fiable sur lequel l'Europe pouvait compter, selon lui. D'une part, il pointait un problème tout à fait réel : les instincts isolationnistes de Trump et ses critiques publiques régulières des Européens ont créé des divisions. Mais Macron poursuivait aussi un autre but bien connu : le président français souhaitait renforcer la politique de défense de l'Union européenne, et donc le rôle de la France dans la coopération en matière de politique de sécurité en Europe. Après le Brexit, la France était d'ailleurs la seule puissance nucléaire de l'Union européenne. Mon impression était que Macron voulait apparaître fort et indépendant pour faire barrage à la droite et à Marine Le Pen, un motif que je comprenais.

Il pouvait être tentant pour les dirigeants politiques européens de se rallier à l'initiative de Macron, étant donné l'impopularité de Trump en Europe. Cela aurait intensifié les divisions et compliqué notre travail pour maintenir l'union de l'alliance, mais la plupart des capitales européennes n'ont pas relayé son appel.

Nous avons constaté que son initiative a fait l'objet de critiques massives dans la presse allemande. Durant tout le mois de novembre, des membres du gouvernement allemand et d'autres dirigeants politiques ont exprimé leur soutien à Merkel et à sa réaction. Ils ont dit « oui » au renforcement de l'effort de défense européen au sein de l'OTAN, « non » à l'autonomie européenne de Macron. Il y avait une différence essentielle entre ces deux approches.

Trois présidents ont donc marqué la dynamique précédant le sommet : Recep Tayyip Erdoğan, Emmanuel Macron et Donald Trump, chacun posant ses propres défis à l'unité de l'alliance. La perspective d'organiser la réunion s'annonçait risquée : Erdoğan menaçait de bloquer certaines décisions en réponse aux critiques sur l'intervention turque en Syrie ; Macron avait déjà remis en cause la cohérence stratégique de l'OTAN, et on pouvait craindre une confrontation totale entre Trump et lui.

Au début de l'automne 2019, Trump a attiré de nouveau l'attention internationale en exprimant son souhait d'acquérir le Groenland, la plus grande île du monde. Cet intérêt était motivé à la fois par la situation stratégique du Groenland et par un désir d'accès sécurisé aux ressources naturelles qui s'y trouvent.

La Première ministre danoise Mette Frederiksen et le dirigeant du gouvernement groenlandais Kim Kielsen ont immédiatement rejeté cette proposition : le Groenland, ont-ils affirmé, n'était pas à vendre.

J'ai soutenu la position danoise. Lors de conversations avec Mette Frederiksen, j'ai également marqué mon accord sur la nécessité de rechercher des modalités permettant d'accroître la présence militaire, dans le respect de l'appartenance de l'île au Royaume du Danemark, et en prenant dûment en compte les préoccupations exprimées par nos alliés. Cette question revêtait une importance stratégique pour l'ensemble de l'alliance atlantique.

J'ai rappelé par ailleurs que ce n'était pas la première fois qu'un voisin cherchait à contester la souveraineté danoise sur le Groenland. À l'été 1931, un groupe de trappeurs norvégiens avait occupé la côte est du Groenland, occupation qui avait été par la suite reconnue par le gouvernement norvégien. Le Danemark avait saisi la Cour permanente de justice internationale (CPJI) siégeant à La Haye sous les auspices de la Société des Nations, qui avait donné entièrement raison au Royaume du Danemark. Le Groenland a ainsi été confirmé comme territoire danois.

L'affaire a rapidement disparu des actualités, mais une certaine nervosité persistait à l'approche du sommet de 2019. Les incertitudes liées à l'imprévisibilité du président américain pesaient sur nos préparatifs. À mesure que le sommet approchait, nous doutions de l'opportunité même de sa tenue. Toutefois, renoncer aurait constitué un aveu d'échec préjudiciable à l'avenir de l'OTAN. Les sommets étaient en effet essentiels pour entretenir la dynamique politique et renforcer la cohésion transatlantique.

À la mi-novembre, je me suis rendu à Washington pour m'entretenir avec le président Donald Trump dans le cadre des consultations précédant le sommet de Londres.

Des photographes sont entrés pour prendre les photos officielles, mais il les a renvoyés après peu de temps, car il a remarqué des canettes de Coca sur la table qu'il ne voulait pas voir apparaître sur les photos, puis il a rappelé les photographes. « Tout le monde sourit ! » a-t-il dit.

Après le départ des photographes, l'entretien s'est naturellement orienté vers la France. Trump a incendié le président Macron pour sa déclaration sur la « mort cérébrale » de l'OTAN.

« Une déclaration irrespectueuse et insultante. On ne peut pas se permettre de parler de l'OTAN comme ça », a-t-il dit. Il pensait que l'alliance n'avait en réalité qu'un seul problème, et c'était la France : « Qu'est-ce que vous pensez de Macron ? Il ne se débrouille pas très bien à l'OTAN, n'est-ce pas ? » m'a demandé Trump.

Je me suis abstenu de commenter directement, soulignant plutôt que cette déclaration n'avait pas rencontré d'écho favorable parmi les autres alliés européens et rappelant combien il était crucial de maintenir l'unité. Je ressentais le besoin de défendre Macron. Ou, plutôt, de souligner l'importance de garder la France au sein de l'alliance, et j'ai donc évoqué les relations du pays avec l'OTAN au fil des années.

Ce type d'échange informel caractérisait désormais notre mode de communication : Trump posait des questions sur divers sujets, tandis que je m'efforçais de recentrer la discussion sur l'utilité stratégique de l'OTAN pour les États-Unis.

J'ai mis en avant les progrès réalisés en matière de dépenses de défense. L'Europe et le Canada avaient accru leurs investissements, et la tendance se poursuivrait jusqu'en 2024. Neuf alliés avaient déjà dépassé l'objectif des 2 % du produit national brut.

Cependant, cela n'a pas fait une très forte impression sur Trump. Il a demandé pourquoi davantage de pays ne dépassaient pas les 2 %.

« C'est une insulte. La plupart pourraient atteindre 2 % en un jour s'ils le voulaient vraiment. Comme l'Allemagne. Ils nous coiffent au poteau dans le commerce », a-t-il dit.

Une fois encore, Trump a établi un lien direct entre commerce et sécurité. Si ses interventions reprenaient des thèmes connus, elles étaient formulées sur un ton plus apaisé, signe d'une atmosphère moins conflictuelle.

La question du gazoduc Nord Stream 2 a encore une fois été évoquée. Trump a réitéré son accusation selon laquelle l'Allemagne se rendait « otage de la Russie », mais il a aussi mis en avant les capacités croissantes des États-Unis à exporter du gaz vers l'Europe, évoquant notamment l'inauguration récente en Louisiane de la plus grande infrastructure au monde de gaz naturel liquéfié.

« La plus grande installation que j'ai jamais vue. Mes conseillers disent que nous pouvons transporter ce gaz à bas prix », a-t-il dit.

Après l'arrivée des délégations dans la salle, Trump a placé Mike Pompeo et moi-même directement face à son bureau, s'installant derrière celui-ci. J'ai remarqué, à côté des deux téléphones, une petite boîte en bois dotée d'un bouton rouge. Si je n'avais été informé de la fonction réelle de cet objet, j'aurais pu croire qu'il s'agissait du fameux « bouton nucléaire ». Un peu plus tard dans la réunion, Trump a souri malicieusement, s'est penché en avant et a appuyé sur ce bouton. Quelques secondes plus tard, un collaborateur est entré avec des canettes de Coca light. Il s'agissait, en réalité, de son dispositif personnel pour commander son Coca.

Quelques semaines plus tard, j'ai retrouvé Trump lors d'un petit-déjeuner à Winfield House, la résidence de l'ambassadeur américain à Londres, à la veille du sommet. Initialement prévue comme une brève séance photo, cette rencontre s'est transformée en une conférence de presse improvisée d'une heure où Trump et moi étions assis chacun sur notre chaise face à tous les journalistes. Cette décision semblait avoir été prise sur l'instant par Trump lui-même.

Cette fois, il a tenu un discours résolument positif sur l'OTAN et sur mon action à la tête de l'alliance, ce qui contrastait fortement avec l'attitude plus critique observée à Bruxelles l'année précédente, quand il avait attaqué l'Allemagne devant les caméras. J'ai eu l'occasion de m'exprimer, sans interruption ni agacement de sa part, exposant les progrès réalisés dans le renforcement de l'alliance et l'amélioration du partage des charges.

« Allons-nous prendre le petit-déjeuner maintenant ? » a demandé Trump, surpris, une fois la conférence de presse terminée.

Nous étions en retard sur le programme, et il avait complètement oublié le petit-déjeuner. Néanmoins, il est resté de bonne humeur quand il s'est rendu compte que d'autres engagements nous attendaient.

« Là-bas à la conférence de presse, j'aurais aimé dire que nous ne protégerons pas les pays qui ne paient pas, mais je ne l'ai pas dit », a déclaré Trump à la table du petit-déjeuner, quand les médias ont eu quitté la pièce. « Vous savez, 2 %, c'est si peu. Ç'aurait dû être quatre. »

Son opinion sur l'impératif d'un engagement financier accru n'avait donc pas changé, mais le ton général était devenu moins menaçant. Néanmoins, une inquiétude subsistait : celle de le voir annoncer un système de garanties de sécurité à deux vitesses, réservant des assurances complètes uniquement aux pays atteignant les objectifs fixés et beaucoup moins aux autres pays. La tension est encore montée d'un cran lorsque l'on a appris qu'il organiserait une réunion restreinte, en fin de sommet, à laquelle seuls les dirigeants ayant respecté le seuil des 2 % et moi-même serions conviés. Toutefois, ce scénario redouté ne s'est pas concrétisé, Trump se contentant de publier un tweet positif sur l'OTAN.

Le sommet lui-même a commencé par une réception grandiose au palais de Buckingham. À cette occasion, j'ai eu l'honneur d'être reçu en audience par Sa Majesté la reine Élisabeth II et de faire davantage sa connaissance. Elle a évoqué son amitié avec lord Ismay, ancien chef d'état-major de Winston Churchill et premier secrétaire général de l'OTAN en 1952. Ayant rencontré tous les secrétaires généraux successifs – j'étais le treizième à ce poste –, elle a échangé quelques mots avec moi sur l'avenir de l'alliance.

Pendant la réception, Sa Majesté, malgré ses quatre-vingt-treize ans, a fait montre d'une vigueur impressionnante. Lorsque je l'ai présentée à Jean Asselborn, ministre des Affaires étrangères du Luxembourg et doyen des ministres en fonction, elle a accueilli sa remarque sur ses quinze années de service avec un sourire malicieux : « Cela est certes très bien, mais vous êtes encore loin de la longévité de mon règne. »

La soirée s'est poursuivie avec un dîner au 10 Downing Street, offert par le Premier ministre Boris Johnson. Fidèle à son style, Johnson a mêlé désinvolture apparente et érudition éclectique, citant des chefs de guerre romains et des philosophes grecs. S'il suscitait des réserves parmi certains alliés en raison de son rôle dans le Brexit, son attachement à l'OTAN et à la solidarité transatlantique était indéniable. Quelle que soit l'opinion qu'on portait sur ses positions politiques, il était difficile de rester insensible à son énergie débordante et à son flot d'impertinences, de formules percutantes et de remarques où lui aussi en prenait pour son grade.

Après le dîner, Boris Johnson et moi sommes restés seuls un moment, au premier étage de la résidence du Premier ministre, à admirer le sapin de Noël qui s'y trouvait, imposant et magnifiquement décoré de lumières, de paillettes et de boules étincelantes.

« Quel arbre de Noël splendide ! » me suis-je écrié.

Boris Johnson m'a regardé.

« Certes, mais il n'est pas aussi beau que celui sur Trafalgar Square. »

Il faisait référence à la tradition qui veut qu'Oslo envoie chaque année un sapin de Noël à Londres en remerciement pour l'aide reçue pendant la guerre. Son sourire ne laissait aucun doute sur le fait que, cette année encore, comme beaucoup de ses concitoyens, il trouvait que l'arbre était quelque peu chétif.

Le sommet de Londres s'est mieux déroulé que prévu. Les trois chefs d'État les plus critiques ont fait preuve d'une réelle volonté de coopération. Le président Erdoğan a apporté son appui aux nouveaux plans de défense de l'OTAN, après avoir longtemps bloqué leur adoption en raison du manque de soutien de l'alliance à sa zone de sécurité en Syrie. Le président Macron, de son côté, s'est abstenu de poursuivre sa critique relative à la prétendue « mort cérébrale » de l'OTAN. Et le président Trump a exprimé un attachement sans équivoque à l'alliance.

La déclaration finale du sommet était brève, ne comportant que neuf paragraphes, mais elle marquait une avancée majeure sur un point crucial : pour la première fois, l'alliance adoptait une position commune à l'égard de la Chine.

Depuis plusieurs décennies, le monde assistait au développement économique impressionnant de « l'empire du Milieu ». Pour ma part, j'avais eu l'opportunité de constater cette évolution de près lorsque, en tant que leader de la ligue des jeunes travaillistes, au milieu des années 1980, j'avais été invité à un voyage d'étude à travers le pays. Ce que j'avais observé m'avait profondément impressionné. Deng Xiaoping, l'homme fort du moment, m'avait particulièrement marqué par son pragmatisme et sa capacité à réformer la société chinoise. Jamais dans l'histoire de l'humanité autant de personnes n'étaient sorties de la pauvreté en si peu de temps pour accéder à un niveau de prospérité et de sécurité raisonnable. La mortalité infantile avait chuté, et l'espérance de vie avait progressé.

À mon retour de Chine, j'avais été interviewé par un journal dans lequel j'avais partagé mes impressions de voyage. Cette expérience m'avait manifestement marqué, puisque j'ai déclaré que Deng Xiaoping était devenu mon modèle politique. Quelques années plus tard, il a donné l'ordre de réprimer les manifestations de la place Tian'anmen à Pékin, entraînant la mort de plusieurs milliers de personnes. Mon interview de l'époque a reparu, et j'ai dû admettre que mon admiration pour le dirigeant chinois avait sérieusement pris du plomb dans l'aile.

Cependant, je n'étais pas le seul à exprimer de l'enthousiasme pour le développement économique et social chinois. La conviction dominante en Occident était que l'intégration de la Chine dans l'économie mondiale s'accompagnerait nécessairement de réformes démocratiques et d'une libéralisation politique.

Nous nous étions trompés. Le régime de parti unique et la pensée unique avaient réussi à se conjuguer avec une économie de marché croissante et une prospérité privée accrue. La Chine était devenue un État de plus en plus autoritaire. Dans les années précédant le sommet de Londres, la démocratie à Hong Kong avait été anéantie, des milliers d'opposants et de journalistes avaient été arrêtés. Le concept d'« un pays, deux systèmes », avancé lors du rattachement de Hong Kong à la Chine, s'était révélé être une illusion. La population chinoise était de plus en plus surveillée via le contrôle d'Internet, des réseaux sociaux et par des méthodes telles que la reconnaissance faciale dans l'espace public. La répression des Ouïghours dans la province du Xinjiang s'était considérablement durcie.

En Occident, il a été de plus en plus évident que les relations économiques avec la Chine n'étaient pas uniquement bénéfiques, et qu'elles pouvaient affecter notre sécurité. Le contrôle chinois sur des infrastructures critiques telles que les ports, les aéroports et les réseaux 5G nous rendait vulnérables. L'exportation de technologies avancées depuis la Chine pouvait être utilisée contre nous. Notre dépendance à l'égard des importations de minerais rares ou d'autres produits chinois constituait un risque réel. Ainsi, même si nous convenions de l'importance de maintenir le commerce avec la Chine, nous devions simultanément gérer les implications sécuritaires de cette relation.

Pékin poursuivait une expansion militaire massive. La Chine était devenue la deuxième puissance militaire mondiale, avec un nombre croissant de missiles intercontinentaux et d'autres systèmes d'armes sophistiqués. Ses forces nucléaires étaient renforcées, et on estimait qu'à l'horizon 2035 la Chine disposerait d'un nombre d'ogives nucléaires stratégiques comparable à celui des États-Unis. Une approche beaucoup plus critique vis-à-vis de la Chine s'était progressivement imposée dans la politique étrangère américaine. Pékin était de plus en plus perçue comme un défi sécuritaire. En 2015, l'administration Obama a vigoureusement dénoncé l'attitude de la Chine en mer de Chine méridionale, en violation du droit international, et affirmé son opposition à toute militarisation supplémentaire des îles disputées. En 2017, sous la présidence de Donald Trump, cette ligne dure a abouti à une rupture de la politique américaine envers la Chine : le pays a désormais été qualifié de « concurrent stratégique ». L'année suivante, Washington a imposé de lourdes taxes douanières sur de nombreux produits chinois, notamment dans l'électronique et les équipements médicaux. Les investissements chinois aux États-Unis ont été soumis à des restrictions. Ces mesures visaient à limiter les échanges susceptibles de créer une dépendance américaine vis-à-vis de Pékin ou d'offrir à la Chine un accès à des technologies sensibles.

Au moment du sommet de Londres, plusieurs pays européens se montraient également très préoccupés par cette évolution. Ces dernières années, une attitude plus critique vis-à-vis de la Chine s'était imposée en Europe, mais aborder ce sujet dans le cadre de l'OTAN restait délicat. Plusieurs raisons expliquaient que les pays européens membres de l'alliance continuent à considérer leur relation avec la Chine principalement sous l'angle économique. Ils voyaient des bénéfices majeurs dans le commerce avec ce pays et voulaient éviter de donner l'impression que nous avions un nouvel ennemi. Pour l'industrie automobile allemande, le marché chinois conservait une importance capitale. L'Allemagne considérait que suivre automatiquement la ligne dure de Trump ne servait pas forcément ses intérêts nationaux. La France estimait que des sujets comme la sécurité énergétique et la 5G relevaient davantage de la compétence de l'Union européenne que de celle de l'OTAN. Quant à la Pologne et aux pays d'Europe de l'Est, ils n'étaient pas opposés à ce coup de projecteur sur la Chine, mais ils craignaient que cela n'affaiblisse l'attention de l'alliance sur ce qui les préoccupait le plus, à savoir la menace russe.

Concilier des intérêts aussi multiples et divergents était tout sauf une tâche aisée.

Dans mon discours devant le Congrès en avril, j'avais renoncé à évoquer la Chine, faute de positions communes négociées.

Mais, dans les mois précédant le sommet de Londres, les rouages de l'OTAN ont fonctionné lentement et méthodiquement ; les différentes commissions de l'alliance ont examiné en détail les multiples aspects de notre relation avec la Chine : des études ont été réalisées, des rapports rédigés, des capitales consultées. J'avais auparavant été exaspéré par la lenteur de tels processus et passablement agacé par l'importance accordée aux moindres détails et nuances. Mais, en l'espèce, cette lenteur s'est révélée nécessaire.

Finalement, tous ces efforts ont débouché sur l'affirmation suivante dans la déclaration finale :

« Nous reconnaissons que l'influence croissante de la Chine et ses politiques internationales représentent à la fois des opportunités et des défis que nous devons relever ensemble, en tant qu'alliance. » Ce n'était qu'une phrase, mais elle traduisait quelque chose de tout à fait essentiel. La relation avec le géant à l'Est ne concernait pas seulement l'économie et le commerce ; elle concernait également notre sécurité.

Chapitre 27

Trump au bout du fil

« *Hello Mister President, this is Jens Stoltenberg speaking !* »

Donald Trump avait, à très court terme, demandé à me parler au téléphone. À l'autre bout du fil, j'avais entendu sa voix : « *One of the greatest of all time, right ? One of the greatest. The greatest.* » (« Un des meilleurs de tous les temps, hein ? Un des meilleurs. Le meilleur. »)

Je n'avais pas bien compris s'il parlait de lui ou de moi comme étant « *the greatest* », mais ce n'était pas bien grave. Le ton de Trump était toujours léger, malgré la crise qui sévissait au Moyen-Orient.

Nous étions le 8 janvier 2020. Cinq jours auparavant, le chef des forces Al-Qods des gardiens de la révolution islamique, le général Qassem Soleimani, avait été tué lors d'une frappe de drones américaine près de Bagdad. Les Iraniens étaient furieux et menaçaient de vastes représailles. Soleimani était vénéré comme un héros national en Iran ; il était impossible pour le régime de ne pas réagir après son assassinat. La situation était soudainement devenue confuse et dangereuse. Une confrontation militaire entre l'Iran et les États-Unis sur le sol irakien était envisageable, sans qu'aucune des parties ne le souhaite véritablement. Les Iraniens avaient tiré des roquettes sur des bases militaires américaines en Irak. Huit soldats avaient été blessés, mais heureusement aucun n'avait perdu la vie. Si quelqu'un avait été tué, Trump aurait pu se sentir obligé de riposter militairement. Il avait déjà annoncé sur Twitter que cinquante-deux cibles iraniennes étaient visées.

« Vous savez, nous les avons frappés fort en éliminant ce terroriste, ce général. Personne au monde n'était pire que lui. C'est incroyable ce qu'ils avaient planifié ; ils allaient attaquer l'un de nos sites, l'une de nos ambassades, une nouvelle catastrophe de Benghazi. Ça devait avoir lieu samedi prochain. Alors, nous l'avons éliminé, qu'il repose en paix », a déclaré Trump.

L'assassinat de Soleimani avait rendu les forces américaines plus vulnérables, et Trump souhaitait que l'essentiel de l'intervention des États-Unis en Irak se fasse désormais sous l'égide de l'OTAN. Plus tôt dans la journée, il avait prononcé une allocution télévisée dans laquelle il avait clairement affirmé vouloir demander à l'OTAN de s'engager beaucoup plus au Moyen-Orient. Il voulait maintenant s'en assurer auprès de moi.

« J'espère que vous n'avez pas fait une crise cardiaque à cause de ce que j'ai dit sur l'OTAN. Mais c'est important. L'OTAN doit intensifier ses efforts, a-t-il dit. Vous savez, nous payons tellement pour l'OTAN. C'est ridicule. Mais bon, ça devient un peu moins ridicule. Au Moyen-Orient, l'OTAN doit remplacer les États-Unis. Nous payons de toute façon presque 100 %. Ça c'est malin, du génie », a poursuivi Trump.

Comme à son habitude, il était préoccupé par le partage des charges et pensait qu'un rôle accru pour l'OTAN réduirait la pression sur les États-Unis. Cela lui permettrait de dire plus facilement qu'il retirait les États-Unis d'une guerre sans fin.

« Monsieur le Président, vous m'aviez encouragé à deux choses lorsque nous nous étions rencontrés pour la première fois en 2017 : faire payer davantage les Européens et amener l'OTAN à agir davantage contre le terrorisme. Et je suis entièrement d'accord. Nous poursuivons dans cette voie et... »

Trump m'a interrompu :

« L'OTAN doit remplacer les États-Unis, ne parlez pas d'autre chose. De toute façon, c'est nous qui payons. L'OTAN représente le monde d'une manière différente des États-Unis. Moins d'hostilité. Multilatéraliser toute l'affaire. Presque comme l'ONU. Un véritable coup de génie, a-t-il ajouté.

— L'OTAN peut en effet faire plus au Moyen-Orient, ai-je répondu. J'avais justement prévu d'en discuter avec le secrétaire d'État Pompeo plus tard dans la journée. Et j'en avais déjà parlé avec le conseiller à la sécurité nationale Robert O'Brien juste avant Noël. Donc, pour donner suite à cela... »

Trump m'a de nouveau coupé la parole :

« Je veux aller encore plus loin. Nous allons changer le nom de l'OTAN. OTAN-MO, ou quelque chose comme ça pour OTAN-Moyen-Orient. Une idée phénoménale, non ? Votre nom restera à jamais dans les annales. Et le mien aussi. »

Puis il a évoqué les erreurs de ses prédécesseurs : « Le Moyen-Orient est vraiment un problème, et c'est à cause de la stupidité de Bush. Il s'est précipité comme un idiot. Même si l'Irak n'avait rien à voir avec le World Trade Center. »

J'ai promis de donner suite afin qu'un rôle élargi de l'OTAN puisse être étudié plus concrètement : « J'enverrai sans délai mes meilleurs éléments à Washington. J'enverrai John Manza », ai-je dit.

John Manza était l'un des secrétaires généraux adjoints de l'OTAN. Ancien officier du US Marine Corps, il avait participé à la guerre de 1991 contre Saddam Hussein pour libérer le Koweït. Je l'avais rencontré pour la première fois en Afghanistan quelques années plus tôt, et nous étions devenus proches lorsque nous nous étions rendus ensemble à Bagdad l'automne précédent. Un personnage fascinant, issu d'une fratrie de huit enfants, dont les deux frères aînés avaient servi au Vietnam. Après vingt ans de service dans les Marines, il avait obtenu un doctorat et rejoint l'OTAN, où il dirigeait désormais les opérations de l'alliance. Passionné de moto et de voitures anciennes, il se sentait plus à l'aise en jean et en blouson en cuir, et portait toujours des bretelles colorées. Manza possédait également un grand voilier, sur lequel il naviguait seul chaque année pendant quelques semaines.

« Envoyez les bonnes personnes. Je les rencontrerai à leur arrivée ici, d'accord ? a dit Trump.

— Parfait, ai-je répondu.

— Merci, mon ami, à bientôt. »

Juste après notre conversation téléphonique, il a tenu une conférence de presse où il a suggéré que l'OTAN devrait s'élargir pour permettre à des pays du Moyen-Orient d'en devenir membres.

« Nous avons l'OTAN, n'est-ce pas, et nous avons le Moyen-Orient. Appelons cela l'OTAN-MO, a-t-il dit avec enthousiasme, traçant les lettres en l'air avec ses doigts. Quel nom magnifique ! Je suis doué pour trouver des noms. »

Lorsque l'Occident avait décidé de s'engager davantage dans la lutte contre le terrorisme, il fallait à mon avis avoir de très bonnes raisons pour ne pas utiliser l'OTAN, alors que cela concernait notre sécurité commune. Nous étions maintenant dans une situation où mon souhait d'accroître l'engagement de l'OTAN correspondait parfaitement à ce que le président des États-Unis essayait de mettre en place. L'alliance a décidé de renforcer l'opération en Irak.

Quelques mois plus tard, en juin 2020, c'est moi qui ai appelé Donald Trump, principalement pour discuter de la situation en Afghanistan. Trump avait décidé de retirer les soldats américains du pays. Il était important pour moi de traiter cette question directement avec le président, et de veiller à ce que toutes nos actions soient bien coordonnées au sein de l'OTAN. Mais la conversation avait mis du temps à aborder le sujet de l'Afghanistan.

« Bonjour, c'est... »

— *How are you, how are you doing ?* »

J'ai répondu que j'allais bien, mais avant que je ne puisse continuer, Trump a pris la parole.

« La Chine nous a frappés si durement, *those sons of bitches*, ils nous ont frappés avec cette peste. »

La pandémie de coronavirus dominait alors toute l'actualité mondiale. Je lui avais dit que j'avais vu que les derniers chiffres du Covid-19 aux États-Unis étaient en baisse, et que l'économie montrait également des signes d'amélioration, avec de plus en plus de créations d'emplois.

« Ça ne nous a coûté que quatre trillions de dollars et de nombreuses vies humaines, a commenté Trump. C'est terrible ce qu'ils nous ont fait, et ils auraient pu l'empêcher. Terrible mon ami. Terrible. »

J'ai dit quelques mots sur la façon dont les alliés de l'OTAN s'entraidaient face à la pandémie, et le rôle des forces militaires venues en soutien aux sociétés civiles.

« Ah oui ? Eh bien, pour être honnête, je n'ai pas vu beaucoup de soldats de l'OTAN venir en aide aux États-Unis. Mais soit. Nous avons tout pris en main nous-mêmes. Mais dites-moi, comment ça se passe ? Est-ce que tout le monde a atteint l'objectif des 2 % ? Et l'Allemagne ?

— Pas encore tous, ai-je répondu. Mais je continue d'insister. À chaque rencontre avec les dirigeants européens de l'OTAN, j'aborde…

— L'Allemagne est à moins de 1 %. Et Angela n'a même pas pu venir au sommet du G7 à cause du Covid. Elle disait : "Oh, le Covid, oh, le Covid !" Mais ici, à la Maison-Blanche, nous n'avons pas de Covid, pas vrai. Où en est l'Allemagne, monsieur le Secrétaire général ? »

J'ai répondu que l'Allemagne, de 1 %, était en train de passer à 1,5 %, qu'elle prévoyait d'augmenter encore ses dépenses dans les années à venir, et que neuf pays étaient déjà au-dessus des 2 %.

« Qui d'autre ? a demandé Trump. Qui d'autre est aussi mauvais que l'Allemagne ? Y en a d'autres ? »

Je lui ai expliqué que l'Espagne et l'Italie restaient également bien en dessous de l'objectif, mais que les pays d'Europe de l'Est et le Royaume-Uni étaient au-dessus. J'ai aussi précisé que certains pays approchaient des 2 % non pas parce qu'ils augmentaient leurs budgets, mais parce que leur produit intérieur brut diminuait à cause de la pandémie. C'est pourquoi, ai-je souligné, j'étais aussi attentif à l'augmentation en termes absolus.

Trump a semblé se satisfaire de cette explication.

« OK, quoi d'autre ? » a-t-il demandé.

J'ai enfin pu aborder le sujet de l'Afghanistan, en précisant que les alliés soutenaient l'accord conclu entre les États-Unis et les talibans.

« Mais il est essentiel que nous restions parfaitement coordonnés à l'avenir. Je comprends que les États-Unis prévoient de nouvelles réductions de troupes, et je…

— Et comment. Il faut qu'on foute le camp. »

J'ai dit que nous devions nous assurer que les talibans respectent leur part de l'accord, et que j'étais sceptique quant à leur engagement réel. J'ai particulièrement insisté sur le fait que les talibans devaient entamer des négociations avec le gouvernement de Kaboul, comme ils s'y étaient engagés dans l'accord avec les États-Unis. J'étais curieux de savoir si Trump confirmerait explicitement qu'il renonçait à exiger des conditions préalables des talibans. Mais je n'ai pas eu le temps de finir ma phrase qu'il a enchaîné :

« Mais avez-vous déjà vu quelque chose d'aussi stupide ? Où nous dépensons autant d'argent ? C'est ridicule, franchement. Je n'ai jamais vu une chose pareille de toute ma vie. Les sommes que nous dépensons... Je ne veux même pas vous donner les chiffres, c'est trop embarrassant. Alors, on s'en va. »

Trump voulait que je reste en contact avec le conseiller à la sécurité nationale Robert O'Brien pour assurer la coordination, et j'ai répondu que je l'avais déjà rencontré plusieurs fois. O'Brien m'avait assuré que les actions des États-Unis resteraient coordonnées avec celles des alliés de l'OTAN. Si les États-Unis réduisaient encore leur présence, il pourrait être nécessaire de fermer certaines bases de l'OTAN en dehors de Kaboul, ai-je indiqué à Trump.

« Ouais, parlez avec O'Brien et le général Kellogg. Mais c'est l'heure. C'est l'heure de foutre le camp. On aurait dû partir il y a dix-huit ans. »

Le général Keith Kellogg était alors conseiller à la sécurité nationale du vice-président Mike Pence et un collaborateur en qui Trump avait manifestement toute confiance.

« Je veillerai à rester en contact étroit avec eux, et nous ferons tout pour nous assurer que les talibans respectent leurs engagements. Nous devons tout faire pour éviter que l'Afghanistan...

— Tout à fait d'accord. Mais on veut partir. Nous retirons aussi beaucoup de troupes d'Allemagne, parce qu'ils sont à la traîne sur leurs engagements envers l'OTAN. Ils sont à 1 %, alors nous retirons nos soldats d'Allemagne. Nous en avons cinquante mille là-bas. »

Voilà qui était nouveau. La présence militaire américaine en Europe avait augmenté sous Trump, mais serait à présent réduite. Et c'était spécialement en Allemagne que les coupes seraient les plus importantes.

Et Trump de poursuivre sur sa lancée :

« Nous allons ramener les effectifs à vingt-cinq mille le plus rapidement possible. Ils [les Allemands] sont complètement irresponsables quand il s'agit de payer. Vous savez, le problème avec l'Allemagne, c'est qu'ils ne sont pas fiables. Et elle [Angela Merkel] refuse même de participer au sommet du G7. Je peux vous assurer que, si un jour nous avions besoin d'eux en temps de guerre, ils ne seraient pas là pour nous. Vous pouvez en être certain. Elle refuse même de se déplacer pour une réunion. »

Le président Trump n'en avait pas fini avec ce sujet :

« Angela a peur du Covid. Si elle a peur du Covid, elle aura encore plus peur des balles, non ? Et ils ont ce pipeline vers la Russie – ils financent la personne contre laquelle nous sommes censés les protéger. Ils ne sont pas fiables. Vous ne trouvez pas qu'ils ne sont pas fiables ?

— Je dirais qu'ils n'ont pas encore atteint l'objectif des 2 %, mais que…

— Non, ils ne l'ont pas atteint, et ils ne l'atteindront jamais. Parce qu'ils pensent que tous les autres sont idiots. Et nous ne pouvons pas tolérer qu'ils pensent ça. »

Nous avons évoqué dans quelle mesure il voulait annoncer publiquement le retrait de troupes américaines d'Allemagne. J'avais lu des spéculations dans la presse sur un éventuel redéploiement vers la Pologne. Trump a loué l'engagement de la Pologne, qui respectait la cible des 2 %, mais il préférait rapatrier les forces sur le sol américain.

J'ai réitéré que je partageais le constat d'un déséquilibre dans le partage du fardeau, et j'ai rappelé que l'OTAN s'engageait davantage au Moyen-Orient, en particulier en Irak – une autre façon de rééquilibrer les charges.

« Très bien », a répondu Trump.

Il a fait remarquer que le Moyen-Orient était bien plus proche de l'Europe que des États-Unis et a exhorté les Européens à faire preuve de prudence quant à l'immigration en provenance des pays arabes. Connaissant ses préoccupations concernant la Chine, je lui ai rappelé ce que nous avions obtenu lors du sommet six mois plus tôt. Mais il ne m'a pas laissé développer :

« Le vrai grand danger, c'est la Chine, bien plus que tout le reste. C'est un gros risque.

— Oui, la Chine…

— À mon avis, c'est le plus gros risque pour vous.

— La Chine représente un défi majeur, et…

— La Chine se débrouille bien. Mais, vous savez, nous ne nous laissons pas distancer. J'ai renforcé notre défense, j'ai investi deux mille cinq cents milliards de dollars. Et honnêtement, l'OTAN ne prend pas du tout la Chine en compte. C'est ridicule. Parce que le gros risque pour l'Europe, c'est la Chine.

— C'est ce que j'ai souligné dans mon récent discours sur l'orientation future de l'OTAN. J'ai dit que l'alliance ne pouvait rester neutre. Elle ne peut s'abstenir de participer à la réponse de l'Occident face à la montée en puissance de la Chine. »

Trump n'a pas réagi sur ce point. Il est immédiatement revenu à un sujet que je croyais clos pour cette fois :

« Et ils doivent payer leurs contributions. Ils ne peuvent pas penser que nous allons nous battre pour l'Allemagne, et on sait que l'Allemagne ne peut pas se battre. Ils ont bradé leur autonomie à la Russie. Ils tirent 60 à 70 % de leur énergie de la Russie. Ce n'est pas absurde ça ? Ils ne peuvent pas se battre. Envoyez-leur un drapeau blanc. »

J'ai tenté une nouvelle fois de souligner que l'Allemagne augmentait son budget de défense et avait récemment décidé d'acheter des avions de chasse américains – une bonne chose pour l'industrie de défense des États-Unis. Mais j'ai reconnu que la route restait longue.

Trump est resté inflexible. Il affirmait que les États-Unis supportaient 100 % des coûts de l'OTAN, ce dont les Allemands se moquaient éperdument.

« Oui, je suis d'accord sur la nécessité d'un partage plus équitable des charges, ai-je répondu. Mais je pense également que c'est un atout stratégique pour les États-Unis d'avoir de nombreux amis et alliés au sein de l'OTAN, notamment face à la Chine.

— Je ne sais pas, a dit Trump. Elle [Merkel] n'est même pas venue à la réunion ici, aux États-Unis. Cela aurait montré qu'on faisait front ensemble. Que nous commencions tous à nous relever après le virus venu de Chine. Tout le monde voulait venir, sauf Angela. Cela aurait envoyé un signal fort si nous avions tenu le sommet du G7 comme prévu, avec tous présents. Mais elle n'a pas voulu. Donc, nous annulons le G7.

— Je comprends. Donc pas de G7 en septembre non plus ? C'est décidé ?

— Je ne sais pas. Personnellement, ça m'est complètement égal.

— Vous savez, l'OTAN ne fait pas partie du G7. Donc, il m'est difficile d'aborder le sujet du G7 avec nos alliés européens.

— Non, non, je suis d'accord. Je n'ai rien à vous reprocher personnellement. Vous faites un excellent travail. Mais tout le monde profite des États-Unis. Je l'ai observé pendant trois ans et demi, et tout ce que je veux, c'est y mettre un terme. Mais le temps passe, et on finit par… Je suis déterminé à stopper ça. Tout l'argent qu'on a mis là-dedans… c'est complètement absurde. Je crois réellement qu'on pourrait être entraînés dans une guerre, parce qu'un pays entrerait en conflit avec la Russie. Et ils ne lèveraient pas le petit doigt pour nous. Vous le savez bien. Mais bon, ne parlons pas de ça. De quoi d'autre devons-nous parler ?

— Non, je pense que nous avons abordé les questions les plus importantes. Comme je le disais, je me réjouis que vous repreniez le contrôle de la situation liée au Covid-19.

— Oui, nous faisons du bon boulot. Les derniers chiffres sur l'emploi sont fantastiques. On prévoyait une perte de neuf millions d'emplois, mais ce sera peut-être seulement cinq. Vous vous rendez compte ? On perd tous ces emplois à cause de la Chine. C'est du gâchis pour nous tous. J'avais de très bons résultats. Et puis cette peste entre dans notre pays. D'où elle vient ? De Chine. Et le monde entier a changé. Nous allons nous relever. Mais ils ont tout foutu en l'air. Personne d'autre ne saura gérer la Chine. Je suis le seul. Et ça ne me réjouit pas », a-t-il dit.

Et de conclure :

« OK. Portez-vous bien, Jens. Je vous soutiens à 100 %. Je ne demande qu'une chose : la justice. C'est tout. »

Chapitre 28

Changement de pouvoir à Washington

« Joe Biden va l'emporter. »

L'ambassadrice des États-Unis auprès de l'OTAN, Kay Bailey Hutchison, était sûre d'elle lorsque je l'ai rencontrée aux alentours de midi, au lendemain de l'élection présidentielle américaine. Le dépouillement des bulletins se poursuivait, et Donald Trump conservait encore une avance dans plusieurs États pivots. Mais, forte de son expérience électorale et de ses deux décennies au Sénat, Hutchison savait lire entre les lignes. Elle avait perçu des dynamiques dans les résultats partiels que d'autres ne voyaient pas. Au fur et à mesure du dépouillement, les résultats allaient inévitablement basculer en faveur de Joe Biden, a-t-elle affirmé.

La nuit du 3 novembre 2020, j'avais suivi attentivement les émissions télévisées consacrées à l'élection, sans qu'aucun vainqueur ne se dégage clairement. À mon réveil en sursaut le lendemain matin, les choses avaient bougé : Trump faisait beaucoup mieux que prévu. On était loin du raz-de-marée en faveur de Biden que de nombreux sondages et plusieurs experts avaient prédit.

Une grande incertitude régnait. Certains analystes estimaient désormais plausible une réélection de Donald Trump. J'ai donc commencé à me préparer mentalement à l'éventualité d'une nouvelle période avec lui à la Maison-Blanche. Plusieurs interviews avaient été programmées dans la matinée, lors desquelles je devais féliciter le vainqueur et commenter le scrutin américain. Nous avons tout reporté : il n'y avait personne à féliciter.

Je ressentais à nouveau ce sentiment étrange de décalage – l'idée que quelque chose d'essentiel m'échappait. Une fois de plus, les enquêtes d'opinion avaient sous-estimé la capacité de mobilisation de l'électorat trumpiste. Le fait qu'un résultat était probable ne signifiait pas qu'il fût certain.

Au matin du 4 novembre, dans une déclaration triomphante, Donald Trump a affirmé qu'il avait remporté l'élection et exigé l'arrêt immédiat du dépouillement. Il a évoqué des « fraudes massives », des « manipulations ». Tandis que je méditais les implications d'une nouvelle période sous sa présidence, il m'est revenu en mémoire une conversation que j'avais eue quelques mois plus tôt avec Angela Merkel. Elle craignait que Biden ne s'effondre lors des débats télévisés et que Trump ne parvienne à emporter la victoire.

« Dans ce cas, il faudra tenir bon, Jens. Faire au mieux », avait-elle déclaré.

Je partageais son point de vue. Il était tout à fait possible de garantir la sécurité de l'alliance atlantique pendant quatre années supplémentaires avec Trump comme président.

Dans les jours qui ont suivi, Biden a progressivement regagné du terrain, comme Hutchison l'avait prévu. Le samedi 7 novembre, les résultats dépendaient désormais de la Pennsylvanie et de ses vingt grands électeurs. Cet après-midi-là, alors que je me préparais à faire un peu de sport dans la salle sous les toits, sur l'écran de télévision au mur, CNN diffusait les derniers résultats du Nevada et l'analyse du vote de quelques petites circonscriptions pro-démocrates en dehors de Las Vegas. Puis ça a été au tour de la Pennsylvanie et d'une petite circonscription que Biden venait de remporter. L'annonce est alors tombée : CNN a déclaré que Joe Biden allait remporter l'élection présidentielle.

Tout s'était déroulé si vite que j'ai à peine compris ce qui se passait. Mais CNN a exposé, chiffres de la Pennsylvanie à l'appui, comment cette circonscription charnière scellait le sort du scrutin. J'ai aussitôt laissé tomber l'entraînement pour suivre la couverture en continu. L'ancien vice-président de Barack

Obama, Joe Biden, devenait le président nouvellement élu, et Kamala Harris la première femme vice-présidente des États-Unis.

Avec le temps, j'avais appris à composer avec Trump, même si parfois ce n'était pas simple de suivre. Un jour, il menaçait de retirer les États-Unis de l'OTAN, et le lendemain il se proclamait *big, big, big fan* de l'alliance. Il pouvait fustiger Angela Merkel un jour et déclarer le lendemain : « J'adore cette femme. » Pourtant, son insistance à parler de l'OTAN avait eu un effet paradoxalement bénéfique : elle avait renforcé le soutien bipartisan à l'alliance du Congrès. Des personnes clés de son administration s'étaient montrées ouvertes au dialogue. Progressivement, Trump avait lui-même reconnu l'utilité de l'OTAN, notamment au Moyen-Orient ou dans la lutte contre le terrorisme.

Lors de la convention du Parti républicain à l'été 2020, Trump avait affirmé avoir contraint les Européens à augmenter leurs budgets de défense :

« Ils ont accepté de payer quatre cents milliards de dollars de plus par an », avait-il déclaré.

C'était plus que ce dont nous étions réellement convenus, mais je ne l'avais pas contredit. Mon rôle était de préserver la cohésion au sein de l'OTAN. Dès lors, il était impératif de fixer un seuil élevé avant d'envisager de formuler une critique à l'égard de l'un des dirigeants de l'alliance, en particulier lorsqu'il s'agissait du président des États-Unis.

Trump avait retiré son pays de l'accord sur le nucléaire iranien ainsi que de l'accord de Paris sur le climat, et imposé de nouveaux droits de douane. Aucune de ces décisions ne relevait directement de l'OTAN, mais autant de divisions sur des questions aussi importantes affectait l'ambiance de coopération au sein de l'alliance. L'un de mes arguments pour rassurer les alliés européens était que le nombre de troupes américaines présentes sur le sol européen avait augmenté sous Trump – preuve que Washington respectait sa garantie de sécurité. Mais cet argument s'était affaibli à l'été 2020, lorsqu'il avait pointé que le financement insuffisant de la défense de l'Allemagne aurait des conséquences, et annoncé le retrait d'environ un tiers des trente-cinq mille soldats stationnés dans le pays. Toutefois, le flou régnait sur la date de l'échéance et la destination de ces troupes : les États-Unis, ou d'autres pays de l'OTAN ? Le secrétaire à la Défense, Mark Esper, avait fait de son mieux pour amortir l'impact de cette décision. Mais défendre la politique de Trump auprès des Européens devenait de plus en plus difficile. Il ne suffisait plus de dire que ses actes comptaient davantage que ses paroles.

Avec Joe Biden, nous allions avoir un président qui depuis plusieurs décennies était un partisan inconditionnel de l'OTAN. Je ne me faisais cependant aucune illusion : lui aussi exigerait que les Européens renforcent leur propre sécurité.

Je le connaissais de longue date, notamment pour avoir collaboré avec lui lorsqu'il était vice-président. Je gardais le souvenir d'un homme équilibré et courtois, élu sénateur dès 1973, issu d'une génération marquée par les tensions de la guerre froide. Fort de son expérience au sein de la Commission des affaires étrangères du Sénat, il maîtrisait parfaitement les enjeux de politique internationale.

La passation de pouvoir n'aurait lieu que le 20 janvier. Pendant deux mois encore, Donald Trump restait président.

L'automne 2020 s'est donc déroulé dans une sorte d'état d'urgence sur le plan professionnel. Je me suis très peu déplacé, en raison des restrictions sanitaires dues au Covid. Les visites bilatérales se faisaient rares, et je craignais que ces liens, vitaux pour la dynamique politique de l'alliance, ne s'effilochent faute de rencontres physiques. En temps normal, j'aurais rencontré le président américain à plusieurs reprises, mais, en 2020, c'était impossible.

Refusant de reconnaître sa défaite, Trump a tenté d'engager des recours judiciaires dans des États clés – au Nevada, en Arizona, dans le Michigan, en Géorgie et en Pennsylvanie – pour faire annuler les résultats. Cela a suscité de l'incertitude dans plusieurs capitales des pays membres. Parallèlement, les préparatifs en vue de la transition présidentielle se poursuivaient.

Le 23 novembre, moins de trois semaines après l'élection, j'ai eu mon premier échange téléphonique avec Joe Biden. Il s'est montré parfaitement informé des dossiers de l'OTAN, et le ton de la conversation a été détendu et cordial. Ce n'était guère qu'un appel pour le féliciter, mais, en vingt minutes, nous avons pu aborder quelques sujets importants : l'Afghanistan, l'Irak, le partage des charges. Concernant l'Afghanistan, Biden a déclaré : « Je suis conscient que des décisions difficiles devront être prises prochainement. Je vais m'y pencher de très près. »

Il a insisté sur l'importance que les Européens maintiennent leurs engagements en matière de partage des charges et qu'ils s'efforcent d'atteindre l'objectif des 2 %. Il redoutait qu'un relâchement n'accrédite l'idée que seules les menaces – en l'occurrence, celle de Trump – avaient pu les faire avancer. Les Européens devaient prouver le contraire, estimait-il.

Je savais que Biden et son équipe tenaient à respecter scrupuleusement les règles de la transition. Aucun message ne devait être interprété comme une orientation officielle avant son investiture. Avec un président qui refusait de reconnaître sa défaite, Biden et ses conseillers étaient particulièrement soucieux de ne pas commettre de faux pas formels. C'est pourquoi je me suis abstenu de mentionner publiquement notre échange.

Le mois de décembre est passé, ponctué par les fêtes de Noël et du Nouvel An, cette fois célébrées à Oslo. Nous avions décidé de vendre l'appartement familial de Karin et Thorvald, ce lieu chargé d'histoire, de réunions, de discussions autour de la table de la cuisine, qui avait été le centre de mon existence pendant de si nombreuses années. Tant de bons souvenirs y étaient attachés… Le vider a été une tâche longue et éprouvante, d'autant que Camilla était pleinement mobilisée à l'Institut de santé publique, en première ligne dans la gestion de la pandémie. Nous espérions néanmoins parvenir à dégager un peu de temps pour nous réunir autour du Nouvel An, mais ces moments de liberté ont été de courte durée.

Pendant toute cette période, la préparation de la transition américaine suivait son cours. Trump continuait d'affirmer qu'il n'avait pas perdu et, pendant des semaines, qualifiait l'élection de « volée », proclamant à ses partisans :

« Nous ne pouvons pas laisser cela se produire. Arrêtez ce vol ! »

À la fin de l'automne, le secrétaire à la Défense, Mark Esper, avait été démis de ses fonctions. Le moment choisi pour un tel limogeage était difficile à comprendre. Il s'agissait là d'un geste inhabituel, qui n'a pas manqué d'alimenter l'incertitude.

Le mercredi 6 janvier, Ingrid et moi avions prévu de dîner à la maison, à Oslo. J'aime cuisiner lorsque j'en ai le temps et l'occasion. Ce jour-là, j'avais mis du poisson au four, tout en allumant l'iPad d'Ingrid pour suivre en direct les débats au Congrès, où les votes des grands électeurs devaient être comptés et le résultat de l'élection présidentielle finalement validé.

Le premier discours que j'ai entendu fut celui du sénateur républicain Ted Cruz. Il plaidait pour la création d'une commission d'enquête afin de dissiper tout doute relatif à la légitimité de l'élection. Une telle commission avait déjà été instaurée, disait-il, au milieu du XIXe siècle. Selon lui, personne n'avait rien à perdre à clarifier les faits. Si l'élection s'était déroulée dans les règles, la commission ne ferait que le confirmer.

Il a été contredit par des interventions issues des rangs démocrates, qui ont rappelé que les États fédérés avaient déjà mené des vérifications et conclu qu'aucun élément ne permettait de remettre en cause les résultats. Le travail avait été fait. Instituer une nouvelle commission reviendrait, selon eux, à saper la confiance dans un système qui avait prouvé son efficacité.

Peu après, j'ai remarqué que le président de séance au Congrès interrompait un intervenant en plein discours. Si une pause avait été prévue, il était étrange qu'elle commence ainsi, de manière abrupte. Le son a été coupé. J'ai vérifié s'il y avait un problème avec l'iPad.

Puis des gens ont commencé à quitter la salle. J'ai pensé qu'une alarme incendie avait été déclenchée dans le bâtiment du Congrès. Ingrid et moi avons quitté la cuisine pour rejoindre le salon où se trouvait la télévision, et avons commencé à zapper entre différentes chaînes d'information. Comme des millions de personnes à travers le monde, nous avons alors assisté aux scènes dramatiques de l'intrusion violente au sein du Capitole. Des vitres furent brisées, des portes enfoncées, des manifestants franchissaient les barrages de sécurité, face à des gardes réduits à l'impuissance. Des manifestants violents ont pénétré dans ce bâtiment qui est l'expression même de la démocratie américaine.

Donald Trump avait remporté l'élection présidentielle en 2016, obtenant ainsi un mandat démocratique pour diriger la première puissance mondiale, pilier essentiel et principal contributeur de l'alliance atlantique. C'était mon point de départ, la base même de ma relation avec lui. L'OTAN constitue le cadre institutionnel de la présence américaine en Europe ; sans les États-Unis, l'OTAN ne pourrait exister. Dès lors, je considérais comme mon travail, ma responsabilité de faire en sorte que la coopération au sein de l'alliance fonctionne au mieux.

Le président Trump et moi étions en désaccord sur des questions majeures, et nos positions politiques étaient très éloignées. Il y a eu des périodes tendues et des réunions difficiles. De nombreuses divergences existaient aussi entre les alliés à propos des budgets de défense, des gazoducs russes et des droits de douane. Mais ici, c'était tout autre chose : il s'agissait des résultats d'une élection dans le pays membre le plus important de l'OTAN.

Le premier mandat présidentiel de Donald Trump s'est achevé dans le feu et la fumée. Avec le recul, j'ai pensé qu'il ne pouvait peut-être pas quitter la Maison-Blanche autrement, comme s'il y avait une forme de logique à ce qu'il ne parte pas simplement en faisant un salut élégant de la main.

Pour autant, la présidence Trump a, contre toute attente, vu l'OTAN sortir renforcée. Bien qu'il ait initialement affirmé que l'alliance était obsolète, sa position a évolué au fil des avancées de la coopération. Les États-Unis ont accru leur présence militaire en Europe, ils ont commencé à fournir une aide militaire à l'Ukraine, les États membres ont augmenté leurs budgets de défense, nous avons intensifié la lutte contre le terrorisme et, pour la première fois, défini une approche commune vis-à-vis de la Chine. Paradoxalement, l'alliance s'en est trouvée consolidée.

Le jour de l'assaut du Capitole, je suis resté en contact étroit avec mon équipe. Nous avons évalué l'opportunité de prendre la parole publiquement face à cet événement, car, en règle générale, le secrétaire général de l'OTAN ne s'exprime pas sur les affaires intérieures des États membres.

Mais cette attaque représentait une violation flagrante des principes fondamentaux de la démocratie représentative, une attaque contre les valeurs mêmes sur lesquelles l'OTAN est fondée. À 21 h 30, j'ai publié ce message sur Twitter : « Scènes choquantes à Washington. Le résultat de cette élection démocratique doit être respecté. »

Heureusement, quelques heures plus tard, les manifestants se sont retirés, et l'élection a été définitivement validée dans la nuit. Le 20 janvier 2021, Joseph R. Biden Jr. a été investi en tant que quarante-sixième président des États-Unis.

Chapitre 29

Quand le devoir prime

Après de longs mois de restrictions et de confinement, l'Europe a pu amorcer début 2021 sa campagne de vaccination contre le Covid-19. Vacciner la population était une condition préalable au retour à une activité professionnelle à peu près normale – y compris pour nous, à l'OTAN.

Les autorités belges avaient initialement garanti la vaccination de l'ensemble du personnel du siège de l'OTAN. Mais le temps passait, et il devenait évident que cette promesse était difficile à tenir. Elles redoutaient, à juste titre, des réactions si l'OTAN était prioritaire sur la population.

La Pologne a alors proposé de fournir des vaccins à l'OTAN. Varsovie plaidait depuis longtemps pour un renforcement de la présence alliée sur son sol : davantage de troupes, d'armements lourds, des patrouilles plus fréquentes. Les autorités polonaises voyaient là l'occasion d'être du côté des donateurs. Elles voulaient donc faire livrer quatre mille doses du vaccin AstraZeneca au siège de l'OTAN à Bruxelles, en signe d'amitié et de solidarité.

Problème : plusieurs pays européens, notamment l'Allemagne et l'Italie, venaient de suspendre l'utilisation de ce vaccin, à la suite de rapports faisant état d'effets secondaires rares, mais très graves. La Norvège et le Danemark l'avaient déjà interrompue, le temps d'enquêter sur des cas de thrombose et d'hémorragie qui s'étaient soldés par des décès dans plusieurs cas.

En mars, plusieurs pays européens ont recommencé à utiliser le vaccin AstraZeneca. Bien que les incertitudes n'aient pas été complètement levées, sa réintégration partielle dans les campagnes de vaccination nous a permis d'accepter l'offre polonaise. L'ensemble du personnel de l'OTAN a été invité à se faire vacciner.

La question était de savoir si cela m'incluait également.

Comme d'autres au sein de l'OTAN, j'étais enregistré dans les systèmes de santé belge et norvégien, et j'attendais mon tour dans la file d'attente ordinaire dans les deux pays. Le hasard a voulu que je sois précisément appelé dans le système belge le jour même où débutait la vaccination au siège de l'OTAN. Je pouvais ainsi recevoir une dose de Pfizer dans un cabinet médical belge.

Cette proposition n'était en rien un privilège lié à mes fonctions. Pour une personne de mon groupe d'âge (cinquante-cinq/soixante-quatre ans) recevant un traitement contre la spondylarthrite ankylosante, c'était tout à fait normal. Peu après, mon médecin norvégien m'a informé également que je pouvais me faire vacciner dans mon pays d'origine. Là encore, il ne s'agissait pas de traitement de faveur, c'était juste mon tour dans la file. Pfizer, là aussi.

J'ai parlé plusieurs fois à Camilla au téléphone. La Norvège n'avait pas encore repris l'utilisation du vaccin AstraZeneca. Camilla s'est montrée catégorique : « Tu ne dois pas prendre le vaccin AstraZeneca, Jens. »

Les décisions prises ailleurs en Europe ne l'ébranlaient pas : « Leurs données sont moins fiables que les nôtres. Même si l'on parle beaucoup de jeunes femmes, rien ne prouve que le vaccin soit moins risqué pour les hommes de plus de soixante ans », a-t-elle dit.

Ingrid, déjà rentrée en Norvège, partageait évidemment cet avis. Elle aussi m'a conseillé d'éviter le vaccin AstraZeneca.

En tant que citoyen privé, le choix aurait été simple : me présenter au cabinet médical belge et recevoir une dose de Pfizer. Mais, en tant que secrétaire général de l'OTAN qui venais d'encourager le personnel à accepter l'AstraZeneca, malgré les doutes bien connus, pouvais-je vraiment opter pour un autre vaccin ?

Mes collaborateurs m'ont assuré que la décision m'appartenait, mais m'ont averti qu'opter pour l'autre vaccin serait très mal perçu. L'ampleur des réactions était difficile à prévoir, certains allant jusqu'à dire que cela pourrait me coûter mon poste.

Le message était clair : je ne devais bénéficier d'aucune forme de traitement préférentiel. J'étais d'accord. Mais je me suis alors interrogé sur la portée réelle de ce principe : si j'avais été un employé ordinaire de l'OTAN, j'aurais parfaitement pu refuser l'offre polonaise et accepter celle du système belge. Certains collègues avaient d'ailleurs déjà été vaccinés dans leur pays d'origine ou en Belgique. En d'autres termes : le principe selon lequel je devais être traité comme tout le monde impliquait que je pouvais prendre Pfizer. En revanche, exiger que je choisisse AstraZeneca alors que d'autres avaient pu faire autrement aurait constitué une forme de traitement distinct.

Mais aurait-il été possible de communiquer un message aussi complexe et apparemment contradictoire ? Que l'égalité de traitement signifiait que je pouvais recevoir un vaccin différent de presque tous les autres ?

Je préférais clairement le Pfizer. Ma sœur aînée, la directrice de l'Institut de santé publique qui avait suspendu l'AstraZeneca, était sûre d'elle, et je faisais entièrement confiance à Camilla sur ces questions. Ma femme m'a instamment demandé d'écouter ce que Camilla et elle disaient : les effets secondaires du vaccin étaient très rares, mais potentiellement mortels. Je prenais des immunosuppresseurs contre la spondylarthrite ankylosante. Mais personne ne pouvait dire si j'étais de ce fait plus exposé que ceux qui ne prenaient pas de tels médicaments. Cela ne m'encourageait pas à recevoir le vaccin AstraZeneca. D'un autre côté, la majorité des États membres de l'Union européenne considéraient ce vaccin comme sûr. J'ai donc fini par me faire vacciner avec l'AstraZeneca.

Camilla a exprimé son inquiétude. Ingrid, quant à elle, a été découragée et agacée. Lors de notre dernier échange téléphonique, je n'étais malheureusement pas parvenu à lui faire part explicitement de ma décision, ou du moins pas avec la clarté nécessaire. Ingrid a appris ma décision par voie de presse, et non par moi-même, découvrant que je n'avais pas tenu compte de leurs mises en garde, à Camilla et elle. Cela a été mal perçu, c'est le moins que l'on puisse dire.

« C'est toi tout craché, Jens ! Tu fais toujours passer ton travail en premier. Ta réputation, ton image au sein de l'OTAN comptent plus que ta santé, que ta vie – notre vie. »

Elle avait raison sur un point essentiel : cette décision ne concernait pas que moi. En cas d'effets indésirables, c'est aussi sa vie qui en aurait été bouleversée.

J'ai tenté de lui expliquer la portée symbolique et politique si j'en avais décidé autrement. Si je n'avais pas voulu d'un vaccin que je recommandais publiquement, cela aurait pu gravement porter atteinte à ma crédibilité et à celle de l'institution que je représentais.

« Cela aurait pu m'obliger à démissionner de mes fonctions à l'OTAN, ai-je dit.

— Parfait ! Tu n'aurais eu qu'à rentrer. Tu as déjà dépassé le terme de ton mandat initial », a répliqué Ingrid.

La tension a été palpable pendant plusieurs jours, inutile de le cacher. Les dilemmes qui avaient jalonné notre vie commune refaisaient surface, plus saillants que jamais : l'engagement professionnel au détriment de la santé personnelle, la visibilité publique au détriment de la vie privée et de la famille. De chaque côté de la balance, les poids pesaient lourd. Aucun compromis, aucune solution intermédiaire ou zone grise dans laquelle j'aurais pu me réfugier.

C'était toujours soit l'un, soit l'autre. Et, une fois de plus, j'ai choisi le travail.

Chapitre 30

La Chine à l'ordre du jour

J'ai suivi du regard le président Joe Biden alors qu'il s'approchait lentement du mémorial du 11-Septembre et de l'article 5 au siège de l'OTAN, à Bruxelles. Devant une poutre d'acier tordue, vestige des tours jumelles effondrées, il s'est arrêté, plongé dans ses pensées. Je l'ai rejoint.

« Ce matin-là, je prenais le train du Delaware vers Washington, m'a-t-il confié. Ma femme m'a appelé pour me dire que quelque chose de terrible s'était produit à New York et à Washington. Mais il était impossible d'imaginer à quel point c'était grave. »

Il se rendait alors à une journée de travail ordinaire au Congrès quand les avions détournés se sont écrasés contre le World Trade Center et le Pentagone. À son arrivée à Washington, le Pentagone était en flammes, et une partie du bâtiment était détruite. Il a perdu plusieurs amis dans les attaques terroristes.

Par cette douce soirée de juin, nous nous tenions côte à côte, Biden et moi.

« Après le 11-Septembre, l'OTAN nous a tendu la main. Les États-Unis ont besoin de l'alliance. Je le pense sincèrement », a-t-il dit.

Il a ensuite évoqué son fils Beau, décédé d'une tumeur cérébrale en 2015 à l'âge de quarante-six ans. Cela a été sa seconde tragédie personnelle, après avoir perdu sa première épouse, Neilia, et leur petite fille d'un an, Naomi, dans un accident de voiture en 1972. Ses fils Beau et Hunter, âgés respectivement de trois et deux ans, étaient aussi dans la voiture et avaient été blessés.

« Vous savez, je suis président des États-Unis, c'est un grand honneur. Mais, à chaque fois que je pense à Beau, je me dis que c'est lui qui aurait dû devenir président, pas moi. Il était une meilleure personne que je ne le serai jamais. »

De nombreuses lignes de fracture, personnelles et politiques, convergeaient à cet instant. Les attentats du 11-Septembre avaient précipité l'engagement en Afghanistan, où Européens et Américains combattaient côte à côte depuis près de vingt ans. Nous avons abordé les multiples formes du terrorisme, et j'ai mentionné la tragédie du 22 juillet 2011 en Norvège, à Oslo et Utøya, et parlé de ceux que le Parti travailliste et moi-même avions perdus là-bas. Alors que le soleil allait se coucher, j'ai raccompagné Biden jusqu'à sa voiture, où les agents de sécurité l'attendaient. Nous avons échangé une dernière poignée de main.

C'était le lundi 14 juin 2021, et un nouveau sommet touchait à sa fin.

La période préparatoire avait été intense. Comme à l'accoutumée, il s'agissait de finaliser un maximum de points avant la rencontre des chefs de gouvernement. Le sommet de Londres en 2019 avait donné le coup d'envoi d'un processus politique que nous avions baptisé OTAN 2030. Mon bureau avait profité de cette occasion pour proposer plusieurs initiatives concrètes visant à renforcer l'alliance : augmentation des investissements de défense, renforcement des effectifs, mais aussi développement de nouvelles politiques concernant la Chine, la sécurité sociétale ou encore le climat. Surtout, cela a été l'opportunité de proposer une augmentation substantielle des budgets de l'OTAN. Face à la montée des tensions en Europe, aux défis sécuritaires croissants et à l'élargissement de l'alliance, il devenait impératif de doter l'OTAN de moyens accrus pour construire des installations militaires, orchestrer des exercices et faire fonctionner l'organisation. Les besoins étaient criants, mais convaincre les États membres de transférer des ressources budgétaires nationales vers un budget contrôlé par l'OTAN à Bruxelles demeurait une tâche ardue.

Sans surprise, le train de réformes a été accueilli avec prudence, voire scepticisme. La réaction la plus réservée émanait de la France. À Paris, mon initiative était perçue comme une tentative d'élargir indûment les prérogatives de mes fonctions comme secrétaire général.

Au printemps 2021, une réunion à Paris regroupant plusieurs diplomates de pays membres et un haut fonctionnaire du Quai d'Orsay a révélé un mécontentement profond. Un compte rendu écrit de cette rencontre faisait état d'une vive frustration à l'égard de ma gouvernance. Selon la diplomatie française, cette dérive aurait commencé dès la nomination d'un ancien Premier ministre à la tête de l'OTAN. La situation était désormais jugée « complètement hors de contrôle ». Profitant du retrait américain sous Trump, je me serais donné « un rôle plus éminent ». L'OTAN n'était pas « mon organisation », comme je semblais le croire. Mon rôle était d'être au service des pays membres.

La France déclarait avoir « un sérieux problème » avec moi, disait ce diplomate, qui m'accusait d'avoir monopolisé le projet OTAN 2030. Quand l'alliance devait revoir son concept stratégique, les États membres ne devaient pas simplement dire « oui » ou « non » à mes « slogans sexy ». J'outrepassais mes fonctions de manière inappropriée, ne pensant qu'à laisser mon nom dans l'histoire. Il était temps que les pays membres reprennent le contrôle.

J'étais conscient du mécontentement de la France, mais la virulence des critiques et l'attaque personnelle m'inquiétaient. La France est un pilier important de l'alliance, et il n'était pas bon pour l'organisation que des personnes clés du ministère français des Affaires étrangères soient si critiques à mon égard, et qu'elles essaient manifestement d'en amener d'autres à se joindre à cette charge. L'hiver et le printemps 2021 ont ainsi vu se déployer une stratégie explicite visant à me rogner les ailes.

Pour faire adopter les réformes et endiguer l'opposition française, un impératif stratégique se dessinait : rallier les États-Unis à notre cause.

La nouvelle administration Biden souhaitait elle aussi le renforcement de l'OTAN. Nous avons donc concentré nos efforts à Washington pour faire d'OTAN 2030 un projet dans lequel les Américains seraient impliqués. Dès mars, lors d'une réunion ministérielle, le soutien du secrétaire d'État Antony Blinken s'est révélé déterminant. Les États-Unis adhéraient à notre proposition d'augmenter le financement commun.

Fin mai, je me suis rendu à Paris pour un entretien avec le président Emmanuel Macron, l'un de mes premiers déplacements après la parenthèse sanitaire liée au Covid. Le palais de l'Élysée paraît serré entre d'autres bâtiments, mais révèle toute sa splendeur une fois à l'intérieur, avec son magnifique hôtel particulier et son beau parc à l'arrière.

Comme toujours, Macron m'a accueilli sur le perron, avec chaleur et élégance, me saisissant par les épaules. Macron fait partie de ces hauts responsables politiques qui sont d'un naturel tactile, et dont l'approche dénote une réelle sincérité. En montant les marches vers la salle de réunion, nous avons échangé quelques propos informels. C'est un esprit analytique, qui pense sur le long terme. Nous partageons des vues similaires sur les réformes, notamment en matière de retraites. Son anglais fluide permet des conversations plus personnelles et plus directes que si nous devions avoir recours à un interprète.

Le contexte de cette rencontre avec Macron en ce jour de mai était marqué par les rapports selon lesquels Paris s'était lassé d'un secrétaire général aux grandes ambitions pour l'alliance. J'étais véritablement devenu la cible du scepticisme français envers l'OTAN.

Toutefois, l'entretien avec Macron s'est révélé constructif et cordial. Il s'est montré bien plus favorable à l'OTAN que ses précédentes déclarations ne le laissaient présager, et plus souple que l'appareil politique qui l'entourait. Il n'a rien dit qui puisse rappeler les allégations de « mort cérébrale » de 2019. Les critiques acerbes à mon encontre, qui avaient récemment émané des plus hautes sphères du Quai d'Orsay, ne transparaissaient nullement dans ses propos.

« Il est manifeste que l'administration Biden souhaite développer sa relation avec l'OTAN. Cela pourrait renforcer l'alliance et ouvrir un nouveau chapitre dans les relations transatlantiques », a-t-il déclaré.

Les positions françaises en matière de politique étrangère divergeaient régulièrement des miennes. La France souhaitait circonscrire le champ d'action de l'OTAN tout en conférant à l'Union européenne un rôle accru dans la politique de défense. Ces divergences restaient néanmoins surmontables. Nous partagions les mêmes valeurs et appartenions à la même communauté.

Peut-être Macron se montrait-il plus conciliant lors de nos rencontres qu'il ne l'était réellement. Peut-être laissait-il l'administration et le corps diplomatique porter la critique et défendre l'agenda français, se réservant ainsi la latitude d'être plus compréhensif et conciliateur. Je n'ai pas eu la certitude que le président fût véritablement conscient de la manière dont les fonctionnaires français s'efforçaient presque systématiquement d'entraver divers projets, grands ou petits, de l'OTAN.

J'avais préalablement pris la décision de ne pas aborder moi-même la question de l'augmentation des budgets communs de l'OTAN, sachant que la France y était opposée. Je comptais sur lui pour évoquer le sujet de son propre chef.

J'avais passé en revue, point par point, les propositions liées à l'OTAN 2030. Sa réaction a été prudemment attentiste. Macron n'a formulé aucun commentaire relatif aux financements. Finalement, j'ai fait passer une note à Stian Jenssen, mon chef de cabinet assis à mes côtés, lui demandant s'il convenait malgré tout d'aborder la question budgétaire. Il a griffonné sa réponse sur un petit papier : « Tu peux lui demander s'il nourrit des inquiétudes concernant l'OTAN 2030. »

« La Turquie », a répondu Macron.

Il exprimait ses préoccupations quant aux atteintes de ce pays aux valeurs fondatrices de l'OTAN. Les relations entre les présidents Erdoğan et Macron étaient notoirement complexes. En Turquie, la religion avait pris une importance politique croissante. En éreintant Erdoğan, Macron consolidait son image de fervent défenseur d'un État moderne et laïque. À l'inverse, Erdoğan exploitait ces confrontations pour se positionner comme un leader du monde musulman, capable de s'opposer aux critiques occidentales et à ce qu'il considérait comme des offenses à l'islam. Il devenait dès lors difficile d'avoir, au sein de l'alliance, deux présidents de grandes puissances alliées s'érigeant mutuellement en adversaires désignés.

Tout à la fin, alors que nous avions dépassé le temps imparti à l'entretien et rangions nos documents, ce que j'attendais a fini par arriver : Macron a affirmé qu'il n'était pas question d'augmenter le budget commun de l'OTAN.

Nous avons échangé quelques arguments, lui contre, moi pour. Le ton est resté cordial, mais le président est demeuré ferme sur sa position. Pour la France, il ne s'agissait pas de montants significatifs, son refus relevait donc d'un choix politique. Nous allions avoir besoin du soutien des Américains si nous voulions espérer obtenir l'aval de la France sur ce sujet.

Le lundi 7 juin s'est tenue la dernière et plus importante des réunions préparatoires avant le sommet. C'était la première fois depuis le début de la pandémie que je retournais à Washington, cette fois pour rencontrer le président Biden.

Le déroulé de la réunion a été irréprochable. Un livre d'or avait été disposé, un chef du protocole a lu les noms de tous les participants, et nous avions un ordre du jour clairement défini. J'avais quelque crainte concernant la couleur un peu trop claire de mon costume, mais cette inquiétude s'est évanouie en un clin d'œil quand je suis entré dans le Bureau ovale. Biden portait un costume bleu roi, une cravate à fleurs et des chaussettes avec de petits chiens pour motif. Il a immédiatement instauré un ton informel. La chaleur humaine qu'il dégageait m'a un peu rappelé Thorvald, peut-être aussi en raison de son style décontracté et de sa chevelure blanche.

Biden inspirait confiance et respect. J'étais impressionné par ce qu'il était en train d'accomplir aux États-Unis, avec des investissements substantiels dans les infrastructures et le climat.

J'ai recentré la discussion sur l'OTAN 2030 et sur le renforcement du budget commun de l'alliance. Je lui ai indiqué que l'Allemagne, le Royaume-Uni et même l'Espagne soutenaient la démarche.

« J'ai récemment eu un bon échange avec Macron, mais il y reste opposé. Il a clairement indiqué qu'il préférait allouer des fonds à l'Union européenne et à sa propre défense qu'à l'OTAN. Nous ne sommes donc pas entièrement d'accord, et j'aurais besoin de votre appui, lui ai-je dit.

— Eh bien, vous l'avez. Que souhaitez-vous que je dise ? a demandé Biden.

— Soyez aussi explicite que possible. Abordez concrètement chaque point des propositions de 2030 », ai-je répondu.

Dès le début de l'entretien, Biden avait exprimé son soutien à l'augmentation du budget commun et au renforcement de l'alliance.

Avec l'appui des États-Unis, j'avais bon espoir d'obtenir l'adoption du programme de réformes lors du sommet, mais je craignais toujours que Macron ne s'y oppose. Dans ce cas, le désaccord entre les États-Unis et la France deviendrait le sujet principal de la réunion, véhiculant l'image d'une alliance divisée.

Biden a longuement parlé de la Chine et de ce qu'il qualifiait de compétition entre démocraties et régimes autoritaires. Après son élection, il avait eu une conversation téléphonique de deux heures avec le président Xi Jinping, et il a confirmé que l'attention américaine se tournait désormais vers ce géant asiatique. Il a résumé les priorités de sa politique étrangère par trois « C » : Chine, cybersécurité et climat.

J'ai exposé l'évolution de la situation en Afghanistan et indiqué que la réduction de la présence militaire progressait comme prévu. En évoquant l'engagement futur de l'OTAN dans les conflits, j'ai repris l'adage de l'ancien président Obama : la prévention est préférable à l'intervention.

« C'est tout à fait ça », a répondu Biden.

À l'approche de la fin de l'entretien, le président américain s'est levé et m'a fait visiter le Bureau ovale. Le jour de la prestation de serment d'un nouveau président, l'équipe de la Maison-Blanche dispose de quelques heures pour installer les objets choisis par le président entrant. Biden m'a pris par le bras, a désigné les objets qu'il avait demandé à avoir ici et m'a expliqué ses choix. Outre des bustes de figures historiques comme Benjamin Franklin ou Robert Kennedy, il avait également sélectionné celui de César Chávez, militant des droits humains et leader syndical, pionnier dans la lutte pour les travailleurs agricoles américains et leurs intérêts.

« Chávez a eu une influence bien plus grande sur moi que vous ne l'imaginez », m'a-t-il confié.

La visite s'est achevée devant le bureau présidentiel.

« J'ai quelque chose pour vous, mon ami », a-t-il dit en ouvrant un tiroir. Il m'a tendu une paire de lunettes de soleil aviator Ray-Ban, comme il en portait lui-même depuis des années, et qui étaient devenues une sorte d'emblème pour lui. Je l'ai remercié, pensant que c'était effectivement un cadeau dont j'aurais l'utilité.

Son immense expérience en matière de politique étrangère et de sécurité m'a impressionné. Il était un fervent partisan de la coopération internationale. Actif depuis les années 1960, il pouvait évoquer des points précis de l'histoire politique américaine et des événements internationaux comme peu d'autres, ce qui lui conférait une autorité particulière. Néanmoins, cette première rencontre avec lui en tant que président m'a laissé une impression quelque peu mitigée. Surtout au début, il parlait longuement lui-même, de manière décousue. Il évoquait ses voyages, glissait des anecdotes, passait du coq à l'âne et s'attardait sur des bagatelles.

Dans son discours d'investiture, il avait réaffirmé son intention de rebâtir les alliances américaines et de réengager les États-Unis sur la scène internationale. Il ne faisait aucun doute que Biden et son gouvernement étaient favorables à l'OTAN. Reste que l'on ne sait jamais quelle énergie, quelle force et quelle attention une administration américaine est réellement prête à consacrer à l'alliance. Sur ce plan, cette rencontre m'avait rassuré.

Dans le court laps de temps restant avant le sommet, les tractations se sont poursuivies au sein des délégations nationales auprès de l'OTAN à Bruxelles, ce qui m'a permis, avec mon équipe, de garder la main sur le processus. Mais le dernier week-end avant le sommet, les chefs d'État et de gouvernement du G7 se sont réunis en Cornouailles. Lors d'un entretien bilatéral avec Biden, Macron a fini par abandonner son opposition à l'augmentation du budget commun. Biden a fait allusion à cet épisode lors de sa rencontre avec Vladimir Poutine à Genève, peu de temps après. Alors qu'il montait à bord de son avion pour regagner Washington, un journaliste lui a demandé s'il n'était pas quelque peu naïf dans ses rapports avec Poutine. Pouvait-on raisonnablement croire qu'il changerait un jour ? « Bien sûr, c'est Vladimir Poutine, a répondu Biden. Mais écoutez, je ne veux pas le comparer à Poutine, mais le président Macron avait déclaré qu'il ne soutiendrait jamais une augmentation des contributions à l'OTAN. Et que s'est-il passé ? Il a fini par céder. »

C'est ainsi que le paquet de réformes « OTAN 2030 » a été mis en place. Cela a marqué un tournant stratégique face à un spectre de menaces élargi, avec d'importantes clarifications concernant le climat, le cyberespace, les infrastructures et, surtout, la Chine. En outre, ce dispositif a jeté les bases d'un triplement du budget et de centaines de nouveaux recrutements dans les années qui ont suivi. La coopération au sein de l'OTAN devait s'appuyer sur une conception élargie de la sécurité, allant bien au-delà de la seule défense et de la dissuasion militaire crédible. Il s'est agi de sécurité sociétale au sens large, de notre capacité à protéger et préserver des infrastructures critiques, des gazoducs aux centrales électriques, en passant par les réseaux de téléphonie mobile et les outils numériques.

Nous avons renforcé et développé l'institution elle-même. L'OTAN en est sortie plus robuste, moins vulnérable aux changements politiques, après de longues années de coupes budgétaires et de réductions de personnel.

Pour ma part, l'ensemble du processus autour de l'initiative « OTAN 2030 » m'a rappelé les démarches que je connaissais bien dans la politique norvégienne, lors de l'élaboration des programmes politiques pour le parti ou le gouvernement. La différence tenait au fait que, cette fois, les décisions ont été prises au nom de nombreux États. J'ai constaté que diriger un tel processus conférait une grande influence quant au résultat final : les différentes idées avaient été conçues par mes proches collaborateurs et moi-même, nous les avions ensuite soumises aux capitales alliées avant que les décisions définitives ne soient adoptées lors du sommet, étonnamment similaires aux propositions initiales que nous avions formulées. L'artisanat politique depuis le bureau du secrétaire général avait porté ses fruits.

Le sommet a reconnu les changements climatiques comme l'un des plus grands défis sécuritaires de notre temps : le réchauffement climatique accentue les crises et les conflits, et l'augmentation des phénomènes météorologiques extrêmes a des répercussions sur la conduite des opérations militaires. Si le monde veut atteindre ses objectifs climatiques, les émissions liées aux activités militaires doivent également être réduites. Dans le cadre du programme « OTAN 2030 », l'alliance a, pour la première fois, décidé de s'engager activement sur les questions climatiques, notamment en produisant des rapports sur les émissions et en contribuant au développement de technologies permettant à l'avenir une défense à la fois performante et respectueuse du climat.

Lors du sommet de Londres en 2019, l'OTAN avait brièvement reconnu que la Chine représentait un défi que l'alliance ne pouvait ignorer. La politique étrangère de Xi Jinping avait suscité incertitude et inquiétude, notamment en raison des menaces explicites envers Taïwan. La non-réunification de Taïwan à la République populaire était perçue comme une humiliation que Xi souhaitait effacer, en ayant recours à une rhétorique de plus en plus musclée, menaçant d'user de la force militaire pour atteindre cet objectif.

Deux ans plus tard, la déclaration finale du sommet a considérablement élargi la mention de la Chine. La sécurité et les droits humains ont été mis en avant avec bien plus d'insistance. Dans plusieurs paragraphes étoffés, l'OTAN a affirmé que le comportement assertif et provocateur de la Chine constituait un défi pour notre sécurité.

Nous avons dû intensifier notre coopération avec des partenaires comme l'Australie, le Japon, la Nouvelle-Zélande et la Corée du Sud, afin de défendre les normes et les institutions qui, durant toutes ces années, ont façonné la communauté internationale depuis la Seconde Guerre mondiale. Si l'OTAN était une organisation à ancrage régional, elle devait adopter une approche globale pour traiter les questions essentielles de sécurité.

Les Américains se sont déclarés pleinement satisfaits. Ils ont obtenu le sommet qu'ils souhaitaient. Joe Biden a rallié l'Occident autour des États-Unis dans la gestion du puissant rival oriental. Biden et Trump étaient, dans l'ensemble, alignés sur la politique vis-à-vis de la Chine ; ce qui les distinguait, c'était leur attitude envers les alliés. Biden a voulu les impliquer davantage, et il a considéré l'OTAN comme une plateforme essentielle pour ce faire.

Cependant, une certaine méfiance envers les États-Unis persistait parmi les alliés. Biden a été chaleureusement accueilli, mais un doute sous-jacent demeurait ancré quant à la pérennité de la posture conciliante des États-Unis envers l'Europe. Au sein de celle-ci, les avis divergeaient sur la manière de répondre à cette incertitude. Certains pays – notamment l'Italie, la Belgique et le Luxembourg, avec la France en chef de file – ont estimé que le climat d'incertitude créé par Trump plaidait en faveur d'une dépendance moindre vis-à-vis des États-Unis et de l'OTAN. L'« autonomie stratégique européenne » constituait une forme d'assurance face à Trump ou à un futur président aux positions similaires. À l'opposé, des pays comme le Royaume-Uni, les Pays-Bas ou le Danemark ont considéré cette idée comme dangereuse, estimant qu'elle risquait d'accroître le risque de voir les États-Unis se détourner un jour de l'Europe.

L'Allemagne semblait adopter une position intermédiaire. Il fallait éviter que la France et l'Allemagne ne convergent dans une position commune sur la relation transatlantique, ce qui aurait risqué de figer les lignes, opposant une coalition États-Unis-Royaume-Uni à un bloc France-Allemagne. Une telle configuration aurait pu paralyser l'action collective.

Tous ont été soulagés par la foi de Biden dans la coopération transatlantique et par le fait que sa position s'inscrivait clairement dans la continuité de la tradition sécuritaire américaine.

« C'est l'aube d'un jour nouveau. Nous sommes de retour dans le jeu, a-t-il assuré lors d'une des rencontres informelles pendant le sommet.

— Mais pour combien de temps ? » a rétorqué le président Macron.

Chapitre 31

Le retrait d'Afghanistan

Un jour de la mi-avril 2021, le secrétaire d'État américain, Antony Blinken, m'a téléphoné. Il souhaitait que nous discutions de l'Afghanistan. Nous avions déjà abordé ce sujet lors de précédentes conversations téléphoniques, mais, cette fois, il souhaitait m'informer des conclusions américaines à l'issue d'un examen approfondi de la situation.

Diplomate expérimenté en politique étrangère, Blinken avait travaillé en étroite collaboration avec Joe Biden pendant de nombreuses années, mais il demeurait relativement nouveau dans ses fonctions de secrétaire d'État. À l'âge de neuf ans, Tony avait quitté sa ville natale de New York pour s'installer à Paris avec sa mère et son nouveau mari, Samuel Pisar. Enfant, Pisar avait fréquenté une école en Pologne avec neuf cents autres enfants juifs. Il avait été le seul d'entre eux à survivre à la Shoah. Blinken évoquait souvent l'influence que les expériences de son beau-père avaient exercée sur lui.

Pendant la campagne présidentielle, Biden, qui était opposé à cette guerre depuis longtemps, avait promis de rapatrier les derniers soldats américains encore présents en Afghanistan. J'étais néanmoins curieux de savoir quelle décision il prendrait. Barack Obama et Donald Trump avaient également souhaité mettre un terme à la présence militaire des États-Unis dans le pays, sans y parvenir. Désormais, c'était à Biden que revenait le fardeau des dilemmes non résolus.

Lorsque j'ai eu Blinken au bout du fil, il m'a confirmé que les Américains avaient finalisé leur réévaluation stratégique. Le président avait tranché : il avait décidé de se retirer d'Afghanistan.

Un peu plus d'un an auparavant, au début de l'année 2020, Donald Trump avait conclu un accord avec les talibans stipulant que toutes les troupes étrangères quitteraient l'Afghanistan avant le 1er mai 2021. En contrepartie, les talibans s'engageaient, dans la période précédant le retrait, à cesser leurs attaques contre les forces internationales et à rompre toute relation avec Al-Qaïda et d'autres organisations terroristes.

Les États-Unis avaient négocié cet accord sans que les autres alliés de l'OTAN aient vraiment leur mot à dire. Nous recevions régulièrement des informations de la part du secrétaire d'État Mike Pompeo et du négociateur américain Zalmay Khalilzad, mais nous n'avions pas accès aux textes en cours de négociation. Une fois l'accord finalisé, il est apparu que les engagements contractés engageaient non seulement les États-Unis, mais aussi toutes les forces étrangères présentes, à quitter l'Afghanistan. Washington avait donc négocié au nom de l'ensemble des alliés la présence de l'OTAN en Afghanistan, sans que ceux-ci participent aux discussions. Cela a suscité un certain mécontentement et des préoccupations chez nombre d'entre eux. Le gouvernement afghan, lui aussi, avait été tenu à l'écart.

L'inquiétude portait sur cette question : les conditions imposées aux talibans étaient-elles suffisamment strictes ? L'accord stipulait, par exemple, que les talibans et le gouvernement de Kaboul devaient entamer des négociations en vue d'une nouvelle Constitution, mais il n'était pas question qu'ils parviennent à un accord avant que les États-Unis et l'OTAN ne retirent leurs forces. Les combattants talibans devaient être intégrés dans l'armée afghane régulière, mais, selon l'accord, cela ne pouvait pas avoir lieu tant que nous serions sur place.

Il était néanmoins rassurant que les conditions du retrait soient écrites noir sur blanc, à condition que les talibans respectent leur part de l'accord. L'objectif était d'éviter qu'ils ne reprennent le contrôle du pays.

Quelques mois après la conclusion de cet accord, en mai 2020, une réunion sur l'Afghanistan a été organisée dans ma résidence à Bruxelles. Autour de la table se trouvaient le chef des forces de l'OTAN et des États-Unis en Afghanistan, le général Scott Miller, le commandant suprême des forces alliées en Europe, Tod Wolters, l'ambassadrice des États-Unis auprès de l'OTAN, Kay Bailey Hutchison, le directeur des opérations de l'OTAN, John Manza, mon chef de cabinet, Stian Jenssen, et moi-même.

La patience de Trump était à bout, nous a-t-on dit. Il voulait se retirer complètement d'Afghanistan. Quoi qu'il arrive et aussi rapidement que possible.

C'était strictement confidentiel, nous a-t-on confié autour de la table. Seules quelques personnes à Washington savaient que le plan était désormais de se retirer sans conditions.

« Le nombre de personnes informées double maintenant que nous vous l'apprenons », ont dit les Américains.

Je voulais être absolument sûr d'avoir bien compris.

« Qu'en est-il de la clause selon laquelle les talibans doivent remplir plusieurs conditions comme réduire la violence, entamer des négociations et rompre avec Al-Qaïda ? ai-je demandé.

— Ce n'est plus d'actualité », a répondu Miller.

C'était un changement décisif des prémices d'un retrait, et les Européens n'en avaient pas été informés non plus. Les Américains menaient seuls l'opération, même si la tendance parmi les alliés était favorable au maintien des troupes. Mais les États-Unis assumaient toujours la part la plus lourde de la mission en Afghanistan, et aucun allié de l'OTAN ne brûlait d'impatience de prendre leur relève. Assumer les tâches militaires les plus importantes confère du pouvoir, un pouvoir que les Américains savaient utiliser. Leur décision affectait évidemment la situation de l'OTAN et limitait ma marge de manœuvre.

Les négociations entre les talibans et le gouvernement de Kaboul ont débuté dans la capitale du Qatar, Doha, mais ont rapidement abouti à une impasse. Les talibans ne montraient aucune volonté de faire des compromis qui limiteraient leur marge de manœuvre.

Début octobre, un mois avant l'élection présidentielle, Trump a tweeté :

« Le petit nombre de nos COURAGEUX soldats, hommes et femmes, qui servent encore en Afghanistan devrait être de retour au pays d'ici Noël ! »

Une fois de plus, cela a pris tout le monde par surprise. Un départ avant Noël était très prématuré par rapport à ce que Trump lui-même avait prévu. Un tel retrait américain accéléré mettrait les soldats des autres pays dans une situation très difficile et éliminerait le dernier espoir d'une solution négociée. Mettre fin à la présence militaire était de toute façon un processus plus complexe que ce que le tweet de Trump laissait entendre.

Tout indiquait qu'il y aurait bientôt un autre président américain, ce qui nous permettrait de nous asseoir autour d'une table avec la nouvelle administration pour discuter des différentes options de retrait. Tel que j'évaluais ma mission à l'automne 2020, l'essentiel était de garantir un processus ordonné au sein de l'OTAN et d'éviter toute décision précipitée. La présidence de Trump s'est d'ailleurs achevée sans qu'il parvienne à se retirer complètement d'Afghanistan.

Personnellement, j'avais longtemps eu des doutes quant à la meilleure marche à suivre. Mes collaborateurs les plus proches étaient en désaccord. Stian estimait que nous devions rester : c'était une question de crédibilité pour l'OTAN et pour l'Occident. La présence militaire était modeste, les pertes des forces de l'OTAN étaient faibles. L'opération était menée à un niveau permettant sa prolongation, et le danger était réel que le gouvernement s'effondre et que les talibans reviennent au pouvoir en cas de retrait des troupes de l'alliance.

Mon chef adjoint de cabinet, l'Allemand Lorenz Meyer-Minnemann, pensait le contraire. Lorsque Stian est devenu chef de cabinet, il a demandé à avoir Lorenz comme bras droit. Ayant longtemps travaillé à l'OTAN, Lorenz connaissait très bien l'organisation. C'était un homme cultivé, ouvert d'esprit et discret, capable de citer les auteurs classiques sans affectation.

Lorenz considérait que le choix auquel nous étions confrontés en Afghanistan était un exemple typique de « sophisme du coût irrécupérable ». Il s'agit de la difficulté à reconnaître qu'un investissement est un échec et, plutôt que de l'admettre, on continue d'investir encore plus pour tenter de sauver le projet. Selon lui, nous refusions d'admettre que nous étions restés trop longtemps en Afghanistan. Il fallait trancher et en finir.

Les avis contradictoires reflétaient notre incertitude sur une question épineuse. Dans de telles situations, je ressentais tout particulièrement le poids de la responsabilité de mon rôle de chef de l'OTAN. Il fallait que je me détermine sur ce que je considérais comme juste.

Quelques années plus tôt, j'avais rencontré Roya Rahmani, ambassadrice d'Afghanistan aux États-Unis. Née en 1978, un an et demi avant l'invasion soviétique de son pays, elle s'était enfuie avec sa famille au Pakistan, où elle avait vécu dans un camp de réfugiés avec sa mère et ses frères et sœurs, en suivant des cours dans une madrasa.

« Tous ceux qui fréquentaient cette école ne sont pas devenus des terroristes. Mais un bon nombre, oui », m'avait-elle confié.

Plus tard, elle avait réussi à se rendre aux États-Unis, avait fait des études supérieures et était finalement devenue diplomate à Washington.

Rahmani redoutait ce qui se passerait si les talibans revenaient au pouvoir : « Monsieur le Secrétaire général, ne soyez pas naïf. Les talibans n'ont pas changé. Je ne leur fais pas confiance une seule seconde. Ils remettront les femmes sous la burqa. »

Jusqu'à l'hiver 2020-2021, ma conclusion avait été que le coût d'un départ serait plus élevé que celui du maintien. C'est ce que j'avais dit à Obama, ce que j'avais dit à Trump, et c'était la base des assurances que j'avais données aux Afghans rencontrés lors de mes nombreux voyages. Mais lentement, et en dépit des dangers évoqués par Rahmani, l'incertitude et les désavantages d'un maintien des forces armées en Afghanistan me sont apparus de plus en plus clairement.

Ma foi en ce que nous pouvions accomplir militairement avait été sérieusement ébranlée ces dernières années. Les progrès que Jim Mattis espérait avec tant de force – avec mon appui, à l'époque, pour convaincre Trump d'intensifier les efforts – ne s'étaient pas matérialisés. Bien au contraire, les talibans avaient gagné du terrain, et ils contrôlaient désormais environ la moitié du pays. Ils avaient subi des pertes, mais celles-ci étaient faibles comparées au nombre toujours croissant de nouveaux combattants rejoignant leurs rangs. Ils traversaient régulièrement la frontière pakistanaise pour reprendre des forces et s'organiser, bénéficiant là d'un sanctuaire sûr.

Même avec notre soutien, l'armée gouvernementale ne parviendrait pas à vaincre militairement les talibans. Et il y avait toujours le risque que nos opérations ou celles des États-Unis tournent au désastre, comme lorsque, à l'automne 2015, un avion américain avait bombardé par erreur l'hôpital de Kunduz, tuant quarante-deux civils. Cette tragédie incarnait, pour moi, les dangers de la guerre : les erreurs humaines, les défaillances technologiques, aux conséquences terribles.

Un accord entre les États-Unis et les talibans existait néanmoins. Loin d'être parfait, il offrait la possibilité d'un retrait contrôlé. L'accord devait garantir que les talibans n'attaqueraient pas les forces internationales. Mais si nous décidions de rester après l'échéance fixée, nous devions nous attendre à de nouvelles attaques, nécessitant l'envoi de troupes supplémentaires, et risquions d'avoir à nouveau des morts et des blessés parmi les soldats de l'OTAN.

On pouvait soutenir que ce sacrifice était justifié par la crédibilité de l'alliance, la lutte contre le terrorisme ou les droits des femmes afghanes. Mais je doutais de la volonté réelle des pays de l'OTAN à payer ce prix. Après vingt ans d'efforts sans parvenir à construire un Afghanistan démocratique viable, quelle était la probabilité d'y parvenir dans les vingt prochaines années ? L'Afghanistan était devenu un exemple de ce que de plus en plus d'Américains qualifiaient de « guerres sans fin ».

Je me sentais profondément responsable des soldats envoyés en mission en Afghanistan – j'avais ressenti cette responsabilité en tant que Premier ministre de Norvège, et je la ressentais toujours. La douleur des pertes subies ne pouvait justifier de prendre le risque d'en provoquer d'autres. Je n'avais pas adopté soudainement une nouvelle position, mais j'avais commencé à peser les arguments différemment. L'incertitude du maintien était trop grande, le coût trop élevé. La conclusion s'en est trouvée changée, et j'ai commencé à en faire valoir les raisons auprès des dirigeants alliés et des décideurs à Washington.

Un retrait d'Afghanistan s'inscrivait aussi dans la réorientation que je soutenais depuis 2014 : ramener l'OTAN à ses missions fondamentales de défense de l'Europe.

Après un appel téléphonique avec Antony Blinken en avril 2021, il est devenu clair qu'aucune nouvelle évaluation de la situation sur le terrain ne ferait changer les Américains d'avis. Les États-Unis allaient plier bagage et partir.

« Nous avons étudié deux options : un retrait selon un calendrier fixe ou un retrait conditionné par certaines exigences. Le président a opté pour la première », a dit Blinken.

Comme Trump, Biden n'a posé aucune condition aux talibans pour le retrait des troupes. Seule différence : Trump avait signé un accord pour un retrait au 1er mai 2021, tandis que Biden fixait la date au 11 septembre de cette même année, vingt ans après les attentats de New York et Washington. La guerre la plus longue des États-Unis serait alors terminée.

La décision n'était pas une surprise en soi, mais entendre Blinken la formuler, ce n'était pas anodin. Il parlait d'un « retrait complet ». Les talibans, et non plus les États-Unis ni l'OTAN, seraient désormais la force militaire dominante en Afghanistan. La donne avait changé. Notre principal atout dans les négociations – la menace de rester, voire de renforcer notre présence si les talibans refusaient d'accepter les exigences du président Ashraf Ghani concernant des élections démocratiques, la liberté de la presse et les droits des femmes –, désormais, tout cela était balayé.

Tout en sachant que la décision serait mal accueillie par ses alliés de l'OTAN, Washington espérait leur appui. Blinken a insisté sur le fait que les États-Unis poursuivraient leur travail diplomatique en Afghanistan. Il en était de même du soutien économique aux forces de sécurité et de l'aide humanitaire.

Pour ma part, il s'agissait à présent de coordonner les positions et de resserrer les rangs au sein de l'OTAN. Les premiers que j'ai contactés ont été le ministre allemand des Affaires étrangères Heiko Maas et son homologue britannique Dominic Raab, tous deux opposés à un retrait sans conditions. Ils n'étaient pas satisfaits de ce qui était en train de se passer : « Nous voyons bien ce qui se profile maintenant que les Américains se retirent, et il va falloir faire avec », a dit Raab.

Le Premier ministre italien Mario Draghi semblait résigné : « Peut-être devrions-nous simplement dire les choses telles qu'elles sont : c'est une défaite », a-t-il dit sèchement.

Angela Merkel a elle aussi été déçue quand je lui ai parlé : « Je n'aime pas cela. Les seuls qui sourient aujourd'hui sont Vladimir Poutine et Xi Jinping. Ce sont les seuls à se réjouir de notre retrait. »

J'avoue ne pas m'être attendu à une réaction aussi critique des Européens.

Cependant, la seule option réaliste était que l'OTAN prenne la même décision que les États-Unis. Les Européens ne pouvaient tout simplement pas poursuivre une guerre déclenchée par une attaque contre les États-Unis après le départ des Américains. Les dirigeants européens ne pouvaient pas échapper à la force contraignante des réalités politiques. Obtenir un nouveau mandat de leurs parlements nationaux pour envoyer des soldats en Afghanistan après le retrait américain était parfaitement impensable. Et ils le savaient.

« La conclusion s'impose d'elle-même. La décision devrait donc être prise rapidement, sans hésitation. Tout report ne ferait qu'augmenter la frustration », ai-je dit.

Le mercredi 14 avril, le président Biden a donc annoncé sa décision. Il a prononcé un discours télévisé depuis la salle des Traités de la Maison-Blanche, la pièce même dans laquelle le président George W. Bush avait déclaré, en octobre 2001, le début de la guerre en Afghanistan.

« La guerre en Afghanistan n'a jamais été censée durer des générations. Je suis désormais le quatrième président à être commandant en chef des forces américaines en Afghanistan. Il y a eu deux présidents républicains et deux démocrates. Je n'ai pas l'intention de laisser cette responsabilité à un cinquième président », a déclaré Biden.

Il n'y avait donc aucun doute : une présence militaire en Afghanistan ne coïncidait plus avec les intérêts sécuritaires des États-Unis.

Le même après-midi, j'ai présidé une réunion extraordinaire conjointe avec les ministres des Affaires étrangères et de la Défense de tous les pays membres de l'OTAN. Il n'y eut guère de débat. Les pays membres de l'alliance ont décidé de mettre fin à leur engagement militaire en Afghanistan. Le retrait devait commencer le 1er mai et s'achever en quelques mois.

Dans les semaines qui ont suivi, plusieurs dirigeants européens m'ont fait savoir que les États-Unis avaient agi unilatéralement, sans les consulter. Le président Macron a particulièrement insisté sur ce point lorsque je l'ai rencontré à Paris au printemps. Il a établi un parallèle avec la décision du président Trump de retirer les troupes américaines du nord de la Syrie à l'automne 2019. Selon Macron, des forces spéciales françaises, présentes dans la même région, avaient été abandonnées à elles-mêmes : « Nous ne pouvons pas faire confiance aux Américains », a-t-il affirmé.

Cependant, plusieurs pays de l'OTAN avaient eux aussi retiré leurs troupes d'Afghanistan sans consulter leurs alliés, y compris la France. La différence était que, lorsqu'une telle décision émanait des États-Unis, elle avait des conséquences d'une tout autre ampleur. Certes, de nombreux soldats européens étaient encore présents en Afghanistan, mais ils dépendaient largement du soutien américain. Les drones et satellites américains fournissaient l'essentiel du renseignement, et c'étaient les avions de combat américains qui venaient à la rescousse des troupes européennes en cas de danger extrême. Les Américains assuraient aussi une grande partie des capacités de transport et de logistique utilisées par tous. Aucun autre pays n'était prêt ni probablement apte à remplacer les États-Unis. Par leur puissance militaire, les décisions américaines affectaient inévitablement tous les autres. En théorie, l'OTAN aurait pu continuer sans les États-Unis ; mais, dans les faits, Biden avait pris une décision au nom de toute l'alliance.

D'ailleurs, l'administration Biden avait bel et bien consulté ses alliés au préalable, tant au niveau ministériel que par le biais des ambassadeurs. Que beaucoup aient été en désaccord avec la conclusion relevait d'un autre débat.

Macron n'a pas été le seul à critiquer le processus. D'autres dirigeants européens ont exprimé leur frustration, estimant qu'ils n'avaient pas été suffisamment impliqués dans la décision de quitter l'Afghanistan. Une grande part de cette frustration venait du fait qu'ils s'étaient sentis floués lorsque Trump, l'année précédente, avait négocié l'accord avec les talibans. L'amertume ressentie rejaillissait désormais sur Biden et son administration, et cette méfiance n'était manifestement pas facile à dissiper.

Après la réunion ministérielle du 14 avril, il m'a paru essentiel de m'entretenir directement avec le président afghan Ashraf Ghani. Il devait apprendre la décision de l'OTAN de ma bouche, non par des canaux détournés. Je l'ai eu au téléphone à peine une heure après la fin de la réunion.

« Ceci n'est pas une fin, mais le début d'un nouveau chapitre. Nous retirons nos troupes, mais nous continuerons de soutenir les forces de sécurité afghanes, de former leurs soldats et de vous accompagner dans les négociations de paix avec les talibans. Mais je suis évidemment conscient que nous avons pris une décision difficile, comportant des risques considérables », lui ai-je dit.

Ghani était préparé. Il avait déjà été contacté par le président Biden. Comme à son habitude, il s'est montré courtois et m'a remercié pour ce soutien, mais j'ai bien perçu sa déception.

« Il ne fait aucun doute que nous entrons dans une période difficile », a-t-il répondu.

Au cours de la conversation, il a laissé son vice-président, Amrullah Saleh, prendre la parole. Le ton a alors changé radicalement.

« Vous nous abandonnez à nous-mêmes, a déclaré Saleh. La violence va augmenter. Le jihad l'emporte sur l'OTAN. »

Saleh a haussé la voix.

« La plus puissante alliance militaire du monde a été vaincue par une organisation terroriste fanatique », a-t-il lancé.

Le président Ghani avait laissé son vice-président exprimer ce qu'il ne voulait pas dire lui-même : le gouvernement afghan considérait que nous les avions trahis.

Chapitre 32

La chute de Kaboul

« Comment vous sentez-vous ? ai-je demandé.

— Pas bien, j'ai un mauvais pressentiment. »

J'ai scruté l'homme en face de moi. Le général Scott Miller était calme et posé, comme je l'avais toujours perçu lors de nos rencontres précédentes, mais il ne cachait pas que la situation était sombre.

« Ça ne va pas bien se passer », a-t-il dit.

Les talibans progressaient sur tous les fronts. Ils prenaient le contrôle de petites villes et de postes-frontières, et s'emparaient progressivement du réseau routier.

« J'ai vu des analyses affirmant que les forces gouvernementales afghanes pouvaient tenir deux ans. Je n'y crois pas un instant. Je suis sur place, je sais ce qui se passe », a déclaré Miller.

Depuis 2018, il dirigeait les forces de l'OTAN et des États-Unis en Afghanistan, et il arrivait tout juste de Kaboul. En entrant dans mon bureau, il m'a tendu la main. J'ai tenté de proposer ce salut du coude devenu courant pendant la pandémie, mais je me suis ravisé en voyant qu'il voulait clairement une poignée de main. Autant dire que cela a été une entrée en matière maladroite avant de nous asseoir.

Le tableau que Miller a dressé ce jour-là, début juillet 2021, correspondait aux rapports transmis par nos propres services. Après la décision des États-Unis et de l'OTAN de mettre fin à l'opération, les talibans misaient sur une victoire militaire. La branche afghane de Daech, l'État islamique au Khorassan (EI-K), était aussi devenue une menace sérieuse. Miller était préoccupé par la fragilité de l'appareil de pouvoir à Kaboul. Le président Ghani et le chef du Haut Conseil pour la réconciliation nationale, Abdullah Abdullah, étaient des rivaux acharnés, occupant en réalité les sommets de deux systèmes de gouvernance parallèles.

Ghani était de plus en plus isolé. Les forces gouvernementales peinaient ; des soldats fuyaient vers le Tadjikistan. Des chefs de village persuadaient des commandants locaux de renoncer à se battre et de déposer les armes sans confrontation. Les talibans traquaient les pilotes d'avion chez eux, pendant leurs permissions, et les tuaient. Une tactique cynique, mais efficace. Sans pilotes, les forces gouvernementales perdraient leur dernier avantage : la supériorité aérienne.

Miller pensait que les talibans n'attaqueraient pas Kaboul, mais avanceraient jusqu'aux abords de la ville et s'en empareraient plutôt par un accord politique. Combattre pour prendre la ville leur vaudrait de lourdes pertes et causerait d'importants dégâts. Les intentions connues du chef taliban Haibatullah Akhundzada penchaient pour une reddition négociée de Kaboul. L'OTAN avait une bonne vision des priorités et des analyses d'Akhundzada.

Miller avait mis en garde contre le retrait de notre présence militaire. Mais, une fois la décision prise, il ne voulait pas d'un processus de désengagement prolongé, estimant qu'un retrait rapide offrait une meilleure sécurité. Pour la même raison, il voulait qu'il reste le moins de civils américains possible, car cela permettrait une évacuation rapide en cas de besoin. Le principal problème concernait tous les Afghans ayant travaillé pour le gouvernement de Kaboul ou les forces étrangères. Dès qu'ils comprendraient que les Américains partaient, ils chercheraient à fuir. Si nous commencions à en évacuer certains, la peur d'un brusque effondrement pouvait devenir une prophétie autoréalisatrice.

Miller se souciait du sort des Afghans ayant travaillé pour les forces internationales.

« Parfois, j'entends dire qu'ils n'ont pas droit à notre aide pour partir. Pour moi, ils en ont le droit s'ils risquent d'être tués par les talibans. Et ils le seront », a-t-il affirmé.

Ces jours de juillet, je travaillais intensément sur la manière dont notre présence en Afghanistan devait se poursuivre après le départ des soldats. La décision de l'OTAN prévoyait le maintien d'une présence civile. Il fallait conclure de nombreux contrats et établir des budgets. Les différents pays membres retiraient leurs troupes, mais ils préparaient en parallèle le maintien de leurs ambassades et la poursuite de vastes programmes d'aide. Les autorités afghanes et l'armée afghane régulière devaient recevoir un soutien financier massif. L'OTAN continuerait à former des soldats afghans hors du territoire afghan. Tout cela nécessitait qu'un grand nombre de civils de l'OTAN reste sur place.

Les Américains étaient pressés et voulaient retirer leurs troupes d'ici leur fête nationale, le 4 juillet, soit plus de deux mois avant la date butoir prévue par le président Biden, le 11 septembre. Cette énorme machinerie militaire qu'était le retrait n'avait pas été suffisamment coordonnée avec l'OTAN, ni par conséquent avec tous les alliés. Des soldats de nombreux autres pays étaient encore en Afghanistan. Ils ne savaient pas quand partir, comment procéder ni dans quel ordre.

Les Américains n'avaient pas non plus suffisamment pris en compte que de nombreux civils étrangers devaient rester en Afghanistan.

Tout au long de l'été, les talibans ont avancé et gagné du terrain, mais, pour l'heure, les forces gouvernementales parvenaient à tenir la plupart des grandes capitales provinciales, et Kaboul n'était pas menacée.

Fin juillet, j'ai reparlé avec le président Ghani au téléphone. Il n'a pas caché que la situation était difficile et m'a décrit en détail les attaques que subissait l'armée gouvernementale. Ghani était amer vis-à-vis des Américains et demandait instamment qu'on lui fournisse un appui aérien.

« Je comprends que vous retiriez toutes vos troupes au sol, mais vous pouvez au moins envoyer des avions depuis vos bases au Qatar ou ailleurs pour nous aider à tenir les talibans à distance », m'a-t-il dit.

Au cours des derniers mois, j'avais eu plusieurs conversations avec Ghani. Chaque fois, il avait affirmé clairement que son objectif était de repousser les talibans et de gagner la guerre. Cette fois, ce n'était plus le cas.

« Nous procédons à une consolidation stratégique. Nous regroupons nos forces en nous retirant de certaines zones, afin de pouvoir maintenir notre présence dans d'autres. L'objectif est de figer le rapport de force militaire sur le terrain. Ensuite, il nous faudra négocier avec les talibans. Tel est désormais notre cap », a-t-il déclaré.

À la charnière des mois de juillet et d'août, les talibans ont modifié leur stratégie sur le terrain. Si jusque-là ils s'étaient principalement attachés à prendre le contrôle des zones rurales et des petites villes, leur offensive visait désormais les grandes villes du pays. Kandahar, dans le Sud, est ainsi tombée. Les talibans ont également progressé dans le Nord, une région où ils n'avaient historiquement pas de solide assise. Les combats ont été peu intenses : nombre de responsables locaux ont changé de camp, préférant s'aligner sur ceux qu'ils percevaient comme les futurs vainqueurs.

Août étant une période de congés en Europe et au sein de l'OTAN, je suis rentré en Norvège. Quand c'était nécessaire, je me rendais au centre des opérations des forces armées à Akershus, d'où je pouvais m'entretenir avec nos équipes à Kaboul, avec le quartier général de Bruxelles, ainsi qu'avec plusieurs capitales alliées. La phase militaire du retrait était presque achevée, mais les États-Unis et l'OTAN maintenaient encore une présence résiduelle, afin d'assurer notamment la sécurité des représentations diplomatiques.

Le jeudi 12 août, je me trouvais dans notre chalet à Svartskog, près d'Oslo. J'étais en mer pour tester notre nouveau bateau, un Buster, lorsque Lorenz m'a appelé depuis le siège de l'OTAN. J'ai regagné la terre ferme et me suis installé sur la terrasse, contemplant le paisible Bunnefjord, tandis qu'il me faisait un point de situation. Les Américains venaient d'annoncer qu'une conférence de presse se tiendrait à Washington dans l'heure : il y serait communiqué que l'ensemble du personnel américain

Mon respect pour les femmes et les hommes en uniforme trouve notamment ses racines dans l'engagement de mon grand-père pendant la Seconde Guerre mondiale. Ici, quatre générations de Stoltenberg – mon grand-père Emil est à droite.

J'ai effectué mon service militaire à Evjemoen, en 1979, en tant que simple soldat Stoltenberg. L'effet dissuasif que j'exerçais réellement est discutable.

Je retourne régulièrement à Ypres, où se dressent des rangées interminables de pierres tombales. Certains des combats les plus sanglants et désespérés de la Première Guerre mondiale s'y sont déroulés. Pour préserver la paix, nous devons garder vivante la mémoire des horreurs de la guerre.

J'ai assisté à l'exercice *Cold Response* de l'OTAN à Bardufoss, en Norvège, en mars 2023, et pu échanger avec de nombreux soldats servant l'alliance. À ma gauche, le chef des forces armées norvégiennes, Eirik Kristoffersen.

Lors du grand exercice militaire *Trident Juncture* en Norvège, en 2018, une dame aimable m'a offert des moufles tricotées par elle, craignant que je n'aie froid aux mains.

En route vers la Pologne, en mars 2022. Il n'était pas rare que mon avion soit escorté par des chasseurs.

J'ai pris la parole devant des cadets ukrainiens à Odessa, en octobre 2019. Deux préoccupations les animaient : l'adhésion à l'OTAN et notre soutien insuffisant dans leur lutte contre la Russie.

Volodymyr Zelensky a été élu président de l'Ukraine en mai 2019. Il s'est rendu à Bruxelles seulement quelques jours après son élection. Et nous nous sommes rencontrés six mois plus tard au palais présidentiel à Kiev. J'ai été frappé par sa détermination et son énergie.

La Russie a envahi l'Ukraine le jeudi 24 février 2022. Pour coordonner le soutien à l'Ukraine, le président américain Joe Biden a pris l'initiative de réunions régulières en ligne entre l'OTAN, l'Union européenne et les principaux alliés.

Le président Zelensky s'est adressé par visioconférence au sommet de l'OTAN à Madrid, en juin 2022. Il a plaidé avec insistance pour obtenir le soutien de l'alliance.

En route vers Kiev, en avril 2023, ma première visite en Ukraine depuis l'invasion à grande échelle de la Russie. Malgré la guerre et les bombardements, les trains ukrainiens ont, de façon impressionnante, continué de respecter les horaires. Le trajet a permis de préparer les discussions programmées à Kiev.

Constater de mes propres yeux les marques laissées par la guerre en Ukraine fut une expérience bouleversante.

À Kiev, j'ai participé à une cérémonie devant le « Mur du souvenir ».

Le président Zelensky s'est révélé être un leader remarquable en temps de guerre.
Il est aussi devenu une personne avec qui j'ai tissé des liens étroits.

Ce fut un plaisir de présider la réunion des ministres des Affaires étrangères de l'OTAN à Oslo, en juin 2023. La rencontre à l'hôtel de ville s'est tenue dans une atmosphère informelle, sans notes préparées ni tables entre nous. Certains ont plaisanté en disant qu'on aurait dit une séance de thérapie de groupe.

Une cérémonie a été organisée devant le mémorial du 22 juillet, dans le quartier gouvernemental d'Oslo, où sont gravés les noms de toutes les victimes de l'attentat terroriste de 2011 en Norvège.

Le roi Harald s'intéresse de près aux questions de sécurité. Nous avons eu plusieurs conversations à ce sujet. Lors de la réunion de l'OTAN à Oslo, il a organisé une réception au palais royal pour l'ensemble des ministres des Affaires étrangères.

Avec Joe Biden dans le Bureau ovale, en juin 2023. Je devais quitter mes fonctions quelques mois plus tard, mais le président m'a fait changer d'avis : « C'est à propos de l'alliance. » Je devais passer quatre ans à l'OTAN, j'y suis finalement resté dix ans.

En janvier 2023, j'ai visité la Corée du Sud et le Japon dans le cadre du renforcement des liens avec les pays partenaires de l'OTAN en Asie. Ces deux pays, préoccupés par les défis que représente la Chine, tenaient à montrer qu'ils n'étaient pas isolés.

Faire entrer la Suède et la Finlande dans l'OTAN n'a pas été une tâche facile. Ici, en pleine discussion avec la Première ministre suédoise Magdalena Andersson et le président finlandais Sauli Niinistö, lors du sommet de Madrid, en juin 2022. En face de nous, le président turc Recep Erdoğan.

« Du calme, du calme ! » Plus d'une fois, nous avons craint que les négociations ne tombent à l'eau. Le président Erdoğan (à gauche) ne semblait pas particulièrement optimiste non plus.

Une promenade en bateau sur le Bosphore lors de la visite qu'Ingrid et moi avons rendue au président Erdoğan et à son épouse Emine, à Istanbul, en novembre 2022. L'ambiance était bonne, mais les obstacles à l'adhésion de la Finlande et de la Suède n'étaient pas encore levés.

Lorsque le président Erdoğan, le Premier ministre suédois Ulf Kristersson et moi-même nous sommes serré la main pendant le sommet de Vilnius, en juillet 2023, j'ai eu la conviction que l'entrée de la Suède dans l'OTAN était en bonne voie. Pourtant, il a encore fallu attendre près de huit mois pour que tout soit finalisé.

11 mars 2024, un jour historique. Le drapeau suédois a été hissé devant le siège de l'OTAN à Bruxelles.

Le sommet de Washington, en juillet 2024, fut mon dernier. La cérémonie d'ouverture s'est tenue à l'auditorium Mellon, là même où le traité de l'OTAN avait été signé, soixante-quinze ans plus tôt.

Durant le sommet de juillet 2024, on m'a demandé de lancer la première balle du match de baseball opposant les Washington Nationals aux Saint Louis Cardinals, au stade national de Washington. Je ne connais pas grand-chose au baseball, mais j'ai compris que c'était un honneur.

1er octobre 2024. Après dix années, mon mandat a pris fin. De nombreux employés du siège de l'OTAN à Bruxelles étaient présents pour me dire au revoir. Un moment empreint d'émotion.

Il était temps de remettre le maillet au nouveau secrétaire général de l'OTAN, l'ancien Premier ministre néerlandais Mark Rutte.

En remerciant l'OTAN, je savais que ce qui allait le plus me manquer, ce seraient mes formidables collaborateurs.

Un travail exigeant et de nombreux déplacements nous ont soudés. Ici, nous célébrons la bonne tenue d'un nouveau sommet de l'OTAN. De gauche à droite : Gjermund Eide, Sissel Kruse Larsen, moi-même et Mari Aaby West.

Berjan Beeuwkes, Celine Van Esch et Gizela Oliveira ont fait un travail remarquable pour nous dans la maison de l'avenue Louise. Berjan a tenté de m'initier à l'art culinaire. Je crains de n'avoir guère impressionné Celine et Gizela.

Je serai toujours profondément reconnaissant envers mes collaborateurs de l'époque de l'OTAN. Même s'ils m'ont offert un déambulateur pour mes soixante ans…

De retour à Oslo, j'avais si peur de ne pas avoir assez à faire que j'ai accepté bien trop d'engagements. D'autant que j'avais un livre à écrire. Ici, en plein travail sur le manuscrit, chez moi, à Oslo, durant l'hiver 2025.

Per Anders Madsen m'a aidé dans la rédaction et a tenu à jour toutes les versions du manuscrit tout au long des années où nous avons travaillé sur ce livre.

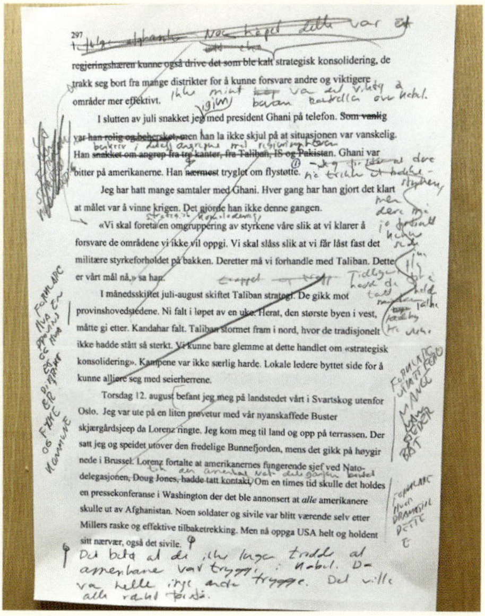

297

regjeringshæren kunne også drive det som ble kalt strategisk konsolidering, de trakk seg bort fra mange distrikter for å kunne forsvare andre og viktigere områder mer effektivt.

I slutten av juli snakket jeg med president Ghani på telefon. Som vanlig var han rolig og behersket, men han la ikke skjul på at situasjonen var vanskelig. Han snakket om angrep fra tre kanter, fra Taliban, IS og Pakistan. Ghani var bitter på amerikanerne. Han nærmest tryglet om flystøtte.

Jeg har hatt mange samtaler med Ghani. Hver gang har han gjort det klart at målet var å vinne krigen. Det gjorde han ikke denne gangen.

«Vi skal foreta en omgruppering av styrkene våre slik at vi klarer å forsvare de områdene vi ikke vil oppgi. Vi skal slåss slik at vi får låst fast det militære styrkeforholdet på bakken. Deretter må vi forhandle med Taliban. Dette er vårt mål nå,» sa han.

I månedsskiftet juli-august skiftet Taliban strategi. De gikk mot provinshovedstedene. Ni falt i løpet av en uke. Herat, den største byen i vest, måtte gi etter. Kandahar falt. Taliban stormet fram i nord, hvor de tradisjonelt ikke hadde stått så sterkt. Vi kunne bare glemme at dette handlet om «strategisk konsolidering». Kampene var ikke særlig harde. Lokale ledere byttet side for å kunne alliere seg med seierherrene.

Torsdag 12. august befant jeg meg på landstedet vårt i Svartskog utenfor Oslo. Jeg var ute på en liten prøvetur med vår nyanskaffede Buster skjærgårdsjeep da Lorenz ringte. Jeg kom meg til land og opp på terrassen. Der satt jeg og speidet utover den fredelige Bunnefjorden, mens det gikk på høygir nede i Brussel. Lorenz fortalte at amerikanernes fungerende sjef ved Nato-delegasjonen, Doug Jones, hadde tatt kontakt. Om en times tid skulle det holdes en pressekonferanse i Washington der det ble annonsert at *alle* amerikanere skulle ut av Afghanistan. Noen soldater og sivile var blitt værende selv etter Millers raske og effektive tilbaketrekking. Men nå oppga USA helt og holdent sitt nærvær, også det sivile.

Ce n'était pas toujours facile d'interpréter mes suggestions de modifications sur les projets de texte qu'il m'envoyait.

En route vers une nouvelle vie. En février 2025, je suis redevenu ministre des Finances – un poste que j'avais déjà occupé vingt-neuf ans plus tôt. Je suis heureux que l'une des premières décisions auxquelles j'ai contribué dans mes nouvelles fonctions ait été de tripler l'aide militaire de la Norvège à l'Ukraine.

allait être évacué d'Afghanistan, y compris les quelques éléments restés sur place après le retrait rapide et maîtrisé opéré par le général Miller. Seule une poignée de diplomates devait rester.

Les États-Unis mettaient ainsi un terme définitif à leur présence, y compris civile. Cela traduisait la conviction qu'ils ne pouvaient plus garantir la sécurité de leurs ressortissants. Il allait de soi que, si eux-mêmes n'étaient plus en sécurité, plus personne ne l'était.

Voilà donc venu notre « moment Saïgon », ai-je pensé. À la fin de la guerre du Vietnam, des civils paniqués s'accrochaient aux hélicoptères quittant le toit de l'ambassade américaine à Saïgon, la capitale du Vietnam du Sud, et une scène analogue se profilait à Kaboul.

Un collaborateur a établi une liaison sécurisée. Le secrétaire d'État Antony Blinken souhaitait s'entretenir avec moi.

« Je suis heureux que vous appeliez, ai-je dit en entendant la voix de Blinken.

— Je suis soulagé de l'entendre, car le sujet dont je dois vous parler est assez délicat », a-t-il répondu.

Le président Biden venait de décider l'envoi de plusieurs milliers de soldats supplémentaires à Kaboul, avec pour seule mission d'assurer l'évacuation la plus rapide possible du personnel américain. Le paradoxe était manifeste : pour permettre un retrait, il fallait dans l'immédiat envoyer des renforts.

« L'ambassade des États-Unis va être transférée du centre-ville à l'aéroport de Kaboul », a annoncé Blinken.

Une heure auparavant, la Maison-Blanche n'avait pas voulu confirmer cette décision. Celle-ci était lourde de conséquences, le quartier général de l'OTAN à Kaboul étant situé immédiatement à côté de l'ambassade, elle-même fortifiée à l'image d'une base militaire. Le dispositif de sécurité commun offrait une protection mutuelle.

« Cela nous affecte directement. Nous devons immédiatement envisager la fermeture de notre quartier général et le transfert de toutes nos opérations à l'aéroport », ai-je répondu.

La plupart des rapports de renseignement que je recevais étaient unanimes : une victoire des talibans semblait inéluctable. Pourtant, en mai encore, les projections les plus pessimistes donnaient à la présidence afghane une marge de survie en tout cas jusqu'à la fin de l'année. Or tout semblait à présent pouvoir s'effondrer en quelques jours. Le président Ghani devait venir à Bruxelles à la fin du mois, mais je doutais qu'il puisse ensuite retourner dans son pays.

Il fallait que je rejoigne Bruxelles au plus vite. Le lendemain matin, j'ai fait un dernier tour sur le quai, préoccupé par le mouillage du Buster, car la ligne amarrée à la bouée était trop longue. Un voisin qui passait m'a fait remarquer que cela pouvait constituer un danger pour les bateaux de passage, car leurs moteurs risquaient de se prendre dans la corde. Mais les voitures et les agents de sécurité m'attendaient, et j'ai dû partir sans tarder.

Peu après, l'escorte policière nous a conduits à la zone militaire de l'aéroport de Gardermoen, où un avion de l'OTAN était prêt à décoller. Devant le bâtiment turquoise flottait le drapeau norvégien. J'avais, en tant que Premier ministre, accueilli là les cercueils des soldats tombés en Afghanistan. Ces jours comptaient parmi les plus éprouvants de mon mandat. Je continuais d'ailleurs, à chaque Noël, à envoyer mes vœux aux familles endeuillées. Aujourd'hui, c'était toute l'opération qui semblait vivre ses dernières heures.

Ce même jour, le vendredi 13 août, j'ai présidé une réunion extraordinaire du Conseil. L'atmosphère parmi les ambassadeurs était grave. Nous avons reçu un compte rendu détaillé de la situation : les talibans avaient pris toutes les villes situées sur la route circulaire, véritable artère vitale de l'Afghanistan. Abdul Rachid Dostum et d'autres seigneurs de guerre, jadis farouches opposants aux talibans, avaient été vaincus ou s'étaient ralliés à eux.

Les représentants de l'OTAN rentrés de Kaboul ont livré une analyse sans fard de la présidence Ghani. Les critiques n'étaient pas nouvelles, mais le ton avait changé : « Il est autocentré, s'entoure d'adulateurs et semble totalement déconnecté de la réalité du terrain. Les nominations au sein de l'armée relèvent du copinage », nous a-t-on informés. Il était douloureux pour les cadres de l'OTAN d'observer une telle désintégration.

Le dimanche suivant, John Manza, directeur des opérations de l'OTAN, m'a fait part de la chute, la veille, de Mazâr-e Charîf, dernière grande ville du Nord, capitale de la province de Balkh. À Kaboul, les policiers ôtaient leurs uniformes. Manza avait ordonné le transfert à l'aéroport du personnel clé, ainsi que des prestataires et de tous les employés locaux. L'opération d'évacuation venait à peine de débuter.

De puissants hélicoptères Chinook faisaient la navette entre le complexe de l'ambassade dans le centre-ville et l'aéroport.

Ce n'était pas encore exactement Saïgon 1975, mais nous n'en étions plus très loin.

Le président Ghani avait fui. Des commandants talibans armés s'étaient installés dans le bureau du président.

On m'a rapporté l'histoire tragique d'un jeune dentiste, Fida Mohammad. Le matin du lundi 16 août, il n'était pas allé au travail, mais était parti à l'aéroport pour tenter de fuir le pays. Sur place, des centaines de personnes s'étaient précipitées sur la piste. Un gigantesque avion de transport américain, un C-17, s'était posé, mais, à la vue de la foule, le pilote, redoutant un assaut, avait immédiatement remis les gaz. Pendant la course de décollage, Fida Mohammad avait grimpé dans le compartiment du train d'atterrissage. Une fois en vol, il n'avait eu que deux choix : être broyé par les roues ou sauter. Il avait choisi la seconde option. Son corps avait été retrouvé sur le toit d'une maison non loin de l'aéroport.

Lorsque le C-17 a atterri plus tard dans la journée au Qatar, l'équipage a découvert les restes de plusieurs personnes dans la trappe du train d'atterrissage. Le nombre exact de victimes reste encore inconnu à ce jour. Ce chaos illustrait le désespoir profond ressenti par nombre d'Afghans lors de la prise de pouvoir des talibans.

Nous avions pourtant, ces derniers mois, préparé activement le maintien de notre présence.

« Nous mettons un terme à notre mission militaire, non à notre engagement », avais-je répété à de nombreuses reprises. Depuis avril, nous élaborions des plans pour organiser cette nouvelle forme de soutien.

Mais tous ces plans ont été balayés. Tout s'est effondré en quelques heures.

À Bruxelles, nous devions gérer la crise d'heure en heure. Il fallait évacuer nos ressortissants, mais aussi les Afghans ayant travaillé pour nous. Ces derniers étaient désormais en danger de mort, et je n'étais pas sûr que nous y parviendrions.

Avec leurs familles, cela représentait plusieurs milliers de personnes. Certains collaborateurs étaient déjà à l'aéroport, mais leurs proches se trouvaient toujours en ville. Il fallait les identifier : une tâche complexe dans un pays sans registre national et où de faux papiers circulaient partout. Le risque d'exfiltrer des individus n'ayant jamais collaboré avec l'OTAN était réel. Nous voulions faire sortir du pays des familles qui recevraient l'asile politique. Tous les pays membres avaient confirmé leur volonté d'accueillir des Afghans, mais les faire parvenir jusqu'à l'aéroport, dans ce chaos, relevait presque de l'impossible.

Les Américains avaient mobilisé mille hommes supplémentaires – des parachutistes de la 82e division aéroportée – pour sécuriser l'aéroport et faciliter l'évacuation. Il y avait suffisamment d'avions, mais chaque pays pensait avant tout à ses propres ressortissants. Les premiers jours, la communication et la coordination faisaient défaut. De nombreux appareils décollaient à peine remplis au quart ou à moitié. Presque aucun Afghan n'était à bord.

Les talibans avaient accepté que l'évacuation puisse se poursuivre jusqu'au 31 août, mais pas un jour de plus. Si l'opération continuait au-delà de cette date, nous courrions un risque énorme : subir des tirs de roquettes des collines autour de l'aéroport. Les talibans comme l'État islamique au Khorassan avaient la capacité de mener de telles attaques. Je l'avais moi-même constaté lorsque les obus avaient commencé à pleuvoir sur l'aéroport, peu après mon atterrissage avec Jim Mattis en septembre 2017. Même les avions militaires sont vulnérables au décollage, moment où ils ont le moins de capacité de manœuvre.

Ce serait une course contre la montre.

Nous étions submergés de lettres et d'e-mails de personnes désespérées demandant de l'aide pour fuir. Nombre de ces appels m'étaient personnellement adressés.

« Un salut de l'enfer », ainsi commençait une lettre. « Je suis étudiante en médecine. En tant que jeune femme, je ne peux plus poursuivre mes études, je n'ai plus le droit de continuer ma formation, ils ne nous autorisent plus à retourner à l'université. Je ne supporte plus leurs cruautés, l'idée de revenir vingt ans en arrière m'est insupportable. Nous ne pouvons plus vivre ici. Je ne sais pas si je serai morte demain ou encore vivante. Je vous supplie de nous venir en aide, à ma famille et à moi. Dans l'espoir d'une réponse rapide et positive. »

Une autre lettre disait :

« *Dear sir*, Je suis à Kaboul. Avant la chute du gouvernement, j'étais capitaine. Je possède les documents nécessaires pour le prouver. Comme vous le savez, la situation devient de plus en plus difficile pour les gens comme moi (hazara chiite). Les soldats talibans sont à nos trousses, à ma famille et à moi, et nous avons quitté notre maison. Nous changeons d'endroit chaque nuit. Nos vies sont en danger, je veux quitter ce pays avec ma famille. J'espère que vous nous sauverez, s'il vous plaît, je vous en supplie, s'il vous plaît. »

Toutes ces lettres m'ont profondément marqué. Elles ont toutes reçu une réponse, mais surtout, elles ont été transmises à l'équipe de crise, opérationnelle vingt-quatre heures sur vingt-quatre, pour voir si on pouvait les aider.

Un sentiment profond de gravité m'a envahi pendant ces journées d'août. Nous recevions des demandes d'aide, mais l'OTAN et moi-même avions également droit à notre lot de critiques. Beaucoup étaient particulièrement déçus que nous laissions les femmes afghanes entre les mains des talibans. Ces critiques m'ont profondément affecté, mais, à l'aune du drame qui se jouait à Kaboul et de ce que subissaient tant d'Afghans, c'était bien peu de chose.

Petit à petit, l'évacuation depuis l'aéroport s'est mieux organisée. Les Turcs géraient les opérations sur place et faisaient un excellent travail. L'OTAN a aussi commencé à assumer un rôle plus clair dans la coordination. Son plus haut représentant civil à Kaboul était Stefano Pontecorvo, un Italien de soixante-quatre ans corpulent, sûr de lui et peu préoccupé par l'étiquette diplomatique. Lui-même se décrivait comme arrogant et semblait parfaitement s'en accommoder. Pontecorvo a alors pris les rênes, organisant au moins deux réunions quotidiennes de coordination à l'aéroport, avec la participation de tous les pays. Nous avons acquis une vue d'ensemble sur tous les mouvements d'avions et sur le nombre de personnes enregistrées, prêtes à être évacuées. Fini les appareils qui partaient à moitié vides.

Le principal problème restait de faire sortir les gens de Kaboul. Pour entrer dans l'enceinte de l'aéroport, les Afghans devaient présenter des documents prouvant qu'ils avaient travaillé pour l'OTAN ou un pays occidental, ou qu'ils étaient parents de nos collaborateurs. Mais ces papiers étaient extrêmement dangereux à transporter à travers la ville, où les talibans avaient établi de nombreux postes de contrôle.

Contre toute attente, Pontecorvo a réussi à organiser des convois de bus. Les gens étaient pris en charge à des points de rendez-vous secrets dans Kaboul, puis conduits vers l'aéroport. Parfois, les bus restaient bloqués pendant plusieurs jours à des check-points talibans. Nous avons entendu des histoires de passagers restés près de soixante heures dans un bus, sans pouvoir mettre ne fût-ce qu'un pied dehors. Quelques rares personnes ont préféré descendre des bus ; dans ce cas, les chauffeurs vendaient les places vacantes à d'autres. Les conditions sanitaires étaient déplorables, mais nous avons réussi à faire passer les bus.

« J'ai eu un problème quand cela a été le tour de mon cuisinier, m'a raconté Pontecorvo plus tard. La règle voulait que chacun ne puisse emmener qu'une seule épouse, mais le cuisinier m'a dit qu'il en avait deux. J'ai pensé qu'on verrait bien. Finalement, les deux sont venues. »

Chaque avion qui décollait était un soulagement. La plupart des décisions politiques sont un peu lointaines et abstraites. Là, tout était tellement concret : chaque décision avait des conséquences immédiates pour de nombreuses personnes. Faire venir un avion, le remplir, le faire repartir. D'abord vers le Qatar, puis vers des camps de transit en Europe. C'était devenu notre seule priorité.

Le jour même de la chute de Kaboul, je me suis entretenu avec le Premier ministre Boris Johnson.

« Nos chers amis américains ont déclenché tout cela en décidant de quitter l'Afghanistan, a-t-il dit. La situation n'est pas très belle à voir en ce moment même. »

Johnson était préoccupé par les conséquences de l'effondrement sur la cohésion interne de l'OTAN.

Une inquiétude que je partageais. Le jeudi 19 août, j'ai eu un long entretien avec le secrétaire d'État Antony Blinken. Un nouveau sommet des ministres des Affaires étrangères devait avoir lieu en visioconférence le lendemain, et j'ai insisté pour que nous commencions dès à présent à prendre du recul – plutôt que de nous focaliser uniquement sur l'évacuation et la situation à l'aéroport. Il fallait surtout éviter toute division interne.

« Nous sommes obligés de poser certaines questions difficiles sur le propre engagement de l'OTAN », lui ai-je répondu.

Il nous fallait tirer des leçons de tout ça, un processus de réflexion que nous devions engager nous-mêmes. Sinon, d'autres s'en chargeraient à notre place.

Blinken était d'accord. Même des responsables politiques conservateurs britanniques et allemands commençaient à plaider en faveur d'une moindre dépendance envers les États-Unis, et remettaient en question la solidarité au sein de l'alliance. L'ancienne Première ministre Theresa May a prononcé un discours à la Chambre des communes dans lequel elle a décrit le retrait d'Afghanistan comme la pire humiliation pour l'OTAN et l'Occident depuis plusieurs décennies. Le ton de la presse européenne et des dirigeants politiques européens devenait de plus en plus critique envers les États-Unis et l'OTAN, dressant le tableau d'une défaite dans les grandes largeurs. *The Guardian* a écrit dans un éditorial qu'Angela Merkel, qui avait encouragé des liens étroits avec les États-Unis, s'était trompée, et qu'Emmanuel Macron, qui prônait l'autonomie européenne, avait eu raison.

« Nous avons tenu un sommet en juin qui a renforcé les liens transatlantiques. Et puis cela est arrivé. Qu'en pensez-vous ? ai-je demandé à Blinken.

— Nous lisons aussi les journaux européens ici, aux États-Unis, Jens. Mais oui, je suis d'accord. Nous devons montrer que nous restons unis. »

J'ai craint que la réunion des ministres des Affaires étrangères du lendemain ne soit utilisée pour se rejeter la faute les uns sur les autres. Heureusement, cela ne s'est pas produit. Ce n'était le moment ni des reproches ni des critiques. Tous ont compris la gravité de la situation, et tous avaient participé à la décision de mettre fin à l'opération militaire, même si c'était avec un enthousiasme variable. Nous voulions tous adopter une position commune face aux nouveaux détenteurs du pouvoir à Kaboul. Si les messages envoyés par les pays occidentaux et les grandes institutions comme l'Union européenne et l'OTAN avaient été contradictoires, ceux-ci auraient perdu de leur force.

Nous avons eu raison de faire part aux talibans de nos exigences concernant le respect des droits humains et la lutte contre le terrorisme. Mais la réalité était que nous ne pouvions plus appuyer nos exigences par la force. Sans présence militaire, nous ne pouvions pas faire grand-chose.

Le mardi 24 août, j'ai participé à un sommet du G7. Le président Biden y a fait un exposé dans lequel il a défendu la décision de se retirer, tout en reconnaissant que nous ne pourrions pas évacuer tous ceux que nous souhaitions aider avant la date limite du 31 août. Il a insisté sur l'usage de tous les moyens de pression possibles sur les talibans, après la fin de l'évacuation, afin qu'ils laissent partir ceux qui le voulaient. Les talibans étaient économiquement vulnérables. Biden voulait bloquer leurs comptes et geler les fonds.

« Il faut remettre les choses en perspective. Les États-Unis ont dépensé plus de trois cents millions de dollars par jour pendant vingt ans en Afghanistan. Trois cents millions de dollars par jour ! »

Le président a poursuivi :

« Nous avons entraîné et équipé trois cent mille soldats du gouvernement afghan, a-t-il dit, en insistant sur *trois cent mille*.

— Saviez-vous que tout cela s'effondrerait en onze jours ? »

Biden a levé les yeux, nous a regardés et a laissé la question en suspens avant de poursuivre :

« Je ne le savais pas. Et si vous le saviez, vous ne m'en avez rien dit.

— Quoi qu'il arrive en Afghanistan, nous devons rester unis », ai-je déclaré dans mon intervention.

Dans les temps à venir, il nous faudrait être prêts à combattre les groupes terroristes en Afghanistan depuis des bases situées dans d'autres pays, « au-delà de l'horizon », comme on le disait à l'OTAN. L'alliance étudiait désormais comment s'y préparer.

J'ai souligné que ce qui se passait à l'aéroport de Kaboul était une opération conjointe. Les Américains dominaient : ils avaient le plus de soldats, les plus gros avions. L'impression donnée par les médias était celle d'une opération purement américaine, mais c'était faux. Plus de vingt et un mille personnes avaient été évacuées au cours des dernières vingt-quatre heures. Près de la moitié, environ 40 %, l'avait été par des avions non américains. C'était donc bien un effort collectif.

Angela Merkel était d'humeur sombre, ce qui ne lui ressemblait pas. Des élections allaient se dérouler en Allemagne quelques semaines plus tard, et elle avait assumé la responsabilité politique du premier grand engagement militaire de l'Allemagne depuis la guerre. Après seize ans comme chancelière, elle-même était sur le départ, mais son parti avait subi de plein fouet les conséquences de ce qui s'est produit. Selon ses propres termes, « l'enfer [s'était] déchaîné ».

« Nous devons rester unis, mais je dois dire que je suis amère. Ne nous faisons pas d'illusions sur l'image que l'Afghanistan donne de nous dans le monde. En Allemagne, les réactions sont fortes. L'enfer s'est déchaîné. »

Deux jours plus tard s'est produit ce que nous redoutions le plus : un kamikaze a fait exploser une bombe au beau milieu de la foule compacte amassée devant la clôture autour de l'aéroport. Le nombre de morts a augmenté d'heure en heure, atteignant finalement le chiffre de cent quatre-vingt-deux victimes, dont treize soldats américains. L'État islamique au Khorassan a revendiqué l'attaque.

Les services de renseignement avaient prévenu peu auparavant que le risque d'attentat terroriste était élevé. Plusieurs terroristes se trouvaient dans la zone autour de l'aéroport, ils ne se rencontraient pas physiquement et ils changeaient constamment de téléphone pour rendre leur surveillance le plus difficile possible. L'ordre reçu était de se rapprocher de la clôture, là où la foule était la plus dense. L'un d'eux s'est ainsi approché très près du personnel occidental et a déclenché la bombe. Le renseignement a estimé que l'attaque aurait pu être évitée si nous avions encore disposé des ressources que nous avions avant, sur place, à Kaboul.

Les États-Unis et leurs alliés ont réussi à évacuer plus de cent vingt mille personnes pendant les jours chaotiques de l'opération. L'une d'entre elles était Aryana Sayeed, l'artiste que j'avais rencontrée à Kaboul en 2017. Elle faisait partie des dizaines de milliers de personnes de la foule qui se pressait devant l'aéroport avant d'être admise à l'intérieur et évacuée vers le Qatar. Un peu plus tard, elle a rejoint les États-Unis.

L'équipe de l'OTAN à Kaboul, dirigée par Stefano Pontecorvo, a réussi à exfiltrer notre personnel afghan et leurs familles, soit mille huit cent quatre-vingt-dix-neuf personnes au total. Mais plusieurs milliers d'Afghans qui avaient travaillé pour nous dans des phases antérieures de l'opération ces vingt dernières années sont restés dans le pays. Nous ne savions pas très bien comment nous allions pouvoir les aider.

Le président Biden a qualifié l'évacuation de réussite extraordinaire. Cela avait été une prouesse logistique et technique, un travail remarquable avait été accompli à tous les niveaux. Néanmoins, de là à qualifier cette évacuation de succès… L'un des principaux arguments en faveur de la fin de notre présence militaire était que l'accord avec les talibans permettait un retrait ordonné, mais le chaos à l'aéroport et les foules désespérées derrière les barrières ont démontré au monde entier que ce retrait était tout sauf ordonné.

Personne n'avait prévu que l'effondrement serait aussi rapide. Beaucoup se font des illusions sur ce que le renseignement peut réellement fournir comme informations. Il peut certes livrer des analyses pertinentes de la situation présente, mais les sociétés et les conflits évoluent constamment. En Afghanistan, nous avons reçu des analyses précieuses des capacités tant des talibans que des forces gouvernementales, mais le renseignement n'a détecté ni l'évolution politique, ni le manque de leadership, ni les changements de camp en aussi grand nombre.

Plus tard cet automne-là, nous avons mené une évaluation de notre engagement en Afghanistan.

La principale conclusion du rapport a été que l'OTAN et l'ensemble de la communauté internationale avaient souffert de ce qu'on a appelé le *mission creep,* le « glissement » de la mission. Les objectifs sont devenus progressivement plus ambitieux. Lorsque les soldats américains et les autres alliés de l'OTAN sont entrés en Afghanistan à l'automne 2001, l'objectif était de combattre Al-Qaïda et d'empêcher le pays de devenir une base arrière pour le terrorisme international. Cet objectif a été atteint pour l'essentiel : Al-Qaïda a été en grande partie neutralisé, et pendant toutes les années de présence de l'OTAN, aucun attentat n'a été préparé ni organisé à partir de l'Afghanistan. Ben Laden a été tué en 2011, et il aurait été possible de déclarer la mission accomplie. Mais la communauté internationale, avec l'ONU, l'Union européenne et l'OTAN, entre autres, s'est fixé presque sans s'en rendre compte un objectif beaucoup plus ambitieux.

Ce qui avait commencé comme une opération militaire ciblée de lutte contre le terrorisme est devenu un vaste projet de construction nationale. Il fallait construire un pays avec des droits égaux pour les femmes et les hommes, une presse libre ainsi que des institutions étatiques efficaces. Nous avons tenté de créer un Afghanistan démocratique et uni, ce qui n'avait jamais existé dans son histoire. C'est d'une part une société clanique, marquée par des divisions ethniques, sociales et culturelles, et d'autre part l'un des pays au monde les plus hostiles à toute tentative extérieure de transformation en État centralisé.

Une autre conclusion a été que nous avions été aveuglés par un scénario trop optimiste, selon lequel la situation s'améliorait sans cesse en Afghanistan. Les pays de l'OTAN ont payé un prix élevé pour leur présence : vies humaines, argent, ressources. Sans progrès, ce prix aurait semblé très excessif. Il fallait donc que ça aille mieux. Nous avons trop voulu voir les points positifs et négligé tous les problèmes et les signes de faiblesse qui auraient dû nous alerter et nous faire admettre que les talibans étaient plus forts que les forces gouvernementales, même avec notre soutien.

Nous étions restés trop longtemps en Afghanistan, et nous avions de trop hautes ambitions pour ce pays.

Des millions d'Afghans ont cru en nous et ont soutenu notre engagement commun pour bâtir un pays affranchi du fanatisme religieux. Je faisais partie de ceux qui, pendant longtemps, ont cru – ou du moins espéré – que la démocratie et la liberté finiraient par triompher de l'oppression et de la brutalité. Peu à peu, cependant, il nous a fallu reconnaître que nous nous étions trompés. La communauté internationale – sous l'égide des Nations unies, de l'Union européenne et de l'OTAN – n'est pas parvenue non plus à mettre en place un gouvernement afghan suffisamment robuste et légitime pour assumer la responsabilité de la gouvernance nationale après notre retrait. Ce qui devait constituer une structure étatique stable s'est effondré comme un château de cartes.

L'intervention en Afghanistan est un bon exemple des limites intrinsèques de la puissance militaire lorsqu'elle est déployée de manière isolée. À l'issue de l'évacuation, le président Biden a souligné que non seulement la plus longue guerre menée par les États-Unis était désormais terminée, mais que sa décision marquait également « la fin d'une époque où de vastes opérations militaires étaient utilisées pour transformer des sociétés entières ».

Dans toute opération militaire future menée au-delà du territoire de l'alliance atlantique, il faudrait définir avec précision les objectifs et, surtout, faire preuve de lucidité quant à ce qu'il est réellement possible d'accomplir.

La décision de quitter l'Afghanistan restera à jamais marquée par le chaos des premiers jours de l'évacuation et l'attentat terroriste survenu à proximité de l'aéroport. Il est permis de penser que, si les États-Unis avaient accordé davantage de temps à la planification du retrait, celui-ci aurait pu se dérouler de manière plus ordonnée. Cela dit, une telle hypothèse demeure spéculative. Ce que cette séquence nous a clairement rappelé, c'est que le retrait d'une opération militaire est une manœuvre délicate. Il ne s'agit pas uniquement de faire sortir des personnes ; plus le nombre de ceux qui se retirent augmente, plus la position de ceux qui restent devient vulnérable. Une évacuation plus lente aurait tout aussi bien pu engendrer un risque accru pour les vies humaines. Quoi qu'il en soit, les graves événements ayant marqué cette phase finale ne doivent pas occulter la question fondamentale : celle de savoir s'il était juste ou non de mettre fin à notre présence militaire. Des revers tactiques ou opérationnels ne sauraient remettre en cause le bien-fondé d'une décision stratégique. Le retrait a été douloureux, mais rien ne laisse penser qu'une prolongation de vingt années supplémentaires aurait permis d'obtenir des résultats meilleurs.

Tard le soir du 30 août 2021, le Commandement central des États-Unis a diffusé une image du général de division Chris Donahue, commandant de la 82e division aéroportée. La photo, prise dans une lumière verdâtre, a fait le tour du monde : en tenue de combat, une arme automatique à la main, Donahue marche vers la rampe d'un avion de transport, devant un terminal d'aéroport à peine visible à l'arrière-plan. La légende était explicite : « Le dernier soldat américain quitte l'Afghanistan. »

Les États-Unis et l'OTAN avaient perdu la guerre. La défaite était consommée.

Le pays avait retrouvé une forme de paix, mais l'Afghanistan jeune et tourné vers l'avenir devait désormais se débrouiller seul. Et lorsque tout a été terminé, je n'ai pas pu m'empêcher de penser à ces deux étudiants rencontrés à Kaboul en 2017. Je leur avais promis que nous resterions, une promesse que je n'ai pas su tenir.

Sixième partie

La guerre

Août 2021 - avril 2023

Chapitre 33

Capacité et intention

Sur la table devant moi s'étalaient des images satellites et de grandes cartes. On y trouvait indiqué, au marqueur rouge, le nombre de bataillons prêts au combat. Différents symboles précisaient la nature des unités militaires concernées : bataillons d'infanterie, blindés, bataillons de défense antiaérienne, du génie ou encore sanitaires. Le nombre de ces unités augmentait de jour en jour.

Au printemps 2021, la Russie a déployé d'importantes forces militaires à proximité de la frontière ukrainienne. Des dizaines de milliers de soldats, de lourds armements, des munitions et des approvisionnements ont été acheminés vers les zones frontalières. Des navires de débarquement ont été déployés en mer Noire, et des avions de combat positionnés en Crimée. Les images satellites documentaient sans ambiguïté les mouvements russes. La question restait pourquoi.

Dans le domaine du renseignement militaire, on distingue capacité et intention. La capacité peut être évaluée en comptant les effectifs, les armes, les véhicules et autres éléments déterminant la puissance de combat des unités militaires. Il est généralement plus aisé d'obtenir des informations sur la capacité que sur l'intention, qui suppose une analyse des motivations et des objectifs sous-jacents à l'accumulation de forces.

La Russie possédait sans conteste la capacité de lancer une offensive massive sur un large front contre l'Ukraine. La question demeurait : était-ce son intention ? L'objectif de cette montée en puissance était-il une invasion, ou s'agissait-il simplement d'un exercice militaire d'envergure inhabituelle, comme l'affirmait Moscou ?

Dans les années 1990, l'OTAN et la Russie avaient conclu des accords sur la notification et l'inspection mutuelle des exercices militaires de grande ampleur. Le but était d'instaurer la confiance et de réduire les risques que ces exercices servent de couverture à une agression militaire. Les autorités russes n'avaient ni informé ni invité les alliés de l'OTAN à observer ce qu'elles continuaient pourtant de qualifier de simples manœuvres. Cela a accentué notre inquiétude, et j'ai critiqué la Russie pour le non-respect de ses engagements en matière de transparence militaire.

Depuis longtemps, les relations avec la Russie s'étaient refroidies. Déjà en 2005, Poutine avait qualifié l'effondrement de l'Union soviétique de « plus grande catastrophe géopolitique du XXe siècle » et de tragédie pour le peuple russe. Deux ans plus tard, face à de nombreux dirigeants occidentaux réunis à la Conférence de Munich sur la sécurité, il s'en était violemment pris à l'OTAN et à ce qu'il décrivait comme les velléités hégémoniques des États-Unis. Ce discours avait été une profonde déception pour ceux d'entre nous qui espéraient que la Russie trouverait sa place dans un nouvel ordre sécuritaire européen fondé sur la confiance et la coopération. Parallèlement, Poutine resserrait son emprise à l'intérieur de la Russie : les médias indépendants étaient muselés, les élections manipulées, et les opposants emprisonnés ou éliminés dans des circonstances suspectes.

Dans une perspective historique plus vaste, la Russie est une puissance affaiblie. Elle n'est plus que l'ombre de ce qu'était l'Union soviétique. Mais une puissance affaiblie peut aussi se révéler dangereuse. L'inquiétude face à l'évolution du régime s'est accrue au printemps 2021, quand Vladimir Poutine s'est de plus en plus isolé, ne parlant qu'à un cercle restreint de personnes issues de ses services de sécurité qui partageaient son passé et sa vision du monde. La pandémie n'avait fait que renforcer cet isolement.

Poutine n'était plus l'homme que j'avais rencontré au début des années 2000, avec qui j'avais établi un dialogue de coopération. Il était devenu plus méfiant, plus enclin à prendre des risques, davantage enfermé dans son obsession : la restauration de la grandeur perdue de la Russie. Poutine était devenu plus dangereux.

C'était très différent de rencontrer les dirigeants russes en tant que secrétaire général de l'OTAN ou en tant que Premier ministre norvégien. L'OTAN symbolisait aux yeux de Moscou tout ce qui lui semblait agressif et menaçant pendant la guerre froide : un instrument de l'impérialisme américain et, après la dislocation de l'Union soviétique, un outil militaire visant à faire entrer la Russie dans l'Europe et à exercer une domination mondiale dirigée par les États-Unis. Vu de Moscou, l'OTAN était plus inquiétante encore que la somme de ses États membres.

La méfiance du régime russe s'intensifiait, la propagande anti-OTAN tournait à plein régime, et les usines à trolls s'activaient pour semer la discorde dans les sociétés occidentales. Un sentiment de déception mêlé d'une certaine résignation s'est emparé de moi ; d'autres diraient que je suis devenu plus lucide, plus réaliste. Appréhender la Russie depuis le siège de l'OTAN à Bruxelles et depuis les bureaux du gouvernement à Oslo s'est révélé très différent de ce que j'avais imaginé. Néanmoins, j'ai continué à plaider pour le dialogue, jugeant contre-productif de diaboliser les Russes. Dans mes entretiens, je rendais hommage à leur culture, saluais leur rôle durant la Seconde Guerre mondiale, cherchais à les apaiser et à réduire leur paranoïa.

Au cours de l'histoire, le sentiment d'insécurité éprouvé par la Russie a toujours été un moteur de son agressivité. « Nous, Occidentaux, devons reconnaître que la mentalité russe diffère fondamentalement de la nôtre », me répétait souvent Thorvald lors de nos discussions sur la Russie. Ce pays ne disparaîtrait pas. Nous devions donc encourager les échanges entre peuples et maintenir une main tendue, tout en préservant une dissuasion militaire crédible.

De telles conversations m'ont toujours rappelé l'importance d'éviter les simplifications. Le monde n'est jamais tout noir ou tout blanc. Mais ce qui m'est apparu de plus en plus clairement au printemps 2021, alors que Moscou procédait à son renforcement militaire autour de l'Ukraine, c'est la nature du régime auquel j'avais affaire : un régime toujours plus oppressif et agressif.

Nous n'étions pas en guerre contre la Russie, mais nous n'étions pas non plus tout à fait en paix. L'idée qu'on peut se faire d'un voisinage normal semblait très éloignée. Il s'agissait désormais de gérer les relations de manière à éviter que l'absence de contact ou le manque de communication ne provoquent des malentendus et des situations dangereuses pouvant déboucher, dans le pire des cas, sur des actes de guerre.

Lors de l'assemblée générale annuelle des Nations unies à New York, en septembre 2021, j'avais un entretien prévu avec le ministre russe des Affaires étrangères, Sergueï Lavrov. Cette rencontre aurait pour toile de fond le renforcement militaire russe aux frontières de l'Ukraine au printemps. Tous nos alliés ne s'étaient pas montrés aussi préoccupés par les manœuvres russes ; certains estimaient que les États-Unis et l'OTAN exagéraient, contribuant ainsi à accroître la tension.

Durant l'été, le déploiement militaire russe s'était soudain interrompu, et une partie importante des troupes avait regagné ses garnisons. Moscou, tout comme certains pays de l'OTAN, y voyait la preuve que nous avions réagi de manière excessive, et que nous devions modérer nos critiques envers la Russie.

La réunion avec Lavrov s'est tenue comme d'habitude dans la section russe du bâtiment de l'ONU, à proximité de la salle plénière. C'est une pièce austère, sans fenêtres, exiguë, avec une large table au centre. De petits drapeaux de la Russie et de l'OTAN formaient une ligne de démarcation sur la table, et un grand drapeau russe était appuyé contre un mur. Lavrov et moi nous sommes assis face à face, entourés de nos collaborateurs proches, comme lors des nombreuses réunions précédentes qui s'étaient tenues dans ce même lieu.

La télévision russe était présente au début de la rencontre. Lavrov lui a adressé quelques mots aimables. De mon côté, mes remarques liminaires ont été nettement moins conciliantes que lors de nos entretiens précédents. Le contexte était plus grave, et je savais que mes propos pouvaient être manipulés par les médias russes. Quelques minutes plus tard, les journalistes ont été priés de quitter la salle. Le ton de Lavrov a alors changé du tout au tout.

Dossier après dossier, il a énuméré ses griefs envers l'OTAN : les bombardements de la Serbie en 1999, les élargissements successifs de l'alliance, notre prétendue indifférence aux propositions russes concernant des zones tampons visant à limiter l'activité militaire le long de la frontière entre la Russie et l'OTAN. Il nous a accusés de soutenir les « néonazis » en Ukraine et a dénoncé notre silence face aux menaces que, selon lui, les autorités de Kiev auraient proférées à l'encontre des Russes en Crimée.

J'ai exprimé notre inquiétude quant au rassemblement massif de troupes russes aux abords de l'Ukraine. Lavrov, agacé, a répondu : « Il s'agit d'activités militaires normales. Vous exagérez, vous êtes hystériques. Ce qui se passe sur le territoire russe ne vous regarde pas. »

J'ai plaidé pour la reprise des réunions du Conseil OTAN-Russie, notamment afin de discuter des propositions de zones de désescalade. Je savais que certains pays membres, comme la Pologne et les États baltes, y étaient fermement opposés, considérant qu'elles affaibliraient leur défense. Mais je savais aussi que, par le passé, l'OTAN et la Russie avaient su s'accorder sur des limitations géographiques de forces militaires. Si ces mesures étaient équilibrées et contrôlables, elles pouvaient contribuer à réduire les tensions.

Mais cela n'intéressait pas Lavrov. Il savait que la question ukrainienne serait au cœur de l'ordre du jour, et il était profondément lassé de nos critiques sur les violations russes du droit international.

« Une perte de temps », a-t-il tranché. Il a secoué la tête : « À quoi bon discuter avec vous ? Vous n'avez pas d'opinion propre, Stoltenberg. Vous vous contentez de répéter ce que vos supérieurs vous demandent de dire. »

Lors de nos rencontres précédentes, même si Lavrov se montrait rude et parfois désagréable, il restait un espace de dialogue, une ouverture, une base sur laquelle construire. Cette fois, il n'y avait aucun terrain d'entente possible. Quel que fût le sujet abordé, il m'interrompait systématiquement.

« Vous me coupez sans cesse la parole, lui ai-je dit. Le renforcement militaire russe…

— Je ne vous interromps pas », a-t-il répliqué.

Mes collaborateurs ont esquissé un rire gêné.

Sa porte-parole, Maria Zakharova, assise un peu plus loin, pianotait sur son téléphone, soupirait et levait les yeux au ciel à chacune de mes interventions. J'ai tenté de garder le cap et de faire valoir mes arguments sans me laisser déstabiliser par la tension ambiante. Mais, en vérité, cette rencontre était assez tragique : à un moment où l'OTAN et la Russie auraient dû dialoguer pour trouver des issues diplomatiques, il était devenu impossible d'avoir une discussion décente avec le chef de la diplomatie russe. Peu après, Lavrov a donné une interview à la chaîne d'infos russe RT dans laquelle il m'a conseillé de démissionner, puisque j'étais incapable d'exercer mes fonctions.

Fin septembre, nous avons expulsé huit ressortissants russes accrédités auprès de la délégation de la Russie à l'OTAN, officiellement en tant que diplomates, mais qui étaient en réalité des agents de renseignement. Même s'ils se rendaient rarement à Bruxelles, leurs passeports diplomatiques leur permettaient de circuler librement dans l'espace Schengen. Peu de temps auparavant, l'ampleur de l'activité des services de renseignement russes en Europe avait été révélée au grand jour. Les deux agents impliqués dans la tentative d'assassinat de l'ancien officier du service de renseignement militaire russe (GRU) Sergueï Skripal et de sa fille à Salisbury appartenaient à un groupe d'élite de quinze agents du GRU stationné en Haute-Savoie, dans les Alpes françaises. Le dispositif évoquait un véritable scénario d'espionnage : les agents changeaient de villages et de domiciles avant de lancer leurs opérations à travers l'Europe.

Les services de renseignement de l'OTAN étaient formels : la délégation russe servait de foyer pour ces activités, et les expulsions étaient nécessaires. Après l'attentat contre Skripal, nous avions réduit le personnel de la délégation russe de trente à vingt membres. En cette fin septembre, le plafond était désormais fixé à dix. Lors de ma prise de fonction comme secrétaire général, la délégation russe à l'OTAN était l'une des plus importantes, avec plus de quatre-vingts personnes.

Je m'attendais à ce que Lavrov interprète ces expulsions comme une riposte à notre pénible entrevue new-yorkaise, et qu'il y réplique. Mi-octobre, la Russie, sans surprise, a annoncé la fermeture du bureau de l'OTAN à Moscou, créé dans les années 1990, à une époque d'espoir d'un rapprochement durable. Quelques jours plus tard, Moscou a annoncé la suspension de toute activité de sa délégation auprès de l'OTAN, rapatriant ses dix derniers diplomates en poste.

Les autorités russes ont affirmé nous avoir prévenus de la fermeture du bureau de Moscou. Ce n'était pas le cas : nous l'avons appris par les médias. Cela n'avait en réalité plus d'importance. Les portes s'étaient refermées. Pendant quelques années, nous étions parvenus à maintenir un dialogue avec Moscou, mais cela semblait une époque bel et bien révolue.

À la fin octobre, nos services de renseignement ont signalé un nouveau regroupement massif de forces russes à proximité de la frontière ukrainienne. Le schéma rappelait fortement celui observé en avril : quarante-huit groupements tactiques de bataillons – environ mille hommes chacun, dotés de blindés, d'artillerie et de systèmes de défense aérienne – étaient à nouveau opérationnels. Fin octobre-début novembre, la puissance de feu était équivalente, et de nouvelles unités étaient déjà en route. Beaucoup d'équipements lourds n'avaient jamais été retirés, mais étaient restés stationnés dans les zones frontalières durant tout l'été.

Si cette montée en puissance se poursuivait, la Russie disposerait en janvier d'une force trois fois supérieure à celle d'avril. Les éléments encore manquants pour mener une offensive étaient notamment les troupes aéroportées, les unités de défense antiaérienne et les forces spéciales. Nous estimions que celles-ci seraient les dernières à être déployées.

Au sein de l'OTAN, nous avons continué à débattre des intentions russes et des scénarios les plus plausibles. Moscou pouvait attendre un prétexte pour intervenir en Ukraine, invoquer des troubles ou des émeutes pour justifier une action destinée à « restaurer l'ordre ». Des agents infiltrés russes pouvaient eux-mêmes provoquer ces troubles. Même sans passer à l'action, la seule présence de ces forces près de l'Ukraine servait un objectif stratégique. Si le gouvernement de Kiev envisageait une offensive contre les séparatistes de l'Est, cette perspective se heurtait, de fait, à la présence de cent mille soldats russes de l'autre côté de la frontière.

Les options étaient nombreuses. Les Russes pouvaient continuer à faire monter ou baisser la tension, comme ils l'avaient fait à maintes reprises. Ils pouvaient émettre des menaces, lancer des cyberattaques, associer des démonstrations de puissance militaire à des formes de chantage politique. Ils étaient en mesure de mettre à l'épreuve la cohésion occidentale lorsque celle-ci se trouvait sous tension. Il s'agissait d'un jeu stratégique auquel ils s'étaient déjà livrés par le passé.

Ce qui apparaissait de plus en plus clairement, c'était que Vladimir Poutine n'acceptait pas que l'Ukraine prenne une orientation toujours davantage tournée vers l'Occident. En juillet, il avait publié un long article sur le site officiel du Kremlin dans lequel il exposait en détail sa vision des relations entre la Russie et l'Ukraine. Après avoir retracé une histoire remontant au haut Moyen Âge, fondée sur des liens culturels, religieux et linguistiques profonds entre les deux peuples, prouvant que, selon lui, Russes et Ukrainiens ne formaient qu'un seul et même peuple, il affirmait que les autorités actuelles à Kiev ne servaient pas les véritables intérêts nationaux de l'Ukraine, mais obéissaient à des puissances étrangères et se laissaient instrumentaliser dans le cadre d'un projet occidental dirigé contre Moscou – un projet qu'il qualifiait de *projet anti-russe*. « Je suis convaincu que la véritable souveraineté de l'Ukraine n'est envisageable que dans le cadre d'un partenariat avec la Russie », concluait-il.

À l'automne 2021, les rapports réguliers des services de renseignement portaient de plus en plus souvent sur l'Ukraine. Ces briefings étaient généralement assurés par un représentant de la CIA ou par des analystes de la division renseignement de l'OTAN. Un jour, à la mi-octobre, l'un de ces officiers du renseignement a sollicité un entretien confidentiel. Il est entré dans mon bureau, et nous nous sommes installés à la table de réunion après avoir, comme à l'accoutumée, pris soin de laisser tous les téléphones portables hors de la pièce. Il m'a présenté des cartes présentant la disposition des forces russes.

« Monsieur le Secrétaire général, comme vous le savez, nous disposions au printemps dernier d'un aperçu précis des capacités militaires russes autour de l'Ukraine, mais nous n'étions pas en mesure de déterminer avec certitude leur intention. »

Il a marqué une pause, levé les yeux de ses notes et m'a regardé d'un air grave : « Aujourd'hui, en revanche, nous connaissons leur intention. Envahir l'Ukraine. »

Chapitre 34

Ultimatum

La secrétaire d'État adjointe des États-Unis, Wendy Sherman, a promené son regard autour de la grande table ronde de la salle de réunion du siège de l'OTAN, avant de s'arrêter sur les deux représentants russes. Nous étions le 12 janvier 2022, lors d'une réunion difficile du Conseil OTAN-Russie.

L'atmosphère était lourde, chargée de tension.

« Messieurs les ministres russes, votre pays est un grand pays, un territoire immense, membre permanent du Conseil de sécurité des Nations unies. La Russie possède les plus importantes forces armées conventionnelles du continent européen et figure parmi les deux plus grandes puissances nucléaires de la planète. »

Sherman marqua une brève pause avant de poursuivre : « Je suis surprise qu'un pays tel que la Russie puisse se sentir menacé par l'Ukraine. »

Sherman, une figure influente de la diplomatie américaine – elle avait notamment participé aux négociations de l'accord sur le nucléaire iranien –, a ensuite rappelé qu'elle-même avait des racines russes : sa grand-mère était née à Pereïaslav, dans la partie ouest de l'Empire russe. Son père, quant à lui, était un Américain, ancien combattant de la Seconde Guerre mondiale dans le corps des Marines, ayant servi dans le Pacifique.

« Durant cette guerre, si terrible qu'elle fût, la Russie et les États-Unis ont combattu côte à côte pour la liberté et la sécurité de l'Europe, a-t-elle ajouté. Et je vous le dis en tant que Juive américaine », a-t-elle conclu.

Pendant qu'elle parlait, les ministres russes, penchés l'un vers l'autre, échangeaient à voix basse. Sherman s'est interrompue, laissant planer le silence dans la salle. « Messieurs, puis-je vous demander votre attention ? »

Après un court instant, les délégués russes, ayant remarqué un changement d'atmosphère, ont relevé la tête. Sherman a alors poursuivi : « Un conflit aurait un coût considérable pour la Russie. C'est une voie que j'espère la Russie ne choisira pas. Le secrétaire général de l'OTAN a proposé une autre voie, meilleure. La présidence polonaise de l'Organisation pour la sécurité et la coopération en Europe, l'OSCE, a proposé une autre voie, meilleure. Il en va de même pour la présidence française de l'Union européenne et pour le président des États-Unis. »

L'un des deux Russes présents était une ancienne connaissance, l'ex-ambassadeur auprès de l'OTAN Alexandre Grouchko, désormais vice-ministre des Affaires étrangères. Mais, cette fois, il n'était plus question de mentionner nos souvenirs communs de notre quartier d'enfance à Skillebekk ou des années 1960 à Oslo. Le vice-ministre de la Défense, Alexandre Fomine, était également présent.

« Aujourd'hui, nous discutons à nouveau de la sécurité euro-atlantique. Vous avez entendu les appels en faveur du dialogue comme seule voie raisonnable. Nous sommes prêts à entamer des négociations concrètes, rapidement, mais pas sous la menace ou le chantage. Nous espérons que vous partagez cette approche », a conclu Sherman.

Cette réunion du Conseil faisait suite aux propositions adressées en décembre par le président Poutine à l'OTAN et aux États-Unis, prenant la forme d'un nouveau traité de sécurité. Ce traité comportait trois principales exigences : premièrement, que l'OTAN n'admette plus aucun nouveau membre ; deuxièmement, que les États ayant rejoint l'OTAN après la chute de l'Union soviétique n'accueillent plus de forces ni d'équipements militaires d'autres États membres sur leur sol ; troisièmement, que l'OTAN s'abstienne de déployer de nouveaux armements offensifs à proximité de la Russie et retire ceux à longue portée déjà présents.

Il ne s'agissait pas seulement de l'Ukraine. La Russie formulait de facto une demande visant à forcer les États-Unis et l'OTAN à signer un traité juridiquement contraignant qui modifierait le dispositif de sécurité qui avait garanti la paix en Europe pendant plusieurs décennies. Cette proposition avait valeur d'ultimatum, et les Russes l'avaient présentée comme telle.

L'exigence de fermer la porte de l'OTAN à tout nouvel État membre allait à l'encontre du principe fondamental selon lequel chaque pays est libre de choisir ses alliances – un principe auquel la Russie avait pourtant souscrit à plusieurs reprises. Le deuxième point, qui impliquait le retrait des forces de l'OTAN des États membres d'Europe orientale, revenait à dire que nous ne pourrions plus défendre nos nouveaux alliés avec les mêmes garanties que les autres. Cela reviendrait à avoir dans l'alliance des membres de première et de seconde classe. Il n'était donc pas possible d'accepter les deux premières exigences.

Il en allait autrement pour la troisième. Le déploiement de forces et de systèmes d'armement pouvait toujours faire l'objet de négociations. Les Russes pouvaient obtenir beaucoup, s'ils étaient disposés à conclure des accords équilibrés et contrôlables. Mais un retrait unilatéral était hors de question.

Malgré ces divergences de taille, nous avons estimé qu'il était juste et nécessaire de parler avec les Russes. Nous avons donc proposé d'organiser plusieurs réunions et différents groupes de travail afin d'approfondir ces questions épineuses. Tant que la voie diplomatique restait possible, le risque d'une confrontation militaire était moindre. Mais les Russes n'ont jamais répondu à notre invitation. Au contraire, ils ont gardé la tête haute et tenu des propos définitifs, montrant clairement qu'ils ne souhaitaient pas de solution diplomatique. En présentant son projet de traité, Moscou avait pris soin de l'assortir d'exigences que nous ne pouvions satisfaire. Lors de la phase suivante, cela lui permettait de dire que les Russes avaient tenté la voie diplomatique, mais que le refus occidental légitimait une réponse militaire comme dernier recours pour assurer leur propre sécurité.

Pendant la réunion, Grouchko et Fomine ont affirmé que l'activité militaire près des frontières de l'Ukraine relevait d'exercices ordinaires, qui ne concernaient pas les autres pays, critiquant vivement l'alliance : « La situation est intenable. L'OTAN ne prend pas en compte les intérêts russes et menace la Russie », ont-ils déclaré.

Fomine a passé en revue, point par point, le projet de traité que les Russes avaient rendu public en décembre.

« Si l'OTAN n'accepte pas ces exigences, cela confirmera notre évaluation de l'OTAN comme une alliance agressive et pourra mener à une confrontation militaire », a-t-il insisté.

Difficile de ne pas y voir une menace à peine déguisée. Si l'OTAN n'acceptait pas les exigences de Moscou, il y aurait la guerre.

Grouchko et Fomine ont distribué des cartes où des codes couleur montraient quels pays faisaient partie ou non de l'OTAN. Le Svalbard n'y figurait pas. Pas plus que l'Irlande du Nord, la Corse, la Sardaigne... ou le Danemark. Peut-être voulaient-ils nous effrayer avec ces cartes erronées, mais il s'agissait plus probablement d'un exemple de négligence russe.

« Je vais faire en sorte que les cartes correctes vous soient transmises pour qu'il n'y ait pas de malentendus à Moscou sur ce qui fait partie du territoire de l'OTAN ou non », ai-je dit.

Les ambassadeurs de l'OTAN ont ri, mais ni Grouchko ni Fomine n'ont esquissé de sourire.

Le point positif était que nous avions réussi à réunir le Conseil OTAN-Russie à un moment critique, mais le résultat était décevant. Les Russes ont gardé un ton menaçant, et nous ne nous sommes pas rapprochés d'une solution.

La question sous-jacente, restée sans réponse, était ce que Vladimir Poutine allait décider.

Presque trois mois s'étaient écoulés depuis que nos services de renseignement nous avaient clairement avertis que la Russie planifiait une invasion de l'Ukraine. Le renforcement des forces militaires s'est poursuivi comme prévu, avec davantage de soldats, de matériel et d'équipements placés près des frontières ukrainiennes. À la mi-décembre, cinquante-deux groupes tactiques de bataillon étaient déployés, soit plus qu'au printemps. Dans le même temps, les déclarations de Poutine sont devenues plus extrêmes : un génocide serait en cours contre la population russophone du Donbass. Ce type d'accusation avait pour but de fournir aux Russes un prétexte à une intervention militaire.

En Europe, nous n'avions pas vu depuis la guerre froide une concentration aussi importante de forces militaires que celles désormais massées autour de l'Ukraine. Mais, même si Poutine avait établi ses plans pour une invasion, cela ne signifiait pas qu'il avait donné l'ordre final de les exécuter. Nous ne savions pas non plus quelle serait l'ampleur de l'attaque. L'objectif pouvait être de détacher complètement le Donbass de l'Ukraine. Ou bien de prendre le contrôle du littoral de la mer d'Azov et d'établir un corridor terrestre vers la Crimée. Ou même de prendre Kiev, renverser le gouvernement et installer un régime pro-russe.

L'idée que les Russes puissent lancer une invasion massive contre un pays voisin semblait irréelle. Cela relevait d'une autre époque. Nul ne pouvait en prévoir les conséquences, ni si une guerre en Ukraine risquait de s'étendre au-delà de ses frontières.

Durant ces semaines d'hiver, j'ai discuté de la situation en continu avec des dirigeants politiques de plusieurs pays. Le fil rouge dans toutes ces conversations était la nécessité d'agir de manière unie. Lorsque la Russie mène une guerre psychologique et une diplomatie coercitive contre l'Occident, nous devons rester soudés. J'ai aussi eu des échanges fructueux avec la présidente de la Commission européenne, Ursula von der Leyen, avec qui, vers la fin de l'automne, j'ai voyagé en Lituanie et en Lettonie. Il était crucial que l'OTAN et l'Union européenne témoignent de leur solidarité avec les pays les plus à l'est de l'alliance.

Pendant l'hiver 2022, les alliés se sont réunis des semaines durant pour élaborer des positions communes. Des documents ont circulé, les formulations ont été affinées pour définir la réponse à apporter aux exigences russes et coordonner nos positions. Les États-Unis et l'Europe ont coopéré étroitement, dans le cadre de l'OTAN.

Malgré cela, le président Emmanuel Macron a poursuivi son propre agenda politique et affirmé que l'Europe devait mener un dialogue autonome avec la Russie pour résoudre la crise.

« Dans les prochaines semaines, nous devons élaborer une proposition européenne pour un nouvel ordre de sécurité. Nous, Européens, devons le faire, avant d'en discuter avec nos alliés de l'OTAN, puis de négocier avec la Russie », a déclaré Macron dans un discours au Parlement européen à la mi-janvier.

Au sein de l'OTAN, vingt-huit pays membres et six cents millions d'habitants étaient européens. L'Union européenne, en comparaison, compte quatre cent cinquante millions d'habitants. À cet égard, il y a donc « plus d'Europe » dans l'OTAN que dans l'Union européenne. Mais, lorsque Macron a parlé de « souveraineté européenne », il ne voulait pas dire l'Europe, mais l'Union européenne.

Il faut également préciser que les conclusions des services de renseignement français et allemands ont pendant plusieurs semaines divergé de celles des Américains : ils n'ont pas contesté les forces militaires russes aux frontières, mais les intentions supposées derrière. Cela les a conduits à dresser un tableau beaucoup moins dramatique du renforcement militaire. L'expression « variations saisonnières » est revenue fréquemment. Les Français estimaient que les alertes d'une invasion imminente étaient exagérées.

Cette minimisation de la gravité de la situation par la France et l'Allemagne n'était pas nouvelle. Peu de temps après le déploiement de troupes russes en Crimée fin février et début mars 2014 s'était tenue une réunion du Conseil de l'OTAN. Elle avait commencé par un point complet du renseignement. Plusieurs milliers de soldats russes étaient présents en Crimée. Leurs positions avaient été présentées sur des cartes. D'habitude, les services de renseignement émettent des réserves sur les informations qu'ils présentent, mais, cette fois-ci, le rapport avait été exceptionnellement concret et détaillé, sans aucune réserve : il ne faisait aucun doute que la Russie avait envahi la Crimée.

Pourtant, l'ambassadeur allemand avait appelé à la prudence dans les conclusions, suggérant que l'activité observée pouvait être conforme à l'accord passé entre la Russie et l'Ukraine sur la base navale russe en Crimée. L'OTAN devait rester prudente. Ne pas condamner. Éviter toute escalade. Garder tous les canaux ouverts.

Son homologue français se rangeait à cet avis. Malgré le rapport de renseignement sans équivoque, il avait affirmé qu'il n'y avait, à ce moment-là, aucun signe de déploiement de soldats russes en Crimée. Il fallait que l'OTAN reste prudente et s'abstienne de monter son niveau d'alerte. L'alliance devait plutôt insister sur les droits des minorités en Ukraine et les liens culturels historiques existant entre l'Ukraine et la Russie.

Les propos tenus par la France et l'Allemagne en janvier 2022 étaient alignés sur leurs positions lors de la crise huit ans plus tôt. Dans les deux cas, nous avons eu une illustration des profondes divergences entre des pays membres de l'OTAN concernant la Russie.

Au fur et à mesure que la Russie renforçait ses troupes aux frontières de l'Ukraine, l'inquiétude s'intensifiait dans nos pays membres orientaux. Pour les apaiser et pour nous assurer qu'il ne viendrait pas à l'idée de Poutine d'attaquer un pays de l'OTAN, nous avons renforcé notre présence militaire tout au long de la frontière orientale de l'OTAN : état d'alerte élevé, plus de soldats, davantage de patrouilles aériennes et maritimes. L'alliance a intensifié sa présence des pays baltes jusqu'à la mer Noire.

Mi-février, je me suis rendu en Roumanie, pays qui partage au nord une frontière d'environ six cents kilomètres avec l'Ukraine. J'ai visité une base militaire près de la côte de la mer Noire, où étaient notamment déployés des avions de chasse allemands et italiens, ainsi qu'un nombre croissant de soldats américains. J'ai insisté sur le fait qu'il ne devait pas subsister l'ombre d'un doute quant à la capacité et à la volonté de l'OTAN de défendre *tous* ses pays membres : « Il n'y aura jamais d'alliés de l'OTAN de première et de seconde classe. Seulement des alliés de l'OTAN », ai-je déclaré.

Lors d'une conversation avec le président Klaus Iohannis, je lui ai demandé s'il trouvait qu'il y avait trop de soldats américains, comme l'avaient suggéré les autorités de Slovaquie et de Hongrie.

Iohannis m'a regardé, un peu étonné.

« Nous attendons les Américains depuis 1945. Nous sommes heureux qu'ils arrivent enfin », a-t-il dit.

Durant ces journées de février, la situation devenait plus critique quasiment d'heure en heure. La Russie avait déployé quatre-vingt-dix-huit groupes tactiques de bataillon aux frontières, seize autres étaient en route. Cela signifiait qu'environ 75 % de toutes les forces militaires de la Russie se trouvaient regroupées près de l'Ukraine. Un important exercice militaire avec des forces russes et biélorusses était en cours en Biélorussie, ce qui allongeait encore le front.

Le général Tod Wolters, ancien pilote de l'armée de l'air américaine, était désormais le commandant suprême de l'OTAN. Lors d'une réunion du Conseil, le 11 février, il a déclaré qu'une attaque pourrait survenir dans les quatre-vingt-seize heures. Wolters estimait qu'elle commencerait par des cyberattaques et des frappes avec des armes de précision et des missiles de croisière contre des centres de commandement militaires ainsi que des centres de communication, avec pour objectif principal d'isoler le président Zelensky en l'empêchant de communiquer avec son propre peuple.

Quelque temps auparavant, le président Biden avait pris l'initiative de réunir régulièrement un petit groupe de dirigeants internationaux. Cela facilitait notre coordination. Les réunions avaient une composition légèrement variable, mais les États-Unis, le Royaume-Uni, le Canada, l'Allemagne, la France et l'Italie y participaient toujours, ainsi que les deux présidents de l'Union européenne et le secrétaire général de l'OTAN.

Le soir du 11 février, Biden a présidé une de ces réunions et nous a fait part des tout derniers renseignements. Tout le personnel, l'équipement et les armes russes étaient en place, il n'y aurait aucun avertissement, et une attaque surviendrait probablement le 16 février.

« Ils vont essayer de prendre Kiev en deux jours. Ils cherchent toujours un prétexte qui pourrait légitimer une attaque », a déclaré Biden.

Au cours de la réunion, Ursula von der Leyen a soulevé la question des sanctions. Il y avait un large consensus sur le fait que l'Occident devait lancer un ensemble de mesures qui frapperaient durement l'économie russe et toucheraient des individus du cercle rapproché de Poutine. Boris Johnson a déclaré que nous devions également imposer des sanctions sur les hydrocarbures, mais la proposition de mesures punitives liées au pétrole et au gaz n'a reçu aucun soutien des autres dirigeants européens. Au contraire, le Premier ministre italien Mario Draghi a demandé encore une fois la parole pour dire : « Non, non, pratiquement toute l'énergie en Italie est issue du gaz, et nous dépendons des importations de Russie. Nous devons appliquer et nous appliquerons des sanctions efficaces, mais il faut aussi qu'elles ne nous pénalisent pas trop. »

J'ai expliqué notre perception de la situation, à l'OTAN : nous étions confrontés à la plus grande concentration de forces militaires depuis la fin de la guerre froide. On ne pouvait rien savoir avec certitude tant qu'une attaque ne s'était pas réellement produite, mais nous devions prendre la situation très au sérieux et nous préparer au pire.

L'aide militaire à l'Ukraine s'est intensifiée. L'OTAN n'enverrait pas ses propres forces pour participer aux combats, mais nous avons permis aux Ukrainiens de mieux se défendre : des missiles Stinger contre les avions et des armes antichars Javelin ainsi que beaucoup d'autres équipements militaires et munitions ont été acheminés par avion, tant des États-Unis que du Royaume-Uni. Mieux équipées, mieux entraînées et mieux organisées, les forces armées ukrainiennes en 2022 n'avaient rien à voir avec celles de 2014, et une invasion coûterait la vie à de nombreux soldats russes. C'était un élément que nous voulions que Poutine prenne en compte dans ses calculs.

Le vendredi 18 février, j'ai participé à la conférence sur la sécurité à Munich. Les Russes avaient affirmé avoir mis fin à un exercice militaire en Crimée, et que leurs forces se retiraient par le pont de Kertch, qui relie la péninsule à la Russie. C'était manifestement une nouvelle tentative de créer de la confusion et d'entretenir l'idée que l'OTAN et les États-Unis étaient des va-t'en guerre lorsque nous affirmions qu'une attaque russe était imminente. Il n'y avait en réalité aucun signe de désescalade.

Beaucoup ont été surpris par la présence du président Zelensky à Munich. Ce dernier a mis en doute la probabilité d'une attaque, comme il l'avait fait à plusieurs reprises ces dernières semaines. Toutes les alertes concernant une invasion entraînaient une fuite des capitaux d'Ukraine et une détérioration supplémentaire de l'économie du pays, a-t-il souligné.

J'ai insisté sur ce qui était en jeu : les relations entre la Russie et l'OTAN, la sécurité européenne et transatlantique, et enfin comment nous voulions que les relations entre États soient organisées.

« Moscou essaie de faire tourner la roue de l'histoire à rebours et de rétablir ses sphères d'influence. Les Russes veulent limiter le droit de l'OTAN à la défense collective et refuser aux pays souverains leur droit de choisir leur propre voie pour assurer leur sécurité », ai-je déclaré lors de la conférence.

J'avais gardé l'infime espoir que nous puissions empêcher une attaque russe. Un plan d'invasion n'étant pas la même chose qu'un ordre d'attaquer, nous avons travaillé intensément sur trois voies différentes : d'abord, la diplomatie, avec des offres de mesures de confiance et des négociations de désarmement ; ensuite, des mises en garde prévenant qu'une attaque donnerait lieu à de sévères sanctions économiques visant le régime de Poutine ; enfin, une intensification de l'aide en armement à l'Ukraine et un large déploiement de forces dans nos pays membres orientaux, sur terre, en mer et dans les airs. Le message adressé à Poutine était sans équivoque : nous défendrions chaque centimètre carré du territoire de tous les pays de l'OTAN. Et la Russie paierait un prix économique et militaire élevé si elle attaquait l'Ukraine.

Pourtant, l'espoir diminuait sans cesse. Aucun signal ne laissait entendre que Poutine ferait machine arrière. Il avançait résolument vers la guerre.

Le soir du 18 février, une nouvelle visioconférence a été organisée avec les dirigeants des principales puissances de l'OTAN, à laquelle j'ai participé depuis ma chambre d'hôtel à Munich. Le président Biden a de nouveau évoqué des rapports actualisés : la date envisagée par les Américains, le 16 février, était passée, mais l'attaque aurait lieu, selon lui, dans les prochains jours. Les renseignements américains avaient jusqu'ici été remarquablement précis, mais je restais quelque peu sceptique quand ils avançaient des dates exactes, car, lorsqu'elles se révélaient erronées, cela pouvait être utilisé par ceux qui accusaient l'Occident d'exagérer la menace d'invasion.

Le lundi 21 février, les médias russes ont rapporté que deux véhicules blindés ukrainiens avaient franchi la frontière dans le Donbass pour récupérer deux saboteurs chargés de détruire des infrastructures sur le territoire russe. En parallèle, de nouvelles allégations ont fait état de fosses communes et de génocide visant la minorité russophone du Donbass. Dans les deux cas, ces affirmations étaient entièrement fabriquées. C'étaient de bons exemples de récits que les Russes tentaient de faire circuler pour justifier une attaque – ce que l'on appelle des *false flag operations* (des opérations sous fausse bannière). L'OTAN avait depuis longtemps averti que de telles opérations pourraient être mises en œuvre.

Ce soir-là, j'ai discuté de la situation avec mes collaborateurs chez moi, en examinant les derniers rapports concernant le déploiement militaire russe : cent vingt groupes tactiques de bataillon, des chasseurs, des hélicoptères, des forces spéciales, de nombreux navires de débarquement, des troupes aéroportées – tout ce qu'il fallait pour mener une offensive de grande envergure.

Dernier développement : d'importantes quantités de sang avaient été livrées aux hôpitaux de campagne, et des crématoires mobiles installés sur place.

Nous sommes montés au salon du premier étage pour écouter le discours annoncé de Vladimir Poutine. Il a duré cinquante-sept minutes et était glaçant. Selon lui, c'étaient les bolcheviks qui avaient créé l'Ukraine moderne après la révolution de 1917, mais le pays n'avait jamais été une nation proprement dite : l'Ukraine faisait partie intégrante de la Russie, de sa culture et de son histoire. Le régime de Kiev était, disait-il, contrôlé par les États-Unis. Toute effusion de sang à venir serait, selon le président russe, entièrement de la responsabilité du régime de Kiev.

« J'ai pris une décision qui aurait dû être prise depuis longtemps, a-t-il déclaré en regardant droit la caméra. J'ai reconnu l'indépendance des républiques populaires de Donetsk et de Louhansk. »

Il ne manquait qu'une chose dans la mise en scène orchestrée par Poutine : que la population de ces deux « républiques populaires » demande officiellement l'aide de la Russie pour se défendre contre l'Ukraine.

Le mardi 22 février, j'ai appris que les soldats russes avaient quitté leurs camps et pris position sur le terrain, prêts à attaquer le long de la frontière. Poutine a alors reçu du Parlement l'autorisation d'utiliser la force armée en dehors des frontières de la Russie. L'ultimatum adressé à l'Ukraine a été formulé sans ambiguïté : reconnaître la Crimée comme territoire russe, s'engager à ne jamais rejoindre l'OTAN, restituer toutes les armes occidentales et procéder à une démilitarisation complète.

Le mercredi 23 février, je devais assister à une réunion à La Haye sur le partenariat de l'OTAN avec des pays non membres de l'alliance, mais j'ai informé le Premier ministre néerlandais Mark Rutte que je ne pourrais pas m'y rendre en raison de la situation en Ukraine.

Chaque nouveau rapport au cours de la journée indiquait de petits changements, mais l'image globale s'assombrissait d'heure en heure.

Des avions russes avaient été armés de bombes et de missiles, et des bâtiments de guerre positionnés en mer Noire. Au cours des trois derniers jours, 80 % des forces russes avaient pris leurs positions de combat.

Les Russes ont évacué leur ambassade à Kiev. Le drapeau a été abaissé.

Peu avant 18 heures, alors que j'étais en voiture pour rentrer chez moi, j'ai appris que le chef du service de renseignement de l'OTAN, David Cattler, voulait me joindre. J'ai pris l'appel une fois arrivé.

L'espoir de paix s'était désintégré au fil des semaines et des jours, malgré cela le temps s'est suspendu quelques secondes lorsque Cattler me l'a confirmé de vive voix.

Il y aurait la guerre en Europe.

Chapitre 35

La guerre de Vladimir Poutine

Dans une biographie publiée en 2000, Vladimir Poutine livre quelques éléments sur ce qui l'a marqué en tant qu'homme et dirigeant. Un épisode en particulier est mis en avant. À la fin de l'automne 1989, quelques semaines après la chute du mur de Berlin, une foule en colère s'était rassemblée devant le bâtiment du KGB à Dresde, où Poutine était en poste. Lui et ses collègues s'étaient sentis menacés et avaient contacté une garnison soviétique voisine pour demander une protection. On leur avait répondu que les soldats ne pouvaient intervenir sans ordre de Moscou et qu'ils n'avaient reçu aucune instruction.

Poutine raconte à quel point ce silence de Moscou avait été un choc. Le centre du pouvoir était paralysé. Cela avait été une expérience déterminante, qui semble avoir influencé de manière décisive son mode d'action par la suite : la Russie, selon lui, ne devait plus jamais être aussi faible, aussi inhibée dans son action, aussi incapable de défendre ses intérêts et sa sphère d'influence. Poutine était devenu un chef d'État convaincu que la puissance militaire constituait la principale garantie de la position de la Russie dans le monde. Un chef d'État inspiré par les dirigeants qui avaient étendu le territoire russe et qui était prêt à recourir, une fois n'est pas coutume, à la force armée pour atteindre ses objectifs.

Le jour où David Cattler m'a appelé pour m'annoncer que l'ordre d'attaque avait été donné, nous avons passé en revue les plans et les procédures : qui devait alerter qui, ce qu'il fallait faire dans les premières heures, qui était responsable de quoi. Cattler a précisé que l'attaque commencerait entre 22 heures et minuit.

Je suis resté éveillé pour lire les rapports qui tombaient et regarder les bulletins d'information à la télévision. Lorsque la guerre du Golfe avait éclaté en janvier 1991, CNN avait diffusé en direct les premières frappes de missiles de croisière sur Bagdad et les explosions qui avaient incendié la ville plongée dans l'obscurité. À présent, la chaîne avait des correspondants sur place à Kiev.

Après minuit, comme aucune attaque ne s'était encore produite, j'ai décidé d'aller me coucher. Impossible de savoir combien d'heures de sommeil j'aurais dans les jours à venir.

J'ai été réveillé par la sonnerie du téléphone. Un coup d'œil à l'écran : il était 4 h 25, le jeudi 24 février 2022. C'était Stian.

« Ça a commencé », a-t-il annoncé.

La veille, nous étions convenus que nous nous réunirions au quartier général de l'OTAN dès le début de l'offensive, mais j'ai appris que le secrétaire d'État des États-Unis Antony Blinken et le secrétaire à la Défense Lloyd Austin souhaitaient me parler. J'ai donc décidé de prendre l'appel depuis mon domicile, avant de me rendre à l'OTAN.

Je me suis habillé, ai bu une tasse de café – qui serait loin d'être la dernière ce jour-là –, traversé le couloir jusqu'à mon bureau et consulté mes e-mails. Peu après, j'ai allumé la télévision et suis tombé sur une nouvelle allocution de Vladimir Poutine.

« Une opération militaire spéciale est en cours en Ukraine », a-t-il annoncé. Elle était, selon lui, nécessaire pour protéger les populations de Louhansk et Donetsk. L'objectif de l'opération était de « dénazifier » et de démilitariser l'Ukraine. Seules des armes de précision étaient utilisées, et uniquement contre des installations militaires. La population civile n'avait rien à craindre, et il encourageait tous les soldats ukrainiens à rentrer chez eux.

J'ai observé Poutine attentivement. Il se trouvait dans la même pièce, avec les mêmes drapeaux en arrière-plan, dans la même posture derrière le bureau que lors de sa déclaration de reconnaissance de Louhansk et Donetsk trois jours auparavant. Les deux allocutions avaient visiblement été enregistrées au même moment. Même costume, même cravate. Même ton monocorde.

Il a déclaré que l'OTAN portait une part de responsabilité dans cette attaque, car nous soutenions le gouvernement de Zelensky.

Tout pays qui se mettait en travers de la route de la Russie ou qui la menaçait « [devait] savoir que la réponse russe sera[it] immédiate et entraînera[it] des conséquences comme il n'en a jamais connu dans son histoire », a déclaré Poutine.

Difficile d'interpréter cela autrement que comme une menace de recours à l'arme nucléaire.

Peu après, j'ai pu m'entretenir avec Blinken et Austin sur une ligne sécurisée. Ensemble, nous avons évalué la situation, et je leur ai exposé les mesures prévues par l'OTAN dans les heures à venir. Austin était bien informé sur le déroulement de l'offensive. Des missiles de croisière avaient frappé Kiev et Kharkiv. La défense aérienne ukrainienne subissait une offensive massive. Les troupes terrestres avançaient sur plusieurs fronts. Il ne s'agissait pas d'une opération limitée visant à prendre le contrôle du Donbass ou de la bande côtière le long de la mer d'Azov, mais bien d'une invasion à grande échelle, ayant pour but de s'emparer de l'ensemble de l'Ukraine.

« C'est une attaque majeure », a dit Austin. Mais les Ukrainiens avaient réussi à opposer une résistance efficace.

L'OTAN et les États-Unis avaient, durant les jours et semaines précédents, alerté les Ukrainiens et partagé les renseignements dont ils disposaient pour leur permettre de connaître en détail les mouvements des forces russes. Les Américains leur avaient aussi fait déplacer une grande partie de leur défense aérienne. Beaucoup des missiles russes s'étaient ainsi abattus sur des sites désertés.

« Ils n'ont frappé que de la poussière », a déclaré Austin. Mais il se disait inquiet pour le président Zelensky. « Nous craignons pour sa vie. Les Russes vont très probablement essayer de neutraliser le gouvernement. »

On apprendrait beaucoup plus tard que les États-Unis lui auraient proposé une exfiltration pour le mettre en sécurité. « *I need ammunition, not a ride* », a répondu Zelensky.

Après cet échange, j'ai pris la route vers le quartier général de l'OTAN. En chemin, on m'a informé que Zelensky voulait me parler, et j'attendais cette conversation avec impatience. Mais, une fois arrivé, j'ai appris qu'il s'était réfugié dans un bunker et que nous avions perdu le contact avec lui.

L'atmosphère qui régnait ce matin-là au quartier général de l'OTAN était grave, mais tout le monde gardait son calme. En apparence, aucun signe de panique ni de désordre : chacun savait précisément ce qu'il avait à faire. Néanmoins, tous avaient conscience qu'à compter de ce jour, l'Europe serait moins sûre. Il y aurait désormais un monde « avant » et un monde « après » le 24 février 2022.

Nous étions préparés. Depuis plusieurs semaines, nous anticipions la possibilité d'une invasion. Lorsque la Crimée avait été annexée et que les forces russes avaient pénétré dans le Donbass en 2014, l'OTAN avait réagi de manière tardive et insuffisante, l'alliance ne disposant alors d'aucun plan pour y répondre. En 2022, la réaction a été immédiate. Grâce à des renseignements précis et exhaustifs, un Conseil de l'Atlantique Nord réuni en urgence a adopté la décision d'activer les plans de défense de l'OTAN. Le commandant suprême des forces alliées en Europe, le général Tod Wolters, avait reçu des pouvoirs étendus pour déployer et mobiliser les forces nécessaires, et, en quelques heures, des renforts supplémentaires ont été acheminés vers l'Est : deux cents avions, cinquante navires de guerre et quarante mille soldats ont été positionnés à proximité des frontières ukrainiennes. Cette mobilisation a été le fruit des réformes entreprises depuis 2014 afin de renforcer la capacité de défense européenne.

« Notre génération a connu un monde qui globalement allait dans la bonne direction. Ce n'est désormais plus le cas », ai-je écrit dans un message à la ministre des Affaires étrangères de Norvège, Anniken Huitfeldt.

Le 9 novembre 1989, jour de la chute du mur de Berlin, avait également marqué un tournant dans l'histoire européenne.

J'avais alors trente ans, notre premier enfant venait de naître, et il semblait que l'avenir offrait des promesses, sur le plan à la fois personnel et mondial. L'événement d'aujourd'hui avait une portée comparable, mais avec un message radicalement contraire. La chute du mur de Berlin avait ouvert une parenthèse de stabilité en matière de sécurité qui avait duré plus de trente ans. Cette parenthèse venait de se refermer.

Les revers et les atrocités ne sont pas chose nouvelle. Nous avions assisté aux guerres balkaniques dans les années 1990 et aux attentats du 11-Septembre, mais une guerre conventionnelle entre deux États souverains représentait une escalade d'un autre ordre. La plus grande nation d'Europe, par ailleurs l'une des deux principales puissances nucléaires mondiales, venait de déclencher une guerre d'agression contre un pays voisin. Nos relations avec Moscou avaient atteint un niveau de dégradation qu'encore un an auparavant nous aurions jugé inconcevable.

Le vendredi 25 février, un sommet extraordinaire de l'OTAN a été organisé par visioconférence. Les chefs d'État et de gouvernement ont admis que l'invasion constituait la menace la plus grave pour la sécurité euro-atlantique depuis plusieurs décennies, et ont affirmé que la responsabilité pleine et entière incombait à la Russie.

« La décision du président Poutine d'attaquer l'Ukraine constitue une erreur stratégique dramatique, qui aura pour la Russie un coût élevé durant de nombreuses années, sur le plan tant politique qu'économique », a déclaré le communiqué final. J'ai insisté sur le fait que nous ne pouvions exclure la possibilité que la Russie défie un jour la souveraineté et l'intégrité territoriale des pays membres de l'OTAN. Il était impératif de renforcer davantage notre propre posture de défense, afin de dissuader Moscou de commettre une erreur plus grave encore que l'invasion de l'Ukraine : agresser un État membre de l'alliance. Nous devions à tout prix éviter une situation dans laquelle nous serions contraints de choisir entre une riposte militaire massive et l'inaction – de peur de conduire à une grande guerre destructrice –, ce qui reviendrait à compromettre la crédibilité de l'article 5, et donc l'existence même de l'OTAN.

Quelques jours plus tard, le lundi 28 février au matin, je me suis entretenu par téléphone avec le président Volodymyr Zelensky pour la première fois depuis le début de l'invasion. Il faisait face à une pression colossale. Les troupes russes se trouvaient à quelques kilomètres de Kiev, des barricades avaient été érigées aux abords de la ville.

« Mon ami, j'espère que vous allez bien, lui ai-je dit quand je l'ai enfin eu au bout du fil.

— Cette journée s'annonce difficile. Les forces d'invasion intensifient leurs frappes, et nous anticipons de nouveaux bombardements », m'a-t-il répondu, calme mais avec plus de détermination dans la voix que lors de nos conversations précédentes.

L'Ukraine peinait à se défendre contre les attaques aériennes et les blindés.

« Des batteries de missiles sont positionnées en Biélorussie, et nous subissons des frappes depuis ce territoire. J'ai besoin que l'espace aérien ukrainien soit fermé », a-t-il dit.

Il était évident que cette requête constituait le véritable motif de son appel : il sollicitait l'établissement d'une zone d'exclusion aérienne par l'OTAN.

La demande était compréhensible. Les Ukrainiens subissaient des frappes incessantes depuis les airs menées avec des avions, des hélicoptères et des missiles. L'OTAN et les États-Unis avaient déjà instauré des zones d'exclusion aérienne dans le passé, notamment au-dessus de la Bosnie et du nord de l'Irak. Nous pouvions le refaire, mais, dans ce cas, la première étape aurait été de neutraliser les défenses aériennes russes qui pouvaient s'attaquer à nos avions. De plus, nous devions abattre des avions et des hélicoptères qui enfreindraient l'interdiction. Imposer une zone d'exclusion aérienne au-dessus de l'Ukraine impliquerait une confrontation militaire directe entre l'OTAN et la Russie.

J'ai salué le courage, la force de caractère et la détermination du peuple ukrainien, de ses forces armées et du président Zelensky lui-même :

« Vous inspirez un profond respect par votre manière de diriger la résistance », lui ai-je dit.

J'ai rappelé l'intensification de notre soutien militaire.

« Mais nous avons toujours été très clairs sur ce point, et je comprends que cela est désespérant pour vous : les pays de l'OTAN ne veulent pas participer directement à ce conflit », ai-je dit.

Zelensky a insisté : « Si j'ai bien compris, vous dites que l'OTAN ne peut pas intervenir. Puis-je vous demander pourquoi ? »

J'ai répété que nous les soutenions : livraisons d'armes, de matériel, de fonds. J'ai promis d'accroître encore cette aide, et rapidement.

« Je comprends, mais nous sommes bombardés. Des civils meurent. Seize enfants ont été tués hier. Est-ce une contrainte juridique qui vous empêche de fermer l'espace aérien ou qu'est-ce que c'est ?

— Volodymyr, j'ai un double message : d'une part, nous vous soutenons, d'autre part… »

Il m'a interrompu :

« Je vous remercie pour le soutien militaire, mais ma question est de savoir s'il est possible de fermer l'espace aérien au-dessus de l'Ukraine ou s'il y a des contraintes juridiques qui vous empêchent de le faire. »

Il ne lâchait pas le morceau. Tandis que l'interprète traduisait, j'en profitais pour réfléchir à mes réponses à ses prochaines questions.

« Les alliés ont clairement exprimé qu'ils ne souhaitent pas intervenir dans le conflit, que ce soit par l'envoi de troupes au sol ou par une implication aérienne. J'ai parfaitement conscience de la gravité de votre situation. Mais imposer une zone d'exclusion aérienne nous engagerait directement dans une guerre avec la Russie. Tel est le véritable enjeu, au-delà de toute considération juridique.

— Je comprends que vous évoquiez le risque d'escalade. Mais, écoutez, nous sommes en guerre. C'est étrange de parler de risque d'escalade. Nous sommes attaqués. La légitime défense n'est pas l'escalade.

— Je saisis parfaitement l'extrême difficulté de la situation. Les alliés admirent votre courage et celui des Ukrainiens. Nous avons imposé des sanctions sévères, la Russie et la Biélorussie en paieront le prix fort. Mais je dois vous parler en toute franchise : oui, la guerre fait rage en Ukraine, mais la priorité des alliés est d'éviter qu'elle ne dégénère en un conflit généralisé. Tel est pour l'heure notre dilemme. »

Zelensky semblait résigné.

« Je comprends. Mais je vous prie de transmettre mon message aux États membres de l'OTAN. »

Je lui ai assuré que je le ferais et que je continuerais à encourager l'aide de tous à l'Ukraine.

« N'hésitez pas à me recontacter », ai-je dit pour finir.

La conversation avait été éprouvante, et j'ai eu besoin de quelques minutes de solitude après avoir raccroché. Nous soutenions les Ukrainiens, mais nous n'étions pas prêts à mourir pour eux. Telle était la dure réalité. Je ne pouvais absolument pas donner à Zelensky de faux espoirs.

Lors d'une nouvelle réunion par visioconférence plus tard dans la journée avec le président Joe Biden et plusieurs autres dirigeants, j'ai transmis la demande de Zelensky concernant une zone d'exclusion aérienne. Le Premier ministre Boris Johnson a été clair :

« Il nous est impossible d'abattre des avions russes. »

Le président Emmanuel Macron a mis en garde contre le risque d'instrumentalisation par le président Poutine : « Si nous allons trop loin dans notre soutien, nous ne ferons que renforcer l'image que la Russie a de l'OTAN. »

Le chancelier Olaf Scholz a exposé la position allemande. Jusqu'alors, Berlin avait soutenu l'Ukraine avec du matériel militaire, mais s'était abstenu de fournir des armes. Désormais, Scholz annonçait l'envoi d'armements avancés, ainsi qu'un fonds supplémentaire de cent milliards d'euros pour moderniser la défense nationale et atteindre l'objectif de 2 % du produit intérieur brut dédié à la défense. L'Allemagne allait acquérir des F-35, les avions de combat les plus performants au monde. Elle s'apprêtait ainsi à dépasser le Royaume-Uni en termes de budget militaire au sein de l'OTAN en Europe.

Ce tournant radical a rompu avec des décennies de retenue en matière de politique de défense allemande. Scholz avait présenté ces mesures la veille devant le Bundestag, et son discours avait été accueilli par une ovation. Il avait déclaré que, depuis l'agression russe contre l'Ukraine, le monde avait changé. *Eine Zeitenwende*, un changement d'époque, était le terme qu'il avait employé. Le fait qu'un chancelier social-démocrate SPD, allié aux Verts, ancien Parti anti-nucléaire, prône une telle réorientation stratégique en disait long sur la gravité du moment.

J'ai félicité Olaf Scholz. Le président polonais Andrzej Duda a fait de même. Boris Johnson a qualifié son discours d'historique. La Pologne et le Royaume-Uni ont salué la montée en puissance militaire de l'Allemagne.

Lors de ce sommet par visioconférence, les dirigeants ont été unanimes : il y avait deux priorités absolues. D'une part, soutenir l'Ukraine, d'autre part, éviter un conflit armé majeur entre l'OTAN et la Russie. Et ces priorités n'étaient pas équivalentes.

Le président Biden a résumé la discussion : « Nous soutiendrons l'Ukraine, mais sans risquer une Troisième Guerre mondiale. »

Chapitre 36

Menace nucléaire

Les Russes ont rapidement rencontré des difficultés. Peu après que leurs soldats ont franchi la frontière, une longue colonne militaire s'est retrouvée complètement bloquée à quelques kilomètres de Kiev. Il s'agissait de forces censées prendre la ville après l'avoir encerclée par l'ouest.

La colonne comprenait notamment des véhicules blindés, des chars et de l'artillerie, et s'étendait sur plus de soixante-cinq kilomètres. Les forces ukrainiennes l'ont attaquée, et les véhicules détruits en tête du convoi sont devenus un obstacle efficace. Une mauvaise planification, du matériel obsolète et une pénurie de carburant, combinés à une résistance bien plus forte qu'anticipée, ont empêché les Russes d'avancer. Ces derniers ont dû renoncer à leur plan de conquête rapide de Kiev.

Sur d'autres fronts, les choses se sont mieux passées pour les Russes. Quelques jours après l'invasion, ils avaient pris la ville de Melitopol, dans le Sud-Est, et étaient en train d'établir un corridor entre Donetsk et la Crimée. Une semaine plus tard, Kherson était conquise. Mais, dans tout le pays, les Ukrainiens opposaient une résistance farouche.

Quelques semaines après le début de l'invasion, la Russie a testé le missile SS-X-30 Satan 2. Un missile d'une portée de dix-huit mille kilomètres, qui peut transporter des ogives nucléaires et conçu pour échapper aux systèmes de défense anti-missile.

Un Vladimir Poutine satisfait est apparu à la télévision, alors que des chefs militaires lui présentaient le succès du tir d'essai.

« Cette arme est absolument remarquable. Elle devrait faire réfléchir à deux fois les ennemis de la Russie », a-t-il déclaré.

Le lancement du missile et la mise en scène télévisée n'étaient pas fortuits. Une fois de plus, Poutine jouait sur la peur. L'objectif de cette démonstration était de nous dissuader de soutenir l'Ukraine.

Sergueï Lavrov a enchaîné. Dans des interviews, il a déclaré que l'OTAN était en réalité en guerre contre la Russie du fait des livraisons d'armes à l'Ukraine. Le risque de guerre nucléaire était réel et ne devait pas être sous-estimé, disait-il.

Il était impossible d'ignorer, de la part des dirigeants russes, de telles déclarations, qui s'inscrivaient dans la logique du Kremlin selon laquelle l'OTAN menaçait la Russie en s'approchant toujours plus de ses frontières. Pendant les années où le gouvernement de Kiev s'était tourné vers l'Occident, c'était l'OTAN qui, d'après Moscou, tirait les ficelles.

De telles idées trouvent aussi un écho en Occident. Bien que l'invasion de l'Ukraine ait été condamnée de manière quasi unanime, nombreux sont ceux qui estiment que les États-Unis et l'OTAN portent une part de responsabilité. L'alliance aurait manqué de respect vis-à-vis des intérêts sécuritaires légitimes de la Russie et n'aurait pas compris à quel point l'élargissement de l'OTAN pouvait apparaître comme une menace pour Moscou. En conséquence, les Russes auraient été acculés à agir, ne voyant plus d'autre solution que d'envahir l'Ukraine pour l'empêcher d'adhérer à l'OTAN.

Or il n'existe aucun traité ni obstacle formel empêchant l'élargissement de l'OTAN vers l'est. Une telle clause irait même à l'encontre de la déclaration d'Helsinki de 1975, qui établissait le cadre de la coopération entre l'Est et l'Ouest, et reconnaissait à chaque pays le droit de choisir librement son affiliation sécuritaire. L'Union soviétique avait elle-même souscrit à cette déclaration. Ni le traité de 1990 sur la réunification de l'Allemagne, ni l'accord de coopération entre l'OTAN et la Russie de 1997 ne contiennent de dispositions interdisant l'adhésion de pays d'Europe centrale ou orientale à l'OTAN.

Au contraire, ce dernier représentait une acceptation implicite d'un tel élargissement.

Mais ce n'est pas parce qu'une action est juridiquement possible qu'elle est forcément judicieuse.

Selon le traité de Washington, les membres de l'OTAN peuvent inviter d'autres pays européens à rejoindre l'alliance si cela peut contribuer à la sécurité de la zone nord-atlantique. Il n'est pas toujours évident que ce soit le cas. Un nouveau pays membre peut rendre l'OTAN plus grande et plus forte, mais peut aussi être perçu comme une menace par la Russie, et ainsi compromettre notre sécurité globale. Or les prétendues forces pro-russes ne sont pas les seules à avoir soulevé cette problématique. Ainsi, d'éminents penseurs de la politique étrangère, comme l'ancien secrétaire d'État des États-Unis Henry Kissinger et son compatriote, le diplomate George Kennan, grand connaisseur de la Russie, ont depuis longtemps mis en garde contre l'élargissement vers l'est, estimant que cela risquait d'empiéter sur les intérêts légitimes de la Russie.

À chaque nouvelle adhésion, l'OTAN a donc mené des réflexions sur le bien-fondé de ses décisions. La réaction de la Russie faisait partie des éléments à prendre en compte. Cela étant, il aurait été très problématique de refuser qu'un pays rejoigne l'alliance uniquement parce que Moscou s'y opposait. Donner un poids décisif aux intérêts de la Russie reviendrait à sacrifier ceux des autres nations.

Ce serait entériner un monde dans lequel les grandes puissances déterminent le sort des plus petites. Un monde que beaucoup espéraient ou croyaient révolu, puisqu'il nie aux peuples leur droit à décider de leur propre avenir.

L'élargissement de l'OTAN après la fin de la guerre froide n'était pas dû à une pression de l'alliance vers l'est, mais bien à une volonté des pays de l'Est d'en faire partie. À travers des processus démocratiques et avec l'appui d'une majorité écrasante de la population, des États comme les pays baltes, la Pologne, la République tchèque et bien d'autres ont œuvré avec détermination pour rejoindre l'OTAN. Pour eux, l'alliance représentait la seule garantie de préserver leur liberté retrouvée.

Mais reconnaissons que l'Occident a aussi commis des erreurs. L'invasion de l'Irak par les États-Unis en 2003 n'aurait jamais dû avoir lieu, et de nombreux pays de l'OTAN, notamment l'Allemagne et la France, s'y étaient opposés. On peut également porter un regard critique sur la période dramatique et chaotique qui a suivi l'effondrement de l'Union soviétique en 1991. Même des figures occidentales m'ont confié que les frontières de l'Ukraine avaient été tracées de manière arbitraire, et que le pays – voulu ainsi par Staline au sortir de la guerre – était trop grand. De toute manière, l'URSS était un État centralisé dominé par le Parti communiste, où les frontières entre les républiques comptaient peu. Ces frontières auraient dû être redessinées à la chute de l'Union soviétique, mais personne n'a osé s'y attaquer, disait-on.

Cependant, des erreurs anciennes et des décisions contestables prises il y a des décennies ne sauraient justifier une agression aujourd'hui. Nombreux sont ceux qui ont rappelé combien les conditions imposées à l'Allemagne après la Première Guerre mondiale avaient été déraisonnables, et comment Hitler s'était appuyé sur le ressentiment suscité au sein de la population dans son ascension. Mais cela ne signifie pas pour autant que le Royaume-Uni et la France portent la responsabilité du déclenchement de la Seconde Guerre mondiale.

Après la fin de la guerre froide, l'Occident, avec les États-Unis à sa tête, a tenté d'ancrer la Russie dans l'espace démocratique international par le biais du commerce, de la coopération et de l'aide économique. L'ambition était de faire front commun face aux défis sécuritaires contemporains : le terrorisme, les conflits ethniques et religieux, ainsi que les risques de prolifération des armes nucléaires, biologiques et chimiques. Il était possible que les relations avec Moscou redeviennent conflictuelles, mais, en cas de détérioration, l'évolution de cette relation dépendrait davantage des choix stratégiques de la Russie elle-même, et de la manière dont elle entendait définir son rôle et son poids géopolitique, que des actions entreprises par l'Occident ou l'OTAN.

Je suis convaincu que le président Poutine n'a jamais perçu l'Ukraine comme une menace militaire. Ce n'était pas non plus la population de Louhansk et de Donetsk qui l'inquiétait, mais bien une Ukraine démocratique, tournée vers l'Ouest, constituant ainsi une menace politique directe pour le régime à la tête duquel lui-même était.

Tout au long de l'automne et de l'hiver, nos services de renseignement avaient fait état d'une invasion imminente – une analyse qui s'est malheureusement révélée exacte. En revanche, les scénarios qui nous avaient été transmis sur le déroulement du conflit, une fois l'attaque lancée, étaient fort heureusement, dans une large mesure, erronés.

Poutine n'était pas le seul à croire que la guerre serait de courte durée. Cette conviction que Kiev tomberait en quelques jours, et que le reste du territoire ukrainien suivrait en quelques semaines, était également partagée au sein de l'OTAN. À tout le moins, on s'attendait à ce que les forces russes parviennent rapidement à s'emparer du Donbass et des territoires situés à l'est du Dniepr.

Mais, lorsque les chefs d'État et de gouvernement de l'OTAN se sont réunis à Bruxelles pour un sommet extraordinaire le 24 mars, il était déjà clair que la Russie ne l'emporterait pas aussi facilement. De violents combats se déroulaient sur plusieurs fronts, notamment au nord de Kiev. Les frappes russes – artillerie, missiles – visant des centres commerciaux, des centrales électriques et d'autres infrastructures civiles ont fait de nombreuses victimes. Plus de cent mille personnes ont dû fuir leur domicile.

Mais les Ukrainiens ont tenu bon, combattant avec une détermination farouche. Nous avons commencé à comprendre que ce conflit pourrait s'inscrire dans la durée.

Durant ces premières semaines, le président Zelensky s'est imposé comme un porte-parole exceptionnel de la cause ukrainienne. Vêtu de son uniforme vert olive d'inspiration militaire, il s'adressait sur grand écran, en direct depuis Kiev, à presque toutes les assemblées nationales européennes, plaidant pour une aide accrue et rappelant les enjeux pour l'ensemble du continent. À l'approche du sommet de l'OTAN, le ton s'est fait plus virulent, car Zelensky était déçu par ce qu'il percevait comme une réponse timorée de l'alliance, paralysée par la crainte d'être entraînée dans le conflit.

« Je pensais que c'était la Russie qui avait peur de l'OTAN, pas l'OTAN qui avait peur de la Russie », a-t-il lancé.

Le président ukrainien a renouvelé sa demande que l'OTAN ferme l'espace aérien au-dessus de l'Ukraine, bien qu'il sache que nous ne le ferions pas. Il a poursuivi en formulant un appel aux livraisons d'armes : « Donnez-nous 1 % de vos avions, 1 % de vos chars, 1 % de votre artillerie ; 1 % de tout – et nous gagnerons. »

Jamais encore je ne l'avais vu aussi acerbe à notre égard. Il dirigeait la lutte de libération nationale de son peuple.

Le regard face à la caméra, comme toujours, il a conclu : « Et ne me dites plus jamais que nos soldats ne sont pas au niveau des standards de l'OTAN. »

Tout ce que j'avais connu jusque-là au sein de l'alliance – les décisions prises, les dilemmes affrontés – semblait dérisoire face à l'ampleur de ce que nous vivions désormais.

Jamais une guerre mondiale ne nous avait paru si proche, à l'exception peut-être de la crise des missiles de Cuba en 1962 – j'avais alors trois ans. Le monde s'était trouvé au bord du gouffre, mais une résolution rapide avait mis fin au problème. Toute comparaison est hasardeuse. Ce que je savais, c'est que je n'avais encore jamais été coresponsable de décisions aux conséquences aussi potentiellement catastrophiques.

Face à la surcharge de travail et au poids écrasant des responsabilités, j'ai fait ce que j'ai toujours fait dans les moments critiques : dormir suffisamment, manger sainement, faire de l'exercice dès que possible. Je faisais une sortie à vélo pour me déconnecter ou avais une conversation anodine avec ceux qui m'entouraient.

Nous avons intensément réfléchi au juste équilibre de notre soutien à l'Ukraine. Difficile de savoir si nous en faisions trop ou pas assez. Où se situaient les lignes rouges de Poutine ?

L'engagement militaire actif représentait en soi un facteur de risque : une consigne mal interprétée, une roquette hors trajectoire, ou encore une provocation délibérée de Moscou pour nous contraindre à intervenir, si le Kremlin y voyait un intérêt politique.

Combien d'attaques aux armes de destruction massive pouvions-nous encore tolérer avant d'être moralement et stratégiquement obligés de répondre ? Les rapports de renseignement n'excluaient pas que Poutine puisse recourir à de telles armes.

Il m'importait que Poutine comprenne notre détermination à ne pas entrer en guerre, mais également notre volonté de riposter si nous y étions acculés. Il devait mesurer que provoquer l'OTAN pouvait nous forcer à une réponse que nous cherchions précisément à éviter. Nous n'avions aucune garantie que ce scénario ne se produise pas. Jusqu'à présent, la guerre restait cantonnée au territoire ukrainien, et il était tentant de croire que cela perdurerait. Mais, tant que le conflit se poursuivait, le risque d'escalade demeurait.

Dans le même temps, il nous fallait garder notre sang-froid. L'OTAN seule devait définir sa ligne de conduite dans son soutien à l'Ukraine.

Il n'était pas question non plus de céder à la pression en fermant la porte à de futurs membres. L'invasion avait provoqué un séisme géopolitique dans deux pays qui me sont chers : la Finlande et la Suède voulaient adhérer à l'OTAN.

Chapitre 37

La diplomatie fait la navette

J'ai depuis toujours suivi de près la vie politique en Finlande et en Suède. Je compte de nombreux amis dans les deux pays, notamment en Suède. Durant mon mandat de Premier ministre, j'ai entretenu d'excellentes relations de coopération avec mes homologues suédois Göran Persson, puis Fredrik Reinfeldt. Les liens entre le Parti travailliste norvégien et les sociaux-démocrates suédois ont toujours été étroits et empreints de confiance. J'avais côtoyé régulièrement la ministre des Affaires étrangères Anna Lindh depuis le milieu des années 1980. Lors de son assassinat à l'arme blanche dans un centre commercial à Stockholm en 2003, j'ai perdu non seulement une collègue, mais une amie très proche.

Même après ma nomination à la tête de l'OTAN, j'ai entretenu des échanges réguliers avec les responsables politiques des deux pays, et j'ai pu constater à quel point le durcissement de la situation sécuritaire en Europe après 2014 influait sur leurs positions. La perception de la menace s'était nettement intensifiée. Helsinki et Stockholm ont alors cherché à renforcer leur coopération politique et militaire avec l'alliance.

« Nous souhaitons être les premiers parmi les pays non membres », m'avait confié le Premier ministre finlandais Alexander Stubb lors de ma visite à Helsinki au printemps 2015. Ancien ministre des Affaires étrangères, il était souvent venu en Norvège, de sorte que je le connaissais bien. À l'époque, il n'avait jamais caché son soutien à une adhésion finlandaise à l'OTAN, tout en reconnaissant que cela restait politiquement impossible.

À la fin octobre 2021, lors d'une nouvelle visite à Helsinki, j'ai eu un long entretien avec le président Sauli Niinistö. Âgé de soixante-douze ans, ce vétéran de la politique finlandaise était président du pays depuis 2012. À l'instar d'autres dirigeants finlandais, il possédait une connaissance approfondie de la Russie et entretenait des échanges réguliers avec le président Poutine. Je lui ai demandé ce que signifiait, concrètement, d'avoir à gérer une frontière terrestre de mille trois cent quarante kilomètres avec un voisin tel que la Russie, soit une frontière plus longue que celle de l'ensemble des États membres de l'OTAN avec ce pays.

« Cela n'est pas toujours simple, mais mieux vaut avoir une frontière que de ne pas en avoir du tout », a-t-il répondu avec un flegme typiquement finlandais.

Il a alors proposé ses services en tant que médiateur entre Moscou et l'alliance, une offre que j'ai accueillie favorablement, tout en précisant que le manque de bons offices n'était pas le cœur du problème. Ce qui faisait défaut, c'était la volonté politique de la Russie de s'engager sur une voie de coopération avec l'OTAN.

L'oncle de Niinistö avait combattu durant la guerre d'Hiver de 1939-1940, où l'armée finlandaise avait infligé des pertes lourdes à une armée soviétique pourtant supérieure en nombre. La détermination des Finlandais leur avait permis de garder leur indépendance.

« Mon oncle faisait partie de ceux qui étaient prêts à reprendre les armes », m'a-t-il confié.

Dans tous mes échanges avec les dirigeants suédois et finlandais, j'ai toujours souligné que leurs pays étaient des partenaires proches de l'OTAN, partageant les mêmes valeurs et faisant face aux mêmes défis. Il était crucial que nos forces militaires s'entraînent davantage ensemble et soient mieux coordonnées. Dans le même temps, j'insistais toujours sur le respect absolu par l'OTAN de leurs choix d'alliances, en rappelant que toute décision d'adhésion leur appartenait exclusivement. Je m'abstenais de tout commentaire susceptible d'être interprété comme une tentative de pression de notre part.

Lors de ma visite à Helsinki à l'automne 2021, la question d'une demande d'adhésion ne se posait toujours pas. Ce qui a fait basculer la donne a été l'ultimatum lancé par Vladimir Poutine en décembre de la même année : plus aucun nouvel État ne devait rejoindre l'OTAN. Cette diplomatie de la menace a eu un effet profondément dissuasif en Finlande. L'un des piliers de la politique de sécurité finlandaise – l'« option OTAN » – reposait justement sur la possibilité d'activer une adhésion si nécessaire. Or Poutine cherchait à éliminer cette option. En tentant de refermer définitivement la porte de l'OTAN, la Russie a paradoxalement accéléré la volonté finlandaise d'y entrer.

L'analyse des autorités à Helsinki était claire : au-delà de l'Ukraine, Poutine visait une refonte en profondeur de l'ordre sécuritaire européen – des revendications qui concernaient directement la Finlande et la Suède.

Ainsi, un projet d'adhésion s'était amorcé avant même l'invasion, mais, après l'attaque du 24 février, tout s'est accéléré. Durant les semaines suivantes, mes échanges avec les dirigeants finlandais et suédois ont été constants, tant lors de réunions que par téléphone ou via des messages. Il y avait plusieurs questions qu'ils tenaient particulièrement à clarifier avant d'envisager de déposer leur candidature : Étaient-ils les bienvenus ? Si oui, le processus d'adhésion pourrait-il se faire rapidement ? Ou bien devaient-ils se préparer à passer des années dans la salle d'attente, comme d'autres pays ? Auquel cas ils ne déposeraient pas leur candidature. Et dernier point, mais non des moindres : quelles garanties de sécurité pourraient-ils obtenir durant la période où ils seraient vulnérables – entre le dépôt de leur demande d'adhésion et le moment où ils deviendraient membres à part entière et seraient donc couverts par la garantie de sécurité de l'alliance ? Ils avaient entendu Poutine dire à maintes reprises qu'un élargissement de l'OTAN serait considéré comme un acte d'agression contre la Russie, et qu'il menaçait de mener des représailles.

Niinistö s'inquiétait de ces représailles. En Géorgie en 2008 ou en Ukraine en 2014, les Russes avaient lancé des opérations militaires pour empêcher l'adhésion de ces pays à l'OTAN. La ministre suédoise des Affaires étrangères, Ann Linde, redoutait que le Kremlin exploite cette phase d'incertitude, si la Suède demandait à intégrer l'alliance, pour lancer une campagne d'intimidation, voire une attaque hybride.

J'étais prudent, m'abstenant de promettre plus que je ne le pouvais concernant le soutien de l'OTAN durant la période intermédiaire. Mais, dès l'instant où ils déposeraient leur demande et que nous y répondrions en les invitant à entamer les démarches, la décision politique serait en réalité prise. Ne pas leur venir en aide à ce moment-là porterait atteinte à la crédibilité même de l'OTAN.

La Finlande a pris l'initiative du processus, et la Suède a suivi. Cette différence s'explique en partie par leurs trajectoires historiques respectives, notamment les choix opérés dans les années suivant immédiatement la Seconde Guerre mondiale, quand les pays nordiques ont emprunté des chemins différents.

En avril 1948, la Finlande a été contrainte de signer un « traité d'amitié » avec l'Union soviétique, qui limitait sa marge de manœuvre en matière de politique étrangère et de sécurité. Cette évolution a suscité des inquiétudes en Norvège, qui, cette même année, s'est adressée aux Britanniques et aux Américains pour s'enquérir de leur réaction et de leur soutien en cas d'agression soviétique. Ces demandes ont contribué à l'établissement de l'alliance que les Britanniques avaient initiée, et qui allait mener à la création de l'OTAN.

Pendant l'hiver 1948-1949, de longues négociations ont eu lieu entre la Norvège, la Suède et le Danemark en vue d'une coopération militaire nordique intégrée dans une collaboration occidentale plus large. Les discussions ont échoué. La Suède est restée attachée à une neutralité stricte, craignant que tout rapprochement avec l'Ouest ne provoque une réaction soviétique et n'entraîne les pays nordiques dans une confrontation majeure. La Norvège et le Danemark, à l'inverse, ont tiré les leçons des événements de 1940 : la politique de neutralité ne les avait pas protégés de l'invasion nazie. Dès lors, ces deux pays ont estimé crucial de ne pas rester isolés. Il était nécessaire que l'Union soviétique comprenne qu'elle ne pourrait pas les attaquer sans déclencher un conflit généralisé. Ces divergences fondamentales de doctrine ont entraîné une scission stratégique : la Norvège et le Danemark ont rejoint l'OTAN, tandis que la Suède est demeurée neutre.

Pour la Finlande, la neutralité a toujours été un impératif stratégique dicté par la réalité géopolitique. Durant la guerre froide, elle constituait une condition imposée par Moscou. Mais elle n'était pas érigée en dogme idéologique : elle ne représentait pas une valeur en soi.

Pour la Suède, en revanche, la neutralité et la non-appartenance à une alliance militaire étaient profondément ancrées dans une idéologie nationale. Les Suédois y étaient fortement attachés. Le fait que leur pays soit en dehors de toute alliance faisait partie intégrante de leur identité nationale et de leur histoire. Solliciter une adhésion à l'OTAN représentait, pour les Suédois, un pas autrement plus considérable que pour les Finlandais.

Cela se comprenait.

Moi-même, je ne saurais dire avec certitude quelle aurait été ma position si j'avais été un responsable politique suédois. La dernière guerre à laquelle la Suède a pris part remonte à l'été 1814, contre la Norvège. Elle est parvenue à se tenir à l'écart de toute confrontation armée pendant plus de deux siècles. Nul ne saurait contester que cette politique de neutralité a été couronnée de succès. C'était une source de fierté nationale.

On peut également soutenir que l'équilibre stratégique en Europe du Nord – où le Danemark, l'Islande et la Norvège étaient membres de l'OTAN, tandis que la Suède et la Finlande conservaient une posture de neutralité – a contribué, des décennies durant, à maintenir un climat de faible tension dans la région. À cela s'ajoutait une méfiance bien enracinée au sein des milieux sociaux-démocrates suédois à l'égard des États-Unis et de l'OTAN, considérée par ses détracteurs comme une alliance « qui a lancé des guerres d'agression et intégré l'usage de l'arme nucléaire dans sa doctrine ». Le fait que l'adhésion à l'OTAN impliquerait également une alliance de facto avec un pays comme la Turquie n'était pas de nature à faciliter les choses. Les changements de l'opinion et des positions politiques en Suède – notamment au sein du Parti social-démocrate – illustrent peut-être mieux que tout autre facteur l'ampleur du séisme politique provoqué par l'invasion de l'Ukraine par Vladimir Poutine.

Après le 24 février, l'opinion publique en Finlande a basculé de manière spectaculaire en faveur de l'adhésion à l'OTAN. La Première ministre Sanna Marin fut parmi les nombreux dirigeants à changer d'avis à la suite de l'agression russe.

« La situation actuelle est difficile, mais elle pourrait l'être encore plus dans dix ans », m'a-t-elle confié lors d'un de nos échanges après le déclenchement de la guerre.

Qu'il y ait un large consensus en faveur d'une demande d'adhésion était déterminant dans un pays comme la Finlande, marqué par une forte tradition de compromis sur les grandes questions politiques.

« La question n'est plus de savoir si nous allons faire une demande, mais quand », m'a-t-elle déclaré.

En Suède, l'accélération du processus côté finlandais a exercé une pression considérable sur le gouvernement. J'en ai fait l'expérience à la suite d'une interview accordée au quotidien suédois *Dagens Nyheter* à la mi-mars, dans laquelle j'exprimais la conviction que l'OTAN saurait accueillir rapidement la Finlande et la Suède, et qu'un cadre de garanties de sécurité serait mis en place durant la période de transition. Mes propos ont pu laisser sous-entendre que les Suédois devraient accélérer le processus. La Première ministre Magdalena Andersson et la ministre des Affaires étrangères Ann Linde étaient déçues. Mes déclarations les avaient placées dans une situation délicate, puisqu'elles allaient bien au-delà de la ligne alors défendue par l'exécutif suédois.

Je m'en suis voulu. C'étaient mes amies. J'avais rencontré Ann Linde à la fin des années 1970, lorsqu'elle militait dans l'organisation des jeunes travaillistes suédois et que je siégeais au bureau central de l'Union des lycéens norvégiens. Nous avons par la suite collaboré étroitement dans le cadre de nos fonctions en politique. Je connaissais Magdalena Andersson depuis moins longtemps, mais j'avais une grande estime pour son travail en tant que cheffe de parti et Première ministre. Elle alliait rigueur analytique – celle d'une économiste – et chaleur humaine. Or mes propos rendaient leur tâche plus ardue. C'était à elles, et à la Suède, de décider dans quelle mesure elles souhaitaient un appui de ma part. Il n'y avait pas si longtemps, Magdalena Andersson et d'autres figures majeures de la social-démocratie suédoise s'étaient montrées critiques à l'égard de l'OTAN. Mais voilà que la question devenait d'une brûlante actualité. Le débat leur avait été en quelque sorte imposé par l'urgence de la situation, et j'aurais dû éviter toute déclaration pouvant donner l'impression que je me faisais donneur de leçons.

« Les choses vont diablement vite en Finlande, bien plus rapidement que nous ne l'avions anticipé », m'a dit une Magdalena Andersson visiblement un peu dépassée par les événements, car cela mettait la Suède dans une position délicate.

Début avril, les autorités suédoises ont pris pleinement conscience que la décision finlandaise était arrêtée. Ann Linde m'a alors fait clairement comprendre que cela aurait un impact déterminant sur le choix de la Suède. Jusqu'en février, les sondages d'opinion en Suède montraient une population partagée sur la question de l'adhésion à l'OTAN : tantôt une majorité favorable, tantôt non. L'agression russe a bouleversé cet équilibre. Le soutien à l'adhésion est devenu majoritaire, y compris parmi les électeurs sociaux-démocrates.

Le Parti social-démocrate a alors engagé un processus interne d'envergure, avec pour objectif de garantir une réelle délibération démocratique et d'éviter l'image d'un simulacre de consultation. Ce n'est qu'une fois cette phase achevée que la Première ministre Magdalena Andersson et la direction du parti ont pris leur décision définitive. La planification militaire suédoise reposait jusqu'alors sur une Finlande non alignée. Or l'adhésion finlandaise ferait de sa longue frontière avec la Russie une frontière de l'OTAN. Cela changeait tout. La Suède ne pouvait plus rester une île hors de l'alliance. Il se disait que la Finlande avait décidé de rejoindre l'OTAN à cause de l'Ukraine ; et la Suède à cause de la Finlande.

Les responsables suédois pensaient que la Finlande aurait pu mieux coordonner sa démarche avec eux au début du printemps, ce qui aurait peut-être permis d'éviter la pression quant aux délais à laquelle ils étaient désormais soumis. Mais, compte tenu de la réalité, Magdalena Andersson et Ann Linde ont résolu de faire une demande conjointe avec la Finlande. La Suède a ainsi accéléré son propre calendrier afin de pouvoir déposer une demande simultanément, à la mi-mai.

Les dirigeants finlandais et suédois ont fait preuve, au cours de ce printemps-là, d'une remarquable capacité d'action politique. Le monde changeait. Des positions longtemps considérées comme immuables ont été révisées, et des décisions historiques prises.

Une à une, les questions se sont clarifiées, tant au sein de l'OTAN qu'en Suède et en Finlande. L'alliance était prête à les accueillir rapidement.

Le président Sauli Niinistö a contacté son homologue turc, Recep Tayyip Erdoğan, car une certaine inquiétude persistait quant à l'approbation ou non des Turcs. Mais Niinistö a obtenu des assurances selon lesquelles la Turquie examinerait les demandes de manière favorable. J'en ai moi-même discuté avec le ministre des Affaires étrangères Mevlüt Çavuşoğlu, qui m'a confirmé qu'Ankara ne s'opposerait pas à l'élargissement de l'alliance. Plusieurs réunions du Conseil, en présence de l'ambassadeur turc, sont venues confirmer cette position. Nous pensions alors que tout était en place.

Le vendredi 13 mai, je n'étais pas au bureau, ayant été testé positif au Covid-19. Alors que je me reposais chez moi, j'ai été réveillé par ma conseillère en communication, Sissel Kruse Larsen, qui m'informait que le président Erdoğan avait, sans préavis, publié une déclaration indiquant que la Turquie n'était pas prête à soutenir l'adhésion de la Finlande et de la Suède à l'OTAN. Je me suis immédiatement levé et j'ai pris contact avec le ministre turc des Affaires étrangères, Mevlüt Çavuşoğlu, avec qui, depuis plusieurs années, j'entretenais une relation de travail étroite et constructive. Il revenait d'une réunion avec le président Erdoğan à Istanbul, au cours de laquelle la question finlandaise et suédoise avait été évoquée.

« Vous savez, Jens, nous sommes favorables à la politique de la porte ouverte de l'OTAN. Nous soutenons l'élargissement, nous avons appuyé les aspirations de l'Ukraine et de la Géorgie à devenir membres, a-t-il déclaré. Malheureusement, la Suède affiche un soutien manifeste à des organisations kurdes telles que le PKK et les YPG. Ses ministres des Affaires étrangères et de la Défense rencontrent régulièrement des représentants de ces groupes, que nous considérons comme terroristes. Vous connaissez la sensibilité de notre peuple à ce sujet. Nous avons besoin de garanties fermes de la part de la Finlande et de la Suède qu'aucun appui ne sera accordé à ces organisations. »

La Turquie avait exprimé de longue date sa lassitude face à ce qu'elle percevait comme une tolérance excessive de certains États membres de l'OTAN à l'égard d'organisations kurdes qu'elle jugeait terroristes. La Suède était, selon Ankara, devenue une sorte de refuge pour ces groupes. Des préoccupations existaient également à l'égard de la Finlande, mais les liens entre ses responsables politiques et les milieux kurdes étaient moins visibles et donc moins provocateurs. Erdoğan m'avait à plusieurs reprises exposé que son gouvernement ne faisait aucune distinction entre ces différentes organisations, les considérant toutes comme des mouvements terroristes.

« Voilà qui est grave, ai-je répondu à Çavuşoğlu. Cela va susciter des inquiétudes non seulement à Stockholm et à Helsinki, mais également dans d'autres capitales alliées. »

Si la Finlande et la Suède n'étaient pas admises, cela compromettrait sérieusement la crédibilité de la politique de la porte ouverte de l'alliance.

Çavuşoğlu a reconnu que cette position pouvait générer des tensions : « Mais vous devez également comprendre nos préoccupations légitimes », a-t-il ajouté, en précisant que la Turquie exigeait en outre la levée des restrictions en matière d'exportations d'armes dont elle était l'objet.

Le lendemain, 14 mai, une réunion informelle des ministres des Affaires étrangères de l'OTAN se tenait à Berlin. J'aurais évidemment dû être présent, mais j'ai été obligé de rester au calme chez moi et d'y participer par visioconférence.

Çavuşoğlu n'a pas cherché à atténuer son message : « Je me dois d'être honnête avec vous : notre peuple est pour le moment opposé à l'adhésion de la Suède et de la Finlande, y compris au sein de l'opposition. Les propos du président reflètent fidèlement la perception turque. »

Il a déclaré que la Turquie attendait de la Suède et de la Finlande qu'elles prennent des mesures claires et concrètes pour aller dans le sens d'Ankara. Il a critiqué sévèrement la Suède, en particulier sa ministre des Affaires étrangères Ann Linde, qu'il jugeait moins conciliante que son homologue finlandais Pekka Haavisto. Les deux ministres participaient à la réunion en tant qu'invités exceptionnels.

« Cela n'a rien à voir avec votre politique étrangère prétendument féministe, Ann. Nous avons suivi de très près vos déclarations, et vous avez recours à un langage menaçant », a affirmé Çavuşoğlu, qui assimilait systématiquement le PKK, le Parti des travailleurs du Kurdistan, et les YPG, la branche armée du Parti de l'union démocratique kurde en Syrie, à une seule et même entité terroriste, et accusait la Suède de leur livrer des armes.

Ce que nous avions légitimement cru réalisable à court terme se révélait soudainement beaucoup plus complexe. Sans accord avant le sommet de Madrid prévu cet été, le calendrier d'adhésion risquait d'être repoussé aux calendes grecques.

La principale difficulté résidait du côté suédois. Le pays abritait une importante diaspora kurde, et la cause kurde y suscitait une réelle empathie. Plusieurs membres du gouvernement entretenaient des contacts avec des représentants kurdes de diverses sensibilités. Dès sa nomination à l'automne 2019, Ann Linde avait condamné l'intervention militaire turque en Syrie et imposé des sanctions sur les exportations d'armes. Par ailleurs, siégeait au Riksdag Amineh Kakabaveh, une Kurde, anciennement membre du Parti de gauche et ex-combattante des peshmerga, les forces armées du Kurdistan irakien. Son soutien parlementaire avait été déterminant pour permettre à Magdalena Andersson de former un gouvernement. En contrepartie, celle-ci s'était engagée à renforcer la coopération entre les sociaux-démocrates et les YPG. Kakabaveh s'exprimait ainsi régulièrement au Parlement en faveur des intérêts kurdes – une situation qui exaspérait profondément les autorités turques.

L'intervention d'Ankara à la mi-mai a déclenché six semaines d'intenses tractations diplomatiques afin d'essayer de sauver les candidatures suédoise et finlandaise. Les précédents processus d'adhésion avaient pris des années – un scénario que les deux pays nordiques voulaient à tout prix éviter.

« Cela va nous placer dans la situation dont nous ne voulions surtout pas. Nous nous sommes rendus vulnérables en déposant notre candidature sans bénéficier des garanties offertes par l'adhésion », m'a confié Magdalena Andersson.

Au cours de cette période, j'ai eu quatre longues conversations téléphoniques avec le président Erdoğan. Il est demeuré inflexible sur les exigences turques.

« La Suède et la Finlande négligent des questions d'une importance cruciale pour la sécurité nationale de la Turquie. Dans ces conditions, il nous est impossible de soutenir leur adhésion, a-t-il répété.

— Les deux pays sont prêts à faire plusieurs démarches pour tenir compte des préoccupations turques. Faire traîner en longueur ce processus ne profitera qu'à ceux qui souhaitent affaiblir la Turquie et l'OTAN, et nous mettre sur la touche en privilégiant d'autres organisations en matière de politique de sécurité », lui ai-je répondu.

L'affaire se trouvait désormais entre les mains d'Erdoğan, et toute avancée nécessitait son aval personnel. Initialement, il refusait même l'idée qu'un processus de négociation soit nécessaire, mais il a fini par céder sur ce point fondamental. Plusieurs réunions difficiles ont été organisées entre les représentants turcs, suédois et finlandais. Selon Ann Linde, Ankara avait formulé des exigences inacceptables, susceptibles de porter atteinte à la liberté d'expression en Suède. Elle contestait également certaines allégations. La Suède avait depuis longtemps désigné le PKK comme organisation terroriste, et il était faux de prétendre qu'elle soutenait ce mouvement. De même, il n'y avait aucune livraison d'armes suédoises aux YPG, donc aucune livraison à interrompre.

Après l'échec des discussions bilatérales, le président Erdoğan, le président Niinistö et la Première ministre Andersson sont finalement convenus que mon bureau prendrait la direction du processus. Nous avons rédigé des ébauches d'accord entre la Turquie, la Suède et la Finlande, et les parties ont accepté que celles-ci servent de base aux négociations ultérieures.

Les Turcs ont réagi vivement à un reportage de la télévision publique suédoise depuis le nord de la Syrie, avec une interview de Salih Muslim, que la Turquie considère comme un dirigeant du PKK, mais que les États-Unis et le Royaume-Uni reconnaissent comme un représentant des YPG. Muslim y critiquait ouvertement Erdoğan, et aurait prétendu que la Suède ne tournerait jamais le dos au PKK. Pour Ankara, il était incompréhensible que le gouvernement ne puisse exercer un contrôle éditorial sur un média de service public et empêcher la diffusion de telles interviews.

La confiance entre les parties était au plus bas.

À la mi-juin, tant les Finlandais que les Suédois étaient sur le point de perdre espoir et ne croyaient plus guère en une solution avant le sommet. Nous n'avions eu connaissance d'aucun indice laissant penser qu'il y avait un jeu concerté entre la Russie et la Turquie derrière le blocage turc, ni que le président Poutine tirait les ficelles, comme le spéculaient certains médias. Toujours est-il que les Turcs n'étaient pas pressés.

Même si l'atmosphère était mauvaise, les négociations menées par nos diplomates, qui faisaient la navette entre eux, se poursuivaient et portaient leurs fruits. Nous faisions des progrès en vue d'un accord. À l'approche du sommet, j'étais convaincu qu'une solution était à portée de main. La Finlande et la Suède avaient fait beaucoup de concessions : elles condamnaient le PKK, s'étaient engagées à lutter contre le terrorisme, coopéreraient avec Ankara pour extrader des terroristes, n'imposeraient aucune restriction sur les exportations d'armes vers la Turquie et partageraient des renseignements et des informations avec les autorités turques. En retour, la Turquie inviterait la Finlande et la Suède à rejoindre l'OTAN.

Le conseiller à la sécurité du président Erdoğan, İbrahim Kalın, était optimiste : « Je pense que nous avons un accord. »

Moi aussi, j'étais optimiste, mais je savais d'expérience que rien n'était décidé tant que le président Erdoğan n'avait pas donné son accord définitif.

Chapitre 38

Avancée à Madrid

Madrid est une ville magnifique, avec ses nombreux palais grandioses, ses églises imposantes et ses places accueillantes. Mais le Recinto Ferial de IFEMA Madrid n'est pas exactement un bel endroit : c'est un immense hall d'exposition situé à l'extérieur de la capitale espagnole, non loin de l'aéroport. Tant le bâtiment que les environs ressemblent à un désert de ciment et de béton. Sous le soleil brûlant de l'été, la chaleur y devient insupportable.

C'est là que les chefs d'État et de gouvernement de l'OTAN se sont réunis pour un sommet du 28 au 30 juin 2022. Si la rencontre avait eu lieu en ville, le centre de Madrid aurait dû être fermé pendant trois jours. Pour des raisons de sécurité, les sommets de l'OTAN se tiennent souvent dans de tels complexes. Quelques semaines plus tôt, Ingrid et moi avions passé un week-end de détente avec le Premier ministre espagnol Pedro Sánchez et son épouse Begoña Gómez, dans leur villégiature de Quintos de Mora. Sánchez était devenu un leader politique de premier ordre en Europe, et je me réjouissais de présider le sommet à ses côtés.

À l'intérieur, le hall d'exposition était décoré de drapeaux et de divers emblèmes aux couleurs de l'OTAN. L'immense espace était divisé par des cloisons légères en grandes et petites salles de réunion, dont certaines nous étaient réservées, à mon équipe et moi-même. Cela rendait bien en photo, mais les installations étaient provisoires. Les salles n'avaient pas de plafond, ce qui laissait les sons circuler librement. Le hall avait été monté en vingt-quatre heures et serait démonté tout aussi rapidement. Comme d'habitude, le sommet s'est tenu dans un décor de théâtre.

La guerre d'agression menée par la Russie en Ukraine durait depuis plus de cinq mois. Mi-avril, les Ukrainiens avaient réussi à couler le navire amiral de la flotte russe de la mer Noire, le croiseur lance-missiles *Moskva*. Mais, après un long siège, ils avaient dû abandonner l'usine Azovstal, l'une des plus grandes aciéries du monde, dernier bastion de résistance organisée dans la région de Marioupol. À peu près au moment où nous nous réunissions à Madrid, ils reprenaient l'île aux Serpents au large d'Odessa, là où, dès les premiers jours de la guerre, un petit groupe d'Ukrainiens avait refusé de se rendre à une force russe supérieure.

Les combats faisaient rage, et l'OTAN apportait une nouvelle réponse au conflit. Nous avons adopté le renforcement le plus important de notre défense collective depuis la fin de la guerre froide. À l'est, nous allions considérablement accroître le pré-stockage d'équipements, de munitions et de carburant, augmentant ainsi notre capacité de dissuasion.

J'espérais légitimement parvenir à résoudre l'impasse avec la Finlande et la Suède lorsque, à 15 heures le 28 juin – le jour même où les dirigeants s'étaient réunis à Madrid –, les présidents Recep Erdoğan et Sauli Niinistö, la Première ministre Magdalena Andersson et moi-même avons pris place dans l'une des salles de réunion.

Erdoğan et moi étions assis côte à côte, avec Andersson et Niinistö en face de nous. L'OTAN d'un côté, les pays candidats – la Finlande et la Suède – de l'autre. Nos conseillers étaient assis juste derrière nous.

« Un accord est à portée de main, ai-je dit, mais il est important que nous nous mettions d'accord *maintenant*, lors de cette réunion. Nous ne quitterons pas cette pièce tant que nous n'aurons pas trouvé de solution. »

J'étais convaincu que nous devions saisir l'occasion que représentait cette réunion des dirigeants. Il y avait aussi des contraintes pratiques : le lendemain, je devais présider les sessions du sommet proprement dit et serais retenu toute la journée dans la grande salle. Nous aurions pu organiser quelques réunions entre conseillers, mais Erdoğan n'acceptait de se déplacer que si j'y étais moi-même, et sa présence était indispensable pour parvenir à une décision.

Le texte posé sur la table condamnait le Parti des travailleurs du Kurdistan, le PKK, mais la milice kurde syrienne YPG n'y était pas mentionnée. Pas plus que FETÖ, l'organisation que les Turcs accusaient d'avoir orchestré le coup d'État de 2016.

« Nous avons un texte solide sur la lutte contre le terrorisme, auquel tout le monde devrait pouvoir adhérer. Ce qui importe, c'est de combattre le terrorisme, pas comment nous appelons les différentes organisations, ai-je dit.

— Vous savez bien que condamner le PKK ne suffit pas », a répondu Erdoğan.

Il exigeait que les YPG soient mentionnés dans le texte et affirmait que la Turquie n'était pas prise au sérieux, tout en accusant « les pays nordiques [d'être] des refuges pour les terroristes ».

Le ton était dur et inflexible.

Andersson et Niinistö ont ensuite été invités à s'exprimer. Ils ont réaffirmé leur position bien connue. Les lignes restaient figées.

Ayant participé à de nombreux échanges infructueux, où les discussions tournaient en rond par crainte, de la part des dirigeants politiques, des conséquences d'un quelconque assouplissement de leur position, j'ai décidé cette fois d'adopter un ton plus direct et plus explicite. Une telle posture comporte toujours un risque : soit elle permet de faire évoluer les lignes en soulignant la gravité de la situation, soit elle irrite les participants, qui ont l'impression qu'on leur fait la leçon, et cela conduit à un durcissement des fronts.

Je me suis tourné vers le président Erdoğan et lui ai posé la main sur l'épaule. « La Finlande et la Suède ont déjà consenti des efforts considérables. Elles s'engagent à se tenir aux côtés de la Turquie dans la lutte contre le terrorisme », ai-je dit.

J'ai tenté en vain de percevoir dans son visage la moindre réaction à mes propos.

« Elles n'hésiteront pas à procéder à des expulsions lorsque cela est conforme à leur propre législation et aux décisions de leurs autorités administratives. La Suède renforce actuellement sa législation antiterroriste, ai-je poursuivi. Et souvenez-vous d'une chose : si nous ne trouvons pas d'accord ici, ce sera une victoire majeure pour le PKK et les gens comme eux. Ils se frotteront les mains si l'OTAN ferme la porte à la Suède et à la Finlande. Il ne faut pas que vous leur offriez cette victoire. »

Aucun élément dans le langage corporel d'Erdoğan ne laissait penser qu'il acquiesçait, mais rien n'indiquait non plus une opposition explicite. Il se contentait de me fixer en silence, attendant que je termine.

« Les YPG doivent figurer dans le document et être qualifiés de groupe terroriste », a-t-il alors déclaré avec calme et fermeté.

C'était l'unique point qui l'intéressait.

À un moment donné, j'ai remarqué que Stian avait glissé un billet à İbrahim Kalın, le conseiller d'Erdoğan, figure clé des négociations. Plus tard, j'ai appris que le message disait : « Cela vaut-il encore la peine de continuer ? » Kalın a lu le billet et hoché lentement la tête.

Une heure s'est écoulée. Puis deux. Niinistö a fini par perdre patience.

« Vous aviez dit, il y a un certain temps, que cela allait s'arranger. Que voulez-vous vraiment ? » a-t-il lancé.

Erdoğan a répliqué sèchement.

L'atmosphère devenait pesante. Ces tensions et agacements compromettaient sérieusement les chances de trouver un accord.

Magdalena Andersson et Ann Linde ont commencé à rassembler leurs affaires, laissant entendre qu'elles envisageaient de quitter la pièce.

« Attendez, ne partez pas ! » leur ai-je soufflé en norvégien.

La salle était assez petite, les participants assis à l'étroit. L'air devenait étouffant. Nous sommes convenus de poursuivre les échanges, mais une pause s'imposait pour éviter que le climat ne se dégrade davantage. Tous sont sortis, à l'exception d'Erdoğan et de moi-même. Je ne pensais qu'à une chose : qu'il ne quitte pas la réunion parce qu'il en avait assez, qu'il avait faim ou était fatigué de tout ça.

« Souhaitez-vous quelque chose ? Un café ? Un gâteau ? Un sandwich ? ai-je proposé.

— Je ne suis pas aussi bon marché », a-t-il répondu avec un sourire ironique.

Quelques canapés tristounets nous ont été apportés, mais Erdoğan les a consommés avec appétit pendant que nous poursuivions notre échange en tête à tête. Je lui ai rappelé ce que la Turquie avait déjà obtenu dans les négociations. Si la Finlande et la Suède rejoignaient l'alliance, ce serait un signal clair adressé à Poutine : la porte de l'OTAN reste ouverte, et les pays souverains et démocratiques ne peuvent être intimidés.

Erdoğan a écouté, mais a maintenu que rien ne le ferait renoncer à son exigence d'intégrer la mention des YPG dans le texte de l'accord. Nous savions tous deux que nos collaborateurs travaillaient en parallèle, à l'extérieur de la salle de réunion, sur ce point spécifique, alors autant changer de sujet. La conversation s'est orientée vers notre relation – depuis combien de temps nous nous connaissions –, la Norvège, son fonds pétrolier et la règle budgétaire. Ce sont des thèmes que nous avions déjà abordés lors de rencontres antérieures. Il appréciait que la Norvège ne puise que dans les rendements du fonds.

Soudain, il m'a lancé : « Vous aviez promis de venir à Istanbul avec votre épouse, mais vous ne l'avez pas fait. »

Il disait vrai. Quelques années auparavant, j'avais accepté une invitation d'Erdoğan à venir à Istanbul. Je m'étais rendu plusieurs fois en Turquie pour des visites officielles, mais j'avais effectivement dit que je me rendrais aussi à Istanbul avec Ingrid. Dîner en privé avec sa femme et lui et visiter ensemble la ville et ses centres d'intérêt touristiques, cela n'aurait rien à voir avec nos réunions à Ankara. Mais mon programme avait toujours été si serré que je n'avais jamais pu concrétiser cette visite à Istanbul, puis il y avait eu la pandémie qui avait suspendu tous les voyages.

Erdoğan m'avait rappelé son invitation à Istanbul lorsque je l'avais rencontré pour la première fois depuis la pandémie à Antalya, quelques mois plus tôt. Avant le sommet de Madrid, je pressentais qu'il reviendrait sur cette question. Je le connais, il tient à ce que la Turquie soit traitée avec considération. J'en avais donc parlé à Ingrid : « S'il demande si nous venons à Istanbul, on peut dire "oui" ? » Elle avait donné son accord. Elle aimait bien Istanbul et, au fil des années, avait appris à bien connaître Emine.

Alors, quand Erdoğan a de nouveau évoqué le sujet, j'ai répondu sans hésiter : « Justement, Ingrid et moi en parlions récemment. Nous viendrons avec plaisir. »

Difficile d'évaluer l'effet concret de cet échange. Mais le fait d'avoir retrouvé une connivence sur ce sujet, l'idée de partager un moment commun à Istanbul – sa ville natale, dont il est si fier –, ne pouvait qu'être bénéfique.

Nous sommes restés assis là plus d'une heure avant que la réunion ne reprenne, le temps que les travaux avancent à l'extérieur, dans les couloirs et d'autres salles. Finalement, les équipes sont revenues avec un projet de texte modifié, intégrant une mention des YPG dans une section plus générale sur la sécurité nationale de la Turquie – et non dans celle dédiée au terrorisme : « En tant que futurs alliés de l'OTAN, la Finlande et la Suède apporteront leur plein soutien à la Turquie face aux menaces pesant sur sa sécurité nationale. À ce titre, elles ne fourniront aucun soutien aux YPG ni à l'organisation désignée comme FETÖ en Turquie. »

La formulation et son emplacement dans le texte évitaient de qualifier explicitement les YPG de groupe terroriste. L'enjeu politique pour la Suède et la Finlande était de ne pas avoir à approuver la définition d'Erdoğan de qui est terroriste et qui ne l'est pas.

Niinistö et Andersson ont consulté leurs capitales respectives, et le feu vert politique leur a été confirmé. Les deux pays nordiques ont considéré la nouvelle version du texte comme acceptable.

Je pensais que nous étions parvenus à un accord, mais non. Le ministre des Affaires étrangères turc Çavuşoğlu a exigé d'inclure un paragraphe discuté plus tôt, prévoyant des engagements supplémentaires de la part de la Suède et de la Finlande avant la ratification du texte par la Turquie. Or ce point n'était plus d'actualité, depuis l'ajout de la phrase où les deux pays promettaient de suspendre leur soutien aux YPG. Çavuşoğlu voulait le beurre et l'argent du beurre.

L'impatience m'a gagné.

« Mevlüt, tu dois te taire ! » lui ai-je lancé avec un regard appuyé.

Il y eut un silence. Il n'y a qu'à des amis qu'on peut se permettre de parler ainsi, ai-je pensé.

J'ai alors lu lentement, à trois reprises, le texte final à Erdoğan et aux autres participants. La Suède et la Finlande s'engageaient à intensifier leur lutte contre le terrorisme et à lever les restrictions sur les exportations d'armes vers la Turquie. En contrepartie, Erdoğan soutenait leur candidature pour intégrer l'OTAN.

J'ai fait le tour de la table. Niinistö a donné son accord. Andersson également. Erdoğan m'a regardé, a jeté un coup d'œil à Niinistö et Andersson, puis a de nouveau croisé mon regard.

« *Okay* », a-t-il déclaré.

Toute la salle a applaudi.

Le visage d'Erdoğan, si difficile à déchiffrer quelques heures plus tôt, rayonnait désormais de bienveillance. Un consensus venait d'être trouvé.

Il s'agissait de conclure avant que des objections ne surgissent. J'ai rapidement serré la main d'Erdoğan pour matérialiser l'accord. La version finale du texte devait être mise au propre, traduite, imprimée. Il était impératif que les parties signent ici et maintenant.

Pendant ce temps, le dîner de gala du sommet avait déjà commencé au palais. Dans son discours de bienvenue, le roi Felipe s'est amusé de mon absence, y voyant un bon signe – et il avait raison. Cela signifiait que nous étions toujours en train de négocier avec les Turcs, les Suédois et les Finlandais.

Il était un peu plus de 20 heures lorsque j'ai envoyé un message à Pedro Sánchez : « Nous avons finalement trouvé un accord sur la Finlande et la Suède. Désolé de ne pas avoir pu assister au dîner ce soir. Je me réjouis de vous voir demain. Cordialement, Jens. »

Peu après, la réponse est arrivée : « Félicitations, mon cher ami !! Fantastique !!! Une autre réussite du sommet de Madrid ! »

La signature a été un spectacle étrange. Rien n'était préparé, puisque tout s'était passé très vite. Les journalistes sont arrivés en courant quand la nouvelle d'une avancée a commencé à filtrer. Il n'y avait eu aucune annonce de ce qui allait se passer. Les délégations sont entrées, les ministres des Affaires étrangères se sont assis, ont signé les documents, se sont levés, se sont serré la main et sont repartis. Sans dire un mot. En sortant, j'ai lancé à ceux qui avaient assisté à la scène que je reviendrais une demi-heure plus tard pour leur donner des explications sur ce dont ils venaient d'être témoins.

Nous avions un accord. La décision était prise, il y avait un consensus pour inviter la Finlande et la Suède à entrer dans l'alliance. Il ne restait qu'une seule étape : les Assemblées nationales de tous les pays de l'OTAN devaient approuver les deux nouveaux membres. Normalement, c'était une formalité.

Chapitre 39

Le voyage à Kiev

Le train était plongé dans l'obscurité. Les fenêtres étaient recouvertes de rideaux occultants, et aucune lumière ne filtrait à l'extérieur. Les freins ont émis un son strident, et les wagons se sont arrêtés brusquement. J'ai légèrement soulevé le rideau et jeté un coup d'œil dehors. Deux poteaux se dressaient là, l'un aux couleurs de la Pologne, l'autre aux couleurs de l'Ukraine. Nous arrivions à la frontière.

Le train a repris sa route. Par l'ouverture, je regardais défiler le paysage tout en écoutant le rythme régulier des roues sur les joints des rails. Ce son m'a rappelé d'autres longs trajets en train à travers l'Europe, et la manière dont les lignes ferroviaires relient le continent – en temps de paix comme en temps de guerre. Dans la pénombre, j'ai distingué des étendues d'eau, des marais, quelques champs et des kilomètres de forêts dans un paysage plat. On apercevait aussi, par endroits, de lourds bâtiments en brique, un peu délabrés, datant de l'époque où ces terres appartenaient à la monarchie des Habsbourg, avant qu'elle ne soit écartée du pouvoir à la fin de la Première Guerre mondiale.

À l'aube, nous avons traversé quelques villages. Des charrettes cahotaient sur les chemins, et les habitants commençaient doucement leur journée. Plusieurs cimetières ont surgi. Avant qu'ils ne disparaissent de ma vue, j'ai noté que les clôtures avaient été agrandies pour faire place à de nombreuses tombes récentes, couvertes de fleurs fraîches.

C'était très tôt le matin du 20 avril 2023. Le train roulait à travers l'Ukraine. Je me rendais à Kiev pour y rencontrer le président Volodymyr Zelensky.

Quelques heures plus tôt, nous avions atterri à la base de Rzeszów, dans l'extrême est de la Pologne. C'était désormais l'aéroport le mieux protégé d'Europe. De grandes quantités d'armes et de matériel militaire y étaient acheminées avant d'être transférées vers l'Ukraine. De là, il fallait à peine une demi-heure de route jusqu'à la ville frontalière de Przemyśl, où le train nous attendait.

Dans les premiers jours du conflit, des dizaines de milliers de femmes et d'enfants fuyant la guerre étaient passés par cette gare, en sens inverse de celui que j'allais prendre. Les Polonais s'étaient mobilisés pour leur fournir nourriture, vêtements, couches et jouets. J'ai rapidement traversé le quai et levé les yeux sous un toit provisoire. Aucune image prise du ciel ne devait pouvoir identifier qui montait ou descendait du train.

Celui-ci avait des allures de faste et de grandeur, avec des lustres au plafond, des sièges luxueux, du bois sombre et des nappes blanches sur les tables. J'avais une voiture entière à ma disposition, avec une salle de réunion et un compartiment de couchage doté d'une grande salle de bains. L'aménagement évoquait le train d'Agatha Christie dans son *Crime de l'Orient-Express*. L'Ukraine est un pays de chemin de fer, fier à juste titre d'avoir maintenu un service efficace, même en temps de guerre. Cela était crucial tant pour les besoins de transports militaires que pour le fonctionnement de la société civile. Les surinvestissements en personnel et en matériel à l'époque soviétique avaient rendu le réseau ferroviaire particulièrement robuste. Le fait que les trains réussissaient à respecter les horaires offrait un sentiment de normalité au milieu des épreuves de la guerre.

Ma petite délégation et moi avons pris place dans l'un des salons. Pour des raisons de sécurité, très peu de personnes au sein du siège de l'OTAN savaient que je me rendais à Kiev.

On m'avait préparé à Bruxelles un programme quotidien normal qui avait été annulé juste avant mon départ.

Depuis un moment, je souhaitais retourner en Ukraine, mais un tel déplacement faisait débat au sein de l'alliance. Certains alliés craignaient que ma présence à Kiev ne serve les discours de Vladimir Poutine, selon lesquels l'expansion agressive de l'OTAN vers l'est était à l'origine de la guerre, et qu'il s'agissait en réalité d'un conflit entre la Russie et l'Occident.

Mais, après la visite de Joe Biden à Kiev en février, ces considérations pesaient moins lourd. Si le président des États-Unis pouvait se rendre en Ukraine, alors le secrétaire général de l'OTAN le pouvait aussi. Devais-je renoncer à visiter un pays libre, souverain et partenaire de l'OTAN simplement pour ne pas apporter de l'eau au moulin de Poutine ? Nous ne pouvions pas permettre à la Russie de décider des faits et gestes du secrétaire général de l'OTAN ni des visites que le président Zelensky pouvait recevoir. Cette souveraineté était précisément ce pour quoi l'Ukraine se battait.

Nous jugions que ce voyage était important. Se rendre à Kiev était bien sûr un acte politique. L'OTAN exprimait clairement son soutien au combat légitime du peuple ukrainien pour sa défense.

Alors que le train roulait vers l'est, Stian, Dylan White du service de presse de l'OTAN et moi-même peaufinions les messages destinés aux dirigeants ukrainiens, ainsi que les formulations que j'allais utiliser lors de la conférence de presse. Ma présence sur place rendait les mots employés d'autant plus cruciaux, notamment concernant la relation entre l'Ukraine et l'OTAN.

Après quelques heures de discussion, accompagnées de thé noir brûlant servi par les agents ferroviaires ukrainiens, chacun est retourné dans son compartiment. Je me suis retiré dans ma cabine spacieuse, les rideaux bien tirés. Mes gardes du corps se trouvaient à bord, et je savais que des chiens détecteurs d'explosifs inspectaient chaque gare traversée. Des soldats des forces spéciales avaient été déployés tout le long du trajet, et avant mon départ de Bruxelles, le général Chris Cavoli, commandant suprême des forces alliées en Europe, m'avait assuré que ses équipes « nous suivraient à chaque instant ». Récemment nommé, Cavoli avait auparavant dirigé les forces terrestres américaines en Europe et en Afrique. Formé à Yale, il inspirait confiance. C'était rassurant de savoir que les Américains surveillaient nos déplacements. En cas de défaillance de la locomotive, d'autres attendaient en renfort tout au long du trajet et seraient alors attelées en moins de trente minutes. Je pouvais donc dormir au son cadencé des rails – mais la nuit a été courte.

Au petit matin, nous sommes arrivés à Boutcha. En avril 2022, les images de cadavres gisant dans les rues, souvent les mains liées, avaient choqué le monde. Ces massacres avaient marqué un tournant. Toute tentative de négociation était devenue plus difficile. L'attitude des pays de l'OTAN vis-à-vis du régime de Poutine s'était durcie. L'aide militaire à l'Ukraine avait fortement augmenté.

J'avais droit à présent à un compte rendu complet. Les Russes avaient été repoussés une première fois. Puis, lorsqu'ils étaient revenus, ils avaient sévi sans pitié. Des soldats, souvent sous l'emprise de drogues, avaient tiré sur tout ce qui bougeait, pénétré dans les maisons et tout pillé, jusqu'aux cafetières. La plupart de ces hommes venaient de provinces russes pauvres, loin de Moscou et de Saint-Pétersbourg.

J'ai été conduit à une église blanche marquée d'impacts de balles. À côté, on avait découvert cent seize corps, dont plusieurs de personnes manifestement exécutées. Un mémorial avait été érigé, où j'ai déposé une couronne. Au total, quatre cent soixante-deux personnes avaient été tuées à Boutcha, et soixante-deux arrêtées puis déportées en Russie. Les Russes disposaient de listes des figures locales qu'ils éliminaient systématiquement. La plupart des victimes étaient responsables politiques, directeurs d'école, journalistes, représentants syndicaux.

Le maire de Boutcha, Anatoliy Fedoruk, m'a fait faire le tour de la ville.

« Les Russes sont venus chez moi aussi, mais j'ai sauvé ma vie en leur faisant croire que j'étais quelqu'un d'autre », a-t-il raconté.

En fin de matinée, notre convoi a atteint Kiev. Des voitures et des bus circulaient, des magasins étaient ouverts, des passants marchaient dans les rues et les parcs, mais je n'ai pas pu m'empêcher de remarquer qu'il y avait moins de monde sur les trottoirs et dans les parcs, et que l'ambiance était plus calme que lors de ma précédente visite. Les cafés et restaurants fermaient tôt. Les habitants restaient beaucoup chez eux, peut-être pour être proches des abris. Partout, des statues et des monuments étaient protégés par des sacs de sable. Le pouls de la ville battait plus lentement.

Nous nous sommes arrêtés devant le « Mur du souvenir », le monument dédié à toutes les personnes tuées depuis 2014 dans la guerre contre la Russie. Lorsque j'étais venu ici la première fois en 2015, on m'avait dit que le nom et la photo de chaque victime y figureraient. Ce n'était plus possible aujourd'hui. Le nombre de morts dépassait la capacité du mur.

Je me suis avancé pour déposer une couronne, et j'ai observé un moment de silence, tête baissée. Une fanfare solitaire a percé l'air. Derrière le mur, les dômes dorés du monastère Saint-Michel se détachaient dans le ciel.

Lorsque j'ai visité Kiev ce jour d'avril 2023, près de quatorze mois s'étaient écoulés depuis le début de l'invasion à grande échelle par Poutine. L'automne précédent avait été marqué par des renversements majeurs de la ligne de front. Les Ukrainiens avaient repris beaucoup de terrain : d'abord au nord, de Kiev jusqu'à la frontière biélorusse, puis à Kharkiv à l'est, et enfin à Kherson au sud. En quelques mois, ils avaient libéré la moitié du territoire que les Russes avaient occupé après l'invasion. D'importantes forces russes risquaient alors d'être encerclées.

En réponse à ces revers, Poutine a mobilisé les réserves, promettant trois cent mille soldats supplémentaires. Ces succès ukrainiens étaient bien sûr une bonne nouvelle, mais ils augmentaient aussi le risque que Poutine se sente acculé et opte pour des mesures extrêmes – y compris l'usage d'armes chimiques ou nucléaires. Ces contre-offensives risquaient de provoquer ce que certains appelaient un « succès catastrophique ».

Notre surveillance du côté russe s'est intensifiée. Depuis le début de la guerre, les Russes utilisaient des missiles pouvant être équipés d'ogives conventionnelles ou nucléaires, rendant difficile la détection préalable d'un éventuel recours au nucléaire.

Un point positif était que la Chine avait fait clairement savoir à la Russie qu'elle ne devait en aucun cas envisager l'usage de telles armes. Le secrétaire américain à la Défense, Lloyd Austin, avait lancé un avertissement très ferme. Il était essentiel que Moscou comprenne que tout emploi d'armes nucléaires aurait de graves conséquences.

Les affirmations de Poutine, selon lesquelles il défendrait les oblasts annexés de Luhansk, Donetsk, Zaporijia et Kherson « par tous les moyens », augmentaient notre inquiétude. Selon sa logique, le soutien de l'OTAN à l'Ukraine équivalait à une attaque contre le territoire russe. Et selon la doctrine militaire russe, une telle menace sur l'existence même de l'État justifiait l'usage de l'arme nucléaire. Mais c'était à Poutine seul qu'il revenait de définir ce qui constituait une telle menace.

D'après les rapports que nous avions reçus des services de renseignement, la probabilité que les Russes recourent à des armes nucléaires tactiques en Ukraine avait été révisée, passant de « très improbable » à « improbable ». Dans ce type de terminologie, « improbable » signifie une probabilité comprise entre 10 et 25 %. Cela veut dire qu'un tel scénario était loin d'être exclu.

À plusieurs reprises cet automne-là, j'ai rappelé qu'une guerre nucléaire ne peut être gagnée et qu'elle ne doit jamais être menée. J'espérais que nos mises en garde seraient suffisamment efficaces pour dissuader Poutine de franchir ce pas suicidaire, mais nous ne pouvions pas écarter cette éventualité. Que le risque de guerre nucléaire soit considéré comme très réel créait une profonde inquiétude. Pour la première fois de ma vie, je me suis couché le soir en sachant que je pouvais être réveillé par un appel téléphonique annonçant qu'une attaque nucléaire était en cours.

Après la stabilisation des lignes de front à la fin de l'automne 2022, le risque nucléaire a été jugé moins aigu, mais absolument pas écarté, le président Poutine ayant à plusieurs reprises proféré des menaces le mentionnant.

Établir des parallèles historiques comporte toujours le risque de gommer les différences et les nuances. Cependant, je ne pouvais m'empêcher de penser à la Première Guerre mondiale, lorsque, dans les semaines précédant le déclenchement du conflit, les grandes puissances s'étaient dirigées vers une catastrophe majeure. L'invasion de Poutine avait déclenché une chaîne apparemment irréversible d'actions et de réactions.

Les demandes d'armements et d'équipements étaient au cœur de toutes nos discussions avec Kiev. Les besoins des Ukrainiens semblaient intarissables. Il leur fallait impérativement davantage d'artillerie, de munitions et, surtout, de systèmes de défense aérienne. Heureusement, les États-Unis, l'Allemagne et quelques autres alliés ont fourni des batteries Patriot. Il s'agit de l'un des meilleurs systèmes de défense antiaérienne au monde, capable d'intercepter des missiles à longue portée. Le problème était que les alliés de l'OTAN en possédaient un nombre limité, et que ces systèmes étaient très coûteux. Une batterie complète – avec radar, poste de commandement et rampes de lancement – coûte environ un milliard de dollars, et chacun des missiles avancés qui l'accompagnent vaut quatre millions de dollars. En comparaison, un drone Shahed, dont les Russes disposaient en grand nombre, coûtait moins de cinquante mille dollars. Il était donc évident que les missiles Patriot devaient être réservés aux armes russes les plus avancées, et non gaspillés sur des drones bon marché. Les vagues d'attaques contre les villes ukrainiennes visaient à détruire des cibles stratégiques, mais aussi à forcer l'Ukraine à épuiser ses stocks de munitions antiaériennes. Cela les rendrait vulnérables dans les airs, renversant ainsi le cours des combats au sol et facilitant l'avancée des troupes russes.

Peu à peu, une grave pénurie de munitions d'artillerie s'est fait sentir, et les stocks de nombreux pays de l'OTAN se sont également dangereusement réduits. Le secrétaire à la Défense Lloyd Austin s'est fait le fer de lance du soutien militaire accru à l'Ukraine. Depuis plusieurs mois, il avait demandé au président Biden l'autorisation de livrer des armes à sous-munitions, que les Russes utilisaient déjà depuis longtemps. Il s'agit d'une arme efficace qui disperse un grand nombre de petites bombes sur une vaste zone, capable d'arrêter une progression ennemie.

Mais toutes les sous-munitions n'explosent pas immédiatement ; certaines restent au sol et peuvent faire des victimes longtemps après la fin des hostilités.

Biden avait refusé. Mais le dilemme était devenu tel que les Ukrainiens pouvaient soit recevoir des armes à sous-munitions, dont les États-Unis disposaient en quantité, soit ne plus recevoir de munitions du tout. Finalement, Biden a changé d'avis et a donné son accord. Austin m'a informé de la décision :

« Nous sommes conscients que les armes à sous-munitions sont controversées. De nombreux membres de l'alliance ont adhéré à l'interdiction de l'ONU à leur sujet », a-t-il expliqué.

Nul besoin de me le rappeler. En 2008, une convention interdisant les armes à sous-munitions avait été adoptée, où la Norvège avait joué un rôle moteur. La convention avait été signée à Oslo, et le premier à y apposer sa signature était… votre serviteur, Premier ministre à l'époque. Et je me retrouvais à présent dans une réunion avec le secrétaire américain à la Défense, soulagé que les États-Unis aient décidé de livrer ces armes à l'Ukraine.

À l'automne 2022, les Russes s'étaient retranchés, construisant des fortifications et minant les terrains derrière la ligne de front. Si les Ukrainiens voulaient reprendre l'offensive, repousser les Russes et reconquérir des territoires, ils avaient besoin d'armes capables de percer ces positions fortifiées – en premier lieu des chars. Ce qu'ils désiraient plus que tout, c'était le char allemand Leopard 2, peut-être le meilleur du monde, dont l'Allemagne et d'autres pays européens disposaient en grand nombre.

J'ai eu plusieurs conversations avec le chancelier Olaf Scholz à propos de la livraison de chars Leopard. Scholz était réticent, craignant une escalade. Il faisait remarquer que l'Allemagne faisait déjà partie des pays qui soutenaient le plus l'Ukraine, ce en quoi il avait raison. Mais il ne cachait pas non plus que cela lui pesait d'être responsable du retour de chars allemands sur les plaines d'Ukraine – une image qui ravivait de douloureux souvenirs du front de l'Est pendant la Seconde Guerre mondiale.

Je lui ai fait remarquer que, si Poutine voulait vraiment faire monter le conflit d'un cran, il ne manquait pas de prétextes : les Russes avaient été chassés de Kharkiv et de Kherson, le croiseur *Moskva* avait été coulé, le pont de Crimée bombardé, et nous avions livré à l'Ukraine des systèmes de missiles Himars et d'autres armes à longue portée. De nombreuses lignes rouges prétendument infranchissables avaient été dépassées sans que les menaces russes soient mises à exécution.

Scholz a néanmoins laissé entendre qu'il était prêt à envisager la livraison de chars Leopard, à condition qu'un processus clair soit mis en place. L'essentiel était que d'autres alliés en livrent également, car l'Allemagne ne le ferait jamais seule. Si cela se faisait en coordination avec les Américains, c'était différent.

Après une phase de diplomatie discrète et des entretiens entre Biden et Scholz, un accord a été trouvé pour que plusieurs pays livrent des chars. Le 25 janvier, j'ai parlé au téléphone avec le président Zelensky. C'était le jour de son quarante-cinquième anniversaire, et j'ai pu à la fois lui transmettre mes félicitations et lui annoncer que l'Allemagne autorisait la livraison de chars Leopard à l'Ukraine. Les États-Unis et le Royaume-Uni s'étaient également engagés à livrer respectivement des chars M1 Abrams et des Challenger 2.

Après la cérémonie au mur commémoratif ce jour de printemps 2023, nous avons été conduits au palais Mariinsky, où le président ukrainien a ses bureaux. Le site était bouclé, et nous avons été dirigés vers un bâtiment annexe où tous les membres de la délégation ont dû passer un contrôle de sécurité à peu près comparable à celui des aéroports. J'ai traversé le bâtiment annexe pour déboucher sur une grande esplanade. Sur les marches de l'autre côté, le président Zelensky nous attendait.

J'ai toujours apprécié Zelensky, depuis ma première rencontre avec lui en 2019. C'est un homme chaleureux, ouvert, tout sauf pompeux, facile à aborder et doté d'un solide sens de l'humour. Un dirigeant moderne et compétent, décidé à combattre la corruption et les abus de pouvoir, et à ancrer fermement l'Ukraine dans le monde occidental. Mais je n'aurais jamais imaginé qu'il deviendrait cette grande figure d'unité nationale que le monde a appris à connaître depuis l'invasion du 24 février 2022. J'avais hâte de le revoir.

Souriant, Zelensky nous a accueillis sur les marches du palais richement orné, vêtu comme à son habitude d'un uniforme militaire vert. J'avais réfléchi à ma propre tenue. Zelensky portait des vêtements qui montraient qu'il s'identifiait à ses compatriotes sur le front. Il dirigeait un pays en guerre. J'allais me rendre sur des lieux de mémoire, déposer des gerbes et, au nom de l'OTAN, exprimer notre soutien à la lutte de l'Ukraine. Le costume et la cravate étaient ma façon d'exprimer mon respect.

Zelensky sait regarder les personnes autour de lui. Nous nous étions croisés lors de la conférence sur le climat à Glasgow à l'automne 2021, où nous avions eu un échange improvisé sur le renforcement militaire de la Russie et les dangers qui menaçaient l'Ukraine. Le centre de conférence était bondé, chaotique, et il n'y avait quasiment aucune chaise. Dylan White, porte-parole adjoint de l'OTAN, avait réussi à dénicher quelques tabourets et une toute petite table, plus exactement une large planche. Zelensky et moi étions assis là, tandis que Dylan prenait des notes à genoux.

« Non, ce n'est pas possible », avait dit Zelensky en interrompant la conversation.

Contrairement à moi, il ne supportait pas que Dylan soit contraint de rester par terre pour noter de son mieux. Il avait fallu que nous trouvions un tabouret supplémentaire avant que Zelensky n'accepte de reprendre la discussion.

Zelensky et Dylan se souvenaient bien de cet épisode, et cela les a beaucoup amusés lorsqu'ils se sont salués.

L'adhésion à l'OTAN a été un sujet majeur lors de nos échanges au palais Mariinsky ce jour-là. Les Ukrainiens trouvaient complètement absurde que certains alliés de l'OTAN redoutent qu'un tel élargissement puisse « provoquer » la Russie. Lorsque la Russie a annexé la Crimée en 2014, l'Ukraine était un pays non aligné. En février 2022, au moment où Poutine lançait son invasion, aucun processus formel en vue d'une adhésion n'était en cours. Lors des entretiens à Kiev, tant le président Zelensky que le ministre des Affaires étrangères ukrainien, Dmytro Kuleba, ont exprimé clairement à quel point ils jugeaient absurde l'argument selon lequel l'Ukraine aurait « provoqué la Russie ».

« Cet argument a toujours été erroné. Mais aujourd'hui, après l'agression russe contre une Ukraine en dehors de l'OTAN, je n'ai qu'une seule réponse à ceux qui parlent de craindre une provocation : êtes-vous sérieux ? » a déclaré Kuleba.

Il était facile de comprendre leur raisonnement. Après l'attaque de leur pays par Poutine, l'inquiétude face à une prétendue provocation leur semblait naturellement hors de propos.

Zelensky avait néanmoins compris que l'adhésion à l'OTAN était irréalisable tant que la guerre se poursuivait. Il a donc formulé sa demande différemment : « Au sommet de Vilnius cet été, vous devez nous adresser une invitation politique », a-t-il déclaré.

Par « invitation politique », il entendait une déclaration officielle selon laquelle, une fois la guerre terminée, Kiev recevrait une invitation formelle, comme la Finlande et la Suède en 2022. Cela permettrait d'ouvrir rapidement la voie à une adhésion complète.

« Vous devez modérer vos attentes, ai-je répondu. Vous connaissez la situation, et vous savez combien l'adhésion de l'Ukraine à l'OTAN divise au sein de l'alliance. »

Lors de la conférence de presse qui a suivi les discussions, j'ai clairement exprimé que j'étais venu à Kiev avec un message : l'OTAN est solidaire de l'Ukraine.

« Permettez-moi d'être clair : la place légitime de l'Ukraine est au sein de la famille euro-atlantique. La place légitime de l'Ukraine est dans l'OTAN », ai-je déclaré.

Nous savions que cela susciterait des remous, voire de l'agacement, dans des capitales comme Paris, Berlin ou Washington. Mais il était également vrai que tous les États membres de l'OTAN avaient affirmé que l'Ukraine en deviendrait un jour membre. Cela avait été décidé lors du sommet de Madrid l'année précédente. Il y a peu de différence entre affirmer que l'Ukraine deviendra membre de l'OTAN et dire que la place légitime de l'Ukraine est dans l'OTAN. Le contenu politique est pratiquement identique, et le secrétaire général de l'OTAN doit évidemment pouvoir exprimer ce que l'alliance a collectivement approuvé.

Mais l'essentiel ne réside pas toujours dans *ce que* vous dites, mais *où*, *quand* et *comment* vous le dites.

J'étais à Kiev. Je me tenais aux côtés du président Zelensky, avec les drapeaux de l'OTAN et de l'Ukraine derrière nous. La guerre faisait rage. Depuis plus d'un an, Zelensky menait une lutte héroïque pour la défense de son pays. Et j'affirmais avec conviction que la place légitime de l'Ukraine était dans l'OTAN.

Ce jour-là, à Kiev, Zelensky était tel que je me souvenais de lui. Sa barbe le faisait paraître un peu plus âgé, et son visage était plus marqué. Mais il avait gardé la même énergie, le même dynamisme et le même humour. Au cours du déjeuner, la conversation a dérivé vers les liens historiques entre l'Ukraine et les pays nordiques, et vers le roi norvégien Harald Hardråde, qui avait épousé la princesse Elisabeth de Kiev, fille de Iaroslav le Sage, grand prince de la Rus' de Kiev. Ils avaient eu ensemble quatre enfants.

« Alors, peut-être que nous sommes de la même famille », a dit Zelensky en riant.

Il vivait sous une pression inhumaine, mais c'était impossible à percevoir. C'était agréable d'être avec lui, mais aussi empreint de mélancolie. Son pays était en guerre, et mon mandat à la tête de l'OTAN touchait à sa fin. J'ignorais combien de rencontres nous aurions encore.

Septième partie

Partenariat

Janvier 2023 - mars 2024

Chapitre 40

Une année de plus

« J'ai besoin de cinq minutes en tête à tête avec vous », a dit le président Joe Biden.

C'était le 22 février 2023, lors d'une réunion à Varsovie avec les pays membres orientaux de l'OTAN. Le partenariat avec l'Ukraine en était le principal sujet.

Juste après la traditionnelle photo de famille avec les chefs d'État et de gouvernement, alors que nous étions seuls, Biden a commencé à parler du soixante-quinzième anniversaire de l'OTAN et du sommet à Washington, prévu un an et demi plus tard. J'ai fait remarquer que ce serait une belle occasion de marquer l'importance de l'alliance, ce à quoi il a acquiescé.

« Mais il nous faut un secrétaire général », a-t-il ajouté.

Oui, bien sûr, ai-je pensé. Un nouveau secrétaire général aurait pris ses fonctions d'ici-là. J'ai rappelé à Biden que mon mandat arrivait bientôt à son terme, et qu'il y avait plusieurs bons candidats pour me succéder. Il ne m'a pas répondu, me regardant d'un air un peu hésitant.

À ce moment-là, mon mandat avait été prolongé une fois de plus, jusqu'au 1er octobre 2023. Cela s'était décidé peu après le début de la guerre, lorsque j'avais renoncé au poste de gouverneur de la Banque de Norvège. C'était un excellent poste, notamment parce que le gouverneur est aussi président du fonds souverain norvégien. Je m'étais réjoui de rentrer au pays et de renouer avec des collègues que je connaissais depuis mes années d'études.

Mais nous vivions une période décisive. Soutenir l'Ukraine tout en œuvrant à empêcher une guerre généralisée était devenu la mission de ma vie. Les alliés voulaient éviter l'incertitude liée à la nomination d'un nouveau secrétaire général en pleine guerre. On m'avait donc demandé de rester un an de plus, et j'avais accepté.

Lorsque j'ai rencontré Biden à Varsovie en février 2023, j'étais donc déjà dans une période de « prolongation de la prolongation ». Il m'a fait comprendre qu'il souhaitait que je reste encore un an.

« Mais, monsieur le Président, vos collaborateurs ne nous ont rien dit à ce sujet », ai-je répondu.

C'était exact. Au contraire, l'ambassadrice des États-Unis auprès de l'OTAN, Julie Smith, avait indiqué que les Américains ne demanderaient pas de nouvelle prolongation.

« Je ne sais pas ce qu'ils disent, a répliqué Biden en me regardant droit dans les yeux. Ce que je sais, c'est ce que *moi* je vous dis. Je suis le président des États-Unis, et je vous dis que vous devez continuer. »

Cela m'a impressionné, mais aussi déconcerté.

« Si vous me le demandez, cela a évidemment un poids considérable. Mais je dois en discuter avec mon épouse », ai-je répondu.

C'était vrai. Et cela me donnait aussi un prétexte pour ne pas répondre tout de suite, une excuse que j'avais déjà utilisée et qui me laissait le temps de réfléchir.

« Je comprends », a dit Biden, ajoutant qu'il me chargeait de transmettre ses salutations à Ingrid et de lui présenter ses excuses, mais que les choses devaient se passer comme il le disait.

Nous devions comprendre ce que Biden voulait vraiment dire. Mon équipe a vérifié avec les Américains. Leur réponse a été que les propos du président ne devaient pas être interprétés comme une demande officielle de prolongation. Tant Jake Sullivan, son conseiller à la sécurité nationale, que l'ambassadrice Smith ont été catégoriques : c'était sa manière à lui d'exprimer sa satisfaction.

Ils avaient déjà vécu cela quand il était vice-président : lorsqu'il voulait féliciter quelqu'un, il lui arrivait de lancer des injonctions comme : « Vous devez rester, continuer à la Maison-Blanche ! »

Ce genre de compliment pouvait engendrer des malentendus. Ils regrettaient que le président ne se soit pas montré plus mesuré dans ses propos.

Mon impression de la conversation avec Biden à Varsovie avait été différente, mais il n'y avait qu'une conclusion possible : il n'y avait pas lieu d'y réfléchir davantage. Cette brève discussion avec le président ne changeait rien, finalement. Je rentrerais à l'automne, comme prévu, et je m'y étais préparé depuis longtemps. C'était probablement mieux ainsi. Pour Ingrid et moi, c'était indéniablement la meilleure option. Nous étions convenus que je ne resterais pas un jour de plus à Bruxelles au-delà du 1er octobre 2023. Après plusieurs prolongations, cette date était devenue plus qu'une simple échéance. Elle symbolisait ma capacité – ou non – à tenir parole envers mon épouse.

À la fin de l'hiver et au printemps, les médias ont commencé à spéculer sur mes successeurs. La Première ministre estonienne, Kaja Kallas, était souvent mentionnée. Les médias ont aussi parlé de Mette Frederiksen, qui a alors déclaré n'avoir d'autre projet que de rester cheffe du gouvernement danois. Le Premier ministre néerlandais Mark Rutte aurait été un excellent candidat, mais il a affirmé ne pas être intéressé par ce poste. Le secrétaire d'État à la Défense britannique, Ben Wallace, a été le seul à exprimer ouvertement son intérêt, mais il n'avait pas été chef de gouvernement. Un secrétaire général de l'OTAN ne bénéficiant pas de cette expérience pouvait être perçu comme un affaiblissement du poste, ce qui serait fâcheux dans la situation sécuritaire actuelle. La présidente de la Commission européenne, Ursula von der Leyen, avait le poids politique requis, mais cela aurait repoussé la nomination d'un an, en l'intégrant dans une négociation plus large sur les postes clés de l'Union européenne – une logique à laquelle s'opposaient les États-Unis, le Royaume-Uni et le Canada.

Comme les spéculations médiatiques me concernant persistaient, nous avons pris la précaution de recontacter les Américains. La réponse a été, de nouveau, sans ambiguïté, dans un message de l'ambassadrice Smith en mars : les États-Unis ne soutenaient pas une nouvelle prolongation de mon mandat.

Mes collaborateurs norvégiens avaient commencé à retirer leurs enfants de l'école et de la crèche à Bruxelles. Les contrats de location avaient été résiliés, et les camions de déménagement commandés. Plusieurs d'entre eux souhaitaient aussi rentrer au pays après de nombreuses années en Belgique. Ils passaient des entretiens avec des employeurs en Norvège. Tous prévoyaient un retour à l'automne.

Le lundi 5 juin, Mette Frederiksen était reçue par le président Biden à la Maison-Blanche. Lorsque je lui ai parlé à l'issue de cette rencontre, elle m'a fait part d'une information qui m'a surpris : Biden avait déclaré qu'il pensait que je devais rester à la tête de l'OTAN.

La semaine suivante, le 13 juin, c'était mon tour de rencontrer Biden. Il s'agissait d'une réunion de travail ordinaire, comme celles que nous organisions toujours avant un sommet de l'OTAN, pour passer en revue les points à l'ordre du jour. Il ne restait qu'un mois avant que tous les chefs d'État et de gouvernement ne se réunissent à Vilnius.

Après quelques minutes dans le Bureau ovale, Biden a prié tous nos conseillers de quitter la pièce. Il a alors commencé à parler de mon travail à l'OTAN, soulignant ma capacité à trouver des solutions de compromis. C'étaient des temps critiques, avec la guerre en Europe.

Alors que nous étions assis chacun dans un fauteuil près de la cheminée, il s'est tourné vers moi.

« C'est important, la continuité, a-t-il dit. C'est pourquoi je vous demande à nouveau de continuer. »

Je l'ai remercié, déclarant que cela avait été un privilège de servir au sein de l'OTAN

« Mais il y a de nombreux autres bons candidats. J'ai d'autres projets, à présent. Je vais rentrer en Norvège, je l'ai aussi promis à mon épouse, et…

— Ce n'est pas de vous et de votre femme qu'il est question, m'a-t-il interrompu, et il s'est penché légèrement vers l'avant dans son fauteuil. Mais de l'avenir de l'alliance. »

D'ailleurs, ne m'avait-il pas déjà fait comprendre en février à Varsovie qu'il estimait que je devais rester ?

« J'imagine que depuis vous avez eu l'occasion d'en parler à votre épouse », m'a-t-il dit, presque sur un ton de reproche, comme si rien ne s'était passé entre-temps. Comme si les Américains n'avaient pas donné d'autres signaux depuis.

Je n'ai pas cédé immédiatement, car je m'étais malgré tout préparé à décliner son offre. Nous avons discuté plus avant, mais notre échange ressemblait beaucoup au précédent. Biden n'a pas prononcé un seul mot négatif à propos des autres candidats, mais il a insisté sur la nécessité de stabilité en période de crise. De mon côté, je lui ai rappelé que j'avais déjà occupé le poste de secrétaire général pendant une longue période, et que nous avions franchi la première phase critique de la guerre en Ukraine. Je pouvais désormais partir et laisser d'autres personnes prendre la relève.

Finalement, il a compris que je n'allais pas dire « oui » sur-le-champ.

« Je vais passer quelques coups de fil, puis je reviendrai vers vous », a-t-il conclu.

J'ai essayé une fois encore de repousser l'idée d'une prolongation, mais sans grande conviction. Le travail était difficile, avec de lourdes responsabilités, et me laissait peu de répit, mais la vérité était que je m'y plaisais. C'était profondément gratifiant de participer aux processus et décisions qui constituaient la réponse de l'Occident aux crises en cours. Avec les années, j'avais acquis une grande expérience et une connaissance approfondie des dossiers. J'avais tissé des liens forts et solides avec les autres dirigeants politiques, et l'organisation de l'OTAN ne m'était plus ni étrangère ni opaque. J'étais prêt à quitter l'OTAN, mais l'idée que tout cela prenne fin dans quelques mois n'allait pas sans une certaine tristesse.

Puis tout s'est accéléré. Il est devenu clair que des pays comme l'Allemagne, le Royaume-Uni et la France soutenaient une prolongation. Ingrid a compris que je m'étais préparé à rentrer à la maison et que j'avais fait des projets et pris des dispositions concrètes en ce sens. Mais qu'il devenait difficile, voire impossible, de décliner cette offre, compte tenu de l'évolution de la situation.

Je suis convaincu que Biden ne pensait pas que j'étais irremplaçable. Personne ne l'est. Et je suis sûr qu'il en a rajouté un peu pour me convaincre de rester. Biden était un pragmatique, et je crois qu'il voulait que je continue parce que cela représentait la solution la moins risquée à un moment où nous poursuivions le renforcement de notre soutien à l'Ukraine, et à l'approche des élections présidentielles aux États-Unis.

Le mardi 4 juillet, le Conseil de l'OTAN a formellement adopté la décision de prolonger mon mandat jusqu'au 1er octobre 2024. Pour mes collaborateurs, qui avaient résilié leurs contrats de location et retiré leurs enfants de l'école ou de la crèche, il ne restait plus qu'à annuler les démarches et à se préparer à une année supplémentaire. Cette fois, mes sentiments étaient plus mitigés que lors des prolongations précédentes. Mais, une fois la décision prise, j'ai déclaré que je me sentais honoré. Et c'était vrai.

Chapitre 41

L'avenir de l'Ukraine est au sein de l'OTAN

À la toute fin du mois de mai 2023, les ministres des Affaires étrangères de l'OTAN se sont réunis à Oslo. J'étais heureux de pouvoir les accueillir dans ma propre ville natale.

Oslo est suffisamment grande pour donner une véritable impression de ville, et assez petite pour que la nature y soit toujours proche. La forêt au nord, le fjord au sud, les collines verdoyantes tout autour – rares sont les capitales aussi accueillantes. J'ai toujours ressenti un profond attachement à Oslo lorsque je m'en suis éloigné, et la ville présentait son plus beau visage lors de cette journée printanière de mai, sous le soleil et un ciel clair.

Le roi Harald a organisé une réception au palais royal, un geste que les invités ont particulièrement apprécié. Nous avons aussi tenu une cérémonie de commémoration devant le mémorial du 22-Juillet, dans le quartier gouvernemental. Le Premier ministre Jonas Gahr Støre y a prononcé un discours émouvant, et tous les ministres ont déposé des fleurs. Ce moment de recueillement a instauré une atmosphère solennelle en amont de nos discussions, en mettant en lumière les valeurs qui nous rassemblent : la liberté, l'État de droit et la démocratie.

La réunion du lendemain matin a eu lieu à l'hôtel de ville, un endroit que j'ai beaucoup fréquenté à l'époque où je dirigeais le Parti travailliste d'Oslo, et où Thorvald avait été adjoint au maire au milieu des années 1980. De plus, comme je l'ai raconté au secrétaire d'État américain Tony Blinken lorsque nous nous sommes installés, lui et moi, pour la réunion bilatérale, dans cette magnifique salle ornée de peintures de Munch :

« En 1987, Ingrid et moi nous sommes mariés dans cette pièce.

— Pas étonnant que vous aimiez tant l'hôtel de ville d'Oslo », m'a-t-il répondu en souriant.

Ce jour-là, nous nous sommes retrouvés pour une réunion informelle entre ministres des Affaires étrangères. Aucune conclusion n'avait été préparée, aucune décision ne devait être prise, permettant à la discussion de se dérouler librement autour du thème principal : la relation entre l'Ukraine et l'OTAN.

La situation sur le champ de bataille était difficile. Quelques jours avant notre rencontre à Oslo, les forces russes avaient pris le contrôle de Bakhmout, dans la région de Donetsk, après neuf mois de combats acharnés autour de la ville. L'offensive de printemps annoncée de longue date par les Ukrainiens, que nous pensions voir débuter en avril, n'avait pas encore été lancée.

Les ministres des Affaires étrangères se sont retrouvés seuls dans une grande salle de réunion, sans leurs collaborateurs, et nous étions assis en cercle, sans table devant nous.

« Sommes-nous invités à une séance de thérapie ? » a plaisanté l'un des ministres à l'ouverture de la réunion.

Cette disposition était inhabituelle, nous avions l'impression de mieux nous voir les uns et les autres, et avec plus d'acuité qu'en temps ordinaire. Depuis un certain temps, au sein de l'OTAN, nous avions travaillé à trouver une position commune sur la question de l'adhésion de l'Ukraine. La Pologne et les pays baltes formaient un front avancé en faveur d'une intégration rapide. À l'opposé, l'Allemagne et les États-Unis n'excluaient pas une adhésion à long terme, mais craignaient qu'une implication accrue de l'OTAN n'accroisse le risque d'escalade et de guerre ouverte avec la Russie.

Les divergences entre alliés étaient donc réelles, mais cela donnait à mon cabinet et à moi-même une marge de manœuvre pour conduire les débats. Le point de départ était que la guerre d'agression de la Russie avait révélé le cœur politique du conflit. La guerre ne portait pas essentiellement sur le contrôle du

Donbass – ni même sur la Crimée : elle concernait la place de l'Ukraine en Europe. La position intermédiaire que l'Ukraine occupait depuis 2008, lorsque l'OTAN lui avait promis une adhésion sans fixer de calendrier, était devenue intenable. À terme, soit l'Ukraine serait inexorablement absorbée par la sphère d'influence russe, soit elle devrait être intégrée parmi les pays démocratiques européens. Il convenait donc de se pencher très sérieusement sur la question de l'adhésion à l'OTAN.

Devant les ministres des Affaires étrangères, j'ai rappelé ces divergences entre les États membres, certains voulant inviter l'Ukraine immédiatement, d'autres considérant que réitérer même la promesse de 2008 serait excessif. Après que j'ai souligné les deux extrêmes, tous ont compris qu'aucune de ces positions ne pourrait constituer la conclusion de la réunion. J'ai alors proposé notre solution intermédiaire, destinée à rassembler ces points de vue opposés.

« Il est trop tôt pour une invitation formelle, mais nous devons en même temps permettre à l'Ukraine de faire un pas vers l'adhésion », ai-je déclaré.

Nous avions élaboré en amont une proposition en trois points : un soutien pratique et financier massif pour rendre les forces armées ukrainiennes plus compatibles avec celles de l'OTAN, la création d'un Conseil OTAN-Ukraine pour renforcer la coopération institutionnelle et la suppression de l'exigence de se plier au plan d'action pour l'adhésion, et pour finir un vaste programme de réformes imposé au pays candidat pour qu'il puisse faire partie de l'alliance.

J'ai observé les ministres, tous sans documents ni discours préparé. Le débat a été réel et ouvert. La ministre des Affaires étrangères islandaise, Þórdís Gylfadóttir, âgée de trente-cinq ans, a analysé la situation sécuritaire en Europe après l'agression russe et a estimé qu'il n'était plus possible de maintenir l'Ukraine hors de l'alliance. L'Islande n'a pas d'armée propre, et c'est un petit pays au sein de l'OTAN, mais ce jour-là, à l'hôtel de ville d'Oslo, ses arguments ont pesé, quelle que soit la personne qui les a exprimés. Beaucoup d'autres ministres ont tenu des propos similaires à ceux de Gylfadóttir. L'Ukraine était un pays démocratique qui souhaitait rejoindre l'alliance.

Ce vœu méritait notre soutien, et il fallait intégrer le pays à nos principales institutions de coopération.

À ma grande joie, même les ministres que nous craignions de voir rejeter notre proposition en trois points ne s'y sont pas opposés, voire y étaient favorables. La proposition a reçu un large soutien. La réunion d'Oslo a constitué une percée décisive vers une position commune sur la question de l'adhésion.

Dans les semaines précédant le sommet de Vilnius en juillet, nous avons maintenu le rythme. Au cours du printemps, nous avions constaté un souhait de plus en plus généralisé parmi les alliés de renforcement des liens entre l'Ukraine et l'OTAN. J'ai aussi noté un revirement de la part de l'ancien secrétaire d'État américain Henry Kissinger, qui, lors du forum économique mondial de Davos, s'est dit favorable à l'adhésion de l'Ukraine. Quand je l'avais rencontré en 2015, il était opposé à cette idée. Mais, après l'invasion russe, il a estimé que la neutralité ukrainienne n'avait plus aucun sens.

Nous avons fait valoir auprès des alliés que notre proposition représentait la meilleure solution possible. En l'absence de consensus autour de cet ensemble de mesures, nous risquions des divisions ouvertes et des confrontations lors du sommet, comme à Bucarest en 2008. Ce message a été bien reçu, surtout par les Américains, qui ne voulaient ni disputes ni marchandages durant le sommet. Lorsque j'ai rencontré le président Biden à Washington en juin, il m'a confié que les États-Unis avaient étudié plusieurs scénarios pour répondre à la demande d'adhésion de l'Ukraine. Il m'a alors clairement affirmé que les États-Unis soutenaient la proposition d'Oslo.

Jusqu'au jour d'ouverture du sommet de Vilnius, le 11 juillet, et même après son commencement, les formulations de la déclaration finale ont continué à être peaufinées. La décision concernant l'adhésion de l'Ukraine devait résulter d'une évaluation politique ultérieure. Il aurait été impossible de parvenir à un accord sur autre chose dès l'été 2023.

Notre proposition pour la formulation dans la déclaration finale était donc que l'OTAN pourrait « inviter l'Ukraine à rejoindre l'alliance lorsque les conditions ser[aient] remplies ».

Mais, pour certains alliés, la réserve énoncée n'était pas suffisante. Il a donc finalement été déclaré que nous pourrions « inviter l'Ukraine à rejoindre l'alliance lorsque les alliés seront d'accord et que les conditions seront remplies ».

La précision selon laquelle les alliés devaient être d'accord n'avait en soi aucune portée réelle, car elle allait de soi – l'OTAN ne prend jamais de décisions sans consensus. Les deux formulations disaient en réalité exactement la même chose. Mais, en précisant explicitement que tous les alliés devaient être d'accord, on soulignait que chaque pays membre aurait pleinement le droit de dire « non » le jour où l'adhésion serait mise à l'ordre du jour.

Des années plus tôt, lorsque je réfléchissais à l'idée de me porter candidat au poste de secrétaire général de l'OTAN, c'était justement la perspective de devoir me livrer à ce genre de chipotage verbal qui me rebutait le plus. Mais de nombreuses années à la tête de l'alliance avaient fini par me transformer. Parvenir à un accord en manipulant des formules symboliques et linguistiques faisait désormais partie de mon savoir-faire politique. J'étais à présent l'un de ceux qui croient que déplacer une virgule peut changer le monde.

Nous avions préalablement clarifié nos trois points avec les Ukrainiens. Il était important qu'ils en soient relativement satisfaits. Si le président Zelensky avait déclaré que cela n'était pas suffisant, certains alliés auraient sans aucun doute opposé leur veto. Heureusement, nous avons également pu faire valider notre proposition par Kiev.

C'est pourquoi nous avons été pris de court par ce qui s'est passé le premier jour du sommet. En route pour Vilnius, Zelensky a tweeté une critique virulente de l'OTAN. Il qualifiait d'« absurde » que l'alliance n'ait ni calendrier pour inviter l'Ukraine à la rejoindre, ni échéance pour son adhésion. Selon lui, la formulation vague quant aux conditions d'adhésion de l'Ukraine à l'OTAN ouvrait la voie à des marchandages avec la Russie et « inciterait la Russie à poursuivre son terrorisme ».

Son tweet est devenu public au moment même où les discussions sur la déclaration finale entraient dans leur phase finale. Plusieurs alliés ont alors estimé que nous devions faire davantage, aller plus loin pour répondre à Zelensky. Les Américains, eux, ont été irrités, et pendant un temps, ils ont envisagé de supprimer toute mention du soutien à l'Ukraine. À côté de moi autour de la grande table de réunion, le président Biden s'est penché vers moi, a souri et a dit : « Comme on dit en Amérique, *he is a pain in the ass* (c'est un emmerdeur). »

Je savais que la déclaration finale était importante pour Zelensky.

« Elle sera lue dans les tranchées ukrainiennes. Nos soldats ont besoin d'armes et de munitions, mais ils ont aussi besoin d'espoir. Une promesse d'adhésion à l'OTAN rendra leur attente plus supportable, m'a dit le président ukrainien.

— La déclaration issue de ce sommet est un grand pas en avant pour vous. Vous devez la considérer comme une victoire », lui ai-je répondu, ce à quoi Zelensky a répondu par un hochement de tête.

Le jour de la clôture, nous avons tenu une conférence de presse commune.

« Aujourd'hui, nous nous réunissons en tant que partenaires égaux. J'attends avec impatience le jour où nous nous réunirons en tant qu'alliés », ai-je déclaré en jetant un coup d'œil vers Zelensky.

Il a levé les yeux de ses notes, l'air heureux. Je supposais que c'était ce qu'il espérait m'entendre dire, mais sa réaction était tout de même importante pour moi. Cela confirmait qu'il considérait également que nous avions posé les bases d'un plus grand rapprochement dans l'avenir.

Si l'ambiance était bonne à la fin du sommet, les Américains restaient quant à eux un peu sur la réserve. Ils avaient sans doute le sentiment que Zelensky et les autres dirigeants ukrainiens exerçaient trop de pression sur la question de l'adhésion. D'un autre côté, 85 % des Ukrainiens souhaitaient rejoindre l'OTAN. Cela conférait au président ukrainien un devoir démocratique, une sorte de mandat politique, pour œuvrer à une adhésion aussi rapide que possible.

Réunir l'OTAN à Vilnius était un grand événement pour le pays hôte, la Lituanie. L'enthousiasme envers l'alliance me rappelait ce que j'avais observé lors de mes visites en Ukraine. Nous ne pouvions pas franchir le hall de l'hôtel pour rejoindre nos voitures sans être accueillis par des acclamations et des applaudissements de la part des gens massés partout où nous nous trouvions. Mais ce n'était pas moi qui avais soudainement acquis un statut de rock star, même si j'aurais volontiers aimé m'en convaincre : je représentais l'OTAN, et ils remerciaient l'alliance pour leur liberté.

Pendant le sommet, un dîner de gala a été organisé, lors duquel Ingrid et moi étions assis aux côtés du couple Zelensky et de notre hôte, le président Gitanas Nausėda et son épouse Diana. Nous avons parlé de tout en commençant par les enfants, les projets de vacances, jusqu'à la guerre en Europe et l'avenir de l'Ukraine.

En 1988, à l'âge de vingt-quatre ans, Nausėda avait adhéré au Parti communiste soviétique. Il ignorait alors tout de ce qui allait suivre. Un an plus tard, le mur de Berlin tombait, et, trois ans plus tard, l'Union soviétique s'effondrait. Et à présent, en 2023, il donnait un somptueux dîner pour les dirigeants des États membres de l'OTAN. Nausėda était ému et heureux. Il faisait de son mieux pour offrir une belle soirée aux dirigeants de pays qui, durant la guerre froide, avaient été ses ennemis.

Appartenir à la famille des démocraties occidentales, protégée par la clause de solidarité de l'OTAN et par les États-Unis, revêt une immense importance dans un pays où beaucoup se souviennent encore de ce que signifiait faire partie de l'Union soviétique.

Chapitre 42

La Finlande et la Suède franchissent la ligne d'arrivée

Début novembre 2022, Ingrid et moi nous sommes rendus à Istanbul, comme le président Recep Tayyip Erdoğan et moi en étions convenus lors du sommet de Madrid quelques mois plus tôt.

Erdoğan a fait tout son possible pour que nous nous sentions les bienvenus. L'excursion en bateau en compagnie d'Erdoğan et de son épouse Emine s'est transformée en une longue et belle soirée pleine de découvertes sur le détroit du Bosphore. Le guide commentait les sites historiques que nous longions, accompagné d'anecdotes racontées par l'ancien maire d'Istanbul – Erdoğan en personne. Les ponts, d'ordinaire illuminés aux couleurs rouge du drapeau turc, brillaient ce soir-là en bleu OTAN. L'ambiance était détendue, et la conversation allait bon train.

S'il ne me coûtait rien d'honorer la promesse faite à Erdoğan de venir à Istanbul, il lui était encore difficile de tenir celle qu'il nous avait faite, à moi et au reste de l'OTAN. Depuis qu'il avait accepté d'inviter la Finlande et la Suède à rejoindre l'alliance, peu de choses avaient avancé.

« Ils n'en font pas assez dans la lutte contre le terrorisme. Ce sont les mesures qu'ils prendront qui détermineront comment le processus de ratification avancera », m'a-t-il confié lors de l'une de nos conversations.

Il était essentiel d'achever le processus d'adhésion de la Finlande et de la Suède. La décision avait été prise, et il importait de montrer que la porte de l'OTAN restait ouverte aux pays qui remplissaient les conditions d'adhésion et souhaitaient rejoindre l'alliance. Cette question me tenait aussi à cœur sur le plan personnel, car elle concernait des pays avec lesquels j'entretenais des liens très étroits.

Il était évident que le mécontentement d'Erdoğan visait bien davantage la Suède que la Finlande. Au début de 2023, les Finlandais avaient reçu des signaux clairs : la Turquie pourrait leur donner son feu vert en premier, avant les élections présidentielle et législatives prévues en mai en Turquie. Une telle dissociation mettrait cependant à l'épreuve l'unité entre les pays nordiques. La Finlande et la Suède avaient posé leur candidature ensemble, négocié le protocole d'adhésion ensemble, et il avait toujours été entendu que les deux pays rejoindraient l'alliance ensemble. Les Suédois pourraient se sentir trahis si la Finlande devenait membre tandis qu'ils restaient sur la touche.

J'avais déclaré, à la fois en privé et publiquement, que la Finlande et la Suède devaient intégrer l'OTAN en même temps. Mais, parfois, des volte-face sont nécessaires. Pour moi, ce qui comptait, ce n'était pas tant que les deux pays adhèrent en même temps, mais qu'ils puissent adhérer, tout simplement.

Le président Erdoğan détenait la clé. Les relations avec la Suède s'étaient fortement détériorées après qu'un extrémiste de droite avait brûlé un exemplaire du Coran devant l'ambassade de Turquie à Stockholm, le 21 janvier. Erdoğan avait déclaré qu'un pays qui permettait un tel blasphème ne pouvait pas espérer recevoir le soutien de la Turquie pour son adhésion à l'OTAN, et tous les pourparlers entre la Turquie, la Finlande et la Suède avaient été suspendus.

Selon nous, faire entrer la Finlande en premier faciliterait ensuite l'adhésion de la Suède. Il n'y aurait alors plus de risque qu'Erdoğan dise « oui » à la Finlande lors du sommet d'été tout en repoussant la Suède dans l'incertitude. Nous aurions très bien pu, à l'OTAN, empêcher cette dissociation, en mettant en garde la Turquie et la Finlande contre une telle approche.

Mais nous ne l'avons pas fait. Au contraire, nous avons préparé le terrain pour une opération en deux temps.

Lors d'une réunion des ministres de la Défense à Bruxelles en février, j'ai fait part pour la première fois de l'éventualité que le processus ne soit pas nécessairement synchronisé jusqu'à son terme : « L'essentiel n'est pas que la Finlande et la Suède soient ratifiées comme membres à part entière de l'OTAN simultanément, mais qu'elles le soient le plus rapidement possible, et je suis certain que cela arrivera », ai-je déclaré à la presse.

Le message avait été coordonné avec les Américains. Quelques jours auparavant, j'étais à Washington pour discuter de l'élargissement de l'OTAN, notamment avec le secrétaire d'État Antony Blinken. Il était arrivé à notre réunion en s'excusant pour son léger retard : ses deux enfants de trois et quatre ans s'étaient montrés difficiles ce matin-là, et il avait eu du mal à les préparer à temps – c'était la chose la plus facile du monde de lui pardonner. Je me souvenais très bien de ce que c'était que d'avoir de jeunes enfants à déposer à la crèche avant des réunions où il importait d'être ponctuel. C'était bon de voir que les responsables politiques pouvaient aussi mener une vie de famille ordinaire.

Une fois installé, Blinken a d'abord exprimé des réserves quant à l'idée de séparer les ratifications. Le conseiller à la sécurité nationale Jake Sullivan, que j'avais aussi rencontré, m'avait fait part de la même opinion. Mais tous deux avaient rapidement conclu que l'OTAN ne devait pas faire obstacle à cette solution. Du côté turc, nous avons obtenu confirmation de ce que les Finlandais savaient déjà : la Turquie était prête à ratifier l'adhésion de la Finlande.

En février, j'ai rencontré le président Sauli Niinistö et le nouveau Premier ministre suédois, Ulf Kristersson, dirigeant du Parti modéré de rassemblement. Une coalition de droite dirigée par Kristersson avait désormais la responsabilité de mener la candidature suédoise à l'OTAN à son terme.

Le ton de la réunion était tendu.

« C'est une mauvaise idée que la Finlande passe en premier », a dit Kristersson.

Il craignait qu'un long délai ne s'ensuive pour la Suède, que de nouvelles exigences ne lui soient imposées, et que l'accord du sommet de Madrid ne soit, de facto, enterré.

Niinistö a réaffirmé que la Finlande souhaitait toujours intégrer l'OTAN en même temps que la Suède, et qu'elle ne prendrait aucune initiative pour se dissocier d'elle. Mais, dans les faits, les Finlandais prenaient des décisions qui leur permettaient d'entrer dans l'alliance en premier, notamment en accélérant la ratification de leur adhésion à l'OTAN par le Parlement finlandais. Tout dépendait désormais de la Turquie – ce qui arrangeait bien les autorités finlandaises, sachant qu'Erdoğan était prêt à les laisser entrer.

« Je suis contre le fait que nous n'entrions pas ensemble. Et si vous n'aviez pas avancé la ratification par votre Parlement, la Turquie ne serait pas en position de dire “oui” à la seule Finlande, a déclaré Kristersson.

— Je dois vous corriger, Ulf. Ce n'est pas la Finlande qui choisit de passer en premier. La Finlande est contrainte de le faire, a rétorqué Niinistö.

— Ça n'est pas bon, vraiment pas bon », a dit Kristersson.

Il voyait ce qui était en train de se passer, sans pouvoir y faire grand-chose. Il estimait que la Suède avait accordé beaucoup de concessions pour satisfaire aux exigences turques, et que la Finlande faisait désormais cavalier seul.

Selon Kristersson et d'autres responsables suédois, une dissociation de l'adhésion à l'OTAN compliquerait la coopération militaire étroite entre la Suède et la Finlande, et un tel report, dans un contexte de guerre en Europe, mettrait à mal l'ensemble de la sécurité de l'OTAN. L'alliance ne serait plus crédible si elle ne parvenait pas à répondre aux attentes qu'elle-même avait suscitées concernant une ratification simultanée.

J'ai mis en garde contre ce genre de discours, tant dans des conversations avec les dirigeants politiques que dans les interviews avec les médias suédois. Je comprenais l'agacement des Suédois. Mais ils avaient tendance à grossir le problème, et, ce faisant, risquaient justement de l'amplifier.

« La manière dont vous parlez de ces questions a de l'importance », ai-je dit.

Quoi qu'il en soit, la Suède ne resterait pas dehors dans le froid. Elle avait déjà largement rejoint le cercle. Depuis l'invitation présentée lors du sommet de Madrid, son statut avait fondamentalement changé : elle participait à presque toutes les activités de l'alliance, assistait aux réunions et accueillait une présence militaire importante des alliés. Elle avait également reçu des garanties de sécurité, notamment des États-Unis. Une menace ou une attaque contre la Suède sans que l'OTAN réagisse était ainsi devenue impensable.

« Et si la Finlande devient membre à part entière avant vous, cela ne diminuera pas la sécurité de la Suède. Cela la renforcera », ai-je dit.

Il suffisait de regarder une carte : la Suède serait entourée de pays membres de l'OTAN.

« Vous n'avez pas lieu d'être inquiets », ai-je ajouté.

Le processus rencontrait des obstacles pour la Suède, tandis qu'il avançait comme espéré pour la Finlande. Le jeudi 30 mars 2023, tard dans la soirée, le Parlement turc a voté à l'unanimité l'approbation de l'adhésion de la Finlande à l'OTAN. Moins d'une semaine plus tard, le 4 avril, le drapeau finlandais a été hissé pour la première fois devant le siège de l'OTAN. Le vent l'a saisi, et il s'est parfaitement déployé.

La Finlande tournait ainsi la page de sa neutralité d'après-guerre.

Depuis que l'adhésion de la Suède et de la Finlande avait été mise à l'ordre du jour au printemps 2022, les Américains avaient laissé le dossier entre les mains de Bruxelles. Selon eux, si les États-Unis faisaient des concessions aux Turcs pour qu'ils donnent leur feu vert, Ankara formulerait de nouvelles exigences. L'administration Biden voulait éviter un tel jeu bilatéral. En février 2023, il est toutefois devenu clair que les Américains étaient prêts à envisager un sujet qui tenait beaucoup à cœur aux Turcs : l'achat de chasseurs. Il s'agissait concrètement de l'achat par la Turquie de quarante nouveaux avions F-16, de technologies pour moderniser les appareils existants, de neuf cents missiles air-air et de huit cents bombes, pour une valeur totale de vingt milliards de dollars. L'administration Biden était en discussion avec le Congrès pour obtenir l'approbation de cette vente. Le Congrès, en retour, posait des conditions politiques : les Turcs devaient cesser de menacer leurs voisins, améliorer la situation des droits humains et laisser la Suède entrer dans l'OTAN.

Le Congrès a donc établi un lien entre la vente des F-16 et l'adhésion de la Suède à l'OTAN. En amont du sommet de Vilnius à l'été 2023, les États-Unis ont travaillé d'arrache-pied pour convaincre les Turcs qu'il n'y aurait pas de vente de F-16 sans ratification de la candidature suédoise. Mais cela signifiait-il que la Turquie obtiendrait les avions si elle disait « oui » à la Suède ? L'approbation de l'adhésion suédoise était-elle non seulement une condition nécessaire, mais aussi suffisante pour finaliser la vente ? Pendant longtemps, les Américains ne se sont pas montrés très clairs sur ce point, et ce n'est qu'en juin que la clarification a eu lieu : la vente des F-16 se concrétiserait si la Suède recevait le feu vert.

Lundi 10 juillet, j'ai retrouvé Erdoğan et Kristersson dans une petite salle de réunion du centre de congrès à Vilnius, où le sommet de l'OTAN devait avoir lieu le lendemain.

« Nous avons une opportunité historique. Il faut maintenant tenter honnêtement de parvenir à une solution », ai-je dit.

Tous deux ont confirmé qu'ils étaient prêts à trouver un accord. Nous avons à nouveau passé en revue tout ce que les Suédois avaient fait pour répondre aux préoccupations turques. À mon sens, les Turcs n'avaient plus de raison valable de bloquer l'adhésion de la Suède.

L'atmosphère me rappelait la réunion à Madrid l'année précédente. Pendant une pause, je suis resté seul avec Erdoğan dans une petite salle. Je lui ai dit que c'était toujours agréable de se voir, mais qu'en réalité, une nouvelle rencontre ne devrait plus être nécessaire pour faire entrer la Suède dans l'OTAN, tous les problèmes ayant été résolus avec l'accord conclu au sommet de l'année précédente.

« Mais les Suédois n'ont pas respecté l'accord », a-t-il répondu, en faisant notamment référence à la profanation du Coran à Stockholm.

Pour Erdoğan, il était difficile de comprendre qu'il soit impossible pour les autorités suédoises d'empêcher des actions où le Coran était brûlé. J'ai expliqué qu'une interdiction n'était pas envisageable dans un pays comme la Suède. Même si j'ai tenté d'expliquer la position suédoise, j'ai aussi reconnu que la liberté d'expression et le respect des religions impliquaient des arbitrages complexes.

Des collaborateurs entraient et sortaient avec des documents pendant qu'Erdoğan et moi étions assis dans cette petite pièce, nos genoux se heurtant presque. Le projet de déclaration a été modifié plusieurs fois, des formulations ont été ajoutées, puis retirées. Après plusieurs heures de négociations, nous nous sommes rapprochés d'un accord. Il ne restait plus que quelques détails à finaliser.

Demeurait notamment la question du moment de la ratification. Un point dans le texte de l'accord indiquait que les Turcs transmettraient sur-le-champ les documents d'adhésion à leur Assemblée nationale pour un traitement rapide. Erdoğan voulait retirer les mots « sur-le-champ » et « rapide ».

« Cela n'affaiblira pas le texte. Mais il est important que je puisse dire en conférence de presse que la ratification interviendra "*as soon as possible*", aussi vite que possible, ai-je répondu.

— C'est d'accord, mais c'est l'Assemblée nationale, pas moi, qui procède à la ratification, a-t-il rappelé. Je ne peux donc rien promettre par écrit en son nom. »

Je pensais que cela ne poserait pas de problème. Le parti d'Erdoğan dirigeait la coalition majoritaire au Parlement turc. Mais je savais aussi qu'il dépendait du soutien de son allié nationaliste.

Nous nous sommes mis d'accord et nous sommes serré la main. J'ai rapidement informé Kristersson de ce que nous avions obtenu. La mention d'un délai avait été retirée en échange de la possibilité, pour moi, d'employer publiquement l'expression « aussi vite que possible ». C'est aussi cette formule qu'Erdoğan a utilisée lors de sa conférence de presse.

Un photographe de l'OTAN est entré dans la pièce. Erdoğan, Kristersson et moi nous sommes placés devant les drapeaux turc et suédois, avec celui de l'OTAN au centre. Une poignée de main a scellé notre accord.

J'étais convaincu que les Turcs allaient agir rapidement, sauf que les semaines ont passé sans que rien ne vienne. Le 1er octobre, l'Assemblée nationale turque s'est réunie après la trêve estivale, mais les documents de ratification n'avaient toujours pas été transmis. Du point de vue de la promesse d'Erdoğan d'une ratification « *as soon as possible* », nous étions clairement hors délai. Il fallait faire preuve d'un optimisme certain pour penser que la Turquie agissait « aussi vite que possible ».

Fin octobre, je devais me rendre à Stockholm pour participer à une conférence de l'OTAN sur l'industrie de défense. Je savais que je serais assailli de questions, aussi bien par les membres du gouvernement que par les médias, sur la ratification. Si j'arrivais les mains vides en Suède, il serait difficile d'éviter de donner l'impression que l'adhésion à l'OTAN restait incertaine.

Je voulais donc parler à Erdoğan avant mon départ. Un appel téléphonique a été organisé le samedi 21 octobre.

Deux semaines plus tôt, le Hamas avait mené une attaque terroriste sanglante contre Israël. Près de mille deux cents personnes avaient été tuées, pour la plupart des civils, et deux cent cinquante autres enlevées et emmenées à Gaza. Israël avait réagi par une guerre implacable contre le Hamas. Des dizaines de milliers de civils palestiniens avaient été tués lors des bombardements israéliens sur Gaza.

De manière fort compréhensible, Erdoğan était très préoccupé par la guerre à Gaza, et sa priorité était d'obtenir un cessez-le-feu. J'ai salué les efforts de la Turquie pour faire entrer l'aide humanitaire et pour protéger la population civile palestinienne. Peu à peu, la conversation a basculé vers la Suède. J'ai dit que je devais me rendre à Stockholm et lui ai rappelé sa promesse faite à Vilnius.

« Je sais que l'Assemblée nationale turque est réunie, et j'espère maintenant que les documents de ratification pourront être envoyés avant mon arrivée en Suède », ai-je dit.

Erdoğan a alors encore une fois répété ses arguments : des membres du PKK défilaient dans les rues de Stockholm pendant que la police restait passive, aucune expulsion de terroristes n'avait eu lieu, et le Coran avait été profané. En résumé, les Suédois en faisaient trop peu. Lui-même avait préparé les documents de ratification, mais, hélas, la Turquie voulait voir la Suède intensifier ses efforts contre le terrorisme.

La déception m'a envahi pendant qu'il parlait. Je n'avais pas imaginé qu'Erdoğan se montrerait aussi réticent. Je ne savais plus comment poursuivre la conversation.

Assis à mes côtés, Stian avait suivi l'échange. J'ai poussé vers lui la feuille contenant les points à aborder en pointant du doigt le mot « *disappointed* ». Il a hoché la tête.

« Merci pour cette mise au point. Cependant, mon cher ami, je me dois d'être honnête avec vous : je suis déçu », ai-je dit.

C'était une expression que j'avais rarement utilisée dans mes échanges avec Erdoğan. Si je mettais trop de pression, il y avait un risque que tout se bloque. Alors, tout aurait été perdu.

« J'avais vraiment espéré constater des avancées », lui ai-je dit.

J'ai passé en revue, point par point, l'ensemble des engagements issus des accords de Madrid et de Vilnius, et toutes les mesures prises par la Suède pour répondre aux exigences de la Turquie : une nouvelle législation antiterroriste, une coopération renforcée en matière de renseignement, la levée des sanctions sur les armes par plusieurs alliés, des plans d'action plus rigoureux contre le terrorisme au sein de l'OTAN, sans oublier les promesses américaines concernant la vente d'avions F-16.

J'ai conclu en disant que je comprenais que voir le Coran brûlé pouvait être profondément blessant, mais que la protection des textes sacrés ne faisait pas partie des accords que nous avions conclus à Madrid et à Vilnius. Cela ne pouvait pas servir de justification pour bloquer l'adhésion de la Suède à l'OTAN.

« Tout ce que nous avons accompli est aujourd'hui en péril parce que les documents de ratification n'ont pas été transmis au Parlement. Je serai en Suède mardi et mercredi. Si les documents n'ont pas été envoyés d'ici là, je me retrouverai dans une situation difficile, et il ne me sera pas facile de défendre la Turquie. Ce... »

Erdoğan m'a interrompu alors que l'interprète n'avait pas encore fini de traduire.

« Mon vieil ami… » a-t-il commencé.

Stian et moi avons échangé un regard. Cela pouvait basculer dans un sens comme dans l'autre.

« … je ne ferai jamais rien qui soit de nature à vous mettre dans une situation difficile. »

Que voulait-il vraiment dire par là ?

« Nous allons faire tout ce qui est en notre pouvoir pour transmettre les documents », a-t-il poursuivi.

Je n'étais pas certain d'avoir bien entendu, mais je devais saisir cette opportunité.

« Merci. Vous et moi avons déjà beaucoup travaillé ensemble et accompli de grandes choses. Mais il est crucial que les documents soient envoyés avant mon arrivée en Suède. Alors… »

Erdoğan m'a encore interrompu.

« Nous enverrons les documents la semaine prochaine.

— C'est une excellente nouvelle. Je serai en Suède mardi. J'espère que…

— Ne vous inquiétez pas, je ferai le nécessaire.

— Cela signifie donc que les documents de ratification seront transmis avant mon atterrissage ?

— Oui. Nous les enverrons avant cela », a répondu Erdoğan.

Pour la première fois, nous avions une échéance concrète, et Erdoğan a tenu parole. Les documents ont été transmis au Parlement. À cette dernière étape, il n'était plus seulement question de la Suède, mais aussi de l'achat des avions F-16 américains.

Après quelques ajustements, Ankara et Washington se sont mis d'accord sur des procédures garantissant à la Turquie que l'achat des avions serait validé.

Tard dans la soirée du 23 janvier 2024, le Parlement turc a approuvé l'adhésion de la Suède à l'OTAN par deux cent quatre-vingt-sept voix contre cinquante-cinq. Enfin, le drapeau suédois allait pouvoir être hissé devant le siège de l'OTAN à Bruxelles. Du moins le pensions-nous.

Mais c'est alors que le Premier ministre hongrois Viktor Orbán est entré en scène. Le jour même de la décision turque, il a publié un tweet annonçant qu'il avait invité le Premier ministre Ulf Kristersson à Budapest afin de « négocier » l'adhésion de la Suède à l'OTAN. Orbán avait pourtant répété à plusieurs reprises que la Hongrie ne serait pas le dernier pays à ratifier l'adhésion suédoise. Et pourtant, c'est bien ce qui s'est produit. Le gouvernement suédois a publiquement déclaré qu'il n'y avait rien à négocier avec la Hongrie, mais cette sortie a suscité des inquiétudes à Stockholm.

Au cours des vingt-quatre heures suivantes, j'ai échangé par téléphone avec Orbán et Kristersson. Orbán m'a assuré qu'il soutenait personnellement la ratification, et qu'elle serait approuvée lorsque le Parlement se réunirait en février. J'ai ainsi pu rassurer Kristersson.

« Ne vous en faites pas. Vous avez attendu deux cents ans pour rejoindre une alliance militaire, vous pouvez bien patienter un mois de plus », lui ai-je dit.

Fin février, le Parlement hongrois a validé l'adhésion de la Suède à l'OTAN.

Le 11 mars, la princesse héritière Victoria, le Premier ministre Kristersson et la cheffe de l'opposition Magdalena Andersson sont arrivés à la tête d'une large délégation suédoise au siège de l'OTAN à Bruxelles. La pluie battante n'est pas parvenue à ternir l'ambiance. Cela a été une journée historique pour l'OTAN, pour les pays nordiques et pour la Suède. Pour la première fois depuis l'époque de l'Union de Kalmar au XVe siècle, toute la Scandinavie s'est retrouvée unie au sein d'un même cadre de coopération en matière de défense. J'ai terminé mon discours devant le parterre de drapeaux en passant de l'anglais au norvégien :

« À tous les Suédois, je tiens à dire : Bienvenue dans l'OTAN ! »

Les invités suédois étaient émus. Pour ma part, j'étais à la fois heureux et fier en regardant le drapeau suédois se hisser lentement, au son de l'hymne national. Faire entrer la Finlande et la Suède dans l'alliance était l'un des derniers grands objectifs que je m'étais fixé en tant que secrétaire général de l'OTAN.

Moins de deux ans après leur demande d'adhésion, la Suède et la Finlande étaient devenues membres à part entière de l'alliance. Cela avait pris plus de temps que ce que j'avais imaginé ou espéré, néanmoins cela restait l'un des processus d'adhésion les plus rapides de l'histoire de l'OTAN.

L'alliance en sortait renforcée. Vladimir Poutine voulait moins d'OTAN aux frontières de la Russie – il en a obtenu davantage. C'était une défaite stratégique pour Moscou.

Huitième partie

Le départ

Mars 2024 - octobre 2024

Chapitre 43

Fin de partie

Le 4 avril 1949, le président des États-Unis Harry Truman s'était exprimé dans le prestigieux auditorium Andrew W. Mellon à Washington. Ce lieu se situe au cœur de la capitale américaine, dans un bâtiment de style néoclassique au fronton orné de colonnes et de sculptures. De lourds lustres descendent du plafond de l'auditorium. Truman présidait la séance. Autour de lui, en demi-cercle, avaient pris place les ministres des Affaires étrangères de douze pays. Contre le mur derrière lui, les drapeaux de chaque nation étaient alignés côte à côte.

Son discours a été bref, son message, limpide :

« Des hommes dotés de courage et de sagesse peuvent choisir leur propre destin. Ils peuvent choisir l'esclavage ou la liberté, la guerre ou la paix », a déclaré Truman.

L'Europe et l'Amérique du Nord devaient s'unir pour garantir la paix.

La génération de Truman, qui avait traversé deux guerres mondiales dévastatrices, était déterminée à tout pour en éviter une troisième.

Mais cette union transatlantique n'allait pas de soi. Depuis la guerre d'Indépendance, près de deux siècles plus tôt, une opinion largement partagée aux États-Unis voulait que le pays demeure à l'écart des alliances militaires. À la fin de son mandat, le premier président américain, George Washington, avait mis en garde contre toute ingérence étrangère – amicale ou hostile – dans les affaires des États-Unis. Il avait plaidé pour que le pays reste neutre, tire parti de sa situation géographique isolée et se concentre sur ses propres intérêts. Il avait déconseillé toute alliance et jugé primordial de se tenir à l'écart des conflits européens.

Cette doctrine a été abandonnée pour la première fois lors de la Première Guerre mondiale, lorsque les États-Unis ont fini par entrer en guerre. Quand la paix est revenue en 1918, après quatre années de carnage, à Ypres et sur d'autres champs de bataille européens, les soldats américains avaient été rapidement rapatriés. Le plan était que la même chose se produise après la défaite de l'Allemagne nazie en 1945, à la fin de la Seconde Guerre mondiale, quand les Américains sont une fois de plus venus au secours de l'Europe. Entourés par un océan de chaque côté du pays et bénéficiant de frontières terrestres sûres au nord et au sud, les États-Unis jouissaient de la sécurité dont ils avaient besoin. De nombreux Américains estimaient qu'il n'était pas dans leur intérêt de protéger l'Europe contre elle-même et contre l'Union soviétique.

Mais des dirigeants clairvoyants des deux côtés de l'Atlantique avaient tiré les leçons du passé. La lutte commune contre le nazisme avait resserré les liens entre les États-Unis et leurs alliés européens. Quelques années à peine après la Seconde Guerre mondiale, les tensions s'étaient intensifiées entre l'Est et l'Ouest, ouvrant une nouvelle ère : la guerre froide. Les États-Unis et l'Europe occidentale s'étaient retrouvés unis à nouveau pour défendre la liberté et la démocratie.

Les dirigeants avaient été réunis dans l'auditorium Mellon. À l'issue du discours de Truman, le document appelé à devenir le traité de Washington avait été présenté sur une table devant l'estrade, et, un à un, les ministres des Affaires étrangères des États-Unis, du Canada et de dix pays d'Europe occidentale l'avaient signé.

L'OTAN était fondée. Une alliance transatlantique pour faire face à la menace que représentait l'Union soviétique. Les soldats américains étaient restés stationnés en Europe. Un pour tous, tous pour un.

Soixante-quinze ans plus tard, le 9 juillet 2024, je me suis exprimé dans ce même auditorium. En ouverture du sommet annuel, les États-Unis avaient organisé une grande cérémonie pour célébrer l'anniversaire de l'OTAN. Derrière moi, le nombre de drapeaux avait presque triplé, passant de douze à trente-deux.

Je tenais à rappeler que nous ne devons jamais considérer l'OTAN comme un acquis. Tout au long de son histoire, à chaque carrefour, l'alliance avait survécu en s'adaptant et en prenant des décisions difficiles. Se mettre d'accord sur le principe qu'une attaque contre un État membre est une attaque contre tous avait été, en soi, une décision controversée qui rompait avec les traditions historiques de nombreux alliés. Il en avait été de même lorsque l'OTAN et les États-Unis avaient engagé un dialogue avec l'Union soviétique, tenté de bâtir la confiance, puis entamé des négociations sur le désarmement. Après la chute de l'URSS, la décision d'ouvrir la porte à d'anciens adversaires avait également représenté un tournant majeur.

Les opérations militaires hors des territoires de l'alliance – dans les Balkans, en Afghanistan, en Libye – n'avaient pas non plus été des décisions faciles. Chacune comportait des incertitudes et des risques. Et parfois, nous avions fait des erreurs. Mais sans leadership politique et volonté de trancher, l'OTAN se serait délitée. La passivité, le refus de décider aurait été en soi un choix – peut-être le plus funeste.

« Nous devons aujourd'hui faire preuve de la même lucidité et de la même détermination que nos prédécesseurs », ai-je déclaré.

L'heure était solennelle et grave. L'assemblée de chefs d'État et de gouvernement était consciente que cet anniversaire de l'OTAN se déroulait dans une période dramatique. À titre personnel, c'était un moment empreint d'une certaine gravité : c'étaient mes dernières semaines comme secrétaire général de l'OTAN.

Comme tant d'autres grandes décisions de l'histoire de l'alliance, le soutien à l'Ukraine n'avait jamais été une évidence. Il comportait lui aussi un risque pour nous.

« Dans une guerre, il n'existe pas de risque nul. Et une victoire de Poutine serait le plus grand risque de tous », ai-je ajouté.

Sur le champ de bataille, la situation n'était pas brillante. La contre-offensive ukrainienne de 2023, longtemps annoncée, s'était révélée décevante. Peu de territoires avaient été libérés, et les pertes ukrainiennes avaient été lourdes. Les généraux ukrainiens estimaient que notre soutien était arrivé trop tard, et qu'il avait été insuffisant. Ils déploraient notamment l'absence d'avions pour appuyer l'offensive terrestre.

De leur côté, les généraux de l'OTAN considéraient que l'attaque avait été lancée trop tardivement, laissant aux Russes le temps de consolider leurs lignes de défense. Ils soulignaient aussi que l'assaut avait été trop hésitant et trop peu massif. En 1940, la France possédait plus de blindés que l'Allemagne, mais les Allemands avaient concentré leurs forces et percé les lignes françaises. En Ukraine, les forces étaient trop dispersées le long d'un front étendu, et là où elles attaquaient, elles se retiraient rapidement en cas de pertes.

« Il faut être prêt à risquer ses forces armées pour mener une mission à bien », avaient déclaré nos généraux.

C'était sans doute vrai, mais il était facile pour nous, installés à Bruxelles, d'enjoindre les Ukrainiens à sacrifier davantage des leurs.

Durant l'hiver et le printemps 2024, les combats se sont intensifiés, notamment autour d'Avdïivka, dans le Donbass, que les Russes ont fini par contrôler. Peu à peu, ils avaient avancé, gagnant du terrain, sans pour autant obtenir de percée décisive.

La frustration grandissait en Ukraine. Les dirigeants occidentaux s'étaient rendus à Kiev, promettant davantage de soutien, mais les livraisons ne suivaient pas toujours les engagements. Pour chaque obus tiré par l'Ukraine, dix pleuvaient en retour côté russe. Parfois, les Ukrainiens n'avaient plus rien pour se défendre.

Le commandant suprême de l'OTAN, le général Chris Cavoli, avait résumé froidement : « Si un camp tire, et l'autre pas, c'est généralement celui qui tire qui gagne. »

Et les Russes tiraient. Missiles et drones s'abattaient sur les villes, les centrales et les infrastructures critiques. L'objectif était d'épuiser la résistance ukrainienne et de détruire ses défenses aériennes.

Un nombre croissant de soldats ukrainiens avaient péri, faute d'obus pour contenir les assauts russes. Les alliés de l'OTAN tentaient d'accroître les livraisons, mais leurs propres stocks atteignaient des seuils critiques. Plusieurs États avaient décidé d'augmenter leur production, mais l'effet tardait à se faire sentir. Certains pays affirmaient qu'ils ne pouvaient pas donner davantage sans enfreindre les règles de l'OTAN sur les réserves minimales. J'ai été clair devant tous les ministres de la Défense de l'alliance : « S'il faut choisir entre les exigences de stockage de l'OTAN et le soutien à l'Ukraine, alors il faut choisir l'Ukraine. »

C'est probablement la première fois qu'un secrétaire général de l'OTAN déclarait qu'il était acceptable de ne pas remplir les objectifs capacitaires de l'alliance.

Malgré cela, l'effort pour armer l'Ukraine piétinait. Le vaste programme d'aide des États-Unis était resté bloqué au Congrès pendant près de six mois, pris dans les tensions d'une campagne présidentielle américaine polarisée.

Mais les États-Unis n'avaient pas été les seuls à faillir. L'Union européenne avait promis un million d'obus d'artillerie entre mars 2023 et mars 2024, mais moins de la moitié avaient été livrés.

Les difficultés des Ukrainiens étaient aggravées non seulement par l'insuffisance de l'aide reçue, mais aussi par le fait qu'une grande partie du matériel livré était inutilisable, car obsolète ou usé. Plus fréquemment encore, l'équipement livré était incomplet, rendant son emploi impossible. Cela mettait en lumière la distinction essentielle entre une arme et une capacité opérationnelle. Un char est une arme, mais, pour qu'il soit opérationnel, il faut bien davantage : des munitions, du carburant, des pièces de rechange, des véhicules blindés de dépannage, des ateliers mobiles spécialisés, des manuels techniques en ukrainien, entre autres choses. Ce n'est que lorsque tous ces éléments sont réunis qu'un char est réellement ce qu'on appelle une capacité, et c'était cela dont l'Ukraine avait un besoin urgent.

J'étais profondément préoccupé par le fait que nous en faisions trop peu. À cette époque, je me suis souvent interrogé sur ma propre responsabilité : aurais-je moi-même pu faire davantage ?

Prendre plus d'initiatives pour porter secours à l'Ukraine ? Jamais auparavant, au cours de cette guerre, je n'ai ressenti un tel sentiment d'impuissance. L'Ukraine menait un combat existentiel pour sa survie en tant que nation souveraine, et nous n'étions pas en mesure de lui fournir l'aide nécessaire. Si nous avions agi plus tôt, de nombreuses vies ukrainiennes auraient pu être épargnées. Dans l'idéal, une aide militaire massive aurait dû être apportée dès l'annexion de la Crimée en 2014. Dans le meilleur des cas, cela aurait pu empêcher l'invasion huit ans plus tard.

Lors d'une nouvelle visite à Kiev, en avril 2024, j'ai exprimé au nom de l'alliance une autocritique sans détour : nous n'avions pas livré ce que nous avions promis, et cette défaillance avait eu des conséquences concrètes sur le champ de bataille. Il n'était pas juste que les Ukrainiens portent seuls la responsabilité des reculs face à l'armée russe.

Au bureau de l'OTAN à Kiev, j'avais également rencontré une de nos employées, Maryna Kozyr. Le jour même où elle avait pris ses fonctions chez nous, l'année précédente, elle avait perdu son fils, Oleksandr, tué par une mine sur le front de Bakhmout. À l'époque, elle n'avait pas eu la force de nous rencontrer. Un an plus tard, elle disposait d'un peu plus d'énergie. Son mari, également mobilisé au front, était rentré et avait repris son poste à la compagnie ferroviaire ukrainienne. Le droit ukrainien prévoit que, lorsqu'une famille perd l'un des siens, les membres les plus proches peuvent être démobilisés. Ils étaient ainsi réunis dans leur deuil.

« Je suis fière d'Oleksandr. Il est tombé pour sa patrie », m'avait-elle dit.

J'avais eu du mal à trouver les mots justes. Aucun parent ne devrait avoir à enterrer son propre enfant – et pourtant, des dizaines de milliers de familles ukrainiennes avaient vécu cette tragédie ces dernières années. Plus que dans n'importe quel rapport, c'était dans le visage de Maryna que j'avais pu lire ce que la guerre signifie réellement : douleur, perte, dévastation. Et cela rendait encore plus insupportable le constat que tant d'Ukrainiens étaient morts faute d'avoir reçu à temps, de notre part, les moyens de se défendre.

« Vous avez toutes les raisons d'être fière de votre fils. Nous lui sommes tous redevables », lui ai-je répondu.

On peut accomplir beaucoup avec de la bonne volonté. Mais pas faire la guerre. La guerre exige organisation et engagement. Un combat existentiel ne peut reposer sur la seule bonne volonté des États. Il fallait instaurer un système qui garantisse aux Ukrainiens une meilleure endurance et davantage de prévisibilité. Il était intenable qu'un élément aussi crucial que le soutien à la lutte défensive de l'Ukraine repose encore sur des contributions volontaires à court terme. Et que seule une poignée de pays assume l'essentiel du financement, tandis que d'autres se contentaient d'apporter une aide plutôt symbolique. Cela ne pouvait plus durer.

Au printemps 2024, nous avons donc élaboré un ensemble de mesures par lesquelles l'OTAN, en tant qu'organisation, prendrait la direction du soutien militaire à l'Ukraine. L'un des objectifs essentiels de cette proposition était de mettre en place un système moins vulnérable aux fluctuations politiques, des deux côtés de l'Atlantique.

Le premier volet consistait à créer une opération OTAN dédiée à l'Ukraine, assortie d'un plan détaillé et contraignant sur la nature et l'ampleur du soutien à fournir. Le deuxième volet visait à garantir un financement de long terme, à hauteur d'au moins quarante milliards d'euros par an, pendant au minimum cinq ans. Nous espérions faire adopter cet ensemble de mesures lors du sommet de Washington.

Après plus de deux ans de guerre, la société ukrainienne dans son ensemble montrait des signes d'épuisement. L'usure politique se faisait sentir à plusieurs niveaux. Le président Zelensky restait une figure forte, mais les sondages montraient que son soutien n'était plus aussi massif qu'au moment de l'invasion. Il avait limogé le chef d'état-major, le très populaire général Valeri Zaloujny, et procédé à un remaniement ministériel, incluant le ministère de la Défense. Des rumeurs faisaient état de possibles évictions du ministre des Affaires étrangères, Dmytro Kuleba, ainsi que d'autres membres du gouvernement. Par ailleurs, Zelensky peinait à faire adopter une nouvelle loi sur la mobilisation, destinée à élargir la conscription aux classes d'âge plus jeunes. Le plus souvent, les soldats envoyés au front ont une vingtaine d'années. En Ukraine, l'âge moyen des combattants dépassait les quarante ans.

Au printemps, dans mes échanges avec les dirigeants occidentaux, j'ai plaidé pour que l'Ukraine puisse frapper des cibles militaires sur le territoire russe avec des armes occidentales, afin de mieux se défendre. Mes propos ont, bien entendu, fortement déplu au président Poutine. Dans une déclaration relayée par Tass et d'autres agences russes, il a évoqué le fait que nous avions eu des échanges lorsque j'étais Premier ministre de Norvège : « À l'époque, il ne souffrait pas de démence, j'en suis certain », a-t-il dit.

Se référer à notre ancien dialogue lorsqu'il cherchait à souligner la rupture avec ma position actuelle était une tactique qu'il avait déjà utilisée. Mais me qualifier de dément était une nouveauté. Ce commentaire était révélateur, et particulièrement désolant, de l'état des relations entre la Russie et l'OTAN.

La préparation du sommet de Washington, prévu pour juillet 2024, n'avait pas été chose aisée. Comme toujours à l'OTAN, obtenir l'adhésion des États-Unis était indispensable pour avancer. Mais, ce printemps-là, nos partenaires à Washington semblaient passifs, presque résignés à la défaite. Ils prenaient peu d'initiatives, n'étaient pas offensifs – et cachaient leur président.

C'était regrettable, mais également compréhensible. Au cours des dernières années, j'avais pu constater à plusieurs reprises, lors de nos réunions et entretiens, que le président Biden éprouvait parfois des difficultés à maintenir le fil de son propos et s'exprimait d'une manière telle qu'il était difficile de saisir clairement ses paroles. Nos apparitions conjointes devant la presse étaient réduites au strict minimum, et il devait s'appuyer sur des notes écrites, même pour de brèves déclarations. Cela constituait un contraste frappant avec le président Trump, qui prolongeait volontiers des conférences de presse censées durer quelques minutes jusqu'à près d'une heure.

L'administration Biden traversait une période difficile. Les sondages en vue de l'élection présidentielle de novembre étaient mauvais. Biden était donné perdant, tant au niveau national que dans les États clés. Des questions se posaient quant à la capacité du président à diriger.

En entretien, on me posait des questions sur l'âge et les maladresses de Biden, et on me demandait si j'étais inquiet que le commandant en chef des forces armées les plus puissantes de l'alliance soit affaibli par l'âge. Je répondais que, pour ma part, j'avais avec le président Biden des échanges constructifs et productifs. En tant que secrétaire général de l'OTAN, je ne pouvais pas intervenir dans le débat sur sa candidature. Mais je ressentais parfois une pointe de mauvaise conscience. Biden avait toujours été un allié généreux et un soutien décisif pour l'alliance. Et voilà que je me retrouvais à esquiver les questions le concernant.

Je l'avais rencontré à la Maison-Blanche quelques semaines avant le sommet. Le sujet principal était notre proposition de soutien massif à l'Ukraine, assorti d'engagements financiers à long terme.

« Cela enverra un signal fort à Poutine. Plus notre soutien sera pérenne, plus on aura de chances que Poutine comprenne qu'il n'atteindra pas ses objectifs militaires. Ce qui pourrait plus rapidement mettre un terme à la guerre », lui ai-je dit.

Biden est resté silencieux un instant.

« C'est compliqué. L'autre type dira que les États-Unis sont une fois de plus piégés dans une guerre sans fin », a-t-il lâché.

Comme à son habitude, Biden n'a pas mentionné Donald Trump par son nom. Le président se montrait profondément sceptique quant à la proposition d'un soutien économique chiffré à l'Ukraine sur plusieurs années. Non pas parce qu'il estimait l'idée mauvaise ou insignifiante en soi, mais parce qu'un tel engagement constituait un très mauvais message en pleine campagne électorale. Trump ne manquerait pas de l'utiliser contre lui. Nous en avons eu un exemple peu après : « Zelensky est le meilleur vendeur au monde, a déclaré Trump dans un discours dans le Michigan. Il vient de recevoir soixante milliards et il en demande encore soixante de plus. C'est sans fin ! »

Trump s'était déjà invité dans le débat sur les moyens de mettre fin à la guerre en Ukraine, affirmant qu'il pouvait y parvenir en vingt-quatre heures. Sans détails concrets, l'un de ses conseillers avait présenté un plan prévoyant que des forces internationales sécuriseraient la frontière entre les zones contrôlées par la Russie et par l'Ukraine, tout en garantissant un soutien militaire significatif à Kiev. Ce plan excluait l'adhésion de l'Ukraine à l'OTAN.

Vers la fin de la réunion, Biden a rejeté notre proposition de soutien économique à long terme pour l'Ukraine. J'ai eu beau réitérer mes arguments, soulignant que le soutien proposé impliquerait une répartition plus équitable du financement entre les Européens et les Américains, il est resté inflexible, et, pour la première fois, je l'ai senti presque agacé.

Le compromis trouvé lors du sommet a été de soutenir l'Ukraine à hauteur de quarante milliards d'euros pour l'année suivante, avec l'objectif politique d'un soutien équivalent l'année d'après. C'était moins contraignant que l'engagement chiffré sur cinq ans que j'avais suggéré, mais tout de même un pas dans la bonne direction. De plus, nous avons mis en place une opération de l'OTAN destinée à coordonner le soutien militaire et la formation. Une organisation dédiée – *NATO Security Assistance and Training for Ukraine* – serait créée, dirigée par un général américain trois étoiles, avec un personnel de sept cents personnes pour en assurer l'exécution. L'OTAN prendrait en charge la gestion et la protection de la base logistique de Rzeszów, en Pologne, centre névralgique de l'acheminement de l'aide militaire vers l'Ukraine. Deux fois par an, l'OTAN dresserait un bilan des contributions nationales. L'alliance jouerait donc un rôle central dans l'évaluation des besoins ukrainiens et veillerait à ce que les promesses soient effectivement tenues.

L'OTAN devenait ainsi le pivot du soutien à l'Ukraine.

Heureusement, le président Zelensky a accueilli ces décisions comme une victoire et, une fois de plus, a évité de souligner publiquement l'absence d'invitation formelle à rejoindre l'OTAN. La déclaration finale affirmait que le chemin vers l'adhésion était « irréversible ». On peut se demander si cela signifiait réellement une avancée par rapport aux sommets précédents, mais Zelensky y a accordé du poids. Que cela ait été important pour lui était, en soi, significatif.

Le soutien apporté à l'Ukraine serait plus structuré, plus prévisible, mais nous devions garder à l'esprit une vue d'ensemble. Le soutien militaire et économique envisagé par l'OTAN permettrait aux Ukrainiens de mieux se défendre contre l'agression russe. Toutefois, cela ne suffirait pas à reconquérir les territoires occupés. Nous leur donnions suffisamment pour ne pas perdre, mais pas assez pour gagner.

Le conflit était devenu une guerre d'usure.

Dans une guerre d'usure, c'est l'ensemble des ressources que les parties parviennent à mobiliser qui détermine l'issue des hostilités : celui qui en a le plus gagne. La population russe est quatre fois plus nombreuse que celle de l'Ukraine, et son produit national brut dix fois supérieur. Elle dispose de plus de soldats et peut supporter des pertes plus importantes sur la durée.

La Chine maintenait l'économie russe à flot, par des livraisons massives de matières premières et de technologies avancées permettant à l'industrie militaire russe de produire bombes et missiles. La Corée du Nord fournissait munitions et matériels, et désormais des soldats. L'Iran envoyait drones et autres armements. Face aux ressources cumulées de la Russie, l'Ukraine était clairement désavantagée.

Beaucoup avaient la conviction que la Russie gagnait toujours ses guerres, car elle était prête à sacrifier davantage et acceptait des pertes plus importantes. N'avait-elle pas vaincu Napoléon en 1812 et repoussé Hitler pendant la Seconde Guerre mondiale ? Mais l'histoire offrait aussi des exemples de défaites russes, et dans ce cas celles-ci étaient souvent suivies de bouleversements politiques internes. La défaite de la Crimée en 1856 avait ainsi contribué à jeter les bases de réformes qui avaient aboli le servage : les paysans n'étaient plus soumis aux propriétaires terriens et ne pouvaient plus être vendus comme esclaves. La défaite face au Japon en 1905 avait forcé le tsar à accepter un partage du pouvoir, et des élections à l'Assemblée nationale avaient vu le jour. La défaite de la Première Guerre mondiale en 1917 avait déclenché la révolution bolchevique. Quant au retrait d'Afghanistan en 1989, il avait précipité la dissolution de l'Union soviétique quelques années plus tard.

La Russie recevait un soutien significatif d'autres pays, mais en contrepartie les pays de l'OTAN apportaient un appui massif à l'Ukraine.

Nous avions livré de grandes quantités d'armes et de munitions. Et petit à petit, il y avait eu consensus pour fournir également des chars de combat modernes, des missiles de croisière à longue portée et des avions de combat F-16. Combiné à la ténacité des forces ukrainiennes, cela avait infligé de lourdes pertes à la Russie : des milliers d'armes et de véhicules militaires avaient été détruits. Ces derniers mois, plus de mille soldats russes étaient chaque jour tués ou blessés. De nombreuses personnes en âge de travailler avaient quitté le pays pour éviter d'être envoyées au front. L'industrie de l'armement accaparait une part croissante de la main-d'œuvre, et il devenait difficile de recruter des soldats. Pour en attirer davantage, l'armée devait offrir des salaires plusieurs fois supérieurs à la moyenne nationale. Faire la guerre coûtait de plus en plus cher.

L'économie russe avait basculé en économie de guerre, au prix d'une inflation à plus de 10 %, d'un taux directeur à plus de 20 % et d'une pénurie croissante de main-d'œuvre. Moscou était sous pression.

Le produit intérieur brut combiné des pays de l'OTAN est dix fois supérieur à celui de la Russie. Nous devrions donc avoir les moyens de soutenir la lutte défensive de l'Ukraine. En 2024, le soutien représentait moins de 0,1 % du produit intérieur brut total de l'alliance. Nous pouvions faire infiniment plus, si volonté politique il y avait.

Mais, au sommet de Washington, les discussions que j'ai eues avec les dirigeants ont révélé la difficulté d'augmenter le soutien sans réduire les dépenses ou augmenter les impôts – deux options tout aussi impopulaires. Accroître les déficits n'était pas envisageable, car plusieurs pays membres de l'OTAN consacraient plus aux intérêts de leur dette qu'à la défense. Emprunter davantage n'était pas viable.

Malgré cela, le soutien à l'Ukraine était une question de priorités, de choix politiques. Ainsi, au Danemark, la Première ministre Mette Frederiksen a obtenu une majorité pour supprimer un jour férié afin de financer l'aide à l'Ukraine, et, en Estonie, son homologue Kaja Kallas a fait voter une hausse des impôts à cet effet.

Des décisions aussi impopulaires l'une que l'autre, mais un leadership politique courageux. Quand la volonté est là, on trouve un moyen.

Pour d'autres alliés, le fossé était grand entre discours et action, ce qui m'est clairement apparu lors du sommet de Washington. Certains parlaient de la guerre comme d'une menace existentielle contre leur propre pays, tout en offrant un soutien minimal. Si cette menace était réelle, pourquoi n'investissaient-ils pas davantage pour arrêter Poutine ?

Lors des discussions, plusieurs dirigeants ont affirmé que jamais ils n'accepteraient de céder une partie de leur propre territoire. Pourquoi alors l'exiger de l'Ukraine ? Ils avaient raison sur le principe. Mais, en mon for intérieur, je m'interrogeais : est-ce suffisant ? Est-ce réaliste ?

Nous ne pouvions changer l'objectif de Poutine : le contrôle de l'Ukraine. Mais nous pouvions modifier ses calculs et ainsi le contraindre à discuter. Si le prix qu'il devait payer pour atteindre son objectif devenait trop élevé, cela pourrait le forcer à accepter une solution négociée. La solution politique dépendrait toujours du rapport de force sur le terrain.

Le problème n'était pas l'Ukraine, mais la Russie, qui avait déclenché une guerre et ne montrait aucun signe d'avoir abandonné l'espoir de contrôler son pays voisin. Tant que Poutine croirait pouvoir obtenir davantage sur le champ de bataille qu'à la table des négociations, la guerre continuerait.

C'est pourquoi je répétais : pour arriver à la paix, il faut fournir plus d'armes à l'Ukraine.

Mais nous devions aussi, au sein de l'OTAN, clarifier ce que pouvait être un objectif réaliste pour Kiev. Que signifiait, concrètement, une « victoire » ?

J'ai abordé ces questions lors des entretiens que j'ai eus à Washington avec le président Joe Biden, le secrétaire d'État Antony Blinken et le secrétaire à la Défense Lloyd Austin. Nous avions auparavant discuté de la façon dont la guerre pourrait se terminer, de ce que pourrait être une solution négociée. Mais, il était toujours utile d'obtenir une mise au point sur la façon dont les Américains envisageaient une éventuelle fin de partie. Tous les trois m'ont répondu : « On ne décidera rien sur l'Ukraine sans l'Ukraine. »

Autrement dit, c'était à l'Ukraine de juger de ce qui pouvait constituer un accord acceptable. Mais, à une question directe, tous ont reconnu qu'il n'était pas réaliste que l'Ukraine parvienne à libérer tout le territoire occupé.

« L'essentiel, maintenant, c'est d'empêcher une nouvelle avancée russe », a déclaré Biden.

Un cessez-le-feu supposerait que l'Ukraine accepte temporairement une présence russe sur une partie de son territoire – sans pour autant reconnaître ces zones comme russes. Biden et Blinken ont rappelé que les États-Unis n'avaient jamais reconnu l'annexion des pays baltes par l'Union soviétique, et aujourd'hui l'Estonie, la Lettonie et la Lituanie étaient des nations distinctes ayant obtenu leur indépendance.

J'avais moi-même évoqué la Finlande comme exemple lors de diverses conversations avec le président Zelensky au cours de la dernière année du conflit. Pendant la guerre d'Hiver de 1939-1940, la Finlande avait combattu héroïquement et infligé de lourdes pertes à l'armée rouge de Staline, mais elle avait finalement dû capituler. Lorsque l'Allemagne hitlérienne avait attaqué l'Union soviétique en 1941, les Finlandais s'étaient alliés à l'Allemagne pour reconquérir les territoires perdus pendant la guerre d'Hiver. Pour obtenir la paix après la Seconde Guerre mondiale, les Finlandais avaient dû céder 10 % de leur territoire et leur deuxième plus grande ville, Vyborg, à l'Union soviétique. Mais la Finlande avait survécu en tant qu'État indépendant, et sa frontière avec la Russie avait été respectée. La Finlande avait échangé des terres contre de la sécurité. C'était le choix que les Finlandais avaient dû faire. De la même manière, seuls les Ukrainiens eux-mêmes peuvent décider si c'est un prix qui vaut la peine d'être payé.

Les premières fois où j'avais suggéré une « solution finlandaise » à la guerre en Ukraine, Zelensky avait résolument rejeté l'idée de céder du territoire. Mais, cet été-là, ses conseillers et lui-même étaient moins fermés à une session temporaire, à condition que cela entre dans le cadre d'un accord de cessez-le-feu et que l'Ukraine ait des garanties de sécurité. Il l'a également exprimé publiquement par la suite.

Je lui ai dit que je le soutiendrais s'il optait pour une telle solution, et que cela rendrait plus réaliste l'entrée de l'Ukraine dans l'OTAN. Il ne fallait pas oublier les exigences russes avant l'invasion : un tout nouvel ordre sécuritaire en Europe, l'exclusion de nouveaux membres dans l'OTAN, ainsi que la « démilitarisation » et la « dénazification » de l'Ukraine – l'objectif de la Russie étant de restaurer son ancienne sphère d'influence en Europe de l'Est.

L'essentiel était que l'Ukraine survive comme État indépendant et démocratique, avec des frontières sûres et une puissance militaire lui permettant de se défendre et d'avoir une force de dissuasion crédible contre de nouvelles attaques dans le futur. Et l'Ukraine devait rejoindre la famille euro-atlantique, c'est-à-dire devenir membre de l'Union européenne et de l'OTAN.

C'est cela l'enjeu de cette guerre : le droit de l'Ukraine à choisir son destin. Si la guerre se terminait ainsi, ce serait une défaite pour Vladimir Poutine, même s'il continuait de contrôler la Crimée et le Donbass.

Et une grande victoire pour l'Ukraine.

À Washington, j'ai pris conscience que j'appréciais cette dernière année en tant que chef de l'OTAN. Participer à la célébration du soixante-quinzième anniversaire de l'alliance comptait probablement plus pour moi que je ne voulais me l'avouer. C'était une belle façon de conclure. Je savais que ce travail et tous mes collaborateurs compétents à Bruxelles allaient me manquer. Être au cœur des grands événements de la politique internationale, travailler sur des questions d'importance capitale pour notre époque et mener des réformes afin que l'OTAN soit mieux préparée pour affronter de nouveaux défis, voilà ce qui, chaque jour, m'avait motivé.

Dix années comme secrétaire général de l'OTAN touchaient à leur fin. Cela avait été des années riches en événements.

À présent, vingt-trois pays avaient atteint l'objectif de consacrer 2 % de leur produit intérieur brut à la défense. Nous avions mené à bien la première révision complète des plans de défense de l'OTAN depuis la guerre froide. Des troupes avaient été déployées à l'est. Nous avions adopté un nouveau concept stratégique, une évaluation globale de nos enjeux sécuritaires qui soulignait que la Chine représentait un défi pour les intérêts, les valeurs et la sécurité des pays de l'OTAN. L'alliance avait participé à la défaite de l'État islamique en Irak et en Syrie. La guerre en Afghanistan avait pris fin vingt ans après son déclenchement. La Finlande et la Suède étaient devenues des membres à part entière. Et même si nous aurions pu faire davantage, nous avions soutenu l'Ukraine d'une manière que peu auraient cru possible.

Les dirigeants que j'ai rencontrés à Washington étaient devenus de proches collègues. Nous avions traversé bien des choses ensemble. Maintenant, c'était irrévocablement fini.

Je l'avais cru déjà l'année précédente, mais, cette fois, je savais que c'était pour de bon. Peu de temps avant le sommet, l'OTAN s'était mise d'accord sur le choix du Premier ministre néerlandais Mark Rutte comme mon successeur. Nous avions collaboré efficacement durant de nombreuses années. Il serait un excellent secrétaire général.

Le contexte politique entourant le sommet a été largement influencé par les interrogations liées à l'âge et à l'état de santé du président Biden. Avant le sommet, il s'était montré peu présent sur la scène publique, à l'exception d'un débat avec l'ancien président Trump, qui avait ravivé les inquiétudes quant à sa capacité à exercer pleinement ses fonctions. Au cours du sommet, le président Biden a néanmoins multiplié les apparitions officielles. J'étais positionné juste derrière lui lorsqu'il a, par inadvertance, appelé sa vice-présidente « Trump ». Plus tard, en clôture du sommet, il a présenté le président Zelensky en le désignant comme le président Poutine.

Un léger murmure a traversé la salle. L'ensemble des participants était bien intentionné à l'égard de Biden, et ces maladresses ont suscité une forme d'embarras. Il est courant que des erreurs de nom surviennent, j'en ai moi-même fait l'expérience. Le président Biden avait depuis longtemps une fâcheuse propension à commettre certains lapsus lors de grandes occasions, mais ce à quoi nous assistions désormais relevait d'une tout autre nature. Un nombre croissant de ses plus fervents partisans reconnaissait qu'il paraissait affaibli.

Lors de la célébration de l'anniversaire de l'alliance à l'auditorium Mellon, le président Biden a prononcé un discours dans lequel il a affirmé que le gouvernement de Kiev avait le plein soutien de l'OTAN, et il a déclaré clairement que le président Poutine ne gagnerait jamais la guerre. Alors que son discours touchait à sa fin, il a commencé à parler de moi.

« Je vous ai demandé de mettre de côté vos propres projets et de rester plus longtemps à l'OTAN. Pardonnez-moi », a-t-il dit, s'adressant à Ingrid, assise au premier rang.

Biden m'a prié de remonter sur l'estrade, et je suis resté debout à quelques mètres de lui pendant qu'il terminait son discours. Puis il s'est approché et a passé autour de mon cou un ruban auquel était suspendue une lourde médaille.

C'était la médaille présidentielle de la Liberté. D'ordinaire, on m'avertissait à l'avance lorsqu'un hommage m'était rendu, mais, cette fois, je n'y étais absolument pas préparé et j'ai été profondément ému. Recevoir cette médaille n'était pas seulement un remerciement pour mon travail en tant que chef de l'OTAN, mais aussi, à mes yeux, une reconnaissance de l'ensemble de ma carrière politique, ces quarante dernières années. Il était impossible de considérer mon temps à l'OTAN indépendamment de tout ce qui l'avait précédé : si je n'avais pas été chef de parti et Premier ministre, je ne serais jamais devenu secrétaire général de l'OTAN. Et si la Norvège n'avait pas pendant toutes ces années été un allié bon et loyal, je ne crois pas qu'on aurait pensé à moi pour occuper ce poste.

Le ministre des Affaires étrangères de Norvège Espen Barth Eide, l'une des personnes avec qui j'ai collaboré depuis mes années de jeunesse à la ligue des jeunes travaillistes, était présent à l'auditorium Mellon ce soir-là. Juste après la fin de la cérémonie, j'ai reçu un SMS de sa part : « Je pense, tout bien considéré, que c'était une bonne chose que nous ayons obtenu une majorité pour l'OTAN lors de ce congrès en 1987. »

Chapitre 44

Les adieux à l'OTAN

Bruxelles, septembre 2024.

Dans la grande maison de l'avenue Louise, des caisses et des cartons à moitié remplis me faisaient face, béants. Les déménageurs s'affairaient à emballer les affaires. Il nous fallait choisir ce que nous allions emporter, laisser ou jeter – notre habitation mitoyenne à Oslo ne pouvait pas contenir tout ce que nous avions à Bruxelles. Des livres qui nous étaient chers, des cadeaux venus des quatre coins du monde. Et les tableaux – tous ne trouveraient pas leur place sur les murs de notre foyer. Ingrid et moi étions convenus qu'il fallait faire un tri drastique, mais c'était plus facile à dire qu'à faire. Finalement, nous avons gardé plus de choses que nous n'aurions dû.

Un long chapitre de notre vie était sur le point de se refermer.

Dans mon bureau s'étalaient classeurs et documents. J'ai rassemblé quelques papiers à conserver, et le reste a fini dans le tas à détruire. Mon regard s'est arrêté sur deux petites boîtes en fer-blanc posées sur une des étagères. Des objets fragiles, transmis de génération en génération. Mon grand-père, Emil, les avait échangées avec des compagnons de captivité russes à la toute fin de la Seconde Guerre mondiale.

Je les ai prises avec précaution. Sur les couvercles, les murailles du Kremlin figuraient, gravées avec un luxe de détails incroyables ; on y distinguait une étoile au sommet d'une tour élancée, ainsi que deux petits avions de chasse fendant le ciel. Deux dates, 21-III-1945 et 5-IV-1945, indiquaient que la guerre touchait à sa fin. *Kaptein Emil Stoltenberg*, était-il écrit le long du bord, d'une belle écriture, accompagné de son numéro de prisonnier : *1489.*

Mon grand-père faisait partie des nombreux officiers norvégiens arrêtés sur ordre de Hitler à l'été 1943. Tout à la fin du conflit, en avril 1945, il se trouvait interné au camp de Luckenwalde, au sud de Berlin, et il m'avait raconté les combats qui faisaient rage dans les forêts de pins aux alentours. Finalement, le commandant allemand avait ordonné l'évacuation de ses propres troupes, laissant les prisonniers norvégiens gérer seuls le camp. Vingt-quatre heures plus tard, le 22 avril, Emil et ses camarades avaient aperçu un véhicule blindé russe près de l'entrée principale. On leur avait ordonné de rester calmes. Ensuite, ils avaient vu passer plusieurs chars de combat russes T-34 à toute allure, à la poursuite de soldats allemands en déroute. Plus tard dans la journée, l'infanterie était arrivée.

Le camp avait été libéré par les Russes. Cet épisode rappelle à quel point le balancier de l'histoire peut osciller rapidement.

Luckenwalde regroupait des détenus issus de divers camps dans l'Europe occupée par l'Allemagne, rassemblés là au fur et à mesure de l'avancée alliée. Les Norvégiens étaient des officiers qui avaient participé à des combats réguliers en uniforme, et ils venaient d'un pays « germanique ». De ce fait, le régime nazi les avait traités comme des combattants légaux et leur avait accordé la protection prévue par les dispositions de la Convention de Genève sur le traitement des prisonniers de guerre : ils pouvaient écrire à leur famille et recevaient des colis de la Croix-Rouge. Ce qui n'était pas le cas des résistants, des saboteurs, ou des ressortissants de pays slaves – Russes en tête –, qui, eux, souffraient de la faim, étaient exécutés ou mouraient de maladie. Ce sont ces prisonniers russes décharnés qui, avec des boîtes de conserve vides et de leurs propres mains, avaient gravé ces petits objets – un geste de gratitude envers les Norvégiens qui partageaient leur pain avec eux.

Je suis né en 1959, quatorze ans après la défaite du régime nazi. Je n'ai pas connu les souffrances dont ces boîtes portent la mémoire. Mais j'ai grandi avec ces récits de guerre : mes grands-parents, ainsi que Karin et Thorvald, les racontaient d'une manière si vivante que j'en viens parfois à croire que j'y étais. Mon grand-père maternel, Ørnulf Heiberg, a également joué un rôle décisif. Ingénieur, il s'est inventé avec l'aide de son beau-père archéologue une parfaite couverture : un chantier de fouilles archéologiques sur les hauts plateaux de Røros. Grâce à cela, il a réussi à obtenir un laissez-passer. À l'automne 1942, il a ainsi pu emmener Susanne Krømer et son petit garçon Peter jusqu'à la frontière suédoise – juste avant que plus de cinq cents autres Juifs norvégiens ne soient déportés à bord du *Donau* et envoyés dans les chambres à gaz d'Auschwitz.

Comme tant d'autres familles, la nôtre est imprégnée de ces histoires marquantes. Mon respect envers les femmes et les hommes qui portent l'uniforme et consacrent leur vie à la défense du pays trouve sa source dans l'admiration que j'éprouve pour des personnes telles que mes grands-parents. Leurs récits sur ce qu'ils ont fait et vécu nous rappellent le prix inestimable de la paix.

La Première Guerre mondiale a été si violente et destructrice que beaucoup y ont vu la « der des ders ». Personne ne devait plus jamais vivre un tel cauchemar. Le héros de la Résistance norvégienne, Gunnar Sønsteby, qui était né en 1918, l'année de l'armistice, m'avait confié qu'il pensait avoir grandi dans une époque d'après-guerre. Cela avait été en réalité un entre-deux-guerres qui n'avait duré qu'un peu plus de vingt ans. Nous aussi, nés après 1945, avons vécu dans une période d'après-guerre. La guerre était impensable. Nous avons connu ce que l'on appelle parfois la paix profonde.

Notre tâche a été de rompre avec ce cycle tragique de l'histoire européenne, où chaque après-guerre devenait un interlude avant un nouveau conflit. C'est plus difficile que nous ne l'imaginions. La guerre d'agression de la Russie contre l'Ukraine nous a rappelé que la paix n'est jamais acquise.

C'est précisément parce que la guerre est si atroce que nous devons tout faire pour préserver la paix. Cela suppose de privilégier, autant que possible, les solutions diplomatiques avant de recourir à la force des armes. Les compromis sont rarement parfaits, mais ils empêchent la guerre, les destructions, les morts.

C'est pourquoi je partage le point de vue de Thorvald quand il affirmait que le monde a besoin de davantage de dirigeants qui fuient le conflit.

Une défense forte est néanmoins nécessaire pour dissuader toute agression, et cela a un coût financier important.

Il existe cependant un autre coût – moins mesurable : celui de l'abandon. En 1939, la Grande-Bretagne et la France ont déclaré la guerre à Hitler après l'invasion de la Pologne, mais, après six ans de guerre, les Alliés occidentaux ont abandonné cette même Pologne à la dictature de Staline. Lors des soulèvements en Hongrie en 1956 et en Tchécoslovaquie en 1968, de nombreux dirigeants occidentaux ont prononcé des discours enflammés de soutien à ceux qui voulaient défendre leur liberté – mais sans apporter la moindre aide matérielle. Pas d'armes et pas de troupes de l'OTAN.

Nous ne voulions pas risquer une Troisième Guerre mondiale pour défendre la liberté de quelques millions de personnes derrière le rideau de fer.

La guerre de l'OTAN en Afghanistan est terminée. Mais le rêve d'un Afghanistan libre et démocratique est brisé, et ce sont les Afghans qui doivent vivre avec les conséquences de notre retrait, parce que nous, membres de l'alliance, ne voulions plus nous battre pour leur cause.

Dans tous ces cas, le prix de la paix a été élevé. Je pense que nous avons pris, *in fine*, les bonnes décisions.

Il peut aussi être juste de choisir la guerre. Le 9 avril 1940, quand l'Allemagne nazie a attaqué la Norvège, un émissaire a exigé que le gouvernement se retire au profit d'un cabinet dirigé par Vidkun Quisling. Le gouvernement Nygaardsvold a refusé. Cela a signifié la guerre. Des villes norvégiennes ont été bombardées, des civils tués, des soldats sont tombés au combat. Mais cette résistance prônée par le gouvernement a permis d'infliger des pertes douloureuses à l'ennemi. La Norvège s'est jointe au combat des Alliés contre l'Allemagne de Hitler qui a mené à la victoire finale de 1945.

Au matin du 24 février 2022, lorsque le président Zelensky et son gouvernement ont reçu l'ultimatum russe, ils auraient pu choisir de céder. La guerre la plus sanglante en Europe depuis 1945 aurait ainsi été évitée. Mais l'Ukraine aurait perdu sa liberté et son indépendance. Cela aurait été une grande perte pour tous ceux qui croient en un monde gouverné par la loi et non par la force.

Choisir entre résistance et reddition, combat ou capitulation, est l'un des dilemmes les plus redoutables pour un dirigeant politique. Il faut décider sous pression, dans une incertitude extrême, sans visibilité quant aux conséquences éventuelles. Pèsent dans la balance le coût de la guerre contre le prix de la paix.

J'ai ouvert les portes-fenêtres à l'arrière de la maison et laissé l'air doux de septembre pénétrer dans les pièces. Le soleil scintillait à travers les feuillages du jardin luxuriant. Sur la grande terrasse, Ingrid et moi avions passé tant de belles soirées. Elle avait, plus que moi, ce talent de rassembler amis et collègues autour de nous. À présent, les meubles de jardin étaient empaquetés sous une bâche grise.

Quand un tournant personnel coïncide avec un basculement historique, les grandes lignes du passé se révèlent plus nettement. Mon temps à l'OTAN touchait à sa fin. Dans quelques mois, je prendrais la tête de la Conférence sur la sécurité de Munich. Une continuité, mais aussi une rupture. Je resterais engagé dans les affaires internationales, mais dans un autre rôle et depuis une autre perspective que ces dix dernières années.

L'an zéro, dit-on, a été 1945, l'année où la Seconde Guerre mondiale s'achevait et où mon grand-père et des centaines de milliers d'autres étaient rentrés de captivité. Des dizaines de millions de personnes avaient perdu la vie, et l'Europe gisait en ruine, mais l'optimisme renaissait. C'était une année pleine de foi en l'avenir, une nouvelle période allait s'ouvrir, et un ordre mondial meilleur se construire.

L'OTAN est l'un des enfants légitimes de cette guerre dans laquelle mes grands-pères se sont battus. Comme l'ONU et l'Union européenne, elle a été fondée pour que plus jamais le monde ne soit plongé dans une grande guerre. Par notre capacité et notre volonté de nous défendre, la paix serait protégée et préservée. Il fallait construire un monde gouverné par des règles où les désaccords seraient résolus sans recours à la violence, et où la coopération et les frontières ouvertes assureraient croissance et prospérité.

J'ai toujours eu une foi inébranlable dans le fait que demain serait meilleur qu'hier. Cet optimisme est inscrit dans mon ADN politique. Cette foi s'appuie sur les progrès accomplis par l'humanité. Dans le monde entier, l'espérance de vie a augmenté, la mortalité infantile a chuté, et de plus en plus de gens ont accès à la scolarité et à l'éducation. Depuis 1945, les conflits armés ont fait beaucoup moins de morts. De telles tendances mondiales montrent que les conditions de vie et d'épanouissement des êtres humains se sont globalement améliorées. Que le monde ait jusqu'à présent évolué dans la bonne direction ne garantit évidemment pas que cela continuera ainsi. Mais cela montre que c'est possible.

Après l'effondrement de l'URSS, la démocratie et la liberté se sont répandues en Europe. Nous avions une grande foi dans la mondialisation, le libre-échange et la croissance.

Nous avons cru à la fin de l'histoire, à la supériorité irrévocable de notre modèle social fondé sur la démocratie et l'État de droit. Il n'existait en réalité aucune alternative, on ne reviendrait pas en arrière et aucun ordre fondamentalement nouveau ne pourrait le remplacer. J'étais de ceux qui y croyaient.

Aujourd'hui, cela semble lointain. Et parfois, malgré mon optimisme, une inquiétude lancinante me gagne quand je vois vers quoi nous nous dirigeons.

Le désarmement a cédé la place au réarmement, la détente à la tension et à la confrontation. Les régimes démocratiques sont fragilisés par la pression de régimes autoritaires de l'extérieur et dégradés de l'intérieur.

Je suis arrivé à l'OTAN en 2014. Dix ans plus tard, le monde est devenu plus instable.

Nouvelles guerres, rivalité exacerbée entre grandes puissances, moindre prévisibilité.

Cela s'est produit tandis que j'en étais la vigie.

Pièce après pièce, la belle maison a été vidée. La salle à manger, avec sa grande table ovale, autour de laquelle amis et collègues avaient pris place. Ici, j'avais savouré des petits-déjeuners et des dîners, eu des conversations confidentielles avec des chefs d'État et de proches collaborateurs. C'était dans mon bureau à l'étage que j'avais parlé avec le président afghan Ashraf Ghani avant la chute de Kaboul, là que j'avais appris au téléphone que la décision d'envahir l'Ukraine avait été prise, et que plus tard les Premières ministres finlandaise et suédoise Sanna Marin et Magdalena Andersson m'avaient annoncé que la Finlande et la Suède allaient demander leur adhésion à l'OTAN. Des événements qui avaient marqué mes années ici comme secrétaire général – tous différents, mais tous aussi inattendus lors de mon arrivée à ce poste.

Il en va de même pour beaucoup d'autres grands événements qui ont façonné notre époque. Longtemps, nous avons cru que le mur de Berlin et l'Union soviétique dureraient éternellement, et nous avons été surpris quand le Mur est tombé si soudainement et que l'Union soviétique s'est effondrée peu après. L'attaque terroriste contre les États-Unis le 11 septembre 2001 a créé une nouvelle réalité sécuritaire que personne n'avait vue venir avant que les avions ne s'écrasent contre les tours jumelles du World Trade Center. Le printemps arabe et les changements de régime qui lui ont succédé dans de nombreux pays n'avaient pas non plus été annoncés par les experts ou les services de renseignement.

L'histoire ne se laisse pas prévoir. C'est pourquoi je me garde de prophétiser l'avenir. Plutôt que croire que nous pouvons prédire ce qui nous attend, il faut nous préparer à l'imprévu.

Je ne sais pas quelle sera la prochaine crise, la prochaine guerre ou la prochaine grande menace contre l'Europe et les États-Unis. Mais les pays de l'OTAN représentent la moitié de la création de richesse économique mondiale et disposent de la moitié des forces militaires de la planète. Ce que je sais, c'est que notre force réside dans notre unité.

Depuis plus de soixante-quinze ans, dans les bons et les mauvais jours, nous nous sommes soutenus mutuellement. Cela ne s'est pas fait sans effort.

Mon mandat a vu l'alliance contestée, jugée dépassée, en état de mort cérébrale. Pourtant, nous avons tenu bon quand cela comptait vraiment, et nous avons renforcé notre défense collective comme jamais depuis des décennies.

Le monde est devenu plus dangereux. Mais l'OTAN est devenue plus forte.

Les deux boîtes en fer-blanc de mon grand-père que je tenais dans mes mains étaient un trésor précieux. À l'intérieur des couvercles étaient gravés quelques mots en caractères cyrilliques : les adresses personnelles des prisonniers à l'origine de ces petites œuvres d'art. Les numéros d'appartement y figuraient aussi. Pendant des années, mon grand-père et moi avions parlé de leur rendre visite.

Aujourd'hui, il était devenu impensable de voyager en Russie. Mais je suis convaincu qu'un jour, ce sera de nouveau possible.

J'ai pris congé de la maison de l'avenue Louise où les pièces se vidaient à mesure que les cartons de déménagement se remplissaient. Certaines, presque mises à nu, ne rendaient plus qu'un écho creux quand j'y entrais, mais, dans les rues et le parc au-dehors, les bruits étaient toujours les mêmes, la vie suivait son cours habituel.

Les cartons s'empilaient, bien organisés : vêtements, photos, livres, lettres, souvenirs. Les boîtes en fer-blanc de mon grand-père ont fini dans l'un des derniers cartons, enveloppées dans du papier de soie.

J'étais prêt à rentrer chez moi.

À propos de ce livre

Ce texte est le récit de mes dix années passées en tant que secrétaire général de l'OTAN. C'est un témoignage sincère et sans fioritures sur ce que cela a signifié de diriger la plus puissante alliance militaire du monde.

Après avoir quitté mes fonctions de Premier ministre à l'automne 2013 et entamé l'écriture de *Mon histoire*, un ouvrage retraçant mes années en politique en Norvège, je me suis rendu compte que je disposais de peu de notes personnelles. En rejoignant l'OTAN, j'ai pris la décision de documenter davantage mon travail. L'OTAN produit systématiquement des comptes rendus de réunions et de discussions, mais je voulais y ajouter une documentation plus personnelle.

Ce travail s'est fait de plusieurs manières.

Mes collaborateurs les plus proches et moi-même avons pris des notes lors de mes déplacements, réunions et entretiens. J'ai également réalisé des enregistrements vocaux, à la manière d'un journal, dans lesquels je partageais mes réflexions et pensées personnelles. Souvent, ces enregistrements ont été réalisés avec mes collaborateurs, qui y ont aussi apporté leurs analyses. Nous avons discuté de l'évolution de dossiers majeurs, comme le retrait d'Afghanistan, la guerre en Ukraine ou encore le processus d'adhésion de la Finlande et de la Suède à l'OTAN. Nous avons également examiné des événements clés tels que les sommets de l'alliance et certains voyages décisifs. Cela a été précieux pour rédiger ce livre, plusieurs années après les faits.

Les enregistrements audio totalisent plusieurs centaines d'heures. Grâce à ce travail de mémoire, j'ai pu retranscrire en détail de nombreux échanges et reconstituer des événements. Lorsque cela a été possible, ces récits ont été vérifiés par des sources complémentaires, comme des interviews, des articles de presse ou d'autres documents publics. Certaines informations à caractère plus historique proviennent des archives de l'OTAN ou d'ouvrages de référence.

Des ajustements linguistiques ont été effectués pour faciliter la lecture. Par exemple, la milice kurde des *Unités de protection du peuple* est mentionnée sous le sigle YPG, d'après ses initiales kurdes. Lorsque le président Erdoğan ou d'autres responsables turcs évoquent ce groupe, ils y associent également sa branche politique sous la forme YPG/PYD.

Malgré une base documentaire importante, les vérifications approfondies dont a fait l'objet cet ouvrage et le grand nombre d'enregistrements dont je disposais, il ne peut être totalement exclu que des erreurs ou des malentendus se soient glissés dans le texte. J'en assume l'entière responsabilité.

Vigie du monde s'adresse à un large public intéressé par les enjeux de société, mais j'espère aussi que des experts en politique étrangère et en sécurité le liront avec plaisir et intérêt.

C'est un récit personnel, donc forcément subjectif. J'ai toutefois veillé à offrir un tableau nuancé et équilibré de ce que j'ai vécu pendant cette décennie. Plutôt que de porter des jugements sur les personnes que j'ai rencontrées ou avec lesquelles j'ai collaboré, j'ai préféré relater les faits et les propos tenus.

Je décris principalement des événements auxquels j'ai directement participé, ce qui fait de ce livre un témoignage de première main sur des moments décisifs et des enjeux majeurs. Ce choix induit l'omission de certains dossiers importants dans lesquels je n'ai pas été impliqué directement. Je n'évoque donc pas certaines élections parlementaires ou présidentielles, ni le processus qui a conduit à l'accord nucléaire avec l'Iran, ni des décisions internes à l'Union européenne auxquelles l'OTAN ou moi-même n'avons pas pris part.

Le fait de me concentrer sur les sujets où l'OTAN a été activement engagée donne une large place, par exemple, à l'Ukraine, mais plus réduite au Moyen-Orient, où le rôle de l'alliance reste limité. Pour éviter que l'ouvrage ne soit trop volumineux, certains sujets méritant pourtant davantage de développements sont abordés succinctement. C'est le cas notamment des Balkans, où l'OTAN a joué un rôle clé durant des décennies et que j'ai visités à plusieurs reprises, ou encore de la coopération croissante de l'OTAN avec plusieurs pays de la région indo-pacifique, à peine évoquée ici. J'aurais pu citer d'autres exemples.

Un peu plus d'un mois après la fin de mon mandat comme secrétaire général, Donald Trump a été réélu président des États-Unis. Son second mandat s'est nettement différencié du premier. Le président et son entourage sont arrivés à la Maison-Blanche avec plus d'assurance et de détermination. Plusieurs prises de position, décrets présidentiels et initiatives politiques en témoignent.

Le retour de Trump a ravivé les incertitudes sur l'avenir de la coopération transatlantique et relancé de nombreux débats abordés dans ce livre. Le ton envers les alliés s'est parfois durci. Les exigences en matière de financement au sein de l'OTAN se sont accentuées. Si le commerce et les barrières douanières ne relèvent pas directement de l'alliance, les désaccords dans ces domaines ont des répercussions notables.

Cependant, la politique de sécurité et les orientations de l'administration américaine en matière de coopération avec l'OTAN sont restées globalement les mêmes. La Chine est toujours perçue comme le principal rival stratégique des États-Unis. Le recentrage vers la région indo-pacifique se poursuit et s'intensifie. Les appels à un effort accru des Européens et des Canadiens en matière de dépenses militaires ne datent pas d'hier.

Le premier mandat de Trump a aussi offert son lot de défis. Lors du sommet de 2018, l'alliance a frôlé la rupture. En fin de mandat, Trump a maintenu ses principales critiques vis-à-vis des Européens.

Pendant ces quatre années, dans les bons comme dans les mauvais moments, nous avons entretenu un dialogue régulier avec le président et son administration. Nous avons discuté, écouté leurs arguments et fait valoir les nôtres pour trouver des terrains d'entente. Notre message a toujours été clair : une OTAN forte est dans l'intérêt même des États-Unis.

Je pense que nous avons réussi. À la fin du premier mandat de Trump, l'OTAN était plus puissante qu'à son arrivée au pouvoir.

L'avenir reste néanmoins incertain. Sur certains plans, la politique américaine est plus conflictuelle, et nous devons nous préparer à un éventuel retrait partiel des forces américaines d'Europe. La répartition de la contribution financière entre les membres de l'OTAN va évoluer, mais cela ne signifie pas la fin de l'alliance. Quelle que soit la position des États-Unis, il est à la fois juste et nécessaire que les Européens investissent davantage dans leur défense. Le pilier européen de l'OTAN doit être renforcé. Cela accroîtra les chances que Washington honore ses engagements.

La relation avec les États-Unis est compliquée, mais elle peut être gérée. Son évolution dépend autant de Washington que de nous, Européens, et de notre capacité à faire front commun et à garder notre sang-froid. Nous devons montrer notre volonté et notre capacité à assumer notre part de responsabilité dans notre sécurité collective.

Ma conviction reste intacte : une OTAN forte et dynamique est le meilleur cadre pour la coopération occidentale en matière de défense et de sécurité.

Mes années à la tête de l'OTAN m'ont appris qu'une coopération peut connaître des tensions, même entre alliés. J'ai choisi de raconter les choses le plus honnêtement possible, y compris les remous internes, car je pense qu'il est nécessaire d'exposer les désaccords au grand jour.

Les dilemmes méritent d'être débattus. La transparence, même sur les conflits, est essentielle si nous voulons progresser.

Cela dit, à mes yeux, ce livre, au-delà du récit sur les divisions ou les désaccords, met en lumière l'importance de l'unité entre l'Amérique du Nord et l'Europe. *Vigie du monde* est une déclaration d'attachement à l'OTAN, à la coopération internationale, à la grande communauté que nous formons, mon espoir étant que ce livre contribue, à sa manière, à renforcer cette solidarité dont nous dépendons tous.

Remerciements

Je souhaite commencer par remercier toutes celles et ceux avec qui j'ai eu le plaisir de travailler au sein de l'OTAN. Le personnel international de l'alliance est composé d'hommes et de femmes compétents qui, durant les années que j'y ai passées, ont démontré une remarquable capacité à m'épauler dans mes fonctions et dans les missions sur lesquelles je travaillais. Grâce à leur soutien logistique, à la qualité de leurs conseils et à leur aide sous toutes ses formes, nous avons pu ensemble accomplir beaucoup, et cette période à Bruxelles restera comme l'un des chapitres les plus marquants de ma vie.

Quelques noms sont mentionnés dans ce livre, car ces personnes ont joué un rôle direct dans les événements que j'y relate. Si la plupart des autres n'ont pas été cités nommément, qu'ils sachent tous que je leur suis profondément reconnaissant pour leur engagement et leur contribution.

Je tiens à exprimer une gratitude particulière à celles et ceux qui, à différents moments, ont fait partie de mon équipe norvégienne : Gjermund Eide, Vegard Ellefsen, Stein Hernes, Stian Jenssen, Sissel Kruse Larsen, Torgeir Larsen, Trude Måseide, Randi Ness, Anne-Marte Vestbakke et Mari Aaby West. Tous ont été des collaborateurs exemplaires et loyaux, donnant toujours le meilleur d'eux-mêmes pour que je puisse réussir dans mes fonctions.

Ce livre n'aurait jamais vu le jour sans Per Anders Madsen. Pendant plus de cinq ans, il a collaboré avec moi sur ce projet, mené des entretiens avec mes collaborateurs et moi, écouté des enregistrements et rédigé des ébauches. Sa plume talentueuse, sa rigueur analytique et sa vaste connaissance des questions de politique étrangère et de sécurité ont été d'une aide inestimable, voire décisive, pour me permettre d'écrire sur mes années à l'OTAN. Simen Ekern a également été impliqué au début du projet, mais notre collaboration s'est arrêtée lorsqu'il est devenu correspondant de la NRK à Bruxelles.

Chez Gyldendal, la directrice éditoriale Cathrine Sandnes m'a dès le départ soutenu avec enthousiasme. Plus tard, ce sont le directeur éditorial Reidar Mide Solberg et l'éditrice Stine Aspebakken Linstad qui ont suivi le travail de près. Leurs lectures attentives et leurs conseils avisés ont été précieux – une étroite collaboration sous le signe de la confiance.

Nombre de mes collaborateurs ont également contribué à l'élaboration de ce livre. Je remercie en particulier Sissel Kruse Larsen et Stian Jenssen pour leurs retours et suggestions, toujours pertinents, ainsi que Gjermund Eide, qui s'est toujours montré disponible pour vérifier les informations de ce livre.

D'autres encore, experts comme amis, ont lu le manuscrit et m'ont fait part de leurs commentaires, tous utiles.

Un immense merci à vous tous.

Ma plus grande gratitude va à Ingrid. Sans elle, rien de tout cela n'aurait été possible, et ni à l'OTAN ni ailleurs, la vie n'aurait été aussi belle.

Crédits photographiques

Cahier I

1. Collection privée
2. Photo privée
3. Photo privée

4. Arbeiderbladet / Archives et bibliothèque du mouvement travailliste
5. Jon Jerstad

6. Arne Ove Bergo / Arbeiderbladet / Archives et bibliothèque du mouvement travailliste
7. Svein Erik Furulund / Aftenposten
8. Collection privée
9. Dessin de « Herb » (Herbjørn Skogstad)

10. OTAN
11. OTAN

12. OTAN
13. Collection privée
14. OTAN

15. Collection privée
16. Viktor Korotaev / Reuters
17. Berit Roald / NTB

18. OTAN
19. OTAN

20. OTAN
21. OTAN
22. OTAN

23. OTAN
24. La Maison-Blanche / Shealah Craighead / Alamy Stock Photo / NTB
25. OTAN

26. OTAN
27. Collection privée
28. Collection privée
29. OTAN

30. OTAN
31. Collection privée

32. OTAN
33. OTAN

34. OTAN
35. US Army / Reuters

36. OTAN
37. OTAN
38. OTAN

39. Collection privée
40. OTAN
41. OTAN
42. Eliot Blondet / AFP

43. Collection privée
44. Jan Åge Fjørtoft

Cahier 2

45. Tom A. Kolstad / Aftenposten

46. Collection privée
47. OTAN

48. OTAN
49. Collection privée
50. OTAN

51. OTAN
52. OTAN

53. OTAN
54. OTAN

55. OTAN
56. OTAN

57. OTAN
58. OTAN

59. OTAN
60. OTAN
61. OTAN

62. OTAN
63. OTAN

64. OTAN
65. OTAN

66. OTAN
67. OTAN
68. OTAN

69. OTAN
70. Javad Parsa / NTB

71. OTAN
72. OTAN
73. OTAN

74. OTAN
75. OTAN

76. Collection privée
77. Collection privée
78. Collection privée
79. Collection privée

80. Gøran Bohlin / VG

Table

Troisième partie
Fardeaux
Juillet 2016-juillet 2018

Quatrième partie
L'amitié
Juillet 2018-avril 2019

Cinquième partie
Démocratie
Mars 2019-août 2021

Sixième partie
La guerre
Août 2021-avril 2023

Septième partie
Partenariat
Janvier 2023-mars 2024

Huitième partie
Le départ
Mars 2024-octobre 2024

NORD COMPO
multimédia

Composition et mise en pages
Nord Compo à Villeneuve-d'Ascq

Les Éditions Flammarion sont investies dans une démarche active pour l'empreinte environnementale de leurs parutions. Ainsi, le livre que vous tenez entre vos mains a été imprimé en France sur des papiers issus de forêts gérées durablement, par un imprimeur engagé dans la protection de l'environnement.

Imprimé en France par CPI en septembre 2025

Dépôt légal : octobre 2025
N° d'édition : 631053-0
N° d'impression : 185155